« PAVILLONS »
*Collection dirigée
par Maggie Doyle et Jean-Claude Zylberstein*

DU MÊME AUTEUR

Chez le même éditeur

Moi, Charlotte Simmons, 2006
Un homme, un vrai, 1999
Le Bûcher des vanités, 1999 (Sylvie Messinger, 1988)
Embuscade à Fort Bragg, 1997

Chez d'autres éditeurs

Acid Test, Le Seuil, 1996
L'Étoffe des héros, Gallimard, 1991
Sam et Charlie vont en bateau, Gallimard, 1985
Le Mot peint, Gallimard, 1978
Le Gauchisme de Park Avenue, Gallimard, 1972

TOM WOLFE

BLOODY MIAMI

traduit de l'anglais (États-Unis) par Odile Demange

ROBERT LAFFONT

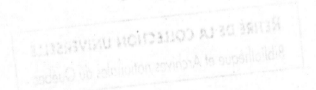

Titre original : BACK TO BLOOD
© Tom Wolfe, 2012
Traduction française : Éditions Robert Laffont, S.A., Paris, 2013

ISBN 978-2-221-13418-4
(édition originale : ISBN 978-0-316-03631-3 Little, Brown and Company, New York)

À Sheila et à la mémoire d'Ángel Calzadilla

Remerciements

L'histoire que vous avez devant vous doit beaucoup à la générosité du maire de Miami MANNY DIAZ qui, au Premier Jour, a présenté l'auteur à une salle noire de monde... le Chef de la Police, JOHN TIMONEY, né à Dublin, le Flic Irlandais par excellence de l'histoire de New York, Philadelphie et Miami, l'a expédié d'emblée sur un Safe Boat de la Patrouille Maritime de Miami, avant de lui dévoiler un autre Miami invisible, *aperçus** compris. Le flic irlandais s'y connaît en *aperçus**. Après tout, quand il est de service de nuit, il se transforme en spécialiste de Dostoïevski... OSCAR ET CECILE BETANCOURT CORRAL, deux journalistes pugnaces de Miami, l'ont gratifié de la première vague de *venez voir par vous-même* – avant de le mettre en présence de tout le monde, en tout lieu, à tout moment (avec l'assistance compétente de MARIANA BETANCOURT)... ANTONIO LOPEZ ET SUZANNE STEWART l'ont présenté au grand anthropologue haïtien LOUIS HERNS MARCELIN... BARTH GREEN, le célèbre neurochirurgien qui consacre beaucoup de son temps aux Haïtiens d'Haïti, l'a conduit à Little Haiti, à Miami... et à son collègue ROBERTO HEROS... PAUL GEORGE, historien, lui a permis de l'accompagner dans sa grande visite tellement vantée... KATRIN THEODOLI, fabricante de yachts qui ressemblent à des X-15 et s'envolent plus qu'ils ne mettent les voiles, l'a fait profiter du décollage inaugural de son tout dernier modèle qui-a-l'air-d'une-fusée... LEE ZARA

---

* Tous les mots ou passages en italique suivis d'un astérisque sont en français dans le texte. (*N.d.T.*)

9

lui a raconté des histoires... et elles étaient vraies !... MARIA GOLDSTEIN, professeur, lui a donné accès aux dessous d'un des chapitres les plus délirants des annales de l'enseignement public de Miami... ELIZABETH THOMPSON, peintre, savait des choses sur la Vie des Artistes de Miami dont il n'aurait pas pu se passer... Sans que ce soit inclus dans le profil de son poste, CHRISTINA VERIGAN a révélé des facultés de médium, de télépathe, d'érudite et d'enseignante... Sans oublier HERBERT ROSENFELD, un as de la géographie sociale de Miami... DAPHNE ANGULO, portraitiste hors pair du Jeune Miami, de ses membres les plus huppés aux plus modestes... JOEY et THEA GOLDMAN, promoteurs immobiliers et moteurs du quartier des artistes de Wynwood, l'équivalent à Miami du Chelsea new-yorkais... ANN LOUISE BARDACH, l'autorité absolue pour tout ce qui concerne les *fidelistas* cubains et le réseau La Havane-Miami d'aujourd'hui... ainsi que PETER SMOLYANSKI, KEN TREISTER, JIM TROTTER, MISCHA, CADILLAC, BOB ADELMAN, JAVIER PEREZ, JANET NEY, GEORGE GOMEZ, ROBERT GEWANTER, LARRY PIERRE, maître EDDIE HAYES, ALBERTO MESA et GENE TINNEY... et un autre ange gardien de ce qu'il y a de nouveau en ville. Tu te reconnaîtras.

Prologue

Issi on est à Mee-*AH*-mee Quoâ !

Toi...

    Toi...

        Toi... tu mets ma vie sous presse... T'es ma gonzesse, Mac ma Tigresse – le plus drôle, c'est que c'est *lui* l'homme de presse, rédacteur en chef d'un des six ou sept plus grands journaux des États-Unis, le *Miami Herald*, mais que c'est *elle* qui met sa vie sous presse. *Elle...* met *sa* vie... sous presse. La semaine dernière, il a complètement oublié d'appeler le principal, celui qui s'est fait opérer d'un bec-de-lièvre, à Hotchkiss, l'internat de leur fils, Fiver, et Mac, sa femme, Mac sa Tigresse, en a été contrariée, ce qui peut se comprendre... mais il s'était mis à fredonner ce petit couplet qu'il avait inventé sur l'air de «You Light Up My Life». *Toi... tu mets ma vie sous presse...*, t'es ma gonzesse, Mac ma Tigresse – et elle avait souri malgré elle, un sourire qui avait dissipé sa mauvaise humeur, son *J'en ai ras le bol de toi et de ta désinvolture. Et si ça marchait encore une fois* – là, maintenant ? Et s'il retentait le coup ?

Pour le moment, Mac était aux commandes, au volant de sa chère Mitsubishi Green Elf hybride ridiculement exiguë, un véhicule hyper chic et moralement irréprochable par les temps qui courent, longeant au pas les rangées compactes de voitures garées flanc contre flanc, rétroviseur contre rétroviseur, à l'arrière de la boîte à la mode ce mois-ci à Miami, le Balzac, à deux pas de Mary Brickel Village, cherchant vainement une place. *Elle* conduisait sa voiture à *elle*. Elle était contrariée – eh oui, ça pouvait se comprendre, là encore – parce que, toujours à cause de sa désinvolture, ils étaient partis affreusement en retard, alors elle avait insisté pour prendre sa Green Elf afin de rejoindre le Balzac. S'ils avaient pris sa BMW à lui, ils n'y seraient *jamais* arrivés, parce qu'il était un conducteur d'une lenteur et d'une prudence à vous rendre cinglé... il s'était demandé si elle ne voulait pas plutôt dire timoré et sans couilles. Quoi qu'il en soit, elle avait endossé le rôle de l'homme, l'Elf avait volé jusqu'au Balzac telle une chauve-souris, ils étaient arrivés, et Mac n'était pas contente.

À trois mètres au-dessus de l'entrée du restaurant était suspendu un immense disque en polycarbonate, deux mètres de diamètre et quarante-cinq centimètres d'épaisseur, dans lequel on avait encastré un buste d'Honoré de Balzac qu'un sculpteur s'était «approprié» – puisque c'est ainsi que les artistes désignent aujourd'hui le pillage artistique – à partir du célèbre daguerréotype du photographe au nom unique, Nadar. Les yeux de Balzac avaient été modelés de façon à se planter droit dans ceux du client et les commissures de ses lèvres étaient retroussées en un large sourire, mais l'«appropriateur» était un sculpteur de talent et un éclairage intérieur baignait l'énorme plaque de polycarbonate d'une lueur dorée; bref, *tout le monde** l'adorait. En revanche, l'éclairage du parking était minable. Des lampes industrielles fichées au sommet de poteaux répandaient un vague crépuscule électrique et coloraient les feuilles des palmiers d'un jaune pus. «Jaune pus» – c'était exactement ça. Ed avait le moral à zéro, à zéro, à zéro... assis, ceinture bouclée, sur le siège passager qu'il avait dû reculer à fond pour pouvoir caser ses longues jambes à l'intérieur de cette bagnole de nain vert gazon, vert prétentieux, la Green Elf de Mac. Il avait l'impression d'être le donut, la roue de secours grosse comme un jouet de l'Elf.

Mac, fille bien bâtie, venait d'avoir quarante ans. Elle était déjà costaude quand il l'avait connue à Yale, dix-huit ans plus tôt... une sacrée charpente, des épaules de déménageur, grande, un mètre soixante-dix-huit très exactement... svelte, souple, musclée, une vraie athlète... rayonnante, blonde, pleine de vie... Époustouflante! Absolument sensationnelle, sa grande nana! Dans la cohorte des filles senssass, toutefois, les grandes sont les premières à franchir la barrière invisible au-delà de laquelle les exclamations les plus flatteuses

12

qu'elles puissent espérer susciter sont «une très belle femme» ou «beaucoup d'allure, vraiment». Mac sa gonzesse, Mac sa Tigresse, avait franchi cette ligne.

Elle poussa un soupir si profond qu'elle finit par expulser l'air entre ses dents. «Quand même, ils pourraient avoir des voituriers dans un resto pareil. C'est assez *cher* pour ça.

— C'est vrai. T'as raison. Joe's Stone Crab, Azul, Caffe Abbracci – et comment s'appelle ce resto au Setai? Ils ont tous des voituriers. T'as parfaitement raison.» *Ta vision du monde est ma Weltanschauung. Et si on parlait restaurants?*

Un silence. «J'espère que tu as conscience que nous sommes *très en retard*, Ed. Il est huit heures vingt. On a déjà vingt minutes de retard, on n'a pas encore trouvé de place de stationnement, six personnes nous attendent à l'intérieur...

— C'est que... je ne vois pas ce que je... J'ai appelé Christian...

— ... et ce sont tes invités. Tu t'en rends compte? Ça te dit quelque chose, oui?

— J'ai appelé Christian pour qu'ils se commandent à boire. Ça ne le dérangera pas, tu peux être tranquille, et Marietta non plus. Marietta et ses *cocktails*. C'est la seule personne au monde que je connaisse qui *commande* des cocktails.» *Qu'est-ce que tu dirais d'un petit riff en passant sur les cocktails ou sur Marietta, l'un ou l'autre, ou même les deux?*

«Tout de même – ce n'est vraiment pas *sympa* de les faire tous poireauter comme ça. Franchement – je parle sérieusement, Ed. Ça témoigne d'une telle *désinvolture*, je ne supporte pas ça.»

Là! Voilà sa chance! La fissure qu'il attendait dans la muraille de mots! Une ouverture! C'est risqué, mais... et d'une voix presque juste et dans le ton, il se met à fredonner,

«Toi...

  Toi...

    Toi... Tu mets ma vie sous presse... *T'es* ma gonzesse, Mac ma Tigresse...»

Elle se mit à secouer la tête d'un côté à l'autre. *Ça n'a pas l'air de prendre, ou bien?...* Tant pis! Mais qu'est-ce qui se dessinait doucement, tout doucement sur ses lèvres? N'était-ce pas un *sourire*, un léger sourire réticent ? Oui ! *J'en ai ras-le-bol de toi* commença immédiatement à se dissoudre, une fois de plus.

Ils étaient à mi-chemin d'une allée du parking quand deux silhouettes surgirent dans les phares, se dirigeant vers l'Elf et vers le Balzac – deux filles aux cheveux noirs qui bavardaient et venaient manifestement de garer leur voiture. Elles ne devaient pas avoir plus de dix-neuf ou vingt ans. Elles se rapprochaient rapidement de l'Elf. Elles portaient des shorts en jean dont la ceinture frôlait dangereusement leurs monts-de-Vénus et dont le bas était coupé jusque... là... presque jusqu'à l'articulation de la hanche, et s'effilochait. Leurs jeunes jambes étaient aussi longues que celles de top-modèles, car elles étaient juchées sur des talons étincelants de quinze centimètres au moins. Ils avaient l'air en plexiglas, une matière de ce genre. Quand la lumière se posait sur eux, ils lançaient des éclairs d'un or brillant translucide. Les yeux des deux filles étaient couverts d'une couche de mascara tellement épaisse qu'ils semblaient flotter au milieu de quatre flaques noires.

« Oh ! *Très* sexy », murmura Mac.

Ed n'arrivait pas à en détacher le regard. C'étaient des *Latinas* – il n'aurait pas su expliquer comment il le savait, pas plus qu'il n'aurait su dire comment il savait que *Latina* et *Latino* étaient des mots espagnols qui n'existaient qu'en Amérique. Ces deux *Latinas* – oui, elles étaient trash, c'est sûr, mais l'ironie de Mac était sans prise sur la réalité. Sexy ? « Sexy » n'arrivait pas à la cheville de ce qu'il éprouvait ! Quelles jolies tendres et longues jambes ! Quels micro micro-shorts ! Tellement micro qu'elles auraient pu les enlever *juste comme ça*. En un instant, elles auraient pu dévoiler leurs petits bas-ventres délicieux et leurs irréprochables petits culs en cupcakes... pour *lui* ! De toute évidence, elles ne demandaient que ça ! Il sentait la tumescence pour laquelle vivent tous les hommes se renfler sous son slip kangourou ! Oh, ineffables petites pétasses !

Quand Mac passa devant elles, une des petites pétasses tendit le doigt vers la Green Elf, et elles se mirent à rire. À rire, hein ? Elles ne pouvaient évidemment pas imaginer à quel point la Green était classe... ni à quel point l'Elf était branchée, à quel point elle était cool. Et elles se doutaient encore moins que l'Elf, bourrée de gadgets verts

et d'une foule d'instruments de mesures environnementales éso-
tériques, sans parler du radar Détecteur-de-Chevreuils –, elles se
doutaient encore moins que ce petit elfe de bagnole coûtait
135 000 dollars. Il aurait donné n'importe quoi pour savoir ce qu'elles
racontaient. Mais ici, à l'intérieur du cocon thermiquement isolé des
vitres en polycarbonate, des portes et des panneaux en fibre de verre
et de la clim basse consommation par évaporation, il était hors de
question de percevoir le moindre bruit extérieur. Est-ce qu'elles parlaient anglais, d'ailleurs ? Leurs lèvres ne remuaient pas comme celles
des gens qui parlent anglais, décréta le grand linguiste audiovision-
naire. C'étaient forcément des Latinas. Oh, ineffables petites pétasses
latinas !

« Bon sang, lança Mac. Où est-ce qu'elles ont bien pu dénicher des
talons qui *s'allument* comme ça ? » Un ton de conversation parfaitement ordinaire. Plus trace de contrariété. Le maléfice était rompu !
« J'ai repéré ces étranges tiges lumineuses un peu partout quand on
est passés par Mary Brickell Village, poursuivit-elle. Je n'ai pas compris ce que c'était. On se serait cru à *carnaval*, avec toutes ces lumières
criardes à l'arrière-plan et toutes ces petites *nanas* presque à poil qui
vacillent sur leurs *talons*... Tu crois que c'est cubain, ce truc-là ?

— Je ne sais pas », répondit Ed. Rien de plus – parce qu'il avait la
tête retournée aussi loin que possible pour leur jeter un dernier coup
d'œil de dos. Petits cupcakes parfaits ! C'est tout juste s'il ne *voyait*
pas les lubrifiants et les spirochètes suinter dans l'entrejambe de leurs
micro micro-shorts ! Micro, micro micro-shorts ! Sexe ! Sexe ! Sexe !
Sexe ! Le sexe à Miami, voilà où il régnait, sur des trônes de plexiglas
doré !

« Franchement, reprit Mac, tout ce que je peux dire, c'est que Mary
Brickell doit être en train d'écrire au journal depuis sa tombe.

— Excellent, Mac ! Je t'ai déjà dit qu'il t'arrive d'avoir un sacré
sens de l'humour quand tu t'y mets ?

— Non. Tu as dû oublier.

— Eh bien, je te le dis ! "Écrire au journal depuis sa tombe" ! Tu
sais quoi ? Je préférerais cent fois recevoir une lettre d'outre-tombe
de Mary Brickell que celles des cinglés qui m'écrivent... et qui se baladent l'écume aux lèvres. » Il émit un petit rire fabriqué. « Impayable,

Mac. » *L'humour. Très bon sujet! Excellent. C'est ça, parlons de Mary Brickell, de Mary Brickell Village, de lettres au journal, de petites pétasses montées sur plexiglas, de n'importe quoi, pourvu qu'on évite J'en ai ras-le-bol.*

Comme si elle lisait dans son esprit, Mac tordit le coin de la bouche dans un sourire dubitatif – un sourire quand même, Dieu merci – et dit, «Mais *vraiment*, Ed, être en retard *comme ça*, les obliger à nous attendre, c'est *te-e-e-ellement* moche. Ce n'est pas sympa et ce n'est pas *bien*. C'est tellement *désinvolte*. C'est... –» elle s'interrompit – «c'est... c'est... c'est un tel *manque d'égards*. »

Oh ho ! *Désinvolte*? Et un tel *manque d'égards* par-dessus le marché! Dieutoutpuissant! Pour la première fois depuis le début de cette sinistre excursion, Ed faillit éclater de rire. C'étaient deux des expressions WASP typiques de Mac. Dans tout le comté de Miami-Dade, dans tout le Grand Miami, Miami Beach compris bien sûr, seuls les membres de la petite tribu en voie de disparition à laquelle ils appartenaient, les Blancs Anglo-Saxons Protestants, employaient des formules du genre de *c'est désinvolte* et *quel manque d'égards*, ou avaient la moindre idée de ce qu'elles signifiaient. Oui, bien sûr, il appartenait lui aussi à cette espèce en voie d'extinction, mais c'était Mac qui embrassait véritablement cette foi. Pas la foi protestante *religieuse*, évidemment. Parmi tous ceux qui, sur la côte Est ou Ouest des États-Unis, aspiraient à un minimum de raffinement, même niveau débutant, plus personne n'était croyant, et encore moins les diplômés de Yale, comme Mac et lui. Non, Mac était un spécimen du genre WASP au sens moral et culturel du terme. La puriste WASP incapable de supporter la paresse et l'indolence, étape numéro un de la désinvolture et du manque d'égards. La paresse et l'indolence n'incarnaient pas seulement le gaspillage ou le manque de jugeote. Elles étaient immorales. Laisser-aller. Péché contre soi-même. Mac ne supportait pas, par exemple, de buller au soleil. Sur la plage, s'il n'y avait rien de mieux à faire, elle organisait des marches rapides. Allez! Debout tout le monde! Allons-y! Huit kilomètres à l'heure sur la plage, dans le *sable*! Quel talent! En un mot, si jamais Platon persuadait Zeus – puisque Platon prétendait croire en Zeus – de le réincarner et de le faire revenir sur terre à la recherche de la femme WASP idéale-typique, il viendrait ici, à Miami, et jetterait son dévolu sur Mac.

Sur le papier, Ed était lui-même un membre idéal-typique de l'espèce. Hotchkiss, Yale... grand, un mètre quatre-vingt-dix, mince, un peu dégingandé... des cheveux châtains, épais mais striés de reflets gris... on aurait dit du tweed Donegal, ses cheveux... et puis, bien sûr, son nom, son nom de famille : Topping. Il se rendait bien compte lui-même que Edward T. Topping IV était le summum du WASP, une parodie presque. Ces incomparables aristos du snobisme, les Britanniques eux-mêmes, n'étaient pas portés sur tous ces III, IV, V voire VI que l'on pouvait croiser aux États-Unis. Voilà pourquoi tout le monde s'était mis à appeler leur fils Eddie « Fiver », numéro Cinq. Son nom complet était Edward T. Topping V. Cinq était tout de même plutôt rare. *Tous* les Américains dont le nom était suivi de III ou plus étaient obligatoirement des WASP ou avaient des parents qui auraient tellement voulu qu'ils le soient.

Mais bordel, que foutait un WASP avec un nom comme Edward T. Topping IV, une des dernières âmes perdues d'une espèce en extinction, au poste de rédacteur en chef du *Miami Herald* ? Il avait accepté ce boulot sans la moindre idée de ce que ça représentait. Quand le Loop Syndicate, l'agence de presse de Chicago, avait racheté le *Herald* à la McClatchy Company et, d'éditorialiste du *Chicago Sun-Times,* l'avait bombardé au poste de rédacteur en chef du *Herald,* il n'avait eu qu'une question à l'esprit : quel bruit cette promotion ferait-elle dans la revue des anciens de Yale ? C'était la seule préoccupation qui avait pris le contrôle de son hémisphère cérébral gauche. Bien sûr, le département recherche corporate du Loop Syndicate avait bien essayé de le briefer. Essayé. Mais, curieusement, tout ce qu'on avait pu lui dire de la situation à Miami avait glissé sur les aires de Brocka et de Wernicke de son cerveau... et s'était dissipé comme brume matinale. Miami était la seule ville du monde dont plus de la moitié des habitants étaient des immigrés de fraîche date, autrement dit des cinquante dernières années ? Ah oui, vraiment ? Hmmmm... Qui s'en serait douté ? Une fraction d'entre eux, les Cubains, avait la haute main sur toute la politique municipale – un maire cubain, des chefs de service cubains, des flics cubains, des flics cubains, encore des flics cubains, soixante pour cent de la police était constituée de Cubains auxquels s'ajoutaient dix pour cent d'autres Latinos, dix-huit pour cent de Noirs américains et seulement douze pour cent d'Anglos? L'ensemble de la population se ventilait largement de la même manière?... Hmmm... intéressant, sûrement... quant à savoir ce qu'étaient exactement les «Anglos»... Les Cubains et autres Latinos étaient si dominants que le *Herald* avait dû lancer une édition distincte en espagnol, *El Nuovo Herald*, avec son propre personnel cubain pour ne pas risquer de se couler? Hmmm... Sans doute le savait-il déjà, plus ou moins. Les Noirs américains en voulaient aux flics cubains, qui auraient aussi bien pu tomber du ciel tant ils s'étaient matérialisés soudainement dans le seul but de les houspiller?... Hmmm... imaginez ça. Il avait essayé de l'imaginer... cinq minutes... avant qu'une allusion à la possibilité que la revue des anciens envoie son propre photographe n'éclipse la question. Les Haïtiens s'étaient déversés à Miami par dizaines et dizaines de milliers, furieux que le gouvernement américain ait légalisé la situation des immigrés cubains clandestins d'un claquement de doigts tout en refusant de leur donner leur chance à eux?... et maintenant, c'était le tour des Vénézuéliens, des Nicaraguayens, des Portoricains, des Colombiens, des Russes, des Israéliens... *Hmmmm...* vraiment? Il faudra que je note ça... De quoi s'agissait-il encore?...

Mais l'objectif de ce briefing, avaient-ils cherché à faire comprendre subtilement à Ed, n'était pas d'identifier toutes ces tensions et frictions comme des sources potentielles d'informations dans Immigration City. Non, pas du tout! Il s'agissait d'encourager Ed et ses collaborateurs à «relativiser les difficultés» et à insister sur la Diversité, une excellente chose, qui ne manquait pas de noblesse même, et non sur les dissensions, dont tout le monde pouvait très bien se passer. Il s'agissait de conseiller à Ed d'éviter de se mettre à dos l'une ou l'autre de ces factions... Il devrait «préserver un juste équilibre» tout le temps qu'il faudrait au Syndicat pour «adapter» le *Herald* et le *El Nuovo Herald* à la technologie numérique, les libérer de la vieille étreinte noueuse de l'imprimerie et les transformer en publications en ligne ultramodernes, dignes du XXIe siècle. Autrement dit : dans l'intervalle, si les clebs se mettent à grogner, à montrer les dents et à s'étriper – célébrez la Diversité de tout cela et veillez à leur blanchir les crocs.

Cela remontait à trois ans. Comme il n'avait pas écouté très attentivement, Ed avait mis un moment à piger. Trois mois après avoir pris ses fonctions de rédacteur en chef, il avait publié la première partie de l'article d'un jeune journaliste culotté sur la mystérieuse disparition de 940 000 dollars que le gouvernement fédéral avait accordés à une organisation anticastriste de Miami pour monter des émissions de télévision imbrouillables à destination de Cuba. Personne n'avait jamais pu prouver qu'un seul des faits exposés dans l'article était faux, et personne ne les avait même sérieusement contestés. Mais « la communauté cubaine » – allez savoir en quoi elle consistait au juste – avait fait un tel tollé qu'Ed en avait été secoué jusqu'au bout de ses petits orteils recroquevillés dans ses chaussures. « La communauté cubaine » avait si bien surchargé le standard, les boîtes mail, le site internet et jusqu'aux fax du *Herald* et des bureaux du Loop Syndicate de Chicago qu'ils étaient tombés en panne. Une foule de manifestants s'était rassemblée devant l'immeuble du *Herald* pendant des jours, hurlant, scandant, mugissant, brandissant des pancartes qui portaient des inscriptions aussi charmantes que EXTERMINEZ TOUS LES RATS ROUGES… HERALD : FIDEL, SI! PATRIOTISME, NO!… BOYCOTTEZ EL HABANA HERALD… EL MIAMI HÉMORROÏDES… MIAMI HERALD = PUTE DE CASTRO… Un mitraillage d'insultes sur la radio et la télévision hispanophones traitait les nouveaux propriétaires du *Herald*, le Loop Syndicate, de « virus d'extrême gauche » virulent. Sous la houlette de ces nouveaux commissaires du peuple, le *Herald* lui-même s'était transformé en repaire d'« intellectuels de gauche radicaux » et le nouveau rédacteur en chef, Edward T. Topping IV, était devenu un « compagnon de route et une dupe fidéliste ». Des blogs présentaient le jeune audacieux qui avait écrit l'article comme un « communiste notoire », tandis que Hialeah et Little Havana étaient inondés de tracts et d'affiches sur lesquels figuraient sa photo, l'adresse de son domicile et ses numéros de téléphone, portable et fixe, avec la légende RECHERCHÉ POUR TRAHISON. Il avait reçu une véritable avalanche de menaces de mort adressées à lui-même, à sa femme et à leurs trois enfants. Lue entre les lignes, la réaction du Syndicat avait été de cataloguer Ed comme un imbécile archaïque, d'annuler la publication des parties deux et trois de la série d'articles, de donner instruction à l'imbécile de ne pas consacrer une seule ligne aux groupes anticastristes tant que la police ne les accusait pas officiellement d'assassinat, d'incendie criminel ou d'agression préméditée à main armée responsable de blessures physiques majeures, et de maugréer contre les frais de l'installation du reporter et de sa famille – *cinq personnes* – en lieu sûr pendant six semaines, sans compter le salaire des gardes du corps.

C'est ainsi qu'Edward T. Topping IV avait atterri au milieu d'une bagarre de rue dans une soucoupe volante venue de Mars.

Entre-temps, au volant de la Green Elf, Mac était parvenue au bout de l'allée et s'engageait dans la suivante. «Oh, *espèce de...*», s'exclamat-elle avant de s'interrompre, ne sachant pas précisément quelle insulte adresser au scélérat qui la devançait. Elle se trouvait juste derrière une grosse Mercedes sable, cette couleur sable européenne hyper classe, c'était peut-être même une Maybach, rutilante dans le crépuscule électrique moribond... remontant l'allée à la recherche d'une place de stationnement. De toute évidence, s'il y en avait une, elle serait pour la Mercedes.

Mac ralentit pour augmenter la distance entre les deux véhicules. Au même instant, ils entendirent un bruit d'accélération insensé. Le conducteur prit le virage en U entre les deux allées si vite que les pneus hurlèrent de douleur. La voiture arrivait derrière eux à une allure démentielle. La lumière de ses phares inonda l'intérieur de la Green Elf. «C'est quoi, ce *con* ?» lança Mac. C'était presque un cri.

Ed et elle se préparaient déjà à se faire emboutir par l'arrière, mais la voiture freina au dernier moment et s'arrêta à moins de deux mètres de leur pare-chocs. Le conducteur fit vrombir son moteur deux ou trois fois pour faire bonne mesure.

«Mais qu'est-ce qu'il croit, ce cinglé ? demanda Mac. Il n'aurait pas la place de doubler même si je le laissais faire !»

Ed se retourna sur son siège pour jeter un coup d'œil au coupable. «La vache, on en prend plein les yeux avec ces phares ! Tout ce que j'arrive à voir, c'est que c'est un cabriolet. Je n'en mettrais pas ma main au feu, mais j'ai bien l'impression que c'est une femme qui conduit.

— Quelle foutue *salope* ! »

Et puis... Ed n'en croyait pas ses yeux. Juste devant eux, deux feux de recul rouge s'allumèrent dans la muraille de voitures sur leur droite. Puis un feu stop, une diode rouge, sur une vitre arrière ! Si haut, ce feu stop était si haut, il devait s'agir d'une Escalade ou bien d'une Denali, un de ces SUV monstrueux en tout cas. Était-ce possible... quelqu'un avait-il vraiment l'intention de s'extraire de ce rempart de tôle impénétrable ?

« Je n'y crois pas, dit Mac. Je n'y croirai qu'au moment où elle sera vraiment sortie. C'est un miracle. »

Leurs quatre yeux étaient braqués, comme ceux d'une unique créature, sur la rivale, la Mercedes... Avait-elle repéré les phares, allait-elle reculer pour revendiquer la place ? Dieu merci, la Mercedes... pas de feux stop... continuait à avancer lentement... déjà presque au bout de l'allée... ne remarqua pas le miracle.

Lentement, le véhicule s'extirpait du mur de voitures... un gros machin noir – immense !... lentement, lentement... C'était un colosse appelé Annihilator. Chrysler l'avait mis sur le marché en 2011 pour faire concurrence à la Cadillac Escalade.

La lumière aveuglante de la voiture qui les suivait commença à refluer de l'intérieur de l'Elf, puis s'éloigna soudainement. Ed se retourna. Le conducteur du cabriolet avait passé la marche arrière et faisait demi-tour. Ed y voyait mieux maintenant. Oui, c'était bien une femme qui était au volant, brune, jeune, apparemment, et le cabriolet – dieutoutpuissant ! – était une Ferrari 403 blanche !

Ed tendit l'index en direction de la vitre arrière : « Ta foutue salope s'en va. Elle fait demi-tour et redescend l'allée. Tu ne devineras jamais ce qu'elle a comme bagnole... une Ferrari 403 !

— Et alors... ?

— Une caisse à 275 000 dollars ! Pas loin de cinq cents chevaux. Elles participent à des courses en Italie. On a passé un article sur la Ferrari 403.

— Rappelle-le-moi, tu veux, j'y jetterai un coup d'œil. Pour le moment, la seule chose qui m'intéresse dans cette bagnole de rêve, c'est que cette foutue salope se barre. »

Derrière eux s'éleva le grondement omnivore de la bagnole de rêve, puis le hurlement strident des pneus au moment où la femme redémarrait sur les chapeaux de roue, rebroussant chemin.

Pesamment... pesamment... l'Annihilator reculait. Lourdement... laborieusement... son gigantesque arrière-train noir commença à virer en direction de la Green Elf avant de se redresser pour se diriger vers la sortie. L'Annihilator avait l'air d'un géant prêt à dévorer des Green Elf comme des pommes ou des barres de céréales protéinées. Partageant manifestement cette impression, Mac recula pour laisser au géant toute la place dont il avait besoin.

« Tu as déjà remarqué, demanda Ed, que les gens qui achètent ces engins ne savent jamais les conduire ? Ils mettent un temps fou à manœuvrer. Imagine ce que ce serait avec un camion. »

Enfin, ils posèrent les yeux sur ce qui était devenu un lieu géographique presque mythique... une place de stationnement.

« C'est bien, mon grand, dit Mac à l'Annihilator, respire un bon coup et *dégage*. »

Elle avait à peine dit « dégage » que le grondement mécanique tonitruant d'un moteur à combustion interne lancé à toute vitesse et le hurlement furieux du caoutchouc s'élevèrent à l'autre bout de l'allée. Dieutoutpuissant – ce véhicule avait une puissance d'accélération presque égale à celle la Ferrari 403 et remontait l'allée en sens interdit. L'Annihilator leur bouchant la vue de sa masse colossale, Ed et Mac ne pouvaient pas comprendre ce qui se passait. En une fraction de seconde, le bruit de moteur devint tellement assourdissant qu'on aurait pu croire que la voiture se trouvait sur le toit de l'Annihilator. Huuuuurlement de klaxon de l'Annihilator, un éclair rouououououge de ses feux stop – criiiissement de caoutchouc – viiiiirage brutal du véhicule qui arrivait pour éviter la collision frontale avec l'Annihilator – tache blanche confuuuuuse surmontée de minuscules mèèèèèches noires confuuuuuses à la droite d'Ed, nez à nez avec l'Annihilator – se glissa en trombe dans la brèche miraculeuse du parking – dépooooosant du caoutchouc en freinant et en s'arrêtant juste sous les yeux d'Ed et Mac.

Choc, stupéfaction – et *bingo* ! – leurs systèmes nerveux centraux furent submergés... *d'humiliation*. La tache blanche était la Ferrari 403.

Les petites mèches noires étaient les cheveux de la foutue salope. Il leur fallut moins de temps pour le comprendre que pour le dire. Dès qu'elle avait vu qu'une place allait se libérer, la foutue salope avait fait demi-tour, remonté l'allée à contresens, contourné le mur de voitures, redescendu l'allée suivante toujours à contresens, coupé la route à l'Annihilator et s'était précipitée dans la place de stationnement. À quoi bon, sinon, avoir une Ferrari 403? Et que pouvait-on attendre d'une bonne âme passive comme la Green Elf sinon de faire sa B.A. pour secourir la Planète Terre si gravement blessée et d'encaisser tout le reste comme un homme... ou comme un elfe?

L'Annihilator assena à la foutue salope plusieurs coups de klaxon furibards avant de se diriger vers le bout de l'allée et, sans doute, vers la sortie. Mac resta. Pas question de s'en aller. Elle était blême de rage.

«Quand même, quelle *salope*! Elle ne manque pas d'air!»

Sur ces mots, elle avança la Green Elf et s'arrêta juste derrière la Ferrari, immobilisée à la droite de l'Elf.

«Qu'est-ce tu fais? demanda Ed.

— Si elle s'imagine qu'elle va s'en tirer comme ça, elle se fourre le doigt dans l'œil. Elle a envie de jouer? OK, on va jouer.

— Comment ça?» Les mâchoires de Mac étaient crispées dans une expression typiquement WASP. Il savait ce que cela voulait dire. Cela voulait dire que la foutue salope ne s'était pas seulement rendue coupable de mauvaises manières. Elle avait commis un péché.

Ed sentit son cœur s'emballer. Il avait horreur des affrontements physiques et des explosions de colère. De surcroît, il était rédacteur en chef du *Herald*, l'homme du Loop Syndicate à Miami. Le moindre esclandre ne manquerait pas d'être amplifié au centuple.

«Qu'est-ce tu vas faire?» Il avait conscience que sa voix était devenue soudain terriblement rauque. «Je me demande si ça vaut...» Il fut incapable de trouver comment achever sa phrase.

De toute façon, Mac ne lui prêtait aucune attention. Ses yeux étaient rivés sur la foutue salope qui sortait de son cabriolet. Ils ne la voyaient que de dos. Mais dès qu'elle commença à se retourner, Mac actionna le bouton qui baissait la vitre du côté passager, se pencha par-dessus Ed et inclina la tête pour pouvoir regarder la femme bien en face.

Dès qu'elle eut fini de se retourner, la femme s'avança de quelques pas puis s'arrêta en constatant que l'Elf l'emprisonnait littéralement à l'intérieur du mur de voitures. Alors Mac se déchaîna :

« VOUS AVEZ PARFAITEMENT VU QUE J'ATTENDAIS CETTE PLACE, INUTILE DE MENTIR ET DE DIRE QUE CE N'EST PAS VRAI ! OÙ EST-CE QUE VOUS AVEZ ÉTÉ... »

Ed avait déjà entendu Mac hurler, mais jamais aussi fort, ni avec une telle fureur. Il était terrifié. Penchée comme elle l'était vers la portière, son visage n'était qu'à quelques centimètres du sien. La Fille Bien Bâtie était à fond en mode attaque indignée WASP et on allait voir ce qu'on allait voir.

« ... ÉLEVÉE, CHEZ LES HURRICANE GIRLS ? »

Les Hurricane Girls étaient un gang de filles majoritairement noires qui s'était formé dans un camp de réfugiés de l'ouragan Fiona et avait fait parler de lui en se livrant à un déchaînement d'agressions et de vols deux ans auparavant. Excellent ! « L'épouse du rédacteur en chef du *Herald* se lance dans une diatribe raciste » – il pourrait écrire ce machin-là lui-même –, et il constata alors que la foutue salope ne sortait pas d'un gang de filles, ni de rien de ce genre. C'était une belle jeune femme, pas seulement belle, mais élégante, chic et riche, à en juger par ce que voyait Ed. Des cheveux noirs brillants avec une raie au milieu... des kilomètres de cheveux... qui descendaient en cascade pour venir s'épanouir en grandes vagues écumantes sur ses épaules... une jolie chaîne en or au cou... dont le pendentif en forme de larme attira le regard d'Ed sur le décolleté d'où surgissaient deux jeunes seins qui n'aspiraient qu'à se libérer de la petite robe en soie sans manches qui les contraignait, jusqu'à un certain point, avant de renoncer et de se terminer à mi-cuisse sans même chercher à entraver une paire de jambes aux formes idéales, au bronzage idéal, longues d'un kilomètre lubrique au-dessus d'une paire de chaussures en croco blanc dont les talons hyper maxi la soulevaient de terre divinement, laissant Vénus gémir et soupirer. Elle portait à la main une pochette en cuir d'autruche. Ed aurait été incapable de donner le nom exact de tous ces accessoires, mais il savait par les revues qu'ils étaient tous à la pointe de la mode et hors de prix.

«... VOUS N'ÊTES QU'UNE SALE PETITE *VOLEUSE*, VOILÀ CE QUE VOUS ÊTES!»

Ed intervint, *sotto voce*, «Allons, Mac. Laisse tomber. Ça ne vaut pas le coup.» Autrement dit, «Quelqu'un pourrait me reconnaître.» Mais aux yeux de Mac, il n'était même pas là. Il n'y avait qu'elle et la foutue salope qui l'avait offensée.

La belle foutue salope ne recula pas d'un centimètre sous l'attaque de Mac et ne manifesta pas le moindre frémissement d'effroi. Elle resta plantée là, déhanchée, le poing sur la hanche la plus haute, le coude aussi écarté que possible, sans oublier un soupçon de sourire aux lèvres, dans une posture condescendante qui faisait clairement passer le message, «Écoutez, je suis pressée et vous êtes sur mon chemin. Soyez gentille et remballez votre petit tsunami dans un verre d'eau – tout de suite.»

«... DONNEZ-MOI UNE SEULE RAISON...»

Loin de se dérober devant l'offensive de Mac, la belle foutue salope fit deux pas en direction de la Green Elf, se pencha pour regarder Mac dans les yeux et dit, en anglais, sans élever la voix, «Pourquoi vous crachez en parlant?

— QU'EST-CE QUE VOUS DITES?»

La foutue salope s'avança encore d'un pas. Elle était maintenant à un mètre de l'Elf – et du siège d'Ed. D'une voix plus forte, les yeux toujours vrillés sur ceux de Mac, elle dit : «¡*Mírala*! Eh Mémé, tu craches quand tu parles *como una perra sata rabiosa con la boca llena de espuma*[1] et tu t'en mets partout, *tu pendejocito allí*[2]. ¡*Tremenda pareja que hacen, pendeja*[3]!» À présent, elle était furieuse contre Mac et ça commençait à se voir.

Mac ne savait pas un mot d'espagnol, mais les quelques passages

---

1. «Regarde-la! Eh, Mémé, tu craches quand tu parles comme un clebs enragé qui a la bouche pleine d'écume.» (*N.d.A.*)

2. «Espèce d'enfoirée» – littéralement «petit poil pubien». (*N.d.A.*)

3. «Vous faites bien la paire, pétasse!» (*N.d.A.*)

en anglais qui sortaient de la bouche sardonique de la foutue salope étaient déjà suffisamment injurieux.

« JE NE VOUS *PERMETS* PAS DE ME PARLER COMME ÇA ! POUR QUI VOUS VOUS PRENEZ ? UNE SALE PETITE GUENON, *VOILÀ* CE QUE VOUS ÊTES ! »

La foutue salope rétorqua : « *NO ME JODAS MÁS CON TUS GRITICOS ! VETE A LA MERDA, PUTA*[1] *!* »

Les voix stridentes des deux femmes, les insultes qui sifflent comme des balles de part et d'autre du visage pâle, blême d'Ed, le pétrifient. Le regard de la Latina furibarde le traverse comme s'il n'était que de l'air, inexistant. C'est humiliant. Il devrait évidemment faire appel à toute sa virilité et mettre fin à ce crêpage de chignon. Pourtant, il n'ose pas dire « Arrêtez toutes les deux ! » Il n'ose pas faire comprendre à Mac qu'en un sens, elle se met dans son tort en se conduisant de la sorte. Il ne sait que trop bien ce qui se passerait. Elle l'éreinterait jusqu'à la fin de la soirée, n'hésitant pas à s'en prendre à lui devant leurs amis qu'ils sont sur le point de rejoindre et, comme d'habitude, il ne saurait pas quoi dire. Il ne lui resterait qu'à encaisser comme un homme, si l'on peut dire. Il n'ose pas non plus remettre la Latina à sa place. De quoi aurait-il l'air ? Le rédacteur en chef du *Miami Herald* qui passe un savon à une élégante *señora* cubaine, autrement dit qui l'injurie ! « *Señora* » : c'est la moitié de la totalité de ce qu'il sait dire en espagnol, l'autre moitié étant, « *Sí, cómo no ?* ». En plus, les Latins ont la tête près du bonnet, surtout les Cubains, en admettant qu'elle soit cubaine. Et quelle Latina de Miami pourrait être d'une richesse aussi ostentatoire sinon une Cubaine ? Certainement, elle doit avoir rendez-vous au restaurant avec un mari ou un amant au sang chaud, du genre à demander réparation, et donc à l'humilier encore un peu plus. Ses pensées tourbillonnent, tourbillonnent dans sa tête. Les balles continuent à fuser. Il a la bouche et la gorge sèches comme de la craie. Elles ne peuvent pas arrêter, bon sang !

Arrêter ? Ha ! Mac se met à hurler : « PARLE ANGLAIS, CONNASSE ! TU ES EN AMÉRIQUE MAINTENANT ! PARLE ANGLAIS ! »

---

1. « Arrête de me faire chier avec tes hurlements ! Va te faire foutre, poufiasse ! » (*N.d.A.*)

L'espace d'une seconde, la foutue salope semble comprendre. Elle se tait. Puis elle reprend son attitude calme et hautaine et, avec un sourire narquois, elle dit, d'une voix plutôt douce, « No, *mía malhablada puta gorda*[1], issi on est à *Mee-ah-mee* quoâ ! *Tu* es à Mee-ah-mee quoâ ! »

Mac était assommée. Incapable de réagir pendant quelques instants. Elle réussit enfin à lancer dans un unique sifflement étranglé : « *Foutue salope !* » – après quoi, elle fit ronfler le moteur de la Green Elf et s'arracha dans une telle embardée que les pneus hurlèrent.

Les lèvres de Mac étaient si serrées que la chair faisait un bourrelet au-dessus et au-dessous. Elle secouait la tête... pas de colère, semblat-il à Ed, mais bien pire : d'humiliation. Elle ne le regardait même pas. Ses pensées étaient hermétiquement enfermées dans la capsule de ce qui venait de se passer. ::::::: Tu as gagné, foutue salope. :::::::

Le Balzac était bondé. Le brouhaha avait déjà atteint le volume maximum   nous-sommes-venus-dîner-dans-un-restaurant-chic-c'est-super... mais Mac insista pour raconter toute l'anecdote *d'une voix forte*, assez forte pour que leurs six amis n'en perdent pas une miette, tant elle était furieuse... Christian Cox, Marietta Stillman... la petite amie attitrée de Christian, Jill-J'aime-Christian... le mari de Marietta, Thatcher... Chauncey et Isabel Johnson... six Anglos, de *vrais* Anglos comme eux, des Anglos protestants américains – mais *Je t'en prie, bon sang !* Ed jetait des regards affolés à gauche et à droite. Les gens de la table voisine pouvaient très bien être cubains. Dieu sait qu'ils ont du fric ! Ça oui. *Là !* Et les serveurs ? Ils ont l'air de Latinos, eux aussi... Ils sont *forcément* latinos... Il n'écoute plus les diatribes de Mac. Une expression venue de nulle part s'impose à son esprit. Tout le monde... tous... c'est *la voix du sang* ! La religion est moribonde... et pourtant, tout le monde a encore besoin de croire en *quelque chose*. Ce serait intolérable – personne ne pourrait le supporter – d'être finalement obligé de se dire, « Pourquoi continuer à feindre ? Je ne suis qu'un atome perdu à l'intérieur d'un super collisionneur qu'on appelle l'univers ». Mais *croire en* ne signifie-t-il pas par définition

---

1. « Eh non, espèce de grosse poufiasse mal embouchée... » (*N.d.A.*)

aveuglément, irrationnellement ? Alors, mon peuple, il ne reste plus pour nous unir que la lignée, le sang qui court dans nos veines. « ¡ La Raza ! » crient les Portoricains. « La Race ! » crie le monde entier. Tous les hommes, partout dans le monde, n'entendent plus qu'une chose – la voix du sang ! Vous, les hommes, partout dans le monde, vous n'avez pas le choix – c'est la voix du sang !

1

Le Type sur le mât

SCHLACK le Safe Boat décolle redescend SCHLACK rebondit dans la baie sur une autre lame retombe SCHLACK sur une autre lame et SCHLACK bondit en l'air alors qu'explosent les sirènes de détresse les rampes lumineuses de la police SCHLACK qui clignotent sur le toit dans une séquence insensée SCHLACK mais les collègues SCHLACK du policier Nestor Camacho ici dans le cockpit les deux gros SCHLACK *Americanos* ils adorent ça ils adorent ils *adorent* piloter la vedette SCHLACK à pleins gaz à soixante-dix kilomètres heure contre le vent SCHLACK faisant bondir *bondir* sa mince coque d'aluminium SCHLACK de lame SCHLACK en lame SCHLACK vers l'embouchure de la baie de Biscayne pour «s'occuper du type sur le mât» SCHLACK «près de la Chaussée Rickenbacker»...

... SCHLACK les deux *Americanos* étaient assis à la barre sur des sièges équipés d'amortisseurs intégrés pour absorber tous ces SCHLACK rebonds, tandis que Nestor, vingt-cinq ans, quatre ans d'ancienneté dans la police mais SCHLACK récemment promu dans la Patrouille Maritime, une unité SCHLACK d'élite, et encore à l'essai était SCHLACK relégué dans l'espace situé derrière eux où il SCHLACK devait garder l'équilibre en se cramponnant à ce qu'on appelait un poteau d'appui et SCHLACK se servir de ses deux jambes comme amortisseurs...

Un *poteau d'appui* ! Ce bateau, le Safe Boat, n'avait rien d'aérodynamique. Il était *mooooooche*... une crêpe caoutchouteuse remplie de mousse de sept mètres et demi de long en guise de pont, avec pour cockpit une vieille cabine de remorqueur. Mais ses deux moteurs développaient une puissance de mille cinq cents chevaux, et ce machin-là volait sur l'eau comme une flèche. Il était insubmersible à moins qu'on ne perce à coups de canon des trous de trente centimètres, et un sacré paquet en plus, dans le rembourrage de mousse. Au cours des essais, personne n'avait jamais été capable de le faire chavirer, malgré les manœuvres les plus époustouflantes. Il était conçu pour les sauvetages. Et le cockpit, enfin l'espèce de hutte dans laquelle ils se trouvaient, les *Americanos* et lui? C'était l'*Ugly Betty* de la construction navale – insonorisé tout de même. Dehors, à soixante-dix kilomètres heure, le Safe Boat provoquait un véritable ouragan d'air, d'eau et de combustion interne... alors qu'ici, à l'intérieur du cockpit, on n'avait même pas besoin d'élever la voix... pour se demander quel genre d'allumé on était en train d'aller chercher au sommet d'un mât près de la Chaussée Rickenbacker.

McCorkle, un brigadier aux cheveux blond sable et aux yeux bleus, était à la barre et son adjoint, l'agent Kite, aux cheveux châtain clair et aux yeux bleus, était assis à côté de lui. Deux vrais quartiers de bœuf entourés de gras – et ces cheveux d'un blond irréprochable! – et ces yeux bleus! *Les blonds! – aux yeux bleus!* – impossible de ne pas penser *americanos* sans le vouloir.

Kite était en communication SCHLACK radio : « Q,S,M » – le code de la Police de Miami pour « Répétez » – « Négatif? » SCHLACK « Négatif? Vous dites que personne ne sait ce qu'il fout là-haut? Il y a un type au sommet d'un » SCHLACK « *mât, il* hurle *et personne ne sait ce qu'il* » SCHLACK « hurle? Q,K,T » – pour « Terminé ».

Crépitement d'électricité statique crépitement d'électricité statique Radiocom : « Q,L,Y » – pour « Roger » – « C'est tout ce que nous avons. La 43 envoie une » SCHLACK « unité vers la Chaussée. Q,K,T. »

Long silence SCHLACK stupéfait... « Q,L,Y... Q,R,U... Q,S,L » – pour « Fin de communication ».

Kite resta SCHLACK assis un moment, le micro près du visage, plissant les yeux, le lorgnant comme SCHLACK s'il n'en avait jamais vu de sa vie. « Ils savent que dalle, chef.

— Qui est sur Radiocom?

— J'en sais rien. Un » SCHLACK « Canadien. » Il s'interrompit... *un Canadien?*

«Tout ce que j'espère, c'est que c'est pas encore un» SCHLACK «clandestin, chef. Ces connards sont tellement cinglés qu'ils sont foutus» SCHLACK «de vous flinguer sans le faire exprès. Pas la peine d'essayer de négocier avec eux même si vous avez quelqu'un qui parle» SCHLACK «leur putain de langue. Inutile d'essayer de sauver leurs putains de vies, à tout» SCHLACK «prix! Préparez-vous plutôt à l'Ultime Combat Sous-marin avec un» SCHLACK «chieur shooté jusqu'aux yeux à l'adrénaline. Si vous voulez savoir ce que je pense, c'est la pire» SCHLACK «dope qui existe, chef, l'adrénaline. Un motard camé au crystal meth – c'est de la gnognote par rapport à un seul de ces petits bouffons rachos gonflés à l'adrénaline.»

Bouffons?

Les deux *Americanos* ne se regardaient pas en parlant. Ils avaient les yeux fixés droit devant eux, vissés sur l'image d'un connard de merde au sommet d'un mât près de la Chaussée Rickenbacker.

À travers le pare-brise – incliné vers l'avant et non vers l'arrière – le *contraire* d'aérodynamique –, on pouvait constater que le vent s'était levé et que la baie était agitée, mais pour le reste, c'était une journée typique de début septembre à Miami... encore l'été... pas un nuage à l'horizon... et, *Bon Dieu*, quelle étuve. Le soleil transformait le ciel en une unique et gigantesque lampe chauffante d'une clarté aveuglante, faisant exploser des reflets sur toutes les surfaces brillantes et incurvées, jusque sur la crête des vagues. Ils venaient de passer à toute allure devant les marinas de Coconut Grove. La silhouette curieusement rosâtre de Miami s'élevait lentement à l'horizon, brûlée par les rayons du soleil. À strictement parler, Nestor ne voyait pas vraiment tout ça – la lueur rosâtre, l'éclat du soleil, le bleu vide du ciel, les éclairs des reflets – mais il *savait* qu'ils étaient là. Il ne pouvait pas vraiment les voir parce que, bien sûr, il portait des lunettes de soleil, pas noires, mais *les plus noires*, magno *noires*, supremo *noires*, avec une barre imitation or reliant les verres sur la partie supérieure. Celles de tous les flics cubains cool de Miami... 29,95 dollars chez CVS... une barre en or, baby! Tout aussi cool, son crâne rasé avec juste une petite hélisurface plate de cheveux au sommet. Encore plus cool, son cou de taureau – plus cool et pas facile à obtenir. Il était maintenant plus large que sa tête et semblait fusionner avec ses trapèzes... *là*. Des ponts de lutteur, baby, et des haltères ! Un harnais de tête avec des poids – voilà le truc ! Sur un gros cou, une tête rasée ressemblait à celle d'un lutteur turc. Autrement, elle avait l'air d'un bouton de porte. Il n'était qu'un gamin maigrichon d'un mètre soixante-dix quand il avait commencé à rêver d'entrer dans la police. Aujourd'hui, il mesurait toujours un mètre soixante-dix, mais... devant le miroir... un mètre soixante-dix de formations rocheuses massives et lisses, de vrais Gibraltar, trapèzes, deltoïdes, dorsaux, pectoraux, biceps, triceps, obliques, abdos, fessiers, quadriceps – *d'acier !* – tu veux savoir ce qui est encore plus efficace que les haltères pour le torse ? Grimper à la corde de huit mètres chez Rodríguez « Ñññññññooooooooooooooo !!! Qué Gym », comme tout le monde l'appelait, sans les jambes. Tu veux des biceps et des dorsaux *d'acier* – et même des pecs ? Rien de mieux que la corde de huit mètres de chez Rodríguez – *d'acier !* – les contours de chaque masse musculaire, définis par de profondes crevasses sombres, se détachaient parfaitement... dans le miroir. Autour de ce cou de taureau pendait une fine chaîne en or avec une médaille de cette sainte tellement cool de la Santería, Barbara, patronne des artilleurs et des sapeurs, qui reposait sur sa poitrine sous sa chemise... La *chemise*... C'était le problème avec la Patrouille Maritime. Un flic cubain comme lui, affecté à la police des rues, veillait à porter une chemise d'uniforme à manches courtes trop petite d'une taille pour mieux souligner le moindre renflement de chaque formation rocheuse... et plus particulièrement, dans son cas, les triceps, ces gros muscles à l'arrière du bras. Il considérait les siens comme le triomphe géologique suprême du triceps... dans le miroir. Si tu étais vraiment cool et cubain, tu faisais retoucher le fond de culotte de ton pantalon d'uniforme – beaucoup – jusqu'à ce que, de dos, tu aies l'air de porter un moule-boules à manches longues. Le meilleur moyen de faire craquer toutes les *jebitas* dans la rue. C'était exactement comme ça qu'il avait fait la connaissance de Magdalena – *Magdalena !*

Craquant, il l'était certainement le jour où il avait dû empêcher cette *jebita* de franchir la barricade en travers de la 16e Avenue sur la Calle Ocho et elle s'était mise en pétard et la colère qui illuminait ses yeux l'avait rendu encore plus raide dingue d'elle – *¡ Dios mío !* – alors il lui avait souri comme ça et avait dit *J'aimerais vraiment vous laisser passer – mais je ne le ferai pas* et avait continué à sourire comme ça et elle lui avait dit deux nuits plus tard que quand il s'était mis à sourire elle avait cru que son charme avait fait son effet et puis ensuite il avait tenu bon en disant *mais je ne le ferai pas* – et ça, ça l'avait vraiment allumée. Imaginez que ce jour-là, il ait porté *cet* uniforme ! Tout ce qu'elle aurait remarqué c'est qu'il l'empêchait de passer. Cet uniforme de la Patrouille Maritime – un polo blanc flottant et un short bleu marine tout aussi flottant, pour tout arranger ! Si encore il pouvait raccourcir les manches – mais les autres le remarqueraient immédiatement. Ils se foutraient de lui horriblement... Quels surnoms iraient-ils inventer... «Musclor ?»... «Mister Univers»?... ou simplement «Uni'» ? – prononcé «Youni», ce qui serait encore pire. Il était donc coincé dans cet... uniforme... qui vous donnait l'air d'un gamin retardé qui aurait poussé en asperge. Enfin, au moins, il lui allait moins mal qu'à ces deux gros *Americanos* en face de lui. De là, adossé au poteau d'appui, il ne les voyait que trop bien de dos... écœurant... tout ce lard qui dégoulinait en poignées d'amour à l'endroit où leurs polos s'enfonçaient dans leurs shorts. Lamentable – et ces gars-là étaient censés être en assez bonne condition physique pour sauver des gens paniqués dans la flotte. Un instant, il se demanda s'il n'était pas devenu un maniaque du bodybuilding, mais cela ne dépassa pas un instant. Putain, c'était déjà assez bizarre de partir en mission avec rien que des *Americanos*. Ça ne lui était pas arrivé une seule fois pendant ses deux années de gardien de la paix. Il en restait si peu dans la police. Et c'était doublement bizarre d'être inférieur à la fois numériquement et *hiérarchiquement* à deux membres d'une minorité comme ça. Il n'avait rien contre les minorités... les *Americanos*... les Blacks... les Haïtiens... les Nicas, comme tout le monde appelait les Nicaraguayens. Il se sentait très large d'esprit, un jeune homme de son temps, noble et tolérant. *Americano* était le mot qu'on utilisait en présence d'autres Cubains. Autrement, on disait Anglo. Quel drôle de nom, *Anglo*. Il avait quelque chose de... *pas très sympa*. Il désignait les Blancs d'origine européenne. N'avait-il pas une connotation légèrement défensive ? Il n'y avait pas si longtemps que les... Anglos... divisaient la population mondiale en quatre couleurs, les Blancs, les Noirs, les Jaunes – et tous les autres étaient marron. Les Latinos se retrouvaient dans le même sac marron ! – alors qu'ici à Miami, en tout cas, la plupart des Latinos, un très gros pourcentage, enfin, beaucoup, étaient aussi blancs que n'importe quel Anglo, sauf qu'ils n'avaient pas les cheveux blonds... C'était ce que voulaient dire les Mexicains en utilisant le mot *gringo* : ceux qui ont les cheveux blonds. Les Cubains l'employaient de temps en temps pour son effet comique. Une bagnole passe, pleine de garçons cubains, ils voient une jolie blonde sur un trottoir d'Hialeah, et l'un d'eux se met à crier, « ¡ *Ayyyyy, la gringa !* »

« *Latino* » – ce mot-là aussi avait quelque chose de *pas très sympa*. Il n'existait qu'aux États-Unis. Tout comme « *hispanique* ». Qui d'autre, bordel, traitait les gens d'Hispaniques ? Et pourquoi ? Mais toute cette histoire commençait à lui faire mal à la tête...

La voix de McCorkle ! le fit brusquement revenir sur terre. Le brigadier aux cheveux sable, McCorkle, parlait à son adjoint blond, Kite : « Ça m'étonnerait que ça soit un clandestin » SCHLACK « Je n'ai jamais vu de clandestin arriver sur un bateau » SCHLACK « à mât. Tu sais quoi ? Ils sont trop lents ; trop visibles... Et puis, prends Haïti... ou bien » SCHLACK « Cuba. Y a plus de bateaux à mâts dans ces coins-là. » Il tourna la tête de côté et l'inclina SCHLACK en arrière pour parler par-dessus son épaule. « Pas vrai, Nestor ? » Nis-*ter*. « Ils ont *même pas* » SCHLACK « de mâts à Cuba. Pas vrai ? Dis que c'est vrai, Nestor. » Nis-*ter*.

Ça agaçait Nestor – non, ça l'*exaspérait*. Il s'appelait Nestor, pas Nis-*ter*, comme le prononçaient les *Americanos*. Nis-*ter* – ça lui donnait l'impression d'être assis dans un nid, le cou dressé, le bec grand ouvert à attendre que Môman rentre à la maison à tire-d'aile et lui dépose un asticot dans le gosier. Ces crétins n'avaient sans doute jamais entendu parler du roi Nestor, héros de la guerre de Troie. Et cet imbécile de brigadier qui trouvait marrant de lui parler comme à un pauvre gamin de six ans avec son *Pas vrai ? Dis que c'est vrai, Nestor.* En même temps, cette blague *supposait* qu'un Cubain de la deuxième génération comme lui, né aux États-Unis, se passionnait tellement pour Cuba qu'il s'intéressait forcément, connement, à la présence ou à l'absence de mâts sur les bateaux cubains. Ça montrait bien ce qu'ils *pensaient* vraiment des Cubains. ::::::: Ils nous prennent encore pour des *étrangers*. Après tout ce temps, ils n'ont toujours pas pigé! S'il y a des étrangers maintenant à Miami, c'est *eux*! Espèce de débiles blonds – avec vos «Nis-*ter*!» :::::::

«Comment je peux savoir, *moi*?» s'entend-il dire. «Je» SCHLACK «n'ai jamais mis les *pieds* à Cuba. Je n'ai jamais posé les *yeux* sur» SCHLACK «Cuba.»

Minute! Bingo! – il sait aussitôt qu'il n'aurait pas dû dire ça, il le sait avant de l'avoir compris rationnellement, il sait que ce «Comment je peux savoir, *moi*» plane dans l'air comme un gaz putride. La manière dont il a accentué «*moi*»... et puis «*pieds*», «*yeux*»! Quel dédain! Quelle claque! Plus insolent tu meurs! Autant le traiter directement de demeuré blond crétin! Il n'a même pas *cher-ché* à cacher sa colère! Si encore il avait ajouté un «chef»! «Comment je peux savoir, *moi, chef*?» il aurait pu s'en sortir. McCorkle a beau appartenir à une minorité ethnique, il est quand même brigadier! Il suffit qu'il lui colle un mauvais rapport pour que Nestor Camacho soit recalé après sa période d'essai et alors, adieu la baille! Vite! Balance un *chef* tout de suite! Deux, même – *Chef* et *Chef*! Mais c'est inutile – trop tard – trois ou quatre interminables secondes se sont écoulées. Il ne lui reste qu'à s'arc-bouter contre le poteau d'appui et à retenir son souffle...

Les deux *Americanos* blonds ne mouftent pas. Nestor sent avec une terrible acuité son cœur SCHLACK qui bat la chamade sous son polo. Vaguement vaguement vaguement et après et après et après il prend conscience de la silhouette du SCHLACK centre-ville de Miami qui s'élève de plus en plus haut alors que le Safe Boat s'approche à toute vitesse, croisant de plus en plus de «lulus», ainsi que les flics appellent les bateaux de plaisance possédés et pilotés sans but par des civils qui ne savent rien de rien prennent des bains de soleil SCHLACK trop gros trop nus trop collants de crème SCHLACK écran total indice 30, et les dépassant si vite qu'il donne l'impression de *repous-ser* les lulus SCHLACK en arrière...

Bon Dieu! Nestor saute en l'air. Debout juste derrière SCHLACK son siège, il voit le pouce du brigadier McCorkle se lever au-dessus de son épaule. Et voilà SCHLACK qu'il le pointe en arrière vers Nestor sans bouger la tête – il continue à regarder devant lui – et lance à l'agent Kite, «Comment est-ce qu'il peut» SCHLACK «savoir, Lonnie. Il a jamais mis les pieds à Cuba, merde! Il a jamais posé les yeux sur Cuba, merde.» SCHLACK «Comment tu veux... qu'il... sache... merde.»

Lonnie Kite ne réagit pas. Il est sans doute comme Nestor lui-même... il attend de voir où ça va les mener... pendant que le centre de Miami monte... monte. Voici la SCHLACK Chaussée Rickenbacker elle-même, la voie surélevée qui traverse la baie depuis la ville jusqu'à Key Biscayne.

«OK, Nis-*ter*, dit McCorkle en ne présentant toujours que sa nuque à Nestor, tu peux pas savoir ça. Alors», SCHLACK «dis-nous un peu ce que tu *peux* savoir, Nis-*ter*. Qu'est-ce que tu dis de ça? Éclaire un peu nos lanternes. *Qu'est-ce* que» SCHLACK «tu *sais*»?

Balance le «Chef» *tout de suite!* «Allons, chef, je ne voulais pas» SCHLACK «dire...

— Est-ce que tu sais par hasard quel *jour* on est?» SCHLACK

— Quel *jour*?

— Ouais, Nis-*ter*. C'est un jour spécial. Quel jour spécial? Tu sais ça, toi?» SCHLACK

Nestor savait que l'*Americano* grand gros blond le cherchait – et l'*Americano* grand gros blond savait qu'il le savait – mais lui, Nestor, n'osait rien dire qui puisse donner à entendre qu'il SCHLACK le *savait* parce qu'il savait aussi que SCHLACK l'*Americano* grand gros blond le mettait au défi de proférer une nouvelle insolence pour pouvoir le coincer *pour de bon*.

Long silence – jusqu'à ce que Nestor réponde SCHLACK aussi innocemment que possible : « *Ven*dredi?

— C'est tout – *ven*dredi? Tu n'as pas idée que c'est peut-être plus qu'un simple» SCHLACK «*vendredi*?

— Chef, je...»

La voix du brigadier McCorkle couvre celle de Nestor. «C'est le putain d'anniversaire de ce putain de José Martí», SCHLACK «voilà ce que c'est, Camacho! Comment ça se fait que tu saches pas *ça*, toi?»

Nestor sent son visage brûler de colère et d'humiliation. :::::: Il a eu le culot de dire « *ce putain de José Martí* »! José Martí est la personnalité la plus vénérée de l'histoire cubaine! Notre Libérateur, notre

Sauveur! « *Putain d'anniversaire* » – saloperie sur saloperie – et puis « *Camacho* » pour s'assurer que Nis-*ter* se prend la saloperie en pleine tronche! En plus, ce n'est *pas* l'anniversaire de Martí! Son anniversaire est en janvier – mais je ne peux même pas me permettre de lui balancer ça! ::::::

« Comment vous le savez, chef? demande Lonnie Kite.

— Comment je sais quoi?

— Que c'est » SCHLACK « l'anniversaire de José Martí.

— Parce que j'écoute bien à l'école.

— Ah ouais? Quelle école, chef?

— Miami Dade » SCHLACK « cours du soir et du week-end. J'ai suivi les deux ans. J'ai eu mon brevet.

— Ouais?

— Ouais. Et maintenant » SCHLACK « je vais m'inscrire à l'EGU. J'veux un vrai diplôme. J'ai pas l'intention de passer toute ma vie à être flic. Si j'étais canadien, j'pourrais l'envisager. Mais j'suis pas » SCHLACK « canadien. »

Canadien?

« Écoutez, j'voudrais pas vous décourager, chef, dit l'agent Kite aux cheveux châtains, « mais il paraît » SCHLACK « qu'à l'EGU, il y a plus de la *moitié* de Canadiens, parmi les étudiants en tout cas. Les profs » SCHLACK « je ne sais pas. »

Canadiens – Canadiens!

« Ça peut pas être pire qu'au Département... » Le brigadier interrompit soudainement le cours de ses pensées. Il garda les mains posées sur les commandes, baissa la tête, pointa le menton en avant. « Putain de merde! Regarde » SCHLACK « là-bas! Voilà la Chaussée, et tu vois, là, sur le pont, tout en haut? »

Nestor ne savait absolument pas de quoi il parlait. Il était trop à l'arrière du cockpit pour apercevoir la partie supérieure du pont.

Au même instant, le crépitement électrique de Radiocom : « 5, 1, 6, 0, 9 – 5, 1, 6, 0, 9 – quel est votre » SCHLACK « Q,T,H? On a besoin de vous au plus vite. 43 nous dit qu'ils ont une bande de *tontos*, ils sont sortis de leurs bagnoles et crient des trucs » SCHLACK « au type du mât. Il y a trouble à l'ordre public. La circulation sur la chaussée » SCHLACK « est interrompue dans les deux sens. Q,K,T. »

Lonnie Kite confirma à 5, 1, 6, 0, 9 et annonça « Q,T,H. On vient » SCHLACK « de passer Brickell, on se dirige droit vers la chaussée. Je vois les voiles, je vois quelque chose au sommet du » SCHLACK « mât, je vois l'agitation sur la chaussée. On sera sur zone dans, euhhh, soixante » SCHLACK « secondes. Q,K,T.

— Q,L,Y, émit Radiocom. 43 veut que l'homme soit descendu de là et évacué A,S,A,P. »

Des Canadiens! Il était impensable que plus de la moitié des étudiants de l'EGU – l'Everglades Global University – soient canadiens. Cubains, *oui.* C'était donc ça, leur petit jeu *americano* à la con! Et ils étaient tellement cons qu'ils s'imaginaient qu'il fallait être un génie pour piger! Nestor se creusa la cervelle pour se rappeler dans quel contexte ils avaient employé le mot *Canadiens* quelques minutes plus tôt. Et *bouffons*? Ça voulait aussi dire Cubains? Latinos? :::::: Peut-on considérer comme une injure qu'un *Americano* parle de *Canadien* pour désigner un *Cubain...* devant vous? *Ça bout, ça bout, ça bout* – mais contrôle-toi! :::::: *Cubain? Canadien? Bouffon?* Qu'est-ce que ça pouvait bien faire? L'important, c'était que le brigadier s'était senti tellement insulté qu'il recourait au sarcasme, à fond la caisse, et même à des trucs dégueus comme « ce putain de José Martí ». Pour quoi faire? Pour le pousser à bout au point de l'inciter à commettre un véritable acte d'insubordination – et ensuite, pour le faire jeter de cette unité d'élite, la Patrouille Maritime, et le réexpédier tout en bas de l'échelle – ou carrément le faire renvoyer de la police! *Viré! À la porte!* Il suffisait qu'il se prenne le chou, un manquement avéré à la discipline, avec son commandant à l'instant critique d'une mission – au moment où tout le département attendait qu'ils fassent descendre un allumé du sommet d'un mât dans la baie de Biscayne, et il serait fini! *Fini* – et ce serait fini avec Magdalena aussi. *Magdalena!* – qui se conduisait déjà bizarrement, froidement, et il serait transformé en déchet, chassé de la police, humilié à mort.

Le brigadier réduisait les gaz. Les SCHLACKs se firent moins violents et moins fréquents comme ils approchaient de l'énorme voilier blanc. Ils allaient l'aborder par l'arrière.

L'agent Lonnie Kite se pencha par-dessus le tableau de bord et commença à regarder en l'air. « La vache, chef, ces mâts – je n'en ai jamais vu d'aussi hauts de ma vie. Ils sont aussi hauts que ce putain de pont, et ce putain de pont a un dégagement de vingt-cinq putains de mètres au-dessus de la surface de l'eau ! »

Occupé à aligner le Safe Boat à côté du voilier, le brigadier ne leva même pas les yeux. « C'est un schooner, Lonnie. T'as entendu parler des "grands voiliers" ?

— Ouais... je crois bien, chef. Il me semble que oui.

— On les a construits pour la vitesse, dans le temps, au XIXᵉ siècle. C'est pour ça qu'on les a équipés de mâts aussi hauts. Ça augmente la surface de voilure. À l'époque, ces bateaux-là filaient vers les naufrages, vers les navires marchands ou je ne sais quoi pour rafler le butin au plus vite. Je parie que ces mâts sont aussi hauts que le bateau est long.

— Comment vous savez tout ça sur les schooners, chef ? Je n'en ai jamais vu par ici. Pas un seul...

— J'écoute bien...

— ... à l'école, compléta Lonnie Kite. Ah ouais, j'avais failli oublier, chef. » Il tendit le doigt vers le haut. « Bordel ! Il est là ! Le type sur le mât ! Tout en haut du mât avant ! J'ai cru que c'était un ballot de linge sale ou de toile, un machin comme ça. Regardez-le ! Il est aussi haut que les *tontos* sur le pont routier ! Et puis on dirait qu'ils se crient des trucs... »

Nestor ne voyait rien de tout ça et aucun d'eux ne pouvait entendre ce qui se passait, parce que le cockpit du Safe Boat était insonorisé.

Le brigadier mit le moteur au ralenti pour se coller bord à bord avec le schooner. Ils s'arrêtèrent à quelques centimètres. « Lonnie, dit le brigadier, prends la barre. »

Quand il se leva de son siège, il regarda Nestor comme s'il avait oublié son existence. « OK, Camacho, rends-toi utile. *Ouvre cette putain d'écoutille.* »

Nestor regarda le brigadier avec une crainte abjecte. Une prière se forma à l'intérieur de son crâne. :::::: *Je t'en prie, Dieu tout-puissant, je t'en conjure. Fais que je ne foire pas* ::::::

L'« écoutille » était une porte coulissante insonorisée à double vitrage qui ouvrait sur le pont depuis le côté de la cabine. Tout l'univers de Nestor se réduisit soudain à cette porte et à l'épreuve de niveau olympique consistant à l'ouvrir avec une force maximum, une rapidité maximum – tout en conservant un contrôle maximum... *maintenant! Tout de suite!* :::::: *Je t'en prie, Dieu tout-puissant, je t'en conjure – allons-y...* ::::::

Réussi! Réussi! Avec la souplesse puissante du tigre, il avait réussi!... Réussi quoi? À la faire coulisser! À faire coulisser une porte coulissante! Sans foirer!

Dehors – ce n'était que tumulte. Le vacarme fit brutalement irruption dans le cockpit sacro-insonorisé, le vacarme et la chaleur. Bon Dieu, qu'il faisait chaud sur le pont! Torride! Débilitant! Ça vous terrassait. Seul le vent qui balayait la baie rendait cette canicule supportable. Le vent était assez puissant pour créer son propre sifflement, pour faire CLAQUER les lames sur la coque du schooner et faire BATTRE les immenses voiles, deux mâts de voiles – les faire BATTRE jusqu'à les faire exploser en nuages d'un éclat blanc surnaturel – le soleil d'été de Miami! Nestor leva les yeux vers la boule de feu – qui se désintégrait sous l'effet de son propre brasier – et, malgré ses lunettes de soleil suprêmement noires, il ne se risqua pas à regarder une deuxième fois cette lampe chauffante infernale qu'était le ciel tout entier. Pourtant ce n'était rien par rapport à la DÉFERLANTE de voix humaines. Cris! Exhortations! Imprécations! Vitupérations! Supplications! Huées! Un immense mugissement et grincement de dents à mille cinq cents mètres de la côte en pleine baie de Biscayne!

Le brigadier sortit de la cabine sans accorder un regard à Nestor. Mais au moment de débarquer, il esquissa un petit geste de la main au niveau de sa hanche pour lui faire signe de le suivre. Le *suivre*? Nestor le suivit comme un petit chien.

Le brigadier et son petit chien se retrouvèrent sur le pont du schooner – une vraie cellule capitonnée, ce pont! Les passagers (s'ils en étaient) s'accrochaient au bastingage, gesticulant et leur baragouinant des trucs – des *Americanos*, tous autant qu'ils étaient... cheveux châtains et blonds... des filles pour la moitié – presque à poil! Tous ces cheveux blonds! Des minuscules morceaux de strings de bain qui ne couvraient même pas leur pubis!... des hauts formés de deux triangles de tissu qui dissimulaient les mamelons tout en laissant le reste des seins déborder de part et d'autre de manière aguichante. *Tu en veux plus?* Surtout pas. Pour le moment, Nestor ne songeait même pas à faire des avances à ces *lubricas americanas*. Elles se dissolvaient dans ses prières qui se résumaient à *Je t'en prie, Dieu tout-puissant, je t'en conjure, ne me laisse pas... foirer.*

Le brigadier se dirigea tout droit vers le mât avant. Nestor se dirigea tout droit vers le mât avant. Le brigadier leva les yeux. Nestor leva les yeux. Le brigadier vit le perchoir de l'homme mystérieux au sommet du mât. Nestor vit le perchoir de l'homme mystérieux au sommet du mât – une silhouette qui se découpait contre une voûte chauffante meurtrière, une masse noire à une hauteur équivalente à celle de sept ou huit étages au-dessus du pont. Une véritable tempête de braillements égosillés s'abattait sur eux au milieu d'une cacophonie d'avertisseurs sonores scandalisés. Le brigadier leva à nouveau les yeux. Nestor leva à nouveau les yeux. Les deux policiers furent obligés de renverser complètement la tête en arrière pour voir d'où venait ce tapage. Il y avait de quoi crever, le nez en l'air vers l'arche culminante du pont routier... Une foule de gens en colère se penchait par-dessus le parapet, sur deux rangées, trois rangées, Dieu sait combien de rangées. Ils étaient si haut que leurs têtes semblaient grosses comme des œufs. Nestor lui-même, malgré ses Supremos noires, était incapable de les fixer du regard plus de quelques secondes. On se serait cru dans la rue, au pied d'un immeuble de huit ou neuf étages, pendant qu'une foule vous huait inexplicablement depuis un toit qu'embrasait le soleil. Et *tout là-haut*! – presque au niveau des yeux de la foule, presque à la même hauteur qu'elle par rapport au pont du bateau, le type. Le brigadier était juste au-dessous de lui et le regardait. Nestor était juste au-dessous de lui et le regardait. En mettant leurs mains en visière au-dessus de leurs yeux, ils pouvaient constater qu'il ressemblait *effectivement* à un tas de linge sale, comme l'avait dit Lonnie Kite... non, c'était pire que ça... il ressemblait à un tas de linge dégueulasse, dégoulinant. Il était trempé jusqu'aux os. Ses vêtements, sa peau, et même ses cheveux noirs – enfin, ce qu'ils en voyaient –, tout était du même brun-gris boueux imbibé que s'il venait de s'extirper d'un puisard rempli. Les secousses spastiques qui agitaient sa tête et les cris qu'il poussait en direction de la foule, la suppliant de ses deux mains tordues, tendues paumes en l'air en coupe, n'arrangeaient rien. Mais comment pouvait-il rester là-haut sans s'accrocher au mât ? Ahhhhh... il avait trouvé une petite chaise de gabier – et d'ailleurs, comment était-il arrivé là-haut ?

« Monsieur le policier ! Monsieur le policier ! »

Un grand lulu, un marin d'eau douce qui ne devait pas avoir plus de trente ans, s'était planté devant le brigadier McCorkle. Il n'arrêtait pas de tendre l'index vers le type sur le mât. La peur se lisait sur son visage et il parlait si vite que ses paroles semblaient jouer à saute-mouton les unes avec les autres, retombant l'une sur l'autre, se renversant, trébuchant, ricochant, s'éparpillant irrémédiablement. « C'est pas à moi de le faire descendre de là, monsieur le policier, connais pas jamais vu avant ça vous savez tous ces gens là-haut ·qu'est-ce qu'ils il est tellement furieux là veulent qui va le attaquer mon bateau ce mât à lui seul détruire vaut une fortune vous savez je n'avais vraiment pas besoin... »

Ce type était *mou* – non mais, regardez-le ! –, d'une mollesse incroyablement *luxueuse*, tel fut le verdict immédiat de Nestor. Il avait les mâchoires pleines, des mâchoires si lisses et si onctueuses qu'elles avaient atteint le moelleux d'un flan à la vanille parfait. Il avait de la bedaine, une bedaine qui dessinait une parabole parfaite de son sternum à son bas-ventre, la bedaine incomparable de la Jeunesse Oisive, créée, à n'en pas douter, par les plus coûteux, les plus tendres, les plus goûteux cuistots du monde. Et sur la voûte parabolique parfaite de ses entrailles se tendait une chemise vert pomme, en coton, oui, mais un coton si fin et tout-droit-sorti-de-l'emballage qu'il présentait un lustre vert pomme parfait – bref, une vraie lopette, ce type, une lopette dont la bouche n'arrêtait pas d'éructer des mots dans un vrai méli-mélo d'attitude de lopette imprégnée de trouille.

« ... ce foutu cinglé merde *me* faire un procès ! Ce mec qui est responsable de tout et veut *me* coller un procès ! Un fou furieux que je n'ai jamais vu de ma vie s'en prend à *moi* ! »

Le brigadier leva les deux mains, paumes en l'air et vers l'avant sur le mode *C'est bon, allez-y mollo.* « Doucement ! C'est votre bateau ?

— Oui. Et c'est moi qui...

— Un instant. Votre nom ?

— Jonathan. Ce qu'il y a, c'est que dès que je...

— Vous n'auriez pas un nom de famille, *par hasard* ? »

La grande lopette d'eau douce regarda le brigadier comme si c'était lui, le brigadier, qui avait perdu la tête. Puis il dit « Krin ? » presque comme une question. « K, R, I, N ? » Membre de la première génération à ne pas faire usage de noms de famille, le concept même lui paraissait ringard.

« Très bien Jonathan, et si vous... » – le brigadier imprima à ses paumes trois petits mouvements de pompe vers le bas, en direction du pont, comme pour dire *Calmement, sans vous emballer* – « me racontiez comment il est arrivé là. »

Il ressortait des propos de ce jeune homme corpulent, mais d'une corpulence parfaite, qu'il avait invité ses camarades à faire une croisière avec lui dans la baie de Biscayne pour rejoindre la maison et marina d'un ami sur une enclave du front de mer courue par les célébrités et justement connue sous le nom de Star Island. Il n'avait vu aucune raison de ne pas faire passer le grand mât de vingt-trois mètres de son schooner sous le pont de vingt-cinq mètres de la Chaussée... jusqu'au moment où ils s'étaient approchés et où la manœuvre avait commencé à paraître peut-être dangereuse, avec le vent, les remous et les lames qui faisaient légèrement tanguer le schooner. Ils avaient donc jeté l'ancre à dix-huit mètres du pont et s'étaient regroupés tous les huit à l'avant pour étudier la situation.

C'est alors que l'un d'eux s'était retourné et avait dit : « Hé, Jonathan, il y a un mec, là, derrière, sur le pont ! Il vient de monter par l'échelle ! » Effectivement, il y avait un petit bonhomme de rien du tout mince, filiforme, trempé et dégoulinant, qui respirait difficilement... un SDF avaient-ils pensé aussitôt. Il avait réussi à grimper l'échelle de poupe qui permettait de descendre dans l'eau et de remonter. Et maintenant il était là, ruisselant, sur le pont arrière, les yeux fixés sur eux. Il avait commencé à s'avancer, d'un air méfiant, gobant l'air comme un poisson hors de l'eau, jusqu'à ce que Jonathan, en sa qualité de propriétaire et de capitaine, lui crie, « Hé, dites donc vous, qu'est-ce que vous foutez là ? » Le type s'était arrêté, avait commencé à gesticuler des deux mains, et à jacasser, entre deux inspirations, dans une langue qu'ils avaient supposé être de l'espagnol. Jonathan avait continué à hurler, «Fous le camp d'ici! Allez! Tire-toi» et autres injonctions inamicales. Sur ce, celui qu'ils prenaient tous pour un clodo s'était mis à courir gauchement, trébuchant, zigzaguant, non pas pour s'éloigner d'eux mais fonçant droit sur eux. Les filles s'étaient mises à piailler. Le clodo avait tout du rat mouillé. La moitié de ses cheveux était comme plaquée sur sa figure. Il avait les yeux complètement exorbités. La bouche grande ouverte, peut-être simplement parce qu'il avait du mal à respirer, mais on voyait ses dents. L'air franchement psychotique. Les garçons avaient crié pour le faire fuir en agitant les bras en ciseaux comme font les arbitres pour refuser un coup de renvoi. Le clodo avance toujours, il n'est plus qu'à quelques mètres d'eux, les filles hurlent, elles font un boucan d'enfer, les gars hurlent – leurs cris se sont transformés maintenant en quasi-hurlements – et agitent les bras au-dessus de leur tête, et le clodo se retourne brusquement, file jusqu'au mât avant et grimpe, jusqu'en haut.

«Un instant, dit le brigadier McCorkle. Reprenons une seconde. Si j'ai bien compris, il est sur le pont, là-bas, derrière, et de là-bas, il vient jusqu'ici. Vous avez essayé de l'arrêter? Quelqu'un a essayé de l'arrêter?»

Jonathan détourna le regard, inspira profondément et répondit, «C'est-à-dire que... il avait l'air complètement à la masse. Vous voyez? Il pouvait parfaitement avoir une arme sur lui – vous voyez? – un revolver, un couteau. On ne pouvait pas savoir.

— Je vois. Il avait l'air à la masse, il avait peut-être une arme, vous ne pouviez pas savoir et vous n'avez pas cherché à l'arrêter; personne n'a cherché à l'arrêter.» Ce n'était pas une question, c'était une litanie... le genre de raillerie pince-sans-rire que les flics affectionnent.

«Euhhh... absolument, acquiesça le grand Jeune Oisif.

— Comment est-il monté au mât? Vous disiez qu'il était à bout de souffle.

— Il y a une corde qui descend du mât, vous pouvez la voir, là-bas. Et tout en haut, il y a une poulie et une sellette. Il suffit de faire descendre le siège jusqu'ici, et de demander à quelqu'un de vous hisser jusqu'en haut dans la sellette.»

Le brigadier McCorkle pointa le doigt vers le ciel. « Qui l'a hissé là-haut ?

— En fait, il... on peut se servir de la corde et se hisser *soi-même* s'il le faut.

— Ça doit prendre un bout de temps, remarqua le brigadier. Vous avez essayé de l'arrêter ? Quelqu'un a essayé de l'arrêter ?

— C'est que, comme je vous le disais, il avait l'air...

— ... complètement à la masse, acheva McCorkle. Et il pouvait très bien avoir une arme cachée sur lui. » Le brigadier hocha la tête de haut en bas dans une parodie de compréhension à la flic. Puis il regarda Nestor du coin de l'œil en haussant légèrement les sourcils d'un air de dire « Quelle bande de lopettes, hein ? »

Ah, Félicité suprême ! Pour Nestor, en cet instant, ce regard valait une Médaille d'Honneur ! Le brigadier l'admettait parmi les membres de la courageuse fraternité des flics ! – pas seulement comme un type à l'essai dans la Patrouille Maritime avec pour unique talent de l'emmerder.

Transmission Radiocom... « Le type prétend être un dissident anti-Fidel... Pont routier rempli de Cubains réclamant qu'on lui accorde l'asile. Pour le moment on s'en fout. Pour le moment il faut le faire descendre de là. On a six voies de circulation sur la Chaussée et tout est immobilisé. Quel est votre plan ? Q,K,T. »

L'affaire était claire. Pour n'importe quel flic de Miami, et surtout pour des flics comme Nestor ou le brigadier, ces quelques mots suffisaient à expliquer... le type sur le mât. Sans aucun doute, des passeurs cubains l'avaient conduit jusque-là, à l'intérieur de la baie de Biscayne, à bord d'un canot ultrarapide du genre des Cigarette qui faisaient du cent dix à l'heure en mer, l'avaient débarqué – ou balancé – dans l'eau près de la côte, avaient fait demi-tour et filé vers Cuba. En échange de ce service, il avait dû allonger quelque chose comme 5 000 dollars dans un pays où un médecin en gagnait en moyenne trois cents par mois. Et le voilà qui barbote dans la Baie. Il aperçoit l'échelle de poupe du schooner et y grimpe, croyant peut-être que le voilier est à quai puisqu'il ne bouge pas et qu'il lui suffira de rejoindre la berge à pied, ou espérant que le bateau le conduira jusqu'au pont. C'est la seule chose qu'un Cubain ait à faire : poser le pied sur le sol américain ou sur n'importe quelle structure partant du sol américain, ce pont routier, par exemple, et il obtiendra l'asile... N'importe quel *Cubain*... C'étaient les seuls réfugiés à bénéficier d'un tel privilège. La clause de l'immigration la plus favorisée d'Amérique, voilà ce dont bénéficiaient les Cubains. Si un réfugié cubain posait le pied sur le sol américain (ou sur une structure américaine), il était catalogué « dry foot », « pied sec », et était sauvé. Mais s'il se faisait arrêter sur ou dans l'eau, il était renvoyé à Cuba, à moins de réussir à convaincre un enquêteur de la Gendarmerie Maritime qu'un rapatriement forcé le mettrait sous le coup d'« une menace crédible », par exemple des persécutions communistes. Le type du mât est arrivé à sortir de l'eau – mais il est sur un bateau. De sorte qu'à l'arrivée de Nestor et du brigadier, il est encore théoriquement « dans l'eau » et fait partie des « wet foots ». Les *pieds mouillés* n'ont pas de bol. La Gendarmerie Maritime les conduit à Guantánamo où ils sont, en substance, relâchés dans les bois, comme un animal domestique dont on cherche à se débarrasser.

Mais pour le moment, les autorités policières ne pensent pas à tout ça. Peu leur importe qu'il soit un pied sec, un pied mouillé, un étranger cubain, ou un Mongolien égaré. Tout ce qu'elles veulent, c'est le faire descendre du mât – *tout de suite* – pour que la circulation puisse reprendre normalement sur la chaussée.

Le brigadier détourna les yeux et son regard se posa sur... un point imaginaire à mi-distance. Il conserva cette attitude pendant ce qui parut durer une éternité. « Bien, dit-il enfin en se tournant à nouveau vers Nestor. Tu crois que tu pourrais grimper à ce mât, Camacho ? Le type ne parle pas anglais. Mais *toi*, tu peux te faire comprendre de lui. Dis-lui que nous n'avons pas l'intention de l'arrêter ni de le renvoyer à Cuba. Tout ce qu'on veut, c'est qu'il descende de là pour éviter qu'il tombe et se casse le cou... ou qu'il reste là-haut à me casser les couilles. » Jusque-là, c'était parfaitement exact. Le Département de Police avait clairement donné instruction à ses agents de ne pas se mêler des affaires d'immigrés clandestins. C'était le problème du gouvernement fédéral, de la Police des Frontières, du FBI et de la Gendarmerie Maritime. Mais *ça*... grimper à un mât de misaine de vingt mètres... et discuter avec un malheureux Cubain racho et paniqué pour le convaincre de redescendre de ce foutu mât avec lui, ça, c'était le problème – les problèmes, plutôt – de Nestor Camacho.

« Alors, Camacho, tu peux le faire ? »

Les réponses *honnêtes* étaient « non » et « non ». Mais les seules réponses *possibles* étaient « oui » et « oui ». Comment aurait-il pu avouer au brigadier, « En fait, à vrai dire, chef, je ne parle pas vraiment espagnol – en tout cas pas assez bien pour convaincre qui que ce soit de quoi que ce soit » ? Il était comme beaucoup de Cubains de la deuxième génération. Il comprenait l'espagnol parce que ses parents ne parlaient qu'espagnol à la maison. Mais à l'école, malgré tous les discours sur le bilinguisme, pratiquement tout le monde parlait anglais. Il y avait plus de chaînes de télé et de stations de radio hispanophones qu'anglophones, mais les meilleures émissions étaient en anglais. Les meilleurs films, les meilleurs blogs (et le meilleur porno en ligne), les meilleurs jeux vidéo, la musique la plus chouette, tout ce qui sortait en matière d'iPhones, de BlackBerries, d'Androïds, de claviers – tout était fait pour être utilisé en anglais. On était très vite coincé – *largué* – si on ne savait pas l'anglais si on ne se servait pas de l'anglais si on ne *pensait* pas en anglais, ce qui exigeait de connaître l'anglais américain familier aussi bien que n'importe quel Anglo. Sans même s'en rendre compte – et ça vous arrivait toujours soudainement, un beau jour –, on se retrouvait avec un niveau de CM2 en espagnol ou à peine mieux. Ce fragment de vérité sincère traversa l'esprit de Nestor en un éclair. Mais comment expliquer tout ça à ces deux *Americanos* ? Ça paraîtrait tellement vaseux – peut-être même lâche ! Peut-être n'avait-il pas les tripes qu'il fallait pour une mission pareille, voilà tout. Mais comment aurait-il pu dire : « Bon sang, je ne sais absolument pas si je suis capable de grimper à ce mât » ?

Complètement impossible ! L'alternative était simple... y aller – et réussir... ou y aller – et se planter. Ce qui ajoutait encore à la confusion, c'était la colère de tous ces gens sur le pont routier. Ils le huaient ! Dès l'instant où Nestor et le brigadier étaient montés à bord du schooner, ils n'avaient cessé de devenir plus braillards, plus mauvais, plus hostiles, plus vociférateurs. De temps en temps, Nestor parvenait à percevoir un cri distinct.

« Libertad ! »

« Traidor ! »

« Comemierda, hijo de puta ! »

Dès qu'il commencerait à grimper au mât, ils se déchaîneraient contre lui – et il était cubain, comme eux ! Ils s'en rendraient compte bien assez vite ! C'était très simple, il ne pouvait pas gagner. D'un autre côté... il se déconnecta un instant... observant toujours l'homme sur le mât, sans le voir. La question fusa comme une révélation : «Qu'est-ce que le sentiment de culpabilité ?» Le sentiment de culpabilité est un gaz, et les gaz se volatilisent, contrairement aux supérieurs hiérarchiques. Une fois qu'ils ont enfoncé leurs dents, ils sont tenaces comme un chien. La désapprobation d'une foule de membres de son propre peuple n'était de loin pas aussi menaçante que celle de cet *Americano* blond aux yeux bleus, le brigadier McCorkle, qui était déjà à deux doigts de le virer...

... et vers lequel il se tourna en disant «Chef – je peux le faire.»

Ce coup-ci, il était bon, qu'il réussisse ou non ce tour de force. Il jaugea le mât du regard. Il rejeta la tête en arrière et leva les yeux vers le ciel. Tout là-haut... là-haut... là-haut – Seigneur ! Le soleil lui cramait les globes oculaires, avec ou sans Extremos noires ! Il s'était mis à transpirer... avec ou sans vent ! *Putain*, mais quelle chaleur ! On grillait littéralement sur le pont de ce schooner en pleine baie de Biscayne. Le type au sommet du mât avait à peu près la taille la couleur et l'absence de forme d'un de ces sacs-poubelle en plastique marron étron. Il continuait à se contorsionner et à vaciller... tout là-haut. Ses deux bras s'écartèrent à nouveau, en ombre chinoise, les doigts certainement recourbés comme plus tôt en forme de sébile de suppliant. Il devait se balancer lamentablement sur sa chaise de gabier, parce qu'il ne cessait d'avancer puis de reculer comme s'il hurlait des trucs à la foule. Bon Dieu, ça faisait un sacré bout de chemin jusque là-haut ! Nestor baissa la tête pour mesurer le mât lui-même. En bas, à l'endroit où il rejoignait le pont, la circonférence de ce foutu machin était presque aussi large que sa taille. Il lui faudrait une éternité pour enrouler ses jambes autour d'un tronc pareil et se dandiner des épaules et des hanches jusqu'au sommet... centimètre après centimètre, étreignant pitoyablement un mât de bateau de vingt mètres... trop lent et trop humiliant pour l'envisager... Mais attends ! La corde, le filin dont le mec couleur d'étron s'était servi pour se hisser – elle était là, remontant le long du mât depuis une flaque de cordage détendu sur le pont. À l'autre bout, il y avait le clandestin en personne, juste au sommet du mât dans sa chaise de gabier. :::::: J'ai grimpé à une corde de plus de quinze mètres sans les jambes :::::: se dit-il soudain, :::::: et j'aurais pu grimper plus haut si Rodríguez avait un plafond moins bas dans son... « Ñññññññoooooooooooo !!! Qué Gym ! » Mais vingt mètres... Putain ! Non ? – J'ai pas le choix. :::::: Ce fut comme si son système nerveux central avait pris les commandes à son insu. Sans même se donner le temps d'en faire un souvenir, il bondit sur ses pieds, attrapa la corde et se mit à grimper – *sans les jambes*.

Une grêle abjecte de huées et d'insultes s'abattit sur lui. De la vraie bave ! Les flics allaient arrêter un malheureux réfugié au sommet d'un mât et le renvoyer à Castro et ils se servaient d'un Cubain, d'un Cubain renégat, pour faire le boulot le plus dégueulasse, mais rien de tout cela n'atteignait vraiment le siège de la réflexion sur la justice dans l'hémisphère gauche du cerveau de Nestor, obsédé par un public unique – le brigadier McCorkle :::::: et je t'en prie, ô Seigneur, je t'en conjure, ne me laisse pas foirer ! :::::: Il est conscient d'avoir grimpé presque la moitié de la hauteur à la seule force des bras, sans les jambes. L'air lui-même n'est que bruit étranglé de folie... oh Bon Dieu, ses bras et son dos, sa poitrine sont au bord de l'épuisement. Une pause, un arrêt... pas le temps. Il essaie de regarder autour de lui. Il est englouti dans des nuages de toile blanche, les voiles du schoo-ner... Il baisse les yeux... il n'y croit pas... Le pont est si *loin*, si *bas*... il a dû grimper *plus* de la moitié du mât – douze, treize mètres. Sur le pont du bateau, tous les visages sont tournés vers le haut, vers lui... comme ils ont l'air petits. Il essaie de repérer le brigadier... – c'est lui, *ça* ?... il n'en sait rien... leurs lèvres ne remuent pas... ils pourraient aussi bien être en transe... visages *americanos*, visages *americanos*... fixés sur lui. Il lève les yeux... la figure du type sur le mât... il a fait dévier le tas crasseux de son corps sur le côté pour regarder en bas... il sait ce qui se passe, évidemment – la foule sur le pont routier... son déluge de bave... dirigée contre Nestor Camacho!... quelles saloperies!

« *Gusano*!»

«Sale cochon de *traidor*!»

Oh, pour savoir, le tas de linge sale sait. Chaque fois que son chasseur attrape la corde pour se hisser plus haut, le tas crasseux doit sentir une petite secousse dans sa chaise de gabier... Le foc et le spinnaker se mettent à CLAC CLAC CLAQUER au vent... les nuages de toile s'écartent un instant... les voilà, les gens du pont... Putain! Ils ne sont plus très loin au-dessus de lui... leurs têtes étaient comme des œufs... plutôt comme des melons maintenant... une immense galerie miteuse de visages humains grimaçants... mon peuple... qui *me* déteste!... *Je suis foutu si je le fais et foutu si je ne le fais pas* clignote dans son système nerveux central – rétrogradé au rang de simple gardien de la paix – ou pire – si je ne le fais pas. Et merde! D'où viennent ces rayons de soleil? L'*objectif d'une caméra de télévision* – et *merde*! Un autre – et *merde*! Encore un *là-bas. Je t'en prie, ô Seigneur, je t'en conjure...* La peur l'envahit comme une injection massive d'adrénaline... *ne me laisse pas...* Il grimpe toujours, à la seule force des bras, sans les jambes. Il lève les yeux. Le type sur le mât n'est pas à plus de trois mètres au-dessus de lui! Il a le regard fixé sur lui!... Quelle expression... la bête aux abois... le rat acculé... trempé, sale, épuisé... haletant... à peine capable d'émettre un cri réclamant une intervention miraculeuse.

:::::: *Ay, San Antonio, ayúdame. San Lazaro, este conmigo.* ::::::

Maintenant *il faut* – que Nestor s'arrête. Il est suffisamment près du sommet du mât pour que les supplications du type ne soient plus couvertes par le tohu-bohu du pont. Il enroule les jambes autour de la corde et s'immobilise.

¡Te suplico! ¡Te suplico! «Je t'en supplie! T'en supplie! Vous ne pouvez pas me renvoyer. Ils me tortureront jusqu'à ce que j'avoue *tout*! Ils tueront toute ma famille! Ayez pitié! Il y a des Cubains sur ce pont. Je t'en supplie! Qui a jamais connu épreuve plus effroyable! Je t'en supplie, je t'en supplie! Tu ne sais pas ce que c'est! Ce n'est pas seulement moi que vous condamnez, c'est tout un mouvement! Je t'en supplie! Je réclame l'asile! Accordez-moi une chance, par pitié!»

Nestor savait suffisamment d'espagnol pour comprendre le sens de ses paroles, mais il était incapable de trouver les mots susceptibles de le calmer, de l'amadouer et de le convaincre de descendre. « Menace crédible »... Voilà ! Il va lui parler de « menace crédible »... Les réfugiés comme lui sont entendus par la Gendarmerie Maritime, là, tout de suite, sur le pont du bateau, et si l'interrogateur estime qu'ils sont effectivement sous le coup d'une menace crédible, on leur accorde l'asile. Comment est-ce qu'on dit « crédible » en espagnol – quel est le putain de mot pour dire crédible ? peut-être le même qu'en anglais ? – Cré *dii* blé ? Et « menace »... menace... Merde, comment est-ce qu'on dit menace ? Il savait qu'il l'avait su... *Là, c'était ça...* Le mot lui a traversé la tête, avant qu'il puisse s'en emparer. Il avait un *z* dedans un *z* dedans un *z* dedans... *Il l'avait de nouveau sur le bout de la langue...* une fois de plus, il lui a échappé. Et s'il parlait de l'interrogatoire officiel ?... Il fallait qu'il dise *quelque chose – n'importe quoi –* alors il se creusa la cervelle, leva les yeux vers le visage du type et commença, « *La historia...* » il se retint juste à temps ! Qu'est-ce qui lui prenait ? Une célèbre citation de Fidel Castro, voilà ce que son pauvre cerveau aux abois avait failli laisser échapper !

Les gens pressés contre les garde-fous du pont faisaient pleuvoir sur lui huées, railleries, toutes les injures de dénigrement connues.

L'homme baissa les yeux vers lui d'un air anxieux et dit, « *¿ Cómo ?* » cherchant à donner un sens à ce que Nestor avait dit.

Exaspérant, c'était vraiment exaspérant !... Il venait de grimper dix-huit mètres à la corde sans les jambes – et il était incapable de se faire comprendre. Il fallait qu'il s'approche encore. Il se remit à grimper, à la force des bras. Il lève la tête vers le pauvre rat noyé. Son visage est... atterré. Comment lui dire qu'il ne monte pas pour l'arrêter ? Tous les mots lui échappent ! Alors il s'arrête et enroule ses jambes autour de la corde pour libérer sa main droite et lui adresser un signal rassurant. Mais quel signal ? Le seul qui lui passe par la tête est le signe de la paix... Il écarte son index et son médius pour former un *V*. Le visage du type, qui se trouve à moins d'un mètre et demi au-dessus de Nestor, change d'expression, il n'est plus atterré mais... terrifié. Il commence à se lever de sa sellette. Bon Dieu, mais qu'est-ce qu'il *fout* ? Il est au sommet d'un mât de vingt mètres sans autre soutien qu'une minuscule chaise de gabier – et il cherche à se lever. Il essaie d'ancrer ses pieds sur le logement de la poulie. Il a quitté son siège, maintenant, il vacille, accroupi au sommet d'un mât qui tangue sur une mer agitée... Nestor imagine le pire. Il n'a grimpé à une corde de vingt mètres – à la seule force des bras, sans les jambes – que pour entraîner un malheureux réfugié dans une chute mortelle – et c'est la faute à qui ? À Nestor Camacho ! Qui a donné à la Patrouille Maritime de la Police de Miami – putain ! à toute la police – le visage de persécuteurs brutaux, indifférents, d'assassins d'un malheureux dont l'unique péché a été de chercher à poser le pied sur le sol américain ? Qui a commis ce crime inhumain ? Nestor Camacho, l'infamie incarnée !

De deux tractions furieuses, main sur main, il atteint la sellette et cherche à attraper la jambe du type – ou même son pied – trop tard ! L'homme plonge en avant – *vers la mort !* Un brasier ardent entre en éruption dans le crâne de Nestor... Non ! L'homme a plongé vers le hauban. Il a l'intention de redescendre en se laissant glisser jusqu'en bas... Ce malheureux rat boueux brun-gris émacié et racho – il va se tuer ! Le câble se dirige à angle aigu depuis le mât jusqu'au beaupré, derrière la proue... à plus de trente mètres. Nestor se recroqueville dans la chaise de gabier... Pendant un instant, il aperçoit la foule sur le pont routier. Il est au même niveau qu'elle à présent... trois, quatre, cinq rangées... Rayons de soleil ! Soleil ! Soleil ! Soleil ! Des rayons qui explosent depuis les caméras ! Des têtes qui bondissent pour ne rien perdre du spectacle... un panneau ! Quelqu'un brandit une pancarte rudimentaire – où l'a-t-il trouvée ?... comment l'a-t-il écrite ?... FLICS FIDELISTAS TRAIDORES... il n'a jamais été haï par autant de gens. Il baisse les yeux... ça lui donne le vertige... comme s'il se tenait au bord du toit d'un immeuble de dix étages. L'eau est une plaque de tôle bleu-gris sur laquelle dansent les rayons du soleil. Des bateaux !... de petits bateaux autour du schooner... venus d'on ne sait où !... de vraies tiques... un bateau – une pancarte. Le message est-il vraiment celui qu'il croit déchiffrer ?... ¡ASYLUM AHORA !...

... tout cela en un instant... Culpabilité ! Peur ! Horreur !... mais le sentiment de culpabilité dépasse tout ! Surtout, ne pas laisser leur héros mourir sous leurs yeux ! Il essaie de descendre à califourchon sur le hauban... inutile d'essayer de le rejoindre en se laissant glisser... Instinctivement, comme on le lui a appris au camp d'entraînement, il commence à se balancer à bout de bras sur le câble, descendant en pendule, oscillation par oscillation, le regard rivé sur sa proie brun-gris boueuse... Ses bras, ses épaules, les paumes de ses mains – supplice! Il va se déchirer... il n'est plus qu'à deux mouvements de pendule du mec. Le corps du type est encore sur le câble, mais il se déporte d'un côté à l'autre... tellement racho... pas assez costaud pour un truc pareil... lève la tête, regarde Nestor bien en face... pire que de la terreur – un désespoir absolu s'empare du pauvre type... ça y est!... le malheureux se déporte si brutalement qu'il glisse du câble... suspendu faiblement par les mains un dernier instant. *Maintenant* ou le néant! Pour le pauvre diable! Pour Nestor Camacho! Il rejoint le pauvre diable en deux oscillations – pour *quoi* faire?... La seule chose possible. Il enroule les jambes autour de la taille du rongeur efflanqué et les verrouille aux chevilles... le pauvre petit diable lâche le filin et s'effondre. La secousse mortelle ébranle Nestor... le poids mort! :::::: Mes bras arrachés de mon corps à la capsule des épaules! :::::: Il a peine à croire qu'il est encore là – un organisme composé de pure souffrance depuis ses mains brûlantes jusqu'aux adducteurs de ses jambes crochetées... à dix-huit mètres au-dessus du pont... supporter un poids pareil d'une main pendant qu'il jette l'autre le long du câble pour descendre... *impossible*... mais s'il ne le fait pas – ¡*Dios mío!* – il va foirer! Et pas seulement foirer... foirer à la *télé*... Foirer devant des *milliers,* des *centaines* de milliers, des *millions*... ils peuvent aussi bien être des milliards... c'est qu'il suffirait d'un, un brigadier *americano* zélé de *mierda* qui s'appelle – *et merde!*

> *Caliente! Caliente, baby.*
> *T'as plein de fuego dans ta caja china,*
> *Colle-toi une bonne lance d'arrosage par là*
> *Ça ira mieux tu verras...*

C'est son iPhone qui sonne dans sa poche! :::::: Quel con! Je suis à une glissade de la mort, je retiens un type par les jambes, je le descends à bout de bras le long d'un câble de trente mètres – et je n'ai *rien* pour arrêter ce putain de truc! Une putain de chanson de

Bulldog – même pas l'original de Pitbull! – et je n'arrive pas à empêcher les paroles de s'insinuer dans ma tête... ::::::

> *... ça ira mieux tu verras.*
> *Tu brûles tu crames.*
> *Raconte pas de salades.*
> *T'as trop envie d'essayer...*

... alors qu'il a besoin que tous les neurones, toutes les dendrites, toutes les synapses, toutes les gemmules de son cerveau se concentrent sur le pétrin épouvantable dans lequel il s'est fourré. S'il dégringole de vingt mètres de haut sur le pont d'un bateau à cause de la sonnerie de son iPhone

> *La lance, elle le sait!*
> *Tu serais même prête à raquer,*
> *Mais elle livre que gratis, tu vas kiffer*

... il a foutrement intérêt à en crever!... Il a foutrement intérêt à ne pas se réveiller complètement azimuté au fond d'un lit d'hôpital électrique dans une unité de soins intensifs avec la mention «état critique mais stationnaire»... quelle mortification déshonorante! Mais – pas le choix! Il *doit* le faire! Ses deux mains sont toujours cramponnées au câble, ses jambes cramponnées à *quoi? – peut-être 60 kilos? –* d'homuncule fou de terreur, et *on y va!* Il lâche une main – et *voilà* – pas de retour en arrière possible! Le mouvement de pendule descendant – la *force centrifuge* – :::::: Je suis foutu! :::::: Une main! Insupportable, cette *force centrifuge* :::::: elle m'arrache la coiffe des rotateurs, elle m'arrache le bras de l'articulation – le poignet du bras! la main du poignet! il ne reste que...

> *c'est sa B.A. préférée*
> *la B.A. de la lance d'arrosage, tu captes?*
> *sa B.A.,*
> *Et la lance c'est moi.*

... une seule main agrippée à un câble! Je vais m'écraser sur le pont d'une hauteur de sept étages, avec le gnome :::::: mais *miracle!* Il empoigne le câble de l'autre main dans l'oscillation ascendante – oui,

un miracle! – et le poids s'équilibre! Ses deux épaules, ses deux poignets, ses deux mains sont de nouveau entiers! – préservés d'une
souffrance intolérable par le fil d'acier le plus ténu – juste ce fil pour
lui éviter, ainsi qu'au petit bonhomme brun boueux, de dégringoler
de sept étages et de finir comme deux sacs informes de tégument violet
ecchymotique remplis d'os brisés! En bas, au fond du Gouffre de l'Enfer, le pont est couvert de visages levés gros comme des billes. D'en
haut pleuvent les insultes, les huées et les écœurants *yaaaagggggghs* des
animaux du pont routier – mais maintenant, il sait! il a la force de
persévérer dans un état de douleur d'une atrocité morbide! – déjà
engagé dans *une nouvelle oscillation* – réussie – fureur d'en

> *C'est moi, tu captes?*
> *C'est moi.*

haut – bouche bée des spectateurs d'en bas – mais il ne pense qu'à
une personne, le brigadier McCorkle, membre d'une minorité ethnique, un *Americano* stupide, mais un *brigadier* tout de même – nouvelle oscillation – c'est bon – ce putain de téléphone sonne
toujours. :::::: Crétins! Vous ne savez pas

> *C'est moi, tu captes?*
> *C'est moi.*
> *Yo yo!*

que vous me bourrez de toxines et me brouillez l'esprit? Oh, la
barbe! :::::: Une nouvelle oscillation – c'est bon. :::::: *Dios mío querido*, nous regardons ensemble le réseau de sang de leurs yeux, les
yeux rouges impassibles des caméras de télévision! :::::: Une nouvelle
oscillation – c'est

« – Yo yo!
Mismo! Mismo! »

bon... une autre... une autre... une autre... *¡Dios mío!* – pas plus de
trois mètres au-dessus du pont – cet océan de globes oculaires et
de bouches béantes – *mais quoi!!??* le petit sac boueux ecchymotique
de panique a repris vie – il se débat comme un poisson dans l'étau
jambier de Nestor – toute une forêt de mains

« Yo yo yo yo yo. »

se tendent depuis la proue, mais le hauban s'étire au-delà jusqu'au beaupré *bip bip bip bip bip* – un texto – et tous les deux, Nestor et l'homoncule brun boueux – il s'est dégagé du verrou des jambes ! – non, ne fais pas *ça* ! – trop tard ! il le *fait* ! Une seconde plus tard, les deux corps, le sien et celui du gnome, dépassent à toute allure l'extrémité du beaupré et plongent dans l'eau. Ils sont sous l'eau – et ça se passe exactement comme Lonnie Kite l'avait dit ! Le petit cinglé s'est libéré de l'étreinte de ses jambes et il... il *l'attaque* ! il lui balance des *coups de pied* ! lui tire les cheveux ! lui *écraaaaase* le nez avec son avant-bras... Kite avait raison ! Nestor pare les coups de plus en plus mous du petit bonhomme, il passe à l'action, il le coince dans une clé cervicale policière, et c'est bon ! La petite créature devient toute flasque ! Foutue ! Ultime Combat sous l'eau !

Quand ils remontent à la surface, Nestor tient sa petite proie gluante dans une prise de sauvetage policière... le gnome tousse et crache. À deux pas – le Safe Boat ! Lonnie est à la barre. Nestor a réintégré le monde depuis un cosmos lointain... Lonnie hisse l'homoncule brun boueux sur le pont en galette caoutchouteuse... ensuite Nestor – mais bordel qui *sont* ces gens ? Nestor se retrouve juste à côté du schooner. Il se tourne vers le pont... le soleil jaillit de deux gros yeux de verre – caméras de télé – et juste là, penché par-dessus le bastingage... le blond brigadier McCorkle.

Pas besoin de dire un mot – ça se lit sur le visage du brigadier. Nestor Camacho est à présent... *un flic*... un *vrai* flic... plus vrai que nature... Nestor Camacho entre au Paradis.

Le brigadier McCorkle livra le rat noyé à la Gendarmerie Maritime là, en pleine baie, et Nestor, le brigadier et Lonnie Kite reconduisirent le Safe Boat à la marina de la Patrouille Maritime qui faisait saillie dans la mer, du côté de Miami. Pendant tout le trajet, le brigadier et Lonnie Kite ne cessèrent de féliciter Nestor, en faisant, selon les usages admis chez les flics, comme s'ils ne le félicitaient pas. Lonnie Kite disait « Putain, mon vieux » – il lui donnait du *mon vieux*, maintenant, en copain – « quand j'ai vu ce petit merdeux gigoter comme un malade en remontant à bord alors que tu venais de lui sauver la vie – mais *qu'est-ce* qui s'est passé? Tu lui as balancé un coup de pied dans les couilles pour voir s'il était vivant, ou quoi?»

Nestor plongeait, plongeait, plongeait dans l'euphorie.

À la marina, les autres étaient, eux aussi, tout feu tout flamme pour Nestor. Aux yeux des flics, cubains et non cubains, il avait accompli un exploit super viril, qui allait au-dessus et au-delà... enfin, plus fort que tout, quoi.

Le brigadier McCorkle était devenu son pote – son *pote*! «Tu sais, Nestor, tout ce que je t'ai demandé, c'est de faire descendre ce mec de son putain de mât! Je ne t'ai jamais dit de faire un numéro de funambule pour toute cette putain de ville de Miami!»

Tout le monde se tordit de rire, et Nestor se tordit de rire avec eux. Son portable fit *bip bip bip bip*, signalant l'arrivée d'un texto. Magdalena! Il détourna les yeux très brièvement – *Magdalena!* – non, ce n'était pas Magdalena. Le message disait, «Désobéir à des ordres injustes est une preuve de caractère.» Point final. Il était signé «Ton ancien professeur, ton ami malgré tout, Jaime Bosch.» Mr Bosch enseignait l'expression écrite et la compréhension de texte à l'École de Police. C'était le prof préféré de tous les élèves. Il avait donné des leçons particulières à Nestor en dehors des heures de cours, juste pour lui rendre service et par amour de l'enseignement. «Désobéir à des ordres injustes est une preuve de caractère»... Nestor n'y comprenait rien. Ça lui faisait mal à la tête... vraiment mal.

Il leva les yeux vers les autres, cherchant à dissimuler son désarroi. Heureusement, ils étaient toujours d'excellente humeur, ils s'esclaffaient, ils s'étranglaient de rire. Umberto Delgado, qui avait été dans la même classe que Nestor à l'École de Police, demanda, en anglais : «C'était quoi cette putain de clé de jambes en ciseaux, Nestorcito? Normalement, ça sert à neutraliser les connards quand on roule dans la poussière – pas à les faire descendre le long d'un câble de foc de trente mètres, merde!»

Tout le monde se tordait, se tordait, se marrait, se marrait et Nestor était aux anges!... mais les trois messages restants... il *devait* les lire... ils étaient arrivés *pendant* que sa vie tenait littéralement à un fil... *pendant* qu'il agrippait le type du mât entre ses jambes et descendait à la force des bras le long du hauban. Il commençait à brûler de curiosité en même temps que d'une appréhension à laquelle il évitait de donner un nom... d'espoir aussi – Magdalena! Une fois de plus, il détourna les yeux un instant. Le premier... «pq toi Nestor pq toi», disait le message – il n'était pas de Magdalena. Il était de Cecilia Romero. C'était la fille avec qui il sortait avant de rencontrer Magdalena. Bizarre... «pq toi Nestor pq toi», qu'est-ce que qu'elle voulait dire? Déroutant... mais il n'en montra rien... il rejoignit la marée de rires virils de la Patrouille Maritime hilare... un tout petit doute commença pourtant à prendre racine.

«Alors, t'as vu comment ce petit salaud s'est mis en mode Ultime Combat dès qu'il a été sous l'eau, Nestor? lança l'agent Kite. J' t'avais pas dit que ces petits salopards se transforment en monstres au contact de l'eau?

— J'aurais dû t'écouter, Lonnie!» acquiesça Nestor. Une demi-heure plus tôt, il n'aurait même pas envisagé de s'adresser à l'Agent Kite par son prénom. «Ce petit con...» dit-il en se sentant super viril, «il se laisse trimbaler comme un paquet tout le long de ce putain de câble et dès qu'on est à dix centimètres de la baille, il redémarre au quart de tour! J'ai même pas le temps de réagir qu'il m'a déjà pété le nez à mains nues!»

Et tout le monde se tordait, se tordait, mais Nestor – *devait* lire les deux derniers textos. La curiosité et l'anxiété et un dernier sursaut d'espoir – il y en a peut-être *un* de Magdalena! – étaient plus forts que tout. Il prit son courage à deux mains pour baisser les yeux vers son portable une nouvelle fois. Son courage à deux mains... il le *fallait*. Le premier texto était de J. Cortez. Il ne connaissait aucun J. Cortez. Le message disait : «OK, tes 1 grande star latingo. É apré?» «Latingo»? Qu'est-ce ça voulait dire? Il ne pigea que trop vite. Un latingo était évidemment un Latino qui s'était transformé en *gringo*. Mais qu'est-ce que c'était *censé* vouloir dire? L'hilarité régnait tout autour de lui, mais Nestor ne pouvait pas s'empêcher... il devait aller jusqu'au bout. Le dernier message était d'Inga La Gringa. Il disait «Tu peux venir te planquer sous mon lit quand tu veux, Nestorcito.» Inga était la serveuse du bar juste au coin de la marina. Elle était bandante, et pas qu'un peu, une grande blonde balte avec des seins d'enfer qu'elle réussissait à dresser comme des missiles et qu'elle adorait exhiber. Elle avait grandi en Estonie... un accent bandant aussi... elle était super canon, Inga, mais elle devait avoir quarante ans, à peine moins que sa mère. On aurait dit qu'elle lisait dans ses pensées. Chaque fois qu'il allait au bistrot, Inga s'approchait de lui d'une façon aguichante quoique comique, se débrouillant pour qu'il puisse jeter un bon et long coup d'œil dans le sillon qui séparait ses nichons... est-ce que ce n'était *vraiment* qu'une plaisanterie ? Elle l'appelait « Nestorcito » parce qu'elle avait entendu un jour Umberto l'appeler comme ça. Alors lui, il l'appelait « Inga la Gringa ». Il lui avait donné son numéro de portable quand elle lui avait dit que son frère pourrait l'aider à réparer l'arbre à cames de sa Camero... ce qu'il avait fait. Inga et Nestor s'asticotaient... voilà, ils s'« asticotaient ». Nestor n'était jamais allé plus loin, pourtant, ça le tentait bien. Mais pourquoi disait-elle « Tu peux te *planquer* sous mon lit » ? Se planquer de quoi ? C'était une blague bien sûr, une blague provocante à la Inga la Gringa viens-te-blottir-dans-mon-sillon-opulent, bien sûr, mais pourquoi « Tu peux te *planquer* sous mon lit » ?

En fait, ça l'atteignait plus qu'une vacherie comme « latingo ». « Te planquer » disait Inga, la gentille, la bandante Inga ?... Il sentit son visage s'assombrir... Cette fois, les autres allaient *forcément* le remarquer – mais le brigadier intervint et lui sauva la mise en disant : « Vous savez ce qui me tue ? Ces jeunes, sur le bateau, franchement, quelles *lopettes* ! Ils chiaient dans leurs frocs parce qu'un petit mec fou de terreur, un rat mouillé qui devait peser cinquante-cinq kilos à tout casser après avoir bouffé un BigMac, s'est pointé sur leur putain de voilier. Ces lopettes, y en avait qui faisaient pas loin de cent kilos, dont la moitié de graisse d'accord, mais c'est des balèzes. Pourquoi ces mecs ont laissé ce pauvre petit con grimper à leur putain de mât au risque de se foutre en l'air... vous voulez savoir ? Parce que c'est des putains de *lopettes* ! Quelle idée de sortir un aussi gros bateau sur la flotte... des lopettes pareilles ! "Oh, mon Dieu, nous ne pouvions pas savoir s'il n'avait pas un pistolet ou un couteau ou autre chose"... Putain, j'te jure ! Ce petit con n'avait que ses *fringues* sur le dos. Et nous, on a dû envoyer Nestor au sommet d'un mât de vingt mètres, à jouer les Superman et à risquer sa peau pour faire dégager ce petit con d'une chaise de gabier grande comme ça et le faire descendre le long d'un câble de foc de trente mètres. » Le brigadier secoua la tête. «Vous savez ce qu'on aurait dû faire? On aurait dû embarquer toutes ces lopettes et *les* envoyer à Cuba, et garder le rat mouillé ici. On n'aurait pas perdu au change, ça c'est sûr! »

Hé! Mais qui sont *ces deux types* qui viennent de rejoindre le groupe de la Patrouille Maritime? Ils n'ont pas du tout l'air de flics. Il s'avère que ce sont un journaliste et un photographe du *Miami Herald*. Nestor n'avait jamais entendu dire qu'un journaliste soit venu jusqu'ici, dans la baie. Le photographe était un petit type basané vêtu d'une sorte de veste de safari, avec des poches partout, grande ouverte. Nestor avait du mal à le situer... Quant au journaliste, en revanche, aucun doute. C'était le modèle type de l'*Americano*, grand, mince, pâle, blazer bleu marine, polo blanc, pantalon de toile kaki au pli fraîchement repassé devant... l'air très comme-il-faut. Trop comme-il-faut. Qui a jamais vu un journaliste porter une veste à Miami? Il parlait d'une voix douce, timide même. Apparemment, il s'appelait John Smith. Plus *americano* que ça, tu meurs !

«Ce que vous venez de *faire*, je n'arrive pas à y croire, dit le parangon de l'*Americano*. Je n'arrive pas à croire que qui que ce soit puisse descendre de ce truc-là en se balançant à bout de bras tout en tenant quelqu'un entre ses jambes. Où avez-vous trouvé la force de faire ça? Vous faites des haltères – ou *quoi* ? »

Nestor n'avait encore jamais parlé à un journaliste. Peut-être n'était-il pas censé le faire. Il se tourna vers le brigadier McCorkle. Le brigadier se contenta de lui sourire et de lui faire un petit clin d'œil, comme pour dire, «C'est bon, vas-y, tu peux. »

Il ne lui en fallait pas plus. Nestor commença sur un ton modeste, «Je ne pense pas que ce soit vraiment une question de force. » Il *essaya* de poursuivre sur la voie de la modestie – mais c'était plus fort que lui, il ne pouvait pas en dire assez à l'*Americano*. Il ne croyait pas à l'efficacité des haltères pour le buste. Alors que grimper à la corde, une corde de quinze mètres, mettons, sans les jambes, c'est bon pour tout, les bras, le dos, les pectoraux – tout.

«Et où est-ce que vous vous entraînez? demanda ce John Smith.

« — Chez Rodríguez. Au "Ññññññooooooooooooo !!! Qué Gym". C'est comme ça qu'on l'appelle. »

L'*Americano* éclata de rire. « Como en "Ññññññooooooooooooo !!! Que barata"? »

:::::: Cet *Americano* ne parle pas seulement espagnol – il écoute forcément la radio espagnole ! Il n'y a que là qu'on puisse entendre la pub « Ññññññooooooooooooo !!! Que barata ! » ::::::

« *Es verdad* », confirma Nestor. C'était une poignée de main linguistique parce que John Smith parlait espagnol. « Mais pour les jambes, il faut faire des haltères, des squats et tout le reste. Quant à savoir ce qu'il faut faire pour pouvoir trimbaler un petit mec comme ça avec les jambes, j'en sais rien... à part éviter de devoir le faire. » Une légère touche de modestie... ou d'autodérision... ou d'autre chose. Nestor baissa le regard, comme pour vérifier l'état de son uniforme. Il chercha à se convaincre que ce qu'il allait faire était inconscient – ce qui suffisait évidemment à en faire de l'autotartufferie consommée.

« *Dios mío*, lança-t-il, cette chemise est trempée et complètement dégueulasse. Elle *pue* ! » Il se tourna vers Umberto comme si cela n'avait rien à voir avec les deux types du *Herald*, et demanda : « Où est-ce je peux trouver une chemise sèche ?

— Une chemise sèche ? répéta Umberto. J'en sais rien, à moins que... »

Mais Nestor n'écoutait déjà plus. Il avait commencé à retirer sa chemise mouillée en la faisant passer par-dessus son torse, ses bras et sa tête, ce qui l'obligea à lever les bras presque à la verticale. Il grimaça comme sous l'effet de la douleur. « *Aïïïïïe !* Ça fait un mal de chien ! J'ai dû me déchirer un truc à l'épaule.

— Ça serait pas étonnant », fit Umberto.

Tout d'un coup, *ça alors !* le petit photographe basané de John Smith releva son appareil au niveau de ses yeux et se mit à le mitrailler.

Le brigadier McCorkle s'interposa, prit Nestor par le coude et l'écarta. « Il y a des chemises à l'intérieur, pas au *Miami Herald*. Tu vois ce que je veux dire ? »

Il fit dégager Nestor énergiquement et l'attira vers lui suffisamment près pour lui dire tout bas « Tu peux parler à la presse sur le coup, comme ça, à condition qu'il ne soit question ni de stratégie ni de politique. Mais pas pour exhiber ta putain d'anatomie. Pigé ? »

En fait, ça le faisait marrer. Il n'allait quand même pas, par un jour pareil, jouer les chieurs avec l'agent Nestor Camacho... qui resta au Paradis.

2

Le retour du héros

Todo el mundo a regardé son exploit héroïque à la télévision...
« *Todo el mundo!* » se disait Nestor au comble de l'euphorie... Mais
parmi ses dizaines de milliers, voire de millions, d'*admiradores*, il y
en avait un dont il aurait plus que tout voulu sentir briller autour de
lui l'éclat de la passion idolâtre. Il ferma les yeux et essaya d'imaginer
ce qu'elle, sa Magdalena, sa Manena, le surnom qu'il adorait, pensait
et éprouvait, assise – à moins que l'intensité de la scène ne l'ait fait
bondir sur ses pieds – clouée, frappée de stupeur, devant un écran de
télé, captivée par la vision de son Nestor en train de grimper à cette
corde de vingt mètres à la seule force des bras, sans les jambes... puis
de porter le type du mât, *entre ses jambes!* tout en descendant, à la
seule force des bras, un hauban de foc de trente mètres... galvanisant
la ville entière.

En réalité, sa Magdalena ignorait tout du triomphe de son héros à
haut voltage. Pendant tout ce temps, elle avait eu largement de quoi
faire avec... la mère de toutes les batailles Mère-Fille. Un crêpage de
chignon en règle. Magdalena venait d'annoncer qu'elle quittait la
maison.

Son père avait eu droit à une place aux premières loges, un fauteuil
rembourré à côté du canapé du salon de leur *casita*, leur petite maison, à Hialeah, à trois kilomètres à peine de la casita des Camacho.
Magdalena était debout dans une attitude belliqueuse – poings sur les
hanches, coudes écartés – tandis que Mère et Fille échangeaient sifflements, grondements, regards noirs et éclats de canines. La Mère était

assise sur le canapé, penchée en avant, *ses* coudes écartés – posture instinctive, selon toute apparence, des deux adversaires Mère-Fille – le talon des paumes appuyé sur le bord antérieur du meuble, un vrai félin, prêt à bondir, à griffer, à étriper, à dévorer des foies tout crus et à arracher des têtes en plantant deux rangées d'incisives dans le cœur tendre des tempes. Son père, si Magdalena le connaissait bien, n'avait qu'une envie, s'évaporer. Dommage qu'il se soit enfoncé aussi profondément dans son fauteuil. Impossible de s'éclipser discrètement sans être un acrobate. Leurs querelles lui faisaient honte. Elles étaient tellement vulgaires, tellement ordinaires. Il n'avait pourtant pas de grandes prétentions à la distinction. Il était mécanicien de batteuses à Camagüey quand ils s'étaient rencontrés, sa femme et lui. C'est là qu'ils avaient grandi tous les deux. Puis il avait été mécanicien poids lourds à La Havane pendant cinq ans, avant leur départ de Cuba au moment de l'exode de Mariel... et maintenant, il était mécanicien poids lourds à Miami. Ce qui ne l'empêchait pas d'avoir des valeurs. Il détestait ces satanés duels Mère-Fille... mais il avait renoncé depuis longtemps à essayer de faire entendre raison à ses deux chattes.

La Mère balançait à la Fille, «Parce que ça ne te suffit pas que je sois obligée de raconter à tout le monde que tu bosses pour un docteur porno ? Pendant trois ans, je leur ai dit que tu bossais pour des *vrais* docteurs dans un *vrai* hôpital. Et maintenant, je dois leur dire que tu bosses pour un *faux* docteur, un docteur porno, dans un petit bureau crasseux ?... et que tu pars de la maison pour aller habiter avec Dieu sait qui à South Beach ? Tu *dis* que c'est une blan-*ca*. Tu es bien sûre que ce n'est pas un blan-*co* ? »

La Fille jeta juste un coup d'œil furtif vers la statue en terre cuite haute d'un mètre et demi de saint Lazare, à côté de la porte d'entrée, avant de riposter : «Ce n'est pas un docteur porno, comme tu dis. C'est un psychiatre, un psychiatre très connu même, et il se trouve simplement qu'il traite des gens souffrant d'addiction à la pornographie. Arrête de le traiter de docteur porno ! Tu ne sais donc rien de *rien* ?

— Il y a une chose que je sais, rétorqua la Mère. Je sais que tu te fiches pas mal de salir le nom de ta famille. Quand une fille part de chez elle, c'est pour une raison, et une seule. Tout le monde sait ça. »

Magdalena leva les yeux jusqu'à faire disparaître les iris à l'intérieur de son crâne, étira la nuque, rejeta la tête en arrière, tendit les deux bras bien raides, plus bas que les hanches et émit un bruit de gorge *unngghhhhummmmmmmm*. « Écoute-moi bien, Estrellita, tu n'es plus à Camagüey ! Ici, dans *ce* pays, on n'attend pas de se marier pour quitter la maison. » *Cassée... Cassée...* deux fois en huit mots. Sa mère racontait toujours qu'elle était de La Havane, parce que la première chose que n'importe quel Cubain de Miami demandait, c'était l'histoire de votre famille à Cuba – histoire signifiant, bien entendu, statut social. Être de Camagüey était synonyme d'être une *guajira*, une péquenaude. Alors la Fille se débrouillait pour évoquer Camagüey – *cassée* – dans presque tous leurs duels Mère-Fille. Et puis, de temps en temps, elle prenait un malin plaisir à appeler sa mère par son prénom, Estrellita, au lieu de Mami – *cassée* – par pure insolence. Elle aimait traîner sur la sonorité en *y* des deux *l*. *Es-tray-yiiiii-ta*. Ça lui donnait une sonorité vieux jeu, Camagüey en diable.

« J'ai vingt-quatre ans, Estrellita, et j'ai un diplôme d'infirmière – tu étais même là, si je me souviens bien, quand je l'ai passé – j'ai un boulot, une carrière et...

— Depuis quand est-ce qu'un boulot d'infirmière pour un docteur porno s'appelle une carrière ? » La Mère enregistra avec satisfaction le tressaillement de la Fille. « Avec qui tu passes tes journées ? Des pervers ! Tu me l'as dit toi-même... des pervers, des pervers, des pervers.

— Ce ne sont pas des *pervers*...

— Ah non ? Tout ce qu'ils savent faire, c'est regarder des films pornographiques. Et tu appelles ça comment, toi ?

— Ce ne sont pas des *pervers*. Ce sont des malades, et ce sont précisément ces gens-là que les infirmières essaient d'aider, les malades. Il y a des gens atteints de toutes sortes de maladies terribles comme... comme... comme le VIH et les infirmières ont le devoir de s'occuper d'eux.

Ouh-ohhh. Elle regretta de ne pas pouvoir rattraper ce « VIH » dès qu'il eut franchi ses lèvres. *N'importe quel autre* exemple aurait mieux fait l'affaire... pneumonie, tuberculose, syndrome de la Tourette, hépatite, diverticulite... n'importe quoi. Tant pis, trop tard. Prépare-toi au pire...

« Hahhh ! aboya la Mère. Pour toi, décidément, il n'y a que les pervers qui comptent. Les *maricones* maintenant ! *La collera de Dios !* C'est pour ça qu'on t'a payé tous ces cours ? Pour que tu puisses décomprimer avec des gens dégoûtants ?

— *Décomprimer ?* répéta la Fille. *Décomprimer ?* On ne dit pas "décomprimer", on dit *décompresser.* » Magdalena prit immédiatement conscience que par rapport à l'intégralité de l'insulte maternelle, ce *décomprimer* était un moindre mal. La seule chose à faire était d'enfoncer le clou. Elle recourut donc à sa bombe A : l'anglais. « Tu ferais mieux de ne pas essayer d'utiliser d'expressions idiomatiques en anglais, Estrellita. Tu te plantes toujours. Tu as du mal à attraper le coup, hein ? Si tu savais ce que tu peux avoir l'air paumée. »

Estrellita resta silencieuse pendant quelques fractions de seconde, bouche entrouverte. *Cassée !* Magdalena savait que ça lui clouerait le bec. Lui répondre en anglais, c'était un truc qui marchait presque toujours. Sa mère n'avait pas la moindre idée de ce que voulait dire *idiomatique.* Magdalena non plus jusqu'au soir, relativement récent, où Norman avait utilisé ce mot et le lui avait expliqué. Sa mère connaissait vraisemblablement le mot « *coup* » et « *attraper* » aussi, mais « *attraper le coup* » avait de bonnes chances de la dérouter, et en la traitant de *paumée,* elle pouvait être certaine qu'elle afficherait l'expression qu'elle avait en cet instant précis, paumée. Quand Magdalena l'engueulait en anglais comme ça, ça la rendait folle.

Magdalena profita des millisecondes supplémentaires que lui accordait cette interruption pour jeter un vrai regard à Lazare. La statue de terre, presque grandeur nature – pas de la pierre, pas du bronze, de la céramique – était la première chose qu'on voyait en entrant dans la casita. Quel saint minable ! Il avait les joues creuses, la barbe en bataille, l'air offensé et une robe biblique violacée – laquelle pendait, ouverte, pour mieux exhiber les lésions lépreuses qui lui couvraient tout le haut du torse – sans compter deux chiens d'argile à ses pieds. Dans la Bible, Lazare touchait à peu près le fond, socialement... un mendiant au corps mutilé par la lèpre... quémandant des miettes de pain aux grilles d'une maison super chic qui appartenait à un riche appelé Dives, sans que celui-ci lui fasse l'aumône d'un regard. Le hasard voulut qu'ils meurent tous les deux, Lazare et Dives, à peu près en même temps. Histoire que le message soit bien clair – à savoir qu'au Paradis, les derniers seront les premiers et les premiers seront les derniers – et qu'il est plus facile à un chameau de passer par le chas d'une aiguille qu'à un riche d'entrer au royaume de Dieu... Jésus envoie le pauvre diable de Lazare au Paradis, où il séjourne «dans le sein d'Abraham». Il expédie Dives en Enfer, où il brûlera pour l'éternité.

Magdalena avait été baptisée dans la religion catholique romaine et était toujours allée à la messe avec sa mère, son père et ses deux frères aînés. Mais la Mère était une vraie fille de la campagne de Camagüey. La Mère croyait à la Santería – une religion africaine que les esclaves avaient apportée à Cuba... bourrée d'esprits, de magie, de danses extatiques, de transes, de potions, de racines pilées, de divination, de malédictions, de sacrifices animaux, et de toute une flopée d'autres mauvais sorts vaudous. Les Santeríens avaient entrepris d'assimiler leurs divinités vaudous à des saints catholiques. Le dieu des malades, Babalú Ayé, était ainsi devenu saint Lazare. La mère et le père de Magdalena avaient la peau claire, comme de nombreux adeptes d'aujourd'hui. Mais jamais la Santería ne pourrait se débarrasser de ses origines sociales... des esclaves et des *guajiros* benêts de la campagne. C'était devenu une arme commode pour Magdalena dans les duels Mère-Fille.

Les choses étaient si différentes quand elle était petite. Elle était une superbe créature irrésistible, qui faisait la fierté de sa mère. Et puis, à quatorze ans, elle était devenue une superbe pucelle irrésistible. Les hommes lui jetaient des regards furtifs. Magdalena *adorait* ça... jusqu'où iraient-ils avec elle? Nulle part. Estrellita veillait sur elle avec des yeux de rapace. Si elle avait pu, elle aurait remis à la mode le rôle du chaperon. Il n'y avait pas si longtemps de cela, aucune jeune Cubaine de Miami n'aurait pu se rendre à un rendez-vous galant sans que sa Mère l'accompagne pour jouer les chaperons. Ça pouvait devenir un peu... *bizarre*. Il arrivait en effet que la Mère-chaperon soit enceinte jusqu'aux yeux du frère ou de la sœur à venir de la Fille.

Prête à éclater, elle présidait à la toute première leçon très comme-il-faut de la Fille dans l'art de guider, l'heure venue et en toute bienséance, des jeunes gens sur le chemin menant aux portes des entrailles. De plus, le ventre gonflé comme une outre révélait clairement que la Mère avait fait très précisément ce qu'elle avait le devoir d'empêcher sa Fille de faire avec son chéri du moment. Estrellita elle-même ne pouvait exiger que Magdalena lui demande d'approuver au préalable le choix du garçon avec qui elle sortait. Mais elle pouvait exiger, et ne s'en privait pas, qu'il vienne la chercher ici, à la casita, pour le voir de près, et exiger de lui poser quelques questions s'il avait l'air ne fût-ce que vaguement suspect, et exiger de surcroît qu'il la raccompagne avant onze heures.

Le seul «homme plus âgé» de la vie de Magdalena avait une bonne année de plus qu'elle et une petite touche de prestige puisqu'il était à présent agent de police dans la Patrouille Maritime, autrement dit, il s'agissait de Nestor Camacho. Estrellita connaissait sa mère, Lourdes. Son père avait sa propre entreprise. Nestor était un bon garçon d'Hialeah.

La Mère retrouva ses esprits et sa voix. «Tu es sûre que ta petite colocataire *bianca* de South Beach ne s'appelle pas Nestor Camacho?»

La Fille poussa un «HahhhHHHH!» si fort et d'une voix de soprano colorature si aiguë que la Mère sursauta. «Ça, c'est la meilleure! Nestor est un petit garçon d'Hialeah tellement gentil, tellement obéissant. Pourquoi n'appelles-tu pas sa mère, pour qu'elle se marre un bon coup, elle aussi? Et si tu vérifiais ça maintenant, là, tout de suite? Tu n'as qu'à aller chercher tes perles en noix de coco et les jeter devant ce bon vieux Lazzy! Il te le dira! Il ne te racontera jamais de salades, lui!» Elle tendit le bras et l'index comme une lance vers la statue de Lazare.

Estrellita en resta sans voix, une fois de plus. Son visage prit une expression qui allait au-delà des limites d'un duel Mère-Fille. De la colère noire. Estrellita avait déjà été *cassée*, chaque fois que Magdalena avait fait des allusions à la Santería. C'était une manière indirecte de la traiter d'ignorante, de *guajira* socialement attardée. Elle le savait. Mais ce que Magdalena venait de dire, là, relevait du blasphème pur et simple. Oser appeler saint Lazare «ce bon vieux Lazzy»! Elle se permettait de se moquer des pouvoirs de divination de la foi, des perles en noix de coco. Elle tournait en dérision la foi de sa Mère, sa vie elle-même.

Avec une rage froide qui lui montait du fond de la gorge, elle siffla, « Tu veux partir de la maison ? Alors va-t'en. Tout de suite. Et ne remets jamais les pieds ici, tu m'entends ?

— Parfait ! s'écria Magdalena. Cette fois, enfin, on est d'accord ! »

Mais sa voix tremblait un peu. L'expression de sa mère et sa voix de crotale... Magdalena n'osa pas ajouter un mot. Maintenant... elle était *obligée* de partir... et cette idée déclenchait un séisme au creux de son ventre. Dorénavant, sa nouvelle vie au milieu des *Americanos* ne serait plus l'aventure exotique, excitante, audacieuse d'une jeune femme non conformiste... Dorénavant, son logement, son salaire, sa vie sociale, sa vie amoureuse dépendraient d'un *Americano*. Ses seuls atouts seraient son physique... et quelque chose qui ne lui avait jamais fait défaut... pas encore... son culot.

Euphorie ! s'appelait la bulle dans laquelle se trouvait Nestor quand son service s'acheva et qu'il traversa la Miami Line vers le nord au volant de sa vieille Camaro pour regagner Hialeah. *Superman !* s'appelait le héros qu'elle contenait. Superman éclairait cette bulle de l'intérieur telle une torche brandie bien haut.

Le grand patron lui-même, le Chef Booker, avait fait tout le trajet jusqu'à la marina à minuit pour le féliciter !

Hialeah... au cœur de la nuit... une silhouette dans l'obscurité rangée après rangée après rangée après rangée après bloc après bloc après bloc de petites maisons de plain-pied, chacune presque semblable à sa voisine, toutes à cinq mètres de distance l'une de l'autre, chacune sur un lopin de quinze mètres sur trente, chacune avec une allée qui remontait en ligne droite... depuis le grillage entourant d'une fortification le moindre centimètre carré de la propriété de chacun... des jardins de devant en béton solide comme du roc ornés de petites fontaines vénitiennes en béton. Mais ce soir, la déferlante de la Camaro illuminait tout Hialeah. Ce n'était pas le même Nestor Camacho – vous savez bien, le fils de Camilo Camacho – qui rentrait chez lui anonymement à la fin de son bon vieux service de nuit...

Pas du tout – parce que *le grand patron en personne avait fait tout le trajet jusqu'à la marina à minuit pour le féliciter* !

Nestor surgit, radieux, des rangs des deux cent vingt mille âmes d'Hialeah. Il est connu désormais dans tout le Grand Miami, partout où l'on capte les rayons numériques de la télé... le flic qui a risqué sa vie pour sauver un malheureux réfugié paniqué au sommet d'un immense mât de schooner. Même à présent, au cœur de la nuit, il était nimbé de soleil. Il caressa l'idée de ranger la Camaro à deux ou trois rues de chez lui et de faire le reste du chemin à pied d'un pas calme, mesuré, simplement pour permettre aux citoyens d'entrapercevoir le radieux... et pour les voir échanger des coups de coude... « Regarde ! On dirait bien que c'est *lui* ! » En réalité, il n'y avait pas un chat dans les rues et Hialeah n'avait pas de vie nocturne digne de ce nom. En plus, il était tellement crevé...

Sa rue était tout aussi lugubre que les autres, mais il repéra immédiatement la Casita Camacho. Un réverbère, aussi faible fût-il, suffisait à projeter des reflets sur les caractères lisses, brillants, presque luminescents, peints sur le flanc de la grosse camionnette Ford E-150 de son père garée juste devant la maison : CAMACHO FUMI-GADORES. Son père était fier de cette inscription. Il l'avait payée un sacré paquet à un vrai peintre d'enseignes. Les lettres étaient entourées d'une ombre noire qui donnait l'impression qu'elles sortaient des flancs de la camionnette en trois dimensions. CAMACHO FUMIGA-DORES !... L'entreprise de désinfection et de désinsectisation de Camilo Camacho lui-même... Rigoureusement parlant, le pluriel, FUMIGA-DORES, n'était pas exact. La société comptait très exactement un fumigateur, et un employé, un point c'est tout, dont le nom figurait d'ailleurs sur le flanc de la camionnette. Pendant trois ans, Camilo avait « employé » un assistant, son fils Nestor. Nestor ne supportait pas ce boulot... pulvériser du malathion dans les recoins obscurs et humides de maisons étrangères... inhaler inévitablement un peu de cette merde... et écouter Camilo dire « ça ne te tuera pas ! »... sentir le malathion tous les jours sur ses vêtements... le sentir sur lui-même... devenir tellement parano qu'il avait l'impression que tout le monde le sentait autour de lui... Quand on lui demandait ce qu'il *faisait*, il répondait qu'il travaillait pour une société de régulation des populations mais qu'il cherchait un autre emploi. Dieu merci, il avait fini par être admis à l'École de Police! Son père, en revanche, était fier d'être à la tête d'une société qui régulait les populations chez ses clients. Il voulait que *todo el mundo* le voie, LUI, rangé en grosses lettres devant sa maison. Cela ne faisait que quatre ans que Nestor était flic à Miami, mais il n'en avait pas fallu davantage pour qu'il comprenne que dans beaucoup d'autres quartiers... Kendall, Weston, Aventura, l'Upper East Side, Brickell... un type qui garerait un véhicule pareil devant sa maison serait considéré lui-même comme un cafard. Tout comme son épouse, la série de grands-parents qui vivaient avec eux et leur fils qui était flic. Tout leur nid serait considéré comme une authentique infestation de vermine. Il y avait des coins de Coral Gables où il était interdit par la loi de ranger une fourgonnette de ce genre devant sa maison. Mais à Hialeah, c'était un objet d'orgueil pour un homme. Hialeah était une ville de deux cent vingt mille habitants, dont près de deux cent mille Cubains, estimait Nestor. Les gens parlaient toujours de «Little Havana», un quartier de Miami le long de la Calle Ocho, où tous les touristes s'arrêtaient au Café Versailles et prenaient une tasse de café cubain terriblement sucré puis parcouraient quelques rues à pied pour aller voir les vieux, sans doute des Cubains, jouer aux dominos dans Domino Park, un minuscule bout de parc aménagé juste là, sur la Calle Ocho; pour prêter à ce coin plutôt terne une légère... une authentique, une pittoresque, *folklórica atmósfera*. Ce qui leur permettait de dire ensuite qu'ils avaient vu Little Havana. Mais la vraie Little Havana, la Petite Havane, c'était Hialeah, à cette nuance près qu'on pouvait difficilement la dire petite. La vieille «Little Havana» était barbante, usée jusqu'à la corde, pleine de Nicaraguayens et de Dieu sait qui, et n'avait pas grand-chose à envier à un bidonville, de l'avis de Nestor. Jamais des Cubains n'habiteraient un bidonville. Les Cubains étaient ambitieux par nature. Alors tous ceux qui avaient un véhicule avec une inscription publicitaire dessus prouvant qu'ils étaient des entrepreneurs, aussi modestes fussent-ils, la rangeaient d'un air important devant chez eux. CAMACHO FUMIGADORES! Avec le Grady White Cruiser parqué dans l'allée, cela prouvait que Camilo Camacho n'était pas un Cubain de la classe ouvrière. À Hialeah, un propriétaire de casita sur cinq probablement possédait un cruiser, un bateau de croisière – terme qui indiquait que cette embarcation était trop grande pour être ravalée au rang de simple « bateau à moteur » – monté, très haut, sur une remorque. La proue dépassait habituellement la façade de la casita. La plateforme de la remorque était si élevée qu'on aurait dit un piédestal... au point que les cruisers écrasaient les casitas elles-mêmes. Ici, dans l'obscurité, leurs silhouettes donnaient aux bateaux, selon Nestor, l'aspect de missiles prêts à décoller au-dessus de votre tête. Son père avait payé le même peintre d'enseignes pour réaliser le même genre d'inscription brillante, luminescente, sur la coque du Grady-White. LAS SOMBRILLAS DE LIBERTAD – « les parasols de la liberté ». Ce nom rappelait la grande aventure, l'aventure désespérée de la jeunesse du vieux. Comme la famille de Magdalena, Camilo et son propre père, le grand-père de Nestor, étaient des gars de la campagne de Camagüey. Le grand-père de Nestor ne se voyait pas passer toute sa vie à couper la canne, à nettoyer les étables et à pousser la charrue. Il avait d'autres ambitions. Il voulait Vivre à la Ville. Il alla donc s'installer, avec fils et épouse, à La Havane. Plus question d'être *guajiro* ! Prolétaire à part entière ! Enfin libre, le nouveau *prole* trouva un emploi d'inspecteur dans le service de filtrage des eaux usées de la station hydraulique de Malecón. « Inspecteur » voulait dire qu'il devait enfiler des bottes en caoutchouc, se munir d'une lampe torche, se plier en deux comme un gnome et se promener dans le noir, au fond des égouts, tandis que des fleuves de merde et autres excroissances immondes coulaient et occasionnellement se répandaient au-dessus de ses bottes. Le parfum n'était pas délicieux non plus. Ce n'était pas la Vie à la Ville dont il avait rêvé. Alors, avec l'aide de Camilo, il s'était lancé discrètement dans la construction d'un canot rudimentaire dans la cave de leur immeuble prolétarien de La Havane. Ils avaient volé deux grands parasols de café pour servir de voiles... et de protection contre le soleil. Une nuit, Camilo, ses parents et Lourdes, la petite amie de Camilo (qui deviendrait, le jour venu, sa femme et la mère de Nestor), avaient pris la mer pour la Floride. Ils avaient failli mourir cent fois, à en croire son père en tout cas (bien plus de cent fois), d'insolation, de déshydratation, de faim, de tempêtes, de vagues immenses, de courants pris de folie, de calme plat, et de Dieu sait quoi, avant d'arriver à Key West douze jours plus tard, tous les quatre à l'article de la mort.

Eh bien, maintenant, Nestor avait lui aussi une saga héroïque... à *leur* raconter. Il en frémissait d'impatience. Il avait essayé de téléphoner trois fois chez lui depuis la marina. La ligne était toujours occupée, mais c'était peut-être aussi bien. Ils entendraient tout ça de sa propre bouche... leur jeune héros debout devant eux, observant leurs visages passer de l'admiration à l'adoration.

Comme d'habitude, il rangea la Camaro dans la petite section de l'allée entre le trottoir et le bateau.

Dès qu'il franchit le seuil, son père est là qui l'attend, les bras croisés sur la poitrine, les traits figés dans son expression de Moi, Camilo Camacho, Maître de ce Domaine... son attitude majestueuse un peu gâchée par le T-shirt qui pendouille hors de son jean coupe Confort... Les bras croisés appuient sur le haut de sa bedaine tandis que la ceinture de son jean taille basse la remonte par-dessous, la faisant gonfler comme une pastèque sous son T-shirt. La mère de Nestor se tient un pas derrière Moi, Camilo. Elle regarde Nestor comme si son troisième enfant, son dernier-né, était une petite flamme descendant en grésillant le long d'une mèche pour...

... *Ka-boum!* Moi, Camilo Camacho, *explose* :

« Comment as-tu pu faire une chose pareille à un homme de ton propre sang ! Il est à dix-huit mètres de la liberté et toi, tu l'arrêtes ! Tu le condamnes à la torture et à la mort dans les cachots de Fidel ! Comment peux-tu infliger un tel déshonneur à ta propre famille ? On nous a appelés ! J'ai passé toute la nuit au téléphone ! Tout le monde est au courant ! Ils allument la radio et tu sais ce qu'ils entendent ? "*Traidor! traidor! traidor!* Camacho ! Camacho ! Camacho !" Tu nous traînes dans la *merde* ! » Il jette un coup d'œil à sa femme, derrière lui. « Il faut bien le dire, Lourdes » – se retourne vers Nestor – « C'est dans la *merde* que tu traînes la Maison Camacho ! »

Nestor en resta abasourdi. C'était comme si le vieux lui avait abattu une batte de base-ball sur la nuque. Sa bouche s'ouvrit, mais aucun son n'en sortit. Il leva les deux paumes dans le geste éternel de l'impuissance déconcertée. Il était incapable de prononcer un mot.

«Qu'est-ce que tu as? demanda son père. La vérité t'a coupé la langue?

— Mais de quoi *parles*-tu, Papa?» Les mots jaillirent enfin, une octave trop haut.

«Je parle de ce que tu as fait! Si un flic nous avait fait, à ton grand-père et moi» – un geste de la tête en direction de la chambre du grand-père et de la grand-mère de Nestor, Yeyo et Yeya, à l'arrière de la maison – «ce que tu viens de faire à ton propre peuple, à ton propre sang, tu ne serais pas ici en ce moment! Tu ne serais pas un grand flic de Miami! Tu ne serais rien du tout! Tu *n'existerais* pas! Tu *n'existerais* même pas!

— Papa...

— Tu sais ce qu'on a dû faire pour que tu puisses *exister*? Ton grand-père et moi, on a dû construire un bateau nous-mêmes, la nuit, dans la cave, pour que le gardien d'immeuble ne vienne pas nous espionner. Et c'est de nuit aussi qu'on a pris la mer, avec Yeya et ta mère – et tout ce qu'on avait, c'était quelques provisions, un peu d'eau, une boussole et deux parasols qu'on avait dû voler à la terrasse d'un café en guise de voiles. Des parasols de café!

— Je sais, Papa...

— Douze jours, il nous a fallu! Douze jours à crever de chaud toute la journée et à grelotter toute la nuit, ballottés de ci» – il mime le tangage du bateau – «de là» – il mime le roulis – «comme ci» – une embardée – «comme ça» – une vague ascendante – «jour et nuit – et à écoper jour et nuit aussi. Impossible de dormir. C'est à peine si nous avions le temps de manger. Il n'était pas question d'arrêter d'écoper une minute, tous les quatre, vingt-quatre heures sur vingt-quatre, pour éviter de couler. On aurait pu mourir cent fois» – il claqua des doigts – «comme *ça*! Pendant les quatre derniers jours, on n'avait plus rien à manger et il nous restait une bouteille d'eau pour quatre...

— Papa...

— Nous étions quatre squelettes quand nous avons enfin touché terre! Nous étions à moitié fous! Ta mère avait des hallucinations et...

— *Papa! Je sais tout ça!*»

Lui, Camilo Camacho, se tut. Il prit une inspiration si profonde et son visage se tordit dans une telle grimace, dents supérieures dénudées et veines saillantes, que tout donnait à penser qu'il allait mordre quelqu'un ou avoir une attaque – mais au dernier moment, il retrouva sa voix et grinça :

« *Tout ça*, j'ai bien entendu ? *Tout ça*, c'est bien ce que tu as dit ? *Tout ça*, c'était la vie ou la mort ! On a failli mourir ! Douze jours sur l'océan dans un canot ouvert ! Il n'y aurait *pas* d'Agent Nestor Camacho s'il n'y avait pas eu *tout ça* ! Il *n'existerait* pas ! Si un grand flic nous avait arrêtés à dix-huit mètres de la côte et nous avait renvoyés, c'était fini pour nous ! Rien du tout, voilà ce que t'aurais été ! Et t'as le culot de dire *tout ça* ! Nom de Dieu, Nestor, quel homme tu es ? Mais peut-être que t'es pas un homme ! Peut-être que t'as des griffes et une queue comme un *mapache* ! »

:::::: Il me traite de *raton laveur* ! ::::::

« Écoute, Papa...

— Non, c'est *toi* qui vas m'écouter ! Tu ne sais pas ce que c'est de souffrir ! Tu arrêtes un type à dix-huit *metros de libertad* ! Tu te fous pas mal que les Camacho soient arrivés en Amérique dans un bateau qu'ils avaient...

— Papa, *écoute*-moi ! »

Le ton de Nestor était si mordant que son père renonça à finir sa phrase.

« Ce type n'a pas eu à faire » – Nestor allait dire « tout ça » mais se rattrapa juste à temps – « ce que Yeyo et toi avez dû faire, pas du tout. Ce type a filé trois ou quatre mille dollars à des passeurs pour qu'ils le conduisent directement à Miami dans un canot à moteur, un Cigarette. Ça fait du cent dix à l'heure sur l'eau, ces machins-là. Il lui a fallu quoi – deux heures peut-être pour arriver jusqu'ici ? Trois maximum. Dans un bateau ouvert ? Mais non, dans une cabine avec un toit. À moitié mort de faim ? Tu rigoles, il n'a sans doute même pas eu le temps de digérer le gros déjeuner qu'il a pris avant de partir.

— La question n'est pas là. Le principe est le même...

— Quel principe, Papa ? Le brigadier m'a donné un ordre direct ! J'ai obéi à un *ordre direct* ! »

Grognement de dérision. «*Obéi à un ordre direct.*» Nouveau grognement. «Les types de Fidel aussi! Ils obéissent à des ordres directs, eux aussi – ceux de tabasser et de torturer des gens, de les faire "disparaître" et de leur prendre tout ce qu'ils ont. T'as jamais entendu parler d'honneur? Tu te fiches pas mal de l'honneur de ta famille? J'veux plus entendre cette excuse à la noix!... *Obéi à un ordre direct...*

— Allons, Papa! Le type est là-haut à hurler des trucs à la foule qui est sur le pont et à faire des moulinets des bras comme ça» – il l'imite – «Il a perdu la boule! Il va tomber et se tuer, et il y a un embouteillage monstre sur la chaussée, les six voies bloquées, un vendredi, à l'heure de pointe, le pire...

— Ho ho! Un *embouteillage.* Pourquoi tu l'as pas dit plus tôt! *Ouah, un embouteillage!* Ça change *tout*!... Tu prétends donc qu'un embouteillage est plus grave que la *torture* et la *mort* dans les cachots de Fidel?

— Papa, je ne savais même pas qui était ce type! Je ne le sais toujours pas! Je ne pouvais pas savoir ce qu'il criait! Il était à vingt mètres au-dessus de moi!»

En fait, il l'avait su, plus ou moins, mais l'heure n'était pas à de subtils distinguos. Il était prêt à tout pour mettre fin à cette diatribe, à ce jugement impitoyable – de son propre père!

Rien cependant n'aurait pu arrêter Moi, Camilo Camacho, Maître de ce Domaine. «Il allait tomber et se tuer? C'est ça que tu dis? Mais c'est *toi* qui as failli le faire tomber et se tuer! C'est toi le cinglé qui voulait l'*arrêter*, et advienne que pourra!

— Putain, Papa! Je ne l'ai pas *arrêté*! Nous n'arrêtons pas les immig...

— Tout le monde t'a *vu*, Nestor! Tout le monde a su que c'était un Camacho qui faisait ça! Nous aussi, on t'a vu de nos propres yeux!»

En réalité, son père, sa mère et ses grands-parents avaient suivi toute l'affaire à la télé américaine en coupant le son et en écoutant les commentaires sur WDNR, une station de radio hispanophone qui adorait dénoncer les péchés des *Americanos*. Rien de ce que Nestor pouvait dire n'avait la moindre chance d'apaiser le courroux paternel. Moi, Camilo Camacho, leva les mains en l'air comme pour dire « Inutile... inutile », il se détourna et s'éloigna.

Sa mère ne bougea pas. Dès qu'elle fut certaine que Moi, Camilo, était passé dans une autre pièce, elle jeta les bras au cou de Nestor en disant : « Peu importe ce que tu as fait. Tu es vivant et tu es rentré. C'est l'essentiel. »

Peu importe ce que tu as fait. Ce verdict implicite de culpabilité accabla si bien Nestor qu'il se tut. Il ne réussit même pas à murmurer un hypocrite *Merci, Mami.*

Il gagna sa petite chambre, épuisé. Tout son corps le faisait souffrir, les épaules, les articulations des hanches, les adducteurs et les *mains*, toujours à vif. Ses mains ! Les articulations, les jointures – ne fût-ce qu'essayer de serrer le poing était un supplice. Le simple fait de retirer ses chaussures, son pantalon et sa chemise et de se mettre au lit – un supplice... ::::::: Sommeil, Dieu bienveillant. Assomme-moi... c'est tout ce que je te demande... emporte-moi loin de *esta casita*... dans les bras du Marchand de Sable... Délivre-moi de mes pensées... sois ma morphine... :::::::

Mais Morphée ne l'exauça pas. Il s'assoupissait de temps en temps – *se réveillait en sursaut* le cœur battant la chamade – s'assoupissait – *se réveillait en sursaut* – s'assoupissait – *se réveillait en sursaut*... toute la nuit, par à-coups... jusqu'à un nouveau *réveil en sursaut* à six heures du matin. Il avait l'impression d'être une carcasse vide et carbonisée. Il avait mal partout, comme il n'avait jamais eu mal de sa vie. Mobiliser les articulations de ses hanches et de ses jambes était si douloureux qu'il se demanda si elles pourraient supporter son poids. Il le *fallait* pourtant. Il devait foutre le camp d'ici !... Aller *n'importe où*... et tuer le temps en attendant quatre heures, l'heure à laquelle il prenait son service à la Patrouille Maritime. Il glissa les pieds hors du lit et s'assit lentement... resta assis, sonné, pendant une minute... ::::::: Je me sens trop mal... Je *ne peux pas* me lever. Alors qu'est-ce que tu vas faire, traîner ici en attendant de nouvelles insultes ? ::::::: Au prix d'un immense effort de volonté, il s'obligea à *pure torture !* se lever. Délicatement, précautionneusement, il se traîna à petits pas jusqu'au salon et s'approcha d'une des deux fenêtres qui s'ouvraient sur la façade de la maisonnette pour regarder les femmes. C'était samedi matin et elles étaient déjà dehors à arroser leurs cours bétonnées d'un bout à l'autre de la rue.

Les hommes auraient préféré mourir plutôt que de se faire surprendre avec un de ces tuyaux d'arrosage à la main. C'était un boulot de femme. La première chose que ferait sa mère quand elle se lèverait : nettoyer à grande eau leur jardinet dur comme le roc de quinze mètres sur six. Dommage que l'eau ne fasse pas pousser le béton. À l'heure qu'il était, leur cour aurait compté cinquante étages de haut.

Aussi loin que remontaient ses souvenirs, Nestor n'avait d'Hialeah d'autre image que celle de milliers de pâtés de maisons comme celui-ci, des rangées à n'en plus finir de casitas précédées de petites cours pavées – mais pas d'arbres – émaillées çà et là de véhicules couverts d'inscriptions... mais pas d'arbres – de bateaux proclamant *Loisir Ostentatoire*... mais pas d'arbres. Nestor avait entendu parler d'un temps où, à travers tout le pays, le nom même d'Hialeah évoquait Hialeah Park, le champ de courses le plus chic et le plus huppé d'Amérique, aménagé dans un rêve de paysagiste, un parc luxuriant, verdoyant, entièrement artificiel de cent vingt-cinq hectares qui hébergeait en permanence une foule de flamants du plus rose qu'on pût imaginer... et qui n'était plus qu'une relique fermée, verrouillée, un grandiose vestige décrépit des jours glorieux où les Anglos régnaient sur Miami. Aujourd'hui, une camionnette de gazage de bestioles rangée le long du trottoir avec votre nom dessus suffisait à affirmer la supériorité sociale de la Casita Camacho à Hialeah. Il avait admiré son père pour ça. Tous les soirs, le vieux rentrait avec des vêtements qui laissaient échapper des bouffées de malathion. Mais Nestor y voyait un signe du succès professionnel paternel. Ce père qui aujourd'hui se retourne contre lui au moment où il a le plus besoin de son soutien !

Merde ! Il était presque six heures et demie et il était encore planté là, à ruminer... Toute la bande allait bientôt être debout... Camilo le Caudillo, Lourdes, l'épouse du Caudillo perpétuellement inquiète, toujours en train de s'arracher les petites peaux des mains, et puis Yeya et Yeyo...

Yeya !

Ça lui était complètement sorti de la tête! C'était son anniversaire aujourd'hui! Pas moyen d'échapper à l'anniversaire de Yeya. Il y avait toujours un cochon rôti... assez gros pour une centaine de personnes... toute la famille... *innombrable* ici, juste à Hialeah... plus tous les voisins des cours de béton mouillé. Ses parents, Yeya et Yeyo, et lui aussi d'ailleurs, les connaissaient tous si bien qu'ils les appelaient *Tía* et *Tío* comme s'ils étaient vraiment des tantes et des oncles. S'il manquait à l'appel, on ne le lui pardonnerait *jamais*. La fête d'anniversaire de Grand-mère était un événement de première importance dans le domaine Camacho... un jour férié, ou presque... et plus elle vieillissait, plus ce jour était sacré.

Dans tout Hialeah, des grands-parents vivaient sous le même toit que leurs enfants d'âge mûr. Jusqu'à ce que son frère et sa sœur quittent la maison pour cause de mariage, cette casita avait ressemblé à la YMCA. Une salle de bains pour sept personnes appartenant à trois générations. Rien de mieux pour se taper sur les nerfs...

Oh, Magdalena! Si seulement elle était à côté de lui en ce moment! Il la prendrait par la taille... devant tout le monde... là, maintenant... et elle plaisanterait à propos de tous ces jardinets en béton, de toutes ces épouses exploitées d'Hialeah. Et si tout le monde se réunissait pour arroser juste *un* arbre? Voilà ce qu'elle dirait. Elle parierait qu'il y avait moins de dix arbres dans tout Hialeah. Au départ, Hialeah avait été une plaine de terre, désormais, c'était une plaine de béton. Voilà le genre de chose qu'elle dirait, si seulement elle était là... Il *sentait* son corps appuyé au sien. Elle était si *belle* – et si *intelligente*! Elle avait cette... *façon*... de voir le monde. Quelle chance il avait! Il avait une nana plus canon, plus vive, plus brillante que... que... qu'une vedette de la télé. Il sentait son corps contre le sien au lit ::::::: Oh, ma Manena ::::::: Cela faisait presque deux semaines qu'il ne l'avait pas tenue comme ça. Quand ce n'était pas ses horaires de travail à lui, c'était les siens à *elle*. Il n'aurait jamais cru que les infirmières en psychiatrie avaient des journées de travail aussi longues et aussi pénibles. Ce psychiatre était un grand manitou, apparemment. Ses patients s'entassaient à l'hôpital, au Jackson Memorial, sans compter ceux qui défilaient toute la journée à son cabinet. Manena devait s'occuper de tous. Nestor n'aurait jamais pensé que les psychiatres avaient autant de patients à l'hôpital. Oh, mais c'est qu'il est très connu, très demandé, expliquait Manena. Elle travaillait jour et nuit. Ces derniers temps, c'était devenu encore pire, il n'arrivait plus du tout à la voir. À minuit, quand il quittait son service à la Patrouille Maritime, elle dormait, et il n'osait pas l'appeler. Elle commençait le matin à sept heures, lui avait-elle dit, parce qu'elle devait d'abord passer à l'hôpital pour un «pré-contrôle» avant de se rendre au cabinet pour recevoir des patients toute la journée. Elle terminait à dix-sept heures, mais Nestor prenait son service à seize heures. En plus, ils avaient des jours de congé différents. C'était devenu complètement impossible. Comment faire?

Il l'avait appelée sur son portable assez peu de temps après son retour à la marina. Pas de réponse. Il lui avait envoyé un texto. Rien... et pourtant, elle était *forcément* au courant. À en croire son père, *tout le monde* était au courant.

Il fallait qu'il voie sa Manena!... ne fût-ce que sur Facebook. Il regagna sa chambre en toute hâte, s'habilla plus vite qu'il ne l'avait jamais fait de sa vie, s'assit devant son ordinateur posé sur une table qui tenait à peine dans la pièce, et se connecta... *Manena!* Elle était là... C'était lui qui avait pris cette photo... ses longs et somptueux cheveux bruns *ruisselant* sur ses épaules... ses yeux bruns, ses lèvres légèrement entrouvertes, légèrement souriantes – qui promettaient – l'*extase* était un mot trop faible! :::::: Arrête de fantasmer, Nestor! File à la cuisine te faire du café... avant de te voir imposer une compagnie que tu ne désires pas. ::::::

Il était assis à la cuisine dans le noir, à boire une deuxième tasse de café en essayant de se réveiller... et de réfléchir... réfléchir... réfléchir... réfléchir... Il ne pouvait décemment pas l'appeler aussi tôt, à sept heures moins le quart, un samedi matin... pas plus que la textoter. Le *bip bip* du message risquait de la réveiller.

Une lampe s'alluma et il entendit un bruit familier de chasse d'eau et de *gloug-gloug-gloug* des toilettes. *Putain!* Ses parents se levaient... Camilo le Caudillo allait foncer droit jusqu'ici... *Une bouffée d'espoir!*... La nuit aurait peut-être ramené son père à de meilleurs sentiments, et il aurait envie de faire la paix...

Clic – la lampe de la cuisine s'allume. Son père se dresse dans l'embrasure de la porte... Ses sourcils froncés creusent une tranchée au milieu de son front. Il porte son coupe Confort, un T-shirt XXL dont les manches courtes descendent plus bas que les coudes... mais à peine assez grand pour couvrir sa pastèque ventrale. Il ne s'est pas rasé. Il a le dessous des maxillaires grisâtres. De la chassie au coin des yeux. Une horreur.

« *Buenos días...* ? » risque Nestor. Cela commence comme une salutation mais s'achève plutôt comme une interrogation.

« Qu'est-c'tu fous assis comme ça dans le noir ? » *Tu ne sais même pas comment on s'assied dans une cuisine ?*

« Je... je ne voulais pas risquer de réveiller quelqu'un.

— Qui tu crois que cette putain de lumière peut réveiller ? » *Tu es complètement crétin ou quoi ?*

Il passa devant Nestor sans ajouter un mot et se prépara une tasse de café... Nestor gardait les yeux rivés sur Lui, Camilo le Caudillo, Maître de ce Domaine. Il craignait une nouvelle déflagration. Moi, Camilo Camacho, descendit sa tasse de café d'un trait. Puis il quitta la cuisine en homme qui a du pain sur la planche. Il sortit comme si Nestor n'était pas là... sans même lui accorder un regard du coin de l'œil...

Nestor retourna à son café, mais il était froid maintenant, trop noir, trop amer... et hors de propos. Il réfléchissait, réfléchissait, réfléchissait, réfléchissait... sans arriver à comprendre où il en était...

Il se demanda « Est-ce que j'existe ? »

Mais voilà que... toute la gamme de grognements, de gémissements, de halètements, d'essoufflements connus pour accompagner un travail éreintant se fait entendre juste devant la cuisine.

C'est son père – mais qu'est-ce qu'il fout ? Il a le corps dévié sur la droite parce qu'il porte un machin énorme sur l'épaule droite. Un truc long, encombrant – un cercueil. Son père se débat avec, il titube sous son poids... Le cercueil oscille d'avant en arrière sur l'épaule du vieux... file de côté et lui heurte le cou... Il va lui échapper... Il réussit à le recaler sur son épaule... Un bras lutte contre les embardées... l'autre cherche à éviter les oscillations... Il a le visage couleur brique... Du mal à respirer... Il émet tous les sons inarticulés qui vont de pair avec une tâche harassante...

« ... meshh... singhhh... niiits... guhn arrrgh... *muhfughh*... nooooonmp... *merde*... boggghh... frimp... ssslooosh... nomdedddd-dieueueu... *hadjah*... *niiiinch*... arrrgh... iiiooomp. »

Les jambes du vieux s'arquent. Ce *n'est pas un cercueil* – c'est la *caja china* dont ils se servent toujours pour rôtir le cochon – mais quelqu'un a-t-il jamais essayé de trimbaler ce putain de truc tout seul ? Là – les encoches métalliques à l'extrémité, où on glisse des poignées pour le porter, un homme à un bout, un deuxième à l'autre... Quel imbécile a jamais cherché à se le coltiner sur l'épaule ? Moi, Camilo l'a construit il y a plusieurs années... une caisse de contreplaqué de deux centimètres et demi d'épaisseur en forme de cercueil doublée d'une plaque de zinc... ça doit peser plus de trente kilos... ce machin-là est tellement long, tellement large qu'il est impossible de passer le bras autour pour le stabiliser...

« PAPA, ATTENDS, JE VAIS T'AIDER ! »

Mais le vieux cherche à l'éviter... tu ne poseras pas le doigt dessus, traître... « *Arggggh* »... Un unique petit écart – et ça y est ! La *casa china* n'en fait plus qu'à sa tête ! Cette foutue caisse se transforme en énorme taureau enragé qui *chevauche* un petit cavalier... Nestor voit le drame arriver... comme au ralenti... mais en fait, ça se déroule si vite qu'il est cloué au sol... inerte... la *caja china* part en vrille. Son père part en vrille en essayant de suivre le mouvement... ses jambes s'enroulent l'une autour de l'autre... il chavire... « *Arrrrggh* »... la *caja china* enragée dégringole sur lui... « *Errrnafumph* » – une extrémité heurte le mur...

C R A A A C !

... dans une petite casita comme celle-ci, ça fait un vacarme de train qui déraille...

« Papa ! » Nestor est déjà accroupi au-dessus de l'épave, il entreprend de soulever l'énorme boîte qui écrase le torse de son père...

« Non ! » Son père le regarde bien en face. « Non ! Non ! »... toute la grimace y est, au grand complet... les yeux qui lancent des éclairs... la lèvre supérieure retroussée sur les dents... « Non – pas toi ! »

Nestor dégage quand même son père de la *caja china* et la pose par terre... Pour quelqu'un qui a des dorsaux, des trapèzes, des biceps, des triceps et des quadriceps comme les siens – gonflés à fond par l'adréna-line – ce n'est rien... ça pourrait aussi bien être une boîte en carton.

« Papa ! Tu n'as rien ! ? »

Moi, Camilo Camacho... couché sur le dos... fusillant son fils du regard, grognant à son fils « Ne pose pas tes sales pattes sur cette *caja china* », dans un grondement bas mais parfaitement distinct.

Son père n'est pas blessé... il est parfaitement lucide... le mur a absorbé l'élan de la *caja china*... elle s'est simplement renversée sur Moi, Camilo Camacho... il n'exprime aucune douleur... Oh, non... il n'a qu'une envie, en *infliger*... Un sentiment voisin du désespoir envahit le système nerveux central de Nestor... Il a toujours aidé son père à porter la *caja china* pour les cochons rôtis, depuis qu'il a douze ans... Son père la soulevait par les poignées à un bout, et Nestor la soulevait par les poignées à l'autre bout... *depuis qu'il a douze ans !* C'était devenu un petit rituel de virilité. Et maintenant, son père ne veut plus de lui.

Moi, Camilo Camacho ne veut même pas que son fils dégage sa forme prostrée d'un cercueil accidenté. Toi au moins, tu sais blesser un fils, pas vrai, *Caudillo* Camacho... Mais Nestor est incapable de trouver les mots pour exprimer cela, ou quoi que ce soit d'autre.

« Que s'est-il passé ? Que s'est-il passé ? »

C'est sa mère, qui arrive de leur chambre en *courant*. « Oh, mon Dieu – Cachi ! Que s'est-il passé ? Cachi ! » C'est le petit nom tendre qu'elle donne au Maître. « Tu n'as rien ? Quel bruit épouvantable ? Qu'est-ce qui est tombé ? »

Elle s'est mise à genoux à côté de lui. Il lui a jeté un regard inex-pressif, puis a collé sa langue dans sa joue et a lancé à Nestor un coup d'œil menaçant – et accusateur, la langue dans la joue. Il l'a braqué comme un rayon laser... incitant la mère de Nestor à se tourner vers lui... les yeux écarquillés... déconcertée... craignant le pire... au point de demander, « C'est *toi* qui as fait ça – à ton père ?

— Papa, dis-lui ! Explique à Mami ce qui s'est passé ! »

Moi, Camilo Camacho garda le silence, laissant son rayon sinistre rivé sur son fils.

Nestor se tourna vers sa mère. « Papa a voulu porter la *caja china* tout seul, sur l'épaule ! Il a perdu l'équilibre – et elle a heurté le mur ! »

Nestor se mit à hyperventiler... Il n'y pouvait rien, même si ça jetait le doute sur ses paroles.

«Raconte-lui pourquoi», dit le Maître de ce Domaine de sa nouvelle voix douce, grave, mystérieuse... laissant entendre qu'il restait bien des non-dits.

Mami regarda Nestor. «Que *s'est*-il passé?» Puis son mari : «Cachi, tu dois me le dire! Tu es blessé?»

D'une voix qui monta d'une octave, une octave trémulante, Nestor protesta, «Je te jure! Papa essayait de trimbaler ce machin tout seul! Tu as vu sa taille! Il a failli la lâcher et quand j'ai voulu l'aider, il a fait un bond pour m'éviter, enfin, une sorte de bond – et il a perdu l'équilibre, et alors la *caja china* s'est cognée et lui est tombée dessus! Hein Papa! C'est bien ce qui s'est passé – hein?»

À genoux, Mami fondit en larmes. Elle prit ses joues entre ses mains sans cesser de murmurer, «Mon Dieu... Mon Dieu... Mon Dieu... Mon Dieu!...»

Moi, Camilo Camacho gardait les yeux vissés sur son fils, enfonçant sa langue dans sa joue avec une telle force que ses lèvres s'écartèrent de ce côté-là, dénudant ses dents.

«Papa – tu *dois le lui dire*!» La voix de Nestor partait dans les aigus. «Papa – je sais ce que tu fais. Tu joues à l'Allégorie de la Patience souriant à l'Adversité!»... C'était Magdalena qui lui avait appris cette expression, elle avait le chic pour retenir ce genre de choses. «Tu joues à Regarde Ce Que Tu M'as Fait Faire!»

La même voix grave et douce : «Ne me parle pas sur ce ton. Le Grand Flic! – tout le monde sait qui tu es réellement.»

Mami éclata en sanglots, de gros sanglots bruyants.

Les yeux de Nestor lui-même s'embuèrent. «Ce n'est pas juste, Papa!» Il ne pouvait rien faire pour empêcher ses lèvres de trembler. «Je vais t'aider, Papa. Je vais sortir la *caja china* dans la cour à ta place. Mais ce n'est pas juste – tu ne peux pas me traiter comme ça! Ce n'est pas juste! Je connais ce petit jeu. L'Allégorie de la Patience souriant à l'Adversité!»

Il se releva... Il fallait qu'il sorte d'ici! Refoulant ses larmes, il se dirigea vers le petit couloir qui reliait la nouvelle partie de la maison aux pièces en façade. Une porte s'ouvrit derrière lui... de la lumière... Il comprit immédiatement... Yeya et Yeyo – les dernières personnes au monde dont il avait besoin en ce moment, au milieu de cette pagaille.

Arrivant derrière lui, Yeya demanda en espagnol : «Qu'est-ce que c'était que ce boucan? On a failli tomber du lit! Qu'est-ce qui s'est passé?»

Pas le temps de réfléchir... Nestor s'arrêta, se retourna et adressa à Yeya le plus grand, le plus charmant sourire qu'il réussit à afficher. Quelle belle paire de *guajiros* il avait devant lui! Surtout, ne pas les laisser s'approcher de leur fils, Moi, Camilo Camacho... Courtaude et replète, Yeya avait enveloppé sa masse considérable d'une sorte de sac à patates à fleurs. Mais le pire, c'était ses cheveux. Elle arborait le ballon bleu, le Ballon Bleu d'Hialeah réservé aux dames d'un certain âge. À Hialeah, les vieilles dames ne teignaient pas leurs cheveux blancs, enfin pas de la manière habituelle... Quarante-huit heures plus tôt, se préparant pour sa grande fête d'anniversaire, Yeya était allée chez le coiffeur. Il lui avait fait la coupe courte appropriée... à une dame d'un certain âge, avait ajouté un peu d'«agent bleuissant» pour donner au gris une nuance bleue, puis lui avait fait un brushing, lui avait crêpé les cheveux et les avait fait bouffer jusqu'à obtenir un ballon bleu arachnéen, un casque d'Hialeah comme on disait. Le sien était un peu aplati d'un côté parce qu'elle avait dormi dessus, mais tant qu'on ne l'avait pas complètement défait, on devait pouvoir le retaper sans difficulté et lui rendre tout son gonflant. Au-dessus du front, ses cheveux étaient enroulés autour de deux bigoudis. Yeyo, juste derrière elle, était un homme de haute taille. Il avait été autrefois grand, bien en chair et costaud. Il restait solidement charpenté, mais était désormais un peu voûté ce qui le faisait ressembler à un portemanteau large mais osseux destiné à recevoir le pyjama et la robe de chambre démodés qu'il avait sur le dos. Pour le moment, il incarnait l'image même de celui qui vient de se lever contre son gré, renonçant à de plaisants moments en compagnie du Marchand de Sable. Ses cheveux gris étaient d'une épaisseur incroyable. Dieu avait dû les lui épingler un par un sur la tête de sorte qu'ils tiennent éternellement. Yeyo avait été un très bel homme, débordant d'assurance et de force – sans parler d'un tempérament dominateur... Mais après ce lever en catastrophe, ses cheveux étaient hérissés dans tous les sens, comme les poils d'un balai cassé...

Nestor assimila tout cela en un instant... tout cela... et leurs expressions. Ce matin, ils n'étaient pas son *abuelo* et son *abuela* aimants. Loin de là. S'il interprétait correctement la tête qu'ils faisaient, ils n'appréciaient pas du tout qu'il respire le même air qu'eux...

Les faire penser à autre chose. Voilà la solution.

« Joy – *feliz cumpleaños*, Yeya ! »

Ouf ! Il avait bien failli foirer. Encore un peu, et il disait « Joyeux anniversaire ». De quoi prendre Yeya et Yeyo définitivement à rebrousse-poil – ils ne comprenaient pas que la jeune génération puisse utiliser l'anglais et non l'espagnol pour une formule aussi traditionnelle que *Feliz cumpleaños*. Yeya lui jeta un regard. Était-il simplet ? Benêt ? Cherchait-il à noyer le poisson ? Elle inspecta sa chemise intentionnellement trop étroite.

« Ahhh, notre homme fort. Notre vedette de la télé. Nous t'avons vu, Nestorcito. Nous t'avons beaucoup vu. » Elle se mit à hocher la tête à plusieurs reprises, les lèvres crispées, plissées sous son nez comme une petite bourse au cordon serré... Oh oui, Nestorcito, nous ne t'avons que *trop* vu...

Sans laisser à Nestor le temps de répondre, Yeyo demanda (en espagnol), « Pourquoi tu leur as dit ton nom ?

— À qui, Yeyo ?

— À la télé.

— Je ne le leur ai pas dit.

— Alors qui le leur a dit ? intervint Yeya. Un petit oiseau ?

— Je ne sais pas. Ils ont dû se renseigner, c'est tout.

— Tu sais que c'est mon nom, à moi aussi ? reprit Yeyo. Et celui de ton père ? Tu sais que notre nom, c'est *important* pour nous ? Tu sais que nous autres, les Camacho, notre famille remonte à de nombreuses générations ? Tu sais que nous pouvons être fiers de notre histoire ? »

:::::: Si je sais que tu as ajouté un nouvel épisode à cette histoire glorieuse en défiant le flot de merde déchaîné dans les égouts de La Havane ? Oui, je le sais, espèce de vieux schnoque tyrannique. ::::::
Une authentique colère, sans la moindre trace de *souffrance*, envahis-

sait à présent le tronc cérébral de Nestor. Il fallait qu'il prenne le large avant que les mots ne jaillissent tout seuls.

Il avait la bouche affreusement sèche, la gorge nouée. «Oui, Yeyo, réussit-il à dire. Je sais. Il faut que j'y aille.»

Il avait fait demi-tour pour sortir de la maison quand – *clip-clop-gémissement-grincement* bam... *clip-clop-gémissement-grincement* bam... *clip-clop-gémissement-grincement* bam... au fond du couloir... Oh, non, pas ça... sa mère essayait de soutenir son père... le coude de Moi, Camilo, appuyé sur l'avant-bras de Mami, qui tremblait sous le poids de l'invalide. Il boitait comme s'il s'était fait mal à la jambe... *clip-clop* – il fit un pas, déportant toute la charge sur sa «bonne» jambe, faisant gémir et grincer le parquet bon marché du couloir... puis le bam plus léger, de la «mauvaise» jambe... qui essayait de suivre... précautionneusement... «douloureusement»... *Quelle scandaleuse simulatrice, cette Patience!*

Yeya hurla. «Camilito – oh! mon Dieu – qu'est-ce qui t'est arrivé?!»

En un instant, elle fut au côté de son Camilito, essayant de le soutenir plus fermement en glissant ses avant-bras sous son autre bras.

«Ça va, Mami. Ce n'est pas la peine. Ce n'est rien.» Quel courage! Quel stoïcisme! se dit Nestor. En réalité, avoir le talon de la paume des mains de Yeya coincé à l'endroit le plus tendre des aisselles n'était sans doute pas de tout confort.

«Camilito! Mon Camilito! Il y a eu un tel vacarme! Oh, mon Dieu!

— Ce n'est rien, Lourdes.» La nouvelle voix douce, voilée de Moi, Camilo. «Un simple petit... différend familial.» Sur ces mots, il cloua à nouveau Nestor au pilori de son regard ironique, langue-dans-la-joue, lèvre-retroussée, ne s'interrompant que le temps de répéter, «*Un... simple... petit... différend... familial...*»

Maintenant, ils avaient tous les quatre les yeux rivés sur Nestor. Yeya était hystérique.

«Qu'est-ce que tu as fait à ton père?! À ton propre père! Ça ne t'a donc pas suffi, ce que tu as fait hier à ce pauvre garçon? Il faut que tu t'en prennes à ton propre père maintenant?!»

Nestor était abasourdi... réduit au silence... planté là, la bouche ouverte. Sa mère le regardait comme elle ne l'avait jamais regardé de toute sa vie! Toi aussi, Mami!

Quand il retrouva sa voix, il était presque aussi hystérique que Yeya. «Dis-lui la vérité, Papa! Dis-lui ce qui s'est vraiment passé! Tu... tu... *déformes tout*! Au nom de Dieu, dis la vérité! Papa, tu... tu...»

Il ne servit pas sa cause en s'interrompant brutalement, en pivotant sur ses talons, en leur tournant le dos, en se précipitant dans sa chambre pour prendre ses clés de voiture – en fonçant vers la porte d'entrée sans un regard au reste de la famille.

Bang – il claqua la porte de la Casita de Camacho derrière lui.

3

Le faible audacieux

Deux heures plus tard à peine, on vit apparaître dans la salle de rédaction des pages locales du *Miami Herald* un Edward T. Topping IV que nul n'avait encore jamais vu. Le milieu de son front, de la racine des cheveux jusqu'au nez, était habituellement creusé par une profonde fissure... une fissure dans la chair d'un homme qui aurait bien voulu savoir combien de membres de la rédaction, ou du moins de ceux qui n'avaient pas encore été virés, lui en voulaient. Mais ce matin, il souriait... il souriait d'un sourire si large qu'il lui faisait remonter les sourcils aussi haut qu'il était possible... lui écarquillait et lui exorbitait les yeux... faisait saillir ses joues roses bien au-dessus de chaque pommette, comme celles du Père Noël. Le fossé avait disparu. Les pupilles étincelaient.

« Regarde ça, Stan ! Regarde, regarde *bien*. Tu sais ce que tu as sous les yeux ? »

Il était debout au milieu de son bureau ouvrant sur la salle de rédaction. Debout, pas assis à moitié caché comme d'ordinaire à l'intérieur du cocon de son fauteuil pivotant à dossier haut Le Bureau Moderne serré contre une table en forme de haricot Le Bureau Moderne. En plus, il tournait le dos à la baie vitrée qui lui assurait, en qualité de rédacteur en chef, la Vue... sur tout ce qu'il y avait de plus chic à Miami... les palmiers royaux, l'hôtel Mandarin Oriental, les palmiers royaux, Brickell Avenue, les palmiers royaux, la baie de Biscayne, Brickell Key, Key Biscayne, les Îles Vénitiennes, Indian Creek, Star Island, Miami Beach avec, au-delà, à l'horizon, la vaste courbe parabolique de l'océan Atlantique, cent quatre-vingts degrés de ciel tropical bleu pâle décoloré par le soleil, et les palmiers royaux. Non, en cet instant, il n'avait d'yeux que pour le *Herald* du matin, qu'il tenait devant lui comme on présenterait un tableau, de tout son long, du haut en bas, pour bien mettre la une en valeur.

« Voilà le travail! Ce que tu as sous les yeux, c'est du vrai journalisme. Du *vrai* journalisme, Stan!»

Stan, autrement dit Stanley Friedman, un homme mince et osseux d'une quarantaine d'années, un mètre quatre-vingt-cinq mais une posture tellement avachie que son thorax avait l'air concave et lui-même plus petit de quinze centimètres – Stan, le responsable des pages locales, assistait à ce numéro depuis un fauteuil situé à moins d'un mètre cinquante. Ed Topping vit dans son regard en coin l'expression d'un homme émerveillé par ce qu'il avait contribué à créer : ça!... le *Miami Herald* de ce matin! À dire vrai, il n'y avait aucune place, ni dans le cœur ni sur le visage de Stan Friedman, pour le «vrai journalisme» de Topping. La seule question qu'il se posait était combien de temps encore il conserverait son emploi. Deux semaines auparavant, la Mafia, abréviation de la Mafia de Chicago comme tous les membres de la salle de rédaction appelaient les six hommes que la Loop News Corporation avait envoyés de Chicago pour reprendre le *Herald*, avait encore licencié vingt pour cent des effectifs du journal, ce qui faisait quarante pour cent en tout. Comme Stan le Responsable des pages locales, tous les rescapés se sentaient en sursis. Le moral était – *quel* moral? Tout le monde n'écoutait parler Edward T. Topping IV que pour déceler dans ses propos les indices d'une condamnation imminente. C'était la Condamnation Imminente que Stan le Responsable des pages locales lorgnait d'un regard torve. En réalité, il ne risquait rien. La Mafia avait besoin d'un type du coin pour diriger les pages locales, de quelqu'un dont le bloc mémoire soit déjà rempli d'informations infaillibles sur toute la région métropolitaine, le plan des rues dans le détail, les quatorze districts de police et leurs limites – un truc essentiel, connaître les flics –, les acteurs, en incluant absolument toutes les autorités politiques décisionnaires, *toutes*, plus les célébrités, surtout de second rang, plus à l'aise à Miami qu'à Los Angeles et à New York... et... les nationalités et leurs territoires... Little Havana et Big Hialeah... Little Haiti, Little Caracas, qu'on appelait aussi Westonzuela, la Mère Russie (les Sunny Isles et Hallandale), l'avenue de la Boîte à Benco, surnom que donnaient les flics à l'enclave anglo de South Beach également connue pour sa population «gay»... Ça n'en finissait pas, et un responsable des pages locales devait savoir qui détestait qui et pourquoi...

«Regarde un peu cette maquette, Stan!» disait Ed, les yeux toujours aussi étincelants que des ampoules électriques.

Il voulait parler de la une. Un titre d'un noir d'encre courait sur toute la largeur de la page – SAUVETAGE «MAT-GISTRAL» PAR UN POLICIER CHAMPION DE LA CORDE LISSE. Tout à droite, une colonne de texte isolée. Le reste de la moitié supérieure de la page était occupé par une immense photo d'un schooner blanc surmonté de deux mâts d'une hauteur vertigineuse et entouré de nuées, de nuées de voiles blanches – flottant sur la vastitude outremer de la baie de Biscayne... sous la voûte bleu pâle du ciel... et là-haut, tout là-haut, là-haut, là-haut, pas plus gros qu'un ongle de pouce par rapport à ces étendues démesurées, deux minuscules créatures vivantes, deux hommes dont la vie dépendait de la résistance de celui qui se cramponnait d'une main à un câble de foc – deux taches infinitésimales se détachant sur cette immensité écrasante, deux petites bêtes humaines *si près* de plonger vers la mort... tout cela immortalisé sur un cliché d'un vieux photographe du *Herald* qui s'appelait Ludwig Davis et à qui son talent avait évité le couperet. Sur le bas de la page, une photo sur deux colonnes d'un jeune homme torse nu, tout en muscles, tous parfaitement définis, découpés, saillants, au point d'avoir l'air emballés sous vide. Cette photo à la une était un vrai nu masculin en clair-obscur, école de Michel-Ange.

Ed Topping ne pouvait réprimer la joie sublime que lui inspirait la grande photo en couleurs du schooner. Il la tapota du revers des doigts. «*Voilà le travail!*» disait la mimique.

«Une image pareille, Stan! Aucun autre média n'aurait pu l'égaler, de près ou de loin! s'exclamait le rédacteur en chef soudain échauffé. Le papier journal est un magnifique support pour la couleur, à condition d'avoir de grandes plages de valeur uniforme, le ciel, la baie, le schooner, la coque, ces immenses voiles – tout ce blanc – et tu sais quoi ? La mauvaise résolution du papier rend les blocs de couleur encore plus uniformes. On dirait une estampe japonaise du XIXe siècle, ces blocs de couleur. Le défaut qui se transforme en qualité ! »

Ed écarquilla les yeux... et en augmenta encore l'éclat, encore, encore, encore, à la manière d'un rhéostat comme pour ajouter, « *Maintenant,* tu vois ce que je veux dire, non ? »

Stan le Responsable des pages locales étira son cou vers le haut et tordit bizarrement la bouche et la mâchoire inférieure.

« Aucun autre média ne pourrait égaler ça », poursuivit Ed, exposant dans le détail pourquoi la télévision en serait incapable, pourquoi le cinéma en serait incapable, pourquoi la vidéo en serait incapable, pourquoi internet en serait incapable... pourquoi un excellent tirage de la photographie originale lui-même ne pourrait jamais l'égaler. Il y aurait « trop de valeurs dans les blocs de couleur ».

Stan le Responsable des pages locales réitéra cette bizarre crispation tordue du cou, de la bouche et de la mâchoire inférieure.

:::::: De *quoi* icause nomdedieu ? :::::: Mais Ed était trop ravi par sa communication savante sur l'imagerie colorée... une estampe japonaise du XIXe siècle, rien que ça !... pour s'attarder sur les torsions trachéales de ce vieux Stan. Au fond de lui-même, Edward T. Topping IV s'accordait le mérite de cette fabuleuse première page – la une, comme l'appelaient les vrais journalistes. Au milieu de l'incroyable excitation de la mise sous presse du journal la nuit dernière – une autre expression du Vrai Journaliste, mettre le journal « sous presse » –, il avait quitté son bureau, était passé dans la salle de rédaction et s'était penché par-dessus l'épaule du directeur de la rédaction, un autre Mafieux de Chicago qui s'appelait Archie Pendleton, lui-même incliné sur l'épaule du secrétaire de rédaction, un rescapé local qu'il fallait mener à la longe comme un poney – se demandant tous ce qu'il fallait faire de ce remarquable cliché du vieux Lud Davis... et Ed avait dit à Archie « Va jusqu'au bout, Archie. Mets cette photo à la une. Qu'elle soit énorme. Qu'elle vous saute à la gueule. »

Ce qui fut fait. Comment expliquer l'immense satisfaction qu'il en retirait ? Cela dépassait le fait d'être le patron, le rédacteur en chef, le Pouvoir. Il s'agissait de créativité, mais aussi d'agressivité... avoir l'audace de foncer quand c'était le moment de foncer. Voilà ce que voulait dire l'expression « C'est un vrai journaliste ».

Ed retourna le journal pour regarder la une de plus près.

« Qu'est-ce que tu peux me dire sur John Smith, Stan ? – le mec qui a pondu l'article. »

L'expression de Stan changea du tout au tout. Quel soulagement ! Quel soulagement d'échapper un moment à l'interminable conférence de Monsieur Couperet IV. Quel soulagement de ne pas avoir à ravaler bâillement sur bâillement au risque de s'étrangler ! Il espérait de tout cœur que ses contorsions avaient pu passer pour des hoquets douloureux. Quel soulagement de répondre à une question simple... et d'élargir un peu sa carrure en fournissant des informations dont il disposait, et pas l'autre.

« John, il a pas la comprenette rapide, c'est le moins qu'on puisse dire. C'est un de ces jeunes mecs de vingt-huit ans – entre parenthèses, il déteste les surnoms, il déteste Jack, il déteste Johnny, Jay, tout ce qu'on peut inventer. Il répond même pas quand on l'appelle comme ça. Ouais ! Putain, il refuse d'entendre, j't'assure. Il s'appelle John Smith, un point c'est tout. Bon, enfin, c'est un de ces jeunes mecs blonds, au visage de gosse, qui a vingt-huit ans et l'air d'en avoir dix-huit. J'suis même pas sûr qu'il se rase, mais j'peux te dire un truc qu'il fait – il rougit ! Il rougit tout le temps ! J'connais pas d'autre adulte qui fasse encore ça... *rougir*. Et poli, avec ça ! Par les temps qui courent, c'est... » Pendant que Stan continuait à jacasser, Ed alluma son ordinateur et chercha la fiche de John Smith dans le répertoire interne du *Herald*.

« Continue, Stan, je t'écoute. Je regarde simplement ce qu'on a sur Smith ici. »

:::::: Alors ça ! :::::: pensa Ed, dès que la fiche s'afficha sur l'écran. :::::: John Smith est allé à St Paul's et à Yale ! On est tous les deux des anciens de Yale... et St Paul's l'emporte sur Hotchkiss ! ::::::

Pour Ed, cette information avait la force d'une... révélation.

« ... mais tu peux envoyer le gosse n'importe où, continuait Stan, il ira. Il ira voir tous les gens que tu veux et il leur posera toutes les questions que tu veux. Tu as vu l'amorce qu'il a écrite ? Les grands manitous de la police essayaient de l'empêcher d'approcher de ce jeune flic, ce Nestor Camacho – tu sais, le flic qui a fait descendre le mec du mât? Ils aiment pas trop que les flics donnent des interviews sans autorisation et briefing préalables, tous ces trucs, surtout dans ce genre de cas. Mais John a tenu bon. S'il avait dû se menotter lui-même au flic pour arriver à faire son interview, j'te parie qu'il l'aurait fait. Il décrit toute la scène plus loin dans l'article.»

Ed relut l'amorce... «par John Smith, avec des reportages complémentaires de Barbara Goldstein, Daniel Roth et Edward Wong».

«"Des *haltères*? Le grimper de corde, c'est mille fois mieux que les haltères!" Nestor Camacho, agent de la Patrouille Maritime de Miami, était encore gonflé à l'adrénaline quand il s'est confié au *Herald* hier – après avoir, grâce à ses acrobaties, sauvé la vie à un homme à plus de vingt mètres au-dessus de la baie de Biscayne et galvanisé toute la ville qui a pu suivre ses exploits en direct à la télévision.

«"C'est comme ça que je m'entraîne! À la corde de quinze mètres chez Rodríguez, au 'Ñññññññooooooooooooooo!!! Qué Gym!', sans les jambes!" nous a-t-il déclaré. "Dorsaux? Delts? Pecs? Ouais, même les pecs! C'est ce qu'y a de mieux pour le haut du corps, le grimper de corde, ouais."

«Qui à Miami oserait aujourd'hui dire le contraire?

«Ce policier de vingt-cinq ans vient de réaliser un extraordinaire exploit sportif – un véritable numéro de funambule qui a évité un plongeon mortel à un réfugié cubain, paralysé la circulation pendant plusieurs heures sur les six voies de la Chaussée Rickenbacker, scotché toute la ville devant les écrans de télévision et les postes de radio qui retransmettaient l'événement en direct – et qui a valu à son auteur les foudres des militants cubains de Miami qui l'ont traité de "traître". Peu avant quinze heures, juste au sud du pont William Powell sur la Chaussée...»

Ed interrompit sa lecture et regarda Stan, souriant à nouveau de toutes ses dents.

«Tu sais quoi? Quand cette amorce est sortie, je me suis dit, "Putain, c'est quoi ce truc? Des pecs? Des delts? Ñññññño – ou je ne sais quoi – Gym? Qu'est-ce qu'il nous pond, ce mec, un encadré sur le bodybuilding aujourd'hui?" Il m'a fallu un petit moment pour piger que c'était l'amorce *idéale*. C'est toujours le même problème. Si c'est un sujet important, tout le monde est déjà au courant par la radio, ou bien par la télé ou même par internet. Alors quand le canard sort, les gens demandent : "C'est quoi ça ? Le journal d'*hier* ?" Mais ce coup-ci, on a été les seuls à arriver à coincer ce flic et à l'interviewer, pas vrai ? » :::::: La vache... St Paul's et Yale. ::::::

« Ouais, acquiesça Stan. Les flics ne voulaient pas que les médias l'approchent, parce que c'est une histoire à double tranchant. Tu te rappelles sûrement toutes ces huées, tous ces types qui hurlaient depuis le pont routier – toutes les pancartes LIBERTAD et TRAIDOR ? Il se trouve que le flic est lui-même cubain, ce Nestor Camacho. En alpaguant le mec, il en a fait un Pied Mouillé. Il a jamais touché terre, ni rien qui soit relié à la terre, comme le pont. On peut donc l'expulser immédiatement vers Cuba. Tu as vu comment *El Nuevo Herald* a traité l'affaire ?

— Je l'ai ici, mais j'attendais la traduction.

— Le titre dit "¡DETENIDO!" Tu sais, avec les deux points d'exclamation, un devant un derrière ? "¡DETENIDO! ¡A DIECIOCHO METROS DE LIBERTAD!" "Arrêté ! À dix-huit mètres de la liberté !"

— Ça faisait dix-huit mètres ?

— À un poil près, oui. Pas grand-chose, hein ?

— Et qu'est-ce qu'on a comme suivi ?

— La grande question qui se pose maintenant, c'est de savoir ce qu'on va faire du Pied Mouillé. Pour le moment, il est en garde à vue à la Gendarmerie Maritime. La police l'a fait débarquer de son Safe Boat et l'a transféré sur une vedette de la Gendarmerie Maritime. John en parle dans son article.

— Et qu'est-ce que la Gendarmerie va en faire ?

— J'ai mis John sur le coup. Il dit qu'il a à l'ICE des contacts qui peuvent lui fournir des infos "off the record". » Stan s'étrangla de rire, ce qui ébranla étrangement sa poitrine creuse et osseuse. « S'ils renvoient le mec à Cuba, ça va chier des bulles à Miami. J'aimerais pas être à la place de ce flic, ce Nestor Camacho. »

:::::: ICE, Immigration and Customs Enforcement. Services de la Douane et de l'Immigration :::::: Ed écoutait Stan mais en même temps :::::: La – vache... un ancien de Yale... Je me demande s'il a bossé au *Daily News* :::::: allusion au journal d'étudiants, le *Yale*

Daily News, où Ed avait lui-même travaillé. *Blip!* – il se retrouva à New Haven, à l'angle de Broadway et de York Street, les yeux tournés vers le campus... tous ces magnifiques édifices gothiques de pierre, ces croisées à vitraux, ces toits d'ardoises massifs, ces arcades, ces gargouilles, la tour sacrée de la bibliothèque, Sterling Memorial.

:::::: Qu'est-ce que Stan vient de dire à propos de ce gosse et de l'ICE ? Ahh, oui... il connaît des gens à l'ICE. ::::::

« Stan, fais-le venir ici une minute.

— Qui ça, John ?

— Ouais. J'aimerais savoir exactement quelle suite il compte donner à ce truc. »

Stan haussa les épaules. « OK, d'accord. Mais il faut que je te prévienne : il est capable de s'embarquer sur tout autre chose, une idée avec laquelle il arrête pas de me casser les couilles, un sujet sur Serguéï Koroliov et le nouveau musée. »

Quelques instants plus tard, un jeune homme se présenta et s'arrêta, intimidé, juste sur le pas de la porte. Ed le trouva étonnamment grand, un mètre quatre-vingt-cinq, quatre-vingt-dix. Il était aussi étonnamment beau... dans le style juvénile tendre. Pour le reste, il correspondait à la description de Stan. Il avait un visage poupin, en effet, et une tignasse blonde un peu trop longue.

« Entrez, s'écria Ed avec un grand sourire, faisant signe au jeune journaliste de s'avancer.

— Bonjour, monsieur », dit John Smith le bien élevé.

... Il rougit ! Vrai de vrai ! Son visage lisse, pâle, sans l'ombre d'une ride devint quasiment écarlate.

Il se tourna vers Stan le Responsable des pages locales. Son expression à elle seule se résumait à une question : « Pourquoi ? »

« Je crois que Mr Topping aimerait savoir ce que nous avons sur la décision de la Gendarmerie Maritime », expliqua Stan.

Nouveau coup de fard. « Oui, monsieur. » Le *oui* s'adressant à Stan et le *monsieur* à Ed Topping.

« Prenez un siège et asseyez-vous », fit Ed avec un geste en direction d'un fauteuil. Il gratifia le jeune homme d'un nouveau grand sourire de rédac-chef-scout.

John Smith prit le fauteuil et s'assit, les deux pieds bien à plat par terre, dans une posture d'une bienséance si rigide que son dos n'effleurait même pas le siège. Il ne portait pas de cravate, mais une chemise blanche, une vraie chemise à col et à boutons. À peu près le nec plus ultra de ce qu'on pouvait espérer de nos jours, une chemise à col et à boutons. En plus, il avait une veste bleu marine – en lin, était-ce possible ? –, un pantalon de toile kaki fraîchement repassé avec un pli (pas le genre de chose qu'on voyait tous les jours au bureau), et une paire de mocassins brun foncé impeccablement cirés. La majorité des employés de sexe masculin du *Herald* ne savaient même pas ce qu'était du cirage, de toute évidence.

:::::: Un petit gars tout à fait BCBG que j'ai là, un ancien de Yale tout ce qu'il y a de BCBG :::::: songea Ed. :::::: En plus, il est allé à St Paul's. ::::::

Ed prit le journal et le déploya sur toute sa hauteur, exactement comme il l'avait fait pour Stan Friedman.

« Bien, dit-il. Estimez-vous que votre article a été suffisamment mis en valeur ? »

Les lèvres de John Smith semblèrent au bord du sourire. Mais le sang afflua une nouvelle fois à ses joues et il répondit : « Oui, monsieur. »

C'était son troisième *oui, monsieur* d'affilée, et jusqu'à présent, il n'avait prononcé aucun autre mot. Le silence emplit cet instant de son vide. Ed se précipita pour le combler. « Comment avez-vous réussi à avoir le jeune flic, ce Camacho ? À notre connaissance, personne d'autre que vous n'a pu l'approcher. »

C'était sa façon à lui de tresser des lauriers au gamin. « Super article, Smith ! » ne ferait absolument pas l'affaire. Ce n'était pas une attitude de vrai journaliste.

« Je savais où le Safe Boat allait accoster quand ils ont ramené Camacho. Sur Jungle Island. Alors j'y suis allé.

— Personne d'autre ne s'en est douté ?

— Apparemment non, monsieur. Il n'y avait personne d'autre là-bas. »

Puisqu'il était enfin arrivé à lui arracher quelques mots à part *oui, monsieur*, Ed poursuivit. « Et vous, comment saviez-vous ça ?

— Parce que j'ai couvert les activités de la police, monsieur. J'ai suivi le Safe Boat une paire de fois.

— Et *El Nuevo Herald* ? Pourquoi est-ce qu'ils ne disposaient pas de ce tuyau ? »

John Smith haussa les épaules. « Je n'en sais rien, monsieur. Je ne vois jamais personne d'*El Nuevo Herald* quand je suis sur un sujet. »

Ed se renversa dans son fauteuil pivotant aussi loin que son dossier le permettait, pivota en tournant le dos à John Smith et à Stan le Responsable des pages locales, rejeta la tête en arrière et ferma les yeux, comme s'il était plongé dans ses pensées. Son sourire exubérant réapparut. Les boules de graisse roses se reformèrent au-dessus de ses pommettes et ses sourcils se levèrent, haut, très haut, sans que ses paupières s'ouvrent. Il était de retour à l'angle de Broadway et York. Il était midi, et les nouveaux allaient et venaient sur le Vieux Campus... Il avait envie de s'y attarder un instant.

Mais il se retourna vers John Smith et Stan le Responsable des pages locales et rouvrit les yeux. Il souriait toujours. Il en était conscient. Il ne savait pas très bien pourquoi il souriait... sinon que quand on sourit et que personne ne pige pourquoi, on donne l'image d'un être plein de finesse, peut-être même de raffinement. Il ne s'avoua qu'à moitié qu'il faisait ça pour les beaux yeux de John Smith, l'ancien de Yale.

« John, j'ai vu dans votre CV » – il esquissa un signe de tête vers l'écran de l'ordinateur – « que vous sortez de Yale.

— Oui, monsieur.

— Quelle était votre matière principale ?

— L'anglais.

— *L'anglais...* », répéta Ed sur un ton significatif. Il élargit encore son sourire, le rendant plus impénétrable que jamais.

« Quand vous y étiez, est-ce qu'on faisait encore tout un plat de la Théorie à l'Institut d'anglais ?

— Certains professeurs enseignaient la Théorie, sans doute, répondit John Smith, mais je ne dirais pas qu'on en faisait tout un plat. »

Ed conserva son sourire j'ai-un-secret et reprit : « Je crois me rappeler... » *Chlac* il coupa le cou à cette phrase. Pendant la fraction de seconde qui suivrait, si ce n'était déjà fait, Stan démasquerait ce *je crois me rappeler* : une manière lourdingue de faire savoir à John Smith que lui, Edward T. Topping IV, était également un ancien de Yale. *Et merde!* Il remballa son sourire, le remplaça par un air renfrogné et se mit à parler d'un ton professionnel qui donnait à entendre que John Smith lui avait fait déjà suffisamment perdre de temps, à lui, T-4.

« *Bien, bien...* Revenons à nos moutons. Où en sommes-nous avec cette affaire de Gendarmerie Maritime ? »

Il prit soin de regarder d'abord Stan, et ensuite John Smith. John Smith regarda Stan, et Stan regarda John Smith et pointa du menton en direction d'Ed, et John regarda Ed et lui dit :

« Oh, ils vont le renvoyer à Cuba, monsieur. La décision a été prise hier soir. »

Il ne paraissait pas particulièrement ému, mais Stan et Ed démarrèrent au quart de tour. Ils parlèrent tous les deux en même temps.

Stan : « Tu ne m'avais pas... »

Ed : « Comment... »

« ... dit ça ! »

« ... savez-vous ça ? »

John Smith s'adressa à Stan. « Je n'en ai pas eu l'occasion. Je venais de raccrocher quand vous m'avez demandé de venir dans le bureau de Mr Topping. » Il se tourna vers Ed. « Il y a... quelqu'un à l'ICE que je connais très bien. Il ne me parlerait pas s'il n'était pas sûr de lui, je le sais. Mais il faut tout de même que je vérifie l'info auprès d'Ernie Grimaldi de la Gendarmerie Maritime pour voir s'ils confirment. » Il se tourna vers Stan. « Je venais de l'appeler et de laisser un message quand je vous ai rejoints.

— Vous dites qu'ils ont pris la décision hier soir ? intervint Ed. Qui a pris cette décision ? Comment la prennent-ils ?

— C'est très simple, monsieur, et ça peut aller très vite. Si c'est *un Cub...* une personne d'origine cubaine, ils l'interrogent directement sur la vedette de la Gendarmerie Maritime. Il y a un inspecteur qui consacre tout son temps à ces interrogatoires. S'ils réussissent à convaincre cet inspecteur... »

:::::: Pfff, merde, ce gosse est politiquement correct à mort... la manière dont il a failli lâcher « un Cubain » avant de se reprendre au dernier moment pour dire «une personne d'origine cubaine» ... puis dont il est passé au pluriel «ils» pour éviter d'avoir à utiliser le singulier qui l'obligerait à préciser le genre, tous ces «le» et «il». ::::::

«... qu'ils ont fui Cuba à cause d'une "menace crédible" – c'est le terme qu'ils utilisent, "une menace crédible" – alors on leur accorde l'asile. Cet individu prétend s'appeler Hubert Cienfuegos et appartenir à une organisation clandestine du nom d'El Solvente, le Solvant. Mais je suis resté au journal jusqu'à onze heures hier soir, monsieur, j'ai téléphoné à tous les gens auxquels j'ai pu penser, et personne n'a jamais entendu parler d'un Hubert Cienfuegos, pas plus que d'El Solvente.

— Vous parlez espagnol?

— Oui, monsieur, pas trop mal en tout cas.

— Comment prennent-ils leur décision à propos de la menace crédible et de l'asile? demanda Ed.

— Tout dépend d'un seul homme, l'inspecteur qui procède à l'interrogatoire. Soit il les croit, soit il ne les croit pas. Ça se passe directement là, sur le pont de la vedette. La procédure se limite à ça, monsieur. Tout est réglé en un rien de temps.

— Comment décide-t-il?

— Je n'en sais pas tellement là-dessus, monsieur, mais je crois que deux éléments essentiels sont susceptibles de disqualifier la personne. Le premier, c'est d'être trop vague, de ne pas être en mesure d'indiquer de dates, d'esquisser une chronologie, ou de ne pas pouvoir préciser la menace qui pèse sur eux. L'autre, c'est que l'histoire paraisse trop, vous savez – trop récitée. Qu'elle ait l'air répétée, apprise par cœur, qu'ils répondent du tac au tac? Ce genre de choses? L'inspecteur ne peut pas assigner de témoins à comparaître. Il s'en remet donc à son jugement personnel, pourrait-on dire.

— Mais pourquoi sur le pont d'un bateau? demanda Ed. Comme ce type d'hier – ce Cienfuegos. Pourquoi est-ce qu'ils ne l'ont pas conduit à terre pour l'interroger – enfin quand même, après tout ce cirque?

— S'il s'agit d'une personne cubaine et qu'ils les conduisent dans un commissariat, un centre de rétention, une prison ou n'importe où, ils obtiennent l'asile automatiquement. Ils ont posé le pied sur le sol américain. S'ils ont commis un délit dans les eaux américaines, ils feront l'objet de poursuites, mais on ne peut pas les renvoyer à Cuba.

— Sans déconner !

— C'est vrai, monsieur. Et si la personne n'a rien fait de plus que de chercher à entrer illégalement dans ce pays, tout ce qui leur arrive, c'est qu'ils sont remis en liberté avec un an de mise à l'épreuve. Les Cubains bénéficient d'une sorte de clause de la migration-la-plus-favorisée.

:::::: la personne la personne la personne ils ils ils ils ils leur leur leur leur putain je ne peux pas croire que c'est à Yale qu'on lui a appris à estropier la langue anglaise comme ça, encore que la migration la plus favorisée soit un super jeu de mots sur la nation la plus favorisée :::::: mais Ed se contenta de dire :

« Autrement dit, ce Cienfuego est cuit et va être expulsé.

— Oui, monsieur. Mais d'après mon informateur, ils ne l'annonceront probablement pas avant quatre ou cinq jours, peut-être même une semaine. Le temps que l'émotion retombe un peu.

— Ça serait *génial* ! s'écria Stan, tellement excité qu'il se redressa sur son siège. Si on fonce, on sera les seuls à avoir le sujet. » Stan se leva... tout raide aussi, enfin, pour lui. « OK, allons-y John. On a du pain sur la planche ! »

Stan fit mine de se diriger vers la porte. John Smith quitta son siège, lui aussi, mais resta sur place et demanda à Stan : « Je peux parler de l'affaire Koroliov à Mr Topping ? »

Stan leva les yeux au ciel, poussa un soupir plus-las-que-las et se tourna vers Ed. Un nouveau grand sourire illumina le visage d'Ed, le sourire d'un homme qui voit le Destin croiser sa route. « Bien sûr, dit-il, John Smith, écoutons ça. Koroliov est un sacré bonhomme. Pour être... »

Ed remarqua l'expression dubitative, manifestement destinée à lui seul, qui glissait sur le visage de Stan comme une ombre. Mais un homme heureux ne se préoccupe pas des ombres d'autrui.

« ... pittoresque, poursuivit-il, il est pittoresque. Il se trouve que j'étais assis presque à côté de lui à ce dîner que la ville et le musée ont donné en son honneur l'année dernière. Bon sang, il a fait don de tableaux d'une valeur de 70 millions de dollars et la moitié d'entre

eux étaient accrochés dans cette salle à manger ! Quelle exposition...
toutes ces peintures russes qui couvraient les murs... Des Kandinsky,
des Malevitch... *euh*...» C'étaient les seuls noms qui lui revenaient à
l'esprit.

«Des Larionov, poursuivit John Smith, des Gontcharova, des
Chagall, un Pirosmanachvili, et...»

Ed fit la grimace. «Piro – *qui* ?

— Une sorte de Douanier Rousseau russe, expliqua John Smith. Il
est mort en 1918.»

:::::: Bordel, Piroquoisavili ? :::::: Ed décida de s'élever au-dessus
des détails. «Quoi qu'il en soit, il y en a pour au moins 70 millions de
dollars, selon les estimations les plus *basses*. Non, non, vraiment,
Koroliov est un excellent sujet. Mais nous lui avons consacré un
long portrait il n'y a pas si longtemps. Quel éclairage envisageriez-
vous ?»

Les nuages défilaient sur le visage de Stan, debout derrière John
Smith.

«C'est-à-dire, monsieur, pour commencer, les Kandinsky et les
Malevitch sont des faux.»

Ed inclina la tête et leva un sourcil si haut, si haut, que son globe
oculaire paraissait gros comme un bouton de porte, et baissa l'autre
sourcil jusqu'à ce qu'il lui ferme entièrement l'autre œil. «Les
Kandinsky et les Malevitch sont des faux», répéta-t-il. Pas de point
d'interrogation. «Et par "faux", je suppose que vous voulez dire des
contrefaçons.» Toujours pas de point d'interrogation. Mais son
expression demandait implicitement, et dubitativement, «As-tu vraiment dit ce qu'il me semble que tu viens de dire ?

— Oui, monsieur, acquiesça John Smith. C'est ce que révèlent les
informations dont je dispose.»

Ed inclina la tête encore plus bas et lança d'un ton faussement
désinvolte, «Tous... des contrefaçons.» Toujours pas de point d'interrogation. La contorsion sourcilière posait la question plus énergiquement que des mots n'auraient pu le faire : «Qu'est-ce que tu as
fumé ? Tu t'attends vraiment à ce que quelqu'un gobe ça ?» Il dit tout
haut : «Et, évidemment, Koroliov le savait parfaitement au moment

où il en a fait don au musée.» Pas de point d'interrogation – cette fois, le sarcasme verbal était sans fard.

«Monsieur, c'est lui qui a payé le peintre qui les a réalisés.»

Ed en resta sans voix. :::::: Qu'est-ce qui lui prend, à ce gosse ? Il n'a pas franchement le profil d'un journaliste d'investigation. On dirait plutôt un élève de CM2 monté en graine qui passe son temps à lever le doigt parce qu'il meurt d'envie de montrer au prof à quel point il est intelligent. ::::::

«Ce n'est pas tout, monsieur, reprit John Smith. Je sais que les deux Larionov sont des faux.»

Ed se mit à bafouiller. «Alors comme ça, un des individus les plus généreux et... pétris de sens civique et... et... admirés et respectés de tout Miami a escroqué le musée.» Point d'interrogation totalement superflu. Cette affirmation se noierait sans une bulle dans sa propre absurdité.

«Non, monsieur. Je ne crois pas qu'on puisse parler d'escroquerie puisque ces peintures ont fait l'objet d'un don, et qu'il n'a pas demandé d'argent en échange, ni rien d'autre, à ma connaissance. De plus, on ne peut pas considérer que les bénéficiaires soient des gens crédules. Ils se présentent comme de grands spécialistes en la matière.»

Une sensation extrêmement déplaisante, qui n'avait pas encore atteint le stade de la pensée, commença à se diffuser dans les entrailles d'Ed comme un gaz. Cet emmerdeur maigre et trop grand n'allait pas tarder à lui taper franchement sur les nerfs, personnellement et professionnellement, ancien de Yale ou non. À ce dîner de l'année précédente, aucun homme n'avait été assis aussi près qu'Ed lui-même de l'invité d'honneur, Koroliov. La femme qui les séparait était l'épouse effacée du maire Cruz, Carmenita, petite et d'une timidité maladive ; bref, une nullité. Ed était donc, pour ainsi dire, le voisin de table immédiat de l'illustre oligarque. En un rien de temps, ils s'étaient donné du «Ed» et du «Sergueï». *Tout le monde* assistait à ce dîner, tout le monde, depuis le maire avec tous les pontes de la mairie... jusqu'au collectionneur d'art milliardaire Maurice Fleischmann, qui avait des intérêts dans tant de domaines qu'on l'appelait le Commanditaire – ce qui rimait avec *maire*. Fleischmann devait être à quatre places d'Ed, à la table d'honneur. Ed voyait encore toute la scène comme si elle remontait à la veille. Physiquement, Fleischmann était moins grand qu'il en avait l'air... après tout, cela n'avait guère d'importance quand on avait tout de l'ours en colère, le corps massif et le visage hirsute. Pour compenser son crâne chauve, il portait ce qu'on appelait une « *double stubble* », une barbe d'environ quatre semaines qui lui couvrait le visage des tempes aux mâchoires et au menton, et sous le nez. Pour l'entretenir, la plupart des hommes utilisaient le rasoir électrique Gillette Double Stubble. On pouvait le régler comme une tondeuse à gazon à la hauteur de poils désirée. Cette ombre broussailleuse donnait à Fleischmann un air incroyablement féroce et agressif. Par nature, c'était un vrai grizzli en affaires, très redouté, très envié, très recherché. Il avait fait fortune – des *milliards* – grâce à une société qui s'appelait American ShowUp dans une branche dont personne n'avait jamais entendu parler : l'«infrastructure assemblable». Des âmes bienveillantes et bien informées avaient cherché un certain nombre de fois à expliquer à Ed ce que c'était, et il n'avait toujours pas capté. Et pourtant, qui était assis pour ainsi dire en tête à tête avec Sergueï Koroliov, l'invité d'honneur? Pas le grizzli, non, Ed. Ça n'avait pas échappé aux autres people de Miami présents ce soir-là. Le prestige d'Ed y avait gagné son plus gros coup de pouce depuis son arrivée à Miami.

Le *Herald* et lui-même s'étaient dépensés sans compter pour faire de Koroliov et de son immense donation d'œuvres d'art la pierre angulaire du Parc des musées. Le Parc des musées était un rêve qui remontait à la fin des années 1990... une «destination culturelle». À travers tout le pays, les urbanistes étaient en ébullition, brandissant l'idée fumeuse voulant que toute ville de «classe internationale» – *classe internationale* était une autre expression à la mode – se devait d'avoir une destination culturelle de classe internationale. *Culturelle* se rapportait aux arts... sous forme d'un musée des beaux-arts de classe internationale. Le Parc des musées contiendrait également un nouveau Miami Science Museum, mais le pivot du projet était le Musée des beaux-arts. La conjoncture était favorable en 2005, et le rêve commença à sembler raisonnable. Le Parc des musées occuperait le terrain du vieux parc du Bicentenaire – vieux, parce que le bicentenaire avait eu lieu presque quarante ans plus tôt, une éternité à l'échelle temporelle de Miami – quatorze hectares et demi au centre de Miami avec une vue exceptionnelle. Il dominait la baie de Biscayne. La collecte de fonds commença pour de bon. Le musée à lui seul coûterait 220 millions de dollars, quarante pour cent en obligations d'État et soixante pour cent en dons de particuliers. Deux architectes suisses de classe internationale qui travaillaient en binôme, Jacques Herzog et Pierre de Meuron, seraient chargés de la conception du bâtiment, tandis que le cabinet new-yorkais de classe internationale Cooper, Robertson dessinerait le somptueux parc paysager. Mais la recherche d'un financement privé se heurta à un problème. Cette destination culturelle de classe internationale conduirait à un musée rempli de... presque rien... la maigre collection d'œuvres d'art de troisième choix, quelques centaines de toiles et d'objets contemporains, du Miami Art Museum existant, qui n'avait été fondé qu'en 1984, à une époque où les prix du « grand » art avaient depuis belle lurette subi une telle inflation qu'il était devenu inabordable.

Et puis – miracle. Quatre ans plus tôt, un oligarque russe dont personne n'avait jamais entendu parler arriva à Miami surgi du néant et proposa d'offrir au musée, désormais baptisé le « New Miami Art Museum », pour soixante-dix millions de toiles de grands noms de la peinture moderniste russe du début du XXᵉ siècle – des Kandinsky, des Malevitch, et toute la smala. Dès cet instant, les travaux progressèrent à vive allure. S'ils n'étaient pas encore tout à fait achevés lors du dîner de l'année précédente, une chose en revanche l'était. Après le dessert, une équipe de huit elfes syndiqués avait fait rouler jusque sur la scène un objet massif, d'environ quatre mètres de haut sur deux et demi de large – *gigantesque* – drapé d'une couverture mauve en velours. Le président du désormais nommé New Miami Art Museum prononça quelques paroles délibérément vagues avant de tirer sur un cordon de velours. Le cordon était relié à un mécanisme de poulie et la couverture de velours s'envola, *comme ça*. Devant *le Tout Miami** se dressait un gigantesque rectangle de calcaire gravé d'immenses lettres majuscules indiquant THE KOROLIOV MUSEUM OF ART. *Le Tout Miami** se leva comme un seul homme dans un assourdissant paroxysme d'applaudissements. Le conseil d'administration avait rebaptisé le musée en son honneur. La plaque de calcaire colossale portait des incisions si profondes que les lettres disparaissaient dans l'ombre si on s'efforçait de voir jusqu'au fond des entailles. Le président du conseil annonça que ce panneau ornemental de dix tonnes serait accroché aux poutrelles surmontant l'entrée au milieu d'un immense jardin suspendu.

Ed ne s'était jamais remis de la vision délirante de ces lettres géantes gravées si profondément – *pour l'éternité!* – dans une tablette de pierre de dix tonnes. Explicitement, elles rendaient hommage à Koroliov, ces lettres qui traverseraient les siècles, mais implicitement, elles rendaient hommage au grand héraut et défenseur de Koroliov – nul autre que Moi, Edward T. Topping IV.

:::::: Et ce gamin monté en graine, là, juste devant moi, vient me dire qu'en réalité, je me suis laissé abuser, duper, rouler dans la farine, entuber de la manière la plus humiliante, comme le premier débile venu. :::::: Cette idée le rendait fou de rage.

John Smith se demanda sans doute pourquoi la voix d'Ed était aussi fumasse quand il fit la grimace, lui jeta un regard noir et lança : «Très bien, la plaisanterie a assez duré. N'importe qui peut *accuser* n'importe qui de *n'importe quoi*. Un peu de sérieux, je vous prie. Qu'est-ce qui vous fait penser que *n'importe* qui devrait croire *n'importe* quoi dans l'histoire que vous venez de me raconter? Vous portez des accusations» – il était sur le point de dire «diffamatoires» – «des accusations terribles contre un homme unanimement respecté.

— J'ai eu un tuyau, monsieur. À propos du peintre qui a réalisé les faux Kandinsky et les faux Malevitch. Apparemment, il ne résiste pas à l'envie de s'en vanter devant tout le monde. Il a dupé les experts.

— Et qui est ce "tout le monde"?

— Les milieux artistiques branchés, pourrait-on dire monsieur, de Wynwood et de South Beach.

— Les milieux artistiques branchés de Wynwood et de South Beach…, répéta Ed. Et qui exactement *dans les milieux artistiques branchés de Wynwood et de South Beach* vous a raconté tout ça?

— Un artiste que je connais dont l'atelier se trouve près de celui de l'auteur des faux.

— Et il a les aveux du faussaire sur bande magnétique ou par écrit, j'espère?

— Non, monsieur. Le faussaire – il s'appelle Igor Droukovitch – c'est un Russe, comme Koroliov – n'a pas explicitement avoué les faits, d'ailleurs, il ne considère pas ça comme des "aveux". Il a *envie* que ça se sache, monsieur. Je crois qu'il picole pas mal, et que ses allusions deviennent de plus en plus transparentes.

— Ses allusions deviennent de plus en plus transparentes», répéta Ed en y mettant le plus d'ironie possible. Pas de point d'interrogation «Oui, monsieur.

— N'avez-vous jamais songé que tout ce que vous venez de me raconter ne reposait que sur des on-dit?

— Si, monsieur. Je sais qu'il me reste beaucoup de travail à faire. Mais je fais confiance à mes sources.

— Il fait confiance à ses sources», renvoya Ed, sarcastique à l'extrême, au visage de John Smith.

Il prit immédiatement conscience d'avoir perdu son sang-froid... mais ces John Smith, ces petits cons aux dents longues, ces jeunes m'as-tu vu qui rêvent d'«accuser», de «démasquer», de «dénoncer» les scandales... Et pourquoi? Pour le bien public? Arrête ton char! Ils ont un ego gros comme ça, voilà tout. Des égotistes juvéniles! S'ils ont tellement envie de remuer la boue, de confondre le mal, quitte à sombrer dans la diffamation, pourquoi ne s'en tiennent-ils pas au gouvernement? Aux ministres? Aux hommes politiques? Aux fonctionnaires fédéraux? Ils ne peuvent pas *intenter de procès*, eux! Théoriquement si, bien sûr – mais dans les faits, non. On peut les écraser comme on veut! Ils ne vous suffisent pas, bande de petits crétins abrutis! Espèces de moustiques! Vous vivez pour piquer et sucer le sang d'autrui, puis vous vous envolez et restez en l'air à attendre que le prochain malheureux tire-au-flanc qui bouffe au râtelier de l'État vous montre son cul pour que vous puissiez plonger, piquer encore et sucer *encore plus* de sang! Ça ne vous suffit pas? *Faut*-il que vous choisissiez des victimes comme Sergueï Koroliov, un homme qui se place au service de la collectivité avec un admirable altruisme – et a probablement suffisamment d'avocats sous contrat pour ligoter et humilier le *Miami Herald* jusqu'à ce qu'il ait perdu toute crédibilité et s'enfonce à jamais dans le limon jaune et visqueux?

«Bien, John, dit Ed en essayant de se reprendre. Avez-vous songé aux... aux... aux *dimensions* d'un tel article, en admettant que vous l'écriviez?

— Que voulez-vous dire, monsieur?»

Ed en resta à nouveau sans voix. Il savait parfaitement ce qu'il voulait dire, mais ce n'était pas si facile à exprimer. Comment regarder un jeune journaliste droit dans les yeux et lui demander : «Tu ne comprends donc pas, p'tit gars? Nous ne *voulons* pas de grands *sujets* de ce genre. Du journalisme? Tu ne piges pas? Ça, c'est du journalisme, et ça, c'est le bilan financier. Et si tu veux bien t'écarter un instant, nous sommes absolument obligés de tenir compte du bilan financier, là. Désolé, mais il n'est pas question que tu sois Woodward et Bernstein pour le moment. Et, entre nous, tu remarqueras qu'ils s'en sont pris à des types qui ne pouvaient pas engager de *poursuites*. Richard Nixon était président des États-Unis, mais il ne pouvait pas engager de *poursuites*. Ils auraient pu raconter qu'il enculait des canards au Rock Creek Park, il ne pouvait pas engager de *poursuites*.»

À grand-peine, à grand-peine, Ed recouvra enfin l'usage de la parole. «Ce que je veux dire, c'est que dans une affaire de ce genre, il faut procéder très méthodiquement...» Il s'interrompit, parce qu'il cherchait avant tout à gagner du temps. En fait, il ne savait plus vraiment *ce* qu'il voulait dire.

«Méthodiquement? Que voulez-vous dire par là, monsieur?» demanda John Smith.

Ed poursuivit laborieusement. «Eh bien... en l'occurrence, il ne s'agit pas du maire Cruz, ni du gouverneur Slate, ni de la clique de Tallahassee. On dispose d'une certaine marge de manœuvre avec les sujets politiques et avec les hommes politiques... les hommes politiques...» Il évita soigneusement le terme de *poursuites*. Il ne voulait pas que John Smith y voie le mot clé de son discours. «Tu peux émettre des hypothèses sur un homme politique, même si tu te trompes, les conséquences ont de bonnes chances de rester limitées, parce que ça fait partie du jeu politique, dans notre pays en tout cas.

Mais quand tu t'en prends à un citoyen privé comme Koroliov, sans casier judiciaire ni rien...

— Monsieur, d'après tout ce que je sais, Koroliov est comme beaucoup de ces soi-disant oligarques qui débarquent chez nous. Il est instruit, cultivé, charmant, il présente bien, il parle anglais, français, allemand, en plus du russe, bien sûr. Il connaît l'histoire de l'art – en fait, il paraît être vraiment très fort dans ce domaine – et il connaît le marché de l'art, mais c'est un criminel, monsieur Topping. Beaucoup de ces types sont des criminels et, au besoin, ils recourent aux services des pires truands du monde, des truands russes, des types d'une brutalité que vous n'imaginez même pas. J'aurais un certain nombre d'histoires à vous raconter. »

Ed regarda de nouveau John Smith attentivement. Il s'attendait à le voir se transformer en tout autre chose, en faucon, en scorpion, en membre du Commando Delta, en raie pastenague. Mais tous ces mots étaient sortis de la bouche qui se trouvait dans le même visage... celui d'un tout jeune homme aux manières irréprochables, à l'attitude irréprochable. Et ces fards qu'il piquait. Sous le regard fixe d'Ed, il recommença. Il rougit jusqu'à l'écarlate foncé.

:::::: Putain :::::: se dit Ed Topping. :::::: Ce gosse est un morceau d'anthologie... Les gens se font une image tellement pittoresque des journalistes de presse, de tous ces types audacieux qui « révèlent » des affaires, « démasquent » la corruption et courent des risques insensés pour obtenir un « scoop ». Robert Redford dans *Les Hommes du président*, Burt Lancaster dans *Le Grand Chantage*... Ouais – et dans la vraie vie, ils sont à peu près aussi pittoresques que John Smith, ici présent. Si tu veux tout savoir, les journalistes de presse naissent à l'âge de six ans, le premier jour d'école. Dans la cour, les garçons se répartissent immédiatement en deux catégories. Immédiatement ! Ceux qui ont la volonté d'être audacieux et de dominer, et ceux qui ne l'ont pas. Ceux qui ne l'ont pas, comme John Smith ici présent, passent la moitié de leurs premières années à essayer d'élaborer un modus vivendi avec ceux qui l'ont... n'importe quoi fera l'affaire, sans aller jusqu'à la servilité. Mais certains garçons qui se retrouvent du côté faible de la ligne de démarcation grandissent en nourrissant les mêmes rêves que les plus forts... et s'il y a une chose au monde dont je suis sûr, c'est ça : le garçon que j'ai devant moi, John Smith, en fait partie. Ils rêvent eux aussi de pouvoir, d'argent, de gloire, de maîtresses sexy. En grandissant, les garçons comme ce gosse comprennent instinctivement que le langage est un artefact, comme une épée ou un pistolet. Utilisé habilement, il a le pouvoir de... moins de *réaliser* des trucs que de les démolir – êtres humains compris... y compris les garçons qui se sont retrouvés du côté fort de cette ligne de partage abrupte. Hé, mais ça correspond exactement à ce que sont les *libéraux*! Idéologie? Économie? Justice sociale? Tout ça n'est que leur panoplie de bal de fin d'année. Leur politique a été définie pour la vie dans la cour d'école, quand ils avaient six ans. Ils étaient les faibles et depuis, ils en veulent aux forts. Voilà pourquoi tant de journalistes sont libéraux! Ce qui s'est passé dans la cour d'école et les a poussés vers le mot écrit... les a aussi poussés vers le «libéralisme». C'est simple comme bonjour! Tu parles d'une ironie! Dans le journalisme, si tu veux exercer du pouvoir par les mots, le génie rhétorique ne suffit pas. Il te faut du contenu, il te faut de la matière, il te faut... *des informations* en un mot... et il va falloir que tu les trouves toi-même. Toi, toi qui viens du côté des faibles, tu peux être pris d'un tel besoin d'informations nouvelles que tu finis par faire des trucs qui terrifieraient n'importe quel homme fort issu de l'autre côté de la ligne de partage. Tu te fourreras dans des situations dangereuses au milieu de gens dangereux... *avec délectation*. Tu fonceras tout seul, sans le moindre appui... *avec enthousiasme!* Toi, toi – avec tes airs de faible –, tu finis par aborder la plus abominable crapule avec une requête. «Tu as une information, et j'en ai *besoin*. Et je la *mérite*! Et je l'*aurai*!» ::::::

Ed déchiffrait tout cela sur le visage poupin qu'il avait en face de lui. Peut-être ces truands russes ou autres étaient-ils aussi impitoyables qu'il le disait. Ed n'en avait pas la moindre idée. Mais il voyait très bien John Smith leur planter sa face de bébé, ses cheveux blonds, ses yeux bleus et son épaisse couche de naïveté sous le nez et réclamer des informations sur Sergueï Koroliov parce qu'il en avait besoin, qu'il les méritait et qu'il les *aurait*.

:::::: Eh bien moi, je n'en ai pas *besoin*, je ne *mérite* pas un grand affrontement pseudo-vertueux à la con, qui nous coûtera les yeux de la tête, exclusivement mis en scène pour la plus grande gloire d'un gamin nommé John Smith, et je ne l'*aurai* pas. ::::::

Mais il y a autre chose, de plus personnel, que tu préfères chasser de ton esprit, pas vrai, Ed?... Si une de ces petites vipères du côté faible de la cour de récré réussissait *pour de bon* à révéler qu'avec ses œuvres de modernistes russes du début du xxᵉ siècle d'une «valeur de 70 millions de dollars», Koroliov n'est qu'un arnaqueur qui a monté une fraude colossale, tout l'establishment de Miami se retrouverait dans une sacrée merde!... Ces imbéciles auraient investi 500 millions de dollars dans une destination culturelle de classe internationale qui ne vaudrait plus tripette! Ils seraient tous des objets de risée de classe internationale, ils passeraient pour des parvenus culturels complètement crétins, incroyablement crédules! Les gros rires gras résonneraient tout autour du monde!

Et qui serait le plus risible de tous, le plus pitoyable, le plus pathétique – transformant quatre générations de Topping, cinq en comptant Fiver, en une longue, une interminable blague de potache pas si marrante que ça?

Et il devrait aider ses propres sous-fifres à le couvrir de honte?... :::::: Débrouille-toi tout seul, mec! Démerde-toi, pour une fois! «Du vrai journalisme?» Va te faire foutre! ::::::

4

Magdalena

Nestor respira à fond... une respiration *libre*... dans l'air pur d'un samedi matin radieux. Il regarda la montre qui ornait son poignet, une grosse montre taille flic bourrée de machins numériques, en plus. Il était sept heures précises... un calme surnaturel régnait dans la rue – *super!*... personne ne bougeait sauf les femmes en train d'arroser le béton... un concerto régulier sur deux notes du jet heurtant une surface dure. ¡SHEEEahHHHH ahHHHHHSHHEEEE! Il regarde autour de lui... deux portes plus loin, Señora Diaz. Il la connaît depuis qu'il a emménagé dans cette casita. Dieu merci, une amie charmante, gentille, issue du monde libre! Il est heureux rien qu'en l'apercevant là, tuyau d'arrosage à la main, à nettoyer son béton. C'est donc avec allégresse qu'il s'écrie, « *Buenos días*, Señora Díaz! »

Elle leva les yeux et esquissa un sourire. Mais sa bouche ne s'étira que d'un côté. L'autre resta figé, comme s'il s'était accroché à une canine. Son regard devint parfaitement inexpressif. ¡SHEEEahHHHH ahHHHHHshHEEEE! pendant qu'elle marmottait le *Buenos días* le plus mécanique qu'il ait jamais entendu de sa vie... *marmottait!*... avant de lui tourner le dos, comme si elle avait oublié d'arroser le béton... *là-bas.*

C'était tout ce qu'elle allait lui offrir! Un marmottement et un sourire escamotable! Et un dos froid comme la pierre... alors qu'il la connaissait depuis toujours! :::::: En plus, il va falloir que je me casse *d'ici*! De la rue où j'ai vécu presque toute ma vie! Que je me casse – mais pour aller *où*, merdalors?! ::::::

Il n'en avait pas la moindre idée. À part les femmes qui, comme Señora Díaz, arrosaient le béton, Hialeah était plongée dans un coma de samedi matin. :::::: Quand même... J'ai *faim. ¿Nos es verdad? Dios mío, j'ai faim.* ::::::

Il n'avait rien mangé depuis près de vingt-quatre heures, ou presque rien. Il avait fait sa pause habituelle vers huit heures hier soir, mais tellement de gars voulaient lui poser des questions sur ce truc du Type sur le Mât qu'il n'avait réussi à avaler qu'un hamburger et des frites. Il avait l'intention de grignoter quelque chose en rentrant à la maison. Et voilà qu'à la place, son père lui avait servi une chiée d'insultes.

Il se dirigea droit vers sa Muscle-car vieillissante, sa Camaro... *Muscle*-car?... Avec ses grosses lunettes de soleil noires de flic cubain, son jean ajusté jusqu'à lui mouler les fesses comme un collant de danseur... son polo taille S, pour Small, parce que ça donnait l'impression qu'il était «troooop» étroit au niveau du torse et des épaules. :::::: Et merde :::::: Quel con! Ce n'était pas le jour à exhiber ses muscles ni à se faire remarquer tout court. La boulangerie Ricky devait déjà être ouverte... au centre commercial, à six blocs de là. Six blocs – mais il n'avait pas envie de se faire voir dans son propre quartier et de risquer d'autres surprises comme celle que lui avait ménagée Señora Díaz.

En moins de temps qu'il n'en faut pour le dire, la puissante Camaro longeait le centre commercial. Tout était encore plongé dans le sommeil... Il passa devant le Botánica où la mère de Magdalena avait acheté la statue de saint Lazare.

Il descendit de la Camaro devant chez Ricky et une bouffée des *pastelitos* de Ricky, des «petites tourtes» de pâte feuilletée enroulée autour de bœuf haché, de jambon en boîte, et puis de goyave peut-être, parvint à ses narines – une bouffée de pastelitos en train de cuire et il se détendit... *ambroisie...* Nestor adorait les pastelitos depuis qu'il était gamin. Chez Ricky était une minuscule boulangerie avec à l'arrière un grand comptoir vitré qui occupait presque toute la largeur de la boutique. Devant, de chaque côté, il y avait une petite table à café ronde en tôle peinte en blanc – quand? –, flanquée d'une paire de chaises bistrot en bois cintré. Un unique client était assis, tournant le dos à Nestor, en train de lire un journal et de boire un café. Il devait avoir la cinquantaine à en juger par la calvitie qui avait envahi le haut de son crâne alors que ses cheveux ne grisonnaient pas encore. Il y avait toujours trois filles derrière le comptoir, mais celui-ci était si haut qu'il fallait s'approcher tout près pour voir autre chose que les cheveux du sommet de leur tête. :::::: Hé! C'est bien une blonde là au fond? :::::: Nestor n'avait jamais vu de vendeuse blonde chez Ricky. Peut-être n'en avait-il pas vu non plus à l'instant. Ses lunettes de soleil de flic engloutissaient toute la boutique dans un crépuscule mourant... à sept heures du matin. Il les repoussa donc au-dessus de ses yeux.

Grave erreur. Cela rendait en même temps son propre visage aussi visible que la lune. La grosse tête à la petite table blanche au plateau de tôle se tourna vers lui ¡ *Dios mío!* C'était Mr Ruiz, le père de Rafael Ruiz, un de ses copains de classe du lycée d'Hialeah.

«Salut, Nestor», dit Mr Ruiz. Ce n'était pas un bonjour cordial. Plutôt genre chat qui joue avec une souris.

Nestor s'empressa de sourire à Mr Ruiz et de lui répondre le plus cordialement possible «Oh... Monsieur Ruiz! *Buenos días!*»

Mr Ruiz se détourna puis fit pivoter sa tête d'un quart de tour en direction de Nestor, sans le regarder, et lança, la bouche en coin, «Tu as eu une sacrée journée, hier, il paraît.» Pas de sourire... pas le moindre. Puis il se replongea dans son journal.

«Oui, on peut dire les choses comme ça, monsieur Ruiz.»

La tête ajouta «On pourrait aussi dire *te cagaste.*» Tu as fait une sacrée connerie. Littéralement, tu t'es bien fourré dans la merde. Mr Ruiz se retourna complètement, montrant le dos à Nestor.

Humilié! – par ce... ce... ce... Nestor avait envie de tordre cette grosse tête pour l'arracher de son cou racho et... et... et de *cagar* dans sa trachée... et ensuite de...

«Nestor!»

Nestor jeta un coup d'œil vers le comptoir. C'était la blonde. Elle avait réussi à se hisser assez haut sur la pointe des pieds pour que son visage dépasse du plateau. Il la connaissait. *Cristy la Gringa!* fut-il à deux doigts de crier, mais la présence de Mr Ruiz le retint.

Il s'approcha du comptoir. Tous ces merveilleux cheveux blonds, longs et dénoués ! *Cristy La Gringa !* «Cristy La Gringa !» Ça n'avait pas le punch poétique d'«Inga La Gringa», bien sûr, mais ça lui donnait quand même l'impression d'être Nestor le Blagueur... un vrai rigolo, *no es verdad* ? Cristy était dans la classe au-dessous de la sienne au lycée d'Hialeah et elle avait flashé sur lui. Oh, elle ne l'avait pas caché. Il avait été tenté. Elle lui donnait des fourmis dans le bas-ventre... Des *pastelitos* ! Mais oui !

«Cristy ! Je ne savais pas que tu bossais ici ! *La bella gringa !*»

Elle rit. C'était comme ça qu'il la surnommait au lycée d'Hialeah... juste pour rigoler, bien sûr.

«Je viens de commencer, expliqua Cristy. C'est Nicky qui m'a trouvé ce boulot. Tu te souviens de Nicky ? Elle était une classe au-dessus de la tienne.» Elle fit un geste vers la troisième fille. «Elle, c'est Vicky.»

Le regard de Nestor glissa sur les trois filles. Les cheveux de Nicky et de Vicky ruisselaient en vagues tumultueuses sur leurs épaules, exactement comme ceux de Cristy, mais les leurs étaient bruns, à la cubaine. Elles étaient toutes les trois emballées sous vide dans leurs jeans, qui moulaient leurs déclivités antérieures et postérieures, s'insinuaient dans toutes les fissures, exploraient chaque colline, chaque vallon du bas de leurs abdomens, grimpaient sur leurs pubis...

... mais curieusement, il *ne pouvait pas*... Il était trop déprimé. «Vicky, et Cristy, et Nicky, et Ricky», dit-il. Elles rirent... sans conviction... et ça s'arrêta là.

Comme il l'avait décidé, il commanda des pastelitos et du café... à emporter. En entrant dans la boulangerie, il se voyait déjà assis à une des petites tables en train de prendre un long petit déjeuner, sans se presser, tranquille, en terrain neutre, juste lui, les pastelitos et son café. Mr Ruiz lui avait fait tirer un trait sur cette image. Qui pouvait savoir combien d'autres grandes gueules mal embouchées allaient se pointer là, maintenant, d'aussi bonne heure un samedi matin ?

Au bout d'un certain temps, Cristy lui tendit un sachet de papier blanc – curieusement, toutes les petites boulangeries et tous les snacks d'Hialeah n'utilisaient que des sachets blancs – contenant ses pastelitos et son café. À la caisse, au moment où elle lui rendait la monnaie, il dit «Merci pour tout, Cristy.» Il aurait voulu y mettre un peu de tendresse, mais les mots sortirent plus tristes et accablés qu'autre chose.

Cristy était déjà retournée à sa place quand il remarqua un présentoir sous le comptoir, avec deux piles de journaux.

Wouh! Son cœur chercha à s'extirper d'un bond de sa cage thoracique. *C'était lui!* – une photo de *lui!* – son portrait officiel de la Police – en première page de l'édition espagnole d'*El Nuevo Herald*! À côté de la sienne, une – une photo d'un jeune homme grimaçant : Nestor connaissait ce visage, bien sûr – le type du mât... au-dessus de ces deux portraits, une grande photo du schooner près de la Chaussée et une foule de gens sur le pont routier en train de hurler, au point qu'on voyait leurs dents... avec tout en haut, les caractères les plus gros, les plus noirs que Nestor eût jamais vus sur un journal : ¡DETENIDO! 18 METROS DE LIBERTAD – s'étalant sur toute la largeur de la première page... d'*El Nuevo Herald. Choc!* – son cœur s'emballa. Il ne voulait pas lire l'article, franchement, il ne *voulait* pas – mais ses yeux s'emparèrent de la première phrase et refusèrent de lâcher.

Le texte disait, en espagnol, « Un réfugié cubain, qui serait, d'après les informations dont nous disposons, un héros de la dissidence clandestine, a été appréhendé hier dans la baie de Biscayne, à dix-huit mètres à peine de la Chaussée Rickenbacker – et de l'asile – par un policier dont les propres parents ont fui Cuba pour rejoindre Miami et la liberté dans un canot qu'ils avaient eux-mêmes fabriqué. »

Nestor eut l'impression qu'une vague de chaleur envahissait son cortex cérébral et lui ébouillantait le cerveau. Il était le méchant, l'ingrat abject qui refusait à son propre peuple la liberté dont lui-même jouissait... bref, la pire espèce de TRAIDOR !

Il ne voulait pas acheter le journal... Sa *souillure* se répandrait indélébilement sur ses mains au moindre contact... mais quelque chose – son système nerveux autonome? – l'emporta sur sa volonté consciente et lui donna l'ordre de se pencher et d'en ramasser un. *Putain de merde!* Quand il se baissa, son regard se posa sur le journal au sommet de l'autre pile et il en prit plein les yeux. Sur toute la moitié supérieure de la première page s'étalait une immense photo en couleurs – le bleu de la Baie, les gigantesques voiles blanches du schooner... au-dessus de la photo – en anglais! Le *Miami Herald*! – un

titre aussi gros, en lettres aussi grasses, que celui d'*El Nuevo Herald* –
SAUVETAGE «MAT-GISTRAL» PAR UN POLICIER CHAMPION DE LA CORDE LISSE...
Il retourna le journal pour voir le bas de la une – ¡ *Santa Barranza!* –
une photo sur deux colonnes, en couleurs, d'un jeune homme torse
nu... vêtu depuis la taille de ses seuls muscles, un vrai paysage de
muscles, des montagnes d'énormes blocs rocheux, des falaises escar-
pées, des failles profondes, et des ravins d'acier... tout un terrain de
muscles... MOI! Il tomba tellement amoureux – de MOI! – qu'il arriva
à peine à détourner les yeux de la photo le temps de parcourir l'article qui couvrait les quatre colonnes restantes... «extraordinaire
exploit sportif» «risqué sa propre vie»... «Ñññññññooooooooooooooo!!!
Qué Gym!»,... «grimper à la corde»... «sauvé un réfugié cubain en le
crochetant par les jambes.» Tu vois ça?... il a *sauvé* ce petit con... Le
Policier Champion de la Corde Lisse ne l'a pas condamné à la torture
et à la mort dans les cachots de Fidel... Pas du tout... Il lui a *sauvé la
vie*... C'était *écrit*, en toutes lettres! ... Le moral de Nestor remonta si
haut, si vite, qu'il le sentit dans sa gorge. Le *Miami Herald* lui avait
accordé la grâce... en anglais... mais *ça comptait* quand même, non?
... Le *Herald*-en-anglais – le plus vieux journal de Floride! Mais son
optimisme retomba comme un soufflé... «*Yo no creo el Miami
Herald.*» Je ne crois pas le *Miami Herald*. Nestor avait dû entendre ça
un bon millier de fois... Le *Herald* s'était montré hostile à l'immigration cubaine quand les Cubains avaient commencé à fuir Castro par
milliers... il n'avait pas apprécié que les Cubains deviennent rapidement si nombreux qu'ils s'étaient mis à assumer des responsabilités
politiques... «*Yo no creo el Miami Herald!*» Nestor avait entendu
cette phrase dans la bouche de son père, des frères de son père, des
maris des sœurs de son père, de ses cousins, de toute la bande d'Hialeah... de tous ceux qui étaient assez âgés pour prononcer les mots
«*Yo no creo el Miami Herald...*»

Quand même... ce journal *americano* était tout ce qu'il avait... Il
devait bien y avoir à Hialeah quelqu'un qui lisait ce foutu canard et
même qui le croyait... en partie. Simplement, il ne l'avait jamais rencontré. Beaucoup de ceux qui viendraient à la fête de Yeya lisaient
l'anglais, encore que... Mais si!... Ils pouvaient certainement lire les
énormes lettres présentant ce qu'il avait fait comme un SAUVETAGE

« MAT-GISTRAL » ! Il sortit rapidement de chez Ricky et rejoignit la Camaro... D'ineffables bouffées parfumées émanaient du sachet posé à côté de lui, envahissant l'habitacle... Les pastelitos et le *Miami Herald*, près du sachet... deux régals... et « Vous avez vu, c'est lui, là, le flic renégat, en train de se goinfrer en lisant tout ce qu'on écrit à sa gloire dans le *Yo-no-creo Herald*... » Pas cool, pas cool du tout... mais je suis tellement *crevé*... Il retira le couvercle en plastique du *cortadito*, savoura une gorgée et une gorgée et une gorgée de la suavité absolument hédoniste du café cubain... Il saisit le *Miami Herald* et consomma d'autres syllabes délectables du POLICIER CHAMPION DE LA CORDE LISSE... Il plongea la main dans le sachet de chez Ricky – des *pastelitos!* – et sortit une lune de pastelito au bœuf enveloppé de papier sulfurisé... *Un petit coin de Paradis!* – exactement le goût qu'il espérait... Des *pastelitos!* Un flocon de pâte feuilletée cuite tomba... et puis un autre... la nature même de la pâte feuilletée... les pastelitos laissaient toujours tomber de petits flocons sous vos doigts... quelques flocons se posèrent sur ses vêtements... sur les sièges retapissés de la Camaro... Loin de l'agacer, cette douce chute de pâte dans l'immobilité d'un samedi matin à l'aube était, elle aussi, un petit coin de Paradis... elle éveillait en Nestor des souvenirs de la maison, des délices de l'enfance, d'un Hialeah ensoleillé, d'une casita douillette... de tendres et duveteux nuages d'amour et d'affection... et de protection. Doucement, doucement, les flocons étaient emportés par les zéphyrs à bruit blanc qui s'échappaient des bouches de ventilation de la climatisation... Nestor sentait la terrible tension s'écouler s'écouler s'écouler ; il prit une nouvelle gorgée de café... ineffable suavité – dont le gobelet et le couvercle en plastique avaient merveilleusement conservé la chaleur !... et il mangea d'autres lunes de pastelitos ; les flocons continuaient de tomber aussi doucement, voltigeant sur les zéphyrs, et il se surprit... à actionner le petit levier à côté de son siège et à laisser son propre poids incliner le dossier à un angle de vingt degrés... et le café, censé le maintenir éveillé après une nuit d'insomnie, répandit une vague de chaleur parfaite dans tout son corps... et son corps s'abandonna entièrement à l'inclinaison du siège... et son esprit s'abandonna entièrement à un état hypnagogique et voilà que...

Il se réveilla en sursaut. Ses yeux se posèrent sur la clé de contact de la Camaro tournée en position ON et sentit la brise fraîche de la climatisation. Il s'était endormi moteur allumé... Il baissa les vitres, pour laisser entrer le maximum d'air frais... Bon sang, que cet air frais était chaud ! Le soleil était juste au-dessus de lui... aveuglant... Quelle heure était-il ? Il regarda sa montre géante. Onze heures moins le quart ! Il avait dormi trois heures... allongé de tout son long au Pays du Marchand de Sable le moteur allumé, la climatisation régurgitant une brise électrique.

Il attrapa son portable sur le siège baquet et soupira... Ses entrailles ne pouvaient contenir que des messages toxiques. Mais une fois encore, ce fut plus fort que lui. Il appuya énergiquement sur l'affichage des nouveaux messages. Ils apparurent l'un après l'autre après l'autre... jusqu'à celui qui retint son attention. Le numéro lui sauta au visage – un texto de Magdalena !

« V à la fête yeya a + »

Il avait les yeux rivés dessus. Il cherchait à y déceler un signe d'amour... n'importe lequel... sept mots. Impossible. Il textota tout de même une réponse : « manena, g tro envie de te voir ».

Il était survolté. La fête ne commencerait que dans quatre heures au mieux, mais il allait rentrer à la maison... *tout de suite.* ::::: Je vous ignorerai, voilà tout, bande de *guajiros* de Camagüey, Papa et Yeya et Yeyo. Je veux être sûr d'être là quand Manena arrivera. :::::

Maintenant, à onze heures, les rues de Hialeah étaient des murailles de voitures garées. Il dut ranger la Camaro à plus d'un pâté de maisons de chez lui. À mi-chemin de son propre bloc, quelques casitas plus loin, Señor Ramos sortait de chez lui. Derrière ses grosses lunettes de soleil de flic, Nestor remarqua que Señor Ramos le regardait. Soudain, sans lui laisser le temps de dire ouf, Señor Ramos se retourne vers sa porte d'entrée et, avec un claquement de doigts exagéré à la j'ai oublié quelque chose – *shooooop* – il rentre dans sa casita. Señor Ramos n'est que bagagiste à l'aéroport de Miami. Un bagagiste ! Un infime atome d'humanité ! Mais ce matin, dans ces rues, il ne veut même pas échanger un *buenos días* avec le Policier Nestor Camacho. Et après ? Magdalena sera là.

Devine quoi! À quatre ou cinq casitas de distance, il *entend* sa propre casita... le karcher frictionnant énergiquement le béton brûlant d'Hialeah. Eh oui! C'est Mami, vêtue d'un long short ample, d'un T-shirt blanc ample trop grand et de tongs... qui dompte la jungle de béton pour la énième fois de la matinée ... et... Eh oui... il hume les premières bouffées du cochon qui rôtit sans doute déjà depuis plusieurs heures... sous l'œil attentif de ces deux supermachos maîtres des grandes choses de la vie, Moi, Camilo, et El Pepe Yeyo...

Dès qu'elle voit son fils approcher, Mami arrête la lance d'arrosage et s'écrie, «Nestorcito! Mais où étais-tu passé? Nous nous sommes inquiétés!»

Nestor aurait voulu dire :::::: *Inquiétés? Et pourquoi? Je pensais que «nous» serions heureux que je disparaisse* :::::: Mais il n'avait jamais pris un ton sarcastique pour parler à ses parents et ne put s'y résoudre. Après tout, Magdalena serait là.

«Je suis allé prendre un petit déjeuner...

— Mais enfin, il y avait de quoi manger ici, Nestorcito...

— ... prendre un petit déjeuner, et j'ai rencontré des copines du lycée.

— Qui ça?

— Cristy, Nicky et Vicky.

— Ça ne me dit rien... Où ça?

— Chez Ricky.»

Nestor vit les rimes rickycher, pour ainsi dire, dans le cerveau de sa mère, mais elle ne pigea pas ou refusa de se laisser distraire.

«D'aussi bonne heure...», insista-t-elle. Puis elle changea de sujet. «J'ai une bonne nouvelle pour toi, Nestor. Magdalena a promis de venir.» Elle lui adressa le genre de regard qui se met à genoux et *implore* une réaction enthousiaste.

Il essaya, il essaya... Il haussa les sourcils et laissa tomber la mâchoire pendant quelques fractions de seconde avant de demander, «Comment tu sais ça?

— Je l'ai appelée pour l'inviter, et elle a promis de venir! Je lui ai dit de se débrouiller pour arriver avant que tu ne partes au travail.» Elle hésita. «Je me suis dit que ça te remonterait un peu le moral.

— Parce que tu crois que j'en ai besoin? Eh bien, oui, tu n'as pas tort. Quand je suis sorti, j'ai bien remarqué que... tout le monde à Hialeah pense de moi la même chose que Papa, Yeya et Yeyo. Mais *qu'est*-ce que j'ai fait, Mami? Il y avait une urgence, j'ai reçu l'ordre de régler les choses sans qu'il y ait de blessé et c'est ce que j'ai *fait*!» Il se rendit compte que sa voix partait dans les aigus, mais il n'y pouvait rien. «À l'École de Police, on nous dit tout le temps qu'il faut être prêt "à affronter le danger sans esprit critique". Ça veut dire qu'on doit accepter de faire des trucs dangereux sans s'arrêter pour analyser la situation et se demander si on approuve le risque qu'on va devoir prendre. Pas question de s'asseoir à une table pour en *débattre*. Voilà ce que ça veut dire "sans esprit critique". Pas question de *discuter* de tout et... et, enfin, *tu* sais bien...»

Il se força à ralentir le débit et à baisser la voix. À quoi bon balancer tout ça à sa mère? Tout ce qu'elle voulait, c'était la paix et l'harmonie. Alors il cessa de parler et lui adressa un petit sourire désolé.

Elle s'approcha de lui et, en voyant son propre petit sourire désolé, il sut ce qui se préparait. Elle allait le serrer dans ses bras pour qu'il sache que sa maman l'aimait toujours. Impossible de supporter ça.

Il leva les mains devant son torse, paumes vers l'extérieur ::::::: Stop ::::::: en même temps, il lui sourit et dit, «C'est bon, Mami. Je gère. Tout ce qu'il faut, c'est être "prêt à affronter le danger sans esprit critique".

— Ton père, et puis aussi Yeya et Yeyo, ne pensaient pas vraiment... ce qu'ils ont dit, Nestorcito. Ils étaient seulement...

— Oh si, ils le pensaient», coupa Nestor tout en veillant à sauver le sourire.

Sur ce, il entra et laissa Mami dehors continuer à administrer à la dalle de béton une bonne correction au karcher.

L'intérieur de la casita était envahi par les odeurs, bonnes et mauvaises, du cochon qui rôtissait dans la *caja china*. Bonnes – mauvaises – pour les voisins, peu importait. Ils étaient tous cubains. Ils savaient tous qu'un cochon rôti était une grande affaire, un rituel familial et, en plus, la plupart avaient été invités à la fête. À la cubaine.

La maison paraissait vide. Nestor se dirigea vers le fond. Comme la porte de Yeya et Yeyo était ouverte, il entra dans leur chambre et regarda par la fenêtre. Effectivement, toute la bande des machos était au jardin. Il y avait Moi, Camilo, en train de donner des instructions à Yeyo, lequel apportait un seau de charbon pour la *caja china*. Il y avait Yeya, la *muchacha vieja*, qui tendait le doigt par ci, par là, leur donnant des instructions à tous les deux... les réprimandant tous les deux. Ça, Nestor pouvait en être sûr.

Alors... il pouvait s'approcher du clergé de la *caja china* et s'insinuer de force dans la conversation :::::: *Mince alors, ça c'est du cochon! Vous en avez encore pour combien de temps, tu crois? Papa, tu te rappelles la fois où le cochon était tellement gros...* :::::: pendant les dix ou vingt secondes qu'il faudrait à ces trois pharisiens bouffis de vertu pour recommencer à l'accabler de leur venin ignoble... ou tourner le dos à toute la scène... De toute évidence, la reine de la fête, Yeya, se fichait pas mal qu'un zéro comme lui soit là ou non. La décision s'imposa d'elle-même.

De retour dans sa chambre, Nestor s'allongea pour faire un petit somme. Ses seuls moments de repos à peu près corrects au cours des dernières vingt-quatre heures avaient été les trois heures où l'arôme et la chute de flocons des pastelitos l'avaient plongé dans l'inconscience, bien calé à un angle de vingt degrés sur le siège conducteur de la Camaro devant chez Ricky, moteur allumé et climatisation branchée. Il n'imaginait pas de perspective plus tentante que de *replonger* :::::: ici dans mon propre lit où je suis déjà à l'horizontale :::::: pourtant, l'expression «ici dans mon propre lit» l'angoissa. Il ne savait pas vraiment pourquoi, mais c'était comme ça. Que signifiait «mon propre lit» dans une maison où trois personnes vous considéraient comme un traître et où la quatrième, dans toute sa bonté, se disait prête à vous pardonner d'avoir péché contre elle, contre les trois autres et contre tout leur patrimoine, en même temps que contre l'entière progéniture de Mère Cuba à Miami, et, pour faire bonne mesure, dans le monde entier? Il était donc allongé horizontalement à mijoter dans un vrai bouillon de sentiments de rejet, de stigmatisation et de culpabilité, les trois, le pire étant, comme toujours, celui de culpabilité... tout de même, qu'aurait-il dû faire, regarder le simple brigadier *americano* McCorkle droit dans les yeux et lui dire, «Non, je ne mettrai pas la main sur un patriote cubain! – bien que je ne sache absolument pas qui c'est», puis accepter comme un homme d'être viré de la police! *Blup blup blup blup* mijotait le bouillon tandis que les odeurs nauséabondes du cochon rôti flottaient jusqu'à lui depuis le jardin, des odeurs accompagnées de temps en temps d'une exclamation, une critique cinglante sans doute, et le temps s'écoula plus lentement qu'il ne l'avait jamais fait de sa vie.

Au bout de Dieu-sait-combien-de-temps, il entendit les rôtisseurs de cochon élus rentrer dans la casita, apportant avec eux leurs diverses récriminations, encore que, par bonheur, il n'ait pas pu comprendre ce qu'ils disaient. Il était presque une heure et quart et la fête de Yeya devait commencer à deux heures. Ils étaient sans doute rentrés se changer. Personne ne lui avait dit un mot à ce sujet, ni sur aucun autre d'ailleurs. Pourquoi restait-il ici, après tout? Il n'était pour eux qu'une source de gêne. L'un des nôtres, ou anciennement des nôtres, s'était transformé en vipère... mais quand même, se casser de la fête de Yeya? Cela revenait à quitter la famille, à rompre tous les liens, une perspective qu'il ne pouvait même pas imaginer. De plus, à court terme, cela ne ferait que leur fournir un nouveau grief contre lui, une preuve supplémentaire de l'ignominie dans laquelle il était tombé. *Il était ici, à la maison, et il n'a même pas pris la peine d'assister à sa fête et de lui présenter ses vœux.*

Une demi-heure plus tard environ, Nestor entendit un *rat-tat-tat* d'espagnol en rafales remonter le couloir depuis le fond de la casita. D'un coup, il eut peur qu'ils ne commencent la fête sans même le prévenir. Cette fois, c'était clair. Il était invisible. En ce qui les concernait, il avait disparu. Eh bien, il y avait un moyen de s'en assurer. Il se leva. Dans un élan impulsif, irréfléchi, il ouvrit sa porte. À moins de trois mètres, se dirigeant vers lui – ils étaient là – quel spectacle!

Ils avaient enfilé leurs tenues de fête. Des épaules larges mais osseuses de Yeyo pendait, comme d'un cintre, une *guayabera* blanche, trop grande pour lui désormais. Elle était si vieille que les bordures qui ornaient les deux côtés de la poitrine avaient commencé à jaunir. Dans cette tenue, Yeyo avait tout d'une voile attendant que le vent se lève. Quant à Yeya, c'était une apparition... de Dieu sait quoi. Elle portait une grande chemise blanche, elle aussi, à ruchés, avec des manches volumineuses étroitement resserrées aux poignets. La chemise descendait jusqu'aux hanches, recouvrant la ceinture d'un pantalon blanc. Le pantalon – Nestor ne pouvait en détacher les yeux. C'était un jean blanc... un jean blanc moulant qui collait à ses vieilles jambes... mais aussi à son derrière, assez gros pour trois femmes de sa taille... qui collait à son abdomen, gonflé sous la chemise – *collait*! Et dominant le tout, il y avait le ballon capillaire bleu parfait, qui lui enveloppait la tête, exception faite du visage, d'une vaste houppe... Entre le ballon, le jean et une terrible balafre de rouge à lèvres en travers de la bouche à laquelle s'ajoutait un cercle de fard à joues écarlate sur chaque pommette..., c'était un authentique chef-d'œuvre.

Quand ils aperçurent Nestor, ils se turent. Ils lui jetèrent le regard précautionneux qu'on jetterait à un chien errant... il leur jeta un regard... et ses sentiments prirent un virage à cent quatre-vingts degrés. L'image de ces deux vieux sur leur trente et un pour une fête... l'un ressemblant à une voile que le vent aurait poussée à l'instant depuis la baie jusqu'à Hialeah... l'autre, dans son moule-graisse blanc taille basse, ayant l'air d'une jean-ager à qui le temps aurait injecté *d'un coup* cinquante ou soixante années... c'était tellement triste, tellement pathétique que Nestor fut ému. Ces deux vieux qui n'avaient même pas voulu venir ici au départ... dans ce pays... dans cette ville... qui vivaient de la générosité de leur fils et de sa femme... exclus par une langue étrangère et par des habitudes inconnues et exaspérantes... Ils avaient été jeunes un jour, eux aussi – même si Nestor avait bien du mal à le concevoir – et ils avaient dû grandir sans jamais faire de rêve suffisamment cauchemardesque pour imaginer finir leurs jours comme ça... Comment avait-il pu les *détester* comme il l'avait fait ce matin – ou, tout bien réfléchi, trente secondes auparavant? Maintenant, il se sentait coupable... Son cœur était rempli de pitié... Il était jeune, il pouvait encaisser... même l'avalanche de coups qu'il s'était prise aujourd'hui – parce que sa vie ne faisait que commencer... et que Magdalena serait là.

Il leur sourit. «Tu sais quoi, Yeya! Tu es superbe! Vrai de vrai, *franchement* superbe!»

Yeya lui jeta un regard mauvais. «Où étais-tu passé, *toi*, ce matin?»

Elle n'allait quand même pas remettre ça! En insistant comme ça sur *toi*, elle lui faisait clairement comprendre que ce n'était pas une question... plutôt une nouvelle petite croix noire à côté de son nom.

« Et puis, j'aime beaucoup ta guayabera, Yeyo, reprit Nestor. Tu as dû la faire *faire*, non ?

— Toi, tu n'as *pas* dû... »

Nestor l'interrompit, involontairement en fait. Les remords et la pitié lui faisaient dire n'importe quoi. « Tu sais quoi ? Vous êtes assortis, Yeya et toi ! »

Yeyo inclina la tête sur le côté et lança à Nestor un de *ses* regards mauvais. Il mourait d'envie de remettre ça, lui aussi, mais le gosse n'arrêtait pas de lui passer la brosse à reluire.

Nestor ne voyait pas du tout les choses comme ça. Son cœur débordait de pitié... et de bonne volonté. Magdalena serait là.

Les invités commencèrent à arriver un peu après deux heures... Pas étonnant que Mami ait commandé un cochon de cinquante kilos... Seigneur ! Ils arrivaient par sections... par bataillons... par hordes... des arbres généalogiques au grand complet. Yeya se tenait avec Mami dans leur salon exigu. La porte d'entrée donnait directement dessus. Nestor traînait au fond de la pièce... à trois mètres et demi, quatre mètres au moins de la porte d'entrée. Ça n'allait pas être une partie de plaisir... tous ces membres de la tribu gloussant, fulminant et savourant ce délicieux ragot – *dans notre propre famille !*... Je n'arrive pas à croire ça de la part de Nestor, le *fils* de Camilo le cousin de Papa... et patati et patata... patata patata...

Le premier à arriver fut son oncle Pedrito, le frère aîné de Mami, avec sa famille. Sa *famille* ? Toute une *population*, oui !... Il y a Oncle Pepe et sa femme, Maria Luisa, et puis le père et la mère de Mami, Carmita et Orlando Posada, qui vivent chez eux, et les trois fils adultes d'Oncle Pepe et de Maria, Roberto, Eugenio et Emilio, leur fille Angelina et son second mari, Paco Pimentel, et les cinq enfants qu'ils ont à eux deux, et puis aussi les femmes et les enfants d'Eugenio, de Roberto, d'Emilio et... patati patata...

Les adultes serrèrent Yeya dans leurs bras et l'embrassèrent et en firent des tonnes... Les enfants marmonnaient entre leurs dents et subissaient les baisers mouillés de la balafre buccale écarlate de

Yeya... tout en se disant, « Bêêêêrk ! *Jamais* je ne deviendrai une vieille baveuse dégueu comme *elle* »... mais surtout, ils sentaient l'odeur du cochon rôti, et *ça* ils savaient ce que c'était !... dès qu'ils furent libérés, ils traversèrent la casita à fond de train jusqu'au jardin où, sans nul doute, Moi, Camilo leur dirait « Venez à moi petits enfants... et voyez comment *un homme un vrai*... fait rôtir un cochon. »

Un des garçons, un des petits-fils ou arrière-petits-fils de Tante Maria Luisa, Dieu sait lequel, il devait avoir sept ou huit ans, fila comme un lapin avec les autres puis s'arrêta brusquement devant Nestor et leva la tête vers lui, bouche ouverte, regard fixe.

« Salut ! lança Nestor de la voix qu'on réserve aux enfants. Tu sais ce qu'il y a au jardin ? » Il lui adressa le sourire qu'on réserve aux enfants. « Un *cochon* entier ! Grand COMME ÇA ! » Il écarta les bras comme des ailes pour bien lui montrer à quel point il était énorme. « Il est plus grand que *toi* et pourtant, tu es un grand garçon ! »

L'expression du petit ne changea absolument pas. Il continuait à le regarder d'un air idiot, bouche bée. Puis il parla : « C'est vraiment toi qui l'as fait ? »

La question troubla tellement Nestor qu'il ne put que bafouiller, « Fait *quoi* ? – *qui* a dit – non, ce n'est pas moi qui l'ai *fait*. »

Le petit mit une seconde à digérer la réponse avant de répliquer, « Mais si, c'est *toi* ! » – et de se précipiter vers le fond de la casita.

Arrivèrent alors d'autres clans, tribus, hordes, les bataillons. La moitié d'entre eux franchissaient la porte d'entrée, le cherchaient des yeux, le repéraient, échangeaient des chuchotements – puis se détournaient et ne lui accordaient plus un regard. Certains des hommes plus âgés pourtant estimaient, à la cubaine, que le devoir leur imposait de fourrer leurs gros nez dans cette affaire et d'appeler un chat un chat.

Le cousin par alliance de son oncle Andres, Hernán Lugo, un sacré frimeur celui-là, s'avança l'air sévère, « Nestor, tu estimeras peut-être que ça ne me regarde pas, mais ça *me* regarde, parce que je connais des gens qui sont encore coincés à Cuba – je les connais personnellement – et je sais ce qu'ils endurent, et j'ai essayé de les aider, et je les *ai* aidés, de bien des manières, alors permets-moi de te poser une question d'homme à homme : OK, théoriquement, ils avaient le droit de faire ce qu'ils ont fait, mais je ne comprends pas – je ne *comprends* pas – comment tu as pu accepter qu'ils se servent de *toi* de cette façon-là. Comment est-ce que tu as *pu* faire une chose pareille ?

— Écoutez, Señor Lugo, on m'a envoyé au sommet de ce mât pour convaincre le type de descendre. Il était tout en haut...

— Bon sang, Nestor, tu ne parles pas assez bien l'espagnol pour convaincre qui que ce soit de descendre *d'où* que ce soit. »

Nestor vit rouge, vit littéralement un film rouge lui couvrir les yeux. « Mais justement, j'aurais eu besoin de vous, Señor Lugo. Vous m'auriez été d'un grand secours ! Vous auriez pu grimper à cette corde de vingt mètres, jusqu'en haut, sans les jambes, y arriver plus vite, et vous auriez pu vous approcher de lui comme je l'ai fait et voir sa tronche affolée et entendre sa voix paniquée et voir qu'il était à deux doigts de dégringoler d'une sellette grande *comme ça* et de faire une chute de vingt mètres – et de s'écrabouiller sur le pont comme une citrouille ! Et vous auriez pu me dire que ce mec était fou de panique et qu'il allait *crever* s'il restait là-haut une minute de plus ! Vous auriez pu *voir sa gueule* en gros plan et – *entendre sa voix* de vos propres oreilles ! Vous avez déjà vu quelqu'un qui a perdu les pédales, qui les a *vraiment* perdues ? Un pauvre con qui ouvre le couvercle de son propre cercueil ? Si vous voulez aider les Cubains... pourquoi est-ce que vous restez assis sur votre gros cul dans un bureau climatisé ?... Allez, allez voir le... le... le monde réel pour la première fois de votre vie ! Bougez-vous, putain ! Bougez-vous au lieu de dire des conneries ! »

Señor Lugo regarda Nestor pendant une seconde encore, pas davantage, puis il baissa la tête et s'enfonça dans les profondeurs de la casita.

:::::: *Merde.* Quel con ! Cette fois-ci, c'est moi qui ai perdu les pédales. Ce vieux salopard – il est avec eux maintenant et il leur raconte tout, « Faites gaffe ! Ne vous approchez pas de lui ! C'est un chien enragé ! »... Mais quand même... voir la trouille sur sa tronche... ça valait presque le coup. ::::::

Il en avait ras le bol de tous ces gens. :::::: Même s'ils cherchent à discuter, poliment ou non, je ne dirai plus un mot, et je ne me casserai pas non plus. Je serai là à l'instant précis où Magdalena entrera. ::::::

Les sections, les brigades, les bataillons, les clans, les tribus, les termites de l'arbre généalogique qui étaient rassemblés autour de lui ici, dans la pièce de devant archi-bourrée... à picoler de la bière au goulot et à brailler à tue-tête. Un boucan d'enfer! Et puis quelle atmosphère sympa... personne ne voulait lui parler ni croiser son regard ni prendre note de sa présence, et moins encore le montrer.

:::::: Très bien, puisque j'existe si peu que vous ne me voyez même pas, ça ne vous fait rien que je passe au milieu de vous pour rejoindre la porte d'entrée? ::::::

Et il entreprit de se frayer un chemin à travers la foule, ses lunettes de soleil de flic sur le nez, sans regarder personne, flanquant un coup d'épaule dans la cage thoracique de celui-ci par-derrière, un coup de coude dans... – «Ooooouf» – le ventre de celui-là en marmonnant «Je ne fais que passer, je ne fais que passer», sans s'arrêter un instant pour se retourner vers les membres de la tribu qu'il avait abattus, savourant leurs objections interloquées, les *Hé*, les *Aïe*, les *Hé, attention à son*... :::::: Qu'ils me prennent pour un bourrin, qu'est-ce que j'en ai à battre? De toute façon, ils pensent déjà pis que pendre de moi. ::::::

Exhiber une nouvelle fois ses muscles lui inspirait un plaisir sombre, contreproductif mais tout de même satisfaisant. Pourtant, dès qu'il eut franchi la porte d'entrée – il ne resta aucun plaisir, sombre ou autre, ni aucune crainte. Il était vide...

Durant les quelques instants qu'il lui fallut, avec ses lunettes noires de flic et le reste, pour s'adapter au soleil grilleur-d'yeux tueur-de-béton d'Hialeah, il prit vaguement conscience que quelqu'un traversait la rue, là, au milieu du pâté de maisons, mais il ne distinguait qu'une silhouette floue.

La seconde suivante, une apparition – *Magdalena*.

Elle marchait droit vers lui, le regardant en face avec ce sourire bien à elle dans lequel il avait toujours vu une invitation... à d'indicibles délices... la courbure de ses lèvres – *pure espièglerie*... la manière dont ses cheveux ruisselaient en épaisses vagues soyeuses jusqu'à ses épaules... son haut en soie blanche sans manches échancré si bas sur l'avant qu'il apercevait le galbe intérieur de ses seins... et *plus*... son bas-ventre lui envoya un signal d'alarme... ses jambes parfaites et élancées, ses cuisses, ses hanches, il aimait tout chez elle, l'adorait, l'idolâtrait.

128

Il bredouilla « Manena – je n'y croyais plus ! »

Magdalena se glissa entre la camionnette FUMIGADORES de Moi, Camilo et une Taurus antédiluvienne rangée juste devant, elle monta sur le trottoir, et le soleil explosa sur le miroitement de soie blanche qui lui couvrait à peine les seins et sur les vagues de ses cheveux, assez longs, assez épais, assez doux pour – pour – pour... Elle s'approcha à un mètre de Nestor, souriant toujours de ce sourire qui promettait... *tout...* le souffle court.

« Je suis vraiment désolée, Nestor ! J'ai bien failli ne pas pouvoir venir du tout ! J'étais à l'hôpital. Je n'ai jamais roulé aussi vite...

— Oh, Manena... » Nestor secoua, la tête, refoulant ses larmes.

« ... vite de ma vie ! En plus, je n'ai pas trouvé de place de stationnement, alors je me suis mise juste là. » D'un petit balancement de la tête, elle indiqua un endroit derrière elle.

« Oh, Manena, si tu n'étais pas venue du tout... » Nouveaux hochements de tête, nouvelles larmes qui s'accumulaient sur l'étroite corniche où ses paupières inférieures touchaient les globes oculaires – à la place des mots qu'il ne savait comment prononcer. « Manena, tu ne peux pas imaginer ce que j'ai subi... ma propre famille, ma propre famille, putain ! »

Il jeta un coup d'œil à sa montre. « *Merde !* Il va bientôt être l'heure que j'aille prendre mon service. »

Il se dirige vers elle. Il *faut* qu'il la serre dans ses bras. Il l'entoure de ses bras, elle l'entoure de ses bras ::::: mais *merde*, elle a passé les bras autour de mon *dos*. D'habitude, elle les passe autour de mon cou. ::::: Il essaie de l'embrasser, mais elle détourne la tête et chuchote, « Pas ici, Nestor – il y a du monde dehors... »

... la foule de la fête sans doute. Oui, elle a raison. Certains invités ont débordé de la pelouse à l'arrière de la maison et envahi l'allée. Mais *qu'est-ce* que ça pouvait faire ?

Il lâcha sa chérie et regarda sa montre d'un air résolu.

« *Merde*, Manena ! Je vais être en retard au boulot – et ma bagnole est à quatre rues d'ici !

— Oh... je suis vraiment désolée, Nestor. J'ai tout gâché... écoute, tu sais quoi ? Et si je t'accompagnais jusqu'à ta voiture ? Ça te ferait gagner un peu de temps. »

Dès qu'il eut pris place sur le siège passager, ce fut une litanie de ses malheurs. Un vrai torrent. Sans raison, sans la moindre raison, toute sa famille – putain, tout Hialeah ! – cherchait à le transformer en traître ! – en paria ! Il ouvrit les vannes.

Tout en conduisant, Magdalena fit un geste vers les rangées de casitas qui défilaient de part et d'autre. « Oh, Nestor, soupira-t-elle sans le regarder. Je te l'ai déjà dit. Hialeah n'est pas l'Amérique. Ce n'est même pas Miami. C'est un – bon, on ne peut pas parler de *ghetto*, mais Hialeah est... Hialeah est une toute petite boîte, et nous, on grandit là-dedans en croyant que c'est une partie normale du monde. Ce n'est pas vrai ! Ici, tu es dans une petite boîte ! Tout le monde fourre son nez dans ta vie, fourre son nez dans tout ce que tu essaies de faire, et ils meurent tous d'envie de cancaner et de raconter des histoires, en *espérant* que tu vas te ramasser. *Rien* ne peut leur faire plus plaisir que de te voir te ramasser. Aussi longtemps que tu *vis* à Hialeah et que tu *penses* comme on pense à Hialeah... aussi longtemps que tu t'imagines que la seule façon de sortir d'une casita minable c'est de te marier – qu'est-ce que c'est que cette vie ? Tu te laisses *conditionner* par eux au point que tes yeux ne *voient* même pas qu'il y a une vie en dehors d'une casita d'Hialeah. Je les connais, ceux qui sont chez toi en ce moment. Il y a tant de gens là-dedans qui te sont apparentés, qui font partie de toi, qui sont attachés à toi – on dirait une de ces plantes parasites avec toutes ces *vrilles* qui s'enroulent autour du tronc, puis s'enroulent autour des branches, et quand il n'y a plus de place sur les branches, elles s'en prennent aux bourgeons, aux feuilles et aux rameaux, et l'arbre vit dans un état de parasitisme complet... »

:::::: état de parasitisme ? ::::::

« ... ou alors il meurt. Écoute-moi, Nestor. J'ai beaucoup, beaucoup d'affection pour toi... »

:::::: « d'affection » ? ::::::

« ... et il faut que tu te sortes de ce piège le plus vite possible. Je discutais hier avec un médecin d'Argentine, et il me disait... »

:::::: C'est le moment ! :::::: Ils étaient à une rue de sa voiture. Il regarda encore sa montre. Le temps pressait. :::::: *Maintenant !* ::::::

Nestor se pencha au-dessus de l'accoudoir, posa la main sur l'épaule de Magdalena et la regarda dans les yeux de tout près et d'une manière si *humide* qu'il aurait fallu être franchement demeuré pour ne pas comprendre que ça allait se gâter.

« ¡*Dios mío,* Manena ! ... oh, mon Dieu, dit Nestor, on pense la même chose en même temps. Ça ne devrait pas m'étonner – mais c'est tellement incroyable ! »

Magdalena recula brusquement la tête.

« Chérie, poursuivit Nestor, nous éprouvons tous les deux les mêmes – je ne veux pas dire les mêmes sentiments, mais les mêmes – enfin, on *voit* tous les deux les choses de la *même façon.* Tu comprends ce que je veux dire ? »

Rien dans son expression ne semblait l'indiquer.

« J'y ai pensé toute la journée. Tu sais bien, on dit toujours, "Ce n'est pas le bon moment" ? Tu sais bien, on dit ça, hein ? Eh bien, Manena, je te le jure, je sais que ça y *est* ! *C'est* le bon moment ! Ce moment-ci !... Manena... marions-nous – maintenant – *tout de suite* ! Laissons tomber tout ça ! » – Il fit tournoyer son index en l'air comme pour englober Hialeah, Miami, le comté de Miami-Dade – « tout ça. Pourquoi continuer à attendre *le bon moment* ? On n'a qu'à foncer – tout de suite ! Quitter tous les deux ce... *tout ça !* Manena ! Je pars avec *toi* – là, maintenant. Qu'est-ce que tu en dis ? Je ne pourrais pas t'aimer plus que je ne t'aime – là, maintenant. On sait tous les deux que c'est le bon moment... *là, maintenant !* »

Pendant un instant, Magdalena se contenta de le dévisager... d'un regard vide. Nestor était incapable de déchiffrer quoi que ce soit dans son expression. Elle finit par murmurer « Ce n'est pas si simple, Nestor.

— Pas si simple ? » Il lui adressa son sourire le plus doux, le plus amoureux. « Ça ne pourrait pas être plus simple, Manena. Nous nous aimons ! »

Magdalena détourna la tête. Elle ne le regardait pas quand elle dit « Nous ne pouvons pas penser qu'à nous.

— Tu veux parler de nos parents ? Ils ne vont pas tomber des nues, tu sais. Ça fait trois ans qu'on est ensemble, et je suis sûr qu'ils savent – enfin, ils savent qu'on ne..., qu'on ne sort pas seulement ensemble. »

Cette fois, Magdalena le regarda droit dans les yeux. « Il n'y a pas qu'eux.

— Qu'est-ce que tu veux dire?»

Elle hésita, mais garda les yeux rivés sur les siens. «Je vois quelqu'un d'autre... aussi.»

La voiture de Magdalena se transforma en capsule étanche. Nestor n'entendait plus qu'un bruit qui commençait à lui envahir la tête... on aurait dit la vapeur qui sort de ces énormes fers à repasser des pressings.

Sa voix s'éleva. «Tu viens bien de dire *aussi*?

— Oui.» Son faisceau laser ne dévia pas.

«Et qu'est-ce que ça veut dire, putain de merde?

— Ne parle pas comme ça.

— OK.» Il lui adressa un sourire sardonique qui dénuda ses dents du haut et transforma son front en rubans de rides. «Alors réponds à ma question, c'est tout.»

Le sourire fendit son armure. Elle se mit à battre des cils à toute allure. «C'est-à-dire que je vois d'autres gens, comme je te vois, toi.»

Nestor réussit à glapir un unique éclat de rire râpeux. La Magdalena d'acier ressurgit dans ses yeux. «Je ne veux pas te mentir. Je t'aime trop pour ça. Je t'aime, tu sais, c'est vrai. Mais j'ai décidé qu'il *fallait* que je te dise tout. Je n'ai jamais *voulu* te cacher *quoi que ce soit*. J'attendais juste le bon moment... Maintenant tu sais tout.

— Je sais... tout? Je sais... *tout*? Ce que je sais, c'est que tu me mènes en bateau, oui! Ce que je sais, c'est que tu ne m'as absolument rien dit, bordel de merde!

— Je te l'ai dit! Ne parle pas comme...

— Et pourquoi? Parce que tu es une trop grande dame, bordel? Parce que tu m'*aimes*, bordel? Arrête tes conneries!

— Nestor!»

Il lut le dégoût, la colère dans ses yeux. Mais il vit aussi qu'elle avait peur d'ajouter un mot.

«T'EN FAIS PAS! J'ME CASSE!» Tellement hors de lui que, malgré tous ses efforts, il ne pouvait empêcher sa voix de monter dans les aigus. Il ouvrit la portière, sortit, passa devant la voiture et s'arrêta, la regardant bien en face à travers le pare-brise.

«QU'EST-CE QUE T'ATTENDS! ÉCRASE-MOI! COMME ÇA TU SERAS DÉBAR-RASSÉE DE MOI!» Hors de lui, et il le savait et il ne pouvait rien y faire.

Il fit le tour jusqu'au côté du conducteur, le côté de Magdalena, se pencha et écrasa presque son visage contre la vitre. «DOMMAGE, C'EST TROP TARD... CONCHA!» Il avait vaguement conscience que des passants s'arrêtaient sur le trottoir d'en face, ébahis, mais il était incapable de baisser la voix. Il recula la tête, se redressa et continua à hurler en direction de Magdalena à une quarantaine de centimètres de distance. «VAS-Y! CASSE-TOI! CASSE-TOI D'HIALEAH! CASSE-TOI DE MA VUE!»

Magdalena n'attendit pas qu'il le répète. Le moteur vrombit, les pneus crissèrent, et la voiture sembla *bondir* en avant, comme un animal. Nestor suivit la bête des yeux millimètre par millimètre, il la regarda prendre l'angle sur deux roues dans un hurlement, pendant un horrible moment D'HORRIBLE CULPABILITÉ il crut qu'elle allait faire un tonneau :::::: OH, MANENA CHÉRIE! LA CRÉATURE LA PLUS PRÉCIEUSE DU MONDE! MON SEUL AMOUR! MA VIE – QU'EST-CE QUE J'AI FAIT?! JE T'AI TRAITÉE DE CONCHA DEVANT TOUT HIALEAH! Et maintenant, je n'aurai plus *jamais* l'occasion de te dire que je *t'adore*... que tu es *toute* ma vie! :::::: mais grâceàdieu, la voiture se redressa et disparut.

D'autres curieux s'étaient arrêtés. Il ferait mieux de se casser, lui aussi. Il monta dans la Camaro, mais au lieu de filer, il se cala contre le dossier. Ce ne fut qu'à ce moment-là qu'il se rendit compte que son souffle était précipité, qu'il avait du mal à reprendre haleine et que son cœur battait à tout rompre dans sa cage thoracique comme s'il éprouvait le désir pressant d'être ailleurs...

À travers le pare-brise, il voyait ce qu'il laissait derrière lui... d'interminables rangées de minuscules baraques grillant sur une plaine de béton aride et infinie... sentiment de culpabilité, impression d'avoir tout gâché, impuissance; les trois, impuissance, gâchis et culpabilité; mais le pire était la culpabilité.

5

Le Singe pisseur

Maurice Fleischmann, le gros ours milliardaire, défit ses boutons de manchettes et remonta sa manche aussi haut qu'il le pouvait pour permettre le passage de la seringue hypodermique... et comme toujours, il contracta ses muscles pour montrer à Magdalena que toute cette chair dissimulait une force et une vigueur d'ours... Comme toujours, Magdalena dit, «Détendez-vous, s'il vous plaît, monsieur Fleischmann», et il obéit, comme toujours, feignant d'ignorer combien de fois déjà ils avaient joué la même ouverture.

Il ajoutait souvent à cet instant une remarque suggestive, mais pas grossièrement suggestive... manière d'entrebâiller la porte, sans plus. Cette fois, ce fut «Jeune et jolie comme vous l'êtes, vous devez avoir un tas d'aventures. Racontez-moi ça, vous voulez?»

Magdalena essayait toujours de réagir comme s'il s'agissait d'une plaisanterie incroyablement spirituelle. «Oh, je ne suis pas sûre que vous le supportiez, monsieur Fleischmann.»

Il rit. *Oh, ce badinage!* «Mettez-moi à l'épreuve. Vous risquez d'être trrrrès surprise!» Rire, rire.

Oh, ce badinage! Et oh, c'était à vous donner la nausée – car chaque fois, à cet instant précis, elle lui enfonçait la seringue dans la graisse du bras et balançait dans son système sanguin une giclée de Deprovan, un «inhibiteur de libido»... pour réprimer le désir incontrôlé que lui inspiraient toutes les jolies filles et ses obsessions sexuelles... la pornographie en l'occurrence.

C'était tellement attristant en réalité que, comme une demi-douzaine de fois par jour au moins, Magdalena entreprit inconsciemment d'additionner les plus et les moins de son nouvel «emploi». Après avoir passé son diplôme d'infirmière à l'EGU, l'Everglades Global University, elle avait travaillé trois ans au Jackson Memorial Hospital. L'année dernière, elle était infirmière en chirurgie pédiatrique. Mais comment aurait-elle pu résister lorsqu'un des médecins les plus réputés de cet hôpital, l'un des plus grands et des plus réputés hôpitaux du Sud – le docteur Norman Lewis, le célèbre psychiatre – avait fait des pieds et des mains pour l'embaucher dans son cabinet privé? Elle en était tombée à la renverse. C'était tellement plus excitant! Il l'avait sortie du «ghetto» d'Hialeah puisque c'est ainsi qu'elle le considérait désormais, et lui avait fait découvrir la splendeur et le glamour du vrai monde qui s'étendait au-delà. Dans moins d'une demi-heure, *60 Minutes* – et pas seulement *60 Minutes*, mais la vedette de l'émission, Ike Walsh – serait là pour interviewer son patron sur... le Fléau Porno.

À peine Maurice Fleischmann fut-il reparti, à peine la porte du parking des Lincoln Suites se fut-elle refermée sur lui que le docteur Norman Lewis quitta son bureau et se dirigea vers elle, avec la face rayonnante de l'homme incapable de retenir son hilarité plus longtemps. Quand il arriva devant elle – *l'explosion.* Il fut pris d'un tel fou rire qu'il arrivait à peine à reprendre haleine le temps de souffler quelques mots haletants à Magdalena.

«Maurice Fleischmann! s'exclama-t-il en la prenant par la taille. Momo Iᵉʳ!... Le noble Visage de Miam*eeee ee ee ee eeaahhah*AHHHH *hock hock hock hock*» – halètement – «a *ssssur* le dos un costume de soie à 8 000 dollars confectionné récemment sur mesure dans Jermyn Street, à deux pas de Savile Row – *oh-oh-oh-ohhahh*HHHH *hock hock hock hock* s'est cru *obligé* de me le dire! de me montrer l'étiquett*ttttt-ahhhah*haHAHH *hock hock hock hock hock*» – halètement – et à chaque halètement, il resserrait légèrement sa pression autour de la taille de Magdalena. «Il mérite vraiment le putain de prix de la semaine *ahhh*HHHH *hock hock hock hock*» – halètement – un peu plus serré – «*"sssssi raffiné" ahh*HHHH *hock hock hock hock*» – halètement – encore un peu plus *serré* – «*Sss*ous ce joli costume la plus grosse merde que tu aies jamais vue uh uh uh uwahh*HHHH*» – halètement – plus serré – «Avoue que c'est un vrai zo*oooohhhh* ici *wh wh whouh*»

– halètement – encore plus serré... et encore plus – et il se mit à chanter « Ohhhh, we're off to the Hamburg Zoo – to see the elephant and the wild kangarooooo hock *hock hock hock!* » Il essaya de retrouver son souffle et de contrôler son hilarité... en vain. « Tu devrais voir ce qu'il a dans son caleçon ! » – halètement – « Son malheureux pénis – un petit machin rouge, tellement couvert de pustules d'herpès qu'on a l'impression de regarder une grappe de ballons ! Mais c'est une grappe de bulles de pustules de vésicules de *puuuuUUUUSTULESAHHHH hock hock hock ahhhHHHH !* » – halètement, suffocation – « Quel magnifique spécimen d'humanité ! Ça enfonce vraiment tout » – halètement – « Ça enfonce tout t*ououock hock hock hock hock hock* je ne voulais pas faire de jeu de mots, je te jure... je ne cherchais pas à être amusant. »

L'éminent docteur Lewis finit par se reprendre, mais il garda le corps de Magdalena étroitement serré contre le sien, côte à côte. « Pauvre connard... chaque fois qu'il se masturbe, l'herpès s'aggrave et de nouvelles grappes de pustules apparaissent – et si tu t'imagines qu'il aurait assez de volonté pour se déconnecter et arrêter de regarder ces mecs et ces nanas s'acharner à fourrer ceci et cela et je ne sais quoi encore dans tous les orifices du corps humain – et cesser de torturer son pauvre petit sexe maltraité, tu rêves... Attends une minute ! Il faut que je te montre ! J'ai pris des photos... »

Il la lâcha et se précipita dans son cabinet. Le rire du docteur Lewis – à ses propres blagues ou à celles des autres –, sa bonne humeur, son espièglerie, son énergie s'enflaient et débordaient, une inondation éclair qui emportait Magdalena irrésistiblement... Fallait-il vraiment qu'il lui confie les secrets intimes de la vie de ses patients ? Mais que pesaient ses petits scrupules importuns par rapport à la grandeur du docteur Norman Lewis ? D'un moment à l'autre – *d'un moment à l'autre !* – 60 Minutes serait là pour que Norm les informe de l'actualité la plus brûlante du « Fléau Porno » – *60 Minutes !* – et Norman s'emballait pour les photos du bas-ventre ravagé de ce pauvre Mr Fleischmann – comme si *60 Minutes* et Ike Walsh étaient le dernier de ses soucis – *le dernier de ses soucis !*

Magdalena était paniquée *pour* lui – elle s'écria, « Norman, tu me montreras ça plus tard ! *60 Minutes* va être là d'un moment à l'autre, ils peuvent arriver là, tout de suite ! »

Le docteur Norman Lewis s'arrêta sur le seuil de son bureau, se retourna et dit «Oh, ne t'en fais pas, chérie. Il leur faudra une bonne heure pour tout installer.» Il sourit à Magdalena dans une petite torsion cynique des lèvres. «C'est une bande d'elfes syndiqués. Quoi qu'ils fassent, il leur faut deux fois plus de temps qu'à des elfes normaux. *Qu'ils* aillent se faire foutre. Il faut absolument que tu voies Momo Ier *à poil** !

— Mais, Norman ! Ike Walsh...

— *Qu'il* aille se faire foutre, comme les autres. L'exemple parfait du syndrome du Singe Pisseur, ce type.» Et il se retourna pour entrer dans son cabinet.

Qu'*ils* aillent se faire foutre... *Ils* n'étaient rien moins que l'émission d'information championne de l'audimat. Qu'*il* aille se faire foutre... *Il,* Ike Walsh, n'était rien moins que la plus grande vedette des émissions d'infos. «Le Grand Inquisiteur», voilà comment on l'appelait. Quand elle regardait Ike Walsh à la télé, Magdalena était fascinée mais terrifiée. C'était une brute. Il avait le chic pour harceler ses invités jusqu'à ce qu'ils craquent. :::::: Mais mon Norman ne voit en lui qu'un pauvre type atteint du «syndrome du Singe Pisseur». Le syndrome du Singe Pisseur? Qu'est-ce que c'est que ce machin-là? :::::: Il ne lui en avait encore jamais parlé... Le syndrome du Singe Pisseur.

Elle savait qu'il était pressé, mais ne put résister à l'envie de lui poser la question. «Norm! cria-t-elle dans son dos. C'est quoi, le syndrome du Singe Pisseur?»

Le docteur Lewis s'arrêta de nouveau sur le seuil de son cabinet et se retourna encore. Il poussa un soupir qui signifiait clairement «Je ne peux pas croire que tu ignores ce qu'est le syndrome du Singe Pisseur», et répondit du ton de celui qui doit faire appel à toute sa patience, «Je suppose que tu sais que les singes font d'abominables animaux de compagnie. OK?»

Magdalena n'avait jamais entendu personne dire *quoi que ce soit* sur les singes de compagnie, mais elle hocha la tête en signe d'approbation, craignant de le pousser à bout.

«Admettons qu'un type décide tout de même d'en adopter un, un petit singe, un petit singe tout mignon, un atèle par exemple, OK?»

Magdalena ne put qu'acquiescer docilement.

«Bien, ce singe, si c'est un mâle – dès qu'il peut monter assez haut – et ils grimpent sur n'importe quoi – va se mettre à uriner sur ta tête. OK?

— Uriner sur ma *tête*?

— Parfaitement. Enfin, uriner sur la tête du type. La tête du *type*. Il ne s'intéresse pas aux femmes. Il va uriner sur la tête du type et puis grimacer et faire "HII HII HII HII HII". Il rigole, il se fout de toi, il te fait savoir que tu es une vraie lopette. Il va te pisser sur la tête jour et nuit... quand tu es au fond de ton lit et que tu dors à poings fermés, quand tu te lèves pour aller aux toilettes, quand tu t'habilles pour aller au boulot, n'importe quand – *tout* le temps... Inutile d'essayer de faire ami-ami avec ce petit salopiot, inutile d'essayer de le cajoler ou de lui roucouler des mots doux, inutile d'essayer de t'insinuer dans ses bonnes grâces en lui servant de fabuleux festins de singe, pommes, raisins secs, céleri, noisettes, noix du Brésil, tous ces machins dont les singes raffolent. Tout ce que tu pourras imaginer pour lui faire plaisir ne fera qu'aggraver la situation. Il te prendra pour une *indécrottable* chiffe molle. OK? Le seul truc qui marche, c'est d'attraper le petit salopiot pendant qu'il est devant sa gamelle à s'empiffrer et de le balancer dans les toilettes, et alors, pendant qu'il se débat dans l'eau, qu'il est complètement désorienté et incapable de se hisser hors de la cuvette parce qu'elle est trop lisse, *toi*, tu *lui* pisses dessus. Tu l'inondes, tu vides sur lui jusqu'au dernier millilitre de ta vessie. Ce putain de singe va se croire pris sous une mousson de pisse. Le ciel tout entier, le monde tout entier lui pisse dessus. Il manque d'air, il est entouré de vapeurs de pisse. Au début, il va faire "HII HII HII HII HII" – il est fou de rage – puis son ton va changer pour ressembler à un appel au secours... puis il va ralentir "HII... HII... HII... HII...", puis le niveau de décibels va baisser et il ne restera plus qu'un pathétique petit gémissement, "hii... hii... hii... hii" et le lendemain, il se pelotonnera sur tes genoux comme un petit minou et te *suppliera* presque de le caresser et de lui roucouler des mots doux. Tu lui auras montré qui est le patron. Tu lui auras montré que c'est *toi*, le mâle alpha, et pas lui. Et ça, c'est le portrait craché de ton Ike Walsh de *60 Minutes*... C'est un petit singe pisseur.»

Sur ce, il s'engouffra dans son cabinet.

:::::: *Ike Walsh est un petit singe pisseur!* Et il s'apprête à être *interviewé* par Ike Walsh! :::::: Magdalena n'avait jamais entendu Norm tenir de propos aussi méprisants, pourtant, il lui était souvent arrivé de traiter les gens de télévision en général d'enfants influençables et prompts à s'emballer, «incapables de la moindre réflexion conceptuelle».

Pour le moment, l'expression clé était *prompts à s'emballer*. Toutes les émissions d'actualité ne parlaient que des résultats d'une étude du National Institute of Health, l'Institut National de la Santé, révélant que soixante-cinq pour cent – soixante-cinq pour cent! – de l'ensemble des connexions internet concernaient des sites pornographiques. Le NIH – le gouvernement américain! – s'inquiétait de l'éventualité d'une pandémie d'addiction à la pornographie. Un simple penchant s'était transformé en crise de santé publique. «Ils ont zéro sens critique», aimait à dire Norman des minuscules cerveaux emballés des gens de télé. Ce qui ne l'empêchait pas d'accepter de se produire dans leurs émissions. «Ils exploitent cette prétendue addiction à la pornographie», expliquait-il – sans jamais omettre le «prétendue» – «et moi, je *les* exploite.» Et ça, il le faisait comme un *chef*! Magdalena avait conscience de ne pas être tout à fait objective, mais franchement, Norman était super à la télévision... il était si calme, il parlait si bien, il savait tant de choses... tout en restant toujours jovial... et son physique! – mais voilà qu'il a l'intention de traiter l'animateur le plus féroce comme un minuscule singe pisseur?

Norman surgit à cet instant de son cabinet, radieux, rayonnant d'enthousiasme. *Dieu* qu'il était beau! Son prince *americano*! Les yeux bleus... les cheveux châtains ondulés – elle préférait les voir blonds... – grand, un peu corpulent peut-être mais pas vraiment... gros. Il avait quarante-deux ans, mais possédait des traits puissants et l'énergie d'un homme de trente ans... de vingt-cinq, même. Ses amies n'arrêtaient pas de ricaner, d'enrager et de lui rappeler qu'il avait presque deux fois son âge... mais elles n'avaient pas la moindre idée de la vigueur, de la force et de la joie de vivre de Norman. Quand ils se levaient le matin, nus tous les deux – elle n'avait encore jamais dormi dans cette tenue avec personne –, elle ne pouvait que constater que sous le bon et sain... rembourrage... il était vraiment bien bâti. *blip* Nestor ne mesurait qu'un mètre soixante-dix et il était tout *bosselé* de muscles ici là partout... bosselé!... parfaitement *grotesque!...* *Les cheveux de Norman,* tellement épais, ondulés et blonds... – *blonds!* elle insistait... faisaient paraître ridicules tous ces muscles «découpés», toutes ces «tablettes de chocolat» dont Nestor faisait si grand cas. Et elle vivait avec cet idéal *americano!* S'il existait un homme plus profondément *non Hialeah,* plus intégralement *au-dessus* d'Hialeah, occupant une sphère plus élevée, plus intellectuelle, elle ne voyait pas qui. Le monde entier s'ouvrait à elle. Bien sûr, il y avait des gens à Hialeah qui aimaient faire des blagues sur les *Americanos.* Mais au fond d'eux-mêmes, ils savaient bien que sortis de Miami, c'étaient les *Americanos* qui dirigeaient les choses... qui dirigeaient *tout.*

Norman était à côté de son bureau. Il posa une photo devant elle. «Regarde un peu, tu comprendras ce que je veux dire. "À moi la vengeance et la rétribution", dit le Seigneur. C'est l'épigraphe d'*Anna Karénine* d'ailleurs. Quoi qu'il en soit, le péché de notre gros ours est l'onanisme, et il n'échappera pas à la *rétribution.*»

Des commentaires de ce genre, qui venaient à Norman avec tant de désinvolture et de naturel, intimidaient affreusement Magdalena. Elle ne savait absolument pas ce qu'était une épigraphe. Le nom d'Anna Karénine lui disait vaguement quelque chose... un personnage de roman? Quant à l'*onanisme,* c'était le blanc total. Un sixième sens lui conseilla de ne pas insister sur *épigraphe* ni sur *Anna Karénine.* Ce qui touchait de près ou de loin à l'écriture, à la littérature, l'intimidait plus que tout. C'était son point faible, cette ignorance des livres qu'on était censé avoir lus, des artistes dont on était censé connaître les œuvres, des grands compositeurs – elle ne savait *rien* – sur *aucun* compositeur. Elle connaissait un nom, Mozart, mais ignorait tout de ce qu'il avait pu composer... Alors en un sens... elle était en terrain plus sûr avec *onanisme.*

«Onanisme?

— Masturbation», dit le docteur Lewis.

Il passa derrière son bureau, où elle était assise, pour observer la photographie sous le même angle qu'elle. Il posa les mains sur ses épaules puis inclina la tête jusqu'à ce que son menton repose dans le creux de sa clavicule et que leurs joues se touchent. Le parfum de son eau de toilette, Resolute for Men, lui chatouilla les narines. L'appartement de Norman à Aventura avait une immense salle de bains avec un vaste comptoir de marbre sous un mur entier de miroirs, et le matin, quand elle se dirigeait vers *sa* vasque à *elle*, le flacon trapu et viril de Resolute for Men de Norman était posé à côté de *sa* vasque à *lui*. La forme du flacon imitait une grenade à main... un objet très viril, bien sûr, pour vaporiser un doux parfum sur le doux visage fraîchement rasé et sur le cou d'un homme *blip* la salle de bains de ce pauvre Nestor dans la casita d'Hialeah... la malheureuse petite salle de bains en couloir sans fenêtre qu'il devait partager avec ses parents. Ce n'était guère qu'un placard avec une cuvette de W.C., une baignoire et un minuscule lavabo collés les uns contre les autres. La rouille avait rongé l'émail autour des robinets d'eau chaude et d'eau froide du lavabo. De la peinture d'une vilaine teinte verdâtre s'écaillait aux murs. Nestor et elle n'étaient restés seuls dans la casita qu'à deux reprises pendant les trois années où ils étaient sortis ensemble, pendant une demi-heure, pas plus, à chaque fois. Ils avaient dû trottiner à moitié voire complètement nus depuis sa chambre jusqu'à cette misérable salle de bains, terrifiés à l'idée que quelqu'un ne surgisse inopinément dans la maison, sa mère, son père, un parent, un voisin, et ne découvre leurs activités coquines. Oh mon Dieu – tellement coquines – et tellement, indiciblement excitantes !

Et oh, *mon Dieu* – comment pouvait-elle faire ça à Nestor ! Elle voyait son visage déformé crier « ¡ *Concha* ! » et n'arrivait même pas à y voir une insulte. Ce n'était que le cri blessé d'un Latin au cœur brisé. Aucun homme, aucun vrai Latino ne s'éloignerait sans réagir, assommé et muet, après une relation comme la leur. Mais comment aurait-elle pu l'éviter ? Il fallait bien qu'elle lui annonce d'une manière ou d'une autre que c'était fini. Elle le quittait, elle quittait Hialeah.

Serait-elle « restée à ses côtés » ce jour-là si elle avait su qu'il avait de gros ennuis pour avoir arrêté ce responsable de la dissidence cubaine et l'avoir en quelque sorte livré au gouvernement cubain ? Dieu merci, c'était une décision qu'elle n'avait pas eu à prendre. Elle ignorait tout des péripéties de la « carrière » de Nestor. Pendant des semaines, elle n'avait eu qu'une idée en tête : s'évader enfin d'Hialeah et de ce qu'elle considérait comme son « gros ventre cubain »... c'est-à-dire, avant tout, quitter la maison et quitter Nestor. Dieu merci, elle avait fait l'un et l'autre tant qu'elle en avait eu le cran !

Hialeah – cette petite capsule cubaine était toute la vie de Nestor. Oh, ce jour-là, il avait prétendu qu'il allait quitter Hialeah lui aussi, mais c'était sous le coup de l'émotion. Toute cette histoire retomberait comme un soufflé et on ne tarderait pas à l'oublier. Nestor ne serait jamais qu'un flic qui ferait ses vingt ans de service, et ensuite – quoi ? Sa belle et confortable pension de retraite ? Sa vie serait finie dans quinze ans, et il n'aurait que quarante ans. C'était regrettable... mais au moins, elle n'avait plus à lui mentir... et à faire comme si rien n'avait changé. Il fallait absolument qu'elle pense à le retirer de sa liste d'amis Facebook. Il n'était pas bon de le laisser regarder sa photo tous les jours, à chaque heure du jour, de le laisser rêvasser devant et soupirer après quelque chose qu'il n'aurait plus jamais. Ce serait cruel...

:::::: Allons, Magdalena, sois honnête avec toi-même ! Ce n'est pas ça qui te préoccupe vraiment, c'est... Une unique photo de toi en compagnie de Norm s'est retrouvée sur ta page, à ton insu, et tu as eu tellement la trouille de faire de la peine à Nestor que tu l'as retirée dès que tu as su qu'elle y était. Regarde la vérité en face. Tu veux que tout le monde sache que tu sors avec le docteur Norman Lewis ! Avoue-le ! En fait, tu *veux* sa photo sur toute ta page dès que ce *60 Minutes* avec le célèbre Ike Walsh passera à la télé. Vrai ou faux ? Tu *veux* qu'on sache que ce divin *Americano* blond aux yeux bleus, cet Homme Mûr prestigieux et célèbre est à toi ! :::::: Mais cette idée plaisante provoqua un nouvel élan de culpabilité à l'égard de Nestor. Leur relation était condamnée dès le départ à finir comme ça... et le plus tôt avait été le mieux. Elle n'avait pas trouvé le moyen de le lui faire savoir... pas de moyen *indolore*... C'était préférable comme ça, une rupture propre et nette. Oh, Nestor regagnerait vite le giron d'Hialeah, comme si de rien n'était...

« Allons ! dit Norman. Tu ne regardes même pas ! » C'était vrai. Ses mains glissèrent de ses épaules pour descendre sur son très convenable uniforme blanc d'infirmière. « Alors ? »

Elle regarda la photo, et... *uhrghhh,* quelle *horreur!* C'était une photo en couleurs du bas-ventre nu d'un homme... Des éruptions couvraient toute la région de l'aine et le sexe, atteint d'une terrible inflammation.

« C'est tellement... » – Magdalena aurait voulu dire « répugnant », mais curieusement, Norman paraissait si fier de sa photo – « c'est une photo vraiment horrible.

— Pas du tout, rétorqua le docteur Lewis. L'état dans lequel s'est mis notre très riche et très influent Maurice Fleischmann est peut-être horrible, mais ce n'est pas une photo horrible. À mes yeux, c'est une photo de première importance, un document extrêmement précieux pour notre profession.

— C'est Mr Fleischmann?

— En personne. Regarde ces longues jambes maigres.

— D'où vient-elle?

— Je l'ai prise personnellement il y a une demi-heure et je l'ai transférée sur l'ordinateur.

— Mais pourquoi est-il nu? »

Le docteur Lewis rit sous cape. « Parce que je lui ai demandé de se déshabiller. Je lui ai expliqué qu'il fallait que nous puissions établir une "chronologie visuelle" de l'évolution de son état. "Une chronologie visuelle", voilà ce que je lui ai dit. » Il se remit à pouffer, frôlant l'éclat de rire. « Et je lui ai demandé d'emporter cette photo et de la regarder chaque fois qu'il sera tenté de céder à sa prétendue addiction. Sur ce point, je ne plaisante pas vraiment. Mais avant tout, j'ai pris cette photo pour ma monographie.

— Ta monographie? Quelle monographie? » Elle hésita. Elle se demanda si elle pouvait se permettre de révéler un peu plus de son ignorance – et poursuivit courageusement. « Norman... je ne sais même pas ce qu'est une monographie.

— Une monographie est un traité – tu sais ce qu'est un traité?

— Plus ou moins, oui. » Elle n'en avait pas la moindre idée, mais Norman avait posé la question sur un ton qui laissait entendre que c'était un mot que toute personne instruite se devait de connaître.

« Eh bien, une monographie est ce qu'on pourrait appeler un traité très détaillé, hautement scientifique qui en dit plus long qu'on ne voudrait vraiment en savoir sur un sujet extrêmement précis, en l'occurrence le rôle de la masturbation dans la prétendue addiction à la pornographie. Je veux que cette monographie soit si détaillée, si dense, si bourrée... *gonflée* même... de documentation, et notamment de photos du bas-ventre du genre de celui de Mr Miami, que tu auras la migraine simplement en essayant de la lire. Je veux que ce machin soit si... *dense* que tout scientifique qui le lira intégralement – tout scientifique, tout médecin, tout psychiatre, tout professeur de faculté de médecine – je veux que ces salauds hurlent de douleur devant la masse et la minutie des détails cliniques, séchés et compactés en briques, que le docteur Norman Lewis leur colle dans les gencives.

— Mais pourquoi veux-tu faire une chose *pareille*?

— Parce que figure-toi que je sais parfaitement que ces connards de jaloux commencent à me traiter de "schlockteur". »

Magdalena le regarda fixement. Elle ne pouvait se résoudre à poser une nouvelle question susceptible de révéler l'ampleur de ses lacunes.

« *Schlock* est un mot yiddish qui veut dire bon marché, de la camelote si tu veux, poursuivit Norman, et plus particulièrement des articles de mauvaise qualité qu'on fait passer pour du haut de gamme. Un schlockteur est donc un docteur qui démontre qu'il n'est qu'un pseudo "expert", un charlatan à deux balles, en participant à des émissions de télé comme *60 Minutes* et en présentant des sujets complexes sous une forme tellement simplifiée que des millions d'imbéciles auront l'impression de les comprendre. Pure jalousie, bien sûr. Mes vertueux collègues aiment à se considérer comme les détenteurs de mystères exclusifs, planant sur des cimes à jamais inaccessibles aux millions d'imbéciles. Tout médecin qui passe à la télé et tend à dévoiler un peu de ces secrets passe automatiquement pour un apostat minable » – Magdalena laissa passer *apostat* d'un regard vide – « qui fait commerce de ces mystères en échange d'une forme de célébrité vulgaire. Ma monographie les mettra K.O. *Elle*... leur sera tellement... *supérieure*. Je vais l'intituler quelque chose comme "Le Rôle de la Masturbation dans l'Addiction à la Pornographie" – "addiction" entre guillemets bien sûr – ou peut-être "L'Action de la Masturbation dans l'Addiction à la Pornographie". "Action" est un terme universitaire très en vogue ces derniers temps parmi les détenteurs de mystères. Enfin – la masturbation. Il y a bien des médecins, et même de nombreux psychiatres qui ne pigent pas. Personne ne devient "pornodépendant" sans elle. Autrement, un pauvre connard comme notre distingué Mr Miami se lasserait vite de regarder des filles avec des pines dans la bouche. Mais s'il peut garder la main sur son petit manche à balai et arriver plusieurs fois à l'orgasme, son "addiction à la pornographie" ne connaît plus de limites. Un branleur – pardon pour le jeu de mots – comme Momo Ier n'a peut-être pas l'air de grand-chose, mais il est capable d'éjaculer jusqu'à dix-huit fois par jour assis devant son ordinateur à regarder des cochonneries en ligne. Dix-huit fois ! Je parie que tu ne te serais jamais doutée qu'un type en était capable ! Eh bien, c'est le cas de notre cher Maurice Fleischmann ! Et il n'arrive pas à s'arrêter, même quand son bas-ventre ressemble à… *ça.* »

Magdalena avait toujours les yeux sur la photo, et c'était *vraiment* une horrible photo, quoi qu'en dît Norman –, mais voilà qu'il entreprit de défaire le haut boutonné jusqu'au cou de son uniforme d'infirmière modeste et sage. Elle est assise à son bureau comme une professionnelle, une infirmière, ce qui rend tout ça encore plus… *coquin. 60 Minutes* doit être à deux pas de la porte – *d'un instant à l'autre !* Son rythme cardiaque s'accélère – pendant que Norman continue à parler d'une voix parfaitement normale. « … et il demande à son assistante de ne le déranger sous aucun prétexte, de ne lui passer aucun appel, même de sa femme, même d'une de ses filles – il ne faut *pas* le déranger. Même pas elle, son assistante, et il tourne le dossier de son gros fauteuil pivotant de luxe, recouvert du cuir le plus doux, le plus crémeux, il se renverse le plus en arrière possible, il défait sa ceinture et sa fermeture Éclair, descend son pantalon et son caleçon sous les genoux et sa pauvre petite queue sanglante et ravagée se dresse, et il fait la seule chose qu'il puisse faire. Il serre les dents, il *bouffe* la douleur, toute crue, et en un rien de temps, il arrive à ce petit spasme qui constitue désormais tout sa vie – il me *raconte* tout ça… comme si j'avais vraiment *besoin* de tous ces détails pour le soigner – *moiaahhh !* » Une nouvelle crise de rire l'emporta.

Magdalena demanda : « Tu es sûr que c'est bien, de me raconter tout ça sur lui ? »

Le docteur Norman Lewis continuait de lui caresser les seins. *60 Minutes!* D'une seconde à l'autre!

« Ahhahaaaaahh je ne vois pas pourquoi je ne devrais pas, dit-il en essayant de réprimer son rire. Nouou ouou nououahhhhʜʜʜ *hock hock* hock nouuous sommes deux professionnels diplômés travaillant sur son cas, pas vrai? *Hock hock hock hock hock hock ahhhʜʜʜ Hock hock hock hock.* »

Il était toujours penché au-dessus de son siège. Il en fit alors le tour pour pouvoir la regarder dans les yeux. Il l'embrassa et suça chacune de ses lèvres très délicatement avant de poursuivre comme s'il n'était question de rien d'autre dans cette pièce que d'élucider les symptômes comportementaux du cas de Maurice Fleischmann.

« Au moment où il arrive à l'orgasme, au moment où tous les hommes arrivent à l'orgasme, le moindre neurone, la moindre dendrite de l'excitation qui un instant auparavant encore gorgeait de sang son organe reproducteur... se volatilise – *se volatilise!* – d'un coup, toute cette *pulsion* monomaniaque est dissipée. Comme si elle n'avait jamais existé. Il ne peut même plus éprouver de *désir*, notre viril Maurice Fleischmann. Il n'est plus que business. Il remonte son caleçon, il remonte son pantalon, il remonte sa fermeture Éclair, boucle sa ceinture, se lève et remet ses vêtements en ordre... et regarde par la fenêtre d'un côté, de l'autre pour vérifier que *quelqu'un* au-dehors n'aurait pas *éventuellement* pu le voir, puis il appuie sur un bouton, et son assistante, dans l'antichambre, prend le combiné, et il lui dit qu'elle peut recommencer à lui passer les appels, et il se remet au travail en se demandant comment ce qui vient d'arriver... est arrivé... Il se remet au travail jusqu'à ce que son organisme se réveille, et ces intervalles sont de plus en plus brefs, et dès qu'il se réveille, il tourne son fauteuil pivotant pour être dos à la porte et se colle de nouveau à l'écran. C'est tellement facile de se connecter à un site porno! Il n'a rien à payer à personne, il n'a pas à donner son nom ni son adresse email. Tout ce qu'il a à faire, c'est se brancher sur Google et taper www.dunemain.com, appuyer sur ʀᴇᴄʜᴇʀᴄʜᴇ et le voilà de retour au pays enchanté, sa petite Excalibur verruqueuse est à nouveau verticale et pleine d'entrain, un menu sexuel s'affiche à l'écran, tout ce qu'il veut, sodomie, fellation, cunnilingus, coprophilie – oh, chiche! – et toute son existence terrestre n'est plus qu'*attente* du *spasme*. Plus rien d'autre n'a de réalité! Le laps de temps entre ces visites au pays du plaisir est de plus en plus court, il ne peut plus rien faire d'autre et les gens commencent à se plaindre de ne plus arriver à obtenir de rendez-vous avec notre éminent Mr Maurice Fleischmann. Évidemment, il ne peut pas les recevoir! Il est trop occupé à s'auto-détruire!

— Et tout ça se passe dans un *bureau* ? demanda Magdalena.

— *Essentiellement* au bureau. Faire ça à la maison pose toutes sortes de problèmes... et présente trop d'obstacles. La femme, les enfants, l'absence totale de solitude. Vois-tu, si notre cher Maurice décidait d'aménager une petite chambre où il jouirait d'une intimité *complète*, juste son ordinateur et lui, cela éveillerait les soupçons, et tu peux être sûre que sa femme finirait par tout découvrir. Crois-moi, elle le *ferait*. »

Une des mains du docteur Lewis, toujours glissée à l'intérieur de sa robe, commence à descendre, caressant le bas de son abdomen par ici, par là. Puis deux doigts s'introduisent sous l'élastique du haut de son slip, déjà à peine existant.

«Et ça lui prend *tant de temps*? » demanda Magdalena. Son cœur s'était emballé. Les mots sortirent de sa gorge dans un étrange chuchotement rauque.

Le docteur Lewis n'éprouvait manifestement pas le même embarras. «Oui, bien sûr. Réfléchis un peu. Maintenant, son cycle est de dix-huit fois par jour, essentiellement au bureau. Il ne lui reste pas de *temps* pour autre chose, et il ne peut pas se *concentrer* sur autre chose. Il ne dispose que des intervalles durant lesquels il recharge ses batteries avant de nouveaux spasmes. Le reste – s'il ne peut pas s'en occuper de façon routinière, mécanique – ne se fait pas. Il est dans un autre monde, complètement déconnecté, dans le monde de l'Onanisme.

— L'onanisme. » Magdalena ne put que le murmurer... d'une voix enrouée. Elle était tellement excitée qu'elle n'arrivait presque pas à parler.

Soudain, le docteur Lewis souleva sa chaise, avec elle dessus, et l'écarta à quatre-vingt-dix degrés du bureau...

«Norman! Qu'est-ce que tu fais?»

... et ne la reposa que lorsqu'il y eut suffisamment de place pour qu'il passe devant elle et se glisse entre ses jambes. Il ne dit rien, elle ne dit rien. Il baissa les yeux vers elle, avec l'amorce d'un sourire. Elle leva les yeux vers lui. Le docteur Lewis déboutonna sa blouse de coton blanc je-suis-un-médecin. Son pantalon kaki se renflait à l'entrejambe, à une quinzaine de centimètres au plus de son visage. Il commença à descendre la fermeture Éclair lentement lentement lentement. Il adressa à Magdalena un sourire roublard roublard roublard comme un adulte qui s'apprête à offrir à une petite fille un cadeau dont elle a toujours eu te-e-e-ellement envie. Lentement lentement lentement lentement roublardement la fermeture Éclair...

Un tintinnabulement grêle... Quelqu'un actionnait la sonnette d'entrée. On entendait des voix et des rires d'hommes sur le pas de la porte.

«Norman! C'est *eux*! C'est *60 Minutes*!

— *Maintenant*... pendant qu'ils attendent!» La voix du docteur Lewis était soudain plus nouée et plus essoufflée que la sienne. «Fais-le *maintenant*!

— Non, Norman! Tu es fou? Il faut que je les fasse entrer – en plus, je suis à moitié déshabillée! Ce n'est pas le moment!

— *C'est* le moment..., coassa le docteur Lewis. Pendant qu'ils sont... à... la... porte...»

Il avait beaucoup de mal à respirer. «Une occasion pareille ne se reproduira pas avant une éternité – jamais! Allez, *fais*-le!»

Avec un mouvement de recul, Magdalena repoussa sa chaise en arrière et bondit sur ses pieds. Son uniforme blanc d'infirmière était déboutonné presque jusqu'en bas. Elle se sentait complètement nue.

Norman avait encore les deux mains sur sa braguette. Il lui jeta un regard qui laissait entendre qu'il était... blessé... déconcerté... trahi.

«Mon Dieu, Norman, murmura Magdalena. Tu es *complètement* fou.»

L'interview eut lieu dans le bureau de Norman. Deux caméras étaient allumées, l'une braquée sur Norman, l'autre sur le Grand Inquisiteur, Ike Walsh. Ils étaient assis l'un en face de l'autre sur les chaises à dossier droit généralement réservées aux patients. Déjà au fait des manœuvres hostiles de l'Inquisiteur et largement parano à ce sujet, Magdalena se doutait que le but était d'empêcher Norman de prendre place derrière son grand bureau, avec son aura d'autorité. L'idée de ce que l'Inquisiteur allait faire subir à Norman l'inquiétait profondément. Après tout, c'était Ike Walsh le pro. Il n'en était pas à son coup d'essai. S'il décidait d'humilier Norman – après tous les grands discours que Norman avait tenus sur le Singe Pisseur, ce serait absolument atroce... Elle avait le cœur qui palpitait comme celui d'un oiseau.

Ike Walsh était beaucoup plus petit qu'il n'en donnait l'impression à l'écran. Il est vrai qu'il était toujours assis dans *60 Minutes*. Il n'en avait l'air que plus inquiétant, pourtant. Son teint éternellement bronzé, ses petits yeux d'acier, ses pommettes hautes, ses mâchoires puissantes et son front bas, une petite falaise de pierre sous une épaisse crinière de cheveux noirs, très épais, noirs d'encre – il avait l'air d'un *vrai* sauvage, à peine entravé par des vêtements civilisés, sa veste et sa cravate. Ces petits yeux étroits de robot ne cillaient jamais, mais ceux de Norman non plus, d'ailleurs. Celui-ci semblait très à l'aise – sur sa chaise de patient. Il arborait un petit sourire amical, accueillant. Le cœur de Magdalena battit encore plus vite. L'attitude détendue de Norman ne faisait que lui donner l'air encore moins sur ses gardes, plus vulnérable, plus frais et plus gras pour la curée.

Une sorte de réalisateur commença à compter, «six, cinq, quatre, trois, deux, un... on tourne.»

Walsh inclina la tête sur le côté, comme il le faisait systématiquement quand il s'apprêtait à piéger quelqu'un avant de lui porter l'estocade. «Bien, docteur Lewis, vous dites que l'addiction à la pornographie n'est pas une véritable addiction physique, comme l'addiction à l'alcool, à l'héroïne ou à la cocaïne...»

Il s'interrompit. Une lumière rouge s'alluma sur la caméra braquée sur Norman...

Norman prit la parole! «Je ne suis pas persuadé que la dépendance à l'alcool, à l'héroïne ou à la cocaïne soit physique au sens où vous entendez, me semble-t-il, le mot *physique*. Mais je vous en prie, poursuivez.»

Magdalena joignit les mains et les serra de toutes ses forces en retenant son souffle. Norman avait conservé son sourire accueillant mais il le modifia, imperceptiblement, en écartant les lèvres et en déplaçant latéralement la mâchoire inférieure, imperceptiblement, et... en clignant de l'œil du même côté, imperceptiblement – il *cligna* ! – il ne cilla pas – comme pour dire, « Je me demande si tu as la *moindre* idée de ce dont tu parles, mais je suis prêt à fermer les yeux là-dessus. Alors, je t'en prie, continue à patauger, mon petit gars. »

Walsh s'interrompit quelques instants de plus que Magdalena ne l'aurait prévu. S'interrogeait-il sur l'opportunité de jeter l'alcool, l'héroïne et la cocaïne dans la marmite ?

La tête toujours inclinée, il reprit : « Pourtant, quatre des plus éminents psychiatres et neurologues du pays – j'aurais même tendance à dire du monde – ne sont absolument pas de votre avis. » Il baissa les yeux vers les notes qu'il avait posées sur ses genoux. « Samuel Gubner de Harvard... Gibson Channing de Stanford... Murray Tiltenbaum de Johns Hopkins... et Ericson Labro de la Washington University – qui, comme vous le savez, vient d'obtenir le prix Nobel – sont parvenus les uns comme les autres à la même conclusion. L'addiction à la pornographie, le fait de regarder des vidéos pornographiques sur internet plusieurs heures par jour, provoque une réaction chimique qui *accroche* l'utilisateur de ces sites exactement de la même manière que les drogues dures *accrochent* le toxicomane. On observe une modification cérébrale très similaire. Ces quatre éminentes autorités s'accordent sur ce point à cent pour cent. » Le Grand Inquisiteur redressa alors la tête, avança sa mâchoire carrée en avant à la limite du prognathisme, étrécit encore ses yeux froids comme l'acier... et *frappa*. « Si je comprends bien, *vous* prétendez que le docteur Norman Lewis est plus compétent que ces quatre spécialistes – dont un prix Nobel – et que ceux-ci se trompent. Ils se trompent *tous*! C'est bien ce que vous dites, non ? C'est bien à cela que se résument vos propos ? »

Le cœur de Magdalena eut quelques ratés et sembla déraper à l'intérieur de sa cage thoracique. :::::: Oh, pauvre Norman. ::::::

« AahhhuhwaaaaᴀHHHH*Hock hock hock hock!* » Norman partit d'un éclat de rire plus tonitruant qu'elle n'en avait jamais entendu jaillir de sa gorge. Il rayonnait, manifestement au comble du ravissement. « Je connais ces quatre messieurs, et trois d'entre eux sont d'excellents amis ! » Il se mit à rire tout bas, comme si le fil de ses pensées était trop dense pour laisser place aux mots. « En fait, j'ai encore dîné avec Rick et Beth Labro il y a quelques jours. » Il pouffa encore, se renversa contre son dossier et arbora le plus grand, le plus heureux sourire du monde, comme si toutes les planètes se présentaient dans un alignement absolument idéal.

Magdalena n'en revenait pas ! « Il y a quelques jours » était un grand dîner de gala que l'Association psychiatrique américaine avait organisé au Javits Center de New York en l'honneur de « Rick » Labro et de son prix Nobel. Son « dîner avec Rick et Beth » avait consisté à faire le pied de grue en deux cent quatorzième position sans doute d'une file de quelque quatre cents personnes qui attendaient de pouvoir serrer la main à « Rick ». Quand Norman était enfin arrivé devant « Rick », il avait dit « Docteur Labro ? Norman Lewis de Miami. Félicitations. » À quoi « Rick » avait répondu « Merci beaucoup ». Voilà à quoi s'était résumé – son « dîner avec Rick et Beth ! » :::::: Notre table était à un stade de foot de distance de celle de « Rick et Beth » ! ::::::

Le Grand Inquisiteur se mit alors en mode super-ironie breveté Walsh. « Je suis ravi d'apprendre que vous avez passé un bon moment, docteur Lewis, mais ce n'était pas... »

Craaaasssh ! « *AhhhHAHHHHAHAHHH Hock Hock hock hock* Un "bon moment" ? Mais vous n'y êtes pas du tout, Ike ! » – le rire de Norman, sa voix tonitruante, sa bonne humeur à deux cent cinquante watts déferlèrent sur Ike Walsh. « Un moment *fabuleux,* oui ! Personne ne pourrait avoir plus haute opinion que moi de Rick – ni du reste de Sam, de Gibbsy et Murray ! » :::::: *Gibbsy ?* Je ne crois pas qu'il ait jamais *posé les yeux* sur Gibson Channing. :::::: « Ce sont des pionniers de notre discipline*ahhhHHHHHHoc hock hock*. Ah non vraiment, vous êtes impayable, Ike ! Ahhh*HHHHHHHockhockhock !* »

À voir sa tête, « Ike » était loin de trouver tout ça impayable. Son visage était totalement inexpressif. La lumière s'était éteinte dans ses yeux d'acier. Il avait l'air de chercher une réponse. Finalement, il dit, « Bien, bien, vous admettez donc que par rapport à ces quatre autorités en la matière, votre... »

Craaaaaschhhh! L'irrépressible exubérance de Norman s'abattit une nouvelle fois sur Ike Walsh. « Non, non, vous *êtes* tordant, Ike ! *Bidonnant*, je vous assure ! Il faut que je vous dise que je soigne des porno*dépendants*, si l'on peut dire, depuis une bonne *dizaine* d'années, et que *c'est* une maladie, un trouble mental, d'une grande gravité dans notre pays, même si cette pathologie n'a pas grand-chose à voir avec la notion conventionnelle d'addiction. Nous venons de mettre au point les protocoles du plus vaste essai clinique jamais mené sur les prétendus pornodépendants. » :::::: Quoi ? Depuis quand ? :::::: « Cette expérience ne se fera pas, toutefois, dans le cadre habituel d'un laboratoire. Nous enverrons chaque patient chez lui avec l'équivalent d'un moniteur Holter, et nous recevrons un flot constant de données en temps réel quand ils – si l'on peut dire – céderont à leur "addiction" dans la plus complète intimité. Les résultats seront publiés dans un ouvrage monographique d'ici à dix-huit mois.

— Monographique ? répéta Ike Walsh.

— Oui. Une monographie est un traité – vous *savez* évidemment ce qu'est un *traité*, n'est-ce pas, Ike ?

— Ouaaaais... », fit le célèbre Inquisiteur. Il y avait une certaine méfiance dans sa réponse, comme s'il craignait que Norman n'ait l'intention de le faire venir au tableau pour lui demander de *définir* le mot *traité*.

L'interview se poursuivit à l'avenant. Norman continua à engloutir le Grand Inquisiteur sous des vagues de dix, quinze mètres de bonne humeur exubérante, d'affabilité, de rire tonitruant et d'enthousiasme d'un kilomètre de haut, des vagues scintillantes, étincelantes qui s'élevaient et retombaient, masquant le courant de profondeur, le ressac de condescendance qui entraînait Ike Walsh par-dessous, vers une destination inconnue. Une des spécialités de Walsh était de remettre systématiquement sur le droit chemin tout interviewé qui dirigeait la conversation sur une voie qui ne lui convenait pas. Mais comment remettre sur le droit chemin des déferlantes formidables, absolument irrésistibles ? Après « vous *savez* évidemment ce qu'est un *traité*, n'est-ce pas, Ike ? », Ike Walsh ne reprit plus jamais le contrôle de sa propre émission.

Pendant tout le reste de l'interview, le Grand Inquisiteur resta pelotonné sur les genoux de Norman. Il se releva de temps en temps pour lancer une petite balle de question molle et facile... et Norman rattrapa coup après coup après coup.

Ce qui s'était passé entre Magdalena et Norman un peu plus tôt, quelques instants avant l'arrivée de l'équipe de *60 Minutes*, la tracassait tout de même. Il y avait quelques chose de bizarre là-dedans, de pervers. Mais mon *Dieu*, quelle repartie avait Norman! Qu'il était brillant! Et mon *Dieu*, qu'il était fort! C'était un homme, un vrai! Il avait noyé sous la pisse l'interrogateur le plus féroce, le plus redouté de toute la télévision... et l'avait transformé en petit minou.

6

Peau

Son bureau à l'Institut de français de l'Université était un hall
d'hôtel comparé à celui qu'il avait chez lui, mais celui-ci, chez lui,
était un petit bijou, un bijou Art Déco, pour être plus précis, et l'Art
Déco était français. La surface au sol ne dépassait pas quatre mètres
sur trois et la pièce avait l'air encore plus étroite parce qu'on y avait
encastré une série d'étagères arrivant à hauteur de poitrine en bois de
rose de Birmanie – *du bois de rose de Birmanie !* – franchement *stupéfiant !* – sur les deux murs les plus proches de sa table de travail, bien
longtemps avant qu'il n'achète la maison... dont il avait le plus grand
mal *le plus grand mal* ! à rembourser le crédit... impossible d'*imaginer*
combien c'était devenu difficile ! Quoi qu'il en soit, son bureau chez
lui était le sanctuaire inviolé de Lantier. Quand il était dans son
bureau chez lui, porte fermée, comme c'était le cas en ce moment
précis, les *interruptions* quelles qu'elles fussent étaient *absolument
interdites**.

Il avait délibérément prêté à cette pièce un aspect monacal... pas de
bibelots, pas de souvenirs, pas de pagaille, pas de jolis petits objets, et
la règle s'appliquait également aux lampes... pas de lampes posées sur
le bureau, pas de lampes sur pied posées au sol. La pièce était entièrement éclairée par des plafonniers... Austère, mais d'une élégante
austérité. Ce n'était pas anti-bourgeois, c'était *grand bourgeois**,
épuré. Derrière le bureau de Lantier s'ouvrait une fenêtre large de
douze mètres, une porte-fenêtre, *French... doors* comme disent les
Américains, qui occupait tout le pan de mur du plancher à la cor-

niche du plafond, trois mètres plus haut. La corniche était massive mais lisse – épurée, au lieu de ces amalgames alambiqués de mascarons et de médaillons, de festons et de godrons vitruviens qui proclamaient ÉLÉGANCE dans l'architecture *grande bourgeoise** du XIXe siècle, auxquels l'ÉLÉGANCE *grande bourgeoise** Art Déco préférait le grandiose : des fenêtres occupant toute la hauteur du mur, des corniches massives et lisses proclamant la devise Art Déco « L'Élégance par la force épurée ! » L'unique siège, hormis celui qui se trouvait derrière le bureau de Lantier, consistait en un petit meuble blanc en fibre de verre, fabriqué d'une seule pièce, création d'un designer français qui s'appelait Jean Calvin. Les pinailleurs vous auraient fait remarquer que Calvin était suisse, en réalité, mais son nom, qui ne se prononçait pas « Kalfine », mais bien « Calvin », vous apprenait que c'était un Suisse romand et non un Suisse allemand et Lantier préférait le considérer comme Français. Après tout, si Lantier lui-même était haïtien de naissance et avait été nommé maître de conférences de français (et de ce détestable créole) *parce qu'*il était haïtien, il pouvait néanmoins prouver qu'il descendait en réalité de la famille très en vue des Lantier, les « de Lantier » de Normandie en France, une noble origine qui remontait à deux siècles, sinon plus. Il suffisait de regarder sa peau pâle, pas plus foncée que, mettons, un *café latte*, pour comprendre qu'il était européen par essence... *Enfin*, il *était* suffisamment honnête avec lui-même pour reconnaître que c'était son envie irrépressible de se *sentir* Français qui était responsable de son actuel pétrin financier. Cette maison n'était ni particulièrement vaste ni particulièrement grandiose par ailleurs. Mais elle *était* Art Déco !... Une authentique maison Art Déco des années 1920 ! – l'une de celles qui avaient été construites en ce temps-là dans le secteur nord-est de Miami qu'on appelait l'Upper East Side – pas un quartier super chic, mais solidement classe moyenne supérieure... de nombreux hommes d'affaires cubains ou autres Latinos... des familles blanches par ci par là... pas de *Negs*, pas d'*Haïtiens* ! – à l'exception des Lantier, et personne dans le coin n'aurait jamais songé à leur coller l'étiquette d'Haïtiens... aux *Lantier*, pensez donc ! la famille du professeur de français de l'Everglades Global University qui habitait une maison Art Déco... Ces maisons Art Déco passaient pour quelque chose d'as-

155

sez spécial, Art Déco étant l'abréviation d'Arts Décoratifs, la première forme d'architecture moderne – qui était *française* ! Il savait que cette acquisition l'obligerait à étirer son budget au maximum – l'étirer au niveau de 540 000 dollars – mais sa maison était *française* ! – extrêmement élégante qui plus est. Alors, avec 486 000 dollars d'emprunt sur le dos, il remboursait 3 050 dollars par mois – 36 666,96 dollars par an – auxquels s'ajoutaient 7 000 dollars annuels de taxe foncière et près de 16 000 dollars d'impôts sur le revenu, tout cela avec un salaire annuel de 86 442 dollars – un étirement maximum, c'était le moins qu'on puisse dire... Il avait l'impression de se cramponner d'un orteil au bord d'une falaise, avec l'orteil de l'autre pied accroché à la falaise d'en face, tout *là-bas*, tandis qu'entre les deux s'ouvrait le Gouffre sans fond de la Ruine. En tout cas, la chaise Calvin avait un dossier presque droit et une assise sans coussin. Lantier ne voulait surtout pas qu'un visiteur se sente à l'aise ici. Il ne voulait pas de visiteurs ici. Point barre. La règle s'appliquait également à sa femme, Louisette, avant sa mort, deux ans plus tôt... Pourquoi continuait-il à penser à Louisette au moins dix fois par jour... alors que chacune de ces pensées l'obligeait à prendre une profonde inspiration et à l'exhaler sous forme d'un long soupir?... et transformait ses paupières inférieures en deux minuscules mares de larmes?... comme en ce moment précis...

Tourne-cliquète ! – il avait essayé de bricoler lui-même la vieille poignée qui tenait mal, flûte et zut, la porte s'ouvrit toute grande, et sa fille de vingt et un ans, Ghislaine, apparut, ses yeux noirs brillants, étincelants d'excitation, ses lèvres s'efforçant de ne pas trahir l'enthousiasme qui avait allumé ces deux grandes et adorables *sphères**...

... oui, la porte de son sanctuaire inviolé s'ouvrit toute grande sans le moindre toc toc préalable et Ghislaine apparut... il n'eut même pas à le formuler dans son esprit sous forme d'une véritable pensée, car c'était devenu vrai dans de si nombreuses circonstances : dès qu'il s'agissait du bonheur de sa fille, de sa fille si belle, pâle-comme-la-lune, toutes ses règles patriarcales s'évanouissaient. Il se leva immédiatement de son fauteuil et l'embrassa – puis se rassit sur le bord de son bureau pour qu'ils restent *tête à tête**.

«Papa! Je ne sais pas si je t'ai déjà parlé du Programme d'Action sociale de South Beach, mais j'envisage de m'y inscrire!» lui annonça-t-elle en français.

Lantier ne put s'empêcher de sourire. :::::: *J'envisage* de m'y inscrire... dis plutôt *je meurs d'envie* de m'y inscrire!... Tu es si transparente, ma chérie, ma douce, ma fille ô combien prévisible. Quand quelque chose te passionne, tu ne supportes pas de prendre le temps de commencer par installer un joli petit canapé de banalités, pas vrai? Il faut que tu racontes tout *tout de suite*! :::::: À cette idée, son sourire s'élargit encore.

Ghislaine y vit apparemment un des sourires ironiques dont il s'était rendu coupable par le passé, alors que ce n'était vraiment *pas* la bonne manière de faire comprendre ce qu'on pense à un enfant. S'apercevoir qu'on se moque d'eux embrase leur ressentiment le plus amer. Ghislaine avait dû y voir un de *ces* sourires, parce qu'elle passa à l'anglais et se mit à parler rapidement, d'un ton pressant.

«Oh, je sais bien que tu trouves que ça va me prendre trop de temps. Ça prend du temps, c'est vrai... On ne se contente pas d'aller rendre visite aux pauvres et de leur laisser un carton de nourriture. Il faut consacrer du temps aux familles et essayer de comprendre leurs vrais problèmes, qui dépassent de loin celui de la *faim*. C'est justement ce qui *plaît* à Nicole dans ce programme! À Serena aussi. On ne fait pas simplement la charité. On essaie de les aider à *organiser* leur vie! C'est la seule chose qui puisse éventuellement *changer* leur existence! On peut toujours donner de la nourriture et des vêtements – mais ce qui compte vraiment, c'est *l'engagement*!» D'une tout autre voix, d'une petite voix timide et suppliante, elle demanda, «Qu'est-ce que tu en penses?»

Qu'en pensait-il... Sans prendre le temps de réfléchir, il s'exclama, «Ce que j'en pense? Je pense que c'est *génial*, Ghislaine! C'est une *merveilleuse* idée! C'est *parfait* pour toi!»

Il se reprit. Son enthousiasme était tellement débordant qu'il était trop près de se trahir. Il mourait d'envie de lui poser une question essentielle, mais s'obligea à garder le silence le temps de se ressaisir... avant de poursuivre sur un ton neutre : «C'est une idée de Nicole?

— De Nicole et de Serena, les deux ! Tu as déjà rencontré Serena ? Serena Jones ?

— Euhhhhh... » Il serra les lèvres, leva les yeux au ciel et les fit rouler sur le côté sur le mode j'essaie-de-me-souvenir. Peu importait en réalité. « Ah, oui... il me semble que oui. »

En fait, il savait que non. Mais le nom de Serena Jones lui disait quelque chose... il avait dû le voir quelque part... dans une rubrique du *Herald* peut-être ? Les familles anglos huppées qui portaient des noms courants comme Jones, Smith ou Johnson avaient l'habitude de donner à leurs enfants, surtout à leurs filles, des prénoms romantiques, exotiques ou insolites comme Serena, Cornelia ou Bettina, ou alors des prénoms genre Vieille Famille tels que Bradley, Ainsley, Loxley, Taylor ou Templeton. Il avait eu une étudiante un jour qui s'appelait Templeton, Templeton Smith. Pas question pour elle d'être une petite Ms. Smith effacée. Elle était *Templeton* Smith. Son esprit était concentré sur une chose : des familles huppées et des familles qui cherchaient à le devenir. Le Programme d'Action Sociale de South Beach était une association dont il était régulièrement question dans les pages société du *Herald* ou dans la chronique « Réceptions » de la revue *Ocean Drive*, du seul fait de la visibilité mondaine des familles de ses membres. Il suffisait de regarder les photos – des Anglos, des Anglos, des Anglos avec un certain cachet social. Nicole, l'amie de Ghislaine, dont elle avait fait la connaissance à l'université, n'était pas une WASP au sens strict, du moins dans l'acception que Lantier donnait à cet acronyme, à savoir White Anglo-Saxon Protestant. Mais dans son cas, le sens strict n'avait aucune importance. Son nom de famille était Buitenhuys, un patronyme hollandais, et les Buitenhuys étaient une vieille famille friquée de New York, une vieille famille friquée et *consacrée* de New York. Savaient-ils que Ghislaine était haïtienne ? Il n'en avait pas la moindre idée. L'essentiel était qu'ils l'acceptent comme un membre à part entière de leur milieu. L'objectif affirmé du Programme d'Action Sociale de South Beach était de se rendre dans les quartiers défavorisés, Overtown par exemple, ou Liberty City – et Little Haiti – et de faire des bonnes œuvres en aidant les pauvres. Ghislaine était donc considérée comme une jeune fille aussi fondamentalement *blanche* qu'eux! L'heure suprême serait celle où sa Ghislaine irait rendre visite aux habitants de Little Haiti. La grande majorité d'entre eux étaient noirs, *vraiment* noirs, sans autres qualificatifs. À Haïti, aucune famille comme la sienne, les Lantier, ne *regardait* les Haïtiens *vraiment* noirs. Ne prenait la peine de poser le regard sur eux... ne les *voyait*, à moins qu'ils ne se trouvent physiquement sur leur chemin. Les gens instruits comme lui, avec son doctorat de littérature française, faisaient l'effet d'une autre espèce d'*Homo sapiens*. Ici, à Miami, ils avaient conscience de faire partie de *la diaspora*... le mot lui-même dénotait un statut supérieur. Combien – la moitié? les deux tiers? – des Haïtiens établis dans la région de Miami étaient des immigrants clandestins qui ne méritaient absolument pas cette dénomination. Une grande majorité d'entre eux n'avaient jamais entendu parler de la moindre *diaspora*... le cas échéant, ils ignoraient la signification de ce mot... et s'ils la connaissaient, ils ne savaient pas le prononcer.

Ghislaine – il la regarda encore. Il *l'aimait*. Elle était belle, superbe! Elle aurait bientôt sa licence d'histoire de l'art de l'université de Miami avec 18 de moyenne. Elle pouvait facilement... passer... Il gardait ce mot, *passer*, au fond de sa tête, caché sous un géniculé latéral... Jamais il ne prononcerait *passer* à haute voix en présence de Ghislaine... ni de nul autre, d'ailleurs. Mais il lui *avait* dit, bien des fois en fait, que rien ne pouvait la retenir. Il espérait qu'elle avait compris le message... à *ce* sujet aussi. Elle était si mûre à maints égards – quand elle parlait d'art, par exemple. Que ce soit sur l'époque de Giotto, l'époque de Watteau, l'époque de Picasso ou l'époque de Bouguereau, d'ailleurs – elle savait *tant* de choses. Mais par ailleurs, elle pouvait être si candide. Elle ne se montrait jamais ironique, sarcastique, cynique, nihiliste, méprisante, rien de tout cela, de tous ces indices révélant la présence chez les gens intelligents de la tarentule, cette petite créature rancunière et meurtrière qui ne se bat jamais... qui attend simplement le moment de *mordre* férocement et peut-être de vous tuer *comme ça*. :::::: Elle n'est que trop présente en moi. :::::: Ils s'assirent. Ghislaine sur la chaise Jean Calvin. Lui à son bureau. Le bureau Art Déco, en forme de haricot avec sa galerie, son plateau en galuchat, ses pieds gainés dans des protège-tibias délicatement effilés, ses denticules d'ivoire courant tout le long de la bordure, ses filets verticaux d'ivoire incrustés dans l'ébène de Macassar, était de l'école de Ruhlmann, et non du grand Émile-Jacques Ruhlmann lui-même ; mais il était tout de même *très* cher, du point de vue de Lantier en tout cas. De même, le fauteuil de bureau *très* cher, avec ses rubans d'ivoire fuselés incrustés dans les quatre protège-tibias... Tout cela était *très* cher... mais à ce moment-là, Lantier baignait encore dans l'état d'euphorie grisant faisant-fi-de-toute-prudence dans lequel l'avait plongé l'achat d'une maison pour une somme *astronomiquement* plus élevée qu'il ne pouvait se le permettre. Que représentait un prix *follement* élevé pour son bureau et son fauteuil personnels, ceux du *maître**, par-dessus le marché ?

À cet instant, Ghislaine était assise sur cette malheureuse chaise dans une posture irréprochable... et pourtant, détendue. Il l'observa aussi objectivement que possible. Il ne voulait pas se leurrer. Il ne voulait pas lui demander l'impossible... Elle avait une jolie silhouette mince, et des jambes adorables. Sans doute le savait-elle, car elle portait rarement de jean, ou de pantalon tout court. Elle était vêtue d'une jupe beige – en quelle étoffe, mystère – courte, mais pas catastrophiquement courte... d'un superbe corsage à manches longues en soie – en tout cas, il avait l'impression que c'était de la soie – un peu déboutonné mais pas irrémédiablement trop bas... Ghislaine n'employait jamais le mot *corsage*, mais pour lui, c'en était un. Le col ouvert laissait jaillir un cou d'une gracilité *parfaite*.

Et son visage – là, il avait du mal à être objectif. Il tenait à la voir comme sa fille.

Personnellement – il ne supportait pas les jeans que les filles mettaient pour aller en cours. Elles avaient l'air tellement *ordinaires*. Il avait le sentiment que la moitié d'entre elles ne *possédaient* même pas autre chose pour se couvrir au-dessous de la taille. Il ne pouvait donc pas faire grand-chose à propos des jeans. Mais ces fichues casquettes de base-ball puériles que portaient les garçons – contre cette mode infantile-là, il avait pris des mesures. Un jour, au début du cours, il avait dit, « Monsieur Ramirez, où trouve-t-on des casquettes comme la vôtre – qui se portent de biais comme ça ?... Et vous, monsieur Strudmire... la vôtre vous descend dans la nuque et présente cette petite découpe sur le devant qui nous permet de voir un peu de votre front. Les fabrique-t-on comme cela, ou êtes-vous obligés de les faire confectionner sur commande ? »

Il n'avait tiré de Mr Ramirez et de Mr Strudmire que de vagues gloussements maussades ; quant au reste de la classe, même les filles, aucune réaction. Ils étaient imperméables à l'ironie. Au cours suivant, ces garçons-là et bien d'autres arboraient toujours ces casquettes de gamins. Il était donc intervenu : « Mesdames et messieurs, désormais, aucune casquette ni aucun autre couvre-chef ne pourra être porté dans ce cours à l'exception de ceux qu'impose l'orthodoxie religieuse. Me suis-je bien fait comprendre ? Tous ceux qui s'obstineront à porter une casquette en cours seront conduits au bureau du proviseur. » Ils n'avaient pas compris non plus. Ils avaient échangé des regards... perplexes. Il s'était dit, Le *proviseur* – vous pigez ? Il y a des *proviseurs* au lycée, pas à l'université, et vous, vous êtes à l'université. Vous êtes vraiment imperméables à l'ironie, hein ? Mais quels gamins ! Qu'est-ce que vous faites ici ? Regardez-vous... il n'y a pas que les casquettes, il y a aussi les shorts, les tongs, et les chemises qui pendent au-dessous de la ceinture, très bas pour certaines. Vous êtes en pleine régression ! Vous vous imaginez que vous avez dix ans ou quoi ! Enfin, au moins, ils n'avaient plus porté de casquettes de base-ball en cours. Ils ont peut-être cru qu'il y avait *vraiment* un proviseur à l'EGU... et je suis censé *enseigner* à ces quasi-crétins...

Non, il ne devait rien dire de tout cela à Ghislaine. Elle serait consternée. Elle n'était pas mûre pour... le snobisme. Elle était à l'âge, vingt et un ans, où le cœur d'une jeune fille déborde de générosité et d'amour pour les petits. Elle était encore trop jeune et trop innocente pour s'entendre dire que sa compassion pour les pauvres, modèle Programme d'Action Sociale de South Beach, était en réalité un luxe pour quelqu'un comme elle. Cela sous-entendait que sa famille avait suffisamment d'argent et un standing assez élevé pour pouvoir se permettre de faire des Bonnes Œuvres. En réalité, il ne gagnait pas tellement en tant que maître de conférences de français à l'EGU, l'Everglades Global University. Mais il était un intellectuel, un chercheur... et un écrivain... enfin, il avait réussi à publier vingt-quatre articles dans des revues universitaires et un livre. Ce livre et ces articles le paraient d'un prestige suffisant pour permettre à Ghislaine de se hisser au niveau du Programme d'Action Sociale de South Beach... Ma fille tend la main aux pauvres!... Tout le monde avait entendu parler du Programme d'Action Sociale de South Beach. Il avait même su attirer des célébrités comme Beth Carthart et Jenny Ringer.

Il regarda par la fenêtre au-dessus de l'épaule de Ghislaine... dans le vide... avec une expression de regret. Il n'était pas tellement moins clair de peau qu'elle. Certainement, les portes qui s'ouvraient à elle auraient pu s'ouvrir à lui, aussi,... mais on *savait* qu'il était haïtien. C'était même la raison pour laquelle l'EGU l'avait embauché au départ. Les autorités universitaires tenaient à l'image de «diversité» qu'elles donnaient en embauchant un *Haïtien*... diplômé de Columbia... capable d'enseigner le français... et le créole. Ah oui, le créole... elles étaient emballées à l'idée d'avoir un professeur de créole... «la langue du peuple»... Quatre-vingt-cinq pour cent sans doute de ses compatriotes parlaient créole, et uniquement créole. Les autres parlaient la langue nationale officielle, le français, et parmi ces heureux quinze pour cent, un certain nombre s'exprimait dans un salmigondis de créole et de français. Il avait imposé la règle de l'usage exclusif du français ici, dans cette maison. Pour Ghislaine, c'était devenu une seconde nature. Son frère Philippe, en revanche, qui n'avait pourtant que quinze ans, était déjà contaminé. Il parlait relativement bien le français, tant que le sujet ne dépassait pas ce qu'un gamin de onze douze ans était susceptible de savoir. Au-delà, il se dépatouillait avec quelque chose qui n'était pas tellement supérieur au Black English, l'anglais des Noirs américains, à savoir le créole. Où l'avait-il appris? Pas sous ce toit, impossible... Le créole était une langue de primitifs! Point final! Les verbes ne se conjuguaient même pas. Il n'y avait pas de «je donne, je donnai, je donnais, j'ai donné, j'avais donné, je donnerai, je donnerais, j'aurais donné». En créole, c'était *m ba* et pour ce verbe, ça s'arrêtait là... «Je donne, je donne, je donne»... Il ne vous restait qu'à vous servir du contexte pour deviner le temps et le mode. Qu'une université entreprenne d'enseigner cette maudite langue relevait de ce que Veblen appelait le «gaspillage ostentatoire» ou bien d'une des innombrables dérives de la doctrine du politiquement correct. C'était comme si on avait créé des cours et embauché des professeurs pour enseigner la forme abâtardie de la langue maya que parlaient les habitants au fin fond des montagnes du Guatemala...

Tout cela traversa l'esprit de Lantier en un instant.

Il regarda alors Ghislaine bien en face. Il sourit... pour dissimuler qu'il essayait... objectivement... de porter un jugement sur son visage. Sa peau était plus blanche que celle de la plupart des Blancs. Dès que Ghislaine avait été suffisamment grande pour comprendre quelques mots, Louisette avait commencé à lui parler des jours de soleil. Le soleil direct n'était pas bon pour la peau. Le pire était les bains de soleil. Marcher au soleil représentait déjà un risque excessif. Elle devait porter un chapeau de paille à large bord. Mieux encore, un parasol. Ce n'était pas très commode évidemment pour les petites filles. Mais s'il *fallait* qu'elles marchent au soleil, elles devaient au minimum porter un chapeau de paille. Elle ne devait jamais oublier qu'elle avait une très jolie peau, mais très claire, qui attraperait facilement des coups de soleil, une chose qu'il convenait d'éviter à tout prix. Ghislaine avait très vite compris. Ce n'était pas une question de coups de soleil... c'était une question de *bronzage*. Au soleil, une peau comme la sienne, sa jolie peau plus-blanche-que-blanche, foncerait *d'un coup*! En un rien de temps, elle pouvait se transformer en *Neg... comme ça*. Ses cheveux étaient aussi noirs qu'on puisse l'imaginer, cependant, Dieu merci, sans le moindre aspect crépu. Ils auraient pu être un peu plus souples, mais ils étaient raides. Louisette n'avait pu se résoudre à s'étendre sur la question des lèvres, parce que sur le spectre chromatique, celles de Ghislaine tendaient plus vers un brun ambré que vers le rouge artériel. C'étaient toutefois de très jolies lèvres. Son nez était d'une finesse irréprochable. Enfin... ce tissu fibro-adipeux qui recouvre le cartilage alaire et dessine ces petites bosses arrondies de part et d'autre du nez au niveau de la narine – si, si, le *cartilage alaire*! Lantier connaissait son sujet aussi bien que n'importe quel anatomiste. On pouvait le croire! Le sien s'évasait un tout petit peu trop largement, mais pas au point qu'elle n'ait pas l'air d'une Blanche. Son menton aurait pu être un peu plus marqué et sa mâchoire un peu plus carrée, pour contrebalancer ces petites bosses arrondies. Ses yeux étaient noirs comme du charbon, mais très grands et rayonnants. Une large part de ce rayonnement venait de sa personnalité, bien sûr. C'était une jeune fille heureuse. Louisette lui avait donné toute l'assurance du monde. :::::: Oh, Louisette ! Je pense à toi, et j'ai envie de pleurer ! Il y a tous les jours de si nombreux moments comme celui-ci ! Est-ce pour cela que j'aime tant Ghislaine – parce que je la regarde et que je *te* vois ? Non, sans doute, parce que je l'aimais déjà autant quand tu étais encore parmi nous. La vie d'un homme ne *commence* qu'à la naissance de son premier enfant. Voir son âme dans les yeux d'un autre être, l'aimer plus que soi-même, quel sentiment sublime ! :::::: Ghislaine possédait le genre d'assurance que n'acquièrent que les enfants à qui leurs parents consacrent beaucoup de temps – *beaucoup*. Certains auraient pu dire qu'une jeune fille comme Ghislaine, si proche de sa famille, aurait dû partir pour une autre université et apprendre le plus tôt possible que la vie allait lui imposer une succession de contextes étrangers et qu'elle devrait trouver toute seule les stratégies nécessaires. Lantier n'était pas d'accord avec tout cela. Ces histoires de «contexte» et de «stratégies de vie», d'*étranger* par-ci, d'*étranger* par-là – tout cela n'était qu'un concept creux. Ce n'était que du vent, de la *fausse** psychologie. L'essentiel à ses yeux était que le campus de l'Université de Miami n'était qu'à vingt minutes de chez eux. Partout ailleurs, elle aurait été une «jeune Haïtienne». Oh, cela finirait par se savoir, mais ici au moins, elle n'était pas «la jeune Haïtienne avec laquelle je partage une chambre» et elle échappait à toutes les formes du piège qui veut que «si tu dis que je suis *ceci*, de toute évidence je ne peux pas être *cela*». Ici, elle pouvait être ce qu'elle était et ce qu'elle était devenue. Une très jolie jeune femme... À l'instant même où ces mots se formaient dans son esprit, il sut qu'il la classait ainsi dans une catégorie inférieure. Elle n'était pas aussi belle qu'une blonde d'Europe du Nord, une Estonienne, une Lituanienne, une Norvégienne ou une Russe, et personne non plus ne l'aurait prise pour une beauté latine, malgré quelques points communs avec une Latina. Non, elle était elle-même. L'image même de Ghislaine assise sur cette petite chaise dans une posture aussi parfaite – Louisette ! – tu as veillé à ce que Ghislaine et Philippe acquièrent toutes ces habitudes à un âge où ils étaient trop jeunes pour les contester ! Il avait envie de se lever de son fauteuil pivotant français anonyme, de se diriger vers Ghislaine et de la serrer dans ses bras, là, maintenant. *Programme d'Action Sociale de South Beach !* C'était presque trop beau pour être vrai.

Qui est-ce ?

La porte du bureau de Lantier était fermée, mais Ghislaine et lui tournèrent les yeux en direction de la porte latérale donnant sur la cuisine. Deux personnes montaient les quatre ou cinq marches qui y conduisaient depuis l'extérieur. Philippe ? Lee de Forest, le lycée qu'il fréquentait, ne libérait ses élèves que dans plus de deux heures. La voix ressemblait pourtant à celle de Philippe – mais elle parlait créole. Créole !

Une seconde voix demanda, « Eske men papa ou ? » (Ton père est là ?)

La première voix répondit, « No, li inivèsité. Pa di anyen, okay ? » (Non, il est à l'université. Écoute, on n'en parle à personne, O.K. ?)

La seconde voix, « Mwen konnen. » (Je sais.)

La première reprit, en créole, « Mon père, il aime pas les mecs comme ça, mais il a pas à le savoir. Tu captes, *bro* ?

— Il m'aime pas non plus, *moi*, Philippe.

— Comment tu sais ça ? Il m'a rien dit.

— Oh, il m'a rien dit non plus. Pas b'soin. J'vois comment y m'regarde – comment y m'regarde *pas*. Y regarde à travers moi. J'exist'pas. Tu captes ? »

Lantier regarda Ghislaine. *C'était* donc bien Philippe. ::::: Philippe et son copain haïtien noir, que Dieu nous préserve, Antoine ::::: Et Antoine avait raison. Lantier n'aimait *pas* le regarder ni lui parler. Antoine essayait toujours d'être cool et de parler un Black English parfait, avec toutes ses syllabes illettrées à soixante-quinze de QI, accent et tout. Mais quand le bond linguistique devenait trop périlleux, il revenait au créole. Il faisait partie de ces Haïtiens noirs-comme-l'ébène – et ils étaient légion – qui disaient *tablo*, « la table » en créole, et n'avaient pas la moindre idée que cela pouvait avoir quelque chose à voir avec un mot français.

Ghislaine faisait la tête de quelqu'un qui a pris une profonde inspiration mais la retient. Elle paraissait terriblement inquiète. Lantier devinait que ce n'était pas à cause de ce que les garçons s'étaient dit, car sa connaissance du créole était presque inexistante. C'était parce que Philippe se permettait de baragouiner en créole *chez** Lantier – et à portée d'oreilles du *Père** – et, pour comble, avec un copain haïtien très foncé et de bas étage, dont son père ne voulait pas qu'il mette les pieds chez lui... qu'il respire son air... qu'il l'exhale... le contaminant et transformant un air franco-*mulat* en air *neg*.

Les jeunes Créoles étaient maintenant dans la cuisine à ouvrir et à refermer le réfrigérateur, un tiroir par-ci, un tiroir par-là. Ghislaine se leva et se dirigea vers la porte, sans aucun doute pour l'ouvrir et faire savoir aux garçons qu'ils n'étaient pas seuls dans la maison. Mais Lantier lui fit signe de se rasseoir et posa l'index sur ses lèvres. À contrecœur, nerveusement, elle reprit sa place.

Toujours en créole, Antoine demanda, « T'as vu sa tronche quand les keufs l'ont chopé par le coude ? »

Philippe s'efforçait de conserver sa nouvelle voix grave, mais ça lui donnait l'air encore plus gamin. Il renonça donc et dit en créole, « Y vont rien lui faire, si ?

— Chais pas. Le truc c'est François. Il est d'jà en sursis avec mise à l'épreuve. Faut qu'on soit là pour François. T'es avec nous, hein ? François, il compte sur toi. J't'ai vu parler au keuf. Qu'est-ce t'as dit, *bro* ?

— Euhhh... j'ai dit... j'ai dit que François il a dit un truc en créole et que tout le monde s'est marré, et puis qu'Estevez, il a chopé François par la tête.

— T'es sûr ?

— Euhhh... ouais.

— C'est François qu'a commencé ?

— Euhhh... non. J' l'ai pas vu commencer.

— Tu dis just' *non*, reprit Antoine. Tu captes ? C'que t'as pas vu, personne en a rien à branler. François, il dit qu'il a besoin de toi, mec. Les mecs de son sang. Sa bande, ça suffit pas. Il compte sur toi, mec. Ça va chier si t'es pas sûr. Tu *vois*, mec. Tu captes ? C'coup-ci, on va bien voir si t'es un frère – ou une crevure. Compris ? » Il dit « frère », « bro », et « crevure » en anglais.

— Compris.

— Impec. T'as du bon sang, mec! *Du bon sang!*» Antoine prononça ces mots avec une sorte de jubilation. «Tu connais Patrice? Honoré? Louis – le gros Louis? Hervé? Du bon sang aussi, tous!» Jubilation «Ils sont pas dans la bande non plus. Mais y savent, mec! Y savent ce qu'Estevez, il a fait à François. Pas du genre "sauf erreur de ma part" et tout' cette merde. Du bon *sang*!» La jubilation sembla se transformer en un rire à l'adresse de Philippe. «Comme *toi*, bro!»

Le professeur Lantier regarda sa fille. Elle ne comprenait pas ce qu'ils racontaient, ils parlaient créole tellement vite. C'était bon signe. Le créole était *vraiment* une langue étrangère pour elle! Louisette et lui l'avaient mise sur la bonne voie! Ce n'était pas *une Haïtienne** – dans son esprit il prononçait les mots à la française «ououn-ayi-iii-ssiii-ouounh» – assise si correctement sur cette petite chaise. Elle était française. Voilà ce qu'elle était de sang, une jeune femme *du monde** fondamentalement française, brillante, belle – mais pourquoi son regard se fixait-il sur ces petites bosses fibro-adipeuses de part et d'autre de ses narines? – pleine d'une tranquille assurance, élégante, enfin, qui pouvait être élégante quand elle le voulait.

En baissant la voix, presque en chuchotant, il dit à sa fille miséricordieusement décréolisée, «Il s'est passé quelque chose à Lee de Forest aujourd'hui. Voilà ce que j'arrive à en conclure. Pendant un de leurs cours.»

Les deux garçons se dirigeaient vers son bureau, Antoine tenant le crachoir.

Alors Lantier se lève, ouvre la porte et lance d'un ton enjoué, en français, «Philippe! Il me semblait bien avoir entendu ta voix! Tu rentres de bonne heure aujourd'hui!»

Philippe eut l'air de qui vient de se faire *prendre*... à commettre quelque chose de pas joli joli. Son ami, Antoine, aussi. Antoine était robuste, lourd mais pas trop gros. Pour le moment, il avait l'expression crispée d'un garçon qui n'a qu'une envie, rebrousser chemin. Et quelle dégaine ils avaient tous les deux!... le jean descendu si bas sur les hanches qu'on ne pouvait éviter de voir leurs caleçons criards... apparemment, plus c'était bas et plus c'était criard, mieux c'était. Les pantalons des deux garçons se terminaient par terre en flaques de denim, dissimulant presque leurs baskets sillonnées de bandes fluo… engloutis tous les deux dans des T-shirts trop grands, trop amples dont les manches pendouillaient sur leurs coudes et dont le bas pendouillait sur leurs jeans, pas assez bas toutefois pour dissimuler leurs abominables caleçons… le front entouré, tous les deux, du bandana arborant «les couleurs» de Dieu sait quelle organisation fraternelle à laquelle ils croyaient appartenir. Leur aspect – aussi *Neg* américain qu'on pût l'imaginer – donna la chair de poule à Lantier. Mais il était obligé de garder une attitude joviale scotchée sur son visage et dit à Antoine, en français. «Eh bien, Antoine… voilà bien longtemps que tu n'es pas venu nous voir. Je demandais justement à Philippe pour quelle raison vous êtes sortis d'aussi bonne heure du lycée aujourd'hui?

— Papa!» souffla Ghislaine à voix basse.

Lantier regretta immédiatement ses propos. Ghislaine n'arrivait pas à croire que son père, qu'elle admirait, puisse se laisser aller à taquiner ce pauvre ado de quinze ans ignorant pour le simple plaisir de voir son air ahuri. Son père savait qu'Antoine ne comprenait pas un mot de français, la langue officielle du pays où il avait passé les huit premières années de sa vie. Il cherchait simplement à leur démontrer, à Philippe et à elle, que ce pauvre garçon noir-comme-l'ébène était un demeuré à Besoins-Éducatifs-Spécifiques – l'euphémisme en vogue dans les établissements scolaires publics. Après tout, il n'avait jamais demandé à être du mauvais sang. Il en avait été *affligé* à la naissance. Comment croire que son père lui ait posé une question juste pour enfoncer encore un peu le clou? Antoine ne pouvait tout de même pas rester planté comme ça, à hocher la tête. Il était obligé de dire quelque chose; «Je ne parle pas français» au minimum. Et pourtant, le garçon restait là, la bouche ouverte.

En voyant l'expression de Ghislaine, Lantier éprouva un sentiment de culpabilité. Il décida de se rattraper en répétant ses propos de façon à ce qu'Antoine puisse les comprendre, et sur un ton ultra-jovial, pour bien lui montrer qu'il ne cherchait pas à se moquer de lui. Il se rabattit donc sur l'anglais. Pas question de s'abaisser à utiliser cette cochonnerie de créole juste pour faciliter inutilement la vie à un gamin de quinze ans du mauvais sang, mais il tartina une bonne couche de gaieté sur ses mots, assortis d'une flopée de sourires exagérés :::::: *Merde** ? Est-ce que j'en fais trop ? Est-ce que ce gros voyou va croire que je me fous de lui ? :::::: Il finit par sortir – en anglais – «... demandais justement à Philippe pour quelle raison vous êtes sortis d'aussi bonne heure du lycée aujourd'hui ? »

Ne sachant que répondre, Antoine se tourna vers Philippe en quête d'un indice. Philippe remua la tête d'arrière en avant avec la plus extrême lenteur et la plus extrême discrétion. Antoine ne savait manifestement pas comment interpréter cette pantomime... silence gêné. Il finit par dire, « Y' z'ont just' dit... Y z'ont just' dit... Chais pas... Y z'ont just' dit que l'école, elle ferme plus tôt aujourd'hui.

— Ils ne vous ont pas expliqué pourquoi ? »

Cette fois, Antoine se tourna de bien quatre-vingt-dix degrés, pour être en face de Philippe et mieux voir ses signaux... n'importe quel signal qui lui révélerait comment répondre à celle-ci. Mais Philippe était visiblement à court, et Antoine dut se rabattre sur sa vieille réponse de secours, « Chais pas.

— Personne ne vous a rien dit ? »

De toute évidence, il ne *voulait* pas répondre, ce qui intéressait Lantier... modérément... Pour le reste, Antoine lui faisait l'effet d'un jeune Haïtien de quinze ans cherchant à donner une imitation du *Neg* américain pseudo-ignorant. Antoine marmonna finalement, « Naaan. »

Naaan... Quelle interprétation !... Quel excellent acteur ! Il pivota à nouveau vers Philippe. Toute sa posture, son dos voûté, ses bras ballants le long de ses hanches exprimaient un unique message, « Au secours ! »

Mais c'est quoi, *ça* ? À la base du crâne, les cheveux d'Antoine avaient été tondus très court... puis soigneusement rasés jusqu'à la peau, pour dessiner la lettre C et, deux centimètres plus loin, le chiffre 4.

« Que veut dire C4 ? demanda Lantier, encore absorbé dans son numéro *joyeux*. C'est bien un C et un 4 que je viens de voir juste au-dessus de ta nuque ? »

Ghislaine souffla un nouveau « *Papahhh !* »

Alors Lantier adressa à Antoine un sourire destiné à projeter l'image de la curiosité amicale. Échec. Il entendit Ghislaine exhaler un « Ohhhh, mon Dieu ».

Antoine fit volte-face et décocha à Lantier un regard franchement haineux.

« Rien. Just' qu'on est au C4 » – ôôô ssééé kat' – c'est tout. » Gravement humilié... furieux. *Et tu ferais mieux de ne plus me poser de question à ce sujet.*

Lantier ne savait pas quoi dire. De toute évidence, il ne fallait plus appuyer sur le bouton C4. Il se tourna donc vers Philippe. « Tu *rentres* bien tôt...

— Toi aussi », répliqua Philippe avec un mépris hargneux, destiné à impressionner Antoine sans nul doute. Il impressionna Lantier, ça, oui... comme une impudence impardonnable, irrémédiable, une insulte trop provocante pour qu'il puisse la laisse passer...

Mais Ghislaine chuchota, « Ohhhh, Papa... » Et l'intonation qu'elle y mit cette fois le suppliait : *Laisse tomber. Ne passe pas un savon à Philippe devant Antoine.*

Lantier regarda fixement les deux garçons. Antoine était noir... à tous égards. Mais Philippe avait encore une chance. Il était aussi clair que lui-même... juste un ton trop foncé pour passer... mais pas trop foncé pour lui interdire de se créer une image de presque-blanc. Que fallait-il pour cela ? Rien d'inaccessible... un certain talent oratoire, un accent raffiné... un léger accent français était parfait pour parler anglais, ou italien, espagnol, même allemand, russe – oh, oui, russe, absolument... et le cas échéant, il n'était pas inutile de rappeler les liens séculaires des Lantier avec la vieille famille noble des Lantier de Normandie. Mais Philippe était pris dans un puissant courant qui l'entraînait dans un sens diamétralement opposé. À leur arrivée d'Haïti, des garçons comme Philippe et Antoine avaient dû passer sous les fourches caudines, concrètement ! Les jeunes Blacks les avaient immédiatement repérés et les avaient tabassés sur le chemin de l'école, à l'aller et au retour. Tabassés ! Philippe était rentré plus d'une fois à la maison avec des traces de coups sur le visage, des contusions. Lantier était bien décidé à intervenir pour mettre fin à ces mauvais traitements. Philippe l'avait supplié de n'en rien faire

– *supplié* ! Ça ne ferait qu'aggraver les choses, Papa. Il se ferait *massacrer*. Et tous les petits Haïtiens avaient fait pareil. Ils avaient cherché à se transformer en Blacks... vêtements, jeans baggy, caleçons apparents... la façon de parler, yo, bro, ho, naaan, la lose, enculéd'tarace, j'lekiff, biatch. Il fallait voir Philippe maintenant. Il avait les cheveux noirs aussi raides que ceux de Ghislaine. Et il n'aurait rien pu en faire de pire que ce qu'il en faisait en ce moment... c'est-à-dire les laisser pousser de six ou sept centimètres tout autour de sa tête et les friser pour se donner l'air *neg*.

Lantier ne s'était pas rendu compte que tout le temps qu'il ruminait ces pensées, ses yeux étaient restés fixés sur le visage de son fils... avec déception, avec contrariété, avec le sentiment qu'en un sens, Philippe le trahissait.

Ce silence soudain prêtait une intensité particulière à ce moment.

Philippe rendait maintenant son regard à son père non pas avec une simple rancœur mais avec insolence, aux yeux de Lantier. Antoine pourtant ne le dévisageait plus avec une haine explosive. Il donnait plutôt l'impression de se sentir coincé dans les toilettes d'un étranger. Il leva les yeux au ciel comme s'il y cherchait une petite créature ailée à robe blanche qui voletterait au-dessus de lui, agiterait la main et le ferait disparaître.

Duel à la mexicaine. Les adversaires se regardent en chiens de faïence, se lançant des œillades meurtrières sans remuer un muscle ni émettre un son. Enfin...

« An nou soti la ! » dit Philippe en créole à Antoine de sa voix de gang, sa voix de baryton la plus timbrée, la plus grave (« Viens, on se casse »).

Ils tournèrent tous les deux le dos à Lantier sans ajouter un mot, traversèrent la cuisine dans une démarche chaloupée de p'tits macs et disparurent par la porte latérale.

Lantier resta sans voix sur le seuil de son bureau. Il se retourna et regarda Ghislaine. Que faire ? Qu'est-ce qui peut bien pousser un Haïtien à peau claire comme ton frère, fondamentalement intelligent et joli garçon, directement apparenté à la vieille famille des Lantier de Normandie, à vouloir se transformer en *Neg* américain ? Ces pantalons baggy trop grands, par exemple... c'était la tenue de prison des malfaiteurs *negs*. Les surveillants n'allaient certainement pas prendre la peine de *mesurer* un détenu avant de lui remettre sa tenue pénitentiaire. Ils lui donnaient simplement des habits forcément assez grands, autrement dit toujours trop grands. Les petits *Negs* de la rue les portaient parce qu'ils idéalisaient les grands *Negs* qui étaient en prison. C'étaient leurs héros. C'étaient des *méééééchants*. Ils n'avaient peur de rien. Ils terrorisaient les Blancs américains et les Cubains. Mais s'il n'y avait que ces vêtements stupides et cette musique hip-hop d'ignorants, et puis ce Black English exécrable, primitif un max, mec, ce ne serait pas un drame. En plus, malheureusement, les jeunes Haïtiens comme ton frère imitaient les attitudes stupides, ignorantes des *Negs*. Voilà le *vrai* problème. Les *Negs* estimaient que seules les « taffioles » levaient la main en classe pendant les débats, bûchaient pour les interros ou s'inquiétaient de leurs notes ou autres conneries comme se montrer poli avec leurs professeurs. Les garçons haïtiens ne voulaient pas être des *taffioles*, non plus, surtout pas ! – et ils se mettaient donc, eux aussi, à considérer le lycée comme un désagrément de taffioles. Et voilà que Philippe régresse et passe du français au créole. Tu l'as entendu ! – mais tu as de la chance, toi. Tu ne le parles pas, et tu n'as pas à te soucier de le comprendre... alors que moi, je n'ai pas cette chance. Je *comprends* le créole. Je dois *enseigner* cette satanée langue. Que ferons-nous quand ton frère aura l'âge de faire des études supérieures ? Aucune université ne voudra de lui, et de toute façon, il voudra pas aller à cette putain d'fac. Tu captes, mec ?

Après une bonne demi-heure dans ce registre, Lantier prit conscience que Ghislaine et lui ne parlaient pas de Philippe – pour la bonne raison que Ghislaine n'avait pas pu placer un seul mot. Il ne faisait que se servir de ses oreilles comme de deux réceptacles pour y déverser son angoisse et son sentiment d'impuissance... Cet interminable soliloque de désenchantement ne résoudrait rien. Il ne ferait que déprimer Ghislaine et lui faire perdre le respect qu'elle éprouvait pour lui. Un axiome surgit à son esprit : les parents ne devraient jamais faire la *moindre* confidence à leurs enfants... *zéro !* absolument rien !

Mais il ne pouvait s'empêcher de reconnaître intérieurement ses torts... emporté par une marée montante de culpabilité. :::::: *Quel* est le problème de Philippe ? C'est pourtant clair, non ? Le problème est que je l'ai inscrit à Lee de Forest. Il se trouve que ma merveilleuse maison Art Déco est située dans un secteur scolaire dont le lycée est Lee de Forest. Je savais qu'il avait une... une... une réputation médiocre. « Mais jusqu'à quel point ? » n'ai-je cessé de me demander. La *vérité* est que je n'ai *absolument* pas les moyens de l'envoyer dans un lycée privé. Le moindre dollar que je gagne part directement dans le gosier Art Déco de cette maison pour que je puisse me *sentir* aussi français que je désire l'être... et *bien sûr*, Philippe s'est déformé sous la pression des Antoine et des François Dubois. Ce n'est pas un dur. *Bien sûr*, il est paumé. *Bien sûr*, il s'accroche à tout ce qui peut le rassurer. *Bien sûr*, il devient créole. Et j'ai laissé faire... *bien sûr*... Oh, mon Dieu... bien sûr... pour *moi*. Alors, pour l'amour du Ciel, agis en *homme* ! Vends-la, pour le bien de ton fils !... Mais il est déjà trop tard, non ?... Les prix de l'immobilier dans le sud de la Floride ont baissé de trente pour cent. La banque prendrait jusqu'au dernier sou que j'arriverais à en tirer, et je lui devrais *encore* de l'argent... Mais au-dessous, j'aperçois l'ogre qui vit dans les tréfonds : *Je ne peux pas renoncer à tout cela !* ::::::

Alors il dit, au bord des larmes, « Ghislaine, je pense... je... *euhhh*... il faut que je prépare mes cours pour demain, et je pense... »

Ghislaine ne le laissa pas s'embourber. « Je vais au salon. J'ai des trucs à lire pour la fac. »

Dès qu'elle eut quitté son bureau, les yeux de Lantier s'embuèrent. Selon toute évidence, elle avait préféré lui tenir compagnie un moment pour s'assurer qu'il surmonterait cet état d'esprit vacillant qui le poussait par-dessus bord.

Lantier *avait* effectivement deux ou trois cours à préparer. L'un portait sur « Le Triomphe du roman français au XIXe siècle ». Les étudiants de ce cours n'étaient pas des lumières. Pas plus que ceux d'*aucun* cours de l'Everglades Global University.

« Papa, viens ! Vite ! Ça passe à la télé ! hurla Ghislaine depuis le salon. Dépêche-toi ! »

Lantier sortit précipitamment de son bureau pour rejoindre le salon et s'assit à côté de Ghislaine sur le canapé – *Merde** ! – la couture d'un des quatre gros coussins carrés sur lesquels il était assis avait lâché, laissant sortir le rembourrage. Il n'avait pas oublié la facture du tapissier, et il n'était pas question de dépenser autant d'argent pour un satané canapé en ce moment...

On voit en effet sur l'écran le lycée Lee de Forest... quel spectacle... les cris! les hurlements! les slogans! Une centaine de policiers, dirait-on, essayant de contenir une foule... une foule de visages sombres, des *Negs* et toutes les nuances de brun, de *Neg* à beige, et entre les deux... ils crient, ils hurlent, cette foule, ils sont tellement jeunes – on dirait des lycéens, à part un groupe de Blacks – non, il ne peut pas s'agir de lycéens – ils doivent avoir plutôt une vingtaine ou une petite trentaine d'années, peut-être. Des dizaines de voitures de police, sûrement, aux toits équipés de rampes lumineuses, clignotent en séquences épileptiques de lampes rouges, bleues d'un vif aveuglant... douloureux! ces éclairs de lumière vive! Mais cela n'épargne pas à Lantier une tranche de seconde déchirante devant la taille ridicule de son vieux poste de télévision par rapport aux téléviseurs qu'ont les autres – plasma, un truc comme ça, pas des grosses boîtes mastoc pleines de tubes ou d'autre chose saillant au dos de l'écran comme un postérieur de plastique affreux et bon marché... et les autres mesurent cent vingt centimètres sur cent soixante, un truc comme ça – un mini-moment tranché émincé et sur l'écran où tout n'est que tumulte... une *brigade* massive de policiers, *un bataillon...* jamais vu autant de policiers en un seul lieu essayant de contenir une foule vociférante – ce *sont* des lycéens! – toutes ces jeunes têtes *Neg* brunes et beiges aux bouches grandes ouvertes criant au meurtre à plein gosier... des véhicules de police partout... encore des rampes lumineuses qui clignotent... La caméra, où qu'elle soit, resserre le cadrage... on voit les visières anti-émeute en polycarbonate des policiers, et leurs boucliers anti-émeute en polycarbonate... toute une ligne de garçons *Neg*, bruns, *mulat, café au lait* et *une fille saillante comme un bœuf** résistent et repoussent les boucliers... ils ont l'air si petits, par rapport aux policiers, ces lycéens, ces oisillons piaillant...

« *Qu'est-ce qui se passe** ? demande Lantier à Ghislaine. *Pourquoi ne pas nous dire** ? »

Comme pour lui donner la réplique, une voix de femme retentissante couvre les hurlements – on ne la voit pas – et dit, « *Ils cherchent apparemment à repousser la foule suffisamment loin – il faut qu'ils puissent rejoindre le professeur – un certain Estevez, nous dit-on – il enseigne l'instruction civique – il faut qu'ils arrivent à lui faire quitter le bâtiment, à le faire monter dans un fourgon de police pour l'emmener en garde à vue...* »

« Estevez ! dit Lantier à Ghislaine en français. Instruction civique – c'est le prof de Philippe ! »

« *... mais on refuse de nous dire où. Pour le moment, leur problème majeur est la sécurité. Les élèves ont été libérés il y a une heure. Les cours sont suspendus pour la journée. Mais cette foule d'élèves... refuse de quitter le lycée. Or c'est un vieux bâtiment dont la construction ne répond pas aux critères actuels de sécurité. La police craint que les élèves ne cherchent à pénétrer à l'intérieur de l'établissement, où se trouve actuellement Estevez.* »

« Je leur souhaite bien du courage pour le faire sortir de là, remarqua Lantier. La police ne peut pas retenir éternellement une foule de gosses pareille !

— Papa, c'est une retransmission ! Tout cela a dû se passer il y a cinq ou six heures.

— *Ahhh*, oui. C'est vrai, c'est vrai... » Il regarda Ghislaine en face. « Mais Philippe ne nous a rien dit de... de *tout ça* ! » Sans laisser à Ghislaine le temps de répondre, la voix de la télévision s'éleva... « *Je crois qu'ils vont essayer de le faire sortir maintenant. Cette petite porte, au rez-de-chaussée – elle s'ouvre !* »

La caméra zooma... on aurait dit une porte de service. Lorsque le battant s'écarta, il dessina une petite ombre sur la surface de béton... Un policier en sortit, il regarda à gauche, à droite. Puis deux autres... et deux autres... encore deux autres... puis ils sortirent à trois de front en se serrant par la... non, ce n'étaient pas trois policiers, mais deux policiers qui tenaient par les bras un type costaud à peau claire, au crâne dégarni, les mains derrière le dos, apparemment menottées. Malgré sa calvitie naissante, il ne devait pas avoir plus de trente-cinq ans. Il marchait le menton relevé, mais clignait des yeux à une vitesse insensée. Son torse se bombait contre une chemise blanche dont les pans semblaient pendre sur son pantalon.

« *Le voilà !* annonça la voix de la télévision. *C'est le professeur, José Estevez ! Professeur d'*instruction civique *au lycée Lee de Forest. Il a été*

175

appréhendé pour avoir frappé un élève devant toute la classe, avant de le traîner au sol, paraît-il, et de le paralyser plus ou moins par une clé au cou. La police a formé autour de lui une sorte de – euh-euhhh – de phalange pour assurer sa sécurité le temps de le faire monter dans le fourgon. »

... rafale de hurlements et de braillements et d'épithètes à vous arracher le gosier...

« Selon eux, c'est lui, Estevez, le professeur qui a agressé un de leurs camarades de classe il y a environ deux heures ! »

« *Qu'est*-ce que c'est que cette chemise ? » demande Lantier en français.

Le professeur et son armée de policiers gardes du corps s'approchent de la caméra.

Ghislaine répond en français, « Je crois que c'est une guayabera. Une chemise cubaine. »

La voix de la télé : « *Ils ont presque atteint le fourgon... vous pouvez le voir juste devant vous. La police antiémeutes a fait un travail du tonnerre, en réussissant à contenir cette foule de lycéens très remontés...* »

Lantier regarde Ghislaine bien en face une fois de plus, « Philippe rentre de l'école, il sort à l'instant de la salle de classe où tout cela s'est passé, une armée de flics occupe la cour de l'école, une meute de ses propres camarades est prête à pendre son professeur à un arbre s'ils arrivent à lui mettre la main dessus – et Philippe ne veut pas en parler, et son copain *Neg* Antoine ne veut pas en parler ? Si cela avait été moi, j'en parlerais *encore* aujourd'hui, après toutes ces années ! Qu'est-ce qu'il a, Philippe ? Tu en as une idée ? »

Ghislaine secoua la tête et répondit : « Non, Papa... pas la moindre. »

7

Le matelas

:::::: Est-ce que j'existe encore?... Si oui, où? Oh, bon sang, je ne vis pas... *nulle* part... Je n'ai plus ma *place* nulle part... Je ne suis même plus l'un "des miens" ::::::

Nestor Camacho – vous vous souvenez de lui? – s'évaporait, se désintégrait, se désagrégeait – la chair se détachait de l'os, se transformait en gélatine au cœur battant, s'enfonçant dans le limon originel.

Jamais auparavant il n'aurait pu imaginer n'être attaché à... rien. Qui le pourrait? Jamais jusqu'à cet instant, juste après minuit, où il sortit du vestiaire de la marina de la Patrouille Maritime et commença à se diriger vers le parking...

Agent Camacho!

... en plus, il entendait des voix. Il n'y avait que des flics en fin de service pour traîner dans le coin à minuit, et aucun flic n'aurait jamais l'idée de l'appeler «Agent», sauf pour rigoler. Tout seul, par une nuit de Miami, une nuit de septembre trop chaude, trop poisseuse, trop visqueuse, trop moite, trop ténébreuse sous l'éclairage trop faible du parking... avait-il jamais eu la moindre notion de ce qu'était la désolation? Il n'avait pas cherché à se raconter de craques sur ce qui lui était arrivé depuis vingt-quatre heures.

Cela faisait vingt-quatre heures exactement qu'il avait quitté ce même endroit, la marina, planant sur les applaudissements de ses collègues, n'en revenant pas de constater que toute la ville – *toute la ville!* – l'avait regardé – regardé *lui*! Nestor Camacho – à la télé sauver un pauvre diable paniqué au sommet d'un mât de vingt mètres qui vacillait au bord du Gouffre de l'Enfer. Un quart d'heure après à peine, il rentre dans sa propre maison – et trouve son père planté devant la porte, colère à fond, bedaine en avant, pour le chasser de la famille... et du peuple cubain, tant qu'à faire. Nestor est tellement bouleversé qu'il dort à peine et se lève le lendemain matin pour apprendre que tous les médias hispanophones – c'est-à-dire essentiellement les médias cubains – disent la même chose depuis douze heures : Nestor Camacho a trahi sa propre famille et le peuple cubain. Son père ne le considère pas seulement comme un zéro, il fait comme s'il n'avait plus aucune réalité charnelle. Il fait littéralement comme s'il ne le *voyait* plus. Qui ça ? Lui ? Nestor ? Il n'est plus là. Ses voisins, des gens qu'il connaît pour ainsi dire depuis toujours, lui tournent le dos, se tournent pour de bon, à cent quatre-vingts degrés, et lui montrent leur derrière. Son dernier espoir, sa planche de salut, la seule qui le rattache à la vie qu'il mène depuis vingt-cinq ans, autrement dit toute sa vie, est sa petite amie. Il l'a fréquentée, il est sorti avec elle, ce qui de nos jours veut dire qu'il a couché avec elle et l'a aimée de tout son cœur. Et voilà qu'elle se pointe il y a à peine plus de huit heures, juste avant qu'il ne prenne son service... pour lui annoncer qu'elle en voit un autre, qu'elle sort avec lui et que sans nul doute elle partage son lit, et hasta la vista, chères Marchandises Périmées.

Et comme si ça ne suffisait pas, il prend son service et ses collègues, qui il y a vingt-quatre heures encore s'attroupaient autour de lui comme une bande de pom-pom-girls, sont devenus – pas froids, vraiment, mais distants. Personne ne dit de mal de lui. Personne ne fait comme s'il avait trahi qui que ce soit, ou ne se permet la moindre insinuation. Personne ne donne l'impression de vouloir reprendre les félicitations dont ils l'ont abreuvé la veille au soir. Ils sont gênés, c'est tout. Ça fait vingt-quatre heures qu'ils regardent et écoutent la radio hispanophone, la télé espagnole, la presse écrite espagnole – *El Nuevo Herald* – démolir leur collègue, le réduire en chair à pâté, et les âmes bienveillantes elles-mêmes détournent pudiquement les yeux.

Le seul qui ait manifesté la moindre envie d'évoquer tout ce pastis a été Lonnie Kite, l'*Americano* qui était sur le Safe Boat avec lui. Il l'a pris à l'écart juste avant d'embarquer sur le Safe Boat au début de leur service et lui a dit : «Il faut que tu voies les choses comme ça, Nestor» – *Nis-ter.* «Si cet enculé avait grimpé au sommet d'un mât n'importe où ou presque, tout le monde dirait, "Ce petit Camacho, c'est un vrai Tarzan, avec deux pierres, il te descendrait un immeuble." Là où t'as pas eu de bol, c'est ce que ça s'est passé devant une bande de badauds sur la Chaussée Rickenbacker, à l'heure de pointe un vendredi après-midi. Ils sortent tous de leurs bagnoles, ils s'alignent sur le pont et sont aux premières loges pour assister au spectacle du combat du Réfugié Cubain – dans le rôle du brave petit gars – contre ce Salaud de Flic. C'est des vrais connards, ces mecs. Sans tous ces trouducs à la con, personne t'aurait fait chier avec ça. »

L'*Americano* voulait lui remonter le moral, mais il ne réussit qu'à enfoncer Nestor encore plus bas. Les *Americanos* eux-mêmes étaient au courant! Les *Americanos* eux-mêmes savaient que Nestor Camacho s'en était pris plein la tronche.

Il espérait qu'il se passerait quelque chose pendant son service, quelque chose de tellement énorme, une collision de gros bateaux, par exemple – il y avait tout le temps des collisions, mais c'était géné-ralement des petits rafiots – que cela revendiquerait toute son atten-tion. Mais non, rien que la routine... des bateaux à la dérive et les types n'arrivent pas à mettre le moteur au ralenti... quelqu'un qui croit avoir vu des nageurs dans une zone réservée à la navigation... un imbécile dans un Cigarette qui fonce à toute berzingue, en prenant des virages serrés exprès pour faire dessaler les autres dans son sillage... une bande de types bourrés dans la baie, qui balancent des bouteilles et d'autres ordures non identifiées à la flotte... la prise de nuit habituelle, rien d'assez grave pour distraire Nestor de ses pro-fonds soucis... et au moment où ils avaient regagné la marina, il avait commencé à additionner additionner additionner ses malheurs...

... et la scène qu'il avait sous les yeux illustrait parfaitement le total auquel il était arrivé – désolation. Il approchait du parking de la marina. Ici, vers minuit, le tiers au moins des places de stationne-ment était vide. Les lumières du parking n'éclairaient vraiment pas grand-chose. Elles créaient le plus infime crépuscule mécanique qu'on pût imaginer. On discernait à peine les palmiers qui entouraient le périmètre. Au mieux, on arrivait à distinguer quelques masses noires et aplaties. Quant aux voitures garées, c'étaient moins des formes que de vagues miroitements crépusculaires... sur un pare-brise ici, une bande de chrome là-bas... un rétroviseur latéral par là... une jante plus loin... de faibles faibles reflets de faible faible lumière... Dans l'état d'esprit actuel de Nestor, c'était pire que pas de lumière du tout... c'était un déchet de lumière...

Il se dirigeait vers sa Camaro... pourquoi?... où allait-il passer la nuit?

Il ne distinguait la Camaro que parce qu'il savait exactement où il l'avait rangée. Il se dirigeait vers elle par pure habitude. Et ensuite? Il fallait qu'il trouve un endroit où s'allonger et prendre dix bonnes heures de sommeil. Il ne se rappelait pas avoir jamais été aussi fatigué, aussi vidé... à bout de force, à bout de courage, à bout de tout... et où trouver ce sommeil réparateur? Pendant toute la soirée, à chaque pause, il avait téléphoné à des amis, leur mendiant un endroit où pieuter, n'importe quoi, appelant même des types qu'il n'avait pas vus depuis le lycée, et les réponses avaient toutes été les mêmes que celle de Jesús Gonzalo, Jesús, son meilleur pote de l'équipe de catch, qui avait dit, « *Euhhhh* ouais, *euhhhh*, sûr, ouais, mais combien de temps tu veux rester, juste cette nuit, hein? – parce que j'ai dit à mon cousin Ramón – il est du New Jersey – il risque de venir en ville demain, et je lui ai dit... »

Ses *amis*! Évidemment, depuis trois ans, ses amis avaient surtout été d'autres flics, parce que seuls d'autres flics peuvent comprendre ce que vous pensez, les trucs que vous avez à faire, les trucs qui vous préoccupent. En plus, ils faisaient partie d'une élite. Ils devaient affronter des dangers que ses anciens copains ne pouvaient même pas imaginer. Ils ne pouvaient pas imaginer ce que ça représentait de braquer son Regard de Flic et de donner des ordres aux passants dans la rue... En tout cas, cette affaire avait manifestement suinté comme une fuite de gaz à travers toute la communauté cubaine. OK. Il demanderait à un des jeunes flics de l'équipe. Il en aurait l'occasion juste là, dans le vestiaire, pendant la dernière demi-heure... il en aurait eu l'occasion toute la nuit... mais il n'avait pas pu! Ils avaient inhalé le gaz, eux aussi!... Sa propre famille l'avait chassé de sa propre maison... l'*humiliation* ! Un motel ? Pour un gars d'Hialeah, cette solution n'était même pas envisageable. Payer une somme pareille juste pour poser sa tête dans le noir toute la nuit ? Demander à Cristy ? Elle était dans son camp. Mais pourrait-il se contenter d'y pioncer ? OK, on verra bien... et puis, il lui restait la Camaro. Il pouvait toujours s'écrouler dans sa bagnole. Il essaya de se représenter la scène... Putain, comment se mettre à l'horizontale dans une Camaro ? Il fallait être un gosse ou un contorsionniste... une deuxième nuit blanche d'affilée... voilà tout ce qu'il y gagnerait.

Maintenant j'habite... nulle part... je ne suis plus chez moi *nulle part*. Une fois de plus, cette question lui traversa l'esprit : Est-ce que j'existe encore ? Les premières fois, il se l'était posée avec une nuance d'autocompassion. Les fois suivantes, avec une nuance d'humour morbide. Et maintenant... avec une nuance de panique. Je fais la même chose que d'habitude, je retourne à ma voiture à la fin de mon service... et je ne sais pas où aller ! Il se figea sur place. Réponds-moi franchement ce coup-ci... *Est-ce que j'existe ?*

« Agent Camacho ! Hé ! Par ici ! Agent Camacho ! »

Par ici était quelque part dans le parking. Nestor scruta le vague crépuscule électrique. Un grand Blanc courait vers lui le long d'une rangée de voitures en stationnement.

« John ! *hunh hunh hunh hunh* Smith ! *hunh hunh* du *Herald* ! » criait-il. Je ne sais pas qui vous êtes, mais vous n'êtes pas en super forme *hunh hunh hunh hunh*... être aussi essoufflé après avoir couru une petite cinquantaine de mètres. Le nom ne disait rien à Nestor, mais « du *Herald* » le rassura. Le *Herald* avait été le seul de tous les médias à prendre plus ou moins son parti.

« Excusez-moi ! dit l'homme en s'approchant. Je *hunhhunhhunhhunh* ne savais pas comment vous joindre ! »

Nestor le reconnut dès qu'il l'eut en face de lui. C'était le journaliste qui faisait le pied de grue avec un photographe quand ils avaient regagné la marina dans le Safe Boat, le brigadier, Lonnie Kite et lui. Même en faisant un gros effort, il n'aurait pas pu avoir l'air plus *americano*... grand... des cheveux blonds pendants, raides comme des baguettes de tambour... le nez pointu... « Excusez-moi de m'imposer *hunh hunh hunh hunh* comme ça. Vous avez lu mon article dans le journal de ce matin ? demanda John Smith. Vous l'avez trouvé objectif ? » Il sourit. Il déglutit. Il ouvrit les yeux comme deux belles-de-jour.

Pour Nestor, l'apparition de John Smith à minuit au milieu de ce parking aurait parfaitement pu être le genre de vision auquel sont sujets ceux qui ne dorment pas et qui n'existent pas... Il lui restait pourtant juste assez de bon sens pour croire à la réalité de cet *Americano*. Il avait envie de lui demander ce qu'il faisait là, mais était incapable de trouver une façon diplomatique de tourner la chose. Alors il se borna à hocher la tête... comme pour dire, faute de mieux, « Oui, j'ai lu votre article et oui, je l'ai trouvé objectif. »

« Vous êtes sûrement *hunhhunhhunhhunh* pressé de rentrer chez vous, je m'en doute, poursuivit John Smith, mais accepteriez-vous de m'accorder deux ou trois minutes ? J'aurais quelques *hunhhunhhunhhunh* questions à vous poser. »

Une sinistre forme d'allégresse ranima le système nerveux central paralysé de Nestor. Il se reconnectait avec... *quelque chose* au moins. Quelqu'un, même si ce n'était qu'un journaliste de presse *americano* qu'il ne connaissait pas, lui offrait ne fût-ce qu'une chance d'éviter de passer toute la nuit à rouler en se parlant à lui-même. Le clodo à la Camaro ! Sans abri à la une ! Mais il se contenta de demander, « À quel sujet ?

— C'est que j'écris une suite à cet article, et il me paraît essentiel d'avoir votre réaction. »

Nestor le regarda sans rien dire. :::::: Réaction ? Réaction à quoi ? :::::: Le mot déclencha en lui un sentiment de terreur indicible.

« Et si nous allions prendre un café quelque part ? »

Nestor le regarda encore plus fixement. Parler à ce journaliste poupin ne pourrait que lui valoir des ennuis sans l'autorisation d'un inspecteur, d'un commissaire ou d'un quelconque directeur adjoint. D'un autre côté, il avait parlé à ce type vingt-quatre heures plus tôt et personne n'avait rien dit... en plus, tant qu'il parlait à la presse, il *existait*. Pas vrai ? Tant qu'il parlait à la presse, il était... *quelque part*. Non ? Tant qu'on parlait de lui dans la presse, il avait *une place* dans ce monde... Il fallait faire preuve d'imagination... Il savait qu'aucun inspecteur, aucun commissaire et aucun directeur adjoint sur terre n'était capable de comprendre ça, et encore moins de l'avaler. Mais peut-être comprendraient-ils *ceci* : «Dieutoutpuissant, inspecteur, mettez-vous à ma place. Je suis tout seul. Vous ne pouvez même pas imaginer à quel point je suis seul.» Voilà à quoi se résumait la situation. Il avait besoin de parler à quelqu'un. Pas de se confier à un prêtre ou truc comme ça. Simplement de *parler* à quelqu'un... pour avoir l'impression d'exister de nouveau, après tout ce qu'il subissait depuis vingt-quatre heures.

Il adressa au journaliste John Smith un long, très long regard vide. Une fois de plus, il hocha la tête en signe d'assentiment sans la moindre trace de satisfaction, et moins encore d'enthousiasme...

«Et si on allait là? suggéra le journaliste en tendant le doigt vers le bar d'Inga La Gringa.

— Trop bruyant.» C'était vrai. Ce que Nestor s'abstint cependant de dire, c'est que le bruit serait celui des autres flics de la Patrouille Maritime qui quittaient leur service. «Il y a un endroit qui s'appelle l'Isle of Capri, là-bas, à Brickell, près de la Chaussée. Ça reste ouvert tard et au moins, on s'entend parler. C'est pas donné, quand même.» Il ne précisa pas qu'aucun flic quittant son service où que ce fût à Miami ne mettrait jamais les pieds dans un café aussi cher.

«Aucune importance, répondit John Smith. C'est le journal qui paye.»

Ils partirent pour l'Isle of Capri, chacun dans sa voiture. Dès que Nestor mit le contact dans la Camaro, la climatisation lui souffla au visage. Dès qu'il passa une vitesse et démarra, le silencieux de son tuyau d'échappement rugit. Le concert de la climatisation et du silencieux percé lui donnait l'impression d'être enfermé dans un de ces souffleurs si bruyants que les employés-à-sept-dollars-de-l'heure qui ramassent les feuilles mortes sont obligés de porter des casques sur les oreilles... Il était enfermé dans un souffleur... et les questions tourbillonnaient dans sa tête. :::::: Pourquoi est-ce que je fais ça? Qu'est-ce que ça va m'apporter, sinon des emmerdes? À quoi veut-il que je réagisse? Pourquoi est-ce que c'est "le journal qui paye" comme il dit? Pourquoi devrais-je faire confiance à cet *Americano*? Pourquoi? Je ne devrais pas, c'est clair... mais j'ai perdu tout ce qui compte dans la vie! Je n'ai même plus d'ancêtres... Mon foutu grand-père, le grand éclusier des eaux usées de Malecón, a coupé l'arbre généalogique au-dessous de moi... et je ne sais même pas où je vais passer la nuit. Bon Dieu, j'aimerais encore mieux aller discuter avec un *serpent* que de n'avoir personne à qui parler. ::::::

Nestor et le journaliste s'assirent au bar et commandèrent des cafés. Grand standing, le bar de l'Isle of Capri... Des spots fixés sous les étagères éclairaient une batterie de bouteilles d'alcool contre un immense pan de mur recouvert de miroir. Les projecteurs illuminaient les bouteilles d'alcool... absolument fabuleux et le panneau de miroir multipliait le spectacle par deux. Nestor en était ébloui, tout en sachant que ces bouteilles étaient destinées à des *Americanos* d'âge mûr qui adoraient raconter qu'ils s'étaient « bourrés » la veille au soir, qu'ils s'étaient « torchés », « murgés », qu'ils étaient « h.s. », « complètement dans le coltard » et même que ça avait été le « trou noir », et qu'ils ne savaient plus qui ils étaient quand ils s'étaient réveillés. De toute évidence, être un Homme n'avait pas le même sens pour un *Americano* que pour un Latino. Toujours est-il que le spectacle lumineux des bouteilles de l'Isle of Capri et de tout ce luxe le faisait délirer. Il était aussi plus fatigué qu'il ne l'avait jamais été de sa vie.

Les cafés arrivèrent et John Smith du *Herald* passa aux choses sérieuses. « Comme je vous le disais, je vais consacrer un deuxième article à l'histoire du type sur le mât – à votre exploit –, mais j'ai appris par certaines sources que, loin de voir en vous un héros, un grand nombre de Cubains ne sont pas loin de vous considérer comme un traître »... il inclina la tête et regarda Nestor avec une expression qui demandait clairement qu'est-ce que vous en pensez.

Nestor ne savait pas *quoi* dire... le café qu'il avait bourré de sucre à la cubaine était divin ; de l'ambroisie ; il lui donnait faim. Il n'avait pas assez mangé pendant son service. Constater que son existence même, si on pouvait encore l'appeler ainsi, gênait d'autres membres de la Patrouille Maritime lui avait coupé l'appétit. John Smith attendait sa réponse. Nestor ne savait plus trop s'il devait se laisser embarquer dans cette affaire.

« Je crois que c'est à *eux* que vous devriez poser la question, dit-il enfin.

— À qui ?

— Eh bien... euh... aux *Cubains*, non ?

— Je l'ai fait, mais ils ne sont pas à l'aise avec moi. Pour la plupart d'entre eux, je suis un étranger. Ils n'ont pas très envie de parler... dès que je commence à leur poser des questions sur les attitudes ethniques, les nationalités, tout ce qui relève de ce domaine. Ils ne sont pas à l'aise avec le *Herald*, un point c'est tout. »

Nestor sourit, mais sans joie. « *Ça*, c'est sûr.

— Ça vous fait sourire ? Pourquoi ?

— Parce que dans mon quartier, Hialeah, les gens disent, "Le *Miami Herald*" et poursuivent du même souffle "*Yo no creo.*" On pourrait croire que le nom complet du journal est *Yo no creo el Miami Herald*. Vous savez ce que veut dire "*yo no creo*" ?

— Oui, bien sûr. "Je ne le crois pas". *Yo comprendo*. Et ils font la même chose avec vous, Nestor. »

C'était la première fois que le journaliste l'appelait par son prénom. Ça ne lui plaisait pas trop, à Nestor. Il ne savait pas comment le prendre. Il ne savait pas si c'était par sympathie ou s'il utilisait son prénom comme on le fait à l'égard d'un inférieur... un *fumigador* par exemple. De nombreux clients appelaient son père Camilo d'emblée. « Ils déforment aussi tout ce qui vous concerne, poursuivait le journaliste. Ils prennent ce que vous avez fait, ce que je... – je l'ai clairement exposé me semble-t-il dans mon article – ce que je considère comme une manifestation d'immense courage et comme un exploit sportif, et le déforment pour en faire l'acte d'un lâche !

— D'un *lâche* ? » Le mot l'avait touché au vif. « Ils peuvent me traiter de tout un tas de trucs, *traidor* et tout ça, mais je n'ai entendu personne me traiter de "lâche". J'aimerais bien savoir comment on peut dire ça. Un "lâche"... Merde alors... Ils n'ont qu'à essayer de faire ce que j'ai fait, tiens... Un "lâche". » Il secoua la tête. « Vous avez vraiment entendu quelqu'un prononcer ce mot, *lâche* ?

— Oui. "*cobarde*", ils disent ça... tout le temps.

— *Ils* ? répéta Nestor. Comment vous savez ça, vous ? Je croyais qu'ils ne voulaient pas vous parler.

— Certains me parlent quand même. Mais ce n'est pas là que je l'ai entendu. Je l'ai entendu à la radio, plusieurs fois même.

— *Quelle* radio ? Qui l'a dit ?

— Les stations en espagnol. *"Cobarde"*. Deux ou trois stations, je crois.

— Quels fumiers», murmura Nestor. Il sentait l'adrénaline se ruer dans ses veines. «Qu'est-ce qu'il y avait de *cobarde* dans ce que j'ai fait? Comment est-ce qu'ils peuvent avoir l'idée de dire *ça*?

— Ce ne sont pas les idées qui les étouffent, vous savez. Voilà comment ils raisonnent, si on peut parler de raisonnement. Ce qu'ils disent, c'est qu'il est facile d'être un *pez gordo* et de faire le *valiente* quand on a derrière soi tous les autres *peces gordos*, toute la police, la Gendarmerie Maritime, le *Miami Herald*.» Il rit tout bas. «Je suppose qu'ils ajoutent *Yo no creo el Miami Herald* pour faire bonne mesure. Vous n'avez pas écouté les radios latinas?

— Je n'ai pas eu le temps. Si vous saviez à quoi ont ressemblé ces dernières vingt-quatre heures...» Il s'interrompit. Il sentait qu'il s'engageait en terrain miné. «... vous comprendriez ce que je veux dire.

— Et si vous me racontiez ce qui s'est passé?» John Smith regardait Nestor droit dans les yeux avec une intensité qui ne lui ressemblait pas. Nestor eut la sensation que c'était son Regard de Journaliste, un peu comme le Regard de Flic que les flics décochaient aux gens. Évidemment, ce n'était pas tout à fait pareil. Il se plongea dans la contemplation du spectacle lumineux des bouteilles d'alcool. Tous les flics avec lesquels Nestor en avait discuté considéraient les journalistes comme une bande de lopettes. Nestor était prêt à parier que celui qui était à côté de lui à ce bar était, lui aussi, une lopette. Il y avait quelque chose dans l'onctuosité de sa voix et dans toutes ses bonnes manières... Ce genre de type – à la moindre menace physique, il se dégonflerait et décanillerait. Mais les vieux flics disaient aussi qu'ils étaient comme des petites araignées, des veuves noires. Ils pouvaient mordre et ça faisait foutrement mal.

Voilà pourquoi il préféra se concentrer sur John Smith et répondre: «Je ne suis pas sûr que ce soit une bonne idée.

— Pourquoi?

— Je ne peux certainement pas parler de tout ça sans autorisation préalable.

— Sans autorisation de qui?

186

« — Je ne sais pas exactement, parce que ça ne m'est jamais arrivé. D'un commissaire de secteur au minimum.

— Je ne comprends pas. Vous m'avez parlé juste après avoir fait descendre du mât ce soi-disant dirigeant d'un mouvement clandestin. Quelle autorisation préalable avez-vous dû obtenir ?

— Aucune, mais c'était diff... »

Un John Smith soudain agressif lui coupa la parole. « Qui a écrit l'article le plus bienveillant à votre égard qui ait été publié sur toute cette affaire ?... le plus véridique, aussi. Est-ce que j'ai donné une mauvaise image de vous ? »

Son Regard de Journaliste le perçait comme une vrille.

« Non, reconnut Nestor, mais... »

Le journaliste l'interrompit encore. « Alors, qu'est-ce qui vous fait penser que je pourrais avoir l'intention d'écrire quelque chose de négatif sur vous maintenant ? Si quelqu'un vous cherche des crosses, c'est le *El Nuevo Herald* – j'espère que vous l'avez lu » – Nestor détourna les yeux et balança lentement la tête d'avant en arrière dans un oui très vague – « quant à la radio latina et à la télé latina, elles n'ont fait que vous enfoncer ! poursuivit le journaliste. Et ça ne va pas s'arrêter là. Ils vont remettre ça aujourd'hui, croyez-moi. Vous n'avez pas besoin de soutien ? Vous préférez n'être qu'une piñata que toute la bande peut s'amuser à tabasser ? Oh, je peux me passer de vous et pondre un joli papier où j'analyserai ce que vous avez fait et où j'expliquerai que c'était nécessaire, et humain. Mais ce ne serait qu'un éditorial, même pas signé du rédacteur en chef. Il me faut des détails que vous êtes le seul à pouvoir me donner. »

Le pire était que ce John Smith, ce journaliste, avait raison. Le mot *cobarde* palpitait toujours dans le cerveau de Nestor. Son sens de l'honneur exigeait qu'il réagisse à cet affront. À moi la vengeance, dit le Seigneur – et en attendant, tu penses à ton boulot, grand vengeur ? S'il balance tout au journaliste... même sans prononcer un seul mot critique à l'égard du Département... un grand article de presse s'étalant sur Son rôle dans une opération de police ultra médiatisée – pas besoin de règles de procédures écrites pour savoir ce que le Département en pensera. :::::: Et pourtant, tout le monde – *tout le monde* – doit savoir une chose. Nestor Camacho n'a rien d'un *cobarde...* bande de fumiers... ce n'est pas à moi de le dire, quand même. C'est au Département de s'en charger... mais ça, il peut toujours courir. Oh, ils défendront la décision de faire descendre le mec du mât, mais ils ne vont certainement pas se pâmer devant le flic qui est monté tout là-haut et qui a fait le boulot... ::::::

Nestor n'avait pas conscience de l'image qu'il donnait à John Smith. Son regard n'était pas fixé sur le journaliste, mais sur le miroir derrière toutes les bouteilles d'alcool éclairées. Il ne voyait même pas son reflet dedans. Il passait la main droite sur les jointures de sa main gauche puis la main gauche sur les jointures de sa main droite et la main droite sur les jointures de sa main gauche et la main gauche...

À cet instant seulement, il se rendit compte du spectacle d'indécision qu'il devait offrir. John Smith reprit : « OK, Nestor, j'ai une proposition à vous faire. Si vous me donnez tous les détails, je ne vous citerai pas. Je ne mentionnerai même pas que je vous ai parlé.

— Ouais, mais il y a des trucs que je suis le seul à savoir, et tout le monde se dira forcément que ça vient de moi.

— Écoutez. Ce n'est pas la première fois que je rencontre ce problème et je sais le gérer. Je citerai un tas d'autres sources. Comment croyez-vous que toutes les grandes affaires policières se retrouvent dans la presse ? Je ne parle pas des infos sèches annonçant un crime. Je parle des dessous d'une affaire, de la façon dont on a élucidé un crime important, de qui a balancé qui, ce genre de choses. C'est toujours la même histoire : des flics refilent aux journalistes des informations qui font mousser les journalistes, et les journalistes écrivent des articles qui font mousser les flics. Les deux camps savent parfaitement se protéger réciproquement. Ça se passe tout le temps, *tout le temps*. Si vous n'avez aucun moyen de raconter votre histoire, d'autres gens, la Mairie par exemple, s'en chargeront à votre place ... et ça ne va pas vous plaire, croyez-moi. Pour eux, vous n'êtes que ce... ce... *moustique* qui pique ses compatriotes cubains. Écoutez, je peux raconter votre histoire – et préciser clairement que vous n'avez *pas* voulu coopérer. Je dirai que vous n'avez pas répondu à mes appels téléphoniques, ce qui sera vrai. En fait, c'est déjà vrai. J'ai appelé le bureau de la Patrouille Maritime vers vingt et une heures trente et j'ai demandé à vous parler, mais ils n'ont pas voulu vous passer d'appel personnel sur le Safe Boat. »

« Vous voulez dire qu'ils *savent* déjà que vous vouliez me parler ? s'alarma Nestor.

— Bien sûr ! Écoutez, j'ai envie d'une bière. Vous en voulez une ? »

Une bière ? Comment ce type pouvait-il penser d'un coup à une bière ? Nestor n'en revenait pas. Ça le contrariait. D'un autre côté... une bière... ça ne serait pas si mal peut-être. Cela le calmerait peut-être un peu, ça diluerait le taux d'adrénaline. S'il avait un autre genre de drogue, il en prendrait sûrement, là, maintenant... et puis une bouteille de bière, ce n'était pas la mer à boire. « Euhh, ouais. Je veux bien. »

John Smith leva la main pour attirer l'attention du barman. Pendant qu'il commandait les deux bières, l'irritation de Nestor repartit à la hausse. :::::: Ce n'est pas *son* cul qui est en jeu, juste au bord de l'abîme. :::::: John Smith se retourna vers Nestor, poursuivant la conversation comme s'il n'y avait pas eu d'interruption. « Ça va de soi ! Si j'ai l'intention d'écrire un article sur vous – et ils verront cet article bien assez tôt –, je vais forcément chercher à vous joindre directement. C'est le contraire qui aurait l'air bizarre. La procédure est parfaitement courante. »

Les bières arrivèrent. Sans attendre John Smith, Nestor leva son verre, l'inclina et but... une bonne et longue gorgée... une vague de chaleur monta de son ventre pour se répandre à travers son cerveau, inondant tout son système nerveux central... et *effectivement*, il eut l'impression d'être plus calme.

Il commença par la fin de son service, vingt-quatre heures plus tôt... tous les autres flics en plein délire qui lui racontaient, avec toutes les blagues de flics habituelles, qu'il avait électrisé tout le pays... et puis il était rentré chez lui... sur des ailes... et une grosse surprise l'attendait sur le seuil.

« Mon père. Là. Il était planté là, les jambes écartées comme un catcheur, les bras croisés comme ça... »

... subitement il s'interrompit, arrima son regard à celui de John le Journaliste... et resta comme ça pendant ce qui devait être, espérait-il, quelques secondes pleines de tension... Quand il reprit la parole, ce fut sur un tout autre ton, parfaitement raccord avec ce regard.

« Vous vous rappelez ce que vous venez de me promettre, à propos de l'utilisation que vous ferez de ce que je vous dis ?

— Oui...

— Et des sources que vous utiliserez pour me couvrir ? » Il intensifia son regard.

« Oui...

— Je veux simplement être sûr que nous nous comprenons bien. » Il laissa passer quelques fractions de secondes. « Parce qu'autrement... je serai vraiment dans la merde. »

Il poussa alors ce certain regard au max. Ce ne fut qu'à cet instant qu'il prit conscience que c'était son Regard de Flic. Sans un mot, il faisait passer le message. Sur ce terrain, c'est moi le boss. J'exerce le pouvoir suprême et je suis prêt à te dézinguer s'il le faut. Tu voudrais bien savoir ce qui pourrait me faire estimer qu'« il le faut » ? Eh bien, commençons par la *rupture d'un engagement verbal*.

Le visage pâle de l'*Americano* prit une blancheur mortelle – c'est du moins l'impression qu'eut le Policier Camacho. Les lèvres du Journaliste John Smith s'écartèrent légèrement... mais il se tut. Il se contenta de faire oui de la tête, inclinant le front avec une infinie timidité.

Et soudain... Nestor était assis là, dans l'éclat luxueux des lumineuses bouteilles d'alcool du bar de l'Isle of Capri, en train de vider son sac. De *tout* déballer. Impossible d'en dire assez à cet *Americano* – qu'il avait vu en tout et pour tout deux fois dans sa vie. Il éprouvait un besoin irrésistible... non pas d'avouer, car il n'avait pas péché... *encore juste une bière,* mais de parler à quelqu'un, à un interlocuteur ne fût-ce qu'à moitié neutre, de lui confier son martyre et son humiliation, la douleur de se faire rejeter par tous les êtres qui étaient les plus proches de lui – d'un coup ! – en l'espace de moins de vingt-quatre heures ! – et par d'innombrables membres de son propre peuple *encore juste une bière* les autres *Cubanos,* qui ne demandaient qu'à croire ce qu'ils entendaient sur le plus puissant des organes, la radio en espagnol, et même ce que disait ce média démodé qu'aucun individu de moins de quarante ans ne lisait plus, la presse écrite... son père planté là, sur son seuil, qui était aussi celui de Nestor, campé sur ses jambes écartées, comme un catcheur, les bras croisés sur la poitrine – comme un catcheur *furieux... encore juste une bière*, et des voisins qu'il connaissait depuis toujours qui lui tournaient le dos dès qu'ils le voyaient approcher... et, par-dessus le marché, ses collègues flics, qui l'avaient acclamé en héros vingt-quatre heures plus tôt *encore juste une bière...* et se montraient soudain terriblement froids, embarrassés par la présence parmi eux de cet homme souillé... *encore juste une bière – in cervisia veritas...* tout, *tout*, jusqu'à son portable qui sonnait au fond de sa poche au moment où il était *à ça* de faire une chute mortelle de vingt mètres au-dessus du pont d'un voilier, en essayant de descendre un câble de trente mètres à la seule force des bras tout en portant un homme *entre ses jambes...* et ce putain de téléphone qui commence à *bip-bip-biper* avec des textos, et des gens – son propre peuple – des *Cubanos* – lui hurlent des insultes et crient «à mort» depuis le pont de la Chaussée Rickenbacker – *tout*, et même l'expression glaciale de Magdalena quand il s'était mis à lui crier ¡*CONCHA*!...

Trois heures et demie durant, Nestor déversa jusqu'à la dernière goutte de ses chagrins et de son âme... et n'aurait jamais cessé si l'Isle of Capri n'avait pas fermé à quatre heures du matin. Les deux jeunes gens étaient maintenant dans la rue. Nestor ne tenait plus très bien sur ses jambes. Son équilibre était... précaire. Sa démarche manquait de fluidité. Rien d'étonnant après tout... le stress des deux derniers jours... le manque de sommeil... le manque de nourriture aussi, à y bien réfléchir. Il n'envisagea pas un instant qu'il pouvait être plus qu'à moitié torché après avoir descendu neuf bières d'affilée, plus un coup de tequila, plus d'alcool qu'il n'en avait jamais absorbé en un seul soir de toute sa vie.

Cette idée avait pourtant dû effleurer l'*Americano periodista* parce qu'il regarda Nestor et lui demanda : «Vous avez l'intention de prendre votre voiture pour rentrer chez vous?»

Nestor aboya un petit rire amer. «Chez moi? J'ai plus rien qui s'appelle comme ça, vous savez.

— Mais alors, où avez-vous l'intention de passer la nuit?

— Je ne sais pas», répondit Nestor, à cette différence près que ce qui sortit de sa bouche était *Chèpahh*. «J'vais pioncer dans ma caisse j'pense... Non! J'sais... J'vais aller chez Rodríguez et pioncer sur un matelas au gymnase.

— Et si c'est fermé? »

Nouveau petit rire amer. « Fermé? Y'a rien de fermé si tu sais ce que sait un flic. » Nestor lui-même perçut un relent de sa propre fanfaronnade de flic.

« Nestor » – encore cet emploi insolent de son prénom – « j'ai l'impression que vous êtes trop épuisé pour conduire. J'ai un canapé convertible chez moi et à cette heure-ci, mon appartement n'est qu'à cinq minutes. Ça vous dit? »

Il rigole ou quoi? Dormir chez un *Americano periodista*? Mais ce mot que venait de prononcer le *periodista... épuisé!* Rien qu'à l'entendre, il se sentait encore plus épuisé... épuisé, pas bourré... pas bourré, crevé... il ne s'était jamais senti aussi crevé. Tout haut, il répondit : « Vous avez peut-être raison. »

Il ne garda presque aucun souvenir du trajet jusque chez John Smith... ni de s'être effondré sur le canapé convertible dans un petit salon exigu... ni d'avoir dégobillé tripes et boyaux...

Quand Nestor se réveilla, quand il regagna le pays de la conscience, il n'était pas aussi tard qu'il l'avait espéré. Un jour ténu traversait le tissu grossier de la longueur d'un sac à houblon qui servait de rideau de fortune à l'unique fenêtre de la pièce. Jamais il ne s'était senti aussi mal. S'il cherchait à relever la tête de ce canapé, il replongerait dans les vapes. Il le savait sans avoir besoin d'essayer. Une mare de douleur et de nausée avait envahi tout un hémisphère de son cerveau pendant qu'il était allongé sur le côté. Il n'osait pas incliner cette mare d'un unique degré ou – l'odeur envahissait déjà ses narines – *l'odeur* – la gerbe jaillirait façon projectile. Il se rappelait vaguement avoir dégueulé sur le tapis avant de tourner de l'œil.

Il renonça et referma les yeux. Pas moyen de faire autrement, et en fait, il se rendormit. D'un mauvais sommeil. Il ne cessait de se réveiller, par à-coups. Surtout, ne pas ouvrir les yeux. Comme ça, il avait au moins une chance de se rendormir... aussi troublé que pût être son sommeil.

Quand, enfin, il se réveilla pour de bon, le rideau en toile de jute était constellé de points lumineux. Il devait être près de midi. Il s'aventura à relever la tête de quelques centimètres. C'était atroce, mais pas complètement impossible cette fois. Il réussit à faire glisser ses jambes sur le côté du canapé et à s'asseoir... et enfonça la tête entre ses jambes pour irriguer son cerveau. Lorsqu'il redressa la tête, il posa les coudes sur ses genoux et se couvrit les yeux avec les paumes des mains. Il ne voulait plus voir cette pièce minuscule, fétide, couleur paille. Il ne voulait rien faire, mais il savait qu'il allait bien falloir que d'une manière ou d'une autre, il trouve le chemin des toilettes.

Il poussa un gros soupir, sans autre motif que de s'entendre proclamer dans quel état pitoyable, anéanti, il était. Il soupira encore. Tout d'un coup, il entendit des pas faire grincer le plancher. Quel trou à rats... Enfin, il n'avait même pas, lui, de *trou à rats* où aller.

«Bonjour. *Buenos días*. Comment ça va?»

C'était John Smith... sur le seuil de la salle de bains. Nestor leva la tête juste assez pour le voir de la tête aux pieds. L'*Americano* se tenait là, habillé de façon tellement *americano* que c'en était agaçant... le pantalon kaki si bien repassé qu'on se serait coupé le doigt sur le pli... le chemise bleue impeccable, dont seuls les deux premiers boutons étaient ouverts et chaque manche retroussée exactement de la longueur de deux poignets ... tout ça tellement, tellement. Si Nestor avait connu et compris le mot *bécébégé*, il aurait su pourquoi ça lui portait sur les nerfs.

Il répondit simplement, «Atrocement mal... mais je devrais y survivre.» Il jeta à John Smith un regard interrogateur. «Je pensais que vous seriez au boulot.

— C'est-à-dire que comme j'ai l'intention d'écrire un article sur *vous*, je *suis* au boulot, en fait. J'ai préféré rester ici jusqu'à ce que vous soyez réveillé.»

J'ai l'intention d'écrire un article sur vous. Dans son état de vulnérabilité, cette idée lui porta un coup. L'atterra. Qu'avait-il fait? Pourquoi avait-il raconté à ce type tout... toutes ces conneries hier soir? Il était à la masse, ou quoi? Mais il songea alors à l'image de faiblesse qu'il donnerait à John Smith... s'il se rétractait ce matin, après avoir mis ses tripes à l'air devant l'*Americano* et les avoir étalées complaisamment pour qu'il s'en repaisse... quatre heures durant, à tout déballer et maintenant, la gueule de bois, les tempes battantes... tout ça pour se mettre à pleurnicher et à supplier, « Je n'ai rien dit ! Je vous en prie, je vous en prie, j'avais trop bu, c'est tout. Vous ne pouvez pas me faire ça ! Pitié ! Miséricorde ! » – et plus que tout autre chose, cette crainte de paraître faible, pitoyable et terrifié lui clouait à présent le bec... la trouille de paraître avoir la trouille ! C'était suffisant pour empêcher n'importe quel Nestor Camacho de céder... aux Doutes.

« Il faut que quelqu'un vous ramène à votre voiture, disait l'*Americano*. Elle est à une dizaine de kilomètres d'ici, et je ne suis pas certain » – il baissa un sourcil et remonta les lèvres du même côté dans un sourire gentiment moqueur – « je ne suis pas tout à fait certain que vous vous rappeliez où vous l'avez laissée. »

C'était vrai. La seule chose dont se souvenait Nestor était un bar qui offrait un spectacle lumineux fascinant... les bouteilles d'alcool éclairées par-dessous d'éclats translucides fauves, ambrés et mordorés, qui renvoyaient un millier d'étoiles sur leurs surfaces incurvées. Il n'aurait su dire pourquoi, mais l'image de ce tableau étincelant commença à l'apaiser.

John Smith lui proposa un petit déjeuner. La simple idée d'avaler quelque chose de solide fit monter la bile dans la bouche de Nestor et il se décida pour une unique tasse de café noir instantané. Dieutoutpuissant, les *Americanos* buvaient une satanée lavasse.

Puis ils montèrent dans la Volvo de John Smith, et en route pour l'Isle of Capri. John Smith avait absolument raison. Quand il s'était réveillé pendant la nuit et plus tard, quand il s'était levé du canapé, Nestor n'avait aucun souvenir de *l'endroit* où il avait laissé sa voiture.

Ils s'engagèrent dans Jacinto Street puis tournèrent dans Latifondo Avenue... et plus il y pensait, plus il était convaincu que John Smith était un type bien. Hier soir, l'*Americano* l'avait littéralement ramassé... *dans la rue !*... lui avait offert un endroit où passer la nuit... et avait même attendu toute la matinée pour le laisser dormir tout son soûl avant de le reconduire à sa voiture. Sa crainte de ce que ce grand et pâle *periodista americano* risquait d'écrire refluait doucement. *Yo no creo el Miami Herald*... pourtant John Smith avait raison quand il disait que les pouvoirs établis déformeraient son histoire... sa carrière... sa *vie* ! à leur convenance, tant qu'il ne disposerait d'aucune voix pour se

194

défendre... tant pis si c'était dans les pages du *Yo no creo el Miami Herald*.

«John», dit-il – et il s'interrompit parce qu'il s'était surpris lui-même. Il ne l'avait jamais appelé par son prénom, par aucun nom, d'ailleurs. «Je tiens à vous remercier pour tout. Quand j'ai quitté mon service hier soir – enfin, j'étais vraiment à bout – j'étais... j'étais plus bas que terre. Je vous dois beaucoup, et même plus. S'il y a quelque chose que je puisse faire pour vous, vous n'avez qu'à demander.»

John Smith ne dit pas un mot. Pour commencer, il ne regarda même pas Nestor. Il avait encore les yeux fixés devant lui, sur la route, quand il répondit enfin. «En fait, oui, il y a quelque chose que vous pourriez faire pour moi. Mais je m'étais dit que ce n'était pas le moment. Vous avez bien assez de soucis pour aujourd'hui.

— Non, non, allez-y. Si je peux faire quelque chose pour vous, je le ferai.»

Un nouveau long silence, puis John Smith se tourna vers Nestor. «C'est que... j'aimerais avoir accès à certains dossiers de la police» – un coup d'œil sur la route, et retour sur Nestor – «j'aimerais savoir de quelles informations elle dispose sur quelqu'un, un type qui habite Sunny Isles.

— Qui est-ce? Comment s'appelle-t-il?

— C'est-à-dire que... je n'en ai encore parlé à personne sauf à mes chefs, au journal. Mais si mon flair ne me trompe pas, c'est une grosse affaire. Il s'appelle Sergueï Koroliov. Ça vous dit quelque chose?

— Hmmm... non.

— Vous ne vous rappelez pas cet oligarque russe – c'est comme ça que tout le monde l'appelle, un oligarque russe – ce Russe qui a fait don de tout un paquet de toiles de grande valeur au Musée des Beaux-arts de Miami... un paquet de Chagall, de Kandinsky et de *euhh* ce "suprématiste" russe, "suprématiste" c'est un terme qu'il avait inventé... son nom m'est sorti de la tête, mais c'est un célèbre artiste moderne. Quoi qu'il en soit, le musée a estimé que ces tableaux ne valaient pas loin de 70 millions de dollars – *Malevitch!* Voilà le nom du mec – celui qui se disait "suprématiste"... Kazimir

Malevitch. Ce don représentait un tel trésor qu'on a rebaptisé le musée musée Koroliov des beaux-arts. »

Nestor adressa à John Smith un long regard perplexe. L'*Americano* l'avait largué dès qu'il avait parlé de Cigale, un truc comme ça... et puis de Kadinski et Malaïvitch... et même du musée Koroliov des beaux-arts, à vrai dire.

« Le truc, reprit John Smith, c'est que d'après un tuyau très sérieux qu'on m'a filé, tous sont des faux, tous ces tableaux à 70 millions de dollars.

— Sans déc !

— Vrai de vrai. Mon informateur est quelqu'un de très sérieux. Pas du genre à raconter des vannes.

— Et le musée ne lui a pas donné un *sou* en échange des tableaux ?

— Non, c'est ça le plus drôle. C'était un don, pur et simple. Tout ce qu'il en a tiré, c'est un dîner et une pluie de louanges. »

Les lumières de l'imagination perdirent de leur éclat. « *Mierda*. S'il n'en a pas tiré un rond, je ne suis même pas sûr que ce soit un délit. Il faudrait que je me renseigne.

— Je n'en sais rien non plus, mais quoi qu'il en soit, c'est un putain de sujet d'article. Ils étaient tous là, figurez-vous, le Maire, le gouverneur, Maurice Fleischmann, tous les gros bonnets de Miami, à jouer des coudes pour couvrir d'éloges un imposteur. Ça me fait penser à cette pièce de Gogol, *Le Revizor*. Vous l'avez... quoi qu'il en soit, c'est une pièce géniale. »

:::::: Non, je ne l'ai *pas*... mon pâle *Americano*... :::::: Mais sa rancœur se dissipa rapidement. C'était un drôle de zèbre, ce John Smith. Nestor n'avait jamais croisé personne de plus instinctivement différent de lui-même. Ce mec n'avait pas un os latino dans le corps. Il ne le voyait pas non plus en flic, pas trois secondes. Il avait quelque chose de fade, de faible. Ce genre de mec – on imaginait mal qu'il puisse être assez agressif pour décocher un Regard de Flic, rien que ça. :::::: Mais quand même, lui, cet *Americano*, est mon seul espoir d'empêcher la marée de *mon propre peuple, de ma propre famille* ! – *de me balayer.* ::::::

Quand John Smith s'arrêta devant l'Isle of Capri, Nestor eut du mal à reconnaître l'endroit. Sous le soleil de midi, le café avait l'air petit, gris et mort. Qu'avait-il bien pu lui trouver de fascinant ? Rien ne *brillait*... c'était un bouge à deux balles, rien de plus. Il repéra sa Camaro, Dieu merci.

Il remercia encore John Smith et lui promit de dénicher tout ce qu'il pourrait sur le Russe. En sortant de la voiture, il fut pris d'un étrange sentiment. Dans un instant, John Smith redémarrerait et lui, Nestor Camacho, serait abandonné. *Abandonné*, c'était l'impression qu'il avait... et ce sentiment commença à s'emparer de son système nerveux central. Alors ça, c'était franchement *bizarre*. Il éprouvait l'envie pressante et irrationnelle de demander à l'*Americano* de rester encore un moment... au moins jusqu'à ce qu'il prenne son service à la marina de la Patrouille Maritime. Je suis seul !... plus seul que je ne l'ai jamais été de ma vie ! Et son boulot à la patrouille ne ferait qu'aggraver les choses. Au moment où il avait fini son service, la nuit dernière, à minuit, ses « camarades », ses « frères » lui avaient jeté des coups d'œil donnant à penser qu'ils auraient préféré regarder ailleurs. Et ce n'était que le lendemain de toute cette affaire du type sur le mât. Ce soir, ils se demanderaient pourquoi il ne faisait pas ce qui s'imposait... se désintégrer... comme le font tous les hommes marqués qui ont un minimum de décence.

:::::: Oh, mais qu'est-ce que tu attends pour te jeter à l'eau et te noyer, lamentable petit *maricón* ! :::::: Il n'avait jamais eu que mépris pour ceux qui s'apitoyaient sur eux-mêmes. Ils finissaient par perdre tout sens de l'honneur. Et voilà que lui-même, Nestor Camacho, s'offrait le soulagement pervers d'éviter la lutte – et tous ces connards –, en renonçant et en allant presque jusqu'à espérer qu'ils lui enfonceraient la tête sous l'eau une troisième fois. Hé, ça mettrait fin à la douleur, pas vrai !

En fait, il devait y avoir quelque chose de paisible dans la noyade... une fois qu'on s'était remis du choc initial de ne plus jamais respirer, ne plus jamais prendre de nouvelle inspiration. Mais il était déjà au-delà du choc initial. Qu'est-ce qui le retenait ? Sa famille ? Ses amis ? Son héritage cubain ? Ceux qu'il aimait ? Le grand amour romantique de sa vie ? Ou peut-être l'approbation de John Smith... Ça le fit rire... d'un rire rance. John Smith serait ravi qu'il coule pour la troisième fois. Ça lui permettrait de tirer de toute cette merde un article d'intérêt humain encore plus émouvant. Nestor imaginait très bien l'expression pseudo-sincère de John Smith, comme s'il l'avait encore en face de lui.

Ce petit WASP maigrichon et magouilleur! Tout est bon pour faire un article... tu parles de sincérité... D'autres visages surgirent alors... distinctement... distinctement... l'espace d'un instant, des visages alignés le long du garde-fou du pont de la Chaussée Rickenbacker. Pendant cet instant – une femme d'une quarantaine d'années... il n'avait jamais vu d'expression aussi haineuse de sa vie! Elle lui crachait dessus. Elle vitupérait. Elle essayait de le liquider en lui balançant des rayons de la mort de ses yeux profondément enfoncés dans son visage convulsé. Il entendait les huées l'accabler de toutes parts, même d'en bas, de toutes les petites embarcations qui n'étaient sorties que dans le but de le descendre. Et – qui... est... ce? ::::: Mais c'est Camilo el Caudillo! Là, juste devant moi, les bras croisés sur sa bedaine d'un air suffisant... et voici ma chichiteuse de mère qui dégouline de compassion, tout en sachant que tout ce que dit el Caudillo est parole d'Évangile... Yeya et Yeyo – hah! ::::::: Toutes les générations vivantes de Camacho le considèrent comme le Traître Suprême... Le cousin par alliance d'oncle Andres, Hernán Lugo, qui s'est permis de le sermonner à l'anniversaire de Yeya... le père de Ruiz, chez Ricky, tournant la tête à quarante-cinq degrés pour pouvoir lui dire, la bouche en coin, *Te cagaste* – « Tu as drôlement merdé, hein, et tu t'es foutu dans la merde par la même occasion »... et aaahh, c'est Mr Ruiz qui est assis maintenant juste devant lui, lui tournant le dos, parlant d'une voix hargneuse du coin des lèvres sous son crâne luisant. Ils aimeraient tellement le voir couler, tous, toute la bande... certains, comme sa propre famille, pour que la souillure soit définitivement lavée... d'autres, comme Mr Ruiz, pour avoir des histoires si captivantes à raconter, si grossièrement enjolivées... « Il est entré discrètement avec des lunettes noires, il s'imaginait que je ne le reconnaîtrais pas »... et toi, Señor Comemierda Ruiz, tu enroberais probablement tout ça d'une bonne couche bien grasse de compassion... Oh, vous seriez si contents que je sois emporté par le courant et que je laisse le ressac m'entraîner jusqu'au fond... eh bien...

Allez vous faire foutre!

Vous seriez trop contents, et franchement, ça, ça me reste en travers du gosier! Désolé, mais je ne vous donnerai pas cette satisfaction! Et si ça ne vous plaît pas, ce n'est pas ma faute. C'est celle de Mr Ruiz et de son *cagaste* à la pointe du jour. Et puis soyez sympas, allez vous faire foutre!

« Tou ponses peut-êtrrre c'est drrroule, dit Mr Evgueni Ouhouhou – Nestor n'avait pas compris son nom – mais ze dois pozer quession. Qu'est-ce tou sais sur arrrt ? »

Nestor ne savait pas quoi répondre. Il était découragé. Il était trois heures et quart. Il prenait son service dans quarante-cinq minutes. C'était sa troisième visite d'un logement trouvé sur Craiglist en trois heures... et il fallait qu'il obtienne cet appartement. En le partageant avec le grand Russe osseux, légèrement voûté qui se tenait devant lui, il pourrait payer le loyer... il le lui fallait! Il ne résisterait pas à une nouvelle nuit comme la précédente, où il avait été obligé de se faire héberger comme un clodo – par un journaliste du *Yo no creo el Herald*! Cet Evgueni et lui discutaient dans le vestibule ridiculement exigu qui séparait les deux petites chambres de l'appartement... Coincées dans ce même vestibule, il y avait une minuscule cuisine crasseuse, une minuscule salle de bains crasseuse et la bruyante porte d'entrée à revêtement d'aluminium standard qu'on trouvait dans ce genre d'appartement de bas étage. Evgueni, s'il avait bien compris, était artiste, et plus précisément «graphiste». Il appelait cet appartement, pour lequel il souhaitait trouver un colocataire, son «atelier». Nestor ne savait pas ce qu'était un graphiste, mais un artiste était un artiste, et il vivait et travaillait dans son atelier d'artiste... et maintenant, il lui demande, à lui, Nestor, ce qu'il sait sur l'art? Sur l'art? Le désespoir l'envahit. :::::: *¡Dios mío!* Je serais incapable de sortir deux phrases dans une conversation sur l'art. Inutile de faire semblant. Merde! Autant lui dire les choses en face et encaisser comme un homme. ::::::

« Ce que je sais sur l'art? À dire vrai... rien.

— Yessss! » s'exclama Evgueni. Il leva le poing à la hauteur de son épaule et pompa avec le coude, comme un athlète américain. «Tou veux parrrtazer ce atclier? – il est à toua, moun ami! » Remarquant la consternation de Nestor, il ajouta : « Le arrrt graphique, pas bon en ce moument, alors ze dois parrrtazer ce atelier. Ze veux surrrtout pas oune perrrssoune qui crrroua tout savouarrr sur arrrt, oune perrr-soune qui veut parrrler de arrrt, et cette perrrsoune veut me donner conseils ! » Il posa la main sur ses yeux et secoua la tête, puis regarda à nouveau Nestor. « Tou peux me crouarrre, ze connais rien pirrre. Tou es poulicier, hein ? Ça te plairrrait, à toua, que quelqu'un y vienne et il croua il sait tout sourrr "les flics" ou il veut tout savouarrr sourrr les flics, et toua, il faut que tou lui dises... Tou deviens fou en oune semaine ! »

D'ailleurs, Evgueni n'avait pas envie d'aller vivre avec les Russes de Sunny Isles ou de Hallandale. Ils le rendraient fous, eux aussi. Ici, dans cet atelier de Coconut Grove, il se sentait chez lui. Et peu importait qu'il aime travailler l'après-midi et jusque tard dans la nuit – de toute façon, Nestor serait parti, pour son service.

:::::: Parfait :::::: se dit Nestor. :::::: On est deux étrangers, toi de Russie, moi de Hialeah. On arrivera peut-être à s'en sortir à Miami. :::::: Il fit un chèque sur-le-champ, montra son insigne à Evgueni et l'invita à noter son numéro. Evgueni esquissa le hausse-ment d'épaules qui signifie, « Oh, à quoi bon ? » Il semblait tout aussi impatient que Nestor de trouver quelqu'un avec qui partager cet appartement.

C'était le genre de choses dont le Chef ne parlait jamais à per-sonne... à *personne*... Il n'était pas idiot, après tout. Les gens préfèrent parler de leur vie sexuelle – parfois, entre flics, il était impossible d'obtenir qu'ils la bouclent –, de leur argent, de leurs mariages ratés ou de leurs péchés aux yeux du Seigneur... de *n'importe quoi* plutôt que de leur statut en ce bas monde... de leur place dans l'ordre social, de leur prestige ou de leur absence humiliante de prestige, du respect qu'on leur témoigne, du respect qu'on ne leur témoigne pas, de leur jalousie et de leur rancœur à l'égard de ceux qui se vautrent dans le respect dès qu'ils posent le pied quelque part...

Tout cela traversa l'esprit du Chef en un seul *blip* au moment où son chauffeur, le brigadier Sanchez, pila devant l'Hôtel de Ville au volant de l'Escalade de fonction du Chef. L'Hôtel de Ville de Miami était un bâtiment blanc étrangement petit, isolé sur un comblement de terrain, un rectangle de vingt-cinq ares, qui faisait saillie dans la baie de Biscayne. L'Escalade, en revanche, était un monstre énorme, tout noir, aux vitres fumées et sans le moindre signe distinctif révélant que c'était un véhicule de police... sinon une barre de toit noire équipée d'une rangée de projecteurs et de feux clignotants et une lumière sur le tableau de bord, pas plus grosse qu'une pièce d'un quarter, qui émettait une sorte de rayons X bleus inquiétants. Dès qu'ils s'arrêtèrent, le Chef *sauta* littéralement du siège passager... à l'avant, à côté du brigadier Sanchez. Il ne voulait surtout pas qu'on le prenne pour un vieux chnoque qui devait se faire *trimbaler* par un chauffeur. Comme beaucoup d'hommes d'une bonne quarantaine d'années, il tenait à avoir l'air jeune, athlétique, viril... c'est pourquoi il *sauta*, imaginant qu'il était un lion, un tigre ou une panthère... une image de puissance souple, en tout cas. Il fallait le voir pour le croire ! Enfin, du moins, il en était convaincu... difficile d'en *demander* confirmation à quelqu'un ! Il portait une chemise, une cravate, un pantalon bleu très foncé de style militaire, des chaussures noires et des lunettes de soleil foncées enveloppantes. Pas de veste ; on était à Miami... dix heures, un matin de septembre, la lampe chauffante cosmique à la verticale, et il faisait déjà plus de trente degrés à l'ombre. De part et d'autre de son cou qui, se figurait-il, paraissait aussi épais qu'un tronc d'arbre, une rangée de quatre étoiles dorées courait de chaque côté de son col bleu marine... une galaxie de huit étoiles en tout... et au-dessus de ce tronc d'arbre étoilé, son... visage foncé. Un mètre quatre-vingt-treize centimètres, cent cinq kilos de bonhomme, de sacrées épaules, afro-américain à n'en pas douter... et Chef de la Police.

Ouais ouais, ils pouvaient *reluquer*, tous ces gens qui entraient et sortaient de la mairie – il adorait ça ! L'Escalade se trouvait sur le rond-point juste devant l'entrée. Le Chef monta sur le trottoir. Il s'arrêta un instant. Il leva les bras sur le côté, coudes repliés, rejeta les épaules en arrière aussi loin qu'elles voulaient bien aller et prit une profonde inspiration. Il donnait l'impression de *s'éééééétirer* après avoir été enfermé dans la voiture. En réalité, il forçait son torse à se bomber à fond. Il était prêt à parier que ça lui donnait l'air deux fois plus puissant… mais, bien sûr, il était difficile d'en *demander* confirmation à quelqu'un…

Il était encore là à s'étirer, se pavaner, quand…

« Hé, Chef ! » C'était un jeune homme, mais l'étiquette de Condamné à Perpète à la mairie lui collait déjà à la peau… le teint clair, probablement cubain… surgissant de l'entrée, lui adressant un grand sourire d'hommage et lui manifestant sa considération par un signe de la main qui prit son départ au niveau du front pour se transformer en demi-salut. Avait-il déjà vu ce gosse ? Est-ce qu'il ne travaillait pas au Bureau de – comment ça s'appelait de nouveau ? En tout cas, il lui rendait hommage… Le Chef le bénit d'un sourire majestueux en disant :

« Salut, mon Grand ! »

Il venait de faire rouler ses épaules en avant pour les remettre en position normale quand un couple d'âge moyen le dépassa – s'apprêtant à entrer dans l'Hôtel de Ville. Ils avaient l'air cubain, eux aussi. L'homme se retourna et claironna, « Comment ça va, Chef ? »

Hommage. Le Chef le bénit d'un sourire majestueux et le gratifia d'un « Salut, mon Grand ! »

Dans un enchaînement rapide, un autre « Hé, Chef », un « Ça boume, Chef ? » et puis un « Bienvenue par ici, Cy ! » – abréviation de Cyrus, son prénom – et un « Comment ça va-t'y, Cy ? », et il n'avait même pas encore atteint la porte. Les citoyens aimaient visiblement lui rendre hommage par des formules qui rimaient avec Cy. Son nom de famille, Booker, dépassait leurs talents poétiques, ce qui n'était pas plus mal, tout bien considéré. Toutes les épithètes qu'il aurait pu leur inspirer auraient été des railleries, ou alors des attaques raciales ou personnelles… branleur, glandeur, péteur, arnaqueur… Oui, ce n'était pas plus mal après tout…

Le Chef disait, « Salut, mon Grand ! »… « Salut, mon Grand ! »… « Salut, mon Grand ! »

Hommage ! Le Chef était d'excellente humeur ce matin. Le Maire l'avait convoqué ici, à l'Hôtel de Ville, pour une petite… « réunion politique »… à propos de cet agent de la Patrouille Maritime, Nestor Camacho, et de l'affaire du Type sur le Mât. Son visage se fendit d'un large sourire, à son seul bénéfice. Il se réjouissait déjà à l'idée de voir le Vieux Dionisio ne plus savoir où se mettre. Chaque fois que les choses tournaient mal pour le Maire ou le rendaient fou, le Chef ne pensait à lui que sous son vrai nom, *Dionisio* Cruz. Le Maire avait fait tout son possible pour que le monde entier le considère simplement comme Dio, à la manière dont William Jefferson Clinton était devenu Bill, et Robert Dole Bob. Il estimait que Dionisio, le nom pentasyllabique du dieu grec du vin et des noceurs, était trop insolite et trop encombrant pour un homme politique. Il ne mesurait qu'un mètre soixante-dix et arborait une somptueuse bedaine, mais il était doté d'une énergie phénoménale, des meil-leures antennes politiques du coin, d'une voix sonore et d'une bon-homie égotiste capable de s'emparer d'une pièce bondée et de gober les gens tout rond. Ça ne posait pas de problème au Chef. Il ne se faisait aucune illusion sur les données politiques de la situation. Il n'était pas le premier Afro-Américain à diriger la police de Miami, mais le quatrième. Le sujet de préoccupation n'était pas le vote afro-américain, qui ne représentait pas grand-chose. C'était... les émeutes.

En 1980, on avait accusé un flic cubain d'avoir assassiné un homme d'affaires afro-américain, déjà à terre, au cours d'une garde à vue... en lui matraquant le crâne jusqu'à ce qu'il se fende et qu'on lui voie la cervelle. Deux des collègues du flic cubain avaient témoigné contre lui à son procès, reconnaissant qu'ils étaient présents et qu'ils l'avaient vu faire. Cela n'avait pas empêché un jury exclusivement blanc de l'acquitter, et il était sorti du tribunal libre comme l'air. Cette affaire avait déclenché quatre jours d'émeutes et de carnage à Liberty City, les pires émeutes de l'histoire de Miami, du pays peut-être même. Les années 1980 et suivantes avaient été marquées par toute une série de troubles à Miami. Et chaque fois, des flics cubains étaient accusés d'avoir tabassé des Afro-Américains. Liberty City, Overtown et d'autres quartiers afro-américains s'étaient transformés en bâtons de dynamite et la charge explosait à tous les coups. La der-nière émeute remontait à deux ans seulement. C'est à ce moment-là que Dio Cruz avait décidé de promouvoir le Chef Adjoint Booker au poste de Chef. Vous voyez? C'est un des vôtres, pas un des nôtres, qui dirige l'ensemble du Département de Police.

La manœuvre était transparente. Mais tout de même, le Département comptait cinq Chefs Adjoints afro-américains, et le Maire avait choisi... *moi*, et pas un autre. Dio Cruz l'appréciait sincèrement, il l'admirait, voilà ce que préférait croire le Chef... sincèrement.

Mais ce matin, grâce à Dieu, c'était son copain et admirateur Dionisio lui-même qui s'était fait piéger par son propre peuple. En général, c'était *lui*, le Chef qui était dans le pétrin. Les étrangers, blancs en règle générale, qui lui parlaient supposaient habituellement que les Noirs – «la communauté afro-américaine» puisque telle était l'expression politiquement correcte du moment, une expression que les Blancs prononçaient comme s'ils marchaient sur un lit d'éclats d'ampoules électriques explosées – devaient être «terriblement fiers» qu'«un des leurs» soit désormais à la tête de la police. Eh bien, s'ils étaient si fiers de lui, ils avaient une curieuse manière de le montrer. Chaque fois qu'un recruteur abordait un jeune Afro-Américain et lui laissait entendre qu'il pourrait faire un flic du tonnerre – le Chef s'était chargé personnellement de missions de ce genre –, le mec rétorquait, «Pourquoi est-ce que j'accepterais de trahir mon peuple?» ou autre chose dans cette veine. Un gamin avait même eu le culot de regarder le Chef bien en face, sa face noire, et de lui dire «J'voudrais bien savoir pour quelle putain d'raison j'voudrais aider ces putains d'Cubains à tabasser mes frères?» Non, le peu de respect que lui témoignait «la communauté noire» dans la rue tenait exclusivement à ses liens avec le Pouvoir... actuellement. Il jouissait du pouvoir de l'Homme... actuellement. *Unghhh huhhhnh...* T'as pas intérêt à te frotter au Traître en Chef, mec. Il te chope et d'un coup, tu commets un «suicide par flic». Tu te suicides en te prenant une balle de la police dans le buffet et ils trouvent sur ton cadavre un pétard que tu savais même pas que t'avais, et ils disent que t'as braqué ce-pétard-que-t'as-jamais-su-que-t'avais sur un flic et qu'ils ont pas eu le choix. Légitime défense. Tu ne sais pas que tu te suicides. Et c'est pourtant ce que tu as fait en sortant ce pétard-que-tu-savais-pas-que-t'avais et en le braquant sur l'Équipe des Suicides. Tu captes? – mais putain, t'écoutes même pas. Oh, pardon, frère. Y'a plus *moyen* que t'écoutes plus rien maintenant.

Les Équipes Cubaines de Suicide... et ça l'avait transformé en quoi, lui ? Ah ouais... en Traître en Chef. Il était bien content que cette fois, ce soit le Maire qui ait la bite coincée dans la porte.

En arrivant à cette grande « réunion politique », il leva sans y penser les yeux vers la façade de l'Hôtel de Ville, et son sourire s'élargit suffisamment pour que les badauds se demandent ce qui pouvait bien faire marrer le Chef de la Police. La mairie de Miami était la plus bizarre de toutes celles des grandes villes du pays, de l'avis de Cy Booker. C'était un petit bâtiment de stuc blanc à deux niveaux, Art Moderne, ce qu'on appelait maintenant Art Déco, un style à la mode dans les années 1920 et 1930. La Pan American Airways l'avait construit en 1938 pour servir de terminal à sa nouvelle flotte d'hydravions, qui se posaient et décollaient dans la baie de Biscayne sur leurs pieds bulbeux à flotteurs. Mais les perspectives de l'hydravion avaient fait long feu, et la ville avait repris le bâtiment en 1954 pour le transformer en Hôtel de Ville Art Moderne – tout en laissant le logo de la Pan American Airways en place ! Ouais ! – et pas à un seul endroit. Le logo – un globe terrestre, volant dans les airs sur des ailes Art Moderne et propulsé par les rayons Art Moderne du soleil qui se levait au-dessous de lui – cette touche Art Moderne typique, promettant un avenir radieux éclairé par les ambitions astrales prométhéennes de l'Homme, se répétait à l'infini, dessinant une frise qui enveloppait tout le bâtiment PAN AM PAN AM PAN AM PAN AM PAN AM en suivant la corniche. Il y avait là quelque chose de sublimement cinglé... l'Hôtel de Ville d'une grande métropole arborant fièrement le logo du terminal d'hydravions d'une compagnie aérienne désormais défunte !... mais on était à Miami, alors...

La salle de réunion du Maire au premier étage ne ressemblait pas non plus à la salle de réunion municipale d'une autre grande ville. Le plafond était bas, il n'y avait pas de table, juste un assortiment dépareillé de sièges de dimensions et de confort variables. On aurait plutôt dit le petit salon légèrement décrépit d'un club d'athlétisme vieillissant. Toutes les pièces du premier, y compris le bureau du Maire, étaient petites et étroites. De toute évidence, elles avaient été occupées initialement par l'armée de gagne-petit chargée de la comptabilité, des fournitures et de l'entretien de la compagnie d'hydravions. Maintenant, c'était le domaine du Maire. Une expression que n'avaient jamais digérée les employés de mairie du pays tout entier traversa l'esprit du Chef : « Bien assez bon pour des fonctionnaires. »

Comme il s'approchait, son regard se porta de l'autre côté du seuil. Le Maire était déjà là, avec son directeur de communication, puisque tel était le titre que portaient désormais les attachés de presse de l'Hôtel de Ville, un grand type élancé qui s'appelait Efraim Portuondo et aurait pu être séduisant s'il n'avait pas été aussi austère... et avec Rinaldo Bosch, un petit bonhomme en forme de poire, qui n'avait qu'une quarantaine d'années mais était déjà aussi chauve qu'un employé de bureau. C'était le directeur administratif de la ville, un titre qui ne voulait pas dire grand-chose quand le Maire était un type comme Dionisio Cruz.

Dès que le Chef apparut dans l'embrasure de la porte, le Maire ouvrit tout grand la bouche, prêt à ne faire qu'une bouchée de lui, de l'attaché de presse sinistre et du petit chauve.

« Héééé, Chef, entrez ! Asseyez-vous ! Reprenez votre souffle ! Vous êtes prêt ? On a un nom de Dieu de boulot sur la planche ce matin.

— Ce ne serait pas plutôt un nom de Dio de boulot ? » demanda le Chef.

Silence soudain... pendant que la logique translinguistique de la blague se connectait dans la tête des trois Cubains... Dieu = Dios = Dio...

Bref éclat de rire du directeur de communication et du directeur administratif. Ils n'étaient pas arrivés à se retenir, mais ils ne s'éternisèrent pas. Ils savaient que Dio Cruz ne trouverait pas ça drôle.

Le Maire adressa au Chef un sourire glacial. « Très bien, puisque vous êtes si fort en espagnol, vous saurez certainement ce que veut dire *"A veces, algunos son verdaderos coñazos del culo.*[1]*"* »

Le directeur de la communication Portuondo et le directeur administratif de la ville Bosch se permirent à nouveau un bref éclat de rire avant de regarder le Chef en face. À leurs yeux écarquillés d'impatience, celui-ci comprit que le vieux Dionisio l'avait remis à sa place

---

1. « Il y en a je vous jure qui sont de vrais connards d'enculés. »

et qu'ils mouraient d'envie de les voir, *vous et lui*, se prendre à la gorge. Mais le Chef préféra ne *pas* avoir la traduction. Il rit, « Une simple plaisanterie, monsieur le Maire, une simple plaisanterie, Dio... Dios... qu'est-ce que j'en sais, moi ? »

Ce « monsieur le Maire » n'était qu'une ironie bon enfant à laquelle il ne put résister. Il ne l'appelait jamais « monsieur le Maire ». Quand ils étaient seul à seul, il l'appelait Dio. En présence d'autrui, il ne l'appelait pas du tout. Il le regardait et il parlait, c'est tout. Il n'aurait pas su expliquer exactement pourquoi, mais il s'en serait voulu de plier le moins du monde l'échine devant le vieux Dionisio.

Il voyait bien que de toute façon, le Maire en avait assez de cet échange. Il ne supportait pas d'avoir le dessous. Le vieux Dionisio s'assit, le visage renfrogné dans un fini-de-rigoler. Tous l'imitèrent.

« Bien, Chef, dit le Maire. Vous savez que toute cette histoire est une vraie merde, et je sais que c'est une vraie merde. Ce policier, ce jeune Camacho, reçoit l'ordre de faire descendre le type du mât. Alors il monte et il descend le type, mais d'abord, il se croit obligé de faire une espèce de numéro d'acrobate à la con. Le machin passe à la télé, et maintenant, la moitié de la ville hurle et nous reproche de ne pas nous bouger le cul pendant qu'un responsable du mouvement clandestin anti-Castro est victime d'un lynchage judiciaire. Je n'ai vraiment pas besoin de ça.

— On ne sait même pas si c'est vrai, remarqua le Chef. D'après la Gendarmerie Maritime, personne n'a jamais entendu parler de lui, pas plus que du mouvement clandestin qu'il prétend diriger, ce El Solvente.

— Ouais, ouais, mais allez raconter ça à ceux qu'on a sur le dos en ce moment. Ils ne vous écouteront pas. On est devant une sorte de panique, d'émeute, un truc comme ça. Les gens le croient – ils le prennent pour un putain de martyr. Si on leur dit le contraire – ils nous accuseront de magouille, ils prétendront qu'on cherche à étouffer l'affaire.

— Qu'est-ce qu'on peut faire d'autre ?

— Où il est ce type, ce type du mât – où il est, là, en ce moment ?

— En garde à vue sur un bâtiment de la Gendarmerie Maritime en attendant qu'ils se décident à annoncer ce qu'ils vont faire. Je suppose qu'ils vont attendre un moment, le temps que l'affaire se tasse. Mais ils ne vont certainement plus lui donner l'occasion de prononcer un seul mot. Il va être invisible.

— Si j'ai un conseil à vous donner, faites-en autant avec l'agent Camacho. Mutez-le quelque part où il sera invisible.

— Où ça?

— Oh... *hmmmmm*... je sais! Envoyez-le dans cette zone industrielle, là-bas, dans le coin de Doral. Personne n'y va jamais sauf pour réparer des fours à coke et graisser des engins de terrassement.

— Mais qu'est-ce que Camacho irait foutre là-bas?

— Je ne sais pas moi... La police fait bien des patrouilles en voiture, elle protège les citoyens, non?

— Ce serait une rétrogradation.

— Comment ça?

— C'est là qu'il a débuté. Agent de proximité. La Patrouille Maritime fait partie des unités spéciales. On ne peut pas le rétrograder. Ça reviendrait à dire qu'on n'a pas fait les choses comme il fallait, et que ce policier a merdé. Or il n'a rien à se reprocher. Tout a été fait selon les règles, une simple opération de routine... tout, à un détail près.

— Ah oui, et quoi? demanda le Maire.

— L'agent Camacho a risqué sa vie pour sauver ce type. Il a fait un putain de truc, à y bien réfléchir.

— Ouais, mais il n'aurait pas eu à sauver ce type s'il n'avait pas d'abord cherché à l'appréhender.

— Même si vous croyez ça, il a quand même fait un putain de truc. Il a coincé le type entre ses jambes à vingt mètres d'altitude et l'a redescendu comme ça jusqu'à l'eau, se balançant à la seule force des bras sur le filin du foc. Vous savez quoi? Ça ne va pas vous plaire, mais il va falloir qu'on décerne à l'agent Camacho une médaille pour acte de bravoure.

— Quoi!?

— Tout le monde sait qu'il a risqué sa vie pour sauver ce type. Toute la ville l'a vu. Tous ses collègues l'admirent, quels qu'ils soient. Ils le trouvent tous sacrément courageux, même s'ils se refusent à l'avouer – c'est un sujet tabou. Mais si on ne lui donne pas la médaille, ça puera la magouille politique à plein nez.

— Je rêve! dit le Maire. Et où est-ce que vous avez l'intention d'organiser la cérémonie? Dans la grande salle de la Freedom Tower?

— Non... On peut faire ça discrètement. »

Le directeur de communication, Portuondo, prit la parole. «Le mieux serait de publier un communiqué de presse le lendemain de la cérémonie, noyé au milieu de toutes sortes d'autres annonces, éloges, modifications du plan de circulation, tout ce que vous voudrez, et vous mentionnez la médaille de l'agent Camacho en huitième position, par là. Ça se fait couramment.

— OK, mais ça n'empêche pas qu'il faut le rendre invisible. Comment on fait, si on ne peut pas le remettre dans la rue?

— La seule solution, c'est une mutation latérale, dit le Chef, dans une autre unité spéciale. Il y a la Patrouille Maritime, où il se trouve actuellement, il y a la CST – la Crime Suppression Team, la Brigade Anticriminalité – la SWAT, la...

— Hé, coupa le Maire. Et la Police montée? Ces mecs-là, on ne les voit jamais, sauf au parc. Foutez-le sur un canasson et qu'on n'en parle plus!

— Impossible. Ça, ça s'appelle une mutation latérale vers le *bas*. Dans un cas pareil, ça serait gros comme une maison... le coller à cheval et l'envoyer au parc!

— Vous avez une meilleure idée?

— Ouais. La SWAT. C'est l'unité la plus macho de toutes, parce qu'on passe son temps en ligne de tir. On se bat pour de vrai. Il y a surtout des jeunes types, comme ce Camacho, et ils ont intérêt à être en super forme. L'entraînement – à un moment, il faut se balancer du haut d'un bâtiment de six étages pour atterrir sur un matelas. Je ne rigole pas... un matelas. Ceux qui n'arrivent pas à sauter ne sont pas admis dans la SWAT. Il faut être jeune pour arriver à faire ça sans se blesser, mais ce n'est pas tout. Quand on prend de la bouteille, on commence à tenir vachement plus à sa peau. C'est une constatation que j'ai faite je ne sais combien de fois dans ce métier. On est plus âgé, plus gradé, mieux payé, l'ambition commence à vous chatouiller. Tout votre instinct vous dit, "Tu as trop de valeur maintenant, tu as bossé trop dur pour arriver là, un avenir radieux t'attend. Comment pourrais-tu envisager de tout risquer en faisant une connerie pareille, sauter de six étages... sur un putain de matelas ?" » Le Chef constata qu'ils étaient captivés, tous, Dionisio Cruz, l'attaché de presse Portuondo et le petit directeur administratif chauve. Ils le regardaient avec de beaux grands yeux innocents de petits garçons. « Ouais... quand on regarde le matelas du haut de six étages – ce foutu machin a l'air de la taille d'une carte à jouer, et pas plus épais. Si un type d'un certain âge est planté là, sur le toit, et regarde en bas comme ça, il se met à penser à... aux choses essentielles, comme on dit à l'église. » Ouais ! Ce coup-ci, les trois Cubains étaient hypnotisés. Prêts pour le coup de grâce. « Chaque année, quand les candidats à la SWAT en arrivent à cette partie de l'entraînement... je saute, moi aussi. Je veux que ces gosses se disent "Putain, si le Chef le fait, et que moi, j'ai les orteils au bord du toit... et que je suis incapable de mettre mes jambes en mode saut... tout le monde me traitera de lamentable petite lopette jusqu'à la fin de mes jours." Je veux que ces gars *refusent* d'échouer. »

L'espace d'un moment, aucun des Cubains ne pipa mot. Mais le Maire fut incapable de contenir ses émotions plus longtemps. « Excellent ! s'écria-t-il. C'est ça ! Puisque l'agent Camacho aime tant l'action – foutez-le tout en haut du bâtiment et montrez-lui le matelas ! »

Le Chef ricana tout au fond de lui-même. ::::::: J't'ai bien eu. :::::::

Mais tout d'un coup ::::::: Et merde ! ::::::: il y avait un os, et un gros... il avait fallu qu'il transforme le Maire et ses béni-oui-oui en petits garçons aux yeux exorbités par quatre-vingt-dix secondes de contes et légendes de la SWAT, avec lui-même dans le rôle principal... Il baissa la tête, la balança d'un côté à l'autre à l'autre à l'autre, lentement, et lâcha, « Putain ! » Puis il les regarda tous les trois, serrant les lèvres si fort qu'un bourrelet de chair se forma au-dessus et au-dessous. « Le gosse serait parfait pour la SWAT, mais c'est impossible. On ne peut pas muter un type à la SWAT pour des raisons politiques. Personne ne sera dupe. Tous les flics savent qui est Nestor Camacho ; maintenant en tout cas, ils le savent. On a quarante et un flics sur la liste d'attente de la SWAT en ce moment.

Tous volontaires... vous parlez d'une compét'! Personne ne peut intervenir dans le recrutement de la SWAT, pas même le Chef de la police.

— Il y a quarante et un flics qui ont envie de faire ça? s'étonna le Maire. Quarante et un flics qui bouillent d'impatience à l'idée de sauter du sixième étage et d'atterrir sur un matelas pour être jugé bons à se faire canarder?»

Le Chef se mit à se tapoter le côté du front, jouant la petite pantomime qui signifie, «Ça, c'est ce que j'appelle se servir de sa cervelle.» «Bien répondu, Dio! "Ils bouillent d'impatience de se faire canarder!" C'est exactement ça! Il existe un type de flics qui sont venus pour jouer. Vous comprenez ce que je veux dire?»

Le Maire détourna les yeux un instant, l'air abattu. «Enfin... envoyez l'agent Camacho où vous voulez, ça m'est égal, pourvu que vous le sortiez de la baille. Compris? Mais quelle que soit l'unité où vous – comment vous appeliez ça? – *mutation latérale?* – où vous *muterez latéralement* votre acrobate de télé, il faudra qu'il fasse ce truc. C'est une des conditions.

— *Quel* truc? demanda le Chef.

— Ce truc du matelas. Puisqu'il aime tant l'action et ne peut pas s'empêcher de me casser les couilles, vous allez le conduire tout en haut du toit – et lui montrer le matelas!»

L'après-midi suivant, Nestor appela John Smith sur son iPhone. «John, ça vous dirait de venir prendre une tasse de café? J'ai quelque chose à vous montrer.

— Quoi donc?

— J'ai pas envie de vous le dire. Je préfère vous le montrer, en personne. Ça va drôlement vous plaire, et je veux être là pour voir ça.

— Eh, vous m'avez l'air en *super* forme aujourd'hui! Quand je vous ai quitté hier – vous auriez dû voir la tête que vous faisiez! On aurait cru que vous veniez de perdre votre dernier ami.»

Nestor : «On ne peut pas mieux dire. Mais j'en ai marre d'être en colère, en colère contre tous ceux qui m'ont tourné le dos. En même temps, ce qu'il y a de bien avec la colère, c'est que ça vous secoue et que ça vous dope à mort. Vous voulez savoir ce que j'ai fait hier entre le moment où vous êtes parti et celui où j'ai pris mon service ? Je suis allé sur Craiglist et je me suis dégoté un appartement dans Coconut Grove. En trois heures, un dimanche après-midi, c'était dans le sac. La colère, c'est super si on est *vraiment* en colère.

— Génial !

— Oh, c'est un trou à rats, c'est minuscule, et je le partage avec un "graphiste" comme il dit. En plus, il y a tous ces putains de camés qui traînent dans le coin de Grand Avenue et qui me cassent les burnes jusqu'à quatre heures du mat. Ils font un de ces raffuts, on dirait, je ne sais pas moi, les *hurlements* des chats quand ils traînent dehors la nuit... qu'ils hurlent pour baiser. Voilà le bruit que font ces gosses. Vous connaissez ce bruit ?

— Hé, mais vous êtes *vraiment* en forme aujourd'hui !

— Je ne suis pas en forme. Je vous l'ai dit, je suis en colère. Vous êtes où, là ?

— Au journal.

— Eh bien, bougez votre cul, sortez et retrouvez-moi au restau Della Grimalda. C'est juste à côté de chez vous.

— Je ne sais pas trop. Je vous l'ai dit, je suis au journal – et puis franchement, je vous vois mal au Della Grimalda.

— Je sais. C'est exprès. Aussi mal que n'importe quel autre flic, et je ne veux pas qu'il y en ait dans les parages quand je vous montrerai ce que j'ai. »

Long soupir... Nestor sentait que John Smith était en train de flancher. « D'accord, va pour le Della Grimalda. Mais qu'est-ce que vous comptez prendre, là-bas ?

— Deux cafés.

— Le Della Grimalda est un vrai restaurant. Vous ne pouvez pas entrer, vous asseoir et commander deux cafés.

— Je ne peux pas le jurer, mais je vous fiche mon billet qu'un flic peut le faire – et qu'on ne lui apportera même pas l'addition. »

Quand John Smith arriva au Della Grimalda, Nestor était déjà assis à une table pour deux près d'une fenêtre, parfaitement à l'aise au milieu du chic et toc du restaurant – devant un café. John Smith prit un siège et une serveuse très séduisante lui apporta, à lui aussi, une tasse de café. Il regarda alentour. Il n'y avait que deux autres clients dans tout le restaurant, à une bonne dizaine de mètres, et ils étaient visiblement en train de finir un sacré repas. Leur table rutilait sous une véritable flottille de verres à pied de toutes sortes et d'escadrilles d'argenterie.

«Bien, dit John Smith. Je dois vous reconnaître ça. Vous l'avez fait.»

Nestor haussa les épaules et extirpa une enveloppe rigide format A4 de sous sa chaise, la tendit à John Smith en disant : «Je vous en prie.»

John Smith l'ouvrit et en sortit une feuille de carton qui servait de renfort à une grande photographie, quinze sur vingt et un. Nestor attendait avec impatience de voir l'expression de John Smith quand il commencerait à comprendre ce qu'il avait en main. Le pâle WASP ne le déçut pas. Il leva des yeux étonnés de la photo et regarda Nestor fixement.

«Bordel! Où est-ce que vous avez trouvé *ça* ?»

C'était un cliché numérique en couleurs, d'une remarquable netteté, représentant Serguéï Koroliov au volant d'une voiture de sport Ferrari Rocket 503 d'un rouge gueulard – avec Igor Droukovitch dans le siège baquet à côté de lui. Igor arborait une moustache cirée qui descendait jusque *là* des deux côtés. Koroliov avait l'air d'une vedette de cinéma, comme toujours, mais tous les regards ne pouvaient que se porter immédiatement sur Igor, sur Igor et sa moustache. Cette moustache était une véritable œuvre d'art. Elle prenait naissance entre son nez et sa lèvre supérieure et dévalait jusque *là* – une distance incroyable – et il en avait ciré les extrémités qu'il avait entortillées en pointes. C'était un grand gaillard, sans doute proche de la cinquantaine. Dans le style je-suis-un-artiste, il portait une chemise noire à manches longues ouverte jusqu'au sternum, offrant au monde le spectacle de son ample torse velu. Un triomphe pileux presque aussi impression-nant que sa moustache.

«Vous m'avez bien demandé si je pouvais vous faire accéder aux dossiers de la police? Eh bien, cette photo vient du siège de la police de Miami-Dade. Elle a été prise il y a quatre ans.

— Pourquoi la police s'est-elle intéressée à Koroliov et à Droukovitch?

— Elle ne s'intéressait pas personnellement à eux, en réalité. Vous ne le savez sûrement pas, mais tous les services de police du coin font ça. S'ils repèrent une bagnole qui leur paraît louche, ou même simplement bizarre, ils arrêtent le véhicule sous n'importe quel prétexte – un excès de vitesse de dix ou quinze kilomètres heure, une plaque d'immatriculation qui commence par tel ou tel chiffre, ou encore l'attestation d'assurance qui se décolle – n'importe quoi –, ils vérifient les cartes d'identité et relèvent les numéros, et ils prennent des photos comme celle-ci. Je ne sais pas pourquoi ils ont arrêté la voiture de Koroliov, mais elle n'est pas ordinaire, c'est sûr, et on voit tout de suite qu'elle a coûté un *paquet* de fric.»

John Smith n'arrivait pas à détacher les yeux de la photo. «Je n'y crois pas! répéta-t-il à plusieurs reprises avant de demander, Mais *comment* au juste l'avez-vous obtenue? Vous avez appelé vos collègues de Miami-Dade, vous avez demandé ce qu'ils avaient sur Koroliov et Droukovitch et ils vous ont donné cette photo, comme ça?»

Nestor laissa échapper le petit rire heureux de celui qui connaît des secrets auxquels les autres n'ont pas accès. «Non, ils ne me l'ont pas donnée comme ça. J'ai appelé un flic avec qui j'ai bossé un moment à la Patrouille Maritime. C'est pas par les circuits officiels qu'on obtient ce genre de truc. Faut passer par frangin.com.

— Frangin.com? C'est quoi ça?

— Si vous connaissez un autre agent, un frangin quoi, et que vous lui demandez une faveur, il fera tout son possible pour vous aider. C'est frangin.com. Alors mon gars...

— Bon sang, Nestor, coupa John Smith, toujours absorbé dans la contemplation de la photographie, c'est génial! Le jour venu, si on doit prouver que Koroliov a toujours connu Igor – on aura une photo de lui au volant de ce joujou à un demi-million de dollars. Ce qu'il nous faut maintenant, c'est plus d'infos sur la vie personnelle d'Igor. J'aimerais bien le rencontrer d'une manière – comment dire? – informelle.

— Justement, mon gars m'a raconté autre chose. Quelque chose

214

qui ne figure dans aucun dossier. En fait, ce ne sont que des ouï-dire, mais il *paraît* – et on aurait du mal à *ne pas* remarquer Igor – il paraît que c'est un habitué d'une boîte de strip de Sunny Isles, le Honey Pot. Ça vous dirait d'essayer de repérer une moustache au milieu d'une bande de putes ? »

8

La Régate de Columbus Day

Deuxième semaine d'octobre – et puis après? Le grand poêlon tropical du ciel continuait à vous faire bouillir le sang, à vous griller la peau, à transformer vos yeux en douloureux globes de migraine si vous vous obstiniez à regarder quoi que ce soit, même à travers les lunettes de soleil noires comme la nuit qu'ils portaient tous les deux.

Sur le siège passager du cabriolet du docteur Lewis, Magdalena avait les cheveux qui volaient dans le vent. Mais l'air était aussi bouillant que de la poix. Le laisser vous ébouriffer, c'était comme remplir votre verre au robinet d'eau CHAUDE. Norman avait remonté les vitres et mis la clim à fond. Magdalena n'y gagnait pourtant qu'une volute insipide de brise fraîche sur les tibias de temps en temps ::::::: Laisse tomber ta clim réglée sur max, Norman! Remonte la capote, pour l'amour du ciel! ::::::

Mais elle était trop avisée pour le dire tout haut. Norman avait la manie du... *panache* – un cabriolet Audi A5 blanc décapoté... et il était indispensable qu'il soit décapoté... ne pouvait pas se passer de chevelure au vent... ses cheveux châtains un peu longs à lui et ses cheveux bruns très longs à elle... des kilomètres de cheveux flottant au-dessus des lunettes de soleil enveloppantes et réfléchissantes qu'ils portaient tous les deux... les lunettes de soleil étaient obligatoires, elles aussi – tout cela, déduisait-elle, devait incarner le *panache*.

Norman lui avait infligé un petit discours sur le *panache* deux mois auparavant. Sur le moment, elle n'avait pas compris pourquoi. Elle n'avait d'ailleurs pas la moindre idée de ce qu'était le *panache*. Mais le temps où elle n'hésitait pas à lui demander de lui expliquer les mots qu'elle ne connaissait pas était révolu. Elle prenait à présent son mal en patience et les cherchait un peu plus tard sur Google. Aha... *panache*... en résumé... en ce moment... si on ne conduisait pas une Mercedes, une Ferrari ou une Porsche à l'extrême, extrême limite... il fallait semble-t-il compenser cette déficience par le *panache*. Et si une humble Audi A5, comme celle dont il était propriétaire, voulait avoir du *panache*, elle se devait d'être d'un blanc éclatant, d'être décapotée... et d'exhiber sur les sièges avant un couple d'une beauté saisissante, portant de très grosses lunettes de soleil noires aux verres réfléchissants... un couple éblouissant, débordant de jeunesse et de glamour. Or, pour prétendre à ce *panache*, il était impensable de négliger un seul élément, et garder la capote baissée en était un.

À l'instant présent, le *panache* était tuant, ici, sur la Chaussée MacArthur. Magdalena cramait. Juste avant que la chaussée ne débouche sur Miami Beach, un panneau indiquait FISHER ISLAND. Au cours des deux derniers jours, Norman avait dû lui expliquer une bonne dizaine de fois qu'il amarrait son bateau à la marina de Fisher Island et qu'ils s'arrêteraient à Fisher Island Fisher Island Fisher Island où ils embarqueraient pour la croisière d'aujourd'hui jusqu'à Elliott Key où avait lieu la Régate de Columbus Day. Comme tout cela était évidemment censé n'avoir aucun mystère pour elle... évidemment, elle n'avait pas non plus osé avouer qu'elle ignorait tout de Fisher Island.

Norman quitta la chaussée et emprunta une bretelle d'accès conduisant à la rampe de mise à l'eau du ferry. La grande carcasse blanche, trois étages de haut au moins, était déjà à quai, éclipsant tout le reste. Au tout premier plan, trois files de voitures se formaient pour l'inspection, confiée apparemment à des gardiens assis dans des cabines devant la rampe. Pourquoi Norman s'arrêtait-il à l'extrémité de la plus longue queue? Devait-elle l'interroger – ou cette question ne ferait-elle que trahir le puits sans fond de son ignorance?

Elle n'avait pas à s'inquiéter. Norman piaffait d'impatience de le lui expliquer lui-même. «Tu vois cette queue là-bas?» Il tendit le bras et l'index aussi loin que possible, comme si la file ne se trouvait pas à cinq mètres d'eux, mais à un kilomètre. Les lunettes noires gigantesques obscurcissaient la moitié supérieure de son visage, mais Magdalena vit un petit sourire se former sur ses lèvres.

« Ce sont les domestiques.

— Les domestiques ? Les domestiques doivent prendre cette file ? Qu'est-ce que c'est que cette histoire ?

— Les domestiques, et aussi les masseuses, les coachs, les coiffeurs, que sais-je ? Toute l'île est propriété privée. Elle appartient à ceux qui y possèdent un bien immobilier. Ils peuvent imposer toutes les règles qu'ils veulent. C'est comme une *gated community*, à cette différence près qu'il ne s'agit pas d'un simple ensemble résidentiel fermé, mais de toute une île, à laquelle le ferry sert de barrière.

— Ça m'étonnerait qu'une gated community réserve une voie d'accès à la classe inférieure », remarqua Magdalena. Elle ne savait pas pourquoi ça l'agaçait à ce point. « Et une infirmière ? Imagine que j'aie des soins à donner à un patient sur Fisher Island ?

— Ça vaudrait pour toi aussi », confirma le docteur Lewis dont le sourire s'élargit encore. Tout cela avait l'air de l'enchanter... et par-dessus tout le fait de l'avoir mise en boule.

« Dans ce cas, je n'irais pas, reprit Magdalena avec un soupçon d'arrogance. Je n'accepterais pas de m'occuper de ce patient. Pas question de me laisser traiter comme une "domestique". Je n'en suis pas une. Je suis une professionnelle. J'ai travaillé trop dur pour accepter ça. »

Sa réaction fit passer le sourire de Norman au stade du gloussement. « Dans ce cas, tu violerais ton serment d'infirmière.

— Très bien, et toi, alors ? Si tu devais faire une visite à domicile sur Fisher Island, tu te rangerais dans cette file ?

— Je n'ai jamais entendu parler de visite de psychiatre à domicile, mais ce n'est pas absolument impensable.

— Tu te mettrais dans cette queue-là ?

— Théoriquement, oui. Mais évidemment, je me rendrais immédiatement en tête de file et je dirais "C'est une urgence". Je vois mal quelqu'un avoir le culot d'obliger un médecin à respecter le protocole s'il prétend qu'il s'agit d'une urgence. Il suffit de faire comme si on était Dieu. Et les médecins ne sont pas autre chose, en cas d'urgence.

— Le pire, c'est que tu en es convaincu, rétorqua Magdalena, passablement irritée.

— HahhhHHHockhockhock hock hock ! T'es vraiment une marrante, Magdalena. Tu sais ça ? Mais ne t'inquiète pas. Chaque fois que tu viendras sur Fisher Island, tu seras avec moiaaaahahhahock hock hock hock !

— Ha ha. Je suis pliée en deux ! »

Ce qui ne fit que redoubler l'hilarité de Norman. « Ce coup-ci, bébé, je t'ai vraiment mise en pétard... » Elle détestait ça. Il se foutait d'elle.

« Si tu veux tout savoir, poursuivit-il, je n'ai pas besoin de jouer à Dieu dans la file des domestiques. Tu vois ce petit macaron, là-haut ? » C'était un insigne rond, à peu près de la taille d'un quarter mais moins épais, collé à l'intérieur du pare-brise en haut à gauche. « C'est un macaron qu'on remet à ceux qui possèdent des parts de copropriété sur l'île. Cette file est réservée aux propriétaires de parts. Te voilà dans la classe supérieure, mon petit. »

Magdalena était de plus en plus agacée. Et puis, après tout, Norman pouvait bien la prendre pour une illettrée, elle s'en fichait pas mal.

« *Aux propriétaires de parts ?* C'est censé vouloir dire quoi au juste ? »

Norman la regarda en souriant. « C'est censé vouloir dire, et en fait ça *veut* dire, qu'on possède un bien immobilier ou un bien foncier sur l'île. »

Magdalena n'était plus agacée mais exaspérée. Il se foutait d'elle – et en même temps, il la noyait sous des mots qu'elle ne comprenait pas. Qu'est-ce que c'était qu'un macaron ? Que voulait dire *bien immobilier* ? Quelle était la différence avec un *bien foncier* ? De quelles *parts* était-il question ? Si elle ne le savait pas, comment pouvait-elle savoir ce qu'était un *propriétaire de parts* ?

Elle n'arrivait plus à contraindre le Ressentiment à se conduire poliment. « J'parie que tu vas me dire que t'as un *appart* sur Fisher Island. T'as simplement oublié de m'en parler, c'est ça ? »

Cette fois, les antennes du bon docteur semblèrent sentir frémir une authentique colère. « Non, je ne vais pas te dire ça. Tout ce que je

te dis, c'est que j'ai un macaron et une carte de propriétaire de parts. »
Il sortit une petite carte de la poche poitrine de sa chemise, la lui
montra très brièvement puis la remit à sa place.

« OK, d'accord, si t'as pas d'appart, comment ça se fait que tu aies
tous ces machins... ces cartes... et que tu sois tellement "classe supérieure" comme tu dis ? »

Le cabriolet progressa de quelques mètres, avant de s'arrêter à
nouveau. Norman se tourna vers elle et lui adressa un sourire
rusé... accompagné d'un clin d'œil pétillant. Le genre de sourire qui
donne à entendre *Maintenant, je vais te confier un petit secret.*

« Disons que je bénéficie de certains arrangements.

— Ah oui ? Quel genre ?

— Oh... j'ai rendu un très grand service à quelqu'un. C'est un
prêté pour un rendu. Disons que ceci » – il désigna le macaron – « est
le *rendu* du *prêté*. »

Il était très content de lui... *un prêté pour un rendu...* Magdalena se
rappelait vaguement avoir entendu cette expression, mais ne comprenait absolument pas ce qu'elle voulait dire. Elle en était au point
où chaque nouveau terme qu'il lui lançait au visage aggravait encore
sa rancœur. Le pire était qu'il n'avait même pas conscience de lui
lancer quoi que ce soit au visage. Il semblait supposer qu'elle connaissait tous ces mots, parce qu'une personne instruite était *censée* les
connaître. C'était encore pire en un sens. Ça *remuait le couteau dans
la plaie.*

« Très bien, monsieur Classe Supérieure. Autant que tout soit parfaitement clair. La file à côté de la nôtre, c'est quoi ? »

Il sembla penser qu'elle prenait enfin les choses avec bonne
humeur. Il sourit d'un air entendu et répondit : « C'est ce qu'on
pourrait appeler la *haute bourgeoisie**. »

Ça, c'était le bouquet. Il recommençait. Elle savait plus ou moins
ce que signifiait *bourgeoisie**, mais « *oat* » ? Qu'est-ce que ça pouvait
bien vouloir dire ? Au diable ! Pourquoi ne pas cracher le morceau
tout de suite ?!

« Et merde, qu'est-ce...

— Ces gens sont des locataires, des clients de l'hôtel et des
visiteurs » – l'exubérance de Norman, la *joie** que lui inspirait la

hiérarchie codifiée de Fisher Island, couvrirent la voix de Magdalena. Il ne l'avait encore jamais entendue jurer, pas même un «merde», et il ne l'entendit pas non plus cette fois-ci. «Si quelqu'un ne peut pas présenter de carte d'accès – admettons qu'il arrive à l'instant pour se rendre à l'hôtel –, on ne le laissera pas passer avant d'avoir appelé l'hôtel pour vérifier qu'il est attendu.

— Norman, est-ce que tu as la moindre idée de...»

Écrasée d'un coup : «On prend sa photo et celle de sa plaque minéralogique, même si le type a une carte d'accès de l'hôtel. Je vais t'apprendre autre chose encore. Aucun client de l'hôtel ne peut payer en liquide ni même avec une carte de crédit. Personne sur l'île, d'ailleurs. Toutes tes dépenses sont portées... sur ta carte d'accès. Toute l'île est un immense club privé.»

Magdalena engloba le décor d'un geste panoramique exagéré et furieux qui surprit si bien Norman qu'il s'interrompit assez longtemps pour qu'elle puisse placer un mot.

«N'est-ce pas merveilleux? lança-t-elle. Il y a la classe supérieure, la classe moyenne et la classe inférieure... *bim, bim, bim...* et les gens comme moi se retrouvent dans la classe inférieure.»

Norman s'étrangla de rire, prenant son ironie pour de l'humour. «*Naaaaan...* pas *vraiment* classe inférieure. Plutôt moyenne inférieure, ce genre. Ceux qui appartiennent *vraiment* à la classe inférieure, les réparateurs, les ouvriers du bâtiment, les jardiniers par exemple, tous ceux qui conduisent une camionnette ou un de ces véhicules flanqué d'une inscription – je ne sais pas, moi... un vendeur de pizzas, de tapis, un plombier, ce que tu voudras – n'embarquent même pas sur ce ferry. Il y en a un autre pour eux, qui accoste à l'autre bout de l'île.» Il esquissa un geste vague en direction de l'ouest. «Il part de Miami même. Je ne l'ai jamais vu, mais je suppose que c'est une sorte de bac.

— Norman... Je ne... je ne sais pas... ta Fisher Island...»

Ils avançaient à nouveau. Cette fois, ils arrivèrent au niveau d'une cabine. Un bras noir et blanc leur barrait le passage. Un gardien en uniforme avec un *revolver*! – non, c'était un scanner – se tenait devant l'Audi et le braqua sur la plaque d'immatriculation puis sur le macaron. Quand il aperçut Norman au volant, il sourit de toutes ses dents et dit : «Salu-u-u-ut, docteur!» Il s'approcha du côté du conducteur. «Je vous ai vu à la télé! Ouais! C'était super! C'était quelle émission déjà?

— Ça devait être *60 Minutes*, répondit le docteur Lewis.

— Ouais, c'est ça! Ça parlait de... je ne sais plus. Mais je vous ai vu, et j'ai dit à ma femme, "Hé, mais c'est le docteur Lewis!"»

Le bon docteur prit l'air sérieux, «Permettez-moi de vous poser une question, Buck – j'espère que vous avez appelé le docteur Lloyd, comme je vous l'ai conseillé.

— Oui, bien sûr! C'est passé tout de suite! Je ne sais plus trop ce qu'il m'a donné.

— De la streptomycine, probablement.

— Hé oui, c'est *exactement* ça, de la streptomycine!

— Parfait, je suis content que ça ait marché, Buck. Le docteur Lloyd est un excellent médecin.»

Norman sortit sa carte de propriétaire de parts de sa poche de chemise, mais son copain Buck y jeta à peine un coup d'œil. Il leur fit signe de passer et s'écria «Amusez-vous bien!»

Le docteur Lewis afficha ce que Magdalena identifiait désormais comme son sourire d'autosatisfaction. «Tu noteras que Buck n'a même pas inspecté le coffre. Normalement, il doit regarder un écran, dans la cabine, où il compare la photo du propriétaire qui est conservée dans l'ordinateur à celle qu'il prend avec le scan. Pareil pour le numéro du macaron. Tu noteras aussi que notre file embarque la première, ce qui veut dire que nous serons les premiers à débarquer de l'autre côté.»

Il lui jeta un coup d'œil comme s'il attendait des éloges. Elle était à court de réponses. Qu'est-ce que ça pouvait bien faire? Cette traversée vers l'île des rêves de Norman durerait à peine plus de sept minutes.

«On est bons copains, Buck et moi, reprit Norman. Tu sais, c'est une bonne chose de connaître le nom de ces gens et de discuter un peu avec eux. Ils y voient une marque de respect, et le respect, c'est la clé du succès en ce bas monde.»

Mais Buck avait une autre signification pour Magdalena. Aucun Latino ne s'était jamais appelé Buck. C'était *americano* jusqu'au bout des ongles.

222

Sur le ferry, ils se rangèrent presque en tête d'une des files de propriétaires de parts. Pour Norman, tout cela était grisant. «Si tu te penches un peu et que tu regardes au-delà de la voiture qui nous précède, tu pourras apercevoir l'île.»

Magdalena, en cet instant précis, se fichait royalement de cette putain d'île. Pour une raison qui lui échappait, le sujet lui-même éveillait son hostilité. Fisher Island... l'île pouvait bien s'enfoncer jusqu'au fond de la baie de Biscayne, elle n'en avait rien à cirer. Elle se pencha tout de même. Elle voyait surtout l'aile de la Mercedes noire qui était devant eux et l'aile de la Mercedes beige qui se trouvait en tête de la file voisine de la leur. Entre les deux ailes, elle apercevait... quelque chose. Elle supposa que c'était Fisher Island... le peu qu'elle distinguait... Pas de quoi fouetter un chat.

Elle recula la tête et dit, «Je suppose que Fisher Island est très...» – elle mourait d'envie de balancer à Norman un mot plus blessant, simplement pour ébranler sa béatitude de nanti, mais elle se retint – «... très anglo.

— Oh, je ne sais pas. Je ne vois pas les choses sous cet angle, je crois.» :::::: Putain, ça c'est sûr! :::::: «J'espère que toi non plus. On ne vit tout de même pas quelque part où on est obligé de *compter* les Anglos et les Latinos quand on se balade pour vérifier si la diversité existe. Les Latinos dirigent toute la Floride du Sud. Ils la dirigent politiquement, et ce sont aussi eux qui possèdent les entreprises les plus prospères. *Personnellement,* je n'y vois rien à redire.

— Bien sûr. Parce que vous dirigez tout le reste du pays, vous autres. Vous considérez la Floride du Sud comme une version miniature de... de... du Mexique ou de la Colombie, ce genre de coins.

— Oh oh!» Norman lui décocha un nouveau grand sourire. «Alors comme ça, maintenant, je suis "vous autres". Est-ce que je suis déjà comporté en "vous autres" avec toi?»

Magdalena prit conscience qu'elle s'était laissé emporter. Elle en fut dépitée. De la voix la plus douce dont elle était capable en cet instant, elle fit : «Bien sûr que non, Norman.» Elle nicha à nouveau sa tête contre son épaule et lui caressa le bras des deux mains. «Pardon. Tu sais bien que ce n'est pas ce que je voulais dire. J'ai tellement de chance d'être... d'être avec toi... Tu me pardonnes ? Je suis vraiment désolée.

— Il n'y a rien à pardonner. Ne nous encombrons pas de tout ça ! C'est une journée merveilleuse. Nous allons assister à quelque chose qui t'amusera et t'étonnera plus que tout ce que tu as jamais vu.

— Quoi donc ? » Elle s'empressa d'ajouter « Chéri ».

« Nous franchissons les eaux pour rejoindre... la Régate de Columbus Day.

— Et qu'est-ce que je vais voir ?

— Surprise ! Tu le découvriras par toi-même. »

Effectivement, leur file, celle des propriétaires de parts adoubés, fut la première à débarquer sur l'autre rive, sur la légendaire Fisher Island. Norman ne pouvait s'empêcher d'insister constamment, lourdement, sur cet adoubement.

:::::: Bon, ce n'est pas si grave. Pas la peine d'en faire tout un plat. Ce genre de choses, ces privilèges sociaux, ça l'excite comme un gamin. Il avait pourtant l'air tellement sûr de lui dans *60 minutes*. La télévision nationale ! ::::::

Depuis la rampe du ferry, ils se dirigèrent vers l'est sur une avenue appelée Fisher Island Drive. Norman prit plaisir à lui expliquer que c'était, en fait, la seule rue de Fisher Island. Ouais ! La seule ! Elle faisait tout le tour de l'île en dessinant une grande boucle. Oh, de nombreuses rues en partaient, comme elle pouvait le constater, mais c'étaient toutes des voies privées menant à des propriétés privées.

Le décor qui l'entourait n'était pas le paysage tropical luxuriant auquel elle s'attendait. Il y avait beaucoup de palmiers... et beaucoup de vues sur la mer... mais où étaient toutes les superbes demeures qu'elle avait imaginées ? Il y avait une poignée de petites maisons, dont Norman lui avait dit qu'elles s'appelaient des « casitas » – des *casitas* ! Elle était venue sur cette Fisher Island tellement select pour voir des *casitas* !?... tout de même, il fallait bien reconnaître qu'elles étaient un peu plus chic que celles d'Hialeah, si tant est qu'on puisse dire qu'une casita est chic.

Ils passèrent devant quelques grandes maisons avec de belles pelouses vertes et de gros massifs d'arbustes et de fleurs somptueuses – des bougainvillées ? –, mais l'île ressemblait en réalité à un immense ensemble résidentiel. Il y avait quelques tours d'habitation modernes assommantes, rien que du verre verre verre verre façade verticale façade verticale façade verticale striée, mais aussi de nombreux immeubles d'appartements plus bas, qui paraissaient plus vieux et plus élégants... peints en blanc... beaucoup de bois... On pouvait les imaginer au sein d'un paradis tropical, mais il fallait y mettre du sien. Et puis...

Waouh ! Alors ça, c'était une vraie *demeure* ! Un immense manoir – ça s'appelait bien comme ça, un *manoir* ? – au sommet d'une colline, dans un parc paysager trop grandiose et trop superbe pour qu'on puisse l'apprécier depuis une voiture en mouvement comme la leur... d'énormes banians, de ceux qui avaient l'air complètement préhistoriques, avec tous leurs troncs tordus et leurs membres immenses qui s'élevaient plus haut que ceux de tous les arbres qu'elle eût jamais vus...

Norman était manifestement enchanté de connaître déjà tout ça. Il s'agissait d'une ancienne «propriété Vanderbilt», devenue aujourd'hui le Fisher Island Hotel and Resort. Il fit un geste en direction de l'hôtel comme s'il lui appartenait. Le plaisir qu'il y prenait tapait sur les nerfs de Magdalena. Tout cela relevait de... *quelque chose...* qu'elle ne supportait pas.

Après avoir dépassé l'hôtel, ils arrivèrent à la marina de Fisher Island. Ça, franchement, *c'était* impressionnant. Plus d'une centaine de bateaux, de vrais yachts pour certains, étaient au mouillage – «au mouillage», c'est comme ça que disait Norman –, plusieurs mesurant presque trente mètres de long, d'autres encore plus grands. Tout ce cadre respirait... le fric... bien que Magdalena eût été fort en peine d'établir des catégories. Il y avait tellement d'employés qui montaient à bord des bateaux et en descendaient, qui longeaient les... *pontons ?...* de bois entre les mouillages. Il y avait tant de pavillons, tant de lettres guillerettes peintes à l'avant des immenses mastodontes blancs étincelants, *Honey Bear, Autant en emporte le vent, Bel Ami,* tant de propriétaires – enfin, c'est ce qu'elle se figurait qu'étaient ces gens empâtés, lisses, onctueux, aux larges mâchoires que Norman saluait avec une telle nonchalance, une telle affabilité, avec ses *Hi Billy* et *Hi Chuck* et *Hi Harry* et *Hi Cleeve, Hi Claiborne, Hi Clayton, Hi Shelby,*

Hi Talbot, Hi Govan... :::::: mais ce sont tous des Buck et des Chuck, dis-moi – des *Americanos !* Toute la bande ! ::::::

À cet instant précis, Norman lança «Hi, Chuck !» *Encore un Chuck ! Chuck et Buck !* Un grand costaud rougeaud et bien en chair s'approcha... vêtu d'une chemise de travail aux manches retroussées et coiffé d'une casquette de base-ball, portant l'une et l'autre l'inscription FISHER ISLAND MARINA.

«Hi, salut, docteur Lewis ! Comment va ? Oh, pardon, madame. » Il venait de remarquer Magdalena, sortie de la voiture derrière Norman. «Je ne voulais pas dire ça. » *J'voulay po di'sa.*

Son gros visage devint encore plus rouge. Magdalena ne comprenait pas un mot de ce qu'il disait.

«Chuck ? fit Norman en esquissant un geste vers elle. Voici Magdalena, Miss Otero. Magdalena ? Chuck... Chuck est le maître du port.

— Enchanté, Miss Otero », dit Chuck.

Magdalena esquissa un petit sourire. Ce Chuck n'était pas un simple *americano.* Il était pure race. Un authentique petit Blanc du Sud, un vrai cracker. Son hostilité monta encore d'un cran.

Chuck se tourna vers Norman : «Vous sortez ? » *Sôtey ?*

«J'avais envie de faire faire à Magdalena son premier tour en Cigarette. Mais j'y pense, il ne doit plus y avoir grand-chose dans le réservoir. Et nous allons faire une *longue* sortie.

— Pas de problème, docteur Lewis. Vous n'avez qu'à passer chez Harvey en sortant. » *Kâ pâssey chey Hâvey en sôtant.* Sa voix mettait les nerfs de Magdalena en pelote.

:::::: Il n'y a jamais eu non plus de Latino qui s'appelle Harvey ::::::

Chuck se retourna et cria, «Hé... Harvey ! »

Norman pouffa de rire, gonfla les joues, écarta les bras et les arrondit au niveau des coudes, serra les deux poings et dit à Magdalena, «Un vrai monstre, hein ?... Mais Chuck est le plus chic type du monde. »

En voyant Norman dans cette pose, Magdalena se sentit mal à l'aise. :::::: C'est sûr, et vous êtes frères, pas vrai ? :::::: Elle se demanda si ces deux hommes, si différents à maints égards, avaient conscience de faire partie de la même tribu... mal à l'aise, oui. Elle n'avait qu'une envie, partir de Fisher Island.

Norman la conduisit sur un étroit appontement de bois et désigna un bateau dans un des mouillages. «Le voilà... Ce n'est pas le plus grand de la marina, mais je peux te jurer que c'est le plus rapide. Tu vas voir.»

Il semblait petit à côté de tous les autres bateaux, mais il avait des lignes pures, modernes, très profilées. Il *respirait* la vitesse. Il lui faisait penser à un cabriolet. Pas de toit. Et le cockpit était exigu, comme l'intérieur d'une décapotable. À l'avant, il y avait deux sièges baquets. Comment appelait-on le conducteur? Elle ne savait pas trop. Le pilote, peut-être? Le capitaine? Derrière le conducteur, il y avait deux rangées de sièges en cuir fauve à passepoils blancs et rouge foncé. Est-ce qu'on mettait du vrai cuir dans un bateau ouvert comme ça? En tout cas, ça y ressemblait. Le petit cockpit faisait paraître la coque bien plus longue qu'elle n'était. Elle était blanche avec sur les deux côtés une bande profilée fauve de quinze à vingt centimètres soulignée de rouge qui dessinait une courbe majestueuse de l'avant à l'arrière. Tout près de l'avant, à l'intérieur de la bande fauve, des lettres blanches grasses mais qui ne dépassaient pas sept ou huit centimètres de haut, soulignées du même rouge, indiquaient HYPOMANIAQUE. Les lettres étaient légèrement inclinées vers l'avant.

«C'est le nom du canot – du bateau – *Hypomaniaque?*

— Une sorte de plaisanterie pour initiés. Tu as entendu parler de la psychose maniacodépressive, je suppose?»

Laconiquement: «Oui.» Il avait vraiment le don de la mettre en rogne. :::::: Je suis infirmière diplômée et il se demande si je sais ce qu'est la psychose maniacodépressive. ::::::

«Eh bien, tu vois, j'ai eu un tas de patients maniacodépressifs, atteints de troubles bipolaires, et tous – il y a aussi des femmes, bien sûr – racontent la même chose: quand il sont en phase hypomaniaque – *hypo* veut dire en bas» :::::: Oh, merci infiniment de bien vouloir m'expliquer la signification d'*hypo* :::::: «quand ils sont dans la phase qui précède le moment où ils se mettent à faire et à dire des trucs cinglés, il paraît, selon eux, qu'ils connaissent l'extase totale. Toutes leurs sensations sont exacerbées. Quelqu'un dit quelque chose de vaguement drôle, et ils sont écroulés de rire. Un peu de sexe? Un minuscule orgasme, et ils ont l'impression d'avoir vécu le *kairos*, le nec plus ultra, la félicité suprême. Ils ont le sentiment de pouvoir faire n'importe quoi et n'hésiteront pas à foncer dans le tas si on leur casse les pieds. Ils bosseront vingt-quatre heures par jour et seront convaincus de faire des merveilles. Ils sont les rois de la route, le mec derrière eux se met à klaxonner, ils descendent de leur caisse d'un bond et brandissent le poing en hurlant "T'as qu'à te foutre ton klaxon dans le cul et jouer 'Jingle Bells', espèce de pédé!" Un de mes patients m'a raconté qu'il avait fait ça, justement, et que le type n'avait pas osé riposter parce qu'il était certain d'avoir affaire à un fou – ce qui était *parfaitement* vrai! Le même patient m'a dit que le mec qui réussirait à mettre l'hypomanie en bouteille pour la commercialiser deviendrait l'homme le plus riche du monde du jour au lendemain. » Il fit un geste vers l'inscription du bateau. « Et voilà mon Cigarette... *Hypomaniaque.*

— Cigarette?

— C'est le nom de ce modèle de bateau. Ça fait un moment qu'ils existent. Certains racontent qu'on s'en servait pour la contrebande de cigarettes à cause de leur rapidité. Mais je vois mal quel imbécile s'amuserait à faire de la contrebande de cigarettes.

— À quelle vitesse il va? »

Norman lui adressa *ce sourire*. Il était si content de lui. « Je ne te le dirai pas – je vais te le *montrer*. Tu vois jusqu'où la coque se prolonge au-delà du cockpit? Il y a là deux moteurs de Rolls-Royce, et chacun d'eux développe une puissance de mille chevaux, des milliers de livres de poussée. »

Longue pause...

:::::: Mais ça revient au même que deux mille livres, et deux mille livres font une tonne... Je me demande si ce bateau *pèse* une tonne... il y a chez Norman un truc qui n'est pas... très net. Pourquoi est-ce que je me suis fourrée là-dedans? Mais comment lui demander... ::::::

... enfin : « Et ce n'est pas trop difficile pour le... conducteur – c'est comme ça qu'on dit? – de maîtriser tout ça – je veux dire une telle puissance? »

Norman lui adressa le genre de sourire en coin qui signifie : « Je vois très bien où tu veux en venir. Pas la peine de tourner autour du pot. »

228

« T'en fais pas, mon petit. Je sais ce que je fais. Si ça peut te tranquilliser, j'ai mon permis de capitaine. Je ne pourrais pas te donner de chiffre, mais je suis sorti dans la baie sur ce bateau je ne sais *combien* de fois, plusieurs *dizaines* de fois. Je te propose un marché tous les deux. On sort en mer, mais dès que tu en as assez, on fait demi-tour et on rentre. »

Elle n'était pas rassurée, mais comme la plupart des gens, elle n'avait pas le courage de dire qu'elle manquait de courage. Elle esquissa un pâle sourire. « Non, non, non. C'est juste que je n'ai jamais entendu parler d'un... hors-bord aussi puissant. » :::::: *Hors-bord*, ça ne fait pas un peu ringard ? Est-ce que ça va l'agacer ? ::::::

« Ne t'en fais pas. Monte. Tout va bien se passer, tu verras. »

Norman sauta le premier, d'un seul bond au-dessus du bastingage, dans son navire hypomaniaque, et la tint galamment par le bras pendant qu'elle grimpait par-dessus bord. Il prit le volant, juste derrière le pare-brise, et elle s'assit à côté de lui. Ça avait l'air d'être *vraiment* du cuir...

Il mit le contact, et les moteurs démarrèrent dans un rugissement terrifiant avant qu'il ne les ramène au ralenti. Ça lui rappela les garçons d'Hialeah avec leurs motos. On aurait cru qu'ils vivaient pour ces *rugissements*.

Norman sortit lentement le bateau du mouillage. Les moteurs émettaient un grondement grave. Magdalena pensa soudain à une dame qui habitait près de chez elle, à Hialeah. Elle promenait un pitbull en laisse. Le chien avait l'air aussi lourd qu'elle. Magdalena trouvait qu'il ressemblait à un requin. Pas de cerveau – juste une paire d'yeux, une paire de mâchoires, et un odorat aiguisé pour le sang qui coulait dans les artères des êtres humains. Il avait fini par tuer une gamine de cinq ans en lui arrachant un bras et en lui bouffant la moitié de la tête, à commencer par une joue, un œil et une oreille avant de lui enfoncer les crocs dans le crâne. Par la suite, plusieurs voisines avaient avoué avoir été aussi terrifiées que Magdalena par cette brute monstrueuse. Mais personne, pas plus elle que les autres, n'avait eu le courage de s'avancer pour dire que ce pitbull décérébré leur inspirait une peur bleue.

Magdalena éprouva exactement la même impression quand les moteurs de l'*Hypomaniaque* émirent un grondement grave un grondement grave un grondement grave un grondement grave un grondement grave en laisse en laisse en laisse... et que l'*Hypomaniaque* se dirigea lentement vers la sortie de la marina et Harvey le cracker Harvey le cracker Harvey le cracker...

Et Harvey le cracker remplit le réservoir du Cigarette. Rien qu'en entendant les moteurs tourner au ralenti, Magdalena se dit qu'ils devaient consommer du gasoil à une vitesse ahurissante. Elle frissonna. Le monstre était décérébré. Harvey le cracker était décérébré. Le capitaine certifié du bâtiment, le docteur Norman Lewis, n'était pas décérébré. Il était instable. Son comportement avant l'interview de *60 Minutes* lui en avait fait prendre conscience – et pourtant, il avait été un roc pendant l'émission elle-même, et un brillant tacticien. Mais à présent, la peur sapait tous ses exploits aux yeux de Magdalena. S'il faisait quoi que ce soit d'instable dans ce ridicule canot surpuissant, il ne pourrait pas s'en sortir par de beaux *discours*.

L'embouchure de la marina, qui conduisait dans la baie de Biscayne, était en réalité un chenal entre deux murs de blocs rocheux qui s'élevaient hors de l'eau à un mètre quatre-vingts de hauteur et s'étiraient sur toute la longueur de la marina. Quand ils franchirent la passe, très, très lentement, Norman se tourna vers Magdalena et lui montra les murs en disant, « Mur anti-houle ! »

C'était presque un cri. Même à cette vitesse réduite, le bruit des moteurs, plus le bruit des bateaux qui circulaient dans la baie, plus celui du vent, faible pourtant, obligeaient Norman à élever considérablement la voix pour se faire entendre. Magdalena n'avait que la notion la plus brumeuse de ce qu'était un *mur anti-houle*. Elle se contenta de hocher la tête. Les lacunes de son vocabulaire n'occupaient plus une place très élevée sur son échelle de préoccupations. Elle n'avait pas peur de s'aventurer dans la baie. Son père possédait un de ces bateaux à moteur si orgueilleusement montés sur des remorques d'un bout à l'autre d'Hialeah. Derrière ses lunettes de soleil, elle tourna les yeux vers le large. C'était le spectacle habituel de la baie de Biscayne par une journée radieuse, le soleil éblouissant faisait danser de minuscules reflets en essaims, avec une infinie légèreté, sur la surface de l'eau... et pourtant, son moral était en baisse en baisse en baisse... Elle était à la merci d'un... *hypomaniaque*! Voilà ce qu'il était – *sinon pire!* Il se croyait invincible! C'était comme cela qu'il avait démoli le Grand Inquisiteur. Mais personne n'avait intérêt à se croire invincible en mer. Et elle n'avait *rien fait* pour empêcher cela! Pure faiblesse! Elle n'avait pas eu le courage de dire, « J'ai peur – je ne veux pas y aller. »

À cet instant précis, Norman, les deux mains sur le volant, lui jeta un regard diabolique et cria : « OK, ma belle – ACCROCHE-TOI! »

Sur ces mots, les moteurs grondants lancèrent un rugissement explosif. Ce rugissement n'était pas un bruit – c'était une force. Cette force lui traversa le corps, fit s'entrechoquer ses côtes et l'ébranla de l'intérieur. Aucun autre sens ne pouvait enregistrer ce qui se passait. Elle avait l'impression que si elle criait, son cri n'arriverait jamais à sortir de sa bouche. Le nez du bateau commença à se relever. Il monta si haut qu'elle ne voyait plus où ils allaient. Norman distinguait-il quelque chose, lui, au volant? De toute façon, à quoi bon? Elle savait ce qui se passait, sans avoir jamais mis les pieds sur un bateau pareil. C'était le... *grand moment*. Le bateau filait, dressé sur sa queue. Parfait, youpi. C'était censé être grisant. Les filles étaient censées hurler d'excitation. Magdalena éprouvait la même sensation qu'au début de l'adolescence, quand les garçons insistaient pour faire les malins au volant d'une voiture. Tout ce qu'elle avait jamais ressenti, c'était de l'inquiétude devant la jeunesse aveugle et vide de ces garçons et l'absurdité de leurs prétentions de fous du volant. Norman avait quarante-deux ans, mais elle éprouvait exactement la même chose. Oh, maturité aveugle et vide! Oh, prétentions absurdes! Quand cesserez-vous enfin? La Patrouille Maritime de Nestor ne poursuivait-elle pas ce genre de cinglés? Mais l'image de Nestor la laissa vide, elle aussi.

Enfin, Norman se calma et laissa redescendre le nez du bateau. Il hurla à Magdalena : « Qu'est-ce que tu dis de ça? Cent quinze kilomètres à l'heure sur l'eau! Cent quinze! »

Magdalena n'essaya même pas de répondre. Elle se contenta de sourire. Elle se demanda si son expression avait l'air aussi forcée qu'elle l'était. L'essentiel était de ne manifester aucune trace d'enthousiasme.

La moindre trace – et il recommencerait, *forcément*. Le nez était retombé, mais l'*Hypomaniaque* ne franchissait pas l'eau comme les autres bateaux... Il ne glissait pas comme les voiliers... Tu as vu *celui-là* ! Qu'il est grand ! Est-ce que c'est un... yacht ? Dans l'imagination de Magdalena, un yacht ne pouvait être qu'un très grand bateau aux voiles immenses... En ce jour radieux, tous les voiliers étaient des éclairs de drap blanc sur une baie... un éblouissement d'explosions de soleil sur le moindre petit clapotis à la surface de l'eau, d'ici jusqu'à l'horizon... évidemment, elle n'avait pas le temps de s'étendre sur les détails... dans l'esprit de Norman, une croisière en Cigarette consistait à filer à quatre-vingt-dix kilomètres à l'heure au lieu de cent quinze... si vite que le bateau s'agite et bondit... bondit en avant... rebondit hypomaniaquement... et rebondit... L'hypomaniaque au volant bondit et rebondit à la surface de l'eau... *file* et dépasse toutes les embarcations que Magdalena pouvait apercevoir. Un sourire d'auto-adoration envahit le visage de Norman. Il avait les deux mains sur le volant... Il adorait faire virer le bateau par-*ci* et par-*là*... par *ci* pour esquiver les bateaux qui arrivaient vers lui... par-*là* pour doubler ceux qu'il ne cessait de rattraper.

Aucun de ceux qu'ils doublaient dans quelque direction que ce fût ne paraissait aussi grisé que Norman par la course folle de l'*Hypomaniaque*. Sa passagère non plus. Seulement Norman... seulement Norman. Dans les autres bateaux, les gens lorgnaient, jetaient des regards noirs, secouaient la tête, adressaient un doigt d'honneur, un bras d'honneur à l'hypomaniaque, en l'air, en l'air, pointaient les pouces vers le bas et hurlaient de colère, à en croire la tête qu'ils faisaient. L'équipage de l'*Hypomaniaque* ne pouvait pas entendre un mot de ce qu'ils disaient, bien sûr. Et encore moins Norman, là, à la barre de son Cigarette. Il était penché en avant sur son siège capitonné de pilote, vivant un rêve enchanté.

Il ne put résister plus longtemps. Deux fois encore, il se tourna vers Magdalena en criant « ACCROCHE-TOI ! »... souriant de toutes ses dents comme pour dire : « Tu veux des frissons ? Tu as trouvé l'homme qu'il te faut ! » Deux fois encore, il mit les gaz à fond. Deux fois encore, le nez rebiqua et les forces soudaines firent reculer Magdalena, l'enfonçant profondément dans son siège et l'incitant à se demander pourquoi elle avait eu la bêtise de se fourrer dans pareil guêpier. Deux fois encore, le bateau fonça en avant avec un désir hypomaniaque de supériorité et de m'as-tu-vuisme. Deux fois encore, ils filèrent devant des bateaux à l'ancre dans un brouillard de vitesse. La seconde fois, le compteur monta à cent trente kilomètres à l'heure et Norman brandit un poing triomphant vers le ciel et jeta un regard rapide à Magdalena. Rapide, parce que l'hypomaniaque lui-même n'osait pas détourner les yeux de sa route bien longtemps.

Quand il réduisit enfin les gaz et replongea le nez dans l'eau, Magdalena se dit :::::: Je t'en prie, ne te tourne pas vers moi, ne te fends pas de ton grand sourire et ne me dis pas : « Devine à quelle vitesse on allait ! » avant de faire une tête me suppliant d'avoir l'air impressionnée. ::::::

Il se tourna vers elle avec son sourire d'auto-adoration : « Je n'y crois pas moi-même ! » Il fit un geste vers les cadrans devant lui. « Tu as vu ça ?! Je rêve, ou quoi ? *Cent trente kilomètres à l'heure !* Je te jure, je n'ai jamais *entendu* parler d'un Cigarette qui ait atteint cette vitesse ! Je l'ai *sentie* ! Je parie que toi aussi ! » Sa mine radieuse était une nouvelle invitation à se montrer impressionnée. :::::: *Tout* sauf ça, sinon il va recommencer. Il ne se sent plus d'Orgueil. :::::: Elle lui adressa donc un sourire mort-né contraint, du genre à glacer tout homme normal. Pour Norman, ce ne fut qu'une brise fraîche.

Le Cigarette couvrit les trente kilomètres qui les séparaient d'Elliott Key, une des Clés de Floride, *comme ça.* Ils surent qu'ils étaient arrivés, non pas parce qu'ils pouvaient voir la clé... mais parce qu'ils ne le pouvaient pas. Elle était masquée par un embouteillage confus de bateaux, sur huit cents mètres au moins... ils avaient l'air d'être des milliers – des *milliers* – certains à l'ancre, d'autres amarrés les uns aux autres, côte à côte, jusqu'à dix d'affilée. De petits youyous filaient au milieu des gros bateaux... Et *ça*, c'était quoi ? Un kayak, qu'un garçon debout à la proue faisait avancer à la pagaie. Un garçon et une fille étaient allongés derrière lui, tenant chacun un gobelet en plastique.

De la musique sortie de Dieu sait combien d'amplis déferlait sur l'eau – rap, rock, running rock, disco, metrobilly, salsa, rumba, mambo, monback – se télescopant au-dessus d'une basse continue bruyante et incessante de deux mille, quatre mille, huit mille, seize mille poumons qui criaient, hurlaient, piaillaient, braillaient, riaient, surtout *riaient riaient riaient riaient riaient* riaient du rire affecté de ceux qui proclament que c'est *ici* que ça se passe et que ça déchire à mort... Il y avait des bateaux à moteur avec des ponts à deux ou trois étages, d'immenses bateaux, et on distinguait, partout, des silhouettes qui sautaient et retombaient, battaient l'air dans tous les sens – dansaient – et...

Norman venait d'enfoncer le Cigarette dans la mêlée de la régate et avançait lentement, tellement lentement, tandis que les moteurs de mille chevaux grondaient grondaient grondaient tellement humblement humblement humblement... contournant celui-ci... se glissant entre ces deux-là... longeant les files de bateaux amarrés côte à côte... levant la tête vers les gens... qui dansaient et buvaient et poussaient des cris perçants et riaient riaient riaient riaient – nous sommes là, nous sommes là où ça se passe ! se passe ! se passe ! sur le beat – toujours le beat – d'enceintes octophoniques qui balançaient des beats, des beats et des repro-beats électriques, et les chanteuses, toujours des filles, n'étaient plus que des beats... pas de mélodie... que des repro-beats... basse, percus, filles-beats...

Plus ils approchaient de la clé – ils ne l'apercevaient toujours pas –, plus ils voyaient de bateaux amarrés côte à côte, sur la plus grande largeur de leur coque. Une immense fête se déroulait sur tous ces ponts accolés, malgré les différences de niveaux. Une fille en deux-pièces string – tous ces cheveux blonds ! – vacille sur l'étroit point de jonction entre deux bateaux et pousse des cris – des *cris* de quoi ? de peur ? de coquetterie ? de drague ? – de pure exubérance d'être *là où ça se passe* ? – tandis que des garçons se précipitent et tendent les bras pour la rattraper. Une autre fille en string saute par-dessus la jonction et atterrit sur l'autre pont. Les garçons applaudissent avec un enthousiasme teinté d'ironie, l'un d'eux n'arrête pas de hurler « Je veux ! Je veux ! »... et les enceintes boument boument boument avec un *beat* un *beat* un *beat* un *beat*.

:::::: mais qu'est-ce que fabrique Norman ? :::::: Juste devant les rangées de bateaux attachés, Norman déclencha une soudaine explosion de gasoil et les moteurs de mille chevaux RUGIRENT et tous les gens debout sur les ponts baissèrent les yeux et applaudirent, ivres et ironiques. De nombreux petits bateaux continuaient à se faufiler au milieu de la cohue... des dinghies, des canots automobiles, et de temps en temps le kayak – le même kayak ! – le pagayeur bourré à l'avant qui chantait maintenant... quelque chose... et le type et la fille à l'arrière, bourrés, tendant une jambe puis l'autre... et si Magdalena regarde par là, elle peut voir la fille, couchée sur le côté... et dans la raie de ses fesses nues, il y a la lanière tissée comme une ficelle d'un string et le garçon, vêtu d'un caleçon de bain baggy, a un bras sous la tête de la fille et sa main lui tient l'épaule. Ça n'avait pas l'air confortable du tout d'essayer de s'allonger au fond d'un kayak... La moitié des filles qui dansaient sur les ponts, sur tous les ponts, portaient des strings... qui divisaient leurs fesses en paires de melons parfaits juste à point mûrs pour la cueillette... et cette fille, là, à moins de trois mètres, qui se hissait hors de l'eau par l'échelle de ce bateau de plaisance à deux ponts – ses fesses, son derrière, son... son... son *cul* – aucun autre mot ne paraît convenir pour désigner ce qu'elle voit – son cul a si bien avalé la ficelle rouge de son string que Magdalena n'est même pas sûre qu'il y en ait une... L'eau a emmêlé ses cheveux en une masse mouillée qui pend dans son dos bien plus bas que ses omoplates, et l'eau les rend plus foncés, mais Magdalena est prête à parier n'importe quoi qu'en réalité ils sont blonds – *las gringas !* – elles sont si nombreuses sur ces ponts ! Leurs cheveux blonds s'envolent quand elles dansent. Ils lancent des éclairs quand elles jettent la tête en arrière pour crier... pour draguer... pour rire rire rire rire sur les ponts où ça se passe... à Elliott Key... à cette régate sexuelle dans laquelle elle se trouve enfermée et qui lui donne envie, malgré tout ce que lui commande la raison, de leur montrer à tous – à toutes ces *gringas !* – ce qu'elle a. Elle s'assied bien droite sur son siège de Cigarette, elle contracte les abdominaux et rejette les épaules en arrière pour que ses seins se dressent à la perfection, et elle veut que tous *esos gringos y gringas* la regardent et elle *veut* les voir la regarder... celui-là !... celui-*là* ? ... celui-là, là-bas ? –

Norman envoie une nouvelle giclée de gasoil dans les moteurs, et cette fois ils RUGISSENT pour de bon, et il se met à sourire d'un sourire amical et à tendre le doigt sans désigner personne en particulier et à agiter le bras vers – le vide, lui semble-t-il, et à faire vrombir les gros moteurs dans un rugissement plus sonore, plus bruyant que jamais, avant de réduire les gaz tout aussi tranquillement.

« Norman – qu'est... ce... que... tu... *fais* ? »

Sourire entendu : « *Tu* vas voir. C'est bien, continue à jouer les vamps. » Il bomba lui-même le torse dans une pantomime admirative du sien. Ce qui fit plaisir à Magdalena malgré elle.

Ils longeaient :::::: pour quoi faire ? :::::: ce qui était alors la plus longue rangée de bateaux. Magdalena en dénombra treize – ou bien quatorze ? – tous amarrés par la largeur, et à une extrémité, deux voiliers, dont un schooner aux voiles gigantesques. Cet immense alignement excitait Norman. Il se mit à décliner toute la gamme des bruits les plus ramenards, du grondement au RUGISSEMENT... les grands sourires pleins d'assurance... les signes de la main à un public imaginaire...

Ils étaient à mi-chemin de la rangée quand sur un pont, un garçon le héla, « Hé, vous ! J'vous ai pas vu à la télé l'autre jour ? »

Norman afficha un grand sourire bienveillant et répondit, « C'est possible !

— *60 Minutes*, c'est pas ça ? »

Maintenant, Magdalena avait repéré le garçon qui criait. « Vous étiez drôlement remonté, putain ! Vous l'avez vraiment coincé, cet enfoiré... vous l'avez vraiment complètement enculé ! »

D'après ce dont elle pouvait en juger d'en bas, il était plutôt mignon – une petite vingtaine d'années ? – avec une épaisse crinière de longs cheveux coiffés en arrière en superbes boucles léonines châtains décolorées par le soleil à la Tarzan et un bronzage parfait qui faisait étinceler ses grandes dents blanches chaque fois qu'il souriait. Il souriait beaucoup. Il bichait à l'idée qu'un célèbre schlokteur docteur vu à la télé lève les yeux vers lui... même si son nom lui échappait.

« Je sais ! cria le jeune mec. Docteur... Lewis !

— Norman Lewis ! cria Norman. Moi c'est Norman, et elle, c'est Magdalena !

— *Je veux !* » lança le garçon. Il avait l'air bourré. Il tenait un cubi dans une main.

«Moi aussi», lança un autre.

Magdalena n'aimait pas ça. Ils se foutaient d'elle, ou quoi?

Sifflets narquois... Tout un petit groupe s'était rassemblé au bastingage. Le mec bronzé aux dents blanches cria, «Hé, docteur Lewis – Norman – vous ne voulez pas, Madelaine et vous...

— Magdalena, corrigea Norman.

— *Je veux!*» dit le garçon. Il avait l'air très fier de ce saut rhétorique de logique vaguement sexuelle.

«Moi aussi!» cria l'autre et tous les jeunes éclatèrent de rire. Ils grouillaient à présent sur le pont.

«Vous ne voulez pas, Magdalena et vous...

— *Je veux!* hurlèrent à l'unisson deux des garçons du bastingage, et les autres reprirent en chœur, *Je veux, ouais, je veux!*

— monter prendre un verre! poursuivit le premier.

— Ma foi...» Norman s'interrompit comme si pareille invitation ne lui était jamais venue à l'esprit... «Pourquoi pas? OK! Super! Merci!»

Le mec bronzé lui conseilla de faire demi-tour et de contourner l'extrémité de la file pour rejoindre la poupe du *First Draw*, où ils trouveraient une échelle.

«Super!» dit Norman. Il fit virer le Cigarette et s'éloigna dans un énorme RUGISSEMENT de moteurs, rapidement réduit à un grondement grondement grondement grondement. «Dès que tu passes à la télé, ça te donne une sacrée aura», remarqua Norman. Il était très content du docteur Norman Lewis. «Les gens oublient vite, mais j'espérais bien ne pas avoir perdu tous mes pouvoirs magiques – et j'avais raison.» Il s'interrompit un instant. «Bien sûr, le puissant *Hypomaniaque* n'y est pas pour rien. Ils adorent les Cigarette, tous ces jeunes. Les Cigarette sont super branchés, tu sais! J'étais sûr d'attirer leur attention en emballant ces mille chevaux. Et toi, ma belle» – il tendit les lèvres comme pour lui donner un gros baiser comique – «tu n'y es pas pour rien non plus! Tu les as vus! Ils te dévoraient des yeux toute crue! Et ce *je veux*, qu'est-ce que tu en dis? *Je veux! Je veux! Je veux!* Il n'y a pas une nana sur ce bateau qui t'arrive à la cheville. C'est vrai. Tu es franchement canon, ma belle.»

Il posa la main à l'intérieur de sa cuisse.

«Norman!» En même temps, son interprétation des sifflets et des cris ne lui déplaisait pas.

Son autre main était sur le volant. Il regardait droit devant lui, comme s'il n'avait pas d'autre idée en tête que de faire virer ce Cigarette vrombissant.

«Norman! *Arrête!*»

Il retira la main de sa cuisse – et la fit remonter vers sa hanche... avant de promener les doigts vers son bas-ventre et de les glisser sous l'élastique de son bas de maillot de bain.

«Arrête, Norman? Tu es *fou* ou quoi?!» Elle attrapa son poignet et retira sa main brutalement. «Quand même, Norman...»

Elle se tut soudain. Ses doigts qui rampaient sous son slip, au vu et au su de tous, c'était... *tellement dégueu!* Et tellement *immature!* Se laisser aller comme ça à un exhibitionnisme de *vilain garçon!* En plus, il avait reconnu que lui, le docteur Norman Lewis, une célébrité nationale de la psychiatrie, avait longé toute une rangée de bateaux d'une manière humiliante, dégradante, dans le seul but minable, débile... de squatter la fête d'une bande de gosses – *une bande de gosses!* Une bande de garçons qui parlaient encore un argot d'ados, une bande de filles qui se trimbalaient à moitié à poil sur des ponts de bateaux avec des *ficelles* qui leur coupaient le derrière en deux melons frais et disparaissaient dans Dieu sait quoi – et pourtant, en même temps, elle ne pouvait pas nier que ça l'excitait. Elle *sentait...* l'amorce d'une bacchanale insouciante dont son propre corps *canon* serait la vedette. Un frémissement dans son bas-ventre... qui la poussait à *regretter* de ne pas porter de string. Ce deux-pièces noir dont Norman entreprenait l'exploration était-il *assez petit* pour la conduire jusqu'au bout de l'envie concupiscente... d'*abandonner...* toutes les pensées conscientes qui la retenaient? Mais la Pensée Consciente était plus coriace qu'elle ne l'imaginait. Elle la contraignit à se redresser de toute sa hauteur. ::::::: *Arrête... tout de suite!* :::::::

«Arrête, Norman! dit-elle. Tout le monde peut nous voir!»

Mais elle avait laissé sa main s'attarder une fraction de seconde de trop, et son *Arrête* ne possédait plus aucune force morale, n'était plus que pure convenance sociale. À la manière dont Norman l'observait, un petit sourire jouant sur ses lèvres entrouvertes, elle savait qu'il avait décelé jusqu'au dernier neurone de ses sentiments conflictuels et saisi l'état de faiblesse et de vulnérabilité dans lequel elle se trouvait.

Quand l'*Hypomaniaque* atteignit la poupe du *First Draw*, tout un contingent de curieux attendait en haut de l'échelle. Magdalena monta la première, accompagnée d'un nouveau chœur de « *Je* veux ! » « *Je* veux ! » « *Je* veux ! » « *Je* veux ! » Elle sentait leurs yeux se mettre en coupe autour de ses seins et lui masser le bas-ventre, entièrement nu jusqu'au pubis et très légèrement renflé, juste de quoi lui imprimer une petite courbe. Ils n'arrivaient pas à en détacher le regard.

« *Je* veux ! »

« *Je* veux ! »

« *Je* veux ! »

Ces deux mots eux-mêmes étaient difficilement audibles. Ici, sur le bateau, le BEAT le BEAT le BEAT sortait des baffles en COGNANT COGNANT COGNANT. Elle voyait des filles sur le pont supérieur qui dansaient entre elles... quasiment nues. Tout un troupeau de filles en string !... avec des ficelles qui disparaissaient dans la raie de leurs fesses... Elles chevauchaient leurs selles pelviennes à cru, secouaient la tête et envoyaient voltiger leurs crinières blondes – de blondes *americanas !* – et soudain elle se sentit prise au piège... au milieu d'une horde vulgaire d'étrangers...

Des jeunes types maintenant, en maillot de bain ... la peau comme de la crème renversée, du flan... Les Latinos avaient des muscles qui se voyaient – mais elle s'aperçut qu'elle pensait à Nestor – et changea de sujet. Un mec, il pouvait avoir quoi ? – vingt-cinq ans ? – un mec avec une peau de flan se tenait juste devant elle : « Hé, t'es avec *lui* ? »

Elle savait qu'il voulait parler de Norman, qui montait l'échelle derrière elle.

Norman prit Magdalena par la main et se dirigea droit vers le type qui les avait invités à bord tout au début. C'était un jeune homme grand et mince, d'une petite vingtaine d'années sans doute.

Il portait un short de surf *fashion* extra-long. Avec un imprimé hawaïen invraisemblable. Tout de même, vu de près, il semblait mériter d'être promu du rang de garçon à celui de jeune homme, dans la nomenclature en tout cas.

Quand il vit Norman, il resta bouche bée, ses yeux s'écarquillèrent et il s'écria, «Docteur Lewis! C'est trop *coool*! Je viens de vous voir sur *60 Minutes* – et vous voilà... là, sur *mon bateau*! C'est *troooooop coooool*!»

L'admiration paraissait sincère – et Magdalena vit une reconnaissance sincère se répandre sur le visage de Norman sous forme d'un sourire qui disait, «Voilà qui est mieux.» Il tendit la main, le jeune homme la serra et crut bon de préciser, «En fait, ce n'est pas vraiment *mon* bateau, c'est celui de mon père.»

Norman demanda de sa voix la plus affable «Et comment vous appelez-vous?

— Cary!» Évidemment – Cary. Il faisait partie de cette génération, la première à ne pas avoir de nom de famille. L'emploi d'un nom de famille était considéré comme ringard... ou trop révélateur de vos origines... ethniques, raciales, sociales parfois. Personne ne se servait de son nom de famille, sauf quand il fallait remplir un formulaire.

Norman dit «Et voici Magdalena, Cary.»

Les incomparables dents de Cary lancèrent des éclairs : «*Je* veux! Et c'est un compliment, sûr de chez sûr!»

Des rires et des «*Je* veux!» éclatèrent parmi la foule qui s'était rassemblée autour d'eux pour voir le prétendument célèbre docteur Lewis, quel qu'il fût.

«*Je* veux!» Rire.

«*Je* veux!» Rire.

«*Je* veux!» Rire.

«*Je* veux!» Nouveau rire.

«*Je* veux *vraiment*!» Hurlements de rire ce coup-ci.

«C'est un *super* compliment, dit Cary. Vrai de chez vrai!»

Une vague de gêne... et de bonheur absolu... les Cubaines n'étaient pas différentes des *Americanas* sur bien des points. Elles passaient la moitié de leur journée à se demander... ou à demander à leurs copines... «Est-ce qu'il m'a remarquée? Tu *crois* que oui? À ton avis, il m'a regardée comment?»

Magdalena était incapable d'imaginer une seule réponse qui ne risque pas... de détruire tout ce bonheur. Si elle le prenait ouvertement pour un compliment, elle aurait l'air d'une petite Latina naïve, et si elle tentait un soupçon d'autodérision cool et spirituelle, on la prendrait pour une créature bizarre qui craignait de susciter l'envie. Sagement, elle fit la seule chose raisonnable qu'elle pût faire. Elle resta plantée là, rougissante et réprimant son sourire... mais quel bonheur !

Le soleil avait un peu décliné, mais il n'était certainement pas plus de cinq heures et demie quand Magdalena entendit un chœur de ces *ouououh* ironiques que les jeunes gens semblaient tant apprécier... Ils étaient sur le pont du bateau suivant... et elle était là... une blonde qui venait de retirer le haut de son deux-pièces. Elle avait le dos cambré, les bras écartés... le soutien-gorge pendant au bout d'une main... et ses seins se dressaient d'une manière qui disait, « Fini de jouer à cache-cache. À nous... *la vie !* »

« Viens ! fit Norman... d'un air rayonnant de lubricité. Il faut que tu voies ça ! » Il la prit par la main et l'entraîna vers le bastingage d'où ils auraient une meilleure vue. « Ça va commencer ! »

La blonde aux seins tortilla un peu des hanches, exposant à son chœur d'admirateurs la fermeté de ses gloires pectorales... leur cambrure qui défiait les lois de la pesanteur...

« *Qu'est-ce* qui va commencer ? demanda Magdalena.

— La régate est avant tout une orgie. Voilà ce que je veux te faire voir. Il faut que tu assistes à un truc pareil *une fois* dans ta vie. » Il ne regardait pas Magdalena en parlant. Comme tous les autres mâles du bateau, il n'avait d'yeux que pour les seins nus évadés. *Elle* jetait des regards d'un côté à l'autre, jouant les femmes fatales, minaudant comme une comédienne, cherchant à bien faire passer le message : « On rigole... du sexe au second degré... personne n'aurait l'idée de prendre ça au sérieux »... tout en faisant rouler ses hanches *d'un* côté à *l'autre*... comiquement, bien sûr... puisque ce n'était pas sérieux... mais suffisamment pour que tout le monde voie son corps dans son string fauve, presque de la couleur exacte de sa peau.

La fille interrompit soudain son petit numéro, croisa les bras sur sa poitrine, puis se plia en deux de rire avant de se redresser, toujours en riant, se tamponnant les yeux du revers de la main, comme si tout cela avait été d'une drôlerie achevée. Mais ensuite, elle se redressa, secoua les seins... sans balancement des hanches... et sourit de toutes ses dents en se dirigeant vers trois de ses copines *americanas* qui riaient comme des folles. L'une d'elles n'arrêtait pas de lancer les deux bras en l'air comme les arbitres de foot quand une équipe marque un but. La blonde ne faisait plus mine de se couvrir les seins de ses bras. Elle posait, mains sur les hanches, tout sourire, en discutant avec ses trois copines – pour que personne surtout n'aille croire qu'elle était gênée par ce qu'elle avait fait.

Le succès de la fille ne déclencha pas de vagues de seins nus. Le mouvement se propagea de façon aléatoire. Magdalena et Norman passaient de bateau en bateau... de pont en pont... treize ponts différents... certains à *cette* hauteur de l'eau, certains à *cette* hauteur, d'autres pas plus haut que *ça* de l'eau, et quelques-uns émergeant à peine plus que le Cigarette de Norman. Norman s'arrêtait tout le temps pour yakyakyakyakyakyakhockhockhocker avec des fans – enfin, pas vraiment des fans... plutôt des gens qui venaient d'apprendre qu'il était important – et Magdalena restait plantée là, la bouche étirée dans un sourire censé exprimer son intérêt et sa participation, mais elle finissait par s'ennuyer tellement qu'elle regardait autour d'elle, et... constatait qu'une fille là-bas ou bien là-bas... ou encore *là-bas*... à cinq ou six cents mètres, même, sur un pont quelconque d'une autre rangée de bateaux amarrés les uns aux autres – avait retiré son haut de maillot de bain... sans bénéficier de *ouiiiii ouiiiii* ni de *ouou-ouOUH*... et le soleil s'enfonçait un peu plus bas... et les mecs étaient un peu plus bourrés... tellement bourrés ou tellement embrasés de désir qu'ils trouvaient le courage de rejoindre les filles qui dansaient sur le pont. ::::: Et revoilà ce kayak. ::::: Filant toujours au milieu des bateaux, il réapparut en bas. Le rameur était debout à l'avant avec une pagaie, comme s'il conduisait une gondole. Le couple était toujours allongé à l'arrière. La fille avait retiré le haut de son maillot et était couchée sur le dos, exhibant ses gros seins. Elle avait écarté les jambes. Un soupçon d'étoffe de string la couvrait à peine. Le garçon, qui avait toujours son short de surf, était sur le côté, les deux jambes autour d'un des mollets de la fille. *Todo el mundo* semblait avoir les yeux baissés vers eux pour voir s'il bandait.

Magdalena, pour sa part, n'en savait rien... et puis ils disparurent... pour aller présenter leur *exhibición* à d'autres bateaux. Ici sur le pont... melons mûrs... mûrs. En cette fin d'après-midi, tous les ponts étaient crasseux... jonchés de toutes les formes imaginables d'ordures et de déchets auxquels s'ajoutaient, ici et là, des flaques de vomi, certaines encore mouillées, d'autres séchées par le soleil... et jetés partout, des canettes de bière des bouteilles de bière des grands gobelets en plastique de bière... les emblématiques gobelets Solo... les favoris des beuveries et des chouilles... abandonnés par centaines sur tous les ponts... des gobelets Solo... rouge atelier-de-mécanique traditionnel... et dans toutes les autres teintes imaginables... rose pastel, jaune maïs, bleu roi, bleu marine, turquoise, vert émeraude, puce, fuchsia, gris sol-de-cave, brun sac-poubelle, toutes les couleurs sauf le noir... éparpillés, écrasés, fendus ou gisant sur le côté, intacts... et chaque fois qu'un bateau se balançait, généralement à cause du roulis provoqué par le sillage d'une vedette, les bouteilles et les canettes de bière roulaient d'un bout à l'autre du pont ... les canettes dans un cliquètement de déchets d'aluminium à deux balles... les bouteilles dans un gémissement sourd de déchets de verre à deux balles... roulaient roulaient roulaient sur les détritus aplatis, les mégots écrasés, les perles de plastique bon marché, les traînées de bière renversée, les préservatifs usagés, les beignets de dégueulis... penchaient penchaient penchaient sur une paire de lunettes dont une branche était cassée, sur une tong abandonnée... entraient en collision collision collision avec les gobelets en plastique et bientôt les ponts GRIN-CÈRENT et SAUTÈRENT les sonos étaient à fond et balançaient le BEAT BAM schlang BAM schlang BAM schlang BAM schlang le BEAT et d'autres filles retiraient leur haut, ne gardant que de petites ficelles qui disparaissaient dans la raie de leurs *maintenant! à cet instant précis tellement à vif gonflé labial melons mûrs... melons mûrs...* et elles s'y mettaient... plus de pas de danse, plus de rock, plus de twist comme elles faisaient ensemble... non, *elles s'y mettaient à fond...* à ROULER DU CUL...

Elle lève les yeux vers Norman. Il est cloué... absorbé par le spectacle, dévoré... penché en avant... Sa lèvre supérieure se retrousse, la faim l'emporte sur l'exultation ... Il a *faim* ! Il *veut* du...

« Oh, putain ! » Il avait certainement voulu le dire tout bas... C'était un *Oh, putain* d'excitation. L'excitation s'était tellement emparée de lui que ce coassement étranglé s'était transformé en exclamation arrachée à l'enveloppe du larynx. Ce n'était évidemment pas à *elle* qu'il s'adressait... Son sourire s'était transformé en pulsation... exultation excitation exultation excitation exultation excitation... Il avait les yeux rivés sur un couple à un mètre d'eux seulement – cet *Americano*, grand, les cheveux sable, une stature athlétique – cet *Americano* était derrière une fille BAM schlang BAM schlang BAM schlang BOURRE fourre BOURRE fourre BOURRE fourre fourre fourre DERRIÈRE elle FOURRE schlang BOURRE l'entrejambe turgide de son maillot de bain dans les fesses de la fille DÉFONCE défonce défonce... avec une telle force que l'avant de son maillot disparaissait presque dans cette ravine mûre... Elle se penchait en avant pour élargir la ravine, faisant pendre ses seins nus... à chaque POUSSÉE ils se balançaient en avant POUSSE fourre POUSSE schlang schlang schlang schlang ils bondissaient en avant et revenaient en arrière...

Les Americanos ! Évidemment, les garçons cubains sont aussi – mais les *Americanos* sont... des chiens au parc ! L'idée que tout un pont couvert de jeunes gens et de jeunes femmes en train de faire ce qui était si proche du vrai truc BAM schlang BAM schlang BAM schlang BAM schlang BOURRE fourre BOURRE fourre BOURRE fourre BOURRE fourre des chiens au parc BOURRE fourre BOURRE *enfonce enfonce enfonce* enfonçant leurs bites distendues quoique maintenues en place par leurs maillots de bain dans l'entrejambe des filles ENFONCE ENFONCE ENFONCE... ces *gringas* auraient aussi bien pu être complètement à poil !... des maillots ? Des seins partout. ENFONCE. Tout ce qu'on distingue, c'est la lanière du string BAM schlang BAM schlang BAM schlang à peine visible au niveau des hanches... des filles à poil pour le reste avec ces gars qui les bourrent, fourrent, DÉFONCENT BAM schlang BAM schlang...

Il faisait de plus en plus noir... mais une lueur persistait encore sur les marges de l'horizon à l'ouest – une bande violette rétroéclairée par un or fané. Elle distinguait à peine un peu de lumière en direction du nord où se trouvait Miami... quelque part... ou bien à l'est et vers l'océan au-delà... mais il faisait encore assez jour pour que

Magdalena se dise que cette couronne disparate de – quoi? – un millier de bateaux? – se trouvait *dans le monde*... assez jour pour lui donner à penser que Miami était... par là-bas... et que l'océan *était* en réalité par ici... et ils *étaient* vraiment très près d'un élément géographique connu, Elliott Key... malgré tout cet embouteillage de bateaux. Elle l'avait à peine aperçue en regardant entre les bateaux... et *c'était* bien dans la baie de Biscayne qu'ils se trouvaient... Elle pouvait encore porter le regard vers la baie, malgré la lumière de plus en plus ténue. Il y avait une fête sur chaque bateau...

De bruyantes acclamations. Des gens couraient. Ceux qui dansaient se précipitèrent soudain vers le pont arrière.

Norman l'entraîna dans cette direction.

«Qu'est-ce qui se passe?» Désormais il fallait hurler pour se faire entendre, même de tout près.

«Je ne sais pas! cria Norman, mais il faut aller voir!»

Magdalena trébuchait derrière Norman qui la tenait fermement par la main, la tirant derrière lui.

Grande excitation sur le pont arrière. Des portables sonnaient. Deux d'entre eux avaient téléchargé «I'm Sexy and I Know It» de LMFAO et «Hey Baby» de Pitbull. On entendait un peu partout les *bip bip biiiips* des textos qui arrivaient.

Un jeune *Americano* cria, couvrant le tohu-bohu général. «Vous n'allez pas y *croire!*»

BAM schlang BAM schlang BAM schlang BAM schlang – maintenant pourtant, Magdalena entendait... De ce côté-ci, des acclamations, des cris, des sifflets à-deux-doigts-dans-la-bouche, des oui et des *ououh-ououh-ouououh* – toujours railleurs, les ouououououh, mais cette fois tellement bruyants. Le vacarme se précipitait vers eux comme une marée... si proche finalement qu'il refoula la sono... le vacarme et le bruit des vedettes... fonçant vers eux...

La foule qui se pressait contre le bastingage était tellement dense que Magdalena ne voyait absolument rien. Sans un mot, Norman posa les mains autour de sa taille, juste sous sa cage thoracique, et la souleva jusqu'à ce qu'elle puisse passer ses jambes autour de son cou et les laisser pendre sur sa poitrine comme un enfant... Grognements derrière eux, «Hé, vous ne... *grommelle grommelle grommelle grommelle!*» Norman l'ignora. À l'instant suivant...

... les vedettes... Derrière la première, trois silhouettes à skis nautiques cramponnées à de longs câbles... trois filles... trois filles remorquées à un train d'enfer par une seule vedette... toutes les trois *complètement nues*... trois filles à poil, deux blondes, une brune... de grands corps d'*Americanas*! Affamés à la quasi-perfection!... La proximité de la rangée de treize bateaux amarrés les excitait... Lâchant le câble d'une main, elles firent pivoter leur buste à près de quarante-cinq degrés et lancèrent leur bras libre vers le ciel dans un geste d'abandon... hurlements et rires à n'en plus finir sur tous les bateaux alignés... *ouh-ouh-ouhhh* railleurs – mais la moquerie elle-même était remplie d'allégresse – et de joie délirante – Une nouvelle vedette. Celle-ci remorquant...

... Seigneur! – un jeune homme nu comme au jour de sa naissance – offrant à la Régate de Columbus Day... *une immense érection*... tellement gorgée de sang qu'elle se dressait et s'incurvait à un angle de quinze degrés... trois filles nues, aux nichons sans entrave!... le dieu Priape, *la bite gorgée de sang de la Jeunesse* sans entrave... le tout éclairé par la brève lueur en coupole du crépuscule.

Les acclamations s'élevèrent des bateaux attachés en un cri primal venu non pas du cœur mais du bas-ventre, un chœur sauvage de *ouiiiii, ouh-ouh-ououhhhh, mouh mouh mouououh, arrrghs, ah haaahh arrrghhʜʜʜock hock hock* – ce dernier rugissement de rut rut émanant de toute évidence de Norman...

«Tu as vu ça? Tu as vu ça, ma belle? Ce mec a enfreint toutes les règles connues du système nerveux central! Personne, personne tu m'entends, ne peut supporter la contrainte que le ski nautique impose aux jambes, aux quadriceps, aux tendons du mollet, aux grands dorsaux, aux brachiaux – et maintenir une érection pareille... C'est impossible – et pourtant, tu viens de le voir!»

:::::: Ah, le scientifique, l'analyste, le grand chercheur universitaire ne perd pas de vue les limites extrêmes de l'existence animale de l'homme. :::::: Magdalena se demanda si Norman se rendait compte qu'il cherchait si souvent à dissimuler sa propre excitation sexuelle derrière ces épais murs de théorie... et maintenant encore, il parcourt la baie du regard, en quête d'un dernier aperçu évanescent des jolis et jeunes derrières fendus des skieuses dans leur spectacle aquatique sexuel.

Le numéro était terminé, mais les *Americanos*, comme Norman, étaient embrasés de désir. Leurs mains tremblaient et ils avaient de sérieux problèmes pour textoter sur les minuscules touches de leurs smartphones. Leurs portables sonnaient dans une dysphonie de «Hips Don't Lie», «On the Floor», «Wild Ones», Rihanna, Madonna, Shakira, Flo Rida, de rires bourrés préenregistrés, de salsas brésiliennes sifflées, tous criblés des *bip bip biiip* et des *alerte alerte alerte* abrupts de réception de TEXTOS schlang TEXTOS schlang BAM schlang BOURRE schlang FOURRE schlang BAM schlang DANSER schlang ENCORE schlang PONT schlang EMBRASÉ schlang DÉSIR schlang DÉSIR OUI OUIII ! OUH-OUH ! – et d'un coup *todo el mundo* est pris de folie et se précipite vers un autre pont... par *là* ! Norman attrape Magdalena par l'avant-bras et la tire, l'entraîne, au milieu de la ruée. Quel vacarme...

«*Norman !* Qu'est-ce... »

Il ne lui laissa pas le temps de finir sa question. «Je ne sais pas ! On va voir !

— Mais bon sang, pourquoi...

— Il *faut* aller voir ! » Il le dit comme si c'était le seul choix rationnel devant ce mouvement de foule.

«Non, Norman – tu es cinglé ! »

Elle essaie de le retenir et de s'éloigner dans l'autre sens, elle se retourne – ¡ALAVAO! Toute une horde grimpe et saute par-dessus le bastingage pour atteindre ce pont et *OUI ! OUI ! OUH-OUOUOUH !* fonce devant elle et passe de ce bateau au suivant et du *suivant* au suivant – ils vont *par là*, des HORDES ! Magdalena renonça et suivit le mouvement avec les autres et un Norman vorace, se hissant par-dessus les bastingages et se laissant tomber sur le pont suivant et se hissant et se laissant tomber et traversant ventre à terre un pont après l'autre jusqu'à ce qu'ils distinguent enfin une foule en tranches qui se massait, tranchée et émincée par les lumières qui se déversaient sur elle, sur le tout dernier bateau de la rangée, le seul voilier, le schooner aux deux mâts imposants. Mais pourquoi ?

Magdalena ne voulait pas penser à Nestor, mais Nestor fit irruption. :::::: Bon Dieu, ce premier mât est tellement grand... aussi haut qu'un immeuble de bureaux... et Nestor a grimpé jusqu'au sommet à la seule force des bras. ::::::

« Je crois savoir ce que c'est èèèè hock hock hock hock », dit Norman. D'un ton très jovial, en plus. Si jovial que, tout naturellement, il prit Magdalena par les épaules et l'attira contre lui. « Ohhohoho, oui, je... crois... savoir. » Il voulait évidemment qu'elle lui demande : « Ah oui ? Alors c'est quoi ? – mon chéri omniscient. » Mais elle n'allait certainement pas lui faire ce plaisir. *Elle* n'avait pas oublié leur différend croissant avant qu'ils n'embarquent.

Des acclamations narquoises éclatèrent parmi les garçons et les filles massés sur le pont avant du schooner. L'immense grand-voile du bateau s'était soudain éclairée comme un abat-jour – non, comme un écran. Elle avait été tournée à environ quatre-vingt-dix degrés pour faire office d'écran face aux occupants du pont avant, et les lumières, comprit alors Magdalena, venaient d'un projecteur installé à la proue. Une image apparut sur la voile – une tranche de corps humain ? – mais une petite rafale de vent la fit onduler, empêchant Magdalena de l'identifier. Un instant plus tard, la brise tomba et une immense image apparut – un sexe en érection de près de deux mètres de long sur l'immense voile du schooner et de presque soixante centimètres d'épaisseur. Et où était le bout, le gland ? Il avait disparu dans une grotte – mais ça ne pouvait pas être l'entrée d'une grotte, parce que ça ne cessait de se dilater et de se contracter autour du gland, et d'aller de haut en bas de haut en bas... ¡ *Dios mío* ! C'étaient les lèvres d'une femme ! Projetées sur la grand-voile ! Sa tête mesurait trois mètres et demi de haut du front au menton.

Le cœur de Magdalena fit une chute en piqué... du porno !... un film porno projeté à une échelle gigantesque sur une voile gigantesque... transformant ces centaines d'*Americanos* en porcs, en porcs trépignants et couinants *iiiii ouh iiiii ouh* grâce à quoi ? Du porno.

Et l'un de ces porcs *americanos* était le docteur Norman Lewis. Il était juste à côté d'elle, sur ce pont bondé... s'efforçant de résister à l'adoration baveuse prête à envahir son visage... les yeux rivés sur une voile de schooner qui va d'ici... à *là*... tandis que des fragments de corps porcin surgissent, dérivent et s'envahissent réciproquement, suintant et glissant et bavant et suçant et gobant... des jambes de femme immenses comme des tours de bureaux, écartées... ouvertes... les grandes lèvres trois fois plus larges que l'entrée du Centre des Congrès de Miami... le docteur Lewis spécialiste du porno est tétanisé... il veut *entrer* dans ce portail ou bien veut-il que ses *yeux* y entrent... tétanisé par l'autre galaxie de la pornographie?

« Toi, je ne sais pas, Norman, mais moi, j'en ai ma claque ! »

Il ne l'entend pas. Il bave dans son propre monde.

Elle le prend par le coude et le secoue... brutalement. Norman sursaute, étonné... mais surtout, perplexe. « Comment quelqu'un...

— Allons-y, Norman.

— Où ça ?...

— On rentre. Je veux rentrer à Miami. »

Perplexe. « Rentrer ? Quand ?

— Maintenant, Norman.

— Pourquoi ?

— *Pourquoi* ? répète Magdalena. Parce que tu as l'air d'un gamin de trois ans qui n'en croit pas ses yeux... d'un pornodépendant baveux...

— D'un *porno*dépendant baveux » – il n'assimile pas vraiment les mots. Il est tellement parti, ses yeux reviennent se poser sur la voile... la tête de femme de plus de trois mètres de haut qui de ses lèvres larges d'un mètre cherche à grignoter le clitoris de trente bons centimètres d'une autre femme.

« *Norman* !

— Hmmm, quoi ?

— On *se casse* ! Un point c'est *tout* !

— *Se casser* ? Mais la soirée commence à peine ! Ça fait partie de l'expérience !

— *Ils* » Magdalena fit un mouvement circulaire de la tête pour englober le reste de la foule « n'ont qu'à faire cette expérience dégueulasse – lamentable – ... sans toi. Tu te casses !

— Mais pour aller où ? » – de toute évidence, il ne comprenait pas vraiment de quoi elle parlait... Ses yeux glissèrent à nouveau en direction de la *voile*...

L'expression de Norman lui accorda une attention légèrement supérieure, mais à peine. « On ne peut pas. On ne peut pas reprendre le bateau dans le noir. C'est dangereux. »

Magdalena regarda Norman avec l'air de *Je n'y crois pas*. Les yeux de Norman étaient déjà revenus sur les fragments corporels agrandis. Une immense... paire de fesses fendue... occupait l'écran. Les mains d'un géant écartaient les joues. L'anus lui-même emplit le vaste écran. Il était aussi profond qu'une gorge des montagnes péruviennes.

« Norman, si tu as besoin de moi, dit-elle d'une voix crispée, cinglante, je serai dans le bateau. Je vais essayer de dormir un peu.

— Dormir ? » demanda Norman d'une voix qui signifiait, « Comment peux-tu ne fût-ce qu'*envisager* une chose pareille ? » Elle était tout de même arrivée à retenir son attention. Il lui parla sévèrement. « Écoute-moi bien maintenant. Cette nuit, c'est nuit blanche obligatoire. L'objet même de cette expérience est qu'elle dure toute la nuit ! Si tu gardes les yeux ouverts, tu assisteras à des choses que tu n'aurais jamais crues possibles. Tu verras à quoi ressemble l'humanité quand toutes les règles sont abolies. Tu observeras le comportement de l'Homme réduit au niveau des bonobos et des babouins. Et c'est vers cela que l'Homme se dirige ! Tu découvriras l'avenir, ici même, au milieu de nulle part ! Tu auras un aperçu incroyable du destin *non*-humain, intégralement animal, qui menace l'Homme ! Crois-moi, soigner les addictions pornographiques n'a rien d'une spécialité psychiatrique étroite. C'est un élément capital du rempart de *toute* société contre la dégénérescence et l'autodestruction. Je ne peux pas me contenter de rassembler des données en écoutant des patients me décrire leur vie. Ces gens sont faibles, peu portés sur l'analyse. Autrement, ils ne se seraient pas fourrés dans cette situation. Nous devons *voir* de *nos propres yeux*. Voilà pourquoi j'ai l'intention de rester éveillé toute la nuit – pour arriver à connaître ces âmes perdues de l'intérieur. »

Jesu Cristo... c'était le mur de théorie le plus épais qu'elle ait jamais entendu Norman concocter ! Une forteresse imprenable !... et un

250

talent inimitable pour couper l'herbe sous le pied de n'importe quelle critique.

Elle renonça. À quoi bon discuter avec lui ? Il n'y avait rien à faire.

Mais renoncer à la guerre ne lui apporta pas la paix. Dans l'obscurité, son regard se porta dans toutes les directions. Avant le coucher du soleil... Miami avait été par là, au nord, et pourtant, d'ici, tout ce qu'on voyait à l'horizon ne dépassait pas la taille d'une rognure d'ongle de petit doigt. Key Biscayne était invisible, mais on savait où elle était, là, au nord-est. Florida City se trouvait loin là-bas, à l'ouest... et tout autour, la mer immense était d'un noir d'encre... non, *plus que noire... invisible...* la plus célèbre étendue d'eau du pays... disparue. Elle n'avait pas la moindre idée de la direction où se trouvaient le nord, l'ouest, aucune notion de l'endroit où *elle* se trouvait. Le reste du monde n'existait *pas* – il n'y avait que cette flottille de cinglés dépravés. Et elle était prisonnière, forcée de contempler la pourriture, le suintement pustuleux de la liberté absolue. Le ciel lui-même n'était plus qu'obscurité complète et un unique faisceau lumineux éclairant une immense étendue de toile sur laquelle des fragments de corps suintaient et ondulaient... tout ce qui restait de la vie sur Terre, réduit à cela. Magdalena était plus que déprimée. Quelque chose dans tout cela l'effrayait.

9

Le Programme d'action sociale de South Beach

Nestor retrouvait ses neuf ans quand il se servait de ces jumelles allemandes, les JenaStrahl, que fournissait la Crime Suppression Unit, l'Unité Anticriminalité. Oh, le miracle enfantin de ce super gadget ! Les *comemierdas* qu'il était chargé de surveiller en ce moment se trouvaient sur la véranda d'un taudis du ghetto d'Overtown, deux bons pâtés de maisons plus loin. Avec les JenaStrahl, il arrivait à compter depuis sa planque les swarovskis qui ornaient les pavillons de leurs oreilles. Le plus petit, celui qui avait la peau la plus claire et était assis sur une vieille chaise en bois, en avait un... deux... trois... quatre... cinq... six... *sept* sur une seule oreille... si serrés qu'ils se touchaient... cinq centimètres d'oreille percés à sept reprises... on aurait dit une ligne perforée à-détacher-suivant-le-pointillé sur une toute petite oreille. L'autre type, un vrai taureau, cent trente kilos au bas mot, peut-être plus, était adossé au mur de façade près d'une série de barreaux qui protégeaient une fenêtre... les bras croisés, ses avant-bras entrelacés paraissant gros comme un cochon de cochon rôti d'Hialeah... il avait trois swarovskis à l'ourlet de chaque oreille. Ils portaient tous les deux des casquettes de base-ball ajustées – sans boucle de réglage taille unique à l'arrière ! – les visières aussi plates qu'au jour où ils les avaient achetées et arborant encore sur la coiffe les autocollants New Era avec lesquels elles étaient vendues. Aux pieds, ils avaient l'un comme l'autre des baskets NuKill d'un blanc virginal, sans la moindre trace de crasse ou de gadoue des rues de Miami. Les casquettes et les chaussures hurlaient à tous ceux qui étaient susceptibles d'apprécier et d'envier ces détails, « Flambant neuf ! Je suis cool ! – et je peux me *payer du Neuf* – tous les jours ! »

Hmmmmm... et si ces petites pierres étincelantes n'étaient pas du toc mais de vrais diamants... *Naaaaan...* Ce n'était sûrement pas une opération de cette envergure, et de loin. Toute cette bimbeloterie rivée aux pavillons de leurs oreilles. Ils auraient aussi bien pu s'accrocher des pancartes autour du cou proclamant : YO, LES KEUFS ! VENEZ ME FOUILLER ! Ils avaient entrepris cette borgnote grâce au tuyau d'un indic, une racaille qui balançait tous les dealers de dope d'Overtown dont il avait jamais entendu parler dans le seul but de s'éviter une troisième condamnation pour trafic, laquelle risquait de l'envoyer en tôle pour vingt ans.

Sans quitter des yeux les deux types sur la véranda, Nestor dit : « Chef, vous avez remarqué tout le bling-bling qu'ils se sont enfoncé dans les anses ?

— Ouais, sûr, répondit le brigadier. J'ai lu un truc là-dessus un jour. Tous les mal-blanchis adorent ces merdes. Ouganda, Yoruba, Ubani, ou Overtown, c'est kif-kif. Tous les endroits qu'ils peuvent tatouer, ils les tatouent. Ce qu'ils ne peuvent pas tatouer, ils y fourrent toute cette merde qui brille. »

Nestor grimaça... par égard pour le brigadier. Celui-ci n'oserait jamais parler comme ça devant qui que ce soit, sinon un autre flic cubain. Le Département avait lancé, en toute discrétion, une véritable campagne destinée à améliorer les relations de la police avec les Noirs américains. Dans des quartiers de taudis comme celui-ci, Overtown, et à Liberty City, les Noirs voyaient dans les flics cubains des envahisseurs étrangers qui étaient tombés du ciel un beau jour comme des paras, s'étaient emparés du Département de Police et s'étaient mis à houspiller les Noirs... des Noirs qui vivaient à Miami depuis toujours. Ils parlaient une langue étrangère, ces envahisseurs. Ils étaient prêts à tout pour éviter la paperasserie, parce que les formulaires étaient écrits en anglais. Au lieu de se donner tout ce mal, ils préféraient faire sortir un suspect noir par l'arrière de l'immeuble et le cogner dans les reins jusqu'à ce qu'il pisse le sang et avoue tout ce que les envahisseurs voulaient lui faire avouer. Ainsi parlait la légende urbaine d'Overtown.

Nestor et le brigadier attendaient dans un véhicule banalisé, une Ford Assist de trois ans. Inventer un design affreux pour une bagnole à deux portes n'était pas si facile, mais Ford avait réussi cet exploit. Le brigadier, Jorge Hernández, était au volant, Nestor sur le siège passager. Le brigadier n'avait que six ou sept ans de plus que lui. Il savait tout de l'épisode du type sur le mât et trouvait que Nestor avait été génial. Nestor était donc tout à fait à l'aise en sa compagnie. Il pouvait même se permettre de blaguer un peu. Rien à voir avec le brigadier *americano*, qui se croyait obligé de vous rappeler toutes les deux secondes que vous étiez cubain – et tellement éloigné de son univers qu'il trouvait malin de dire *Canadien* pour parler de vous autres en toute impunité avec d'autres rednecks dans son genre.

Les vitres latérales et arrière de l'Assist étaient fumées, ce qui n'assurait pourtant pas une couverture suffisante pour observer des suspects aux jumelles à travers le pare-brise ; aussi avaient-ils étalé sur toute la largeur de celui-ci un de ces grands pare-soleils argentés. Ils le faisaient très légèrement rebiquer à l'endroit où il touchait le rembourrage intérieur et glissaient leurs jumelles par la fente.

Ils étaient tous les deux en civil. Il y avait être *en civil* et *être infiltré*, et à la Crime Suppression Unit – appelée CST au lieu de CSU, allez savoir pourquoi – presque toutes les missions supposaient l'un ou l'autre. Nestor aimait bien ça. Ça vous donnait l'impression d'être inspecteur, même si on n'en avait pas vraiment le rang. Quand on était infiltré, il fallait ressembler à ceux qu'on traquait, autrement dit à un cafard *comemierda* avec une barbe de huit jours, si possible partant sous le menton pour arriver jusqu'au cou, et surtout avec une tignasse crado, pas lavée depuis au moins une semaine. Se trimbaler avec des cheveux propres, c'était l'assurance de se faire repérer immédiatement. Par rapport à la dégaine d'« infiltré », la tenue « en civil » était remarquablement correcte. Nestor et le brigadier portaient des jeans, propres, avec des ceinturons en cuir et des T-shirts bleus, rentrés dans le pantalon... *Rentrés dans le pantalon !* N'était-ce pas le nec plus ultra de la correction pour un jeune homme, de nos jours ? Évidemment, Nestor adorait les T-shirts. Inutile de préciser que le sien était trop petit d'une taille. À la ceinture, les membres de la CST portaient un holster contenant un revolver automatique qui avait l'air méchant. En civil, ils avaient autour du cou une mince chaîne de fil d'acier torsadé à laquelle était accroché leur insigne doré qui pendait sur leur T-shirt, juste au milieu de la poitrine. Impossible de les rater. L'avantage de la tenue civile était qu'on pouvait faire venir un peloton entier de flics à un endroit précis dans des véhicules banalisés sans ameuter tout le voisinage. La CST était une unité spéciale, eh oui, une unité d'élite, et Nestor y consacrait toute sa vie. Quelle autre vie avait-il? Sa déprime durait depuis des mois maintenant. Il n'existait plus aux yeux de son père ni de toute sa famille... enfin, ce n'était pas tout à fait vrai... il arrivait encore à sa mère de lui téléphoner de temps en temps, et elle n'avait sans doute jamais compris à quel point ses consolations l'agaçaient. Dans son esprit, une consolation douce et tendre revenait à dire, dans les faits, « Je sais que tu as commis un terrible péché contre ton propre peuple, mon fils, mais je te pardonne et je ne t'oublierai jamais... même si tout le monde à Hialeah essaie de t'oublier au plus vite. »

« Qu'est-ce qu'ils font, là, maintenant? demanda le brigadier.

— Pas grand-chose, chef, répondit Nestor, les yeux toujours collés aux jumelles. Toujours pareil, toujours pareil. Le petit se balance sur sa chaise. Le grand est debout près de la porte, et de temps en temps, le petit racho dit un truc, alors le grand rentre dans la maison pendant une minute peut-être et puis il ressort.

— Tu vois leurs mains?

— Ouais, sûr, chef. Vous connaissez les JenaStrahl » – prononcé YaïnaStrahl. Un jour lointain, un membre instruit de la CST avait fait remarquer que le *J* se prononçait *Y* en allemand et le *E A*.

Articuler ce nom suffit à rappeler à Nestor combien il était épuisant de regarder sans détourner les yeux un instant dans ces merveilles du génie optique. L'image était tellement agrandie et en même temps tellement perfectionnée qu'il suffisait de déplacer ce machin d'un demi-centimètre pour avoir l'impression que l'appareil vous arrachait les globes oculaires. Le brigadier ne les supportait pas plus d'un quart d'heure sans interruption, et lui non plus. Ils auraient dû avoir une sorte de trépied à fixer au tableau de bord.

Nestor avait toujours un tas d'idées nouvelles à propos du travail de police, et Magdalena aimait bien les écouter – ses idées et ses histoires de mer ou du moins de la baie de Biscayne, du temps où il était dans la Patrouille Maritime. En tout cas, elle faisait comme si elle appréciait... et c'était sûrement vrai. Une des choses qu'il avait toujours admirée chez elle était qu'elle ne cherchait pas à cacher ses sentiments. S'il y avait une chose qu'elle détestait, c'était la flatterie. Pour elle, c'était le Huitième Péché Capital... :::::: Ah, Manena ! Tu n'as sans doute pas encore pris toute la mesure de ce que tu m'as fait. Tu n'es pas venue à l'anniversaire de Yeya ce jour-là pour *me* voir. Tu n'avais même pas envie de savoir ce que je venais de subir. Tu es venue pour me plaquer, sans sommation. Cela faisait quinze jours que je te trouvais un peu distante, mais je m'étais empressé de te trouver des excuses... T'ai-je jamais dit ce que j'éprouvais quand j'étais allongé près de toi ? Je ne voulais pas simplement entrer dans ton corps... Je voulais entrer en toi si complètement que ma peau envelopperait la tienne et qu'elles ne feraient plus qu'une... que ma cage thoracique contiendrait ta cage thoracique... que mon bassin s'unirait au tien... que mes poumons respireraient le moindre de tes souffles... Manena ! Toi et moi, nous étions un univers ! L'autre univers, dehors, tournait autour de *nous*... Nous étions le soleil ! Quel imbécile je suis de ne pas arriver à te sortir de mon esprit. J'ai sûrement disparu du tien depuis longtemps... moi, et aussi Hialeah... *Je vois quelqu'un d'autre...* Dès l'instant où tu as prononcé ces mots, j'ai su que c'était un *Americano*. J'en suis encore convaincu... Nous nous bercions tous d'illusions à Hialeah, pas vrai ? – tous sauf toi. Hialeah *est* Cuba. Il est entouré par encore *plus* de Cuba... tout Miami est à nous, tout le Grand Miami est à nous. Nous l'occupons. Nous sommes Singapour, ou Taïwan, ou Hong Kong... Mais au fond de notre cœur, nous savons tous que nous ne sommes en réalité qu'une sorte de port franc de Cuba. Le pouvoir réel, l'argent réel, le prestige réel, tout ce qui est vraiment excitant sont aux mains des *Americanos*... et je vois bien aujourd'hui que tu as toujours voulu faire partie de ce monde-là... dans ces conditions, qu'est-ce qui aurait pu t'empêcher de... ::::::

L'apparition d'un nouveau personnage dans l'amplification du monde à vous faire sortir les yeux des orbites des JenaStrahl deux rues plus loin le ramena à la réalité.

«En voilà un autre», dit Nestor tout bas, comme s'il se parlait à lui-même. Il pressait les yeux contre les jumelles. «Il vient d'arriver de l'arrière de la maison, chef. Il se dirige vers le mec qui est assis.» Oh, Nestor avait appris sa leçon le jour du type sur le mât. Plus jamais! Plus jamais il ne prononcerait plus d'une phrase d'affilée sans balancer un «chef», un «commissaire» ou le titre de rigueur. Il était devenu un des plus grands balanceurs de «chef» de toute la police. «C'est un... oh Bon Dieu, je ne pourrais même pas vous dire de quelle couleur il est, chef, tellement il est crade»... sans jamais écarter ses yeux des JenaStrahl.

«Tu peux voir ses mains? demanda le brigadier d'une voix plutôt pressante.

— Oui, chef, je les vois... Ce mec-là a tout l'air d'un vrai crackman... il est voûté, vous lui donneriez quatre-vingts balais... Ses cheveux? Il a dû se coiffer à la colle et dormir dessus, c'est pas possible... Putain qu'il est crade... ça me démange rien que de le voir... Il a la tronche d'un mec qu'on aurait craché contre un mur comme un glaviot, chef, et il dégouline jusqu'en bas...

— Peu importe... Regarde ses mains, c'est tout.» Le brigadier était intimement convaincu que les dealers, surtout ceux d'Overtown et de l'autre grand quartier de taudis noirs, Liberty City, n'avaient pas de cervelle. Ils n'avaient que des mains. Ils vendaient la dope, ils planquaient la dope, ils camouflaient la dope, ils fumaient la dope, ils reniflaient la dope, ils faisaient frire la dope sur une feuille de papier alu pour inhaler les vapeurs... tout ça avec leurs mains, tout ça avec leurs mains.

«OK, dit Nestor. Il cause au petit racho sur la chaise.»

Le brigadier se penchait tellement vers lui depuis le siège conducteur que Nestor voyait bien qu'il mourait d'envie de reprendre les JenaStrahl. Il savait aussi qu'il ne le ferait pas. Ils risquaient de louper un mouvement de mains de l'ordure pendant qu'ils se les passaient.

«Il enfonce la main dans sa poche, chef. Il en sort... un... c'est un *billet de cinq dollars*, chef.

— T'es *sûr*?

— Je vois les sourcils d'Abraham Lincoln, chef. Sans déc. Ce type avait une sacrée paire de sourcils... OK, là, il le tend au racho... Le racho le roule dans son poing... Le balèze se pointe depuis la porte... c'est un grand enfoiré à l'air mauvais... il jette un sale œil au crackman... Là, il se penche derrière la chaise du racho. Le racho met les deux mains derrière son dos... ce coup-ci, je ne vois plus du tout leurs mains.

— Putain, chope leurs mains, Nestor. Chope-les ! »

Comment est-ce qu'il est censé faire ? Heureusement, le racho ramène les deux mains devant lui. « Il tend un truc au mec, chef.

— Il lui tend *quoi* ?! Il lui tend *quoi* ?!

— Un petit cube, chef, emballé dans un morceau d'essuie-tout, du Bounty. Pour *moi*, c'est un caillou.

— T'es sûr ? Qu'est-ce qui te fait croire que c'est du Bounty ?

— J'en suis sûr, chef. J'ai les JenaStrahl. Et puis je *connais* le Bounty. Putain, comment est-ce que les *Americanos* se débrouillaient en Amérique avant le Bounty ?

— Va te faire foutre avec ton Bounty, Nestor ! Où est cette saloperie de truc maintenant ?

— Le crackman le fourre dans la poche de son fute... Il commence à se tirer, chef. Vers l'arrière de la maison. Oh, putain ! Vous devriez le voir. Il a de *saaaa*crés problèmes locomoteurs.

— Donc, il a *topé* – ouais ? T'es sûr ?

— J'ai vu les sourcils broussailleux d'Abraham Lincoln, chef. »

Le brigadier se mit en communication radio avec le Département, parla au commissaire de la CST et lui demanda d'envoyer trois véhicules, banalisés, deux agents par voiture, même organisation que Nestor et lui dans la Ford Assist. Une bagnole passerait devant la baraque à dope et irait se ranger dans une allée entre deux maisons voisines, utilisant certainement le truc du pare-soleil comme le brigadier et Nestor. Un deuxième groupe passerait par la ruelle derrière la baraque pour couvrir les arrières – et voir s'il arrivait à repérer le crackman qui venait de faire ses courses et marchait comme s'il avait eu un AVC. Une troisième unité irait se garer de l'autre côté – juste derrière le brigadier et Nestor. Le brigadier et Nestor prendraient la tête de l'opération. Ils s'approcheraient de la maison, le plus près possible de la véranda et des deux *cucarachas* constellés de swarovskis. Les huit flics bondiraient des véhicules, insignes étincelants sur la poitrine, holsters parfaitement visibles à leur ceinturon dans une démonstration de force destinée à intimider tous ceux qui pourraient envisager une résistance armée.

À ce moment-là, les *cucarachas* aux piercings et aux démarches louches devinrent moins amusants... Nestor aurait juré qu'il *sentait* pour de bon l'adrénaline affluer depuis ses surrénales et faire passer son rythme cardiaque à la vitesse supérieure. Si des agents infiltrés de la CST avaient consacré quelques jours à toper dans cette baraque et à se faire une idée plus précise de ce qui s'y mijotait, on aurait sans doute fait appel à une équipe de la SWAT. C'était sûrement une planque à dope trop minable pour qu'on mette toute la machine en branle. Pourtant, Nestor ne voyait pas exactement les choses comme ça, et le brigadier non plus, sans doute. Après tout, le brigadier n'était pas un imbécile. Là où il y avait de la dope, il y avait de fortes chances pour qu'il y ait des flingues... et c'était eux deux qui interviendraient les premiers... À cet instant précis, Nestor ne put s'empêcher de se rappeler un truc qu'un astronaute avait dit dans un documentaire, à la télé : « Avant chaque mission, je me suis dit, "Je vais mourir en faisant ça. Je vais mourir *ce coup-ci*. Mais je meurs pour quelque chose qui est plus grand que moi. Je vais mourir pour mon pays, pour mon peuple et pour un Dieu de justice." J'ai toujours cru – et je le crois toujours – qu'il existe un Dieu de justice et que nous, nous en Amérique, nous sommes un élément de son plan de justice pour le monde. Alors moi, moi qui suis sur le point de mourir, je suis résolu à mourir honorablement, en ne redoutant qu'une chose : ne pas vivre à la hauteur, ne pas mourir à la hauteur de l'objectif pour lequel Dieu m'a mis sur cette terre. » Nestor adorait ce passage, il était convaincu de sa sagesse et se le récitait chaque fois que son travail de police le mettait en danger... As-tu accompli cela sous le regard impitoyable d'un Dieu de justice... ou sous le regard d'un brigadier *americano*? Allons, sois honnête.

Nestor avait encore les jumelles braquées sur les deux Blacks aux oreilles swarovstiquées. C'était quoi – cet endroit où vivaient des sacs à merde pareils? Overtown... des ordures partout. Les bâtiments étaient petits, et beaucoup avaient disparu... incendiés, démolis, ou peut-être simplement effondrés faute d'entretien... rien d'étonnant. Et partout où il y avait une parcelle inoccupée, il y avait... des ordures... pas des *tas* d'ordures... après tout, des *tas* d'ordures auraient pu donner à penser que quelqu'un viendrait les ramasser... non, c'étaient des traînées d'ordures. On aurait dit qu'un géant absolument immense avait renversé par mégarde un seau absolument immense de détritus sur tout Overtown et avait embrassé du regard cette merde absolument immense et était reparti en marmonnant oh et puis, qu'ils aillent se faire foutre. Les ordures étaient dispersées, répandues, par-ci, par-là, partout. Elles s'accumulaient le long des grillages, et il y avait des grillages... partout. S'il y avait de l'argent à gagner honnêtement à Overtown, c'était dans le commerce des grillages anticyclone. Les propriétaires qui en avaient les moyens en entouraient le moindre centimètre carré de leur bien. On avait l'impression que si on se munissait d'un mètre ruban pour prendre des mesures précises, on en trouverait plus d'un kilomètre pour chaque pâté de maisons. Un peu partout, on apercevait un buisson qui poussait de traviole en se glissant sous un grillage anticyclone, ou à travers... pas deux buissons, pas un massif, pas un bosquet, non, *un* buisson, malheureux vestige d'une ère révolue de longue date de ce que les gens appelaient arbustes... et qui n'était plus qu'un élément des ordures répandues le long des grillages. Quand on voyait des déchets déposés dans des sacs-poubelle de vinyle brun étron, on savait qu'elles avaient toutes les chances de finir répandues dans la rue. Les ratons laveurs éventraient la moitié des sacs. Même là, à l'intérieur de la voiture, des bouffées de cette puanteur parvenaient aux narines de Nestor. Dehors, bouillant sous le soleil tropical, c'était à suffoquer. Il y avait les grillages – et il y avait les barreaux métalliques. Dans tout Overtown, on ne trouvait pas une fenêtre de rez-de-chaussée sans barreaux. Nestor en voyait juste là, devant lui, à la baraque de ces Blacks. Il y avait des ordures répandues sous la véranda, et sur un des côtés. Au bout d'un moment, ces baraques commençaient à ressembler elles-mêmes à des dépôts d'ordures. Elles étaient encore plus petites que des casitas, et dans un état épouvantable. Presque toutes avaient été peintes en blanc, un blanc qui était maintenant crasseux, craquelé, écaillé, pelé.

Le brigadier avait dû ruminer le même genre de pensées pendant qu'ils attendaient que les autres unités arrivent et prennent position, parce qu'il dit à brûle-pourpoint, « Tu sais, le problème à Overtown, c'est... Overtown. Ces putains de gens qui vivent ici – ils ne font pas ce qu'il *faut*, voilà tout. »

:::::: Oh, chef, oh, chef... tu n'as pas à te faire de souci avec moi, mais un beau jour... tu oublieras où tu es et tu te feras virer de la police. ::::::

La radio crépita. Les trois autres unités étaient presque sur zone. Le brigadier leur donna ses instructions. Nestor sentait tout son système nerveux s'emballer, s'emballer, s'emballer, s'emballer.

Le brigadier remonta son pare-soleil qui maintenait le grand écran réfléchissant en place de son côté. « OK, Nestor, retire ce machin et balance-le à l'arrière. » Nestor remonta le pare-soleil de son côté et attrapa le grand écran, le replia en accordéon, et le rangea derrière son siège.

Le brigadier regarda dans son rétroviseur latéral. « OK, Nuñez et García sont dans la bagnole derrière nous. » Nestor sentait son système nerveux s'emballer, s'emballer, s'emballer, s'emballer pour être prêt à attaquer d'autres êtres humains sans hésitation. Ce n'était pas un truc qu'on pouvait *décider* de faire le moment venu. Il fallait être – *déjà* décidé... Il n'aurait pu expliquer ça à personne au monde.

Le brigadier envoya un message radio au Commandement. Il ne s'écoula pas trente secondes avant que le Commandement réponde par un Q, L, R. « On y va, Nestor, dit le brigadier sans trahir la moindre excitation, et à fond la caisse. Dès qu'on y est, tu te charges du grand. Le racho et moi, on n'existe pas. Tout ce que t'as à faire, c'est neutraliser ce gros *cózzucca*. »

Le brigadier Hernández fit avancer l'Assist lentement et calmement le long des deux blocs qui les séparaient du trou à dope et des deux vendeurs de crack noirs. Il s'arrêta juste devant eux, ouvrit la portière de la voiture d'un geste brusque et furieux, franchit d'un bond le grillage anticyclone et atterrit sur ses pieds devant la véranda et les deux Blacks – tout s'était passé si vite que Nestor eut l'impression que c'était un numéro de gymnastique parfaitement au point. :::::: Qu'est-ce que je *peux* faire ? Il a trente bons centimètres de plus que moi ! Il *faut* ! :::::: Il n'y avait pas de décision à prendre. Une décision ? Jaillir de la portière du passager et faire le tour de la voiture... trois pas et demi, quatre, jusqu'au grillage. Il démarra comme s'il piquait un sprint, sauta pour atteindre la barre du haut – *réussi* – de chez Rodríguez! – fit passer son mètre soixante-dix d'un bond au-dessus du grillage – *c'est bon*. Il atterrit gauchement mais Dieu merci, il ne se ramassa pas. La présence, ça faisait *tout* dans ces affrontements. Il jeta aux deux Noirs le Regard de Flic. Le message du Regard de Flic était simple : *C'est moi le boss*... moi et l'insigne doré qui étincelle sur le bleu foncé de mon T-shirt, et le revolver rangé dans le holster à ma ceinture... regardez bien... C'est notre style, notre style à *nous les boss*... sans cesser de darder son Regard de Flic comme un rayon.

Les deux Noirs réagirent comme réagissent toujours les minables, les derniers maillons de la chaîne de la drogue, les revendeurs de quartier : *Si on bouge, ils vont croire qu'on a quelque chose à cacher. Le mieux, c'est de rester cool*. Le racho s'affala légèrement sur sa chaise en bois, sans quitter des yeux le brigadier planté juste devant lui, à moins d'un mètre. Le costaud était toujours adossé à la façade. Il y avait une fenêtre à barreaux entre la porte d'entrée et lui.

Le brigadier parlait déjà au type sur la chaise :

«Qu'est-ce vous foutez là, les gars?»

Silence... Puis le petit type plissa les yeux dans ce qui se voulait sûrement une expression cool face à la menace et répondit, «Que dalle.

— Que dalle? demanda le brigadier. Vous avez un taf?»

Silence... yeux plissés... «J'ai été licencié.

— Ah ouais? Et d'où?»

Silence... encore un peu plus d'affalement sur la chaise... yeux plissés... *super* cool... «De là où je taffais.»

Le brigadier inclina légèrement la tête, colla sa langue dans sa joue pendant un moment et s'autorisa une des formes de raillerie favorites des flics, répétant certains des propos évasifs du cafard lui-même, visage de marbre : «T'as été licencié... de là où tu taffais.» Il le fixait du regard, la tête toujours inclinée. Puis il dit «Nous avons reçu des plaintes...» De la tête, il esquissa un vague mouvement circulaire, comme pour suggérer que les plaintes émanaient du voisinage. «Paraît que tu taffes quand même... *ici*.»

Nestor vit le balèze se rapprocher tout doucement, imperceptiblement, de la fenêtre à barreaux, c'est-à-dire aussi de la porte, à peine entrebâillée. Le brigadier l'avait certainement remarqué, lui aussi, du coin de l'œil, car il tourna légèrement la tête vers Nestor et lui dit en tordant la bouche, « *Manténla abierta.* »

Ces deux mots déclenchèrent immédiatement tout un réseau de déductions... que Nestor était censé piger sur-le-champ. Pour commencer, n'importe quel flic cubain savait que parler espagnol devant des Noirs d'Overtown ou de Liberty City les rendait paranos... puis furax. Dans le cadre de la campagne en toute discrétion, tous les flics latinos, et plus particulièrement les Cubains, avaient reçu l'ordre de ne le faire qu'en cas d'absolue nécessité. *Manténla abierta* signifiait débrouille-toi pour qu'elle reste ouverte. Qu'est-ce qui était ouvert ? Une seule chose d'importance évidente : la porte d'entrée – dont le balèze s'approchait doucement. Et pourquoi était-elle importante ? Parce qu'il serait plus facile d'entrer dans la maison et de la fouiller, évidemment, mais pas seulement – il fallait aussi que cette opération soit légale. Ils n'avaient pas de mandat de perquisition. Il n'existait que deux cas de figure qui leur permettaient d'entrer dans cette bicoque en toute légalité. Le premier était d'y être invités. Ce qui arrivait étonnamment souvent. Si un flic demandait, « Ça vous ennuie qu'on jette un coup d'œil ? », l'apprenti pêcheur avait de bonnes chances de penser, « Si je dis "oui, ça m'ennuie", ils vont forcément le prendre pour un signe de culpabilité. » Alors le pêcheur répondait, « Non, pas du tout », même s'il savait que les preuves que cherchaient les flics étaient là, sous leur nez. La deuxième situation légale était celle du « hot pursuit », la poursuite à chaud. Si un suspect franchissait la porte de sa maison pour échapper aux flics, ceux-ci pouvaient le poursuivre à l'intérieur, en passant eux aussi par la porte ... dans le cadre d'une poursuite à chaud – mais uniquement si la porte était ouverte. Si elle était fermée, ils ne pouvaient pas la forcer, ils ne pouvaient pas entrer – sans mandat. « *Manténla abierta* » – deux mots, pas plus. « Nestor, ne laisse pas ce gros *cózzucca* fermer cette putain de porte. » *Cózzucca* était la manière dont beaucoup de Latinos, même ceux qui parlaient anglais couramment, prononçaient « cocksucker », suceur de bite, enfoiré, quoi. Et le brigadier avait bien prononcé *cózzucca*. Nestor l'avait entendu. Il l'avait dit tout haut, deux minutes plus tôt. *Cozzúcca* faisait tilt dans la grande chaîne de la logique flic.

« Et si tu me racontais un peu quel genre de taf tu fais ici. »

Silence. Tout se mit en place dans la seconde qui s'écoula avant que le racho ne réponde, « Chais pas. J'ai pas d'taf. J'suis juste assis là.

— Juste assis là ? Et si j'te disais qu'y a un cózzucca qui vient de te refiler cinq dollars contre un petit paquet. » Il approcha son index de son pouce pour montrer qu'il était vraiment petit. « T'appelles ça comment, toi ? T'appelles pas ça du taf ? »

Dès qu'il aperçut la petite charade digitale du brigadier, le balèze entreprit de se déplacer en crabe devant les barreaux de la fenêtre, direction la porte. Nestor le suivit à un mètre de distance. À l'instant où le brigadier prononça les mots « pas ça du taf », le balèze fonça vers la porte. Nestor bondit sur la véranda derrière lui en hurlant « STOP ! » ¡*Manténla abierta!* Le balèze atteignit la porte sans que Nestor ait pu l'en empêcher. Mais il était tellement costaud qu'il dut repousser le battant d'une bonne cinquantaine de centimètres de plus pour pouvoir se glisser à l'intérieur. Nestor se jette sur le montant de la porte... réussit à glisser le pied entre le chambranle et le battant à l'instant même où le balèze cherche à la lui claquer au nez. Putain ! Ça fait un mal de chien... voilà ce que c'est de ne pas porter de bonnes godasses de flic à semelle de cuir mais les baskets de la CST. Le balèze flanque un coup de pied sur les orteils de Nestor, puis essaie de les écraser. Ses surrénales envoient une giclée d'adrénaline qui traverse tout le corps de Nestor. Il a la volonté la volonté la volonté la volonté, et il gagne près de huit centimètres – suffisamment pour faire fonctionner ses poumons et hurler, « Police de Miami ! Haut les mains ! Haut les mains ! » D'un coup, la résistance de l'autre côté de la porte – disparaît ! Nestor plonge en avant – les *yeux* ! – il voit tous ces *yeux* ! – dans la lueur bleuâtre, crépusculaire et tubéreuse d'un poste de télé durant la milliseconde qui s'écoule avant qu'il ne se retrouve étalé par terre. :::::: Où est le balèze ? Je suis dans la baraque, complètement vulnérable. Le temps de me remettre sur mes pieds, si ce connard a un flingue – c'est quoi ça ? – j'y vois que dalle ! ... Ces lunettes de soleil Supremo noires de flic cubain à barre dorée à 29, 95 dollars chez CVS... du soleil de dehors à l'obscurité de l'intérieur – ils ont couvert les fenêtres pour que personne ne puisse voir dedans – putain de lunettes de flic cubain ! Je suis *dedans* et je n'y vois rien ; je suis presque aveugle. :::::: Il essaie de se relever tant bien que mal... Le moment se prolonge se prolonge s e p r o l o n g e pendant une éternité, mais ses fonctions motrices sont paralysées, paralysées, p a r a l y s é e s... tout ce qu'il voit ce sont des yeux des yeux des yeux des y e u x... et la lueur tubéreuse ! Il est sur ses pieds – les yeux – mais bordel, c'est quoi *ça* ? Nom de Dieu ! Un visage *blanc* ! Pas simplement une femme noire à la peau claire, non, d'un *blanc* pur !... et elle tient un enfant noir. :::::: merde alors, c'est *quoi* cet endroit ? ::::::

... tout cela lui traverse l'esprit en moins de deux secondes, les deux secondes qui se sont écoulées depuis qu'il a franchi bille en tête le seuil disputé – et il ne repère *toujours* pas le géant noir qu'il poursuivait – :::::: Je ne suis plus qu'une énorme cible maintenant... sans autre protection que mon autorité... *Je suis un flic* :::::: se met à beugler, « POLICE DE MIAMI ! HAUT LES MAINS ! HAUT LES »

— *quatre secondes* –

« MAINS ! »... Des bébés se mettent à pleurer – Nom de Dieu de merde ! Des *bébés* !... D'un côté, à un mètre, un mètre cinquante : un garçon et une fille brun clair, six ou sept ans :::::: je n'arrive pas à les *voir* :::::: morts de trouille, tenant les paumes de leurs mains en l'air devant lui... docilement ! NOUS AVONS LES MAINS EN L'AIR !... Des bébés qui pleurent ! Presque juste en face, une grosse mamma tient un mioche qui braille... une mamma ? – un mioche qui braille ? – dans un trou à dope ? Tu l'as vue ? – assise, tenant le bébé, mais ça ne dissimule pas son énorme bide... bien trop gros pour le jean moulant sur lequel elle n'aurait jamais dû poser les yeux... des cheveux gris frisés avec une coiffure pseudo-djeune... des sacrées bajoues, de profondes rides sur le visage... agressive : « Kèce vous lui voulez, à mon fils ? *Vous ôt* – il a rien fait ! Il a jamais passé un jour en tôle, jamais, et vous... »

— *six secondes* –

« vous vous pointez ici... » Elle se met à secouer la tête, écœurée... Bon sang, c'est pas un trou à dope, c'est une putain de crèche ! Une petite pièce, un taudis de pièce, crasseuse... pas d'air... les fenêtres sont bloquées... deux assiettes par terre, des restes de bouffe dessus, abandonnés... une gamine d'une dizaine d'années accroupie au-dessus d'une autre assiette... C'est pas vrai, ils bouffent par terre... presque pas de meubles... un petit canapé contre le mur du fond avec un mioche grassouillet recroquevillé dessus, les yeux écarquillés... une vieille table de bois à l'arrière et un poste de télé quelque part par *ici* qui luit comme s'il était radioactif... Merde ! Nestor entend une voix qui dit tout bas : « Enculés de flics... Les bâtards... Y a qu'à foncer dans le tas... à toi de jouer »,

— *huit secondes* –

« mec... C'est lui qui te baise... ou toi qui le baises, cet enfoiré... » ... suivi par un hurlement de pneus et par un choc brutal... un tintement de verre brisé sur la chaussée... « Prenez ça, bande de fumiers » ... tous ces mots à voix basse, pourtant... Nestor tourne la tête vers cette partie de la pièce... le regard bleu tubéreux d'un téléviseur... deux garçons, onze ou douze ans, peut-être treize ou quatorze... Nestor s'avance vers eux... « POLICE DE MIAMI ! HAUT LES MAINS ! » ... Minute, abruti ! Les deux gamins noirs ne sont même pas intimidés... la lueur bleue de l'écran de télé projette sur leurs jeunes visages un éclat incroyablement maladif... La voix basse de nouveau, comme quelqu'un qui tiendrait une conversation à l'arrière-plan... « Allez vous faire foutre, espèces de »

— *onze secondes* –

« gros culs de flics ! Ça va gicler par vos putains de blazes, ouais ! » Nestor regarde l'écran... un titre apparaît : « Grand Theft Auto Overtown » ... « Grand Theft Auto *Overtown* » ?... entendu parler de Grand Theft Auto, un jeu vidéo... mais c'est quoi cette saloperie ? Overtown, c'est *ici*... C'est ici, dans ce putain de monde, qu'Overtown a des héros – des mecs qui en ont, des vrais trompe-la-mort au volant, qui se foutent pas mal de vous autres, les flics, et de votre prétendue autorité! Va *te* faire foutre, monsieur le Policier! Tu peux te la coller dans le *derche*, monsieur le Policier! Et ces deux gosses – ils sont prêts! Un flic cubain se pointe avec un insigne autour du cou, ses lunettes Supremo noires et un holster au ceinturon en hurlant, «Police de Miami! Haut les mains!» et alors, qu'est-ce qu'*ils* sont censés faire – ramper? – s'aplatir? – demander grâce? Tu rigoles! Ils se replongent aussi sec dans Grand Theft Auto Overtown. Il y a des gens au moins qui savent reconnaître Overtown à sa juste valeur... un endroit où les mecs ont des couilles... et disent à ces putains d'envahisseurs étrangers d'aller se faire enculer. Le type qui a conçu ce jeu en connaissait un rayon. Y'a qu'à regarder l'écran, là, pour savoir qu'on a des couilles, bande d'enfoirés de fils de putes d'Espagnols! Grand Theft Auto Overtown!...

— *quatorze secondes* –

Encore une mamma! Elle est assise par terre avec une gamine terrifiée... la petite n'a visiblement plus l'âge de sucer son pouce, ce qui ne l'empêche pas de le sucer de toutes ses forces... Cette mamma-là n'est pas grosse du tout. Des épaules de déménageur, pas un poil de graisse... des cheveux gris tirés en arrière sur les côtés... mais elle *déteste* les forces d'occupation... *Qu'est*-ce que c'est que cet endroit?... Qui a déjà fait une descente dans un trou à dope rempli de femmes et de gosses?... et de bébés qui chialent?... et de gamins haineux, qui vous méprisent tellement, vous et votre *autorité,* qu'ils jouent à Grand Theft Auto Overtown les Flics sont des Enculés sous votre nez... des yeux et des yeux et des yeux... et *là*-bas – encore ce visage d'un blanc immaculé – une jeune femme – effrayée...

— *dix-huit secondes* –

Une voix derrière lui, sur le seuil, qui hurle, «POLICE DE MIAMI! HAUT LES MAINS!» C'est le brigadier Hernández, qui fonce dans le taudis derrière lui pour le couvrir... Il a dû remettre le racho à peau claire à

267

Nuñez... Le brigadier Hernández crie «Nestor, ¿ *tienes el grueso?* ¿ *Localizaste el grueso?* (Tu as trouvé le balèze?)

— ¡ *No!* répondit Nestor. ¡ *Mira a detrás de la casa, Sargento!* » (Surveillez l'arrière de la maison, chef!)

«Putain, vous allez parler anglais, ouais?» C'est la grosse mamma. Elle est debout, tenant toujours dans ses bras le bébé qui s'égosille. Elle est bâtie comme un brûleur à mazout, cette grosse. Elle en a sa claque. Ras-le-bol de votre armée d'occupation. «J'vous permets pas d'entrer chez moi en jacassant comme une bande de babouins!

— Parce que c'est chez vous? rugit le brigadier.

— Ouais, c'est *ma* maison – et c'est...

— Votre nom?

— la maison de ces gens-là.» Elle fit un grand geste de la main comme pour englober tous ceux qui se trouvaient dans la pièce. «C'est le foyer...

— *trente secondes –*

— Ton *nom*?» Le brigadier vrillait son Regard de Flic le plus intense juste entre ses deux yeux.

Mais la grosse mamma était coriace. «Ça t'regarde, ouais?

— C'qui t'regarde, toi et pis ta grande gueule, Mamma, c'est qu't'es en état d'arrestation. Tous ceux qui sont dans cette baraque sont en état d'arrestation. Vous vendez de la drogue ici.

— Ah ouais on vend de la *drooooooogue?* fit la grosse mamma sur un ton de dérision suprême. C'est un foyer de quartier, mec» – et le bébé dans ses bras se lança dans une nouvelle série de vagissements.

À l'arrière : «POLICE DE MIAMI! QUE PERSONNE NE BOUGE!» et «*Police de Miami! Que personne ne bouge!*» résonnèrent dans une harmonie curieusement atonale. C'étaient Nuñez et Garcia qui franchissaient le seuil. Deux autres bébés se mirent à pleurnicher, ce qui en faisait trois en tout. Foutrement déroutant. Et la grosse voix de baryton du farouche brigadier Jorge Hernández disait «Vous êtes en état d'arrestation! Vous vendez de la drogue!» Réponse choral de bébés vagissants, tantôt trois, tantôt deux... et puis un membre du trio s'abîme dans un silence paroxysmal terrifiant – des secondes s'écoulent – s'en sortira-t-elle ou ses petits poumons vont-ils éclater – elle s'en sort – rechargée à bloc – hurlant à l'infanticide... Qu'est-ce qu'on fout avec un opéra pareil? Comment obtenir de tous, d'un claquement de doigts, une attention à-la-flic dans une petite pièce ténébreuse pleine de mammas à grande gueule qui bercent dans leurs bras de minuscules colères hurlantes?

Whouhh – sous les yeux de Nestor, la table au fond de la pièce se redresse de dix ou douze centimètres d'un côté... *bling et bling et bling bling*, couteaux, fourchettes et cuillers qui valdinguent... Le brigadier l'a vue, lui aussi... bondit... Nestor bondit de l'autre côté... Jaillissant de dessous – ce gros filsdepute se dresse comme un monstre... «Police! PAS UN GESTE, SALOPERIE DE MERDE!» aboie le brigadier... Le mastodonte hésite un instant, le temps de prendre la mesure de la menace... il voit rouge... fait un mouvement en direction du brigadier... veut l'écraser comme une punaise... le brigadier défait le rabat de son holster du bout de l'index – *Non, chef!* – trop tard! Le géant est sur lui, il cherche sa gorge... le flingue – *inutile* – le brigadier s'agrippe des deux mains, essaie de détacher les énormes doigts qui lui serrent le cou. Nestor se précipite WHOMP sur le dos du géant. Ce type est *énorme*, puissant, il doit bien peser cinquante kilos de plus que Nestor... Nestor enroule les jambes autour de l'abdomen du colosse et se verrouille les chevilles... Il doit lui faire l'effet d'un petit singe enragé, et le balèze lève les bras derrière les épaules pour écraser ce ouistiti... libère le brigadier qui évite la strangulation juste assez longtemps pour entreprendre de sortir son revolver du holster... «*Non, chef !*» répète Nestor – il passe les deux bras sous les aisselles de la brute et joint les mains à la base de son crâne... Oh, Nestor se souvient très bien!... au lycée, au cours de catch, on appelait cette prise un «double nelson»... *illégale*, parce que, si on exerce une solide pression à la base du crâne, on peut briser le cou de son adversaire... Pour s'en souvenir, il s'en souvient!... la prise de jambes s'appelait une «prise en quatre»... le nelson et la prise en quatre – *chevauche*-le – chevauche ce filsdepute jusqu'à ce qu'il ne puisse plus bouger!... oblige ce salopard à baisser la tête et la nuque jusqu'à ce qu'il n'ait plus qu'une envie, demander grâce! – mais il n'arrive pas à faire sortir les mots de sa gorge tellement elle est comprimée...

« Unnnngggggh... unnnngggggghh »... essayant désespérément d'obliger Nestor à détacher ses mains de sa nuque... sans y parvenir... Nestor et ses bras de grimpeur de corde de chez Rodríguez. Le géant n'en peut plus de douleur... *Unnnngggggghhhheeeee!... Unnnnnnggggggghhhhhheeeeeee...* Nestor se sent basculer vers l'arrière... le géant se balance en arrière pour flanquer son petit persécuteur par terre, l'écraser de tout son poids en lui faisant toucher le sol... ils chavirent tous les deux... Nestor resserre sa prise de jambes pour tordre le corps du géant... ils s'affalent... pas le gros sur le petit, mais côte à côte. Le géant roule, essayant d'aplatir Nestor sous son énorme masse *crac* mais chaque fois qu'il passe au-dessus *crac* Nestor le maintient par sa prise de jambes. Le géant roule et roule, *crac crac*, il *craque* chaque fois qu'il se retrouve face contre terre sur l'abdomen... roule sur le ventre *crac* le petit singe cramponné à lui, le petit singe reste accroché sur son dos et il a bien envie de lui briser le cou – « Chef, non ! » Le brigadier Hernández est libre et sur pied, revolver au poing, cherchant un angle sûr pour tirer sur le géant... mais ça roule et ça se tord dans tous les sens. :::::: Qui touchera-t-il ? :::::: « Non, chef, non ! Je l'ai ! »... Le double nelson ploie la tête du géant contre sa poitrine... Ses gémissements s'intensifient en hurlements *uuuunnnghohohohohoGHOHHHH!...* un dernier cri étranglé et tout d'un coup, il n'est plus qu'un gros sac de graisse – il se débat... le géant halète... essaie d'inhaler une bouffée d'air... se met à donner des coups de pied... essaie de balancer ses énormes cuisses, comme si ça pouvait suffire à briser l'étreinte de la prise en quatre de Nestor. Grossière erreur... c'était la dernière poche d'air de ses poumons... bruits de râle, bruits de râle... haut-le-cœur et couinements pitoyables... de l'oxygène, de l'oxygène... Nestor oblige ce gros taureau à baisser le crâne aussi loin que le lui permettent ses propres bras... Les yeux du géant sont vitreux, sa bouche grande ouverte... on dirait une énorme créature agonisante... Parfait ! « Ça roule, enculé d'ta mère ! » crie-t-il à l'oreille de la brute et il lui appuie encore plus fort sur la nuque... le taureau essaie de rouler encore pour obtenir un léger répit... Nestor le laisse rouler *crac* jusqu'à ce que son visage déjà ensanglanté s'écrase une fois de plus contre le sol... et qu'il renonce à tout espoir... *slummmmp* – toute contraction musculaire a disparu de son corps... Il s'avachit... il est rétamé... il ne peut que rester couché à terre tandis que ses poumons arrachent des bruits mourants de son gosier dans leur lutte pour trouver un peu d'air.

« OK, espèce de *uhhh* sa-le con-nard *uhhh uhhh uhhh* », dit Nestor, lui-même hors d'haleine. Oh, quelle terrible envie il a de le traiter de *lopette* ! – d'annoncer à toute la pièce son allégresse d'avoir transformé un type de cent trente kilos en lopette impuissante !... Il s'arrête juste au bord de la falaise – et plonge : « Espèce de *lopette* à la con ! Si je *uhhh* te lâche *uhhh* tu promets d'être *uhhh* un bon *uhhh uhhh uhhh* – un bon garçon ? »

Le géant grommelle. Il ne peut plus émettre un son. Nestor détache ses mains jointes à l'arrière du crâne du monstre et regarde alentour pour la première fois. Le brigadier est debout, au-dessus de lui, il sourit... mais d'un sourire qui dit « C'est super – et je me demande si tu n'as pas perdu la tête. » C'est ainsi que Nestor l'interpréta. Il s'efforça de parler calmement, d'une voix basse et douce. « Chef... *unhhh* dites à Hector de m'apporter *uhhh* de quoi lui attacher les mains... Je *uhhh*... Ça *uhh* m'étonnerait *uhh* que ce *uhhhh uhhh uhhh* salopard tienne parole. »

Hector Nuñez arriva avec des menottes, et ils entravèrent les mains du géant derrière son dos... Il était couché là... Il était parfaitement immobile, à l'exception de son torse qui se soulevait au rythme de ses poumons cherchant à refaire le plein d'oxygène... Nestor était debout maintenant. Nuñez, le brigadier et lui dominaient de toute leur taille leur énorme baleine échouée.

« Chef, il faudrait le retourner, suggéra Nestor. Vous avez entendu ce drôle de *craquement* qu'il faisait chaque fois qu'il roulait ? » Le brigadier n'avait rien remarqué. « Je l'ai entendu chaque fois qu'on a roulé et qu'il s'est retrouvé dessous, chef. Un drôle de bruit, comme s'il avait quelque chose sur le ventre ou sur la poitrine. »

Ils firent donc rouler le type pour le remettre sur le dos. Il était si massif et en même temps tellement h.s. qu'ils durent s'y prendre à trois pour le retourner. Autant essayer de faire rouler un sac de ciment de cent cinquante kilos. Il ouvrit les paupières une fois et les regarda avec des yeux voilés. Son visage était totalement inexpressif.

Seule sa bouche fonctionnait encore. Il la gardait ouverte sur ordre de ses poumons. Un bruit de scie sortit du fond de sa gorge.

« Y a un truc bizarre, vous avez vu ? demanda le brigadier.

— Quoi donc, chef ?

— Il a son T-shirt rentré dans son fute. Regarde. C'est le premier bâtard d'Overtown que je vois avec son T-shirt dans son fute depuis cinq ans, dix peut-être.

— Il y a quelque chose dessous, remarqua Nuñes. Ça fait une... une bosse, ou quoi. »

Nuñez et Nestor se penchèrent sur le type et entreprirent de tirer son T-shirt hors de son pantalon. Son ventre était si gros, son torse se soulevait si haut, et son T-shirt était tellement enfoncé dans son pantalon – c'était toute une affaire. Le type commençait à se remettre. Sa respiration s'était calmée, refluant de la panique mortelle à une simple trouille d'enfer.

« Eennnccccl, disait-il sans arrêt, eennccccl. » Du coin de l'œil, il regarda Nestor. De cet œil armé, il tira quelques rayons mortels et se mit à marmotter. « Un jour, cht'aurai... j'te... massacre... torture... », voilà ce que Nestor comprit. Il se sentait lui-même dévoré par un sentiment qu'il n'avait encore jamais éprouvé... l'envie de tuer... *tuer*... Il se laissa tomber à genoux à côté de la tête du monstre, plongea son regard dans ses yeux rouges de folie et dit tout bas, « *Kès* t'as dit, salaud ? *Kès* t'as dit ? » Il appuya son avant-bras et son coude sur la mâchoire du balèze, augmentant la pression jusqu'à ce qu'il sente les dents de la brute s'enfoncer dans la joue qui les entourait. « *Kès* t'as dit, espèce de petit salopard d'enculé ? *Kès* tu vas faire ? » – pesant de tout son poids jusqu'à ce que le type grimace de douleur...

Une main lui secoua l'épaule. « Nestor ! Bon sang, ça suffit ! » C'était le brigadier.

Un élan de culpabilité... Pour la première fois de sa vie, Nestor se rendit compte qu'il pouvait ressentir un plaisir grisant à faire souffrir quelqu'un. Il n'avait jamais été en proie à un sentiment pareil.

Quand ils réussirent enfin à dégager le T-shirt du pantalon, ils aperçurent des fragments de quelque chose. La première idée de Nestor fut que la brute avait fourré sous son T-shirt un objet en porcelaine jaunâtre bon marché... qui s'était brisé et réduit en miettes... mais pourquoi nomdedieu aurait-il planqué *ça* ? À y regarder de plus près, on aurait plutôt dit une grande feuille de croquant qui se serait craquelée et émiettée.

« Putain de merde, lâcha le brigadier avec un petit rire las. J'ai jamais vu personne essayer de planquer ça sur son bidon. Vous savez ce que c'est, les gars ? » Nestor et Nuñez regardèrent le machin émietté, puis le brigadier. « C'est une feuille de crack... ouais... le fournisseur mélange la came dans une sorte de..., ça ressemble à de la pâte à crêpes... puis il l'étale en forme de feuille comme ça, et la cuit, comme un biscuit, ce genre de trucs. Ils fourguent la came à des connards du genre de ceux qu'on a trouvés ici. Ils les découpent en youcas, c'est comme ça qu'ils disent, et les revendent 10 dollars pièce. Cette grosse merde doit avoir pour 30 000 dollars de crack, là, sur son bide. Ils pourraient vendre tous les petits morceaux pétés. Putain, même ces petites miettes. Quand un crackman a besoin d'un caillou, il est pas très regardant.

— Mais pourquoi il planque ça sur son bide, chef, sous son T-shirt ? demanda Nuñez.

— T'as pas vu ce qui s'est passé ? Il est là, sur la véranda, et puis d'un coup, les keufs arrivent. Alors il fonce. Il faut qu'il chope cette feuille de crack et qu'il la planque, ou qu'il s'en débarrasse. J'suppose qu'elle était là, bien visible sur la table, là-bas, celle qu'on a vue bouger. Alors il chope la feuille de crack, se planque sous la table, fourre le crack sous son T-shirt et enfonce le devant du T-shirt dans son jean. À la première occase, il aurait décanillé par la porte de derrière et se serait débarrassé de la came comme il aurait pu, juste pour pas être pris avec la dope sur lui si on l'avait coincé. Mais c'est un chaud ce mec-là, ce bamboula de mes deux, un putain de gros nœud, il est pas du genre à se laisser insulter. Alors quand j'l'ai traité de saloperie de merde, le gros nœud qui est en lui est devenu plus gros que sa cervelle, en admettant qu'il en ait une, et il a plus eu qu'une envie, m'arracher les bras et me les fourrer dans le cul. J'allais le transformer en passoire quand Nestor lui a sauté sur le dos.

— Comment t'as fait ça ? demande Nuñez. Ce quartier de bœuf fait deux fois ta taille. »

Musique *musique* MUSIQUE aux oreilles de Nestor ! « Je n'ai rien fait *du tout*, proteste ce parangon de la virilité avec une seyante nonchalance. Tout ce que j'ai eu à faire, tu sais, c'est le *neutraliser* pendant trente secondes et il a fait le reste tout seul. »

Le bruit de houle, de scie, sortait toujours de la gorge du monstre... Le meurtre sanglant lui suintait des orbites... Sa haine des envahisseurs cubains était désormais coulée à froid dans le béton pour l'éternité. Son cerveau ne bougerait plus d'un iota sur ce point. Il s'était fait humilier par un flic cubain deux fois plus petit que lui... et ensuite, ce flic cubain et un autre enfoncent le clou en le traitant de *saloperie de merde* et autres variations sur ce thème.

« Et l'autre enfoiré, chef, le racho à moustache, il est où ? » demanda Nestor.

Le brigadier jeta un regard vers la porte donnant sur la véranda, la porte par laquelle ils étaient tous entrés. « García l'a eu. Il est juste là, dehors, lui et Ramirez. Ramirez a gaulé la saloperie de merde qui a topé, le crackman.

— Ah ouais ? Où ça ?

— Il l'a trouvé par terre dans la ruelle, à se tortiller dans les ordures en essayant de sortir le caillou de sa poche. »

Nestor constata alors que six flics de la CST étaient entrés dans le taudis, pour empêcher tous les témoins et délinquants éventuels de bouger. Les trois bébés vagissaient toujours... *Le visage blanc...* Nestor chercha à repérer la femme dans la pénombre... ses yeux la trouvèrent... son visage blanc et le bébé noir dans ses bras... braillant... Il ne la voyait pas très bien, mais il distinguait ses grands yeux écarquillés – effrayés ? – enfoncés dans un visage blanc qui n'était pas à sa place ici... dans un trou à dope minable d'Overtown jonché d'ordures... C'était un trou à dope, pas de doute, un four à crack. Pas facile d'y croire sérieusement, avec toutes ces femmes, ces gosses et ces bébés braillards, mais peut-être sa grande victoire, son triomphe sur le monstre, paraissait-elle tout aussi irréelle, tout aussi futile à ces gens, à elle, la fille au visage blanc...

La procédure normale se mit alors en place... interrogatoire des prisonniers et des témoins... tout seuls, un par un, hors de portée d'oreille des autres. Avec un peu de chance ou d'astuce, un agent de la CST pouvait obtenir de cette façon-là de bonnes informations, des informations utilisables. Mais on recherchait aussi des incohérences dans leurs récits... Qu'est-ce que tu fais ici? Où est-ce que tu étais avant? Comment tu es arrivé ici? Tu connais quelqu'un d'autre dans la pièce? Tu connais les deux types à casquettes de base-ball blanches? Non? Alors, tu sais ce qu'ils font ici? Non? Cette maison, à ton avis, elle appartient à qui? T'as pas une idée? Vraiment? Autrement dit, tu te pointes comme ça dans des maisons-dont-tu-ne-connais-pas-le-propriétaire, où tu ne sais pas ce qui se passe, et où tu ne connais personne? C'est le Ciel qui t'envoie, ou quoi? Tu as entendu des voix, c'est ça? Une main invisible t'a guidé? C'est génétique?... et ainsi de suite.

Deux flics se postèrent à l'extérieur, un devant, un derrière, pour éviter qu'un occupant contrarié du trou à dope ne se mette en tête de quitter le taudis et de se faire la malle.

Puis l'interrogatoire débuta. Le brigadier et Nuñez retirèrent la feuille de crack et ses fragments du ventre du géant. Tout son poids reposait sur ses bras, attachés par les poignets. Comme il commençait à se plaindre, le brigadier lui lança, «Ferme ta sale gueule, lopette. T'es rien du tout. Qu'une petite lopette. T'as voulu me *tuer*, lopette? T'as voulu m'étrangler? On va bien voir qui étrangle qui. On va te fourrer le cul à la merde jusqu'à ce qu'elle te remonte par la bouche. Espèce d'enculé de lopette. Ce mec-là, il se met dans la tête de tuer un flic – et c'est rien qu'un putain de sac de cent cinquante kilos d'enculé plein de merde.»

En gémissant sous l'effort, Nuñez et le brigadier hissèrent l'immense balèze en position assise. «J'savais pas que les sacs de merde pesaient aussi lourd, souffla le brigadier. OK, ton nom?»

Le type regarda le brigadier dans les yeux pendant une demi-seconde avec de la haine en fusion, puis il baissa la tête et garda le silence.

«Écoute, je sais que t'as de la merde à la place de la cervelle. T'es con de naissance. C'est comme ça. Tu faisais *ooonga ooonga ooonnga*!» Le brigadier releva les épaules et enroula les doigts sous ses aisselles pour imiter un singe. «Mais t'as appris un ou deux trucs depuis, non? Maintenant que t'as grandi, t'es plus qu'un sous-mongol. C'est un grand progrès, mais t'es une telle brêle que tu sais même pas c'que c'est un mongol, et encore moins un *sous*-mongol. Pas vrai ?» Le géant avait les yeux fermés, et son menton pendait au-dessus de sa clavicule. «À partir de maintenant, chaque fois que tu t'lèves le matin, j'veux que tu t'plantes devant le miroir – tu sais ce que c'est, un miroir ? Vous avez ça, dans la jungle ? – que tu t'plantes devant le miroir et que tu dises, "Bonjour, trouduc face-de-bouffon !" Tu sais ce que ça veut dire, *matin* ? Putain, y'a *quelque chose* que tu sais, espèce de débile ? Tu sais ce que ça veut dire, *débile* ? *Regarde*-moi, connard ! J'te pose une question ! Ton putain de *nom*, c'est quoi ? T'as un nom ? Ou t'es tellement con, espèce de mongol, que tu t'en souviens plus ? T'es dans une sacrée merde, cervelledemerde. On a trouvé assez de crack sur ton gros baquet plein de graisse pour que tu te chopes trois condamnations à vie d'affilée. Tu vas passer le reste de ta putain de vie avec des sous-hommes aussi crétins que toi. Y'en a qu'ont pas de cervelle du tout. Mais toi, j'crois que t'en as une, enfin, une moitié. Allez, compte jusqu'à dix.» Aucune réaction. «OK, j'vais t'aider. Ça commence par *un*. OK, alors compte seulement jusqu'à trois. *Trois*, tu connais, ouais ? Ça vient après *un* et *deux*. Allez, compte jusqu'à trois. Tu veux pas coopérer ? Alors crève, connard d'animal !

— Chef, dit Nuñez. Laissez-moi lui parler, vous voulez bien ? Soufflez un peu, chef. Détendez-vous. OK ?»

Le brigadier hocha la tête d'un air las. «OK. Mais rappelle-toi un truc. Ce trouduc a essayé de me dézinguer.» Et il s'éloigna.

Nestor se dirigea vers la jeune fille blanche... ¡ *Coño !* – il faisait noir dans la pièce, avec toutes les fenêtres bouchées. Mais le visage de cette fille était si blanc qu'elle se détachait dans l'obscurité comme un ange. Il était franchement intrigué – ce qui lui fit prendre conscience qu'il dégoulinait de sueur. Il voulut essuyer son visage de sa main, avec pour seul résultat d'avoir, en plus, la paume complètement mouillée. Le pire, c'était son T-shirt. Il était à essorer... et comme il était trop étroit au départ, il lui collait à la peau et donnait l'impression qu'il avait tout le torse trempé, ce qui était le cas. La fille supporterait-elle d'être suffisamment près de lui pour qu'ils puissent se parler ? – une préoccupation qui n'avait pas grand-chose à voir avec l'interrogatoire qu'il était censé mener. Il s'approcha – ce visage blanc et pur ! Elle était aussi belle que Magdalena, mais dans un tout autre genre. En présence d'hommes, Magdalena affichait une expression dont le message était limpide, « Je sais *exactement* ce que tu as en tête. Alors on n'a qu'à partir de là, tu veux ? » Cette fille-là avait l'air totalement innocente et candide, une madone blanche naïve descendue du ciel à Overtown. Elle tenait toujours l'enfant noir – une fille, en fait – dans ses bras. La petite regardait Nestor avec quoi ? – méfiance ? simple curiosité ? Au moins, elle ne pleurait pas. C'était une jolie petite créature – malgré la tétine qu'elle suçait avec ardeur *swee-oooop glug swee-oooop glug*. Nestor lui adressa un sourire censé dire « Laissez venir à moi les petits enfants et ne les en empêchez pas, car je suis ici en mission amicale. »

« Je suis l'agent Camacho, dit-il à la madone blanche-blanche. Pardon d'être aussi... » Il était incapable de trouver une épithète acceptable pour lui faire comprendre qu'il *savait* qu'il était bien peu présentable, en nage comme il l'était. L'adjectif « mouillé » lui-même paraîtrait... enfin, grossier. Alors il leva les mains à la hauteur de sa poitrine et tourna les doigts vers son torse, en ajoutant un haussement d'épaules impuissant. « ...mais nous sommes obligés de poser quelques questions à tous ceux qui ont assisté à ce qui s'est passé. Et si nous nous installions sur la véranda ? »

La jeune fille se mit à cligner des yeux à toute vitesse, mais ne dit rien. Elle hocha tièdement la tête pour dire *oui* et suivit Nestor sur la véranda, le bébé toujours dans les bras.

Dehors sur la véranda, il la vit au grand jour pour la première fois. :::::: *¡ Dios mío !* Elle est tellement *exótica* ! :::::: Impossible d'en détacher le regard. Il l'inspecta de haut en bas en moins de temps qu'il n'en faut pour le dire. Sa peau était blanche et lisse comme une assiette en porcelaine – mais ses cheveux étaient noirs de chez noir... raides, épais, brillants, ruisselant sur ses épaules avec autant d'opulence que ceux de n'importe quelle *cubana*, mais noirs de chez noir... et ses yeux... posés sur lui, écarquillés d'effroi – ce qui ajoutait encore à leur splendeur – noirs de chez noir... mais dans un visage d'une blancheur de porcelaine. Ses lèvres délicates présentaient une mystérieuse courbure que Nestor trouva – sans aucune raison valable – « française » – des lèvres françaises peut-être, mais pas rouges, plutôt aubergine... pas de rouge à lèvres... entièrement vierge de

277

maquillage – attends ! Ce n'est pas tout à fait vrai ! Il vient de remarquer l'ombre à paupières. :::::: Elle en a étalé sur le bord de ses paupières inférieures ! – ça fait vraiment ressortir ses grands yeux ! Qu'on ne vienne pas me dire qu'elle ne le sait pas... hé, et qu'on ne vienne pas me dire qu'elle ne sait pas que sa jupe est drôlement courte – ou bien est-ce par *hasard* qu'elle met tellement en valeur ses jambes longues et admirables, de vraies jambes de gazelle comme on dit... quelle autre *Americana* blanche aurait le *culot* de se pointer dans un trou à dope dégueulasse d'Overtown en exhibant une paire de jambes de gazelle aussi bandantes que ça ? :::::: Elle n'a pas l'air très culottée en ce moment, pourtant. Elle n'arrête pas de cligner cligner cligner cligner des yeux... Elle a les lèvres entrouvertes, parce qu'elle respire vite... ce qui fait monter et descendre ses seins. Ils sont cachés sous un chemisier en oxford, un tissage grossier, seul le premier bouton du col est ouvert ce qui veut dire qu'elle n'*essaie* même pas de séduire – et même aussi bien dissimulés, ils paraissent à Nestor d'une absolue perfection, ces seins... et curieusement, sa peur manifeste émeut Nestor... Nestor le Protecteur... Il éprouva immédiatement pour elle ce qu'il avait éprouvé pour Magdalena la première fois qu'il l'avait rencontrée sur Calle Ocho. Il était flic, elle était damoiselle. Il était un flic *chevaleresque* – mais quand même cent pour cent flic, au fond de lui-même. Encore que Magdalena n'ait pas eu l'air effrayée une seconde. Pourtant, le sentiment d'être le vaillant chevalier défendant la damoiselle était le même.

« Votre nom, c'est quoi ? demanda-t-il.

— Ghislaine.

— *Guee-léén...* vous écrivez ça comment ?

— G, h, i, s, l, a, i, n, e.

— *G, H ?* »

Ghislaine, avec un *H*, fit signe que oui et Nestor baissa les yeux comme pour consulter les notes qu'il venait de prendre, il tordit la bouche et secoua la tête dans une pose antédiluvienne de flic qui signifie, « La vie est déjà assez dure comme ça. Pourquoi vous donnez-vous tant de mal, bande de *tontos*, pour nous la compliquer encore plus ? »

À cet instant, s'il s'était adressé à un délinquant quelconque, il aurait dit, « T'as pas de nom de famille ? » Mais dans son cas, le cas de l'exotique Ghislaine, il se contenta de demander : «Votre nom de famille s'il vous plaît?

— Lon-teee-ay», dit-elle. C'est du moins ce qu'il comprit. Elle leva la main pour s'abriter le visage du soleil.

«Ça s'écrit comment?»

Sweee-ooooop glug sweee-oooop glug – succion caoutchouteuse du bébé dans ses bras.

«L, a, n, t, i, e, r. C'est français, comme Bouvier.»

:::::: C'est quoi, un bouvier? Avec mon bol habituel, c'est sûrement un truc que *todo el monde* est censé connaître. ::::::

Mais avant qu'il n'ait eu le temps de lui poser cette question ou une autre, Ghislaine au visage blanc-comme-neige demanda, «Suis-je... en état d'arrestation?» Sa voix se brisa en arrivant à «en état d'arrestation». Ses lèvres tremblaient. Elle semblait sur le point de fondre en larmes.

Ahhh, le guerrier se sentit alors tout à fait chevaleresque... un peu noble, même. «Non, pas du tout, répondit-il non sans majesté. Tout dépend des raisons pour lesquelles vous vous trouvez ici. C'est ce que je voudrais que vous me disiez. Et permettez-moi de *vous* dire une chose : tout se passera beaucoup mieux pour vous si vous ne me cachez rien.»

Elle plongea ses grands yeux dans les siens et répondit «Je suis membre du Programme d'action sociale de South Beach.»

Programme d'Action Sociale de South Beach... «Le Programme d'action sociale de South Beach? C'est quoi, ça?

— Nous sommes des bénévoles. Nous travaillons avec les Services d'Aide à l'Enfance. Nous essayons d'apporter un peu de secours aux familles des quartiers défavorisés, surtout aux enfants.

— Aux *familles*? répéta Nestor d'un ton de flic à qui on ne la fait pas. C'est un trou à crack. Je vois un tas de crackmen par ici» – à l'instant même où les mots franchissaient ses lèvres, il prit conscience que c'était une exagération grossière, qui n'avait d'autre but que d'impressionner cette jeune créature blanche-comme-neige – «et les crackmen n'ont pas de famille. Ils ont des habitudes, et ils ne *pensent* pas plus loin que ça. Des *familles*?

— Ma foi, monsieur, vous en savez bien plus long que moi sur la question, mais il me semble – ce n'est pas la première fois que je viens ici, et je sais qu'ils ont des enfants, certains d'entre eux, et qu'ils leur sont très attachés... »

Nestor n'arriva jamais jusqu'à « que moi ». Il n'entendit plus un mot après « monsieur ». *Monsieur ?* Il ne voulait pas qu'elle l'appelle *monsieur. Monsieur* voulait dire qu'elle voyait en lui un être lointain, inaccessible et rassis, comme s'il était beaucoup plus âgé qu'elle. Mais il ne pouvait tout de même pas lui demander de l'appeler Nestor... « Agent » conviendrait mieux que « monsieur », mais comment la reprendre – ou reprendre qui que ce soit – sur ce point sans avoir l'air d'un maniaque du protocole ?

Il lui fallut donc se contenter de, « Si c'est vraiment une famille, où est la mère ? »

D'une voix tremblante : « Sa mère est en cure de désintoxication à Easter Rock depuis » – elle baissa les yeux vers le bébé – « sa naissance. Vous connaissez Easter Rock ?

— Oui, bien sûr. » Il connaissait cet établissement, et était surpris. Easter Rock était un centre de désintoxication rupin pour rupins. « Comment est-ce qu'elle a été admise à Easter Rock ?

— Nous sommes – enfin, je veux dire, le Programme d'Action Sociale de South Beach est intervenu. Ils étaient prêts à l'envoyer dans un établissement pénitentiaire pour toxicomanes.

— Comment ça, "intervenu" ?

— Essentiellement notre présidente, Isabella de la Cruz. Je crois qu'elle connaît beaucoup de monde. »

Nestor lui-même avait entendu parler d'Isabella de la Cruz. Son mari, Paolo, possédait une grosse boîte de transports maritimes. On voyait tout le temps Isabella de la Cruz dans le journal sur ces photos de groupe où tous ces gens sont alignés en rang, souriant de toutes leurs dents sans que personne sache pourquoi.

« Bien. Mais qu'est-ce que vous venez faire dans tout ça, vous ?

— Je suis bénévole, répondit Ghislaine Lantier. Nous avons pour mission de... comment dire... de nous occuper d'enfants issus de *euhh...* de familles à problèmes. Je déteste ce mot de *dysfonctionnelles.* Très souvent, l'enfant, comme dans le cas présent », elle baissa à nouveau le regard vers sa petite protégée, « habite chez un membre de la famille, une grand-mère en général, mais il peut aussi avoir été placé en foyer. Elle, elle vit chez sa grand-mère, dont vous avez déjà fait la connaissance, me semble-t-il.

— Vous ne voulez pas parler de la grosse qui n'a pas arrêté de dire à mon chef qu'il pouvait se faire mettre – qui n'a pas arrêté de lui en faire voir... »

Les lèvres tremblantes de Ghislaine vacillèrent dans un demi-sourire. « J'ai bien peur que si. »

Nestor jeta un coup d'œil vers les ténèbres du trou à dope. Elle était là, à trois mètres de la porte, la mamma grande-gueule. Dans l'obscurité qui régnait, Nestor la repéra d'abord à sa masse de Grosse Mamma. García était en train de l'interroger... prétendument. On voyait bien qu'il n'y avait qu'elle qui parlait. :::::: C'est quoi ce truc, dans sa main ? Un putain d'iPhone ! Ce quartier est censé être le plus pauvre de Miami – pourtant, tout le monde a un iPhone. :::::: Il se retourna.

« Mais Ghislaine, c'est vous qui tenez ce bébé dans vos bras, pas la grand-mamma à grande gueule.

— Oh, c'était seulement pour la soulager un instant. Elle a également les deux enfants d'une de ses filles à sa charge. Ça en fait cinq en tout. J'ai pour mission de passer deux fois par semaine vérifier qu'on s'occupe correctement d'eux, sur différents plans – alimentation, attention, affection, compassion... enfin, *vous* voyez... »

Non, il ne voyait pas. Nestor était intimidé par la maîtrise du langage de Ghislaine. Elle était capable de dévider des chapelets de mots tels qu'*attention, compassion*, et tout le toutim comme la chose la plus naturelle du monde. Magdalena était intelligente, mais elle ne savait pas parler comme ça. Et puis il avait relevé chez cette fille certaines expressions un peu maniérées qui l'intimidaient parce qu'elles paraissaient plus *correctes* que celles qu'il aurait employées pour dire la même chose. Elle disait, « l'enfant, *comme dans le cas présent* », au lieu de « comme celui-ci ». Et puis elle disait « dont ». Y avait-il quelqu'un à Overtown qui disait « dont » ? « Chez sa grand-mère, *dont vous avez déjà fait la connaissance* », voilà ce qu'elle disait au lieu de « de qui vous avez déjà fait la connaissance ».

« Bien, vous êtes donc une bénévole du Programme d'Action Sociale de South Beach. Vous habitez à South Beach ?

— Non, j'en ai entendu parler, c'est tout. Je loge dans une cité universitaire de l'université de Miami.

— Vous êtes étudiante là-bas?

— Oui.

— Bien. Il va me falloir une adresse et un numéro de téléphone au cas où nous aurions à vous joindre.

— À me joindre?» Elle avait de nouveau l'air aussi inquiète qu'au tout début.

«C'est une affaire sérieuse. Nous avons déjà interpellé cinq de ces salopards.» Il fit un geste vers l'intérieur du taudis.

Ghislaine le regarda fixement... long silence... puis, très timidement, «Ils sont jeunes. Peut-être leur cas n'est-il pas désespéré.

— Vous savez ce qu'ils font là-dedans?»

Elle serra alors ses lèvres si fort qu'elles disparurent. Tout son langage corporel révélait que oui, elle savait ce qu'ils faisaient. Son silence prolongé aussi... «Nous ne nous préoccupons que des besoins et des conditions de vie des enfants. Nous ne portons aucun jugement sur le reste. Si nous le faisions, nous ne...

— Les *besoins* et les *conditions de vie*?!» s'écria Nestor. Son bras jaillit comme une flèche, désignant l'intérieur du taudis. «On deale du crack ici, merde!

— Mais, au moins, ces enfants vivent avec des membres de leur famille. Je suis convaincue que c'est d'une importance primordiale!» Pour la première fois, elle avait élevé la voix. «Sa grand-mère» – nouveau regard vers l'enfant qu'elle tenait dans ses bras – «vit ici, aussi défavorable que puisse être cet environnement. Cette petite fille a des demi-frères ici. Son *père* vit ici bien que je doive reconnaître qu'il ne s'intéresse pas du tout à elle.

— Son *père*?»

Ghislaine semblait plus terrifiée que jamais. D'une voix à nouveau très chevrotante: «Oui... Vous venez de... vous battre avec lui.»

Nestor en resta sans voix. «Vous – ce tas de – des membres de leur famille? – vous croyez – ces – il n'y a pas une miette de morale dans sa carcasse! – "totalement dépourvu d'affect", comme dit le procureur – c'est un putain de dealer de *crack*, Ghislaine! Il lui arracherait la tête juste pour se marrer » – Nestor jeta un coup d'œil à l'enfant – « plus facilement qu'il ne la regarderait. C'est une *bête* ! Bon Dieu ! »

Ghislaine baissa la tête et se mit à contempler le sol de la véranda. Elle commença à bredouiller en avalant ses mots. « Je sais... Il est atroce... Il est fier d'engendrer des enfants, mais il ne veut pas s'en occuper... C'est ce que les femmes... il est tellement répugnant... c'est une énorme... » elle leva les yeux vers Nestor, « Je n'en ai pas cru mes yeux quand vous l'avez terrassé – et avec une telle rapidité. »

Musique... Nestor n'entendait-il pas un petit air de musique ?... les accents d'une ouverture ? « Ces imbéciles sont peut-être "énormes", mais ce sont des sous-mongols, dit-il citant le brigadier sans indiquer ses sources. Il faut être un sous-mongol pour avoir l'idée de se rouler dans la poussière avec un flic de Miami, ajouta-t-il saupoudrant modestement d'éloges toute la police au lieu de les accaparer. Nous ne les terrassons pas. Nous les laissons se terrasser eux-mêmes.

— Tout de même – il devait bien faire deux fois votre taille. »

Nestor scruta son visage. Elle avait l'air parfaitement sincère. Et elle lui faisait entendre une musique... une musique... Voilà ce qu'il aurait voulu dire ! *Un jour, quand toute cette affaire sera réglée, j'aimerais vous retrouver pour discuter de toute cette histoire de Services d'aide à l'enfance. Vas-y, fonce ! Ne refoule pas tes émotions ! J'ai du mal à croire qu'on puisse laisser un gros tas de merde pareil approcher un enfant...*

Il lui dirait, *Et si nous allions prendre un café ?* Et elle répondrait, *Quelle bonne idée... Au Programme d'Action Sociale de South Beach, nous n'avons jamais l'occasion de connaître le point de vue du Département de Police. J'ai appris quelque chose d'important aujourd'hui. La criminologie, c'est une chose. Mais voir le crime en face, l'affronter concrètement, c'en est une autre. Lorsqu'il s'agit de maîtriser un homme de la taille et de la force de celui que vous venez de maîtriser – toute la criminologie du monde ne vous sera d'aucun secours. À ce moment-là, c'est bien simple, on en a ou on n'en a pas !*

Ou quelque chose de ce genre... et la musique irait progressivement crescendo, comme celle d'un orgue, jusqu'à l'accord final qui fait vibrer votre cage thoracique.

10

Le Super Bowl du Monde de l'Art

On était en décembre, ce qui à Miami Beach n'a qu'une signification météorologique parfaitement anecdotique. Imaginez un livre
illustré présentant la même photo à chaque page... à chaque
page... midi tapant sous un ciel bleu vif immaculé sans un nuage... à
chaque page... un soleil tropical qui transforme les quelques rares
oiseaux, passants, en ombres noires abstraites courtaudes sur le trottoir... à chaque page... des vues à n'en plus finir de l'océan Atlantique,
à n'en plus finir voulant dire que toutes les deux rues, si vous jetez un
coup d'œil selon un certain angle entre les tours résidentielles étincelantes couleur beurre rosâtre qui séparent comme une muraille la
mer scintillante des ignorants qui arrivent à Miami Beach persuadés
qu'ils n'ont qu'à rejoindre le rivage en voiture pour découvrir les
plages et les oisifs chaise-longue-parasol et les vagues qui clapotent et
l'océan qui miroite, brille et s'étend jusqu'à l'horizon en dessinant un
arc parfait à cent quatre-vingts degrés, si vous jetez un coup d'œil
juste au bon endroit, tous les deux blocs, vous pouvez avoir un
aperçu de l'océan, une tranche verticale, étique, mince-comme-une-
recharge-de-stylo-à-bille – *blip* – et il a disparu... à chaque page... un
aperçu... *blip*... il a disparu... à chaque page... à chaque page...
Toujours est-il qu'en plein midi, ou plus exactement à onze heures
quarante-cinq, en ce jour de décembre, Magdalena et Norman
étaient à l'intérieur... en compagnie de l'éminent bien que *pruriteux-
prurigineux* Maurice Fleischmann et de Marilynn Carr, sa «C.A.»
comme il l'appelait... abréviation de conseillère artistique. En fait, il

s'était mis à employer ces initiales en guise de surnom... «Hé, C.A., venez voir ça», par exemple. Avec toute la dignité possible, ils cherchaient tous les quatre à conserver leur place dans une file, si l'on peut dire, car elle tenait plus de la mêlée devant le comptoir d'une compagnie d'aviation iranienne. Près de deux cents âmes agitées, pour la plupart des hommes d'âge mûr, dont onze avaient été désignés à Magdalena comme des milliardaires – *milliardaires* – douze, en comptant Maurice lui-même, se tortillaient comme des asticots à l'idée de ce qui les attendait de l'autre côté d'une paroi de verre de deux centimètres d'épaisseur, au-delà d'une petite porte, l'Entrée D du Centre des Congrès de Miami. Le Centre des Congrès occupait tout un pâté de maisons de Miami Beach. Une personne ordinaire pouvait passer devant l'Entrée D tous les jours pendant des années sans jamais prendre conscience de son existence. C'était le but. Les gens ordinaires ne savaient pas, ne *devaient* pas savoir que des milliardaires et d'innombrables millionnaires à neuf chiffres étaient là, à grouiller comme des asticots... un quart d'heure avant l'ouverture de Miami Art Basel, et de la grande heure de l'argent et du combat des mâles. Tous animés d'une *pulsion* irrépressible.

Les asticots... Un jour, elle devait avoir six ou sept ans, Magdalena était tombée sur un petit chien mort, un bâtard, sur un trottoir d'Hialeah. Tout un essaim d'insectes creusait des galeries dans une profonde entaille ouverte dans l'arrière-train du chien – enfin, pas tout à fait des insectes. Ces bestioles ressemblaient plutôt à des vers, des petits vers mous d'une pâleur morbide; et ils étaient loin d'être aussi organisés qu'un essaim. C'était une masse frétillante, ondulante, grouillante, fourmillante, remuante, pullulante d'asticots qui fouissaient les uns au-dessus des autres dans une frénésie sans tête, littéralement écervelée, pour accéder à la viande morte. Elle avait appris plus tard que c'étaient des larves acéphales. Elles n'*avaient* pas de tête. La frénésie, elles n'avaient que ça. Elles n'avaient pas cinq sens, elles avaient une *pulsion*, une seule, et cette *pulsion* était tout ce qu'elles éprouvaient. Elles étaient complètement aveugles.

Mais regardez-les!... les milliardaires! On dirait des shoppeuses massées devant chez Macy's à minuit à attendre les soldes d'hiver à quarante pour cent. Enfin, en plus moches. Ils sont plus vieux, plus crasseux, plus délavés... après tout, ce sont des *Americanos*, toute la bande. Ils portent des jeans prélavés larges du cul, des T-shirts trop-grands, des polos trop-grands dont ils laissent pendre le bas pour faire de la place à leurs gros ventres, des pantalons de toile beige trop-étroits, d'af*freueuses* socquettes de laine tirebouchonnées noir tapis de sol, vert pisseux et marronnasse serpillière... et des sneakers. Magdalena n'avait jamais vu autant de vieux – ils étaient presque tous d'âge mûr ou plus – chaussés de sneakers. Mais regarde – *là* et *là* et puis *là* – pas de simples godasses de sport, de vraies chaussures de basket. Pour quoi faire ? Ils doivent penser que toutes ces sapes d'ados leur donnent l'air plus jeune. Sans déconner ? Elles ne font que rendre leurs dos voûtés, leurs épaules tombantes, leurs ventres débordant de graisse... leurs colonnes vertébrales scoliotiques, leurs cous déjetés en avant, leurs bajoues pendantes et leurs fanons tendineux... plus visibles.

À dire vrai, tout cela ne préoccupait pas beaucoup Magdalena. Elle trouvait ça drôle. Et surtout, elle enviait C.A. Cette *Americana* était jeune et jolie et, cela allait presque sans dire, blonde. Ses vêtements étaient élégants et en même temps très simples... et très sexy... une robe noire sans manches tout à fait ordinaire, pratique, profession-nelle... mais courte... elle lui arrivait trente bons centimètres au-des-sus des genoux et dévoilait une sacrée longueur de ses belles cuisses de blonde... on avait l'impression de voir *tout* son beau corps de blonde. Oh, Magdalena ne doutait pas une seconde qu'elle était plus sexy que cette fille, qu'elle avait de plus beaux seins, de plus belles lèvres, de plus beaux cheveux... de longs cheveux bruns épais et brillants, bien différents de la coupe au carré asexuée de l'*Americana* blonde, imitée de cette Anglaise – comment s'appelait-elle déjà ? – Posh Spice... Elle regrettait de ne pas avoir mis une minijupe, elle aussi, pour montrer *ses* jambes nues... au lieu de ce pantalon blanc slim qui montrait surtout la profonde fente de son petit cul parfait. Mais cette « C.A. » avait autre chose, en plus. Elle était *branchée*. Son métier était de conseiller des riches, comme Fleischmann, sur les œuvres d'art hors de prix qu'il fallait acheter et elle savait tout à propos de cette « Foire ». Si quelqu'un parlait de « Miami Art Basel » persuadé que c'était le nom complet de la manifestation, elle lui faisait savoir avec une politesse exquise qu'il s'agissait officiellement d'Art Basel Miami Beach... et que les gens branchés ne l'appelaient pas «Miami Art Basel» en abrégé. Non, ils parlaient de «Miami Basel». Elle était capable de balancer soixante vacheries *branchées* à la minute.

En cet instant précis, C.A. disait : «Alors je lui demande – je lui demande ce qui l'intéresse, et elle me répond, "Je cherche quelque chose qui soit vraiment d'avant-garde... un Cy Twombly, ce genre." Je tombe des nues. "Un *Cy Twombly*?" Cy Twombly était d'avant-garde dans les années *cinquante*! Il est mort il y a deux ans, je crois, et la plupart de ses contemporains ne sont plus de ce monde, ou ont déjà un pied dans la tombe. On n'est pas d'avant-garde quand toute votre génération est morte ou mourante. On peut être grand. On peut être emblématique, comme Cy Twombly, mais on n'est pas *d'avant-garde.*»

Aucun de ces mots n'était adressé à Magdalena. C.A. ne la *regardait* jamais. Pourquoi gaspiller son attention, et plus encore ses paroles, pour une petite gourde qui, très probablement, n'y comprenait rien de toute façon? Le pire était qu'elle avait raison. Magdalena n'avait jamais entendu parler de Cy Twombly. Elle ne savait pas non plus ce que signifiait *d'avant-garde*, bien qu'elle ait été capable de le deviner plus au moins par l'usage qu'en faisait C.A. Et que voulait dire *emblématique*? Elle n'en avait pas la moindre idée. Elle supposait que Norman n'en savait rien non plus, qu'il ne comprenait pas un traître mot de ce que Miss C.A. sexy super-pro venait de dire, mais il émanait de lui le genre de présence qui faisait croire aux gens qu'il savait *tout* sur *tout* ce que *tout* le monde avait à dire.

Emblématique était un terme qui commençait à jaillir tout autour d'eux à présent, alors qu'il ne restait que quelques minutes avant l'heure magique, midi. Les asticots grouillaient avec une impatience grandissante.

Quelque part, tout près, un homme disait d'une voix aiguë, «OK, ce n'est peut-être pas du Giacometti *emblématique*, mais c'est du *grand* Giacometti tout de même, alors no-o-o-on...» Magdalena reconnaissait cette voix. Un milliardaire de hedge funds de Greenwich? – Stamford? – quelque part dans le Connecticut, en tout cas. Elle se rappelait l'avoir vu à la réception de BesJet deux soirs plus tôt.

Et une femme disait : «Koons en salle de vente, ça déchire à *mort* en ce moment!

— ... Hirst, si tu veux savoir. Il est défoncé comme un poisson crevé après un quart d'heure au soleil.

— ... qu'est-ce tu viens de dire? C'est Prince qui est bourré comme un coing.

— ... la morue qu'est là-bas, chez Stevie, à dégueuler ses tripes à 40 millions de dollars?

— ... emblématique, mon cul.

— ... churé, elle a tit "témanualicé"! («... juré, elle a dit "démanualisé"»).» Magdalena connaissait parfaitement cette voix, elle l'avait entendue la veille au soir, au dîner que Michael du Glasse et son épouse, Caroline Peyton-Soames, avaient donné à la Casa Tua. Elle se rappelait même son nom, Heinrich von Hasse. Il avait gagné des millions en fabriquant... un machin à propos de robots industriels?... c'était bien ce qu'ils avaient dit? Quoi qu'il en soit, il avait dépensé tellement de millions en œuvres d'art à la première Art Basel, la Foire de Bâle, six mois plus tôt, qu'on parlait de lui à presque toutes les soirées auxquelles elle avait accompagné Norman et Maurice.

«... le voir! Une éruption de rougeole, baby!

— ... et pas le temps de faire chauffer la gomme!

— T'as vu... t'as aimé... t'as *acheté*! C'est tout toi...

— Art Basel de Suisse?» C'était à nouveau C.A. qui donnait de la voix. «Tu es déjà *allé* à Bâle? Je ne connais pas d'endroit plus épouvantable, à part Helsinki peut-être. Pas un restau correct! La nourriture est *cent* fois moins bonne qu'ici. Le poisson? Infect! On dirait qu'il a voyagé à l'arrière d'une Honda. Quant aux prix...

— ... touche pas à ma conseillère, bordel.

— ... crois que tu as un quart d'heure de marge, et voilà que cinq minutes plus tard...

— ... ils sont deux fois plus élevés qu'ici. Et les hôtels prétendument historiques de Bâle? Je vais te dire ce qu'ils ont d'historique – les sanitaires. Aaaaargh! Ils datent de... tu vois ce que je veux dire?

Tu pourrais les faire récurer jour et nuit pendant une semaine, ils seraient encore gris comme une vieille grabataire qui pue de la gueule. Pas l'ombre d'une étagère, et ces vieux gobelets de métal grisâtres vissés au mur dans lesquels tu es censé ranger ta brosse à dents ? Tu...

— Je suis *quoi* ?

— ... exactement ce que j'ai dit. Tu es un mufle. File-moi le numéro de ta mère. Elle va m'entendre, je ne te dis que ça !

— Qu'est-ce tu vas faire – demander à Poutine de glisser du polonium dans mon cappuccino ? »

Aussi furtivement que possible, Fleischmann baissa la main jusqu'à l'entrejambe de son pantalon et essaya de se gratter pour soulager la démangeaison de ses pustules d'herpès. Il n'arrivait jamais à le faire assez furtivement pour duper Magdalena, cependant. Toutes les deux minutes au minimum, il lui jetait un de ses *regards* de soixante-trois ans... lourds de sens... et de désir. Le diagnostic de Norman était qu'il s'agissait d'une seule et même chose. Le sens *était*... le désir. La simple vision d'une fille aussi canon qu'elle équivalait à de la pornographie en direct pour un pornodépendant comme Fleischmann... mieux qu'un club de strip. Ils avaient beau être franchement lourdingues, Magdalena *adorait* ces regards. Ces regards lourds de sens et de désir qu'elle provoquait chez les hommes de tout poil – elle *adorait* ça, *adorait* ça, *adorait* ça. Ils se portaient d'abord sur son visage – Norman prétendait que ses lèvres *expertes* suggéraient l'extase sans même qu'elle esquisse l'amorce d'un sourire. Puis sur ses seins – ses seins *parfaits*. Elle en avait conscience *tout le temps* ! Et ensuite, elle les voyait lorgner son entrejambe... en espérant trouver *quoi*, bon dieu ?

Tous ces vieux dans ce pullulement grouillant d'asticots... si elle prenait la peine de faire les cent pas et de planter ses hanches devant eux... et leurs richesses... ils *fondraient* ! Ils rêvaient de... les déposer en... *elle*.

C'était comme si une fée de ces livres d'images que les enfants aiment tant avait agité la main au-dessus de Miami... et – *Abracadabra !* – l'avait transformé en Miami Basel... Le sortilège ne durait qu'une semaine, une semaine magique de décembre, chaque année... quand la « foire d'art » de Miami Basel s'ouvrait au Centre des Congrès de Miami... et que les gens pétés de thunes des quatre coins des États-Unis, d'Angleterre, d'Europe, du Japon, et même de Malaisie, et même de Chine, de Hong Kong et Taïwan, et même d'Afrique du Sud, *todo il mundo*, descendaient du ciel en essaims d'avions privés... pour acheter de l'art contemporain hors de prix... ou pour *voir* les gens friqués en acheter... pour s'immerger dans cette atmosphère mentale d'art et d'argent... respirer le même air qu'eux... bref, être *là où ça se passe*... jusqu'à ce que la fée agite à nouveau la main une semaine plus tard et – *Abracadabra !* – tout disparaissait... l'art du monde entier, les avions privés du monde entier, les gens pétés de thunes qui étaient descendus du ciel du monde entier, et – *pouf !* – il ne restait plus une trace de raffinement ni de mondanités.

Pour le moment, cependant, toutes ces créatures étaient encore sous le charme de la fée.

Miami Basel n'ouvrirait ses portes au public que le surlendemain... mais pour les gens *branchés*, pour les *initiés*, cela faisait déjà près de trois jours que Miami Basel était une débauche de cocktails, de dîners, d'afters, de soirées coke discrètes en petit comité, de baise à tout va. Presque partout, ils avaient de bonnes chances de voir leur prestige amplifié par la présence de people – des grands noms du cinéma, de la musique, de la télé, de la mode, et même du sport – qui ne connaissaient strictement rien à l'art et n'avaient pas le temps de s'y intéresser. Tout ce qu'ils voulaient, c'était être... *là où ça se passait.* Pour eux et pour les initiés, Miami Basel s'achèverait à l'instant où le premier pied du premier membre paumé du grand public foulerait le hall d'exposition.

Magdalena aurait fait partie des paumés, elle aussi, sans Maurice Fleischmann. Elle n'avait jamais entendu parler de Miami Basel avant que Maurice ne l'invite, avec Norman, à la foire... à l'instigation de Norman. Fréquenter un patient était extrêmement mal vu dans les milieux de la psychiatrie. L'efficacité du thérapeute dépendait en effet dans une large mesure de la stature divine qu'il assumait, très supérieure à la place du patient dans le monde, quelle qu'elle fût. Le patient devait être dépendant de son dieu rémunéré, et non l'inverse.

Mais Norman avait hypnotisé Maurice. Celui-ci était convaincu que ses chances de « guérir » de sa « maladie » étaient entièrement entre les mains de Norman, alors que – ou peut-être parce que – celui-ci ne cessait de lui dire qu'il ne souffrait pas d'une maladie, mais d'une faiblesse. Quant à Maurice, il aimait bien exhiber Norman, parce qu'il passait souvent à la télé et que beaucoup de gens à Miami le considéraient comme une célébrité. Personne n'aurait soupçonné que Fleischmann était le patient de Norman. Ils étaient deux hommes connus qui évoluaient dans les mêmes sphères, à la même altitude. Qu'y avait-il de remarquable à cela ?

Tous les jours, Fleischmann et son chauffeur, un petit Équatorien répondant au nom de Felipe, étaient venus chercher Norman et Magdalena aux Lincoln Suites après le dernier rendez-vous de Norman, dans un gros SUV Escalade noir aux vitres teintées. Leur première étape, le premier jour, avait été la manifestation d'ouverture pour les initiés – un cocktail baptisé les Aristos au Crépuscule. Un certain Roy Duroy organisait chaque année cette soirée dans l'hôtel dont il était propriétaire, The Random, sur Collins Avenue, un peu au sud des Lincoln Suites. Le Random était un hôtel typique du fameux boom rétro de South Beach. Un promoteur astucieux comme Duroy achetait un petit hôtel exigu de quatre-vingts ans ou plus, lui donnait un bon coup de peinture, installait la Wi-fi dans les chambres, rebaptisait l'ancien Lido ou Surfside en quelque chose de plus hype comme The Random et déclarait que c'était un petit bijou architectural Art Déco. Et vous vous retrouviez avec un petit *bijou* exigu. L'arrière de l'hôtel le sauvait. Il dominait une crique, au bord de l'océan. Duroy y avait installé toute une panoplie de grands parasols à rayures magenta, blanc et vert pomme. Très colorés, ces parasols, et les Aristos au Crépuscule battaient déjà leur plein à l'arrivée de Maurice, Norman et Magdalena. Cent, deux cents initiés de Miami Basel s'entassaient autour des tables disposées sous les parasols, verre à la main, ou évoluaient en se bousculant entre les parasols, verre à la main. Tout le monde buvait et faisait enfler une vague tonitruante de grands discours, et de *ho ho ho ho ho !* et de *hi hi hi hi !*

Magdalena n'en revenait pas de l'effervescence que provoquait la simple présence de Maurice. Roy Duroy en personne s'était précipité pour le serrer sur son cœur. Ses flatteries virevoltaient autour de Maurice tels des pétales de rose. Un grand promoteur immobilier du nom de Burt Thornton – Magdalena elle-même l'avait vu à la télé et dans les journaux – avait foncé sur Maurice et c'est tout juste s'il n'avait pas léché ses mocassins en alligator. Tant de gens s'étaient rués vers lui qu'il était resté planté là pendant une heure sans bouger de dix centimètres de l'endroit où il avait débarqué au milieu des parasols bariolés. Magdalena avait toujours su que Maurice était un milliardaire «influent». Tout de même, elle n'avait jamais pu se sortir de la tête la photo que Norman avait prise de l'entrejambe du milliardaire pourrissant sous les pustules d'herpès. Mais à présent, aux Aristos du Crépuscule, l'homme qu'elle voyait était Maurice *el Grande*.

Pendant ce temps, Norman faisait un peu la tête. Personne ne l'avait encore reconnu. Il avait même renoncé à sa stratégie du rir*rrrah*HAH*ock hock hock* pour attirer l'attention. Il expliquait en ronchonnant à Magdalena que tout ce que voulait Roy Duroy, c'était le soutien de Maurice pour un projet à la noix de transformation du Random en chaîne d'hôtels, et que tout ce que voulait Burt Thornton, c'était que Maurice intervienne pour empêcher North Tryon Street Global de le saisir à la suite d'un énorme emprunt qu'il avait fait pour un projet immobilier qui avait capoté.

Ils étaient ensuite remontés tous les trois dans la grosse Escalade noire et s'étaient dirigés vers le High Hotel, à South Beach également, où BesJet, qui louait des avions privés aux entreprises et aux très riches, donnait un cocktail... encore plus tonitruante cette fois, la vague mugissante... les grands discours, les *ho ho ho ho !* les *hi hi hi hi !*... Magdalena était abasourdie. À l'autre bout de la salle, elle repéra deux vedettes de cinéma, Leon Decapito et Kanyu Reade. Juré craché ! *Leon Decapito et Kanyu Reade !* – en chair et en os ! ::::::: Leon Decapito et Kanyu Reade... et *moi*... sommes invités au même cocktail. ::::::: Et pourtant, même des vedettes pareilles ne pouvaient revendiquer plus d'attention que BesJet n'en accordait à Maurice. Le président de BesJet se précipita sur lui, faisant étinceler toutes les dents qui tenaient dans son immense sourire. Quand ils échangèrent une poignée de main, le président referma sa main gauche sur leurs doigts entrelacés, comme pour sceller un pacte. À cinq reprises, sans doute, il annonça à Maurice que le lendemain, le cent soixante-dixième vol affrété tout spécialement par BesJet pour Miami Basel atterrirait. Il savait, évidemment, que Maurice avait son avion personnel. Mais il tenait à lui en mettre plein la vue, parce que à Miami, de tous les rupins qui pouvaient se payer des vols privés, Maurice était certainement le *plus* en vue. Norman s'assombrissait de minute en minute. Après la réception de BesJet, ils s'étaient rendus dans un restaurant chic et cher, la Casa Tua, pour un grand dîner qu'offrait *Status*, la nouvelle revue qui avait fait un tabac en publiant des classements des gens importants, dans toutes les sphères d'activité imaginables.

Jamais encore Magdalena n'avait franchi de seuil ni passé de porte accordant un tel surcroît de prestige... et dès qu'elle posa le pied dans la salle à manger, au milieu d'une bonne centaine d'invités, elle repéra les visages bien connus de Tara Heccuba Barker!... de Luna Thermal!... de Rad Packman!... Elle n'en revenait pas. Elle respirait le même air qu'eux! Mais les gens de *Status* n'auraient pas pu faire plus de chichis autour de l'un d'entre eux qu'ils n'en faisaient autour de Maurice. Dans son allocution, le rédacteur en chef de *Status* prononça *deux* fois le nom de Maurice...

La chance sourit à Norman après le dîner. Une grosse femme à face de lune le reconnut enfin, elle en appela deux autres et bientôt, Norman fut au centre d'un vrai rassemblement d'auditeurs impatients d'entendre l'éminent docteur Lewis dans son numéro sur l'addiction porn*nnahh*HAHAH*ock hock hock*. En un rien de temps, huit ou neuf personnes étaient massées autour de lui.

Debout à côté de Maurice, Magdalena se trouva engloutie, involontairement, dans un groupe d'interlocuteurs formé de Maurice et de trois de ses courtisans, des hommes d'âge mûr. Le seul qu'elle reconnaissait était Burt Thornton qu'on voyait beaucoup à la télé... un scandale immobilier..., un machin comme ça... Les deux autres étaient Machinchose Herman et Machinchose Kershner. Maurice dissertait sur les embûches des «remboursements de prêts hypothécaires cumulés», qui constituaient, si elle avait bien compris, le problème de Mr Thornton. Elle ne s'était jamais sentie aussi déplacée.

Mais elle redoutait encore plus de quitter ce groupe pour aller tenter sa chance dans une salle pleine de vieux, debout à présent et qui s'apprêtaient à partir pour un after ou une autre étape de *ce qui se passe*. Quelques personnes s'arrêtèrent en arrivant au niveau de Maurice Fleischmann et de ses compagnons, et un homme s'avança – «Maurice!» – et l'étreignit en interprétant la version masculine des baisers dans l'air féminins entre pairs sociaux. Ils se séparèrent et :::::: *¡Dios mío!* Je n'ai jamais vu un aussi beau mec de ma vie! :::::: Maurice entreprit de faire de rapides présentations. «Sergueï, voici Burt Thornton... Burt, Sergueï Koroliov.

— Inchanté, Misterrrrr Zorrrrrntoun.

— Oh, tout l'honneur est pour *moi*!» répliqua Burt Thornton.

L'accent européen – russe, peut-être? – de Sergueï Koroliov ne le rendait que plus séduisant encore aux yeux de Magdalena. Il avait l'air jeune, en tout cas par rapport à cette foule – trente, trente-cinq ans? Il était aussi grand qu'une fille pouvait l'espérer, et *super* bien foutu. Et avec ça, beau à tomber. Une mâchoire carrée, des yeux d'un bleu surprenant – et ses cheveux étaient d'un châtain dense avec quelques mèches blondes, coiffés en arrière en longues ondulations. Tellement *romantique*. Et puis quel charme dans son sourire et dans le timbre de sa voix quand il avait salué «Misterrrrr Zorrrrrntoun» et prononcé le mot «*Inchanté*» comme s'il le pensait sincèrement. Juste avant que Maurice ne le présente à Mr Herman :::::: il m'a regardée – et ce n'était pas un simple *hasard*! :::::: Au moment même où il était présenté à Mr Kershner :::::: il a recommencé! Maintenant je *sais* qu'il l'a fait exprès! ::::::

Cela n'avait pas dû échapper non plus à Maurice qui ajouta: «Oh, Sergueï, je vous présente Magdalena Otero.» Le beau mec se tourna vers Magdalena. Il lui adressa le même sourire poliment charmeur. Il tendit le bras comme pour échanger une poignée de main – mais s'inclina et prit les doigts de Magdalena, les approcha de ses lèvres, paume vers le bas, déposa un baiser dans l'air et dit «Miss Otero.» Quand il se releva, pourtant, il avait ajouté à son sourire une très légère insinuation et laissa son regard se déverser dans le sien beaucoup trop longtemps – avant de s'éloigner avec ses compagnons. :::::: *¡Dios mío, mío, mío!* ::::::

Magdalena chuchota à Maurice, «*Qui* est-ce?»

Maurice rit tout bas : «Quelqu'un qui aimerait bien faire votre connaissance, j'en suis sûr.» Puis il lui donna tous les renseignements qu'elle voulait.

Norman était ravi, lui aussi. Maintenant enfin, ils savaient qui il était. Ça lui avait remonté le moral. Au point même qu'il était prêt à se pointer à un after organisé par un certain Musée de l'Instant, dans le Design District, où une performeuse du nom de Heidi Schlossel devait réaliser une œuvre d'art baptisée *Dé-baisée*, qui était sur toutes les lèvres au dîner de *Status*. Magdalena n'avait jamais entendu parler du Musée de l'Instant, du Design District, de performance artistique ni de performeurs, et moins encore d'Heidi Schlossel. Norman n'était qu'à peine mieux informé ; il avait entendu parler du Design District, mais ne savait pas où c'était. Maurice, désormais sacré grand ponte de Miami Basel, mourait d'envie d'y aller.

Magdalena attira Norman à l'écart. «Ce truc de performance artistique – ça s'appelle *Dé-baisée*. On ne sait pas ce que c'est. Tu veux vraiment prendre le risque d'emmener» – elle désigna Maurice derrière elle – «voir un truc pareil?

— C'est un musée. Ça ne peut pas être bien terrible.»

Retour dans l'Escalade... et en route pour le Design District qui ressemblait à un quartier de petites usines et d'entrepôts abandonnés. Le Musée de l'Instant était un vrai capharnaüm... un local beaucoup trop petit de surcroît pour tous les initiés de Miami Basel qui s'y pressaient... La seule galerie de dimensions à peu près décentes contenait plusieurs centaines de pneus noirs usés empilés contre un mur. Sur un poteau en bois brut bricolé, un écriteau précisait :

DÉCHET INDIGÈNE DU JOUR
Collection du Musée de l'Instant

Une sono diffusait à plein tube une bande son enregistrée rythmée, BOOMchilla BOOMchilla BOOMchilla BOOMchilla... À l'arrière d'un monticule de pneus noirs crasseux surgit une grande silhouette en noir. Elle a la peau blanche comme de la craie... et de longs cheveux noirs qui tombent en cascade sur les épaulettes plissées de la toge universitaire qu'elle porte, du type remise de diplôme. Mais celle-ci est particulièrement volumineuse. Elle descend jusqu'au sol. Le personnage ne sourit pas.

Elle se tient là immobile, sans piper mot, pendant une trentaine de secondes. Sans doute s'agit-il de Heidi Schlossel.

Elle porte les mains à son cou et défait une sorte de fermoir. La toge tombe de ses épaules soudainement, complètement, *clamp*. Elle devait peser une tonne.

Elle se tenait à présent, nue comme Ève, devant une grande flaque de lourd tissu noir... raide, droite. Son visage était vide... On aurait dit un de ces morts-vivants des films d'horreur... à poil.

Magdalena chuchota à Norman «Viens, on s'en va – tout de suite!» Elle fit un signe du menton en direction de Maurice. Norman se contenta de secouer la tête... Non.

La femme nue comme Ève semblait avoir quinze ans et vingt kilos de trop pour jouer ce rôle, quel qu'il fût. Elle se mit à parler de la voix morte des morts-vivants. «Des hommes m'ont baisée... ils m'ont baisée, baisée, baisée encore, surbaisée...» ... et ainsi de suite, continuant à réciter ce poème *J'étais un Zombie Baiseur* – jusqu'au moment où, tout d'un coup, elle enfonça un pouce et deux doigts dans son vagin, en retira une longueur de saucisse et ressuscita, aurait-on cru, en criant «Dé-baisée!» – et surgit une nouvelle longueur de saucisse attachée à la première – «Dé-baisée!» – et une autre et une autre – «Dé-baisée!» et «Dé-baisée!» et «Dé-baisée!» et «Dé-baisée!» Magdalena n'en revenait pas du nombre de saucisses en chapelet que cette femme avait réussi à se fourrer dans la cavité vaginale!

Maurice avait la main serrée sur son entrejambe. Mais au lieu de se caresser, il balançait son corps d'arrière en avant sous sa main... pour ne pas être vu.

Magdalena donna un petit coup de coude à Norman et chuchota, assez fort, «Maurice!» Norman l'ignora. Il avait les yeux rivés sur Heidi Schlossel. Cette fois, Magdalena ne prit pas la peine de se dissimuler derrière un chuchotement. «Norman! Regarde Maurice!»

Norman lui jeta un regard noir... mais se tourna tout de même vers Maurice. Il se contenta d'abord de l'observer... calculant... calculant... puis il poussa un profond soupir rempli d'abnégation, posa le bras autour des épaules de Maurice... tendrement... se pencha vers lui et dit... de la voix que l'on prendrait pour parler à un enfant... «Il faut qu'on y aille maintenant, Maurice.»

Comme un enfant docile conscient d'avoir déçu ses parents, Maurice se laissa conduire jusqu'à la sortie du Musée de l'Instant.

Maurice était muet... et repentant... mais Norman avait l'air fâché. Il secouait la tête de gauche à droite, sans les regarder, ni l'un ni l'autre.

«Qu'est-ce qui ne va pas, Norman? demanda Magdalena.

— Il doit y avoir un super after dans une galerie près d'ici, la Linger, à Wynwood, je ne sais pas trop où.» Il continuait à secouer la tête. «Mais j'imagine que c'est foutu.»

Plus tard, Magdalena s'était renseignée et avait appris que la Linger, une grande galerie, avait l'intention d'exposer sa «collection particulière» de toiles pornographiques hyperréalistes, *hyperréalistes?* et de sculptures d'orgies homosexuelles.

Pourquoi y avait-il autant de pornographie dans cet art prétendument d'avant-garde? se demandait Magdalena. Pour quelle raison? Au nom du ciel, comment justifiait-on ça?... Et qui était le plus contrarié de ne pas pouvoir s'en repaître, le patient... ou le médecin?

La veille au soir pourtant, on aurait pu croire qu'il ne s'était rien passé. Ils étaient là, tous les trois, Maurice, Norman et elle, se précipitant tête la première dans une nouvelle série de fêtes et de réceptions d'avant-dîner... et le dîner de la veille au soir, ça, c'était vraiment quelque chose. Michael du Glasse et son épouse Caroline Peyton-Soames recevaient. *Michael du Glasse et Caroline Peyton-Soames!...* le couple le plus glamour d'Hollywood, selon Magdalena... un dîner de cent couverts au Ritz-Carlton... et Magdalena Otero, anciennement d'Hialeah, était leur invitée... et, pendant un instant sublime et inoubliable, sa main droite avait effleuré les leurs.

Dans cinq minutes, sans doute, une double porte allait s'ouvrir dans la paroi de verre, et ces vieux jetons, ces vieux asticots, seraient les premiers à pouvoir admirer les trésors exposés de l'autre côté... Miami Basel!... Pendant deux heures, ces asticots, et eux seuls, auraient la jouissance exclusive de tout cet endroit... mais qui aurait pu dire ce qu'était « tout cet endroit » ?...

« ... *casse*-toi ! *Casse*-toi, tu entends, espèce de gros...

— Ahhgggh нананннноck *hock hock hocktas* vu ce gros tas qui a essayé de resquiller ? Il est resté coincé au milieueu*aaagghh*нa- нннноck *hock hock hock* ! Impossible de dégager son gros ventra- *hh*ноck *hock hock* ! »

Maurice Fleischmann jeta un regard vide à Norman. Puis il parcourut du regard la foule de ses compagnons asticots grouillants pour essayer de comprendre ce qui avait déclenché cette érupti*ock hock hock* de Norman. Il ne vit rien. Il était complètement dérouté. Mais Magdalena avait compris, maintenant. Norman s'esclaffait quand il n'était pas sûr de lui, surtout en présence de gens avec lesquels il était sur la défensive, ou dont il se sentait l'inférieur – Fleischmann, pour ne citer que lui. C'était sa façon de prendre le pouvoir sur eux en les empêchant de parler. N'importe qui, même un type aussi pété de thunes que Fleischmann, aurait dû avoir un cœur de pierre pour ne pas s'arracher un sourire et quelques gloussements et pour refuser d'entrer dans le jeu d'un mec sympa qui est écroulé, convulsé, paralysé de rire à propos de... Dieu sait quoi. Pourquoi se taper la conversation de Fleischmann – alors qu'il contrôlait déjà son malheureux esprit de pornomane ? Pourquoi ? – Magdalena comprit tout cela en un éclair. Il était *très* important pour Norman d'amarrer son bateau à un endroit comme la marina de Fisher Island – mais il n'y possédait pas la moindre part en copropriété. C'était une faveur de Maurice Fleischmann. Tout comme la présence de Norman au milieu des plus importants VIPs de *tous* les VIPs de Miami Basel, des riches parmi les riches, de ceux qui avaient le plus de chances de dépenser un paquet parmi tous ceux qui avaient des chances de dépenser un paquet, des plus grands flambeurs – qui ondulaient tous les uns au-dessus des autres pour être les premiers à accéder aux merveilles de dix mille mètres carrés d'art à vendre. Que faisait Norman parmi eux ? Une faveur de Maurice Fleischmann.

Une prise de bec en tête de file... le gros tas *s'égosille*, furieux, à voir sa tête... un empilement de pneus – de graisse – se formant dans sa nuque chaque fois qu'il redresse le menton. ::::::: Regarde ce qu'il a sur le dos !... un T-shirt blanc ordinaire, du genre qu'on met comme sous-vêtement. Non mais regarde-le !... il colle à son gros bide... on dirait un de ces énormes ballons de gym en plastique... il pend sur son jean, un jean franchement moche de Grand Gars Bodybuildé. ::::::

Magdalena donna une petite tape sur le bras de Norman. « Norman...

— Ouais, c'est lui, dit Norman. Mais attends un peu... Ce type est trooooop*Hahhh*HAHAH*ock hock hock* ! »

À l'instant où il partit dans son caquètement, Magdalena ne put que constater que ce n'était plus pour elle, mais pour Fleischmann qu'il interprétait son petit numéro.

« Il y a une seconde, ce type essayait de doubler la file à quatre ou cinq places du premier rang... et *maintenaaaaah*HHHH*ock hock hock*, il *est* tout devant ! »...

Fleischmann a l'air contrarié. Les gloussements de Norman ne lui arrachent même pas un sourire. Il est préoccupé. Il s'avance furtivement et jette un coup d'œil.

« Hé, C.A., dit Fleischmann. Venez voir par ici. Ce n'est pas Flebetnikov ?

— Si, en effet. Lui-même. » Fleischmann se pencha vers C.A. et baissa la voix : « Cette sale enflure. Il sait que je m'intéresse aux Doggs – et regardez-le. Il a bousculé tout le monde avec son gros bide de sumo et le voilà juste devant la porte. »

C.A. chuchota : « Vous croyez que les Doggs lui ont tapé dans l'œil, à lui aussi ? Vous ne pensez pas...

— Il a des milliards de dollars, et c'est un truand de Poutine, alors c'est "je vais prendre tout ce que *tu* veux, juste pour *te* montrer que tu n'as aucune chance contre moi."

— Qui est-ce ? » demanda Norman.

Fleischmann n'apprécia manifestement pas l'irruption de Norman dans un entretien confidentiel. « Vous avez peut-être entendu parler des oligarques russes. » Puis il se retourna vers C.A. pour dire, « Bon, la seule chose... »

Ce fut le « peut-être » qui fit réagir Norman. Fleischmann avait-il vraiment le culot de prendre ce ton maussade et patient qu'on réserve aux demeurés ? Norman n'allait certainement pas tolérer ça.

«Entendu parler d'eux? Dites plutôt *les* faire parler *ahaaahhh*-HAHAHAHock *hock hock*! Trois psychiatres différents ont fait appel à moi en tant que consultant pour traiter ces phénomènes-là. Si j'ai *entendu* parler d'eux*eueuaaah*HAAAAHock *hock hock*!»

Magdalena *savait* qu'il mentait.

«Franchement, ça m'étonnerait beaucoup que vous ayez jamais eu en consultation un type aussi odieux que celui-là», fit sèchement Fleischmann, s'étonnant sans doute d'avoir perdu le contrôle de la conversation.

Sans ajouter un mot, il s'éloigna de Norman, s'approcha d'un des murs de l'entrée et sortit un portable d'une poche intérieure de sa veste. Il se retourna pour s'assurer que personne ne pouvait l'entendre. Il parla pendant quatre ou cinq minutes. Quand il rejoignit le groupe, il était de meilleure humeur.

«Qui avez-vous appelé, Maurice?» demanda Magdalena.

Fleischmann lui adressa un sourire ravageur de faux timide. «Vous voudriez bien le savoir, hein!»

À cet instant, toute la foule d'asticots se tut. De l'autre côté de la paroi vitrée, une femme venait de surgir du néant, une *Americana* blonde, osseuse, tendineuse qui cherchait à faire jeune dans un pantalon cigarette Noir Monde de l'Art et un T-Shirt Noir Monde de l'Art à profonde encolure en V. Grâce à Dieu, elle portait autour du cou un badge PERSONNEL de Miami Basel, qui dissimulait miséricordieusement une partie de l'étendue osseuse sternale où aurait dû se trouver la naissance de ses seins. Elle déverrouilla les portes vitrées, afficha un sourire crispé et fit un geste en direction de la salle. Les asticots gardèrent le silence, un silence inquiétant, lorsqu'ils se lancèrent dans la grande ruée pour franchir le seuil.

Flebetnikov passa – *pop* – comme un énorme bouchon. Il perdit pied un instant dans le vestibule sur lequel ouvraient les portes et dut esquisser un petit saut pour retrouver l'équilibre. Son immense ventre emmailloté de T-shirt rebondit et fit une embardée. Il conduisait la meute... les deux coudes écartés, comme pour s'assurer que personne ne risquait de le dépasser. Magdalena remarqua pour la première fois qu'il portait ce qui ressemblait à des baskets. Elle baissa les yeux vers les pieds de Fleischmann. Des sneakers, lui aussi!... des sneakers beiges presque de la même couleur que son pantalon de popeline... pas aussi voyantes que celles du Russe, mais des sneakers tout de même... En avant! Vers le Monde de l'Art! Plus vite!

Tous les quatre, Magdalena, Fleischmann, Norman et C.A., se faufilèrent par la porte. La femme tendineuse en Noir Art avait eu la sagesse de reculer pour laisser passer les vieux excités. Ce n'était pas tout à fait une bousculade... pas de vraie perte de contrôle qui les aurait fait jouer des coudes... mais Magdalena sentait la pression... Un homme la suivait de si près qu'elle entendait sa respiration rauque près de son oreille. Elle était emportée par une marée de vieux os crevant d'envie d'entrer *là*, quel que fût ce *là*.

Le petit vestibule donnait sur la grande salle d'exposition. Elle devait avoir à elle seule les dimensions de tout un bloc d'immeubles... le plafond était haut de quoi – trois étages – quatre étages? – et entièrement plongé dans l'obscurité. Les lumières étaient dessous, comme celles d'une ville – les lumières qui éclairaient des rangées, des rues, des avenues incroyablement longues de stands – de galeries de toute l'Europe, de toute l'Asie et des États-Unis – plusieurs centaines sûrement! Art à vendre! Un gigantesque bazar... juste là, étalé devant ces éminents asticots... En exclusivité!... Le *voir*! L'*aimer*! L'*acheter*!

La masse de vieux délirants commença à se disperser... ils retrouvèrent leurs voix, mais elles furent aussitôt noyées par un beuglement à deux pas de l'entrée.

« Dégaze crrrrrétin! Ou ze t'écrrrrrabouille avec ton mourrrrrceau de bapier! »

C'était Flebetnikov, cherchant à faire passer son gros ventre devant un agent de sécurité qui se tenait entre lui et les trésors irrésistibles étalés au-delà... Le gardien était en uniforme bleu-gris foncé avec toutes sortes d'insignes à la flic, dont un badge brillant. Magdalena reconnut le genre immédiatement... Pas n'importe quel agent de sécurité, un authentique redneck, un péquenaud de Floride... des cheveux blond-roux épais coupés très court... bien en chair, costaud... d'énormes avant-bras qui jaillissaient de sa chemise à manches courtes comme une paire de jambons... Il brandissait un document d'aspect officiel devant la figure de Flebetnikov.

Flebetnikov l'écarta d'un revers de main, fourra sa figure directement sous celle du péquenaud et rugit de sa voix la plus grave, au milieu d'une projection de postillons, «Tou dégazes, matenant! Tou camprrrends?» Sur ces mots, il appuya le talon de sa paume contre la poitrine du redneck, comme pour dire «… et je ne plaisante pas! Si ce n'est pas toi qui dégages, c'est moi qui vais te dégager!»

Grossière erreur. Plus rapidement que Magdalena ne l'en aurait cru capable, le redneck attrapa le bras de la main qui le touchait et le plia dans une sorte de prise qui neutralisa Flebetnikov, sa voix, son corps, son âme. Plus un piaulement. Il semblait avoir compris instinctivement qu'il avait affaire à un bon gars de la campagne qui n'hésiterait pas à assommer un gros Russe et à le donner à bouffer aux cochons.

Magdalena se tourna vers Fleischmann et Norman – mais ils n'étaient plus à côté d'elle. Ils la devançaient de quelques pas. Fleischmann enfonça son coude dans les côtes de Norman, ils échangèrent un regard et se sourirent. C.A. était devant eux, marchant à toute allure, fonçant probablement vers les Jeb Doggs pour marquer l'avantage, maintenant que l'agent de sécurité avait terrorisé Flebetnikov et l'avait stoppé net.

Des asticots fouillaient et se glissaient un peu partout avec leurs conseillers, filant vers les stands de leurs rêves. Là-bas! – un match de pousse-toi-de-là-que-je-m'y-mette!… On dirait les deux administrateurs de hedge funds – dans quel coin du Connecticut, déjà? – que Fleischmann leur a montrés… Encore plus loin devant Magdalena maintenant, un caquètement *Hahahhhhock hock hock hock,* et Norman se retourne pour regarder les deux petits pugilistes potelés… pas Fleischmann. Sa C.A., Ms Carr, et lui sont tout à leur affaire, prêts à entrer dans un stand. Un gros asticot cordial – Magdalena se rappelait l'avoir aperçu dans la queue – arrive sur le côté, sourit et dit, «Comment ça va, Marilynn?» C.A. l'examine pendant une fraction de seconde d'un regard méfiant qui ne demande pas *qui* mais *qu'est-ce que c*'est que cette… créature?… qui a l'audace d'agresser, de violenter son attention à un moment aussi décisif? Elle l'ignore.

Norman les suit à l'intérieur du stand et reste à côté d'eux… d'eux et d'un grand homme aux cheveux gris, bien qu'il n'ait pas l'air tellement vieux, et aux inquiétants iris gris pâle comme les yeux en amande d'un husky, si tel est bien le nom de ces chiens qui tirent les traîneaux près du cercle arctique.

C.A. demande, «Vous connaissez certainement Harry Goshen, n'est-ce pas, Maurice?

— Non, je n'ai pas ce plaisir», dit Fleischmann. Il se tourne vers l'homme aux yeux inquiétants, lui adresse un petit sourire distant et ils se serrent la main.

Ils sont tellement pâles, ces yeux... ils lui donnent un regard spectral et sinistre... Il portait un costume gris pâle aussi, et une cravate bleu clair... le seul homme en veston et cravate que Magdalena ait vu de la journée... des chaussures noires si bien cirées que la pliure entre les orteils et la voûte du pied miroitait. C'était sûrement le propriétaire de la galerie... ou un vendeur en tout cas... Les riches collectionneurs, elle venait de le constater, portaient des vieilles nippes et des sneakers.

Fleischmann, C.A. et Harry Goshen aux-yeux-arctiques se tenaient devant une rangée de solides boîtes en érable de huit centimètres de haut peut-être sur une longueur qui allait grosso modo de vingt-deux à soixante centimètres, sans peinture ni teinture, mais recouvertes de si nombreuses couches de vernis incolore qu'elles vous hurlaient au visage. Ce Harry Goshen souleva le couvercle d'une grosse boîte... entièrement doublés, le couvercle et le reste, de daim chocolat... et en sortit une grande plaque ronde de verre dépoli transparent, de cinq centimètres d'épaisseur environ... on voyait à la tension de ses mains, de ses bras et de toute sa posture que ce machin devait être drôlement lourd. Il la fit pivoter à un angle d'environ quarante-cinq degrés... le verre translucide s'inonda de lumière et là, profondément gravée Dieu sait comment dans le verre... délicieusement gravée avec des détails d'une douceur...

«Genre Art Déco, vous voyez», commentait C.A. à l'adresse de Fleischmann.

– en bas-relief, une jeune femme aux longues boucles ondulantes...

C.A. brandissait une photographie. «Tout à fait lui, vous ne trouvez pas?»

– et un jeune homme aux courtes boucles ondulantes... baisaient... et on «voyait tout», comme on dit, et «tout» était inondé d'une lumière translucide.

Norman était dans un tel état d'excitation qu'un sourire idiot se répandit sur son visage et qu'il se pencha très bas pour voir «tout» d'aussi près que possible. Fleischmann, lui, avait l'air complètement ébahi. Son regard n'arrêtait pas de passer de la sculpture pornographique au visage de C.A. pour revenir à la plaque de verre, puis au visage de C.A. *Qu'est-ce que je suis* censé *en penser, C.A. ?*

Goshen aux-yeux-gris-pâle sort une plaque ronde d'une autre boîte vernie... la fait pivoter jusqu'à ce que... *là!*... un homme et une femme... forniquant différemment... une autre plaque... copulation anale... une autre... trois personnages, deux femmes et un homme, forniquant tous ensemble en défiant les lois de l'anatomie... une autre... deux femmes et deux hommes... forniquant... des doigts, des langues, des bouches, des avant-bras entiers, s'enfonçant dans des orifices répugnants... le regard de Fleischmann passe à présent frénétiquement du verre baigné de lumière à Marilynn Carr... de l'un à l'autre... Le facteur temps est de première importance... d'*autres* vont arriver d'un instant à l'autre... Flebetnikov, pour être plus précis... Magdalena s'approche... Fleischmann regarde sa C.A... suppliant... Elle tourne la tête très, très légèrement, ça veut dire non... Magdalena l'entend dire... d'une voix infiniment basse, «pas un Doggs emblématique»... Une autre... forniquant... Fleischmann jetant un regard affolé à Marilynn Carr. Sans un mot, elle bouge lentement la tête de haut en bas... ça veut dire oui!... Fleischmann se tourne immédiatement vers le husky spectral qui annonce d'une voix grave et spectrale, «Trois.» Fleischmann jette un regard à Marilynn Carr, un regard désespéré... Elle remue de nouveau lentement la tête de haut en bas... Fleischmann se retourne d'un air désespéré vers Goshen le spectre et murmure d'une profonde voix de gorge, «Oui»... et Goshen colle une pastille rouge sur la boîte vernie qui contient la plaque... Et maintenant, échange de regards si rapides... chuchotements, signaux désespérés... Goshen dit, «Deux et demi.» Fleischmann, d'une voix rauque, «Oui»... une autre pastille rouge sur une autre boîte vernie... Il ne s'est pas écoulé plus de quarante-cinq secondes.

Un mugissement! Un rugissement! Le voilà! La masse tapissée de T-shirt de Flebetnikov a dû se libérer. Il vient par ici. Il est furieux; il rugit en russe, à l'adresse de quelqu'un... puis en anglais : «Il veut incourrre trrrou dans son nez, ce fils de poute!» Goshen fait comme s'il n'entendait rien ou comme si cela le laissait froid... Aucun Russe furibond ne va interrompre *cette* vente! Flebetnikov gronde et rugit et jure de faire *incourrre* trou dans le nez du fils de poute. Il approche. Fleischmann paraît plus calme, mais accélère encore l'exécution de sa mission... un autre point rouge («trois et demi»)... un autre point rouge («un»)... points rouges points rouges points rouges («deux», «quatre» pour la scène d'orgie, grand Dieu!... puis «neuf cent dix-sept» –)... toutes ces pastilles rouges. ::::: C'est sans doute à ça qu'ils pensaient en parlant de «rougeole» :::::

Si ces chiffres représentaient ce que Magdalena commençait à croire qu'ils représentaient, Fleischmann venait de dépenser en moins d'un quart d'heure 17 millions de dollars, ou plus exactement 17 millions moins 83 000, en supposant que 917 signifie 917 000 dollars. Et si Marilynn Carr, avec ses cuisses blanches de blonde et son carré à l'anglaise, touchait dix pour cent de la part du vendeur, le husky spectral, et dix pour cent de la part de l'acheteur, Fleischmann, elle venait de se faire 3 millions 400 000 dollars, en admettant que Norman lui ait correctement expliqué le système des commissions.

Le rugissement russe de Flebetnikov était de plus en plus proche.

C.A. se tourna vers Fleischmann, «Il vaudrait mieux sortir d'ici. Je *connais* Flebetnikov. Ce n'est pas quelqu'un qu'on peut raisonner.»

Pour la première fois depuis le début, Fleischmann sourit. «Partir, quand on commence à s'amuser?»

Fleischmann insista pour attendre Flebetnikov. Il se posta juste devant l'entrée du stand. C.A. paraissait très nerveuse. Fleischmann était soudain l'image même du bonheur.

Flebetnikov arrivant, rugissant en russe. Un grand homme brun l'accompagnait, l'air inquiet.

«C'est Louchnikine, chuchota C.A. à Fleischmann. Le conseiller artistique de la plupart des oligarques.»

Flebetnikov grondait comme un ours. Il rugit à Louchnikine en russe... quelque chose qui se terminait par «Goshen». C'est alors qu'il remarqua Fleischmann. Il parut interloqué ; sur ses gardes aussi. Coupable peut-être ?

« Camarade Flebetnikov ! tonna Fleischmann. Vous vous intéressez à Doggs ? » Du pouce, il désigna le stand derrière lui. « Moi aussi. Mais toute la bonne camelote est déjà partie. C'est qu'il faut être rapide, à Miami Basel. *Voir, aimer, acheter.* »

À voir l'expression de Flebetnikov, il était impossible de savoir s'il avait décelé le sarcasme ou non. Il cligna des yeux. Il avait l'air ahuri. Sans un mot, il se retourna et entra dans le stand en hurlant, « Louchnikine ! Louchnikine ! »

Fleischmann s'éloigna, gloussant tout bas, imaginant sans doute la désolation et la défaite pointillées de rouge qui attendaient le Camarade à l'intérieur du stand. Norman était presque sur les talons de Maurice – Norman et C.A. Un vague sourire, un sourire intérieur pour ainsi dire jouait sur le visage de Norman. Il se prenait pour un homme riche du seul fait de sa présence là où ça se passe, se disait Magdalena. Il était tellement absorbé dans son univers chimérique qu'il ne cherchait même pas à savoir où elle était. Il parcourut une dizaine ou une quinzaine de mètres le long de la rangée de stands avant de se rappeler son existence. Il n'avait aucune envie d'être séparé de ses glorieux amis, mais hésita assez longtemps pour tourner la tête d'un côté puis de l'autre. Quand il la repéra, il lui fit signe de se dépêcher d'un ample mouvement circulaire du bras... sans l'attendre pour autant. Il pivota sur un talon et continua sa route dans le glorieux sillage de Fleischmann.

Ne sachant que faire d'autre, Magdalena le suivit. Des deux côtés, à l'intérieur des stands proches de l'entrée... des points rouges. C'était ahurissant. Tant d'œuvres avaient été vendues en si peu de temps... Points rouges, points rouges, points rouges... « L'éruption de rougeole »... mais bien sûr – voilà de quoi ils parlaient. Tous ces points rouges... Pour une valeur de 17 millions de dollars, s'agissant de Fleischmann. Qui aurait pu dire combien de millions représentaient tous ces autres points rouges ? Ça finissait par la rendre malade. Comment ces gens pouvaient-ils être aussi superficiels, comment pouvaient-ils gaspiller leur argent avec autant de légèreté ! Ce Fleischmann qui dépensait près de 17 millions de dollars pour sept bouts de verre obscènes... 17 millions de dollars en treize ou quatorze minutes, de crainte qu'un gros Russe ne mette la main avant lui sur ces conneries... pure frime!... une exposition personnelle à 17 millions de dollars... Et Norman qui ne voyait rien... Il était fasciné. Une petite Cubaine, une Magdalena, n'existait plus, évidemment. Norman l'avait chassée de son esprit. Son ressentiment jaillit comme des flammes. Se transforma en *incendie*. Elle éprouvait un sombre plaisir à alimenter le feu. Ce *salaud*. :::::: Norman, tu n'es qu'une immonde ventouse à fric. Aucun étalage d'argent ne te paraît jamais dégueulasse, hein? *Il m'a insultée!* Mais qu'est-ce que je fous encore avec un type pareil? ::::::

Involontairement, spontanément, quatre images surgirent dans l'aire de Wernicke de son cerveau : sa BMW... dont la carte grise était au nom du docteur Norman Lewis, parce que, à strictement parler, c'était à lui qu'elle appartenait; son salaire... qu'elle touchait sous forme d'un chèque signé par le docteur Norman N. Lewis; son appartement – enfin, l'endroit où, dans son esprit, elle était désormais chez elle – propriété du docteur Norman Lewis; le supplément d'argent dont elle avait eu besoin dans une mauvaise passe pour pouvoir continuer à rembourser son prêt d'études... fourni providentiellement par le docteur Norman N. Lewis... Ses envies de rébellion s'effondraient rapidement.

Elle fit taire son orgueil et rejoignit le troupeau qui se dirigeait vers le salon V.I.P. Une rangée de cloisons modulaires d'un peu plus d'un mètre de haut avait été assemblée pour obliger tous ceux qui prétendaient respirer le même air que ces Very Important Persons à passer par une ouverture ménagée à une extrémité, et que gardait un agent de sécurité. Un autre gros redneck. Et s'il ne la laissait pas entrer? Il avait tout d'une caricature du genre. Et s'il décidait de l'enquiquiner?

Le type jeta un coup d'œil rapide au badge V.I.P. en métal laminé qu'elle portait autour du cou et lui fit signe de passer. Ce mec avait J'EN AI RIEN À BATTRE écrit sur le front.

Le seul symbole du rang éminent des occupants du salon V.I.P. de la FIZ (la Fuggerzberuf Industriellbank de Zurich) était le fait d'y avoir été admis. Pour le reste, ce n'était qu'un océan de ce qu'on appelle dans le jargon professionnel du «mobilier de collectivité», des fauteuils modernes basiques et des petites tables rondes fabriquées avec le maximum de plastique possible. Les personnes très importantes qui s'y trouvaient pouvaient s'asseoir, se détendre, prendre un verre, et faire le récit de leurs batailles de Miami Basel en contrepartie d'informations croustillantes, autrement dit échanger des ragots très importants.

Très loin sur cet océan, Magdalena était assise à une table en compagnie de Fleischmann, C.A. et Norman, qu'elle ignorait désormais ostensiblement. Elle estimait que c'était le minimum qu'exigeait son amour-propre. *Madame** Carr était soudain devenue un véritable boute-en-train. Norman et même Fleischmann se doutaient-ils de la raison de sa bonne humeur, sur trois millions quatre cent mille réponses possibles? se demandait Magdalena. À cet instant précis, Marilynn Carr répondait à une question de Norman... Norman qui avait expliqué un jour à Magdalena, «Fais attention quand tu poses des questions. C'est le plus sûr moyen de révéler ton ignorance.» Toujours est-il que Norman avait posé une question et que Marilynn Carr disait, «Comment Doggs a appris à travailler le verre? Il ne travaille pas le verre, ni aucun autre matériau du reste. Vous ne connaissez pas les concepts de l'art Sans Mains et de l'art Démanualisé?

— Oh, j'ai dû en entendre parler, évidemment – mais en fait, non, pas vraiment, reconnut Norman piteusement, ou du moins piteusement pour lui.

— Aucun artiste d'avant-garde ne met plus la main sur le moindre matériau, ni sur de quelconques instruments du reste.

— Comment ça, des *instruments*, C.A.? intervint Fleischmann.

— Oh, vous savez bien, pinceaux, argile, ébauchoirs, burins... tout cela remonte à l'Ère Manuelle. Vous vous rappelez la peinture? Ça paraît tellement années cinquante aujourd'hui. Vous vous rappelez Schnabel, Fischl, Salle et toute la bande? Quand on y pense, ils font tous tellement années cinquante aujourd'hui, et pourtant ils ont connu leur heure de gloire dans les années soixante-dix. Pour les nouveaux artistes, comme Doggs, tous ces types sont d'un autre siècle, ce qui est le cas, à proprement parler. Ils se servaient encore de leurs mains pour réaliser des petits machins visuels sur une toile, des machins qui pouvaient être jolis et agréables et qui plaisaient aux gens, ou laids et déroutants et qui "provoquaient" les gens. *Provoquaient...* Ohmondieu...» Elle sourit et secoua la tête comme pour dire, «Pouvez-vous *imaginer* le monde dans lequel on vivait ?! »

«Mais alors, comment Doggs *fait*-il ça ? demanda Fleischmann. Il me semble ne vous avoir jamais vraiment posé la question.

— En fait, c'est tout à fait fascinant, répondit C.A. Il a déniché cette fille, je parle de Doggs, Daphne Deauville, vous savez, celle qui a coûté son siège au gouverneur du New Jersey ? – et qui a obtenu à la suite de cette affaire un job de chroniqueuse au *City Light* de New York ? Je n'en *revenais* pas ! Enfin, toujours est-il que Doggs demande à un photographe de prendre des photos de lui ... en train de, enfin, de la *baiser* à mort» – depuis quelque temps, il est devenu audacieusement chic pour les femmes d'utiliser le mot «baiser» dans la conversation – «et de faire ceci et cela... et il a envoyé les photos à Dalique, et Dalique a fait reproduire les photos par ses elfes en trois dimensions dans du verre Dalique, mais Doggs n'a jamais mis la main sur les pièces – jamais. Il ne joue aucun rôle physique dans le processus de fabrication. Et s'il a touché les photos, c'est uniquement pour les glisser dans une enveloppe et les envoyer par FedEx à Dalique, encore que je sois convaincue qu'il confie ce genre de tâches à un assistant. Sans Mains – c'est un concept majeur aujourd'hui. Plus d'artiste qui utilise son prétendu talent pour mystifier les gens. Plus de tour de main. Plus de main du tout. On arrive à quelque chose de très *conceptuel*, évidemment. Doggs transforme ainsi ce dont un artiste manuel se servirait pour créer... un *effet*... en quelque chose qui vous oblige à vous livrer à une réflexion beaucoup plus profonde. C'est presque comme s'il avait inventé une quatrième dimension. Et vous avez là ce qu'il y a de meilleur, de plus contemporain dans toute la génération montante. Presque tous les Doggs présentés dans cette exposition sont emblématiques. En voyant l'un des vôtres, Maurice, tout le monde dira : "Mon Dieu ! Doggs au début de sa période classique !", parce que, voyez-vous, c'est exactement la définition de son œuvre, j'en suis convaincue. Elle est d'avant-garde, et en même temps, elle est classique. Ce n'est pas le

genre de chose qu'on rencontre tous les jours ! Croyez-moi !...
Maurice... cette fois... vous avez... vraiment... *déchiré.* »

Vraiment *déchiré...* Fleischmann avait l'air ravi, mais son sourire
était le sourire confus de celui qui ne s'explique pas vraiment son
bonheur. De toute évidence, il n'avait pas compris un mot de la
conférence de C.A. Ce qui soulageait Magdalena, qui n'en avait pas
compris un mot non plus.

Au lieu de rester paisiblement assis à donner l'image d'une perplexité à 17 millions de dollars, Fleischmann se leva et pria C.A. de
l'excuser : il n'en avait pas pour longtemps. Fleischmann étant cerné
par d'autres tables, Magdalena se leva, recula sa chaise pour le laisser
passer et jeta par hasard un coup d'œil alentour. Son cœur fit un
bond dans sa cage thoracique. *Il* était là, quatre tables peut-être derrière elle – le Russe qu'elle avait croisé si brièvement, si *profondément* ! la veille au soir, après le dîner – et il avait *les yeux fixés sur elle.*
Elle était tellement surprise, tellement frémissante qu'elle ne savait
pas quoi faire. Lui adresser un petit signe de la main ? Se précipiter à
sa table ? Appeler un serveur pour qu'il lui fasse passer un billet ? Une
fleur ? Un mouchoir ? Son collier au tout petit pendentif en cœur ?
Son esprit s'emballait encore que, déjà, il s'était retourné vers les six
ou sept personnes assises à sa table. Mais elle en était *sûre.* Il l'avait
regardée.

Quoi ? Cette fois, c'était Norman. Il se leva et demanda à C.A. si
elle savait où étaient les toilettes pour hommes. :::::: Il n'a peut-être
pas envie de rester assis là pendant que je lui balance des rayons
noirs. :::::: C.A. tendit le bras très loin dans *cette* direction, celle
qu'avait prise Fleischmann. « Il faut aller là-bas, dans le salon
BesJet, dit-elle. Il n'y en a pas dans ce salon-ci. »

Sans faire à Magdalena l'aumône d'un regard, il s'éloigna lui aussi
dans *cette* direction. Les deux femmes, C.A. et Magdalena, restèrent
face à face, se demandant de quoi elles allaient bien pouvoir parler.

Une petite ampoule s'alluma au-dessus de la tête de Magdalena.
C'était le moment ou jamais ! Quand elle était assise, elle tournait le
dos au Russe. C.A. en revanche regardait vers lui. Jusque-là, C.A. ne
lui avait pas adressé un seul mot. C'est à peine si elle avait posé les
yeux sur elle. Magdalena se leva et décocha à C.A. un immense sou-

rire. Était-ce un sourire éblouissant? En tout état de cause, elle était bien décidée à le maintenir solidement arrimé sur son visage. Elle fit le tour de la table et se rapprocha de C.A., maintenant son sourire, son sourire éblouissant, si solidement arrimé au-dessus et au-dessous de ses dents qu'elle commençait à voir l'impression de faire la grimace. C.A. eut l'air déconcertée. Non, plus que cela. Méfiante. La manœuvre de Magdalena était à cent lieues de ce qu'avait pu imaginer C.A. Cette petite gourde qui s'était pointée avec le célèbre docteur-porno... Magdalena avait lu tout ça sur son visage, tout ça et l'envie que cette petite gourde fasse ce qui s'imposait – bien vouloir arrêter de sourire, garder ses distances... et s'évaporer. Oh, Magdalena avait lu tout ça et *bien davantage* à l'intérieur de ce cadre de cheveux blonds au carré, séparés par une raie sur le côté avec une mèche qui recouvrait le front et l'œil de l'autre côté... mais il n'était plus question de faire demi-tour... pas après une telle dose de sourire éblouissant vissé-en-place... alors elle tira une chaise, celle sur laquelle Fleischmann avait été assis, à côté de celle de C.A... jusqu'à ce que leurs têtes ne soient plus qu'à une cinquantaine de centimètres d'écart... Mais qu'allait-elle bien pouvoir lui dire? *Sans Mains* lui passa par l'esprit...

« ... Miss Carr – Marilynn – vous voulez bien que je vous appelle Marilynn...

— Mais bien sûr » – avec un regard distant qui disait, « Appelle-moi comme tu veux et puis que le sol s'ouvre pour t'engloutir. OK? »

« Marilynn » – Magdalena avait conscience que sa voix avait pris un timbre qu'elle n'avait encore jamais entendu résonner dans sa boîte crânienne – « ce que vous disiez à propos de l'art Sans Mains était *tro-o-o-op* fascinant! Pourriez-vous m'expliquer ce qui en fait l'importance? »

Qu'on s'adresse à elle pour ses compétences fit fondre une couche de glace de l'attitude de C.A. Mais elle poussa alors un grand soupir, le soupir de celui qui sait qu'il va se lancer dans une tâche laborieuse... et inutile. « Bien, commença C.A., connaissez-vous l'aphorisme "Tout ce qui est grand art traite d'art"?

— No-o-o-on... » Magdalena conserva le sourire aimable et les yeux écarquillés de quelqu'un qui a une profonde soif de connaissance et vient de trouver la fontaine du savoir.

Nouveau soupir accablé. «Cela veut dire qu'il ne suffit pas de créer un effet chez le spectateur. L'art doit avoir, délibérément, des répercussions sur l'art...» Elle s'interrompit brusquement. Elle se pencha vers Magdalena d'une manière intime, confidentielle. «En fait, me permettrez-vous de *vous* poser une question? Quelles sont vos relations — je veux dire comment avez-vous fait la connaissance de votre ami, le docteur Lewis? Quelqu'un me disait que c'est un éminent psychiatre... spécialiste de l'addiction pornographique, c'est bien ça?»

Magdalena ne savait pas quoi répondre. Qu'elle était sa maîtresse? Qu'ils étaient simplement amis? Qu'il était son patron? Pour le moment, ça n'avait aucune importance. L'essentiel était de se trouver directement dans la ligne de mire du Russe, Sergueï Koroliov. S'il détournait son attention de ses compagnons de table suffisamment longtemps pour regarder dans sa direction, elle voulait qu'il découvre l'image d'une jeune femme heureuse... gaie, même... engagée dans une conversation intime avec une autre jeune femme, visiblement tout à fait intégrée dans son groupe, quel qu'il fût, parfaitement à l'aise dans l'atmosphère intellectuelle d'un salon V.I.P... et dans les cercles intimes de tous les Art Basel du monde — bref, une superbe créature tout à fait *à sa place*, chez elle *là où ça se passe*.

«Oh, je travaille pour lui, répondit-elle à C.A. Je suis infirmière en psychiatrie.» Ça sonnait mieux qu'infirmière tout court.

«Et alors comme ça, il vous a invitée à Miami Basel pour le vernissage V.I.P.? Quel patron sympa!» Elle regarda Magdalena dans les yeux avec un sourire hypocrite, insinuant.

:::::: Salope! Et *là*, je dis quoi? :::::: Son cerveau digigoogla à la recherche d'une réponse tandis qu'elle se demandait si son trouble se voyait. Après un silence trop long : «Je crois que c'est Mr Fleischmann qui a obtenu les passes V.I.P. Il est si-i-i-i généreux!

— C'est vrai. Alors comme ça, le docteur Lewis...

— Et il a une *telle confiance dans votre jugement* !

— Qui donc?

— Mr Fleischmann. N'importe qui vous le dira!» Magdalena était prête à tout pour détourner la conversation du sujet Norman. Et *dieumerci!* la flatterie fit venir un sourire *sincère* sur le visage au carré-anglais de cette femme.

« *J'espère* bien ! Vous savez, il a fait une excellente affaire aujourd'hui.

— Si seulement je ne savais que la *moitié* de ce que vous savez sur l'art, Marilynn. Le *dixième*. Le *centième*. Je dois vous avouer que je n'avais jamais entendu parler de Jed Doggs avant aujourd'hui.

— Jeb.

— Jeb ?

— Vous avez dit "Jed". C'est *Jeb* Doggs. Il a dépassé le stade de l'"artiste émergent" et même, selon moi, celui de l'"étoile montante". C'est un artiste arrivé. Il joue un véritable rôle moteur. Je suis tellement heureuse pour Maurice... et *il* sera lui aussi absolument ravi quand il constatera la trajectoire ascendante sur laquelle Jeb Doggs s'est engagé. »

:::::: Gagné ! Cette salope prétentieuse ne pense plus à Norman, il n'y a plus qu'elle qui l'intéresse ! ::::::

Du coin de l'œil, elle vit Koroliov se détourner de ses compagnons de table pour regarder :::::: pas moi :::::: quelque chose, *là*-bas. Lorsqu'il se retourna, sa tête s'arrêta en chemin. :::::: Il *me* regarde... il me regarde toujours... regarde *toujours* ! ::::::

Impossible de continuer à la jouer détaché. Magdalena quitta C.A. des yeux, alors que les lèvres de C.A. remuaient toujours. Elle le regarda droit en face. C.A *la* regardait droit en face. :::::: Tant pis, il faut que je coure le risque ! :::::: Elle afficha un sourire censé signifier, « Oui, c'est bien moi, la fille dont vous avez tenu la main trop longtemps !... et, oui, vous pouvez recommencer quand vous voulez ! »

Koroliov lui rendit son sourire d'une manière qui disait à Magdalena, « Oh, ne vous en faites pas. J'en ai bien l'intention. » Et il garda ce sourire sur son visage quelques fractions de seconde de trop. Magdalena serra les lèvres d'une manière censée signifier, « Je bous d'émotion et d'impatience ! Faites vite ! »

Koroliov se retourna vers ses compagnons de table... et C.A. demanda, « C'est un de vos amis ? Sergueï Koroliov ? Ne le prenez pas mal, mais vous êtes la seule infirmière que je connaisse qui fréquente autant d'hommes influents. Je ne sous-entends rien, bien évidemment, mais il ne m'a pas échappé que Fleischmann et vous vous appelez Magdalena et Maurice...» Nouveau sourire lourd de sous-entendus.

:::::: Non, mais quelle *conne* je suis! Pourquoi est-ce que je suis allée lui raconter que j'étais l'infirmière de Norman? Est-ce que j'avais même besoin de prononcer le mot «infirmière»? Je n'avais qu'à dire, «Oh, nous sommes amis»... et la laisser penser ce qu'elle voulait! Maintenant, je vais être obligée de dire, «Eh bien, je *travaille* effectivement pour Norman – mais en plus, on *est* ensemble.» On *est* ensemble! Aujourd'hui, c'est un euphémisme pour dire *baise*. Quelle conne! Mais quelle conne! C'est pourtant la seule façon de m'en sortir! C.A. a les yeux collés sur moi. Et puis cet air – cet air *venimeux,* ces sourcils arqués comme pour dire, «OK, pourquoi est-ce qu'il te faut tant de temps? Je t'ai posé une question très simple. Qu'est-ce que tu cherches à cacher?» *Merde!* et *remerde!* et encore! Bon... allons-y. ::::::

«Euh... c'est-à-dire que je travaille pour le docteur Lewis – Norman – comme je vous l'ai dit. Mais nous sommes aussi ensemble...»

Un «Ahhhh» chuchoté sortit de la bouche de C.A. Elle ne put le retenir... un irrépressible *ahhhhhh* <<< J'ai pêché un gros poisson! >>> –

«... et il se trouve que Norman et...» Magdalena s'interrompit une fraction de seconde. :::::: «Mr Fleischmann» ou «Maurice»? *Euhhh...* Maurice. :::::: «Norman et Maurice sont très amis. Voilà comment j'ai fait sa connaissance, à lui aussi.»

C.A. adressa à Magdalena un sourire super-toxique... *Cassée, hein!* Oh, Magdalena savait bien ce qu'*elle* avait en tête. <<< Aha! Alors le grand sexpert s'envoie son infirmière! En voila *une* que je vais pouvoir resservir! >>>

À cet instant précis... *Dieu merci.* Norman et Maurice approchaient, se faufilant entre les tables. Ils avaient l'air très gais, très réjouis. Quelques minutes plus tôt, elle aurait tant voulu qu'ils s'absentent assez longtemps pour que ce superbe Russe puisse passer à l'action. Maintenant – remercie le ciel des petites choses! Les deux hommes étaient de retour et elles allaient forcément changer de sujet, le sujet étant <<< Le bon docteur s'envoie sa vilaine infirmière. >>>

«Vous ne devinerez jamais sur qui je suis tombé dans le salon V.I.P. de BesJet!» Maurice débordait de joie. Il souriait de toutes ses dents et son regard passait de C.A. à Magdalena et de Magdalena à C.A., pétillant – non, plus que ça... brillant, étincelant, rayonnant. «Flebetnikov! Il était *furax*! Il grognait! Il rugissait! Vous auriez dû l'entendre! Un connard de garde-chiourme – c'est le mot qu'il a employé, *garde-chiourme* – d'où est-ce qu'il connaît un mot comme *garde-chiourme*? Il ne parle presque que le russe – un connard de garde-chiourme des services de sécurité l'a retenu. "Un foutu connard de *redneck*" – je me demande aussi d'où il sort ce *redneck* – il n'arrêtait pas de déblatérer sur ce "foutu connard de redneck". Il a eu de la chance qu'un foutu connard de redneck ne se pointe pas pour lui faire cracher toute sa graisse. Quand il est enfin arrivé à se débarrasser de ce foutu redneck, m'a-t-il dit, toutes les bonnes pièces étaient parties. "Tautlé bonnes piaces étaient parrrrrties!"

— Et qu'avez-vous dit?» demanda C.A.

Norman fit chorus. «*Aahhh*ʜᴀʜʜ*hock hock hock* vous auriez dû entendr*ahhhock hock hock,* Maurice*eeegghehehehahhhHAHA*a*ghhhock hock hock!* Il a dit au type – il lui a dit "Mon Dieu, mais c'est affreux! Je vais essayer de trouver un membre du conseil d'administration*a-hhhHAHHHhock hock hock.* Quelles sont les œuvres qui vous intéressaient?" il demande au type. «Peu amporrrrte. C'est taut parrrrrti!"»

Il faut évidemment que Norman montre qu'il imite l'accent russe aussi bien que Maurice. «Vous voyez ça*AHHHH hock hock hock!* Puis Maurice pose le bras sur les épaules du type et dit, "Mais c'est affreux! Je suis vraiment na*aAHAHAHAHAhh*vré!" Il est tellement na*aAHAHAHAHhh*vré! J'ai cru que ce type allait vous tirer des la*aaahhhHAHA-HAHAaarm*hock hock hock hock!*

— Bien, bien, dit Fleischmann. Il faut reconnaître qu'il l'a bien cherché. C'est le genre de type qui n'arrête pas de pousser, pousser, pousser – comme il a poussé tout le monde pour arriver le premier à la porte.»

Magdalena éprouva un élan de pitié pour ce gros type. Maurice Fleischmann, avec toutes ses relations, avait le pouvoir d'obtenir d'un unique coup de fil qu'un redneck retienne ce gros ours de milliardaire russe. Elle avait les yeux baissés, plongée dans ses réflexions, et ne remarqua pas la haute silhouette qui s'approchait derrière Fleischmann avant qu'elle ait quasiment rejoint leur table. Oui, c'était lui, enfin, le Russe, Sergueï Koroliov. Elle sentit un flot d'adrénaline déclencher une microseconde de fibrillation dans son cœur. :::::: Quelle poisse! Pourquoi a-t-il attendu aussi longtemps? Il a fallu qu'il se décide *maintenant*... après le retour de Maurice et Norman! Et ça va évidemment se limiter à ce qui se passe à chaque rencontre entre des hommes imbus d'eux-mêmes. Ils vont passer leur temps à essayer de trouver des moyens pas tout à fait flagrants de se faire mousser. *Les droits des femmes?* Tu rigoles! Les femmes n'existent pas quand des hommes pareils se retrouvent... à moins qu'elles ne soient elles-mêmes des stars d'un genre ou d'un autre... On est là, rien d'autre. On remplit l'espace, un point c'est tout. ::::::

«Maurice! s'écria Koroliov sur le ton le plus cordial possible. J'aurais dû me douter que je vous trouverais ici.» (J'ourrrré dou me dauter que ze vous trauverrrrai ici!) Sur ces mots, il gratifia Maurice de l'accolade virile que s'accordent les Européens – quand ils ont atteint approximativement le même palier social. Puis il esquissa un geste vague en direction de l'exposition. «Vous avez vu des trucs qui vous plaisent?

— Oh, deux ou trois bricoles, fit Maurice avec un sourire entendu afin qu'il fût parfaitement clair que *Oh, deux ou trois bricoles* devait s'entendre comme un superbe exemple de litote. Mais avant tout, permettez-moi de vous présenter ma chère C.A., Marilynn Carr, ma conseillère artistique. *Tout* ce que vous voulez savoir sur l'art contemporain américain..., *tout*..., vous pouvez le demander à Marilynn. Elle m'a apporté une aide inestimable aujourd'hui. Elle m'a littéralement *sauvé* la mise! C.A... Sergueï Koroliov.

— Oh, inutile de présenter Mr Koroliov! protesta C.A. en se levant et en prenant la main tendue de Koroliov entre les deux siennes. C'est un tel honneur! Vous nous avez donné – et à tout Miami – notre première destination artistique!»

Koroliov étouffa un petit rire et répondit, «Merci. Vous êtes trop aimable.

— Non, je le pense sincèrement. J'ai assisté au dîner ce soir-là au musée. J'espère que vous êtes conscient de tout ce que vous avez fait pour l'art à Miami – ces somptueux, somptueux Chagall!» :::::: Se répandant en compliments, monopolisant son attention, frimant à mort... *Oh, ces somptueux Chagall!...* et moi, je ne sais même pas ce qu'est un Chagall. ::::::

Soudain, une idée atroce. :::::: Et si c'était pour C.A. qu'il s'était déplacé? Tu l'as vue? Elle tient sa main dans les siennes – les *deux* siennes – et ne le lâche plus! ::::::

Magdalena observe le visage du Russe en quête d'indices. :::::: Dieu merci! Il n'accorde à C.A. qu'une politesse de pure forme, à température ambiante. ::::::

Pendant ce temps, Maurice est raide d'impatience, les deux coudes bloqués à angle droit au niveau de la taille... agacé par cette interruption dans sa série de présentations de rigueur. Il finit par couper court aux effusions de C.A. d'une voix sonore, «... Sergueï, voici le docteur Norman Lewis. Vous vous rappelez certainement l'avoir rencontré l'autre soir à la Casa Tua?

— Oui, bien sûr! Une dame à notre table disait qu'elle venait de vous voir à la télévision. Vous aviez parlé de – je ne sais plus très bien ce qu'elle a dit.

— Rebonjour, monsieur Koroliov!» Norman était très gai. «Je ne sais pas de quelle émission elle parlait, mais le thème était probablement l'addiction. C'est généralement le cas.» :::::: *Généralement... quelle émission... probablement!...* tu cherches à faire croire que tu passes *tout le temps* à la télévision, pas vrai, Norman! :::::: «Et j'ai le triste devoir d'annoncer aux gens que l'addiction n'existe pas, médicalement parlant. Ils refusent de le croire! Ils préfèrent de beaucoup croire*aahhhHAHAHAHAHock hock hock hock* – croire qu'ils sont malades*ahHAHock hock hock hock!*»

Maurice ne tenait pas à s'éterniser sur ce sujet. Il se hâta de détourner l'attention de Koroliov vers Magdalena.

«Et vous vous souvenez évidemment de Magdalena, Sergueï.

— Bien sûr! Je m'en souviens très bien.» Il tendit sa main; elle tendit la sienne. Il retint sa main bien trop longtemps sans rien ajouter. Il lui adressa le même regard que quand il était assis à sa table, à cette différence près que cette fois, il en déversa d'immenses gerbes dans ses yeux... avant de dire, «Quel plaisir de vous revoir» d'un ton d'une neutralité et d'une courtoisie irréprochables.

Puis il se retourna vers Maurice et glissa la main dans une poche intérieure de sa veste. «Permettez-moi de vous donner ma carte. L'art américain contemporain, je n'y connais vraiment rien. Je viens de lire des choses à ce sujet... Jeb Doggs, et les autres...» :::::: Serait-il déjà informé du «triomphe» de Maurice? :::::: «... en revanche, je m'y connais un peu en art russe du XIXᵉ siècle et du début du XXᵉ. Si je peux vous être utile en quoi que ce soit... de toute façon, restons en contact, voulez-vous?»

Il tendit une carte à Maurice, et Maurice la prit. Il en tendit une à C.A., et elle s'en saisit en battant des cils... *Oh, merci infiniment battement infiniment battement battement infiniment.* Koroliov en tendit une à Norman et Norman gloussa, s'arrêta juste avant un vrai rire *hock hock hock hock*, et la prit. Puis Koroliov en tendit une à Magdalena, elle tendit le bras, il glissa la carte le long de ses doigts et la posa sur sa paume où il la pressa du bout des doigts, les ancrant solidement, le pouce sur le dos de sa main, et déversa des gerbes et des gerbes et des gerbes de lui-même dans ses yeux :::::: beaucoup trop longtemps! :::::: – avant de se détourner.

Et ce numéro avec la carte. :::::: Maintenant, c'est *sûr*. Ce n'est pas un *hasard*! :::::: la sérotonine inondait son système sanguin sans la moindre chance d'assimilation prochaine. Dès cet instant, elle se mit à comploter comploter comploter comploter concocter concocter concocter concocter un moyen de le revoir.

Norman n'avait rien remarqué. Mais les antennes sexuelles de Maurice avaient dû frémir parce qu'une dizaine de minutes plus tard, il lui demanda, «Vous connaissiez déjà Koroliov?

— Je l'ai rencontré l'autre soir, répondit-elle en s'efforçant de garder un ton désinvolte, quand vous nous avez présentés.»

Serguéï Koroliov – *ce mec était beau à tomber!*

11

Ghislaine

Trouver une chemise à manches longues pour cacher les célèbres – il en avait été carrément question ce jour-là aux actualités – les célèbres muscles de Nestor Camacho n'était pas une mince affaire. Mais c'était une nécessité. Il se rappela alors l'existence d'une chemise en flanelle écossaise qu'il avait remisée sur l'étagère du placard qu'il partageait avec Evguéni. Évidemment, une chemise à manches longues en flanelle avec un motif de carreaux foncés n'était pas le choix idéal par une journée chaude chaude chaude lampe-chauffante-à-halogène de Miami comme celle-ci... mais il ne pouvait pas faire mieux. Elle était franchement moche, en fait, et il la laissa sortie du pantalon pour avoir l'air d'un sac à farine plein de modestie... tout ça, parce qu'il savait que l'article du *Herald* de ce matin occuperait tous les esprits partout où ses coéquipiers de la CST le repéreraient. L'article était en première page, avec une version modèle réduit de la photo de lui torse nu qu'ils avaient publiée après l'affaire du Mât.

Effectivement, Nestor, Hernández, Nuñez et Flores, un autre flic de l'unité, venaient de s'installer dans un box du Kermit, le petit bistrot de restauration rapide à une rue seulement de la grande pharmacie CVS – à y bien réfléchir, tous les bistrots de Miami semblaient être à une rue seulement d'un grand CVS – enfin, en tout cas, ils venaient de s'asseoir dans le box quand Hernández demanda : « Qui c'est, ce John Smith, Nestor ? Et à propos, ça coûte combien d'engager un conseiller en communication ? »

Ouuuf! Ce coup-ci, il ne l'avait pas loupé. Mais Nestor réussit à mentir calmement, d'un ton faussement détaché, « À ma connaissance, chef, c'est juste un type qui sait reconnaître le vrai talent quand il l'a sous le nez. »

Bien joué. Nuñez et Flores rirent de bon cœur. Pas le brigadier Hernández. « Ouais, mais il l'a pas eu sous le nez. Il était pas là. Et pourtant, quand on lit ça, on pourrait croire qu'il y était... » Hernández ramassa un exemplaire de *Yo No Creo el Herald* comme si c'était un objet toxique et commença à lire tout haut. « "Le policier grimpeur de corde, Nestor Camacho, vingt-cinq ans, qui s'est vu décerner une médaille pour acte de bravoure il y a deux mois après avoir descendu un réfugié cubain paniqué, à bras-le-corps, du haut d'un mât de schooner de vingt mètres, a hier encore laissé ses collègues – et quelques suspects d'un repaire de crack d'Overtown – pantois" – pan*quoi* ? » – gloussements approbateurs de Nuñez et Flores – « "à la suite d'un nouvel exploit physique. Camacho et son coéquipier, le brigadier Jorge Hernández" qui, pour sa part, n'a malheureusement rien d'une légende vivante... » nouveaux gloussements de Flores et Nuñez, tandis qu'Hernández se pavanait, tout fier de son sens de l'humour flambant neuf...

Nestor intervint : « Hé, chef, arrêtez, il n'écrit pas ça !

— Mince alors, j'ai dû lire de travers. » Hernández reprit sa lecture, « Camacho et son coéquipier, le brigadier Jorge Hernández, toujours puceau au Pays des Légendes – essayaient... »

Nestor leva les yeux jusqu'à l'intérieur de son crâne et gémit, « Lâchez-moi – un – peu...

— "essayaient d'arrêter TyShawn Edwards, vingt-six ans", poursuivit Hernández, "et Herbert Cantrell, vingt-neuf, deux habitants d'Overtown suspectés de trafic de drogue, quand les choses ont menacé de mal tourner. Selon la police, Edwards, un mètre quatre-vingt-quinze et cent trente kilos, avait les deux mains autour du cou d'Hernández et cherchait à l'étrangler quand Camacho, un mètre soixante-dix et soixante-douze kilos, a sauté sur le dos d'Edwards et l'a neutralisé par une prise de catch appelée "prise en quatre et double nelson", le chevauchant comme s'il était au rodéo jusqu'à ce qu'Edwards s'effondre, le souffle coupé. Son collègue Nuñez a ligoté les mains d'Edwards dans son dos et a procédé à son arrestation. Camacho reconnaît suivre un régime d'entraînement peu orthodoxe"... »

Nestor l'interrompit : « C'est bon, chef – CHEF! On a *pigé*, on a – *pigé* ! » Il avait les joues brûlantes d'embarras.

« Sûr que *toi*, t'as pigé, dit Hernández. Mais Nuñez, ici, et Flores et le reste de l'unité ? La plupart lisent pas le *Yo No Creo el Herald*. Tu voudrais les priver de ça ? »

Il continua à lire l'article à haute voix... savourant intensément la gêne de Nestor. Ses joues étaient tellement brûlantes qu'il avait l'impression d'avoir un gros ballon rouge enflammé à la place du visage. C'est alors que Nuñez et Flores entrèrent vraiment dans le jeu. Ils se mirent à hululer... « Wooop ! Wooooop ! »... au fur et à mesure que s'accumulaient les détails du triomphe de Nestor.

« Hé, chef ! s'écria Flores. Qu'est-ce qui vous est arrivé ? La dernière chose que j'ai entendue à votre sujet, c'est qu'un gros *nègre* vous serrait le kiki, et ensuite, silence radio. Vous étiez h.s. ou quoi ? » Tournée de rires pour Nuñez, Flores et le brigadier.

Flores demanda à Hernández : « Comment vous pensez que ce mec a eu tous les détails ? Vous savez, genre chevauché la grosse enflure "comme si qu'il était au rodéo" et tout ça ? »

Hernández se tourna vers Nestor. « Alors... ? »

Mierda... Nestor ne savait pas si ce *Alors...* était lourd d'accusation ou non.

« Pas la peine de *me* regarder. Juste après le truc du mât, c'est eux qui m'ont dit d'y aller et de répondre aux questions. Le commissaire Castillo était à deux pas. Mais ce coup-ci, personne m'a dit d'y aller et de répondre aux questions. Où est-ce que ces types dégottent leurs détails dans tous ces articles sur les crimes ? Ils disent toujours "d'après la police" ou "la police a dit" ou bien "selon un porte-parole de la police"... Enfin, c'est qui un "porte-parole de la police" ?... et qui a dit ça quand ils disent, "la police a dit" ? Les Affaires Publiques ? – d'où *ils* tirent tous ces détails ? Ils appellent les agents qui étaient sur le coup ? Enfin quoi, faut bien qu'ils demandent à *quelqu'un*. Vous savez ce que je pense ? »

:::::: Rien de tout cela n'est vraiment un mensonge... mais si Hernández, Nuñez ou Flores me posent la question directement ?

Est-ce que je pourrai continuer à noyer le poisson ? Aucun d'eux ne lit le *Herald*, probablement. Mais il suffit qu'ils se mettent à calculer un peu... John Smith plus John Smith plus John Smith. :::::: En plus d'être paranoïaque, il se sentait coupable.

Une vibration ébranla la poche de poitrine gauche de sa chemise écossaise en flanelle : Nestor extirpa son portable de la poche et dit « Camacho. »

Une voix de jeune fille à l'autre bout : « Je parle bien à l'agent Camacho ?

— Oui, c'est l'agent Camacho. » Il répéta « agent Camacho » pour que le brigadier, Nuñez et Flores comprennent bien que c'était un appel professionnel.

« Agent Camacho, ici Ghislaine Lantier. Nous nous sommes parlé hier ?

— Euhhh... oui, bien sûr. » Le son de sa voix lui remonta le moral d'une manière qu'il n'aurait su expliquer. C'était comme ça, voilà tout.

« Je ne devrais sans doute pas vous appeler, parce que ce n'est pas de votre ressort, mais... j'aurais besoin d'un conseil.

— À quel sujet ? » Il la voyait comme si elle se trouvait juste devant lui... sa peau pâle, pâle, ses cheveux foncés, ses grands yeux écarquillés, innocents... inquiets... et ses jambes. Ses jambes lui surgirent à l'esprit, elles aussi.

« Cela n'a rien à voir avec ce qui s'est passé hier. C'est un peu compliqué et je ne voyais pas à qui d'autre m'adresser, et puis j'ai vu ce long article sur vous dans le *Herald* de ce matin, et j'ai décidé de tenter ma chance. J'ai encore votre carte. Avant de lire le journal de ce matin, j'étais loin d'imaginer que c'était vous qu'ils avaient montré à la télévision en train de faire descendre un réfugié du haut d'un mât. »

Les anges chantaient ! « Ne quittez pas », fit Nestor. Il couvrit son portable de son autre main et annonça à ses compagnons. « Il faut que je prenne cet appel. Je reviens tout de suite. »

Il quitta le box, franchit la porte, sortit sur le trottoir et expliqua dans le portable, « Je vais essayer de trouver un endroit plus calme. Il y avait trop de bruit là où j'étais. »

Un endroit était le grand CVS un peu plus bas. Une lourde paire de portes vitrées automatiques fermait l'entrée donnant sur la rue. Une autre double porte, environ deux mètres plus loin à l'intérieur, créait une sorte de vestibule. Nestor s'adossa à un mur latéral et dit à Ghislaine Lantier, « Pardon de vous avoir fait attendre, mais ça va beaucoup mieux ici. »

Ce « mieux » n'avait rien à voir avec le bruit, en fait. C'était plutôt que l'appel de cette fille lui avait permis d'échapper aux questions pressantes d'Hernández sur ses relations avec John Smith. Inutile de se lancer dans un mensonge flagrant du genre, je ne connais même pas ce type. N'importe qui avait pu le surprendre en compagnie de John Smith le soir où ils étaient allés à l'Isle of Capri et où il avait pieuté dans l'appartement du même John Smith. Une sombre vision lui envahit soudain l'esprit : une enquête du Département sur la collusion entre un flic et un *periodista*. Allons bon ! Un petit flic de vingt-cinq ans qui balance des informations à la presse sans autorisation de ses supérieurs ? *¡Dios mío!* Les images de sorts encore plus funestes commencèrent à s'insinuer dans ses pensées. Il se cramponna à sa conversation avec Ghislaine Lantier... dans le sas du CVS.

« Bien, vous disiez que vous aviez besoin d'un conseil, mais que ce n'est pas lié à ce qui s'est passé hier. J'ai bien compris ?

— Oui... c'est – je prends un tel risque en m'adressant, à vous, un policier ! Mais vous m'inspirez confiance. J'aimerais pouvoir en parler à mon père... enfin, je *vais* lui en parler, bien sûr, mais pour le moment, je ne peux pas lui coller ça sur les bras en lui disant "Tiens, débrouille-toi !" Comprenez-vous ?

— Euhhh... non, répondit Nestor en riant. Je ne sais même pas de quoi il s'agit. Vous ne pouvez pas m'en dire *un peu* plus long ?

— C'est difficile de vous expliquer ça au téléphone. Serait-il possible de vous rencontrer quelque part ? Quand nous nous sommes parlé, après cette bagarre – je ne saurais pas dire pourquoi, mais j'ai su que vous étiez capable de comprendre. J'ai su que vous n'étiez pas simplement là pour arrêter des gens. C'est un *sentiment* que j'ai éprouvé...

— Très bien, interrompit Nestor. Et si on se retrouvait quelque part pour prendre un café ? Vous vous détendrez et vous me raconterez tout ça. OK ? » Excellente idée, mais il voulait surtout couper court à cette analyse psychologique. Elle commençait à lui donner le sentiment que... il ne savait pas trop – toutes ces histoires à propos de sa gentillesse... « Aujourd'hui, c'est impossible. Il faut que j'aille prendre mon service. Pourquoi pas demain ?

— Voyons... j'ai cours jusqu'à une heure.

— Cours ?

— Ici, à la fac de Miami. C'est de là que je vous parle.

— Ah oui, c'est vrai, vous l'avez mentionné hier. OK, je vous retrouve là-bas demain à treize heures quinze. Où serez-vous ? Mon service commence à quatre heures, mais ça devrait vous laisser largement le temps de... »

Nestor faisait délibérément durer toutes ces questions d'organisation. Il avait l'œil sur sa montre. Il tenait à rester ici, dans ce sas du CVS, tant qu'il ne serait pas certain que les autres étaient sortis du Kermit pour regagner le commissariat. L'un d'eux allait devoir payer pour lui, Hernández sans doute. Mais il n'avait pris qu'un café... et puis merde, il le rembourserait. L'essentiel était de ne pas se retrouver enlisé dans cette satanée discussion.

La fille continuait à blablater sur l'endroit du campus où ils pourraient se retrouver... et *mon Dieu*, elle espérait ne pas commettre une terrible erreur, parce que tout de même, il *était* policier. Ce n'était pas la même chose que de consulter un avocat, mais elle n'avait pas les moyens d'aller voir un avocat... les mots continuaient à jaillir de son paquet de nerfs, et Nestor ne tarda pas à perdre le fil. En revanche, il voyait toujours ses jambes... ses jambes et sa peau d'albâtre. Il arriva juste à temps pour prendre son service.

Le lendemain, un peu avant une heure de l'après-midi, Nestor venait d'arriver sur le campus de l'Université de Miami dans sa Camaro pour son rancard, enfin, son entrevue ou quoi, avec Ghislaine Lantier. ::::::: ¡Santa Barranza! ::::::: Par le passé, les parcs paysagers et l'horticulture ne lui avaient jamais inspiré la moindre émotion esthétique, mais là, il était franchement estomaqué. ::::::: Quelle splendeur! :::::::

Au volant de sa Camaro, Nelson avait l'impression qu'une pelouse d'un vert luxuriant recouvrait le moindre centimètre carré du campus et s'étendait à l'infini en vastes moutonnements. Tout était si voluptueusement et si uniformément vert qu'on aurait pu croire que Dieu avait aménagé ce paysage avec du gazon en rouleau. Des rangées et des rangées de palmiers royaux comme à la parade, aux troncs lisses du gris le plus pâle, créaient des colonnades géantes de part et d'autre de sentiers dessinant des allées divines. Elles traversaient le tapis de verdure de Dieu lui-même pour rejoindre l'entrée de chaque grand bâtiment. Ces portails majestueux transformaient les plus simples des édifices blancs modernes et des constructions coloniales à toits de tuiles en chefs-d'œuvre architecturaux. Il semblait y avoir des centaines – des milliers? – d'arbres bas offrant un épais ombrage, créant des parasols de feuillage d'un vert opulent de quatre mètres et demi ou plus de diamètre... et il y en avait partout... ils servaient de stores à des terrasses et de filtre solaire à des massifs exotiques et florifères de plantes tropicales. *Opulent* était le mot juste, indéniablement. On aurait pu croire que Coral Gables avait un taux de précipitations annuelles équivalent à celui de l'Oregon.

C'était l'heure du déjeuner, et les étudiants sortaient des bâtiments, se dirigeant par ici, s'éloignant par là.

:::::: Ils ont l'air de gentils gosses qui prennent du bon temps... avec leurs T-shirts, leurs shorts, leurs jeans et leurs tongs. Ils sont intelligents, eux ou leurs parents. Ils sont sur la bonne voie pour prendre le monde en main. Ces gosses qui se baladent sur le campus en ce moment – juste *là* – n'ont peut-être pas fière allure, mais ils sont tous dans le coup! Ils finiront avec les diplômes qu'il *faut* avoir, les licences ès lettres, les licences ès sciences, tous ces machins. De nos jours, même au Département de la Police, tu as intérêt à avoir Bac + 4 si tu veux arriver quelque part. Pour devenir commissaire de quartier, c'est indispensable, et c'est un plus énorme, *énorme*, dans la compétition pour être nommé inspecteur. Sans ces diplômes dans ton CV, pas la peine d'*espérer* grimper au-dessus de brigadier. ::::::

Nestor mit les gaz, le moteur gonflé de la Camaro émit un terrible vrombissement pour protester contre l'injustice de la vie et fila sur San Amaro Drive en direction de la Richter Library, la plus grande bibliothèque du campus, et de son entretien, son enquête de police, son Dieu sait quoi, son rendez-vous, avec Ghislaine.

Il aurait pu se douter que la Richter serait flanquée d'une colonnade de palmiers. C'était une chance. Elle évitait au bâtiment, très étendu mais qui n'avait que trois étages, de ressembler à un entrepôt. Il avait dix minutes d'avance. Ghislaine lui avait proposé de le retrouver devant l'entrée. Il se gara donc à l'extrémité de la colonnade donnant sur la rue et regarda les étudiants entrer et sortir du bâtiment. De temps en temps, il apercevait une personne plus âgée. Il ne cessait de s'interroger sur le véritable objet de cet... entretien.

Une minute à peine avant treize heures quinze, une fille sort de la bibliothèque – une apparition! – vêtue en tout et pour tout d'un chapeau de paille orné d'un ruban noir à bord aussi large qu'un parasol, d'une chemise à manches longues très sage – sans *rien d'autre*! Ghislaine! :::::: Tu as des *visions*, espèce de crétin. Imbécile, tu ne vois que ce que tu as envie de voir :::::: Et l'imbécile se rend compte qu'un short blanc recouvre les délices indicibles qui ont éveillé un tel frémissement dans son bas-ventre... Comme ceux de la moitié des filles qu'il a vues depuis son arrivée, c'est un *micro* short. Il s'arrête à deux centimètres à peine sous son entrejambe. :::::: Toutes ces félicités lubriques à l'intérieur. Mais ses superbes jambes blanches, parfaites, lisses comme l'albâtre, sont bien réelles, et les courants qui les parcourent – ¡pourl'amourdedieu, Camacho, arrête! ::::::

Elle traverse à présent la colonnade en se dirigeant vers lui. Ce n'est que lorsqu'elle arrive à la hauteur de la Camaro qu'elle prend conscience que *c'est Nestor* qui est au volant. Elle sourit... vaguement... par nervosité plus qu'autre chose, s'il est bon juge.

«Salut! lança Nestor. Montez!»

Elle jeta un coup d'œil aux *dubs* de sa voiture, *dubs* étant le mot que les fondus de bagnoles comme Nestor donnaient aux rayons sur mesure, baroques, qui ornaient les jantes sur mesure de la Camaro. Leurs dessins fantastiques avaient été chromés de façon à ce que quand la voiture roulait, chaque révolution des roues illumine la vie des spectateurs du millier d'éclairs d'un millier de surfaces étincelantes – ou stigmatisent le conducteur comme un vrai frimeur à deux balles. À dire vrai, la vie de Ghislaine ne parut pas s'illuminer à leur vue. Elle regarda ces *dubs* flashy – littéralement flashy – comme s'il en émanait, à l'image des tatouages, des bouffées de délinquance.

Quand elle se glissa sur le siège passager, elle dut plier les jambes de biais pour pouvoir s'asseoir bien droite et son short remonta si haut que la chair de sa hanche apparut – ::::::: Oh, arrête Nestor! On dirait un gamin de quinze ans qui vient de sentir le premier bouillonnement de tous ces bidules au niveau du pelvis. Ce n'est rien qu'une paire de jambes – OK? – et toi, tu es un flic. :::::::

Il demanda tout haut «Ça va un peu mieux aujourd'hui?». Il avait adopté un ton jovial, le ton qui sous-entend, *Bien sûr que oui, vous avez eu le temps de réfléchir à tout ça, maintenant.*

«Pas vraiment. Si ce n'est que je vous suis extrêmement reconnaissante d'être venu jusqu'ici.» Quels yeux candides, innocents, effrayés elle avait!

«Où est-ce que vous aimeriez aller prendre un café? Je crois qu'il y a une "aire de restauration" dans un centre commercial pas très loin d'ici, non?

— Oui...» Mais sa voix était très hésitante.

«Dites où vous voulez aller. Moi, ça m'est égal.

— Au Starbucks?» – comme si elle formulait une requête qu'il avait toutes les chances de rejeter.

«OK, parfait. Je n'ai encore jamais mis les pieds dans un Starbucks. C'est l'occasion ou jamais.»

Le Starbucks se trouvait au rez-de-chaussée, dans une arcade qui traversait toute la bibliothèque, de l'avant vers l'arrière. C'était le seul établissement commercial des environs. *Le légendaire Starbucks!*

À l'intérieur... Quelle déception... Rien de vraiment chic. Ce n'était pas tellement différent de chez Ricky – des chaises et des tables bon marché, exactement comme chez Ricky... des grains de sucre qui traînaient sur les plateaux des tables parce que personne n'avait passé de torchon dessus, exactement comme chez Ricky... des gobelets de carton plastifiés, des serviettes en papier, des papiers d'emballage, les petites baguettes pour remuer son café, exactement comme chez Ricky... un comptoir aussi haut que les filles qui travaillaient derrière, exactement comme chez Ricky... Deux choses pourtant étaient différentes... Primo, pas de pastelitos et donc pas d'arôme d'ambroisie... Secundo, l'endroit était bondé, mais au milieu de tous les babillages et bavardages, il n'entendait pas un traître mot d'espagnol.

Nestor et Ghislaine se trouvèrent coincés dans un véritable carambolage de gens qui attendaient à un comptoir pour passer commande. Nestor jeta par hasard un coup d'œil à la grande vitrine qui se trouvait à côté de lui – mais qu'est-ce que c'était que tout ça ! Les rayonnages ne contenaient pas seulement des pâtisseries et des biscuits, mais des aliments emballés... des machins comme des wraps poulet-laitue, des nouilles de sésame au tofu, de la salade poulet-estragon sur du pain aux huit céréales, du ris de veau, des ensaïmadas de Majorque. Quand ils arrivèrent enfin à la caisse, Nestor insista, grand seigneur, pour payer leurs deux cafés. Il tendit un billet de cinq dollars – *nettoyé !* On lui rendit un dollar et vingt cents. Son geste de grand seigneur lui avait coûté 3,80 dollars ! 1,90 le café ? On pouvait avoir une tasse de café cubain, probablement cent fois meilleur que ce machin, pour soixante-dix cents sur Calle Ocho ! Personne ne pouvait être plus scandalisé qu'un flic par le prix d'un café. Il passa devant Ghislaine pour se diriger vers une petite table ronde au plateau clair... avec des grains de sucre dessus. Furieux, il se leva et rapporta une serviette en papier avec laquelle il entreprit ostensiblement de nettoyer le plateau. Ghislaine aux grands yeux, Ghislaine l'innocente ne savait plus que penser de lui. Tout d'un coup, Nestor se rendit compte qu'il était devenu son propre père... L'Allégorie de la Patience. Il se calma et prit place en face de Ghislaine. Mais le coût du café lui restait si bien en travers de la gorge qu'il la regardait comme si c'était *elle* qui avait fixé ces putains de prix. D'un ton brusque venons-en-au-fait-je-n'ai-pas-toute-la-journée-devant-moi, il gronda littéralement : « OK. Allez-y. Alors, qu'est-ce qui vous arrive ? »

Ghislaine était profondément déconcertée par la métamorphose de son chevalier compatissant en flic zélé et de mauvais poil modèle standard. Nestor le lut immédiatement sur son visage. Ses yeux s'écarquillaient de peur. Elle semblait faire un immense effort pour contrôler ses lèvres – et Nestor fut pris d'un terrible élan de culpabilité. L'Allégorie de la Patience, souriant à l'Affliction – sous les traits d'une... tasse de café hors de prix !

Craintivement, oh combien craintivement, Ghislaine dit, « C'est pour mon frère que je me fais du souci. Il a quinze ans et il va au lycée Lee de Forest. »

« *Pfffffssss* », Nestor exhala à travers ses dents, produisant un léger sifflement. :::::: *Dios mío*... un gentil garçon blanc bien élevé de quinze ans, issu d'une bonne famille, qui fréquente de Forest. Je préfère ne pas penser à ce qu'a dû subir ce pauvre gosse. Je me demande lesquels sont les pires, les gangs *negro* ou les gangs haïtiens. ::::::

« Connaissez-vous de Forest ? demanda-t-elle.

— Tous les flics de Miami connaissent le lycée Lee de Forest. » Il veilla à accompagner ces mots d'un soupir compatissant.

« Dans ce cas, vous savez qu'il y a des gangs.

— Oui, je sais qu'il y a des gangs. » Nouveau visage rempli de compassion et de bonté.

« Eh bien voilà, mon frère – il s'appelle Philippe. Philippe a toujours été un bon garçon... vous savez, calme, poli, studieux – il faisait du sport l'année dernière au collège. » :::::: Ces grands yeux innocents qu'elle a ! Et la tête qu'elle fait ! J'ai honte de moi. Un café, il a suffi d'un café. :::::: « Si vous le voyiez aujourd'hui, poursuivit-elle, vous imagineriez qu'il fait partie d'un gang d'Afro-Américains. Je ne pense pas que ce soit le cas, mais toute son allure le donne à penser... le pantalon baggy porté si bas qu'on se dit "Un centimètre de plus et il le *perd*"... le bandana autour de la tête avec les couleurs de "son" gang ? En plus, il marche en se pavanant comme eux. » Elle se balança d'un côté à l'autre de sa chaise en l'imitant. « Et si vous l'entendiez *parler* ! Toutes ses phrases se terminent par "mec". Mec par-ci, mec par-là. Et puis tout est *cool* ou pas *cool*. Il dit tout le temps des choses de ce genre. "J'kiffe, mec, c'est cool." *N'importe* laquelle de ces expressions suffirait à mettre mon père dans une colère folle. Mon père est enseignant, professeur de littérature française à l'EGU. Oh ! mais j'allais oublier le pire – mon frère s'est mis à parler créole avec ses nouveaux "amis". Ils trouvent ça très "cool" parce que cela leur permet d'insulter leurs professeurs sous leurs nez. Les professeurs ne comprennent pas ce qu'ils disent. C'est ce qui a déclenché tous ces problèmes à de Forest. Mon père ne nous autorise pas à parler créole à la maison. Philippe l'a appris des autres élèves de Lee de Forest.

— Un instant. Le créole, c'est du haïtien, c'est bien ça ? » Ghislaine hocha la tête... très lentement. « Vous êtes donc en train de me dire... que votre *frère* est *haïtien* ? »

Ghislaine laissa échapper un profond soupir. « Je m'en doutais » – elle s'interrompit et soupira encore. « Il vaut sans doute mieux que je vous explique tout dès à présent, parce que tout est lié. Oui, mon frère est haïtien, et mon père est haïtien, et ma mère était haïtienne et je suis haïtienne. Nous sommes tous haïtiens.

— Vous êtes... *haïtienne* ? demanda Nestor, ne sachant comment formuler les choses autrement.

— J'ai la peau si claire. C'est ce que vous pensez, n'est-ce pas ? »

Oui, c'était bien ça... mais Nestor ne trouvait pas de façon diplomatique de l'exprimer.

« Beaucoup d'Haïtiens ont le teint clair, reprit Ghislaine. Enfin... pas *beaucoup*... mais un certain nombre. C'est la raison pour laquelle on ne nous remarque pas. Notre famille, les Lantier, descend d'un certain général Lantier, un des commandants des forces françaises qui ont occupé Haïti en 1802. Mon père a fait de longues recherches à ce sujet. Il nous a demandé, à mon frère et moi, de ne pas aborder ce thème... celui de nos origines haïtiennes. Non qu'il ait honte d'être haïtien, loin de là. C'est simplement que, dans ce pays, si vous dites que vous êtes haïtien, on vous catalogue immédiatement. "Oh, alors comme ça, vous êtes haïtienne." Autrement dit, vous ne pouvez en aucun cas être *ceci*... ou *cela*... ou capable de faire *telle* ou *telle* chose. Et si vous dites que vous êtes française, c'est bien simple, les gens ne vous croiront pas, parce qu'ils sont incapables d'imaginer que quelqu'un qui est né et qui a grandi à Haïti puisse être français. C'est pourtant bien le cas des Lantier. »

Nestor était abasourdi. Il ne savait plus quoi penser. Elle était si belle qu'il n'aurait pas été surpris d'apprendre qu'elle était un oiseau rare du paradis... *Haïtienne* ? – et elle se prétend française ?

Elle sourit à Nestor pour la toute première fois. « Ne me regardez pas comme ça, voyons ! Vous comprenez maintenant pourquoi mon père nous a conseillé de ne pas en parler ? Aussitôt les gens disent,

"Oh, vous êtes haïtienne... vous faites partie de ces *gens-là*... et nous ne pouvons pas compter sur vous pour quoi que ce soit." Allons, avouez-le. J'ai raison, non ?»

Du coup, Nestor lui sourit, en partie parce qu'il était plus facile de sourire que de trouver un commentaire approprié... et en partie parce que le sourire de cette fille lui illuminait réellement le visage. Elle devenait une autre :::::: *rayonnante*... voilà le mot, mais en même temps, elle est vulnérable... elle a besoin de bras protecteurs autour d'elle... et quelles jambes ! :::::: en même temps, il s'en voulait ne fût-ce que d'y penser ! Elle possédait la forme la plus *pure* de beauté... et autre chose en plus... Elle était tellement *intelligente*. Il ne formula pas tout de suite ces pensées explicitement. Ce qu'elle savait, le vocabulaire qu'elle employait... tout cela s'accumulait peu à peu. Personne de sa connaissance n'aurait jamais dit, «il marche en se pavanant»... Ils auraient dit qu'il avait une «démarche de frimeur» oui, mais certainement pas qu'il «se pavanait». Ou bien un truc tout simple comme «connaissez-vous ?» Il n'avait pas un seul ami qui disait «connaissez-vous ?». Ils disaient tous «est-ce que vous connaissez ?». Les rares fois où il entendait utiliser l'inversion du sujet, cela déclenchait en lui une réaction viscérale, l'impression d'être en présence de quelque chose d'«étranger» ou d'«affecté», alors qu'il savait, à y bien réfléchir, que «connaissez-vous ?» était tout à fait correct sur le plan grammatical.

«Quoi qu'il en soit, reprit Ghislaine, il fallait que je vous le dise parce que cela touche au cœur de ce qui s'est passé à de Forest. Mon frère était dans cette classe.

— *Vraiment ?* – quand le professeur a flanqué ce garçon par terre ?

— Quand il a *prétendument* flanqué "ce garçon" par terre. "Ce garçon" est un Haïtien grand et costaud qui s'appelle François Dubois. C'est le chef de je ne sais quel gang. Il terrorise tous les élèves... et j'ai bien peur que mon frère ne fasse partie de ce "tous". Je suis sûre que les choses se sont passées à l'inverse de ce qu'on raconte. Le professeur, Mr Estevez, est un homme robuste, mais je suis convaincue que c'est ce Dubois qui *l'a* jeté à terre... et qu'ensuite, pour se couvrir, Dubois a entrepris d'intimider les autres élèves pour qu'ils racontent à la police que tout a commencé quand le professeur,

Mr Estevez, *l'a* fait tomber. Mon pauvre frère s'est laissé manipuler. Philippe a tellement envie d'être accepté par les gros durs... Et voilà que ce Dubois a embrigadé Philippe et quatre autres garçons pour qu'ils le soutiennent face à la police. Leurs camarades ont dit qu'ils ne savaient pas ce qui s'était passé, qu'ils n'avaient rien vu. Ils s'en sont tirés comme ça. Cela leur évitait d'avoir à mentir à la police tout en les mettant à l'abri du courroux de Dubois et de sa bande. » À *l'abri du courroux.* « Un professeur qui frappe un élève – c'est une affaire extrêmement grave de nos jours. Pas un seul élève, pas un seul, ne dit que c'est Dubois qui a frappé Mr Estevez. De sorte que Mr Estevez n'a pas *un* seul témoin à décharge, alors que Dubois en a quatre ou cinq. Et voilà que la police sort de l'école avec Mr Estevez, les mains dans le dos, menotté.

— Comment Philippe présente-t-il les choses ?

— Il a refusé de nous en parler, à mon père aussi bien qu'à moi. Il a prétendu n'avoir rien vu de ce qui s'était passé, il n'avait pas envie d'en parler. J'ai compris tout de suite qu'il y avait quelque chose de louche. Vous savez bien, la plupart des gosses – pour peu qu'il se passe quelque chose de sensationnel à l'école – et même si cela n'a rien de *vraiment* sensationnel –, on n'arrive pas les faire taire. Tout ce que nous avons pu tirer de lui, c'est que tout a commencé quand ce Dubois a dit quelque chose en créole à Mr Estevez et que tous les Haïtiens de la classe ont éclaté de rire. Mr Estevez...

— Un instant, intervint Nestor. Il a refusé d'en parler – alors comment savez-vous qu'ils se sont fait manipuler et convaincre de mentir pour tirer ce Dubois d'affaire, ses quatre camarades et lui ?

— Nous l'avons surpris, mon père et moi, en train de discuter en créole avec un garçon de sa classe qui s'appelle Antoine, un des membres du *posse* de Dubois, je crois que c'est le terme qu'ils emploient. Ils se croyaient seuls à la maison. Je ne parle pas créole, mais mon père si, et ils ont mentionné les quatre autres garçons.

— Qui est-ce ?

— Je ne sais pas. D'autres élèves de leur classe, c'est tout. Je n'avais jamais entendu parler d'eux. Ils n'ont donné que leurs prénoms...

— Et ces prénoms, vous vous en souvenez ?

332

« — Il y en a un que j'ai retenu, parce qu'ils l'appelaient "le gros Louis". Ils l'ont dit en anglais... "Fat Louis".

— Et les trois autres ?

— Les trois autres ? Il me semble – oui, je me rappelle qu'il y avait un Patrice. Ça m'est resté à l'esprit... quant aux deux autres... les deux noms commençaient par *H*... je m'en souviens... hmmm... Hervé et Honoré !... C'est ça, Hervé et Honoré. »

Nestor sortit de sa poche de poitrine un petit carnet à spirale et un stylo à bille et entreprit d'y noter les noms.

« Que faites-vous ?

— Je ne sais pas exactement. J'ai une idée. »

Ghislaine baissa les yeux et tordit une main autour des doigts de l'autre. « Vous comprenez pourquoi j'hésitais à parler de tout cela à un policier ? Je n'y connais rien, mais je suppose que vous êtes tenu de transmettre toutes ces informations à – enfin, à la personne à qui vous rendez des comptes, et cela suffira peut-être à causer des ennuis à Philippe. »

Nestor se mit à rire. « Votre frère ne court aucun risque pour le moment, même si j'étais un flic *vraiment coriace*. Pour commencer, ce que vous m'avez raconté jusqu'ici n'est même pas de l'ordre du ouï-dire. Tout ce que j'ai entre les mains, c'est ce qu'imagine sa sœur. D'autre part, ce qui se passe à l'intérieur de Lee de Forest ou de n'importe quelle autre école publique de Miami n'est pas du ressort de notre département.

— Ah bon, pourquoi ?

— Le système scolaire dispose de sa propre police. Cette affaire ne nous a jamais concernés.

— Je l'ignorais. Les établissements scolaires ont *leur propre police* ? Mais pourquoi ?

— Vous voulez que je vous confie des ouï-dire, moi aussi ? Officiellement, cette police est chargée de maintenir l'ordre. Mais avant tout, si vous voulez connaître le fond de ma pensée, elle est là pour essayer de limiter la casse. Elle doit étouffer les mauvaises nouvelles avant qu'elles ne se répandent à l'extérieur. Cette fois-ci, elle n'a pas eu le choix. L'affaire avait dégénéré en émeute, et il n'y avait pas moyen de l'étouffer. »

Ghislaine resta silencieuse. Elle regarda Nestor, c'est tout – mais son regard se transforma en prière. Finalement, plongeant ses yeux au plus profond des siens, elle dit : « Je vous en prie, Nestor, aidez-moi. » *Nestor !* Plus d'agent Camacho. « Vous êtes mon seul espoir. Il va gâcher sa vie... avant même qu'elle n'ait commencé. »

Elle était à nouveau rayonnante en cet instant, plus rayonnante aux yeux de Nestor que tous les anges du ciel. Il avait envie de la prendre dans ses bras et d'être son protecteur. Il ne savait absolument pas quoi lui dire. Il voulait seulement la tenir contre lui et lui faire comprendre qu'il était à ses côtés.

En affichant son expression la plus rassurante, il se leva et regarda sa montre. « Il faut que j'y aille. Mais vous avez mon numéro. N'hésitez pas à m'appeler n'importe quand, vraiment *n'importe quand.* »

Ils sortirent du Starbucks côte à côte. Ils avaient à peu près la même taille. Il tourna la tête vers elle, leurs deux visages étaient tout proches. « J'ai deux ou trois idées, mais il faut d'abord que je fasse quelques recherches. »

Il posa le bras autour de ses épaules et l'attira vers lui pendant qu'ils marchaient. Ce geste était censé exprimer une affection purement avunculaire, une pantomime d'encouragement, « Du cran, ma fille ! Ne te fais pas tant de bile. » Il imprima à ses sourcils une inflexion pleine de mystère. « Si le pire devait arriver, il y a toujours... *des choses...* que nous pouvons faire. » Il chargea le *nous* du poids de la police tout entière.

Elle lui adressa un regard digne d'un héros du peuple. Il pensait à ses jambes, à dire vrai, et baissa les yeux pour leur jeter un coup d'œil, prétendument fortuit, à côté des siennes. Si longues, si fermes, si nues... Il refoula rapidement et résolument ses pensées.

« Écoutez, dit-il. Est-ce qu'il y aurait moyen que je parle à Philippe sans que j'aie l'air d'un policier venu l'interroger sur une affaire ? »

Ghislaine recommença à se tordre les doigts. « J'imagine que peut-être, un après-midi, vous pourriez faire en sorte d'être là, comme par hasard, chez nous, je veux dire, quand il rentrera du lycée – quelque chose de ce genre ? »

« Vous approchez de votre destination sur la droite », dit la femme depuis les hauteurs du nuage GPS. OK, elle était entièrement informatisée, la voix de cette femme, mais tout de même – :::::: comment elle fait comment elle fait ? :::::: Comme ce jour à Broward où il avait fait un tête-à-queue sur la chaussée glissante et avait dérapé en marche arrière pour se retrouver dans un ruisseau. Il est au volant avec de l'eau qui monte au-dessus des pare-chocs de la Camaro, se demandant comment sortir de là, et cette femme annonce de la voix la plus sereine qu'on puisse imaginer « Nouveau calcul » et, en un rien de temps, elle est de retour et lui ordonne de remonter le lit du ruisseau sur cinq cents mètres puis de tourner à gauche à l'endroit où les vestiges d'une vieille route de campagne pavée s'enfoncent dans l'eau – il parcourt exactement cinq cents mètres au milieu du ruisseau et tourne à gauche – et ça marche ! Elle avait raison ! Il était sorti de là ! :::::: Mais comment elle fait, comment elle fait ? ::::::

Sur ses indications, il ralentit et les maisons commencèrent à défiler, le genre de maisons qu'on construisait autrefois, au XXe siècle... tout ce stuc blanc, ces tuiles rondes couleur d'argile et le reste. Les parcelles étaient étroites et quelques-unes seulement des maisons mesuraient plus de sept mètres cinquante de large... mais les nombreux grands arbres aux épaisses frondaisons révélaient que c'était un quartier ancien... Sous un soleil presque à la verticale, les arbres projetaient des ombres tachetées sur le stuc et les pelouses. Les maisons étaient drôlement proches de la rue. Et pourtant, les pelouses, d'un vert luxuriant, étaient émaillées de buissons et de fleurs éclatantes, des becs de perroquet fuchsia, des iris lavande et jaune, des pétunias rouge vif... Quel joli quartier ! C'était tout en haut de Miami, au nord-est, ce qu'on appelait l'Upper East Side... beaucoup de Latinos et d'Anglos super classe dans le coin... et tout un tas d'homos latinos et anglais, d'ailleurs... Juste à l'ouest, en traversant Biscayne Boulevard, on arrivait à Little Haiti, Liberty City, Little River, Buena Vista, Brownsville... Nestor imaginait bien les Latinos et les Anglais d'ici rendant tous les jours grâce à Dieu de l'existence de Biscayne Boulevard, qui les séparait des ghettos.

« Vous êtes arrivé à destination », annonça la Reine invisible de la Sphère magique du GPS.

Nestor se rangea le long du trottoir et regarda sur la droite. :::::: C'est quoi, *ça* ? Ghislaine habite... *là* ?! :::::: Il n'avait jamais vu de maison pareille... Elle avait un toit plat dont on ne distinguait que le bord... des murs de stuc blanc avec deux étroites bandes de peinture noire à une trentaine de centimètres du toit qui faisaient tout le tour de la maison... deux douzaines de grandes fenêtres étroites percées les unes à côté des autres pour dessiner une immense courbe qui commençait d'un côté de la maison et en faisait le tour jusqu'à occuper près de la moitié de la façade. Il resta planté là, bouche bée, jusqu'à ce qu'une porte s'ouvre et que sa voix résonne :

« Nestor ! Bonjour ! Entrez ! »

Le sourire de Ghislaine ! Sa joie pure et sans fard alors qu'elle se précipitait vers lui ! Il aurait voulu se dresser là, le torse bombé comme celui du prince de *Blanche-Neige*, et qu'elle se jette dans ses bras ! Elle était là ! Ghislaine ! – dans son chemisier à manches longues et son micro-micro-short, ses adorables longues jambes nues ! Il réussit in extremis à se retenir. :::::: C'est une mission de police, merde, pas un rancard avec une poule. Personne n'a autorisé cette mission de police, d'accord, mais... mais de *quoi* s'agit-il au juste ? ::::::

Elle était devant lui, elle le regardait dans les yeux et s'écriait, « Vous avez dix minutes d'avance ! » – comme si c'était l'hommage le plus ardent qu'un homme eût jamais fait à une femme. Il était sans voix.

À sa stupéfaction, elle lui prit la main – pas pour la serrer, cependant, simplement pour l'entraîner en disant, « Allez, venez ! Entrons ! Voulez-vous du thé glacé ? » – tout en lui adressant un sourire radieux exprimant l'amour le plus pur, le plus innocent, du moins sembla-t-il à Nestor.

À l'intérieur, elle le conduisit au salon, baigné par la lumière que répandait l'ensemble impressionnant de fenêtres. Les autres murs étaient couverts, du sol au plafond, d'étagères de livres que n'interrompaient qu'une porte et l'espace réservé à trois affiches géantes représentant des hommes coiffés de chapeaux, des affiches européennes à en juger par les couvre-chefs pour lesquels elles faisaient la réclame : « Chapeaux Mossant », « Manolo Dandy », « Princeps S. A. Cervo Italia »...

« Regardez tout ! dit Ghislaine avec dans la voix une inexplicable agitation. Je vais chercher du thé glacé ! »

Quand elle revint, elle demanda, « Alors, qu'en pensez-vous ?

— Je... Je ne sais pas quoi dire. C'est la maison la plus... étonnante que j'aie jamais vue. » Il avait failli dire « bizarre ».

« Eh bien, tout ça, c'est Papa. » Ghislaine leva les yeux au ciel d'un air comique *qu'est-ce-que-vous-voulez-y faire*. « Tout est intégralement Art Déco, intérieur et extérieur. Vous connaissez l'Art Déco ?

— Non », répondit Nestor. Il secoua légèrement la tête. C'était encore un de ces trucs qui lui donnaient l'impression d'être tellement – *ummmm,* moins ignorant qu'inculte, en présence de Ghislaine.

« C'est un style français des années 1920. *Les Arts Décoratifs**, en français. Ce côté français, Papa y tient tellement. Je suis sûre que c'est la raison pour laquelle il a acheté cette maison au départ. Elle n'est pas très grande, elle n'est pas particulièrement chic, mais c'est une maison Art Déco d'origine. Ces fauteuils ainsi que la table basse sont d'authentiques meubles Art Déco. » Elle fit un geste vers un des sièges et suggéra, « Et si on s'asseyait ? »

Ils prirent donc place tous les deux dans les fauteuils Art Déco. Elle but quelques gorgées de thé et reprit, « Ces fauteuils à eux seuls ont coûté une fortune à Papa. Ce qu'il y a, c'est que Papa ne veut surtout pas que Philippe et moi oubliions :::::: *oubliions* – que nous sommes d'origine française. Nous n'avons le droit de parler que français à la maison. Quant au créole – Papa exècre » :::::: *exècre* :::::: le créole, bien qu'il soit obligé de l'enseigner à l'EGU. Il prétend que c'est une langue *si-i-i-i-i* primitive qu'il ne la supporte pas. Voilà pourquoi le jour où Philippe est rentré du lycée en parlant créole avec un garçon comme cet Antoine, qui n'a jamais connu *autre chose* que le créole quand il était petit... et quand Papa a remarqué que Philippe faisait manifestement tout ce qu'il pouvait pour se faire bien voir par ce, excusez-moi... cet *imbécile* –, il a été atterré. Et quand Philippe a répondu en créole à Papa pour impressionner ce débile... à ce moment-là, Papa s'est vraiment mis en rogne. Évidemment, j'*adore* Papa, et vous l'adorerez aussi dès que vous le connaîtrez » :::::: « dès que je le connaîtrai », ça veut dire quoi... ? :::::: « mais je le trouve un *tout* petit peu » – elle rapprocha le pouce et l'index devant elle jusqu'à ce qu'ils soient *à ça* de se toucher – «un tout petit peu snob. Par exemple, j'ai bien remarqué qu'il ne voulait pas me montrer à quel point il était enchanté à la perspective :::::: *à la perspective* :::::: que je participe au Programme d'Action Sociale de South Beach... Franchement, je crois qu'il était plus heureux...

— Et Philippe? Qu'est-ce qu'il pense, lui, de ses *origines* françaises et de tout ça?» demanda Nestor. Il n'avait pas eu l'intention de la couper, mais commençait à en avoir jusque-là du snobisme de Papa, de l'Action Sociale de South Beach et de tout ce fatras mondain.

«Philippe n'a que quinze ans. Je ne crois pas qu'il en pense grand-chose, pas consciemment en tout cas. Pour le moment, ce qu'il veut, c'est être un *Neg*, un Haïtien noir, comme Antoine et ce Dubois, et *ils* veulent tous ressembler aux membres des gangs noirs américains, et personnellement, je ne sais pas à *quoi* les membres des gangs noirs américains veulent ressembler.»

Ils parlèrent donc des ennuis de Philippe, des lycées et des gangs.

«Cette ville est tellement fragmentée en nationalités, en races et en groupes ethniques, disait Ghislaine. Vous aurez beau essayer d'expliquer tout ça à un garçon de quinze ans, comme Philippe, il ne vous écoutera pas. Et vous savez quoi? Même s'il comprend, cela ne fera...»

Soudain, Ghislaine posa l'index sur ses lèvres – *chchchut* – et se tourna vers le fond de la maison... l'oreille tendue... À peine plus haut qu'un chuchotement, à Nestor : «Je crois que c'est lui, Philippe. Il passe toujours par la porte de la cuisine.»

Nestor tourna les yeux dans cette direction. Il entendit effectivement quelqu'un, probablement Philippe, poser brutalement quelque chose de lourd sur la table de la cuisine... et ouvrir une porte de réfrigérateur.

Ghislaine se pencha, et de la même voix de conspirateur, elle expliqua : «Il prend toujours une boisson fraîche dès qu'il rentre du lycée. S'il pense que Papa est là, c'est un verre de jus d'orange. S'il sait que Papa est absent, comme aujourd'hui, c'est un Coca.»

Blam. La porte du réfrigérateur se referma. Ghislaine jeta un regard hésitant vers la cuisine avant de se retourner vers Nestor. «Papa ne cherche pas à bannir le Coca de la maison, mais chaque fois qu'il voit Philippe en boire, il lui dit : "C'est exactement comme une sucette liquide, tu sais." Ou une autre réflexion du même genre, ce qui met Philippe hors de lui. Il ne supporte pas ça. Quand Papa dit des choses qui sont censées être drôles, Philippe n'ose pas rire... parce que la moitié du temps, Papa se livre à une sorte de... une sorte de *sarcasme subtil* que Philippe a du mal à gérer. Il n'a que quinze ans. Parfois, je me demande si je ne devrais pas en parler à Papa. » Elle jeta à Nestor un regard interrogateur, comme s'il pouvait avoir quelque conseil avisé à lui donner.

Nestor lui sourit en y mettant toute la chaleur qu'il pouvait... il sourit quelques fractions de secondes de trop, en fait. « Ça dépend de votre père », dit-il. *Ça dépend de votre père ?* Qu'est-ce ça *devait* signifier, ça ?... Qu'il était distrait... Il adorait l'expression tellement vulnérable, tellement candide de Ghislaine... une expression qui semblait dire, « Je me range à votre jugement. » Quand elle s'inclinait comme ça en avant, son visage était à peine à quarante centimètres des genoux de ses jambes croisées. Ses belles jambes étaient vulnérables, l'innocence candide dans sa manifestation charnelle. Il aurait voulu enlacer – :::::: Arrête ton char, débile ! Ça ne te suffit pas de fourrer ton nez dans une affaire de la Police Scolaire ? Il ne manquerait plus maintenant que... :::::: Il chassa résolument de son esprit toutes ces histoires d'attraction charnelle. Mais son sourire et son regard ne changèrent pas d'un iota. Ceux de Ghislaine non plus... jusqu'à ce qu'elle pince légèrement les lèvres. Ce que Nestor interpréta comme « Nous ne pouvons pas dire tout ce que nous avons en tête, n'est-ce pas ? »

Pop ! La bulle qui n'avait cessé de grossir éclata dès que Ghislaine entendit son frère sortir de la cuisine. Elle quitta son fauteuil et demanda, « Philippe, c'est toi ?

— Ouais. » On voyait bien que le garçon essayait de forcer sa voix de quinze ans à prendre un timbre sombre et viril de baryton.

« Viens un instant. Je voudrais te présenter quelqu'un ! »

Une pause, puis... « OK. » Il réussit Dieu sait comment à rendre sa voix encore plus grave pour l'enfoncer délibérément dans la vase d'un ennui sans fond.

Ghislaine haussa les sourcils et leva les yeux au ciel. *Navrée, mais il va falloir que nous supportions cela.*

Philippe, un adolescent long et maigre comme une asperge, entra dans le salon avec la démarche lente et chaloupée que Nestor identifia immédiatement comme le Dandinement du P'tit Mac. L'entrejambe de son jean pendait presque jusqu'à ses genoux... la taille lui ceignait les hanches... révélant une vingtaine de centimètres de caleçon à motifs criards. Au-dessus, un T-shirt noir portant une inscription en jaune fluo, UZ MUVVUZ, un soi-disant groupe de rasta-rap *Neg* dont Nestor avait vaguement entendu parler. Sous le UZ MUVVUZ, un dessin style BD vous attirait dans la gueule béante d'un alligator, toutes dents dehors, et jusqu'au fond du gosier ténébreux de la bête. Le garçon, Philippe, avait complété sa tenue par un bandana noué autour du front dans des teintes tapageuses de vert, de jaune et de rouge, striées de blanc... toute cette panoplie un peu datée de vrai petit Black des rues parant un corps couleur café au lait... et un bandana de gang couronnant une tête d'ado enfantine ! Ce gosse avait des traits délicats, délicats pour un Haïtien en tout cas, aux yeux de Nestor... des lèvres presque anglos... mais un nez légèrement trop large... C'était un joli visage... même en cet instant, où il inspectait la pièce, les sourcils froncés jusqu'aux yeux et les maxillaires légèrement décentrés dans une tentative de grimace allez-vous-faire-foutre... c'était *tout de même* un joli visage.

« Philippe, dit Ghislaine, je voudrais te présenter Mr Camacho, qui est policier. Je t'ai déjà parlé de lui, tu te rappelles ?... et de ce long article qu'il y avait dans le journal – ce qui s'est passé à Overtown quand j'y suis allée pour le Programme d'action sociale de South Beach ? L'agent Camacho est venu me voir à propos de cette affaire. »

Nestor s'était levé et Philippe le regardait bien en face. L'expression du garçon avait changé du tout au tout. Mais qu'avait-il exactement en tête d'un coup ? Il était... méfiant ?... ou simplement étonné ?... déconcerté ?... ou peut-être ébahi par l'incroyable paysage musculeux en clair-obscur bleu marine qui se dressait à présent devant lui ? Pendant qu'ils échangeaient une poignée de main, Nestor dit « Salut, Philippe » avec tout le Charme de Flic qu'il pouvait mobiliser. Le Charme de Flic était l'avers de la médaille du Regard de Flic. Le

Regard de Flic était efficace parce que le flic avait l'assurance de celui qui sait détenir le Pouvoir et avoir le feu vert pour s'en servir – et pas *toi*. Le Charme de Flic marchait pour la même raison. J'ai le Pouvoir – et pas *toi* – mais pour le moment, mon unique intention est d'être chaleureux et amical, parce que jusqu'à présent, j'ai une bonne opinion de toi. Le simple civil avait tendance à considérer le Charme de Flic comme un cadeau, un présent que lui accordait un homme autorisé à se montrer violent. Nestor constata que toute l'attitude du garçon se transformait pour laisser place à une gratitude parfaitement inconsciente.

Philippe commença par dévisager Nestor, frappé de stupeur... plus de *basso profundo* tout d'un coup ... mais un timide timbre de ténor adolescent qui faisait un gros effort pour trouver le courage de dire, « Mince... je vous ai vu sur le net pas plus tard qu'hier soir ! »

Le Charme de Flic irradiait toujours de Nestor. « Ah oui ?

— Il y avait une photo de vous et une photo du grand type contre lequel vous vous êtes battu. Il était *vraiment* immense ! Comment vous faites pour vous battre contre un type comme ça ?

— Oh, on ne se bat pas vraiment, tu sais. On n'essaie pas de lui faire mal. Il s'agit seulement de lui faire mordre la poussière pour pouvoir l'appréhender.

— Mordre la *poussière* ?

— C'est ce qu'on dit. "Mordre la poussière." Le faire tomber par terre, quoi. Ça peut être sur un plancher, comme cette fois-ci, ou sur un trottoir, ou en pleine rue – ça arrive souvent – et dans bien des cas, c'est vraiment dans la poussière. En tout cas on dit "mordre la poussière".

— Mais ce type était tellement *costaud* !

— Des fois, c'est plutôt un avantage. Beaucoup de ces mecs baraqués se laissent aller et engraissent, parce que ça les rend encore plus impressionnants. Ils ne s'entraînent pas, ils ne savent même pas ce que ça veut dire. Tout ce qu'ils veulent, c'est avoir l'air *costauds*.

— Comment ça, ils ne s'entraînent pas ?

— Ils n'entretiennent pas leur condition physique. Ils ne courent pas. La plupart du temps, ils ne font même pas d'haltères. Ce gros lard était comme ça. Avec un type pareil, il suffit de ne pas lâcher prise et de le laisser s'épuiser tout seul. Il n'est pas en forme, il balance son gros tas de graisse d'un côté, de l'autre, essayant de se dégager, il s'essouffle, il n'a plus d'air et très rapidement, il est foutu. Tout ce qu'il faut, c'est s'accrocher, et il fait tout le boulot pour toi.

— Mais comment on s'accroche ? Ce type était *tellement* costaud.

— Chaque policier a ses prises préférées, mais personnellement, j'ai constaté que dans la plupart des cas, une prise en quatre et un double nelson sont largement suffisants », expliqua Nestor d'un ton aussi dégagé que possible. Il expliqua alors à Philippe ce qu'étaient la prise en quatre et le double nelson.

Philippe avait complètement renoncé à son attitude de membre d'un gang *Neg*. Ce n'était plus qu'un garçon de quinze ans fasciné par les récits grandeur nature de prouesses. Ghislaine suggéra qu'ils s'asseyent. Ce que Philippe fit de bon gré... alors qu'il avait clairement montré, par sa posture et son ton, que venir au salon où *Je voudrais te présenter quelqu'un* – un adulte, très certainement – était à peu près la dernière chose qu'il souhaitait faire. Nestor tendit le bras vers le fauteuil qu'il avait occupé, et Philippe y prit place tandis que lui-même s'installait sur le canapé. Il n'essaya même pas de s'appuyer au dossier. Il s'assit tout au bord et se pencha vers Philippe.

Ils se mirent à bavarder, évoquant essentiellement certains aspects du travail de policier sur lesquels Philippe s'était toujours interrogé, et Nestor commença à poser à Philippe des questions sur lui, sur ce qui l'intéressait, il remarqua que Philippe était vraiment grand... il faisait sûrement du sport, non ? Philippe reconnut avoir envisagé de s'inscrire dans l'équipe de basket du lycée mais y avoir finalement renoncé pour telle et telle raisons, alors Nestor demanda, « À quel lycée tu vas ? »

— De Forest », répondit Philippe d'une voix sans timbre.

« Sans déconner ? De Forest ? »

Ghislaine intervint. « En fait, Philippe était dans la classe où cet incident s'est produit, vous savez, ce professeur qui a agressé un élève, il y a eu des manifestations et le professeur a été arrêté. Philippe était là quand ça s'est passé. »

Nestor regarda Philippe. Philippe était figé. Son visage était un mur aveugle. De toute évidence, il n'avait aucune envie de s'étendre sur ce sujet.

«Oh, je me souviens, fit Nestor. Tous les policiers s'en souviennent. Le prof – comment s'appelait-il? – Estevez, c'est ça? – a été mis en examen pour agression criminelle. C'est *bien* plus grave qu'un simple délit d'agression. Il risque de plonger pour un *sacré* moment.»

Philippe... toujours un bloc de glace.

«Si je me souviens bien, notre département est intervenu dès qu'on a reçu l'appel, en même temps que nos collègues de Miami-Dade, d'Hialeah et de Doral. Ça a dû faire un sacré barouf, tous ces flics qui arrivaient de partout... les sirènes, les gyrophares, les mégaphones – ça a dû être dingue. J'ai l'impression que tout le monde prend ça très au sérieux, ces affaires de profs qui agressent des élèves. Enfin, c'est la Police Scolaire qui s'en occupe maintenant. On n'a plus rien à voir avec ça, mais je me rappelle que je me suis posé des questions. Comment est-ce que ça a commencé, Philippe? Toi qui étais là. Qu'est-ce qui a déclenché toute cette histoire?»

Philippe regardait Nestor – d'un regard complètement vide – et quand il finit par répondre, ce fut d'une voix de zombie: «Mr Estevez a appelé François, il s'appelle comme ça, au tableau, et François a dit un truc en créole, alors tout le monde s'est marré et Mr Estevez a eu les nerfs, il a étranglé François comme ça» – il mima une clé de cou – «et l'a flanqué par terre.

— Et tu as assisté à tout ça, toi?»

La bouche de Philippe s'entrouvrit. Maintenant, il avait l'air effrayé. Il ne savait absolument pas quoi dire. On pouvait littéralement voir les calculs, les pour, les contre, les mensonges bouillonner dans sa tête. Il était incapable de prononcer un mot. Il finit par hocher la tête de bas en haut lentement et sans conviction, apparemment pour dire oui sans dire oui.

Nestor reprit, «Je te pose la question parce que – est-ce que par hasard tu connaîtrais des élèves de ta classe ::::::: c'est le moment de jouer le tout pour le tout ::::::: qui s'appellent Patrice Légère, Louis Tremille – tout le monde le surnomme Fat Louis –, Honoré Buteau et Hervé Condorcet?»

L'expression figée de Philippe se transforma alors en peur pure et simple. La visite du flic, prétendument liée à l'innocente présence de sa sœur dans un repaire de crack, virait soudain de façon inquiétante dans *sa* direction. Une fois de plus, il hésitait à répondre oui ou non. Il se décida pour une autre solution, qui jetait immédiatement le doute sur elle-même :

« *Euhhh...* oui ?

— Si je te pose la question, c'est parce que j'ai discuté avec un inspecteur que je connais à la Police Scolaire. Il m'a dit qu'un de ces garçons s'est rétracté et qu'ils s'attendent à ce que les trois autres en fassent autant. Au départ, les quatre avaient prétendu que le prof, Estevez, avait attaqué – comment il s'appelle de nouveau ? François ? – qu'Estevez, donc, avait attaqué ce François, mais maintenant, ils racontent que c'est l'inverse. Estevez aurait fait une clé de tête à ce garçon – François ? – en situation de légitime défense, parce que le garçon l'avait attaqué, *lui.* Si c'est vrai, ces quatre garçons se sont évité un sacré paquet d'ennuis... Tu te rends compte ?... Ils seraient déjà passibles de poursuites simplement pour avoir menti à des policiers à propos de cette affaire. Mais ils ne le seront pas, enfin, s'ils se décident à dire la vérité. Tu as une idée de ce qui se serait passé s'ils s'étaient obstinés dans leur version des faits et avaient dû témoigner sous serment au tribunal ? *¡ Dios mío !* Ils se seraient rendus coupables de faux témoignage *et* de mensonge à des fonctionnaires de police. Ils ont tous seize ou dix-sept ans. Ils peuvent être poursuivis comme des adultes et ça, ça veut dire de la tôle, et pour un bout de temps. Et puis, pense un peu au professeur, Estevez ! Dieu sait ce qu'il deviendrait en prison ! Enfermé pendant des années avec une bande de racailles totalement dépourvues d'affect. »

Il s'interrompit et jeta un regard dur à Philippe, s'attendant à ce qu'il lui demande ce que signifiait « dépourvu d'affect ». Mais Philippe était trop pétrifié pour prononcer un seul mot. Alors Nestor se décida à poursuivre et à le lui expliquer.

« La moitié des mecs qui sont en prison sont dépourvus d'affect. Ça ne veut pas seulement dire qu'ils sont incapables de distinguer le bien du mal et qu'ils s'en foutent complètement – ils n'éprouvent pas la moindre compassion pour qui que ce soit. Ils n'éprouvent pas de culpabilité, ils n'éprouvent pas de pitié, ils n'éprouvent pas de chagrin – sauf si on les prive d'une chose qu'ils veulent. Et quatre élèves de de Forest – des ados ? – des gosses comme ça, ils leur arracheraient leur caleçon et... Seigneurdieu ! Enfin, inutile d'entrer dans les détails, mais crois-moi, tu ne peux pas imaginer le bol qu'ont eu ces jeunes en se rétractant aussi vite. S'ils s'étaient fait pincer plus tard, *Whoahhhh* ! » Nestor secoua la tête et ajouta avec un petit rire morose, « Ils n'auraient même pas eu de *vie* après ça. Ils n'auraient plus fait qu'inspirer et expirer ! » Nouveau petit rire morose. « À propos, qu'est-ce que tu penses de ce prof, Mr Estevez ? »

Philippe ouvrit sa bouche de quinze ans... et aucun mot n'en sortit... *supplice*... Il prit quelques profondes inspirations... et lâcha finalement d'une petite voix aiguë de quinze ans.

« Je trouve que... ça va...

— Philippe ! protesta Ghislaine. Tu m'as dit que tu l'*appréciais* beaucoup !

— Et Patrice, Fat Louis, Honoré et Hervé ? Ils en pensent quoi, eux ? demanda Nestor.

— Je... je ne sais pas. »

Nestor voyait bien que Philippe se blindait dans l'attente d'une nouvelle question. Peut-être l'avait-il déjà trop bousculé. « J'essayais juste de les imaginer, assis à cinq ou six mètres de leur prof, Mr Estevez, dans une salle d'audience, en train de faire un faux témoignage qui l'enverrait en prison. Je n'aimerais pas être à leur place, ça, c'est sûr. » Il baissa les yeux, secoua la tête et tordit ses lèvres dans un sourire sans joie à la *c'est-la-vie-que-veux-tu.*

« Faut que j'y aille, maintenant », dit Philippe. Il n'avait plus rien d'un baryton en herbe. Il n'était plus qu'un gamin terrifié pris d'une irrépressible envie de se volatiliser. De devenir invisible.

Il regarda sa sœur comme pour lui demander l'autorisation de se lever et de se retirer. Ghislaine ne lui donna aucune indication, ni dans un sens ni dans l'autre. Nestor décida donc de s'en charger. Il se leva et répandit une puissante dose de Charme de Flic en direction de Philippe, qui ne se le fit pas dire deux fois et bondit littéralement sur ses pieds. Nestor lui tendit la main... comme un présent, rayonnant... *J'ai le Pouvoir – et pas* toi *– mais pour le moment, mon unique intention est d'être chaleureux et amical, parce que jusqu'à présent, j'ai une bonne opinion de toi...* tandis qu'ils échangeaient une poignée de main. « J'ai été ravi de faire ta connaissance, Philippe ! » dit

Nestor... avec une petite pression supplémentaire... Philippe se flétrit comme une pivoine. Il adressa à Ghislaine le genre de regard affolé qui dit «Aide-moi à me sortir de là!» – et repartit vers la cuisine. Plus de Dandinement de P'tit Mac.

Ils entendirent s'ouvrir et se refermer la porte de la cuisine donnant sur l'extérieur. Ghislaine alla vérifier que Philippe était bien parti... avant de revenir au salon pour l'autopsie.

«Comment avez-vous obtenu le nom de famille de ces quatre garçons? demanda-t-elle. Patrice, Louis – quels étaient les deux autres?

— Hervé et Honoré.

— Vous avez vu la tête de Philippe? Il a dû croire que la police savait déjà tout de cette affaire! Sérieusement, comment avez-vous obtenu leurs noms?

— Ça n'a pas été très difficile. J'ai un ami à la Police Scolaire. Un ancien de la Patrouille Maritime. J'ai bien vu que votre frère était drôlement secoué.

— Mais... et le rôle de Philippe dans tout ça?

— Il a peur. Il n'avait pas envie de dire un mot sur quoi que ce soit. Je pense qu'il est terrifié par le garçon qui est mis en cause, ce Dubois. D'après mon collègue, c'est un vrai délinquant, il a déjà un dossier épais comme ça. Voilà pourquoi je tenais à leur faire comprendre à tous que ce qu'ils avaient à craindre était bien pire que ce petit voyou.

— Leur faire comprendre à *tous*?

— Vous savez bien que la première chose que votre frère va faire, c'est aller trouver ses quatre copains et leur annoncer qu'on parle d'eux chez les flics, et pas seulement les flics de la Police Scolaire, et qu'il y en a un dans la bande qui a craché le morceau. Chacun va dire que ce n'est pas *lui*, évidemment, mais ils... vous comprenez... ils vont commencer à se demander qui est le traître. Et ils vont sûrement se mettre à se méfier les uns des autres et à se poser des questions, "Est-ce que c'est vraiment ça qui va m'arriver si je mens pour couvrir Dubois? Ce sera bien pire que tout ce que Dubois pourrait me faire." Je pense aussi qu'il pourrait être utile qu'ils se mettent à discuter de ce prof, Estevez, et de ce qui va lui arriver à *lui*. Ils ne

346

peuvent pas tous être dépourvus d'affect! En tout cas, je suis convaincu que ce n'est pas le cas de Philippe.

— Je le *sais*, moi.» Ghislaine s'interrompit... réfléchit... plongée dans ses pensées... avant d'exploser, «Il est dépourvu de quelque chose de bien plus grave, Nestor! Il est dépourvu de courage! C'est un bébé! Il *lèche les bottes* – de *voyous* minables comme ce Dubois! Il les redoute plus que la mort elle-même – voilà pourquoi il est attiré par leur brutalité grossière, pourquoi il veut qu'ils l'*aiment*!... Je suis sûre qu'ils se moquent de lui derrière son dos, mais il se met à plat ventre pour se faire bien voir d'eux. S'inquiète-t-il à l'idée d'être arrêté pour faux témoignage? S'inquiète-t-il des atrocités qui peuvent lui arriver en prison? Sait-il à quel point il se sentira coupable s'il contribue à envoyer Mr Estevez en prison? *Oui!* – il sait tout cela. Mais rien de tout cela n'a de *poids* face à la peur que lui inspirent ces voyous, ce Dubois et tous les autres. Il les idolâtre parce qu'ils sont plus durs et plus violents que lui! Et en ce moment précis, il tremble à l'idée des horreurs indicibles qu'ils lui infligeront s'il les trahit. Pires qu'indicibles – inimaginables! Dans son esprit, c'est l'horreur absolue!... Ce n'est qu'un pauvre petit bébé, Nestor, un pauvre petit garçon!»

Ses lèvres commencèrent à se pincer et leurs commissures à s'incliner vers le bas... son menton trembla et se crispa jusqu'à ressembler à une figue séchée... ses yeux se mirent à couler...

:::::: Oui? Non? C'est parfaitement OK si je la prends par les épaules pour la consoler – hein? Hein... pour la consoler. :::::: Ce qu'il fit.

Ils étaient debout l'un à côté de l'autre lorsqu'il glissa le bras à travers le dos de Ghislaine. Elle avait la tête baissée, mais elle la releva alors et le regarda droit dans les yeux à quinze centimètres d'écart. Nestor imprima alors une authentique pression au bras qu'il avait posé sur son épaule dans un geste de voyons-voyons-ça-va-aller. Ce qui rapprocha encore leurs visages. Celui de Ghislaine exprimait un appel au secours primordial.

«Ne vous en faites pas. S'il faut que je m'occupe de ce Dubois, je le ferai», déclara Nestor d'une voix rauque mais pleine de noblesse.

Les yeux toujours rivés sur son visage, Ghislaine prononça un seul mot qui était à peine plus qu'un murmure : «Nestor...» Ses lèvres s'écartèrent légèrement.

Ces lèvres l'hypnotisaient. :::::: Arrête, Nestor! C'est une enquête de police, bordel! Mais elle me fait des avances évidentes, non? Ce dont elle a surtout besoin, c'est de réconfort et de protection. Ouais?... ouais. C'est juste pour l'aider à reprendre ses esprit. Ouais?... ouais! :::::: Il approcha ses lèvres si près de celles de Ghislaine qu'elle n'avait plus qu'un œil, au milieu du front, presque au-dessus du nez...

Bruit de clé dans la serrure de la porte d'entrée, à deux mètres cinquante à peine de l'endroit où ils se tenaient. *Oups!* Leurs têtes s'écartèrent brusquement. Le bras compromettant de Nestor se retira de son côté pour revenir – *slap!* – du sien.

La porte s'ouvrit. Un homme grand et mince, on aurait dit un Philippe quinquagénaire... se tenait devant eux... étonné et gêné... Nestor éprouvait la même chose, étonné et gêné... Ils se figèrent tous les trois pendant une fraction de seconde... gêne *effroyable*! L'homme était vêtu d'une chemise bleu pâle au col ouvert, avec cependant un blazer bleu marine par-dessus. Dans ce blazer, il incarnait la terreur mortelle de n'importe quel jeune homme : la Dignité!

Ghislaine s'avança sur la glace à pas menus :

«Papa, je te présente l'agent de police Nestor Camacho! L'agent Camacho est ici – mais tu as manqué Philippe de justesse! Il est parti il y a quelques minutes seulement!»

:::::: *Qu'est*-ce que cela signifie? «Oui, nous sommes seuls en ce moment, mais nous n'avons pas été seuls longtemps» – Dieutoutpuissant! est-ce bien ce qu'elle cherche à me dire? ::::::

Des idées indécentes caracolèrent, incontrôlables, dans la tête de Lantier. :::::: Mon Dieu, *cet* agent Camacho! Nous avons une célébrité sous notre toit! Il est très connu! Pourquoi se tient-il aussi près de ma fille – à quelques *centimètres*? Et pourquoi sont-ils aussi rouges? Pourquoi ont-ils l'air gêné? Que dois-je faire? Me précipiter pour lui serrer la main? Philippe était là?... Et alors? Lui souhaiter la bienvenue? Remercier le célèbre agent Camacho ... *de quoi*? A-t-il posé la main sur ma fille? Ce salopard est-il là pour fricoter avec elle? Pourquoi ne m'a-t-on pas prévenu de sa visite? Regarde-moi ça... Toutes ces bosses et protubérances bodybuildées soulignées par son polo. On lui a remis une médaille! Ils n'arrêtent pas de publier des articles sur lui dans le journal et de le montrer à la télé pour ses actions héroïques. C'est quelqu'un d'*important*! Est-ce que ça lui donne le droit de fricoter avec Ghislaine! Elle n'est qu'une enfant! C'est un foutu flic cubain! Un *flic* cubain! Qu'est-ce qu'il fabrique ici? Un *flic cubain*! Pourquoi se tient-elle aussi près de lui? – un *flic cubain*! Qu'est-ce que c'est? Quel projet fait-il? Quelle bêtise?* Que se passe-t-il?! ::::::

12

Justice Jujitsu

Vers dix-huit heures trente, Magdalena ouvrit la porte de sa couverture, de son alibi – autrement dit de l'appartement qu'elle partageait officiellement avec Amélia –, fit un pas à l'intérieur et UHHhhhnnnnggghhhhhhssssoupira bien plus bruyamment et plus longuement qu'elle n'en avait eu l'intention. Elle entendit un homme parler dans le salon : « Bien, un instant s'il vous plaît... Je ne vais même pas jusqu'à *suggérer* qu'il y ait quoi que ce soit d'illicite là-dedans... bien que je... » Un deuxième homme le coupa : « La question n'est pas là, en réalité. Une erreur – une *bévue*, pour reprendre votre terme – de cette... » En fait, dès qu'elle avait entendu le ton récriminateur, impérieux dont le premier homme avait dit, « Je ne vais même pas jusqu'à *suggérer* », Magdalena avait compris que ce n'était qu'Amélia qui regardait une quelconque émission d'actualités sur sa grande télé plasma.

Les voix s'atténuèrent soudain en un presque imperceptibredouillant murmurmurmure et un unique gazouillis *hi hi hi hi* de rires et en nouveaux murmurmurmurmurmurmurmurmures et Amélia apparut sur le seuil en T-shirt, jean et ballerines, la tête inclinée sur le côté et les lèvres relevées de l'autre au point qu'elle avait un œil presque fermé, ce qui était sa manière d'annoncer « moquerie à l'horizon ».

« C'était quoi, *ça* ?

— Ça *quoi* ?

— Le gémissement que j'ai entendu. *¡Dios mío !*

— Oh, ce n'était pas un *vrai* gémissement. C'était un gémisoupir...

350

— Un *gémisoupir*... Je vois. Ça veut dire qu'il venait du cœur?»

Magdalena leva les yeux au ciel sur le mode je-vais-craquer et répondit d'un ton plutôt acerbe, «Ouais, du cœur ou d'un peu plus bas. Je pense à plusieurs endroits possibles.»

Elle passa devant Amélia, entra au salon et *lança* littéralement son corps fesses les premières sur le canapé avant de regémisoupirer, «Ahhhhunnnnggghhh.» Elle leva les yeux vers Amélia qui l'avait suivie. «C'est Norman... Je me demande si je vais encore supporter Docteur Merveille bien longtemps», après quoi elle entreprit de lui retracer dans le détail le comportement de Norman à Art Basel, «enfonçant pratiquement le nez de Maurice Fleischmann dans le porno pour être sûr de continuer à le tenir et à se servir de lui au profit de sa propre ascension sociale minable, et c'est tellement contraire à la déontologie – c'est même bien *pire* qu'une question de déontologie... c'est *cruel*, ce qu'il fait à Maurice...»

L'écran de télé montrait effectivement trois types, exactement de l'espèce des Monsieur-je-sais-tout terriblement sérieux qu'elle avait imaginée en les entendant depuis l'entrée... les incontournables costumes sombres et des amplitudes variables de cheveux rares sur leurs crânes, des crânes bien décidés à vous paralyser d'opinions pontifiantes sur la politique et l'intérêt public. L'écran de la télé était si vaste que leurs bras, leurs jambes, leurs lèvres qui remuaient incessamment étaient presque grandeur nature et auraient pu se trouver là, dans la pièce, à côté de vous, exhalant un ennui dont Magdalena ne percevait, Dieu merci, que le plus ténu bourdonnement tandis qu'elle expliquait que «l'amour de Norman pour Norman serait embarrassant même s'il y mettait un minimum de subtilité, et un Minimum de Subtilité n'est pas dans la nature même de Norman. Il y a des moments où ça me donne envie de dégobiller».

Elle ne prit que vaguement conscience de la disparition des costumes sombres et de leur remplacement par une publicité. Un quadragénaire en tenue de golf rebondit sur le sol d'un salon comme un ballon de basket *thubba thubba thubba thubba,* pendant qu'une femme, légèrement plus jeune, et deux enfants le montraient du doigt, pleurant de rire *thubba thubba thubba thubba.* L'homme rebondissant s'évanouit, événement que Magdalena ne remarqua que parce que l'écran devint beaucoup plus lumineux. Elle était en pleine Régate de Columbus Day – «Norman *mourait* d'envie que tout le monde sache qu'il était le grand médecin du porno et tenait absolument à se faire inviter sur un de ces bateaux.» Elle ne jeta qu'un coup d'œil très furtif à ce qui avait illuminé l'écran, une deuxième publicité, un dessin animé représentant trente ou quarante cochons ailés qui volaient en formation militaire sous un ciel bleu radieux avant de se détacher un par un et de plonger en piqué comme des bombardiers, pour laisser la place à un nom unique, qui envahit l'écran : ANASOL, et Magdalena racontait à Amélia que «les filles écartaient les ficelles de leurs raies du cul et les garçons ôtaient leurs shorts et les baisaient en levrette, juste là, sur le pont, sous les yeux de tout le monde, et Norman essayait de me convaincre d'ôter le haut de mon maillot et je savais bien qu'il ne s'arrêterait pas là». Elle ne prit que fugitivement conscience de l'apparition à l'écran d'un présentateur de journal télévisé. Un reporter se trouve dans une sorte de gymnase délabré et tend un micro à un grand type d'environ trente-cinq ans hyper musclé. Magdalena releva du coin de l'œil la présence d'autres types, d'une vingtaine d'années, plus ou moins, qui grouillaient derrière eux... Rien de bien passionnant... La seule chose qui l'intéressait était de raconter à Amélia que Norman était «assis là, sur le pont, entassé avec une quarantaine ou une cinquantaine de personnes, surtout des mecs qui m'ont tout l'air de ne pas être loin d'avoir besoin d'une thérapie contre l'addiction au porno – et dans un très proche avenir même – et il est là, le célèbre psychiatre du porno, assis avec eux – je n'y croyais pas. Il y avait de quoi flipper, franchement. Ils se mettent à projeter des films porno sur les *immenses* voiles d'un bateau – *immenses* – et ¡*Dios mío!* – Norman est encore pire que les autres! Il se met à bander sous son maillot de bain, et ça se voit comme le nez au milieu de la figure! Tu parles d'un accro au porno! Il n'en peut plus – tu vois, sur ces immenses voiles, toutes ces érections paraissaient gigantesques et quand les filles écartaient les jambes, on aurait dit qu'un homme pouvait y entrer debout. Je n'y croyais pas!» Magdalena tenait tellement à donner tous les détails à Amélia qu'elle ne remarqua même pas que le même genre de bateau, un schooner aux mâts immenses et aux voiles volumineuses, venait d'apparaître sur l'écran. Tout en haut du mât le plus haut, deux minuscules silhouettes se débattent et la plus grosse enroule ses jambes autour de la taille de la plus petite, qui est sur le point de faire une chute mortelle, et se met à se balancer à la seule force des bras pour descendre le long du câble de foc, portant l'autre en direction du pont et de la caméra, et maintenant, on distingue le visage du sauveteur...

«Magdalena! Ce n'est pas ton copain?»

Magdalena tourna les yeux vers l'écran pour la première fois. «¡Dios mío! Nestor!»

Cette image lui coupa le souffle... Elle n'avait pas vu ça à la télé au moment où ça s'était passé. Elle avait eu trop à faire ce jour-là puisqu'elle avait dû trouver le courage de s'engueuler avec sa mère et de tourner le dos à Hialeah... et là, en ce moment, elle n'était franchement pas d'humeur à supporter une seule seconde du grandiose triomphe de Nestor... et pourtant, la curiosité l'emporta : «Amélia, mets plus fort, tu veux?»

L'instinct d'Amélia, eh oui ; elle montait déjà le son. Sur l'écran, le visage de Nestor fonce droit sur elles, son visage et les huées, les sifflements, les imprécations qui s'abattent depuis la Chaussée qui le surplombe, une vraie rafale d'espagnol, d'anglais et de Dieu sait quelles autres langues. ::::::: Super! Son propre peuple le déteste! Alors à quoi bon toute cette publicité – hein?... hein!... Ce vieux machin d'Hialeah – tu t'en débarrasses ou tu restes empêtré dedans jusqu'à ce qu'il t'étouffe complètement... et Nestor en faisait partie, pas vrai? largement partie... Comment ces Americanos peuvent-ils avoir le culot de défendre sa réputation et essayer d'en faire une sorte de héros? Comment peuvent-ils avoir le culot d'insinuer que j'aie pu faire le mauvais choix et renoncer à une... célébrité? ::::::

«¡Caramba! fit Amélia. Il est super mignon, ton petit copain d'Hialeah!»

Magdalena devint laconique, irascible et sèche. «Ce n'est pas mon "petit copain", ni d'Hialeah ni d'ailleurs.»

Amélia avait réussi à lui mettre les nerfs et ne put résister à l'envie d'enfoncer le clou. «OK, ce n'est pas ton petit copain d'Hialeah. Avoue quand même qu'il est beau gosse!» On voit à l'écran la photo du journal de Nestor torse nu. «Il pourrait poser pour une de ces statues de dieux grecs, un truc comme ça.» Le visage d'Amélia pétillait littéralement de bonne humeur taquine. «Tu es sûre de ne pas changer d'avis, Magdalena? Parce que, dans ce cas, tu pourrais peut-être m'arranger un rancard avec lui.»

La bouche de Magdalena s'ouvrit, mais elle était sans voix. Incapable de trouver une seule réplique. Elle avait conscience que son visage s'était figé, mais n'y pouvait rien. :::::: Merci beaucoup, Amélia! Merci *infiniment*... C'est tellement sympa de ta part de mettre des mots sur tout ce que je ressens... Oh, merci de m'envoyer tout ça en pleine figure. ::::::

Une airmada de cochons ailés de dessin animé vole à une allure incroyable... si vite, de petites bouffées de nuages blancs passent telles des fusées devant un ciel bleu vif absolument radieux... le tout sur la musique martiale de la «Chevauchée des Walkyries» de Wagner... un par un, les cochons volants commencent à se détacher et à descendre en piqué comme des bombardiers vers une cible invisible. Une profonde voix off de baryton dit «Onctueuse... efficace... immédiate, et *toujours droit au but*... voilà ce que vous promet... ANASOL»... Au même moment, le nom ANASOL envahit l'écran.

«Anasol..., lut Evguéni. C'est quoi l'Anasol?

— Crois-moi, mieux vaut ne pas le savoir, répondit Nestor. C'est une sorte de pommade.» Ils étaient assis, Evguéni et lui, devant la télé de l'atelier d'Evguéni. Il devait être minuit et demi et Nestor venait de rentrer de son service à l'Unité Anticriminalité où il était de l'équipe de seize heures à minuit. Ils regardaient les actualités locales, diffusées d'abord à dix-huit heures, et reprises à minuit.

Blip la prétendue équipe d'infos est de retour, trois hommes et une femme assis devant un bureau incurvé moderne style-télé de quatre mètres cinquante de large environ, où ils lisent les nouvelles qui défilent sur un téléprompteur... multipliant tous les quatre les petits rires et les grimaces pour que tout le monde sache qu'ils se sont bien amusés, dans un tel esprit de convivialité, pendant le flash publicitaire... et signalant le début imminent de la dernière partie, plus légère, la rubrique «société» du journal télévisé. Le présentateur annonce, « Eh bien, Tony, si j'ai bien compris, l'économie de Miami a pris un virage sur la corde, c'est bien ça ? »

Le journaliste de la rubrique éco, Tony, secoue la tête de gauche à droite, « Voyons, Bart, vous saviez déjà que nous allions parler de cordes et des retombées économiques du grimper de corde, ou n'est-ce qu'une heureuse coïncidence ? »

Il branche ses yeux dans le téléprompteur et poursuit : « Le grimper de corde, avec les bras seulement et sans les jambes, a été un sport populaire en Europe et en Amérique pendant un millénaire au moins et l'est resté jusqu'à il y a une bonne cinquantaine d'années, et plus précisément jusqu'en 1932, date à laquelle les Jeux Olympiques, rapidement imités par les écoles et les universités, ont abandonné cette discipline. Ce sport semblait mort et enterré... Jusqu'au jour où un homme, ici, à Miami, l'a ressuscité... mettant ainsi en ébullition la florissante industrie des centres de fitness de Floride du Sud. L'ébullition n'a fait que s'amplifier depuis. »

Le cœur de Nestor s'accéléra, passant en alerte rouge. :::::: *¡Dios mío!* Ce sujet ne va quand même pas prendre la direction qu'il semble devoir prendre, ou bien !? ::::::

Mais si ! L'écran s'anime d'une séquence vidéo montrant un jeune homme qui grimpe à la seule force des bras à une corde le long du grand mât de vingt mètres d'un schooner. Des visages levés, sur le pont du voilier et dans un petit bateau à moteur, des visages baissés, sur un pont routier voisin, observent la scène avec une grande tension, une grande émotion, acclamant, huant, criant Dieu sait quoi. Un objectif télescopique zoome sur le grimpeur. Il porte le short informe et la chemise à manches courtes des agents de la Patrouille Maritime de Miami, mais on distingue parfaitement les formes, les formes massives, de ses épaules et de ses bras. La caméra télescopique montre son visage de façon parfaitement identifiable...

Le cerveau de Nestor et tout son système nerveux central sont paralysés par quelque chose de bien plus puissant que l'excitation, un suspense fatidique. :::::: C'est moi, d'accord, mais *¡Dios mío!* – le Destin m'entraîne vers... *Quoi ?* ::::::

Tony, le présentateur de la rubrique éco, commente en voix off : « Et voici Nestor Camacho, un agent de la Patrouille Maritime de

Miami en pleine action, grimpant à un câble de poulie du grand mât de vingt mètres d'un schooner de plaisance dans la baie de Biscayne – c'est la Chaussée Rickenbacker que vous voyez là – pour *sauver*, diront certains – *arrêter, déporter, envoyer à sa perte*, à en croire un grand nombre des compatriotes cubains de Camacho – la minuscule silhouette que vous distinguez à peine, assise sur une petite chaise de gabier tout en haut du mât. »

Dans une séquence largement coupée et remontée, la vidéo montre :::::: *moi!* :::::: et :::::: *mes* :::::: exploits pour capturer :::::: *ma* :::::: proie, puis la faire descendre le long du câble et la conduire en lieu sûr.

Sa vision périphérique avertit Nestor qu'Evguéni avait les yeux rivés sur :::::: moi :::::: intensité poussée au max. Il n'osa pas lui rendre son regard, cependant. Il avait déjà bien assez de mal à contrôler le frémissement d'allégresse qui envahissait son système nerveux.

Le commentateur, Tony, poursuit, «Tous les bodybuilders de Floride du Sud – et ils sont légion – n'ont vu qu'une chose dans ce "sauvetage"... ou cette "arrestation"... appelez ça comme vous voudrez... c'est la forme physique et la force incroyable de ce jeune policier de Miami.» La photographie originale du torse nu de Nestor publiée par le *Herald* apparaît brièvement.

«Depuis, continue le présentateur de la rubrique éco, Tony, l'admiration a tourné au délire dans l'industrie du fitness. Il y a quatre jours, le même jeune policier, Nestor Camacho, a accompli un nouvel exploit physique peu commun en maîtrisant et en arrêtant un dealer d'un mètre quatre-vingt-quinze et de cent trente kilos qui s'apprêtait à étrangler un de ses collègues policiers, à Overtown.» Sur l'écran, la photo d'un TyShawn Edwards massif, vaincu, les yeux larmoyants, la tête baissée, menotté-derrière-le-dos, emmené sous bonne escorte par trois flics de Miami qu'il écrase de sa stature gigantesque. «La ruée vers la corde des adeptes du fitness a commencé dès l'instant où ce jeune policier a grimpé au sommet du mât – mais cette ruée tourne court, faute de cordes. Dans toute la région métropolitaine de Miami, il n'y a apparemment qu'une corde qui se prête vraiment à ce sport – elle se trouve dans le gymnase où Nestor Camacho fait de la musculation depuis quatre ans. Cette salle située à Hialeah s'appelle – accrochez-vous bien – "chez Rodríguez Ñññññññooooooooooooo!!! Qué Gym"... Vous avez bien entendu, "chez Rodríguez Ñññññññooooooooooooo!!! Qué Gym." Earl Mungo de la chaîne 21 se trouve en ce moment à Hialeah, en compagnie de Mr Jaime Rodríguez, dans ce fameux gymnase. »

Blip. Le voilà à l'écran, Rodríguez, à côté du journaliste de la télé, Earl Mungo. La corde digne de toutes les attentions soudaines de la presse, quatre centimètres de diamètre, est suspendue – bien en vue – deux mètres et demi environ derrière eux. Aimantée par la présence d'une équipe de télé, une foule de bodybuilders, musclés pour l'essentiel, les clients de Rodríguez, s'est assemblée sur trois rangs. Rodríguez porte un T-shirt noir sans manches si étroit qu'on le dirait peint sur son corps.

Earl Mungo prend la parole, «Jaime, avez-vous une idée du ramdam que cette corde a déclenché dans l'industrie du fitness de Floride du Sud?

— Oh, m'en parlez pas! C'est dingue! Tous les fondus de gym de Floride du Sud rappliquent ici!» Rire. «Et croyez-moi, depuis que Nestor a foutu la pâtée à ce malabar l'autre jour, ils sont tous à donf! Y a tant de gens qui veulent s'inscrire au club que j'ai dû embaucher un tas de filles pour le bureau, just' pour la paperasse, et j'vous parle pas des nouveaux moniteurs. J'vous l'dis, y a des jours où j'me demande si c'est pas un asile de fous, par ici.» Rires et sifflets approbateurs des garçons. L'un d'eux braille, «Yo! Mortel, un Asile de fous!» Nouveaux éclats de rires.

«Pourriez-vous expliquer aux téléspectateurs pourquoi le grimper de corde constitue un exercice physique d'une telle efficacité?

— Faut combiner cinq ou six exercices de poids pour avoir les mêmes résultats qu'au grimper de corde, et encore, vous aurez pas tout. On se sert de ses biceps – c'est clair –, mais ça fait aussi bosser un putain de gros muscle dont beaucoup de gens ont jamais entendu parler parce qu'on le voit pas. Il s'appelle le muscle brachial, et il est sous le biceps. Si vous le bossez comme il faut, vous arrivez *vraiment* à en faire un muscle.» Il lève le bras et gonfle un muscle qui ressemble à un gros rocher escarpé. «C'est pas facile de développer les brachs juste avec des haltères, mais quand on grimpe à la corde, on les fait bosser jusqu'en haut. Ça fait quatre ans d'affilée que Nestor bosse ici, à la corde, et putain, j'peux vous le dire, *ça paye* ! »

Earl Mungo, rayonnant, s'adresse à la caméra, « Eh bien, Tony et Bart, nous y voilà – grimper à la corde, *ça paye* ! Pour les body-builders, c'est comme l'arrivée de l'iPhone sur le marché. La corde, il la leur *faut*, ils la *veulent* tous ! Et tout a commencé à l'endroit d'où je vous parle – ici, à Hialeah, chez Rodríguez – désolé les gars, mais il va falloir que j'essaie encore une fois : chez Rodríguez Ñññññññoooooooooooooo !!! Qué Gym ! »

Le présentateur en était encore à réciter son enchaînement avec la suite de l'émission – quand Evguéni dit d'une voix assourdie, respec-tueuse, étonnée : « Nestor, je me *doute* pas – tout ce temps, je me doute pas tu es... qui tu es... le policier que il a amené cet homme en bas du mât. Je t'ai vu moi-même à la télévision, et puis tu viens habiter là et je me doute encore pas c'est toi ! Tu es célèbre ! Mon colocataire – mon *colocataire* ? – je vis avec quelqu'un célèbre !

— J'suis pas célèbre, Evguéni, j'suis juste un flic.

— Non...

— J'ai fait ce qu'on m'a ordonné de faire, c'est tout, et quand ça se passe bien, le flic est un "héros"... ça dure dix minutes, tu sais. Il est pas célèbre. "Célèbre", c'est autre chose.

— Non, non, non, non, Nestor ! Tu as vu, juste là ! Célèbre c'est faire cette folie dans toute une industrie ! Célèbre c'est être l'icône pour beaucoup de gens !

— Eh bien, merci... sans doute », dit Nestor qui n'avait qu'une très vague idée de ce que signifiait *icône*. Il esquissa un dernier geste dédaigneux de la main en direction de l'écran accompagné d'un sou-rire méprisant, puis s'en détourna entièrement. « Faut qu'ils fassent du tam-tam pour n'importe quoi, cette bande de guignols. » :::::: Mentir par modestie, ce n'est pas vraiment mentir, c'est... Ça a quelque chose de généreux... et d'attentionné... mais... et si ces gui-gnols disaient la Vérité ?... Est-ce que je peux prouver que tout ça c'est du flan ?... Une *icône* ? Va falloir que je cherche sur Google. ::::::

Ce qu'il fit dès qu'il fut seul. Il y réfléchit, y réfléchit. Il était deux heures moins le quart du matin quand il alla se coucher.

Il s'endormit immédiatement, et ses rêves voguèrent sur une grande vague de sérotonine.

Caliente! Caliente, baby... T'as plein de fuego dans ta caja china... Colle-toi une bonne lance d'arrosage par là... Ça ira mieux tu verras... Tu brûles tu crames... Raconte pas – Bulldog en était déjà à la moitié de la chanson quand Nestor émergea enfin d'un profond, profond brouillard hypnopompique et réussit à comprendre *d'salades* que cette voix masculine venait de son iPhone posé par terre, à côté du matelas...

— Quelle *heure* est-il? *T'as trop envie d'essayer. Tu serais même prête à raquer.* Les aiguilles lumineuses du petit réveil indiquaient 4:45. *Mais elle livre que gratis, tu vas kiffer* et pour la cinquantième fois sans doute, il se reprocha d'avoir téléchargé une chanson comme sonnerie *c'est sa B.A. préférée.* Qui pouvait bien l'appeler à cinq heures moins le quart du mat?! Et pourquoi?! *la B.A. de la lance d'arrosage.* Il réussit à se redresser sur un coude *C'est moi* et à trouver le bon *C'est moi tu captes?* et à trouver le bon *Et c'est moi* bouton *Yo yo!* et *Yo yo! Mismo!* à appuyer...

« Camacho. » Il répondait toujours comme ça. Pourquoi perdre son temps avec le reste?

« Nestor... » C'était la voix d'un Latino. Elle ne disait pas « *Nis-ter.* » « Ici Jorge Hernández – le brigadier Hernández.

— Chef...

— Je sais qu'il est très tôt, je suppose que tu dormais, mais il faut absolument que tu sois au courant. »

D'un coup, Nestor fut parfaitement réveillé. Il se creusa la cervelle, essayant de deviner de quoi aunomdedieu il devait absolument être mis au courant en pleine nuit. Il était sans voix.

Le brigadier poursuivit. « Lève-toi et connecte-toi. Va sur YouTube!

— YouTube?

— Ouais. Tu connais Mano Perez, des Homicides? Il m'a appelé il y a une minute. Il a mis la main sur le canard qui sort aujourd'hui – et il me dit, "T'es sur YouTube! Avec Camacho!" J'ai failli tomber de mon putain de *plumard* ! Alors je vais sur YouTube – et c'est vrai ! Putain, ces trucs qu'il y a sur *moi* !... et sur *toi*, Nestor. »

Nestor sentit les volts lui traverser la boîte crânienne. «C'est une blague?» Du fond de son brouillard hypnopompique, il comprit immédiatement qu'il venait de dire une connerie. Le brigadier Hernández l'appelant à cinq heures moins le quart du mat pour lui faire une blague? ...impossible. «Vous et moi, brigadier? Qu'est-ce qu'ils nous veulent?

— C'est à propos de ce gros *comemierda negro* qu'on a chopé à cette *comemierda* baraque de crack à Overtown. Figure-toi qu'un enculé avait un portable et a pris une putain de vidéo. On voit que c'est pris avec un portable parce que ça saute dans tous les sens et que c'est super flou. Mais on nous reconnaît très bien, toi et moi. Putain, les enfoirés! Ils ont collé la voix d'un mec par-dessus, pour être bien sûrs que tout le monde entende nos noms et sache quels deux salopards de Cubains on est, à torturer ce pauvre *negro* qui gît par terre, la figure tordue de douleur et toi et moi, on a ficelé ce jus de réglisse comme un saucisson et il peut plus remuer un muscle. »

:::::: Nom de Dieu, chef, j'espère qu'ils ont pas de vidéo de vous en train de traiter ce mec de «jus de réglisse» ::::::

«... il est couché là, tu vois, et ils t'ont pris en train de hurler dans l'oreille de cet enfoiré : "Kès t'as dit, salaud? *Kès* t'as dit? *Kès* t'as dit espèce de salopard d'enculé?" Et puis on m'entend dire, "Nestor! Bon sang, ça suffit!" Ils se sont débrouillés pour qu'on ait l'impression que t'es en train de le torturer et que moi, je t'empêche de le massacrer. Et puis ils embrayent sur les femmes et les enfants qui se trouvaient dans ce "prétendu repaire de crack", qui serait en réalité un centre d'accueil de jour. *Putain!* Et on voit jamais l'enfoiré qui dit tout ça. »

Culpabilité... Une vague de culpabilité emporta Nestor. Le souvenir de cet instant – la *sensation* ... cette terrible émotion – l'envie de tuer – la *folie! Tue!*... Il était incapable de réfléchir rationnellement au contexte dans lequel ça s'était passé... la *culpabilité*, c'est tout...

«... et puis on m'entend dire, continua le brigadier, on m'entend dire, "Mais c'est un chaud ce mec-là, ce bamboula de mes deux, un putain de gros nœud, il est pas du genre à se laisser insulter, *naaan*

360

mec." Cet enculé de tarlouze parle de tentative "grossière et diffama-toire" pour imiter l'accent noir – *grossière et diffamatoire!* – et il pré-tend que je sous-entends que les Blacks sont des primitifs ignorants. Nom de Dieu! C'est le bouquet! Cette grosse enflure venait d'essayer de me *tuer*! Il avait les deux mains autour de mon putain de cou et essayait de m'écraser la trachée. J'avais déjà tiré mon flingue quand tu lui as sauté dessus. Autrement dit, j'étais déjà prêt à le dézinguer de sang-froid quand tu as détourné mon attention – *détourné* mon *attention*! – et en plus, je l'ai traité de bamboula. Et alors, où est le problème? C'est à toi que je parlais, pas à lui, et de toute façon, il pouvait pas m'entendre. En plus, bamboula, ça veut juste dire – putain, j'sais même pas ce que ça veut dire. C'est juste un mot. C'est pas comme si je l'avais insulté et que je l'avais traité de grosse merde, ce qui aurait pourtant été parfaitement vrai.

:::::: Chef, vous ne captez *toujours* pas! Il faut arrêter avec tout ça – grosses merdes, macaques et tous les autres noms dont vous traitez *los negros*. N'y pensez même plus! – et ne les prononcez surtout pas à haute voix, même devant moi. :::::: Mais Nestor dit: « Ce mec a essayé de vous étrangler, chef! Ils en disent quoi, de ça?

— Ils le montrent pas, que *dalle*! Ils disent même pas qu'il y a peut-être une *raison* pour que ce gros taureau noir, il se soit retrouvé comme ça, aplati sur le dos sous la garde de deux flics. Tout ce qu'ils disent, c'est que les deux flics sont cubains. Sous-entendu, les Cubains sont des bâtards cruels qui vivent que pour faire chier *los negros*, les insulter, se payer leur fiole et les traiter de singes, de sous-merdes, puis les traiter *comme* des singes et des sous-merdes. Inutile d'essayer de demander aux gens de se mettre à notre place, parce qu'ils peuvent même pas *commencer* à imaginer ce que c'est, rouler dans la poussière avec un de ces énormes gorilles. J'te préviens, Nestor, on va être dans la merde jusqu'aux genoux au lever du jour, et jusqu'à la taille à midi...

— Chef, il faut arrêter de dire des machins comme ça, même à moi, parce que après, ça vous sort de la bouche, comme ça, et vous vous retrouvez dans la merde. *On est* dans la merde.

— Je sais. T'as raison. C'est comme de se gargariser au cyanure... mais là maintenant, faut qu'on pense à un truc. Il nous faut un agent de communication. Mais putain, comment est-ce qu'on trouve un mec pareil?... en admettant qu'on puisse le *payer*, ce qui est pas mon cas. Toi, j'en sais rien.

— Et si on allait voir directement le grand boss?

— C'est pas drôle, Nestor.

— J'essaie pas d'être drôle, chef. C'est pas un mauvais type; j'ai passé quoi? une demi-heure avec lui quand on m'a transféré de la Patrouille Maritime à la CST.

— Il peut aussi bien être saint François en personne pour ce que j'en ai à battre. Qu'est-ce tu veux qu'il fasse? C'est *un negro*, Nestor! Pourquoi tu crois qu'ils l'ont fait chef?... Pour que les *bros* puissent dire, "Yo, on a le putain de Chef de la *Po*-lice maintenant, baby. Maintenant, on l'a dans *not'* camp! Il va s'occuper d'*nous*!" »

:::::: Putain! Toutes ces conneries que peut débiter le brigadier! Il ferait mieux de se *dissoudre*... Il va finir par se dissoudre! :::::: Tout haut il dit, « Et si on changeait d'identité, chef?

— Putain, mais qu'est-ce que tu racontes, Camacho?

— Comme ça, ils nous retrouveront pas, chef. Comme ça on se *dissoudra*.

— Qu'est-ce...

— Je déconne, chef, je déconne. Où est-ce que vous voulez qu'on se retrouve?

— Euhhh...» Long silence... «Et puis merde... viens au siège comme d'hab, on parlera dans la bagnole. Et regarde derrière toi. Y a personne pour veiller sur toi ce coup-ci. T'auras plus envie de déconner dès que le soleil sera levé, crois-moi. »

Nestor posa le pouce sur le bouton RACCROCHER et resta en appui sur le coude, sur son matelas. Il était tétanisé. Ses yeux se concentraient sur un point inexistant dans l'air. :::::: Je glisse par une fissure... dans un univers parallèle! Oh, arrête, Nestor. :::::: *Univers parallèle* était une expression qu'il avait entendue dans une de ces séries d'horreur franchement lourdingues, la Redoutable Dimension Pourpre, à la télé. Aucun parallèle entre toi et la moindre dimension pourpre, Camacho. La vérité était qu'il était atterré et terrifié.

YouTube YouTube YouTube YouTube... la partie terrifiée n'avait même pas envie de regarder cette saloperie... mais le reste l'arracha d'un bond à son matelas et le traîna sur un mètre de plancher à travers les vêtements sales, les serviettes de toilette chiffonnées, un assortiment de cartons vides, les moutons et les boules de cheveux... jusqu'à son ordinateur. Il s'assit par terre, adossé au mur... et Bon Dieu, juste sur la page d'accueil... le voilà, dans le repaire de crack. Il est envoûté par sa propre image sur ce petit écran... La victoire de Nestor! L'armoire à glace gît au sol, face contre terre. :::::: Regardez tous! Ce monstre fait deux fois ma taille, mais je l'ai vaincu! Je suis à cheval sur son dos... *Regardez!* Je l'ai immobilisé par un double nelson et une prise en quatre. J'ai les mains nouées derrière sa nuque et je lui écrase la figure dans le sol de toute ma puissance. Bon Dieu! ::::::

Ses muscles étaient déjà gonflés, gorgés de sang, par sa lutte contre le monstre. Et là, sur l'écran de ce petit ordinateur, il mobilise le moindre gramme de force qui lui reste pour enfoncer la tête de l'affreux dans le sol, lui écraser la figure comme une crêpe. :::::: Je suis... *à bloc!* :::::: L'énorme pression du double nelson a plié le cou de la brute en avant, au point que lui, Nestor, aurait pu le lui briser s'il l'avait vraiment voulu. Ça se voyait même sur ce petit écran d'ordinateur; le visage du balèze est tordu à en être méconnaissable – de *douleur!* Il a la bouche ouverte. Il voudrait crier. Mais surtout, il lui faut de l'oxygène. L'unique son qui s'échappe de son corps terrifié de cent trente kilos est «Urrrrrrrunhhh... urrrrrrrunhhh... urrrrrrrunhhh !» On dirait un canard agonisant. Ouais! Un canard clabotant. Encore trente secondes de pression maximum – il n'en aurait pas fallu plus! Et hop! raide mort, ô monstre noir! Hypnotisé, Nestor contemple son triomphe sur ce petit écran. Génial! Sur le moment, Nestor n'avait pas eu conscience de la tête qu'il faisait. :::::: La vache! Est-ce que je montrais vraiment les dents comme ça? Est-ce que j'avais vraiment ce sourire mauvais, hideux? ::::::

Franchement ravi, Nestor n'arrive pas à détacher les yeux de son image à l'écran. Il regarde – et entend – Nestor Camacho sermonner *uhhh uhhh uhhh.* Il est lui-même hors d'haleine *uhhh uhhh uhhh* humilier le géant aussi bruyamment qu'il le peut : «OK *uhhh uhhh* espèce de *uhhh uhhh uhhh de lopette* à la con! » Il se rappelle avoir eu envie que toute la baraque sache qu'il avait démoli le monstre. Il se regarde se pencher jusqu'à qu'à cinq ou six centimètres de l'oreille de la bête et crier en plein dedans, « *Kès* t'as dit, salaud? *Kès* t'as dit? »

À cet instant, le moral de Nestor s'effondre. Il voudrait refermer la fenêtre d'un clic... Après, ça ne fait qu'empirer ... Qu'est-ce qu'il a fait?... Il sait ce qui suit... ça y est, c'est là... Les épithètes, les siennes, celles du brigadier, commencent à s'empiler sur le tas d'os à toute allure dans une fureur de folie rouge – le tas s'embrase. Et Nestor jette dans ce bûcher charnel : « *Kès* t'as dit, espèce de salopard d'enculé? »

Ce n'est qu'alors, en regardant l'écran de l'ordinateur, que Nestor pige vraiment. Ce n'est qu'alors qu'il saisit pour de bon à quel point la situation est grave... cette présentation de Nestor Camacho au monde par YouTube interposé!

Que voit le monde sur cette vidéo? Où commence l'histoire que raconte YouTube? Le monde voit un prisonnier noir qui gît face contre terre, inerte, impuissant, tenaillé de douleur, se débattant de toutes ses forces juste pour pouvoir prendre une nouvelle inspiration, gémissant comme *urrrrrrrunh* aucun être humain n'a jamais gémi, en état d'arrestation et à la merci de deux flics cubains. L'un d'eux est à cheval sur le dos du malheureux, arborant un sourire cruel qui exhibe ses trente-deux dents, savourant la perspective de briser la nuque de son prisonnier d'un double nelson. L'autre est accroupi à moins d'un mètre prêt à lui faire sauter la cervelle avec un revolver de calibre 44. Les deux policiers humilient leur prisonnier noir, contestant sa virilité, le traitant de sous-homme mongol. N'y a-t-il aucune limite aux sévices que ces deux flics cubains sont prêts à infliger à un Noir qui, à la connaissance du spectateur, n'a rien à se reprocher?... Voilà comment *commence* la version YouTube et, très vraisemblablement, comment elle s'achève.

Pas le moindre rappel de la crise possiblement fatale qui a déclenché ces « sévices » ignobles, pas l'ombre d'une allusion au fait que ce Noir maltraité est en réalité un jeune truand, dealer de crack, un balèze de cent trente kilos, rien qui soit susceptible de laisser imaginer qu'il pourrait avoir provoqué toute cette affaire en entourant le cou du brigadier de ses deux énormes paluches, qu'il était à une seconde de l'assassiner en lui écrasant la trachée, que le brigadier n'a dû la vie sauve qu'à la réaction immédiate de l'agent Camacho qui s'est jeté sur le dos du monstre et qui, du haut de ses soixante-quinze kilos, a réussi en deux prises de catch à neutraliser cent trente kilos de truand dealer de crack, à lui faire mordre la poussière jusqu'à ce que la brute ait perdu tout son souffle, toute sa puissance, sa volonté, son courage et sa virilité... et abandonne la lutte... comme une lopette. Qui pourrait prétendre ne pas comprendre que, face à la mort, un flic lui-même subit une poussée d'adrénaline incroyablement plus puissante que toutes les chaînes de la conversation courtoise et cherche sur-le-champ à étouffer son assassin potentiel de toute la répulsion ignoble qui envahit son tronc cérébral depuis le volvulus intestinal de haine le plus profond et le plus sombre ? Qui, fût-il l'homme le plus doux et le plus sédentaire, pourrait ne pas comprendre ça ?!

Mais rien sur YouTube ne permettait à cet homme de connaître la première partie de l'histoire, la partie *essentielle... Rien !* Et sans cette première moitié, la deuxième se transforme en fiction ! En mensonge !

Je te préviens, Nestor, on va être dans la merde jusqu'aux genoux au lever du jour, et jusqu'à la taille à midi... Elle monte déjà, et il fait encore noir au-dehors.

Et il faisait *encore* noir au-dehors à six heures, quand le Chef, un lève-tôt, prit sur sa ligne personnelle un appel de Jorge Guba, un des sous-fifres de Dio, lui annonçant que le Maire voulait le voir à l'Hôtel de Ville dans une heure et demie. *À sept heures et demie ?* Oui. Le Chef avait-il déjà regardé YouTube ce matin ?

Le Chef jeta donc un coup d'œil sur YouTube. En fait, il regarda la vidéo trois fois. Puis il ferma les yeux, inclina la tête et se massa les tempes d'une main... le pouce pressant sur une tempe, le majeur et l'annulaire sur l'autre. Puis il dit à voix basse :

« J'avais bien besoin de ça. »

De mauvais poil, il réveilla son chauffeur, Sanchez, et lui demanda de préparer la voiture. Quand ils s'engagèrent à sept heures vingt sur le rond-point qui servait d'esplanade au petit Hôtel de Ville vestigede-la-Pan Am – un seul regard, et sa mauvaise humeur s'accentua. Il était attendu, lui et d'autres sans doute, devant l'entrée de l'Hôtel de Ville par tout un peloton de soi-disant représentants des médias, une bonne douzaine, habillés comme des SDF mais parés d'une certaine gravité par tous les micros et calepins qu'ils brandissaient, et surtout par deux camions équipés d'émetteurs satellite télescopiques qui se dressaient à six mètres de haut en vue d'une retransmission en direct. Le Chef était moins jovial que l'autre fois en descendant de la grosse Escalade noire. Putain, il n'eut même pas le temps de prendre une profonde inspiration et de bomber au max son torse noir massif de Chef avant que les soi-disant médias ne commencent à grouiller autour de lui comme des moustiques. *Violences policières* et *insultes racistes* étaient les deux expressions dont ils le piquaient sans relâche dans leur vrombissement aigu de moustiques tandis qu'il les bousculait, sans un mot, pour entrer dans l'Hôtel de Ville.

Il avait bien besoin de ça.

La salle de réunion salon de gymnase pour hommes du Maire était densément peuplée d'autres sous-fifres : son attaché de presse, Portuondo, et le directeur administratif, Bosch, comme l'autre fois... plus Hector Luaces, le procureur :::::: le procureur? :::::: et ses deux éminences grises, Alfredo Cabrillo et Jacque Díaz, deux juristes que Dio connaissait depuis la fac de droit et qu'il consultait fréquemment quand il avait d'importantes décisions à prendre :::::: d'importantes décisions? :::::: Avec le Maire, ça faisait six. Tout un peloton exclusivement cubain.

Dio ne se montra pas moins exubérant que d'ordinaire quand le Chef entra dans la pièce. Grand sourire et «Aaaay, Chef! Entrez! Asseyez-vous!» Il désigna un fauteuil. «Je crois que vous connaissez tout le monde... N'est-ce pas?» Les cinq autres Cubains adressèrent au Chef des petits sourires à trente-trois degrés. Quand ils eurent tous pris place sur l'assortiment disparate de chaises et de fauteuils, le Chef éprouva une étrange sensation. Il se rendit compte alors que le Maire et ses sous-fifres étaient disposés en forme de fer-à-cheval... un fer-à-cheval approximatif, mais un fer-à-cheval tout de même... et que lui-même se trouvait à mi-chemin entre les deux branches du fer... avec un large espace entre lui et ses plus proches voisins de part et d'autre. Le Maire était juste en face de lui dans un fauteuil à dossier droit, au sommet de la courbe du fer-à-cheval. Le siège du Chef devait avoir des ressorts bien fatigués, parce que son derrière s'enfonça si bas que c'est à peine s'il voyait ses propres rotules. Dio, dans son fauteuil, semblait le regarder de haut. Le chœur arborait une expression glaciale... pas l'ombre d'un sourire. Le Chef avait l'impression d'être au banc des accusés, un banc étrangement enfoncé, affrontant les visages sinistres des jurés.

« Je pense que tout le monde sait pourquoi nous sommes ici ? »... Le Maire passa son peloton en revue... abondance de hochements de tête approbateurs... puis regarda le Chef droit dans les yeux.

« Qu'est-ce qu'il a, votre Camacho ? Ce mec est une émeute raciale à lui tout seul. » Il ne plaisantait pas. « Vous pouvez me dire avec qui il n'a pas encore foutu la merde ? Les Haïtiens, peut-être ? En plus, il n'est même pas commissaire adjoint ni même commissaire de quartier. C'est un simple flic, bordel, un flic de vingt-cinq ans qui a un putain de talent pour faire chier le maximum de gens. »

Le Chef s'attendait à la suite. Dio allait exiger qu'il le vire. Le Chef n'éprouvait pas souvent ce sentiment... de ne pas être sûr de lui... Dans ses bons jours, son assurance et son charisme désarçonnaient Dio et toute sa bande de Cubains. Il avait pris part à des fusillades, de vrais règlements de comptes. Il avait risqué sa vie pour sauver des flics placés sous son commandement, y compris des flics cubains, eh oui. On lui avait décerné deux médailles pour actes de bravoure. Il avait une sacrée présence. Dans cette pièce, il aurait fallu mettre deux Cubains debout côte à côte pour égaler sa largeur d'épaules... trois pour obtenir un cou aussi large que le sien... quarante, ou peut-être quatre cents, pour accepter comme lui de risquer sa peau pour défendre une juste cause... Il avait vraiment sauté du toit d'un immeuble de six étages sur un matelas qui avait l'air grand comme une carte à jouer vu de là-haut. Et pardon d'insister, mais il était un homme... contrairement à tous les autres occupants de cette pièce. Son assurance, sa vitalité, ce *regard* qu'il avait. Dans ce domaine, peu importait sa couleur. Il dégageait la plus rare et la plus rayonnante de toutes les auras... nul ne pouvait s'empêcher de *contempler*... *l'Homme !* En cet instant, pourtant, ce n'était pas comme ça qu'ils le considéraient... Il le savait. En cet instant, tout ce qu'ils voyaient, c'était *un negro*... et ce foutu *negro* était là parce que si ce *negro* n'était pas *un negro, nuestro negro, notre* nègre, qui faisait ce que nous lui disons de faire, il ne mériterait même pas de se trouver dans cette pièce... Aucun des gars de Dio n'avait osé ne fût-ce que remuer un sourcil... même Dio..., mais il savait ce qu'ils pensaient avoir sous les yeux en cet instant précis... juste un autre gros lard black déguisé.

Et le Chef se mit en colère. «*Qu'est-ce qu'il a,* Camacho?» demanda-t-il, décochant au Maire un regard à trois cents watts en plein dans les orbites. «Puisque vous me posez la question» – dans le chœur, plusieurs sourcils frémirent, cette fois; il n'avaient encore jamais entendu le Chef employer un ton sarcastique avec le Maire – «la réponse courte, la réponse longue et la réponse moyenne sont : c'est un putain de bon policier.»

Le silence se fit dans la pièce. Puis le Maire dit : «OK, Cy, c'est un putain de bon policier. Nous devons sans doute vous croire sur parole. Après tout, vous êtes le plus grand policier de la ville; le commandant en chef. Alors, où est le problème? Le problème est qu'on peut voir votre putain de bon policier, lui et un de ses collègues, sur YouTube, en train d'exercer des violences contre un citoyen de notre communauté afro-américaine, de le traiter d'animal et de bamboula et de sous-homme mongol qui a de la merde à la place du cerveau...

— C'est un dealer, Dio!» La voix du Chef s'éleva pour atteindre des aigus manquant quelque peu d'autorité.

«Ce qui autorise ce Camacho à s'adresser à ce suspect – ce *suspect* afro-américain – comme s'il appartenait à une race de sous-hommes, à une bande d'animaux? J'espère que ce n'est pas ce que vous êtes en train de me dire, Cy.

— Voyons, il faut tenir compte du *contexte*, Dio, de l'ensemble...

— Le contexte? Le voilà, le contexte : votre putain de bon policier fout la merde dans toute notre communauté afro-américaine! Si c'est un bon contexte, alors, on est devant un problème *encore plus grave*. Un problème de leadership. Vous voyez autre chose?»

Le Chef en eut le bec cloué – cloué au point d'être incapable de dire un mot. Qu'est-ce qui se passait là, tout d'un coup? Était-il vraiment en train de risquer son poste, toute sa carrière, pour les beaux yeux d'un flic cubain de vingt-cinq ans qui s'appelait Nestor Camacho? C'était ça, être *un homme* ? Après avoir passé quinze ans à bosser comme un malade, à mouiller sa chemise, à risquer sa vie, à passer au-dessus du racisme comme si ce n'était qu'un ralentisseur sur la route de la gloire, à devenir un meneur d'hommes, tout risquer... pour un gamin cubain? Mais comment s'en sortir à présent... sans montrer que d'une phrase, une seule, Dio lui avait balancé un tel coup dans les couilles que le prétendu *Homme Suprême* s'était transformé en lopette?

En plus, Dionisio savait que par cet unique coup, il avait mis fin au combat, il le savait... car il renonça aussitôt au sarcasme pour poursuivre d'une voix apaisante, lénifiante. «Écoutez, Cy, quand je vous ai nommé chef de la police, j'avais une entière confiance dans vos compétences, votre courage et un certain nombre d'autres éléments qui faisaient de vous un leader naturel, et je n'ai pas changé d'avis. Vous n'avez jamais rien fait qui ait pu m'inciter à douter de la sagesse de ma décision... et un de ces autres éléments était que j'espérais qu'en vous nommant à ce poste, nous arriverions à surmonter un certain nombre d'erreurs du passé. J'espérais par exemple montrer à notre communauté afro-américaine que oui, elle avait peut-être été désavantagée autrefois, mais que maintenant, elle n'aurait pas seulement quelqu'un qui serait attaché à la défense de ses intérêts... elle aurait l'Homme en personne. C'est une bonne chose, et en même temps, c'est un symbole fort. Mais voilà, quand il y a eu cette histoire du Type sur le Mât, je vous avais conseillé de mettre Camacho en veilleuse pendant un moment. Et qu'est-ce que vous avez fait? Vous lui avez collé une médaille et une "mutation latérale", et pas sur un cheval au parc où il n'aurait pu s'en prendre qu'à ces foutus rats et à ces foutus écureuils. Non, pareille mesure aurait représenté, avez-vous dit je crois, une mutation latérale "vers le bas".» Le Maire s'échauffait à nouveau, lâchant la laisse de son chien d'attaque sarcastique. Il semblait savoir que le Chef était au tapis. «Dans ce genre de situation, ce n'est pas une question de personne. Vous voyez ce que je veux dire? Vous voulez défendre un de vos hommes, ce qui est parfaitement louable. Mais pour le moment, vous et moi, nous avons le devoir de défendre des centaines, des milliers, des dizaines de milliers de gens incapables de saisir toutes ces subtilités. Vous voyez ce que je veux dire ? »

Le Chef se surprit à acquiescer d'un signe de tête... et prit immédiatement conscience qu'il venait de faire le même geste, ce *oui* docile de la tête, quelques instants plus tôt... Ils devaient s'émerveiller des pouvoirs de persuasion de leur patron. Un vrai champion de jujitsu... *Comme ça*, il réduit Black Superman au niveau d'omnipotence d'une huître fumée – alors que ce sont *eux*, les sous-fifres. Ils regardent tous. Sans hostilité. Non, ils sont fascinés, comme des gosses. Ils sont aux premières loges... pour assister au spectacle de l'Incroyable Chef qui Rapetisse ... rapetisse. Notre Dionisio Cruz n'a pas fini de te surprendre, hein ? Un mètre soixante-dix à tout casser, mais capable de venir à bout de n'importe quel Super*negro* d'un mètre quatre-vingt-treize qui se met en travers de son chemin. Voilà pourquoi il est... le *caudillo*. Il n'accuse pas *el negro* de quoi que ce soit, il ne menace pas *el negro* de quoi que ce soit... en tout cas pas sous une forme susceptible d'être présentée pour preuve... il se contente de poser son filet et en un rien de temps... *Chopé !*... *el negro* est à l'intérieur du filet, il se débat... il balance des coups dans tous les sens... pris dans un filet de mots.

« Tout ce qu'ils savent, poursuivit le Maire, c'est qu'il y a ce jeune flic, ce gamin – ça fait quoi ? – quatre ans qu'il est dans la police ? – et que partout où il va, les Quatre Cavaliers lui emboîtent le pas... Racisme, Chauvinisme, Insultes ethniques, et... *euhhh...* » Jusque-là, il avait été excellent. Mais il était coincé. Incapable de trouver son quatrième fléau équestre. « ... *euhhh...* et tout le reste, conclut-il piteusement. Vous voyez ce que je veux dire ? »

Quelles foutaises ! Il ne pouvait quand même pas rester là à acquiescer à des conneries pareilles ! Il répondit donc, « Non, Dio, je ne vois pas. » Mais ces mots sortirent de sa bouche aussi piteusement que le *euhhh... et tout le reste* du petit Dionisio. Aussi faiblement que ses propres hochements de tête. Il n'y mettait aucun *cœur*... C'était évidemment très noble de défendre un de ses hommes, un simple flic, de surcroît... mais que devenait la noblesse si elle mettait en péril tout ce que vous pouviez faire pour vos vrais frères ?

:::::: C'était comme si Dio *lisait* mes mails. ::::::

« Écoutez Cy, la question n'est pas de savoir si Camacho est un bon ou un mauvais policier. Je suis prêt à vous accorder ce point. OK. Il se trouve qu'à présent, sa stature le dépasse. Il est devenu le symbole de quelque chose qui prend à rebrousse-poil tous les habitants de cette ville. Votre loyauté, que j'admire, ne change rien à la situation. Je suis convaincu que ce gosse n'y a même pas pensé sur le coup. Mais les faits sont les faits. À deux reprises, au cours de ces derniers mois, il a foutu le feu à des communautés entières... Il les a mises en ébullition... Il les a traitées comme de la merde ; vous ne croyez pas que votre département pourrait continuer son boulot en se passant des services de ce gosse de vingt-cinq ans ? »

:::::: Je me demandais quand il y arriverait enfin. Et quand il en serait là, j'avais bien l'intention de dire halte et de ne plus céder d'un poil. ::::::

« Ouais, je comprends ce que vous voulez dire », finit-il par répondre. Mais sa phrase s'accompagna d'un soupir, le soupir d'un homme qui s'abandonne – à contrecœur, bien sûr – à son destin. « Et ça ne me plaît pas. » Cette partie n'était guère plus qu'un murmure.

À cet instant, l'expression du Maire et son ton devinrent paternels. « Cy, il faut que je vous dise deux ou trois trucs à propos de cette ville. Vous les savez probablement déjà, mais dans certaines circonstances, ça fait du bien de les entendre formulés à haute voix. Je sais que moi, ça *m'a* fait du bien... Miami est à ma connaissance la seule ville du monde – du *monde*, je dis bien – dont la population soit composée à plus de cinquante pour cent d'immigrés récents... d'immigrés *récents*, arrivés au cours des cinquante dernières années... ce n'est pas rien, quand on y pense. Et ça donne quoi ? Ça donne – je discutais avec une dame à ce sujet l'autre jour, une Haïtienne, et elle m'a dit, "Dio, si vous voulez vraiment comprendre Miami, il y a une chose que vous devez savoir avant tout. À Miami, tout le monde déteste tout le monde." »

L'attaché de presse, Portuondo, gloussa comme si le Patron faisait de l'humour. Dio lui jeta un regard lourd de reproche et poursuivit : « Mais on ne peut pas s'arrêter là. Nous avons des responsabilités, vous et moi. Nous devons faire de Miami – pas un melting-pot, parce que ça n'arrivera pas, pas de notre vivant en tout cas. On ne peut pas fondre tous ces gens les uns dans les autres, mais on peut les souder... les *souder*... Qu'est-ce que je veux *dire* par là ? Je veux dire qu'on ne peut pas les *mélanger*, mais qu'on *peut* créer un lieu sûr pour chaque nationalité, chaque groupe ethnique, chaque race, et faire en sorte que tous soient sur le même plan. Vous voyez ce que je veux dire ?»

Le Chef n'en avait pas la moindre idée. Il aurait bien voulu répondre qu'il n'avait pas entendu pareil ramassis de conneries depuis le jour de sa naissance, mais il ne pouvait se résoudre à le faire. Qu'était-il arrivé au Vieux Chef ? Il le savait, mais n'avait pas envie de mettre des mots dessus, même intérieurement. Ce qui lui était arrivé... était arrivé à l'instant où Dio avait dit, «... alors, on est devant un problème *encore plus grave*. Un problème de leadership.» La suite du scénario se déroula en un éclair dans l'esprit du Chef. Tout ce que Dio avait à faire, c'était de virer le Chef Booker et d'expliquer, «Nous l'avions placé en position de leadership, et il n'a même pas été capable de veiller sur son propre peuple. Un véritable leader saurait créer un climat dans lequel ce genre de chose n'arriverait pas, ne pourrait pas arriver. Je vais donc nommer un nouveau chef, un homme suffisamment fort pour transformer le climat mental qui règne ici, un vrai leader... et il sera *lui aussi* membre de notre communauté afro-américaine.»

Communauté afro-américaine mon cul. Le Chef se demanda si lui-même, ou un des autres Cubains qui étaient là, les yeux rivés sur lui pour ne pas manquer un seul instant délectable de cette magistrale fustigation verbale – il se demanda si *un seul* d'entre eux avait jamais entendu par le passé Dionisio, Parangon de la Démocratie, employer le terme *afro-américain*... sinon devant une caméra de télévision ou d'une quelconque sentinelle de la presse. Ce qualificatif avait commencé à taper sur les nerfs du Chef chaque fois qu'il glissait de la bouche d'hypocrites blancs comme Dio. *Blancs ?* Tous les Cubains de cette pièce se considéraient comme blancs. Mais les vrais Blancs ne les voyaient pas comme ça. Ils auraient dû aller traîner leurs guêtres du côté de Pine Crest, au Yacht Club de Coral Beach ou à une réunion des Villageois de Coral Gables. Ils en auraient eu les cheveux dressés sur la tête ! Pour les vrais gars blancs, ils étaient tous des bronzés, des gens de couleur, d'un ou deux tons plus clairs que lui, c'est tout.

Vous voyez ce que je veux dire? Cette fois, le Chef n'esquissait pas un petit oui de la tête. Cette fois, il la secouait d'un côté à l'autre. C'était un *non*, l'embardée de sa tête faisait *non*, mais c'était une embardée embarrassée et un *non* pâlichon, tellement insignifiant que le vieux Dio n'en tint aucun compte. « Ce qui nous conduit à la question de ce que nous allons faire de l'agent Camacho, poursuivit le maire. Ce type-là est une paille dans l'œil de la moitié de Miami. Vous savez ce qu'est une paille? Ça se trouve dans la Bible. Une paille, c'est comme un grain de poussière qui se fourre dans l'œil. Ce n'est qu'un grain de poussière, mais c'est irritant. Franchement irritant. Dans la Bible, les gens semblent passer la moitié de leur vie à retirer des pailles de leurs yeux. Une paille ne vous tuera pas, mais elle vous mettra de très mauvaise humeur. Vous voyez ce que je veux dire? »

:::::: Non :::::: mais cette fois, le Chef ne prit pas la peine de répondre, ni dans un sens ni dans l'autre. Il avait une conscience aiguë de l'image qu'il devait donner aux autres Cubains présents dans la pièce. Il s'était progressivement effondré dans les profondeurs de son fauteuil. Il se redressa donc et rejeta lentement ses épaules en arrière dans une tentative sans conviction pour montrer à ces bronzés cubains qu'il avait encore un torse massif. C'était un mouvement vraiment sans conviction, pourtant. Combien de temps encore allait-il pouvoir laisser le Maire le faire chier comme ça avant de devoir se décider à perdre toute prétention de virilité – ou de se lever, de franchir les deux ou trois mètres qui le séparaient du fauteuil du Maire et de le faire *gicler* de son siège en le chopant d'une main par sa tignasse et en giflant sa putain de figure brune de la paume de la main puis du dos de la main la paume puis le dos la paume le dos la paume le dos paume dos paume dos paume dos paumedospaumedos jusqu'à ce que sa figure brune devienne aussi rouge qu'une boulette de viande saignante et qu'il sanglote parce qu'il venait d'être intégralement humilié par un Homme...

:::::: – ouais, ouais, c'est sûr, Superman... Mais dis-moi plutôt qui reste assis là, bouche bée, muet. ::::::

« Donc, comment faire disparaître ces deux gus, Camacho et le brigadier Hernández, aux regards de l'opinion publique ? Ça m'est arrivé plus souvent qu'à vous, de devoir virer des pêcheurs, dans les situations les plus diverses. Et je peux vous dire qu'il n'y a pas de manière douce. Il n'y a qu'une solution. Aller droit au but et dire : "Ces deux policiers ont démontré qu'ils étaient racistes, et nous ne pouvons pas garder des hommes de ce genre dans notre Département." C'est la seule façon de faire. *Pif! Paf!* Douloureux, mais rapide. Une phrase – non, deux – et l'affaire est réglée. » Il commença à frapper dans ses paumes, en montant et en descendant, de sorte qu'elles s'effleuraient en passant sur le mode *eh bien, voilà une affaire réglée, n'est-ce pas, n'en parlons plus.* Puis il pinça les lèvres et adressa au Chef un petit clin d'œil, comme pour dire, « Alors, vous n'êtes pas content qu'on ait liquidé ce problème ? »

Ce fut ce clin d'œil... ce petit clin d'œil... par ce clin d'œil, Dionisio avait fait une incursion bien trop profonde dans la virilité du Chef. Chacun des sous-fifres de Dionisio, sans exception, affichait un visage inexpressif tout en savourant intensément son humiliation. Ce vieux Dionisio, c'est quelqu'un, hein ? *Chlic chlac chlic chlac chlic chlac,* il a brandi ses ciseaux et il a découpé ce frimeur d'*el negro* en tout petits morceaux en un rien de temps.

Ce clin d'œil – ces visages cubains inexpressifs et suffisants –, le Chef eut l'impression d'avoir quitté son propre corps par projection astrale et c'est en contemplant une autre créature qu'il lança sèchement, « Nous ne pouvons pas faire ça, monsieur le Maire. »

Ce n'était pas une exclamation. La phrase sortit sur un ton frémissant de rage. Le « monsieur le Maire », par opposition à Dio ou Dionisio, faisait passer le message, fini de rigoler.

« Et pourquoi ? demanda le Maire.

— Cela porterait atteinte au moral de tout le Département. » Le Chef savait que c'était très exagéré, mais il l'avait dit et il insista. « Tous les flics qui, un jour dans leur vie, ont eu à se battre contre une de ces ordures de dealers de crack et ont roulé dans la poussière avec eux ou ont dû sortir un pétard, tous, sans exception, se sont mis dans la peau de Camacho et d'Hernández dès qu'ils ont entendu parler de cette affaire. Tous, sans exception, ont senti leur adrénaline monter. Tous, sans exception, ont déjà éprouvé le sentiment de se battre pour sauver leur peau, parce qu'ils ne savent pas à qui ils se frottent, et tous, sans exception, savent qu'ils ne sont plus eux-mêmes au moment où ça s'arrête. Tous, sans exception, connaissent ce sentiment de peur qui se transforme en haine pure. Il n'y a rien entre les deux. Si vous enregistrez tout ce que les flics disent à ces salopards une fois qu'ils les ont enfin neutralisés et qu'ils ont retrouvé assez de souffle pour parler, la vidéo aura de quoi faire hurler tous les habitants de Miami. Ce n'est que la nature de la bête qui s'exprime, parce que ne vous leurrez pas, à ce moment-là, vous êtes un animal.»

Le silence tomba sur la pièce. La véhémence et l'impudence du Chef les avaient anéantis. Au bout de quelques fractions de seconde, le Maire revint à la vie. «Si je comprends bien, ce que ces deux flics disent des Afro-Américains ne vous dérange pas... alors que vous êtes l'Afro-Américain le plus haut placé de cette ville?

— Évidemment, les *mots* me dérangent, rétorqua le Chef. J'entends ce genre de saloperies depuis que j'ai quatre ou cinq ans, et je connais l'envie de tuer. Mais j'ai aussi été à la place de policiers comme Camacho et Hernández – plus d'une fois. Et je sais que dans des instants pareils, toutes les idées ignobles qui vous ont jamais traversé l'esprit – l'animal qui est en vous a de bonnes chances de les exprimer tout haut. Écoutez, Dio, tout ce truc s'est passé dans un repaire de crack. Vous avez *forcément* la trouille quand vous entrez dans un endroit pareil, parce que quand il y a de la dope, vous pouvez être sûr qu'il y a aussi des flingues. Les choses étant ce qu'elles sont, le mec le plus balèze de la baraque cherche à étrangler le brigadier Hernández. Hernández sort son revolver et il aurait descendu ce type si Camacho ne lui avait pas sauté sur le dos et si Hernández n'avait pas eu peur de descendre Camacho du même coup. Camacho fait au mec je ne sais quelle prise de catch et se tient sur son dos jusqu'à ce que l'autre soit en panne de carburant et abandonne. S'il avait pu se dégager, il aurait tué Camacho et lui aurait arraché la tête pour faire bonne mesure. Rien de tout ça n'apparaît à la lecture d'une simple transcription des propos qu'ils ont tenus.

— OK, OK. Je comprends votre point de vue. Mais le mien, c'est que notre ville abrite une importante population afro-américaine et que ces gens-là sont établis ici depuis longtemps. Une affaire pareille risquerait de provoquer une nouvelle émeute. Les émeutes démarrent toujours pour le même motif, le système judiciaire. Je ne veux pas de ça sous mon mandat. Votre Camacho et votre Hernández... il faut qu'ils *dégagent*, Cy... pour le bien de la ville. »

Le Chef commença à balancer la tête de gauche à droite, sans quitter le Maire des yeux. « Impossible, impossible. » Il bouillonnait à nouveau.

« Vous ne me laissez pas une grande marge de manœuvre... monsieur le Chef de la Police... » Le formalisme soudain du Maire était plus inquiétant que celui du Chef. Ses arrières étaient plus solides. « Il va falloir que *quelqu'un* dégage. »

Filsdepute! Ce coup-là assomma le Chef... l'envoya au tapis... Il sentait sa résistance vaciller... Son boulot était la plus grande chose de sa vie... famille comprise. *Chef de la Police de Miami* – il n'aurait jamais rêvé arriver jusque-là quinze ans plus tôt quand il était devenu flic... un jeune flic *noir*... et aujourd'hui, il dirigeait le département de police d'une grande ville américaine... grâce au type qui était devant lui, Dio... et voilà qu'il plaçait Dio dans une position qui l'obligeait à le faire dégringoler de ce sommet, et c'était une sacrée chute... pour l'*ex*-Chef, lui et son salaire de 104 000 dollars et sa maison de Kendall... qui valait 680 000 dollars... qu'il n'aurait jamais pu payer si la banque UBT ne lui avait pas accordé un crédit hypothécaire de 650 000 dollars au taux quasi préférentiel de 1,2 %, ce qu'elle n'aurait jamais fait, *jamais*, si elle ne tenait pas à être dans les petits papiers du maire Cruz... et qu'elle risquait de saisir plus vite qu'on ne pouvait prononcer l'expression d'*emprunteur à risque*... faisant tomber *comme ça* l'Homme, bien que noir, de son piédestal pour lui faire rejoindre les rangs de toutes ces épaves noires victimes de la crise des subprimes... Il faudrait retirer les gosses de la Lorimer School... tout ça, en plus de se faire stigmatiser, et en beauté, comme traître à son propre peuple. Oh, Dionisio y veillerait. Ce n'est pas un génie, Dio, dans le sens qu'on donne communément au mot génie, mais c'est indéniablement un génie quand il s'agit de veiller sur ses propres intérêts... et un génie impitoyable, au besoin...

... et dans cette microseconde de conscience, toutes ces pensées le frappèrent, un unique éclair d'une multitude de neurones, et descendirent en flammes *whooouff* d'un coup ses serments et son courage...

... mais pas sa maudite vanité. Oh non, pas une seconde. Son nouveau serment fut de ne pas faire figure de mauviette ordinaire devant le chœur cubain de Dio, ces bronzés, ces palmiers en pots... son jury. Oh, ils seraient trop contents de voir le Grand Homme, le Chef, le *gran negro* ramper devant ce vieux Dionisio comme *eux-mêmes* rampaient. *Trop* contents.

Son cerveau s'emballa... et il trouva... enfin, il trouva quelque chose. «Bien, dit-il, permettez-moi tout de même de vous donner un conseil.» :::::: Vous voyez? J'ai capitulé sans avoir à le reconnaître! C'est *moi* qui *lui* donne un conseil! :::::: Il poursuivit tout haut : «Camacho et Hernández... virés pour ça? – purement et simplement révoqués? Le syndicat va piquer une crise, et le syndicat est dirigé par deux sacrées grandes gueules, des Cubains soit dit en passant. Ils vont s'accrocher pendant un mois, ça va être un véritable enfer, les Noirs» :::::: ils peuvent toujours courir pour que je dise afro-américain comme eux en faisant mine de marcher sur du verre brisé :::::: «vont voir tout un régiment de flics cubains leur faire le doigt d'honneur. Vous voyez ce que je veux dire?» :::::: Nom de Dieu, est-ce que je viens vraiment de balancer *vous voyez ce que je veux dire*? :::::: «Le mieux serait de les "exclure de leurs fonctions" – c'est la formule consacrée. Le policier doit rendre son arme de service et se trouve relégué à un emploi de bureau. Le Département en fait l'annonce à grand bruit – une fois. Tout le monde pige immédiatement – tout le monde. Tout le monde comprend que retirer à un policier son arme et son insigne, ça revient à une castration publique. Après quoi, plus personne ne sait s'il existe, et tout le monde s'en fout. Il disparaît. Un mort-vivant.» Il ne quitte toujours pas le Maire des yeux. Il s'efforce d'avoir l'air aussi sincère que tout homme qui ait jamais vécu sur terre.

Le Maire regarde le directeur administratif et Portuondo, l'attaché de presse. Ils ont beau essayer, les sous-fifres sont incapables de trouver le moindre indice de ce qu'il pense en ce moment. Ils lui rendent un regard vide, comme des bols sur une étagère.

Enfin, le Maire se retourne vers le Chef. « OK. Mais ils ont sacrément intérêt à disparaître. Vous voyez ce que je veux dire ? ... Si j'entends ne serait-ce qu'un hoquet de la part de l'un d'eux, c'est quelqu'un d'autre qui va disparaître. Et vous... *voyez...* ce que je veux dire. »

Deux heures plus tard, c'est-à-dire vers dix heures et demie du matin, dans le bureau du cabinet du docteur Norman Lewis, rien n'aurait pu être plus éloigné des pensées de Magdalena que YouTube ou son ex-petit ami d'Hialeah, Nestor Camacho. À ses yeux, tous les jours de sa jeunesse s'étaient estompés dans un passé vague et plus vague encore, éculé, évincé, éclipsé. Ce matin, elle était obsédée par l'aube radieuse de... *son* apparition dans sa vie. *Il* les avait invités, Norman et elle, à dîner vendredi, dans quelques jours seulement, Chez Toi. Il n'y avait pas dans tout Miami de restaurant plus chic que Chez Toi, c'était du moins ce que Norman lui avait fait savoir. Pour sa part, c'était la première fois qu'elle en entendait parler. Chez Toi !!! Norman n'arrêtait pas d'en parler sur un ton de vénération mondaine. Oh, il était excité, Norman, lui aussi, mais certainement pas autant qu'*elle.*

Il arrivait que son cœur littéralement, *littéralement,* batte plus vite rien que d'y penser... de penser à *Serguéï* en fait. Elle sentait concrètement ses pulsations accélérer sous son sternum tant elle craignait de se déconsidérer à *ses* yeux... Que mettrait-elle ? Elle n'avait pas dans toute sa garde-robe une seule tenue susceptible d'impressionner ces gens de Chez Toi... ni de l'impressionner *lui.* Il faudrait qu'elle y aille *a la cubana...* les éblouir par un maximum de décolleté *a la cubana...* transformer ses orbites en mares noires comme un night-club dans lesquelles flottaient deux globes étincelants... faire cascader ses longs cheveux sur ses épaules avec tout le volume qu'elle, le shampooing et l'après-shampooing Fructis et un sèche-cheveux Conair pourraient leur donner... transformer sa robe, n'importe quelle robe, en film de cellofrais épousant ses seins, sa taille, ses hanches, son « derrière » et le haut de ses cuisses... seulement le *haut...* quarante-cinq centimètres au-dessus des genoux, au moins... Elle rehausserait toute cette mise en scène par des stilettos aux talons de quinze centimètres. Sexy – c'était ça, l'idée. Le Corps... dans toute sa splendeur! Que le sexe l'emporte sur le tout le chic qu'elle ne possédait pas.

Et si elle avait seulement l'air cheap et vulgaire? Son moral dégringola à pic. Qui *était*-elle de toute façon? Qui était-elle censée être à ce dîner rupin, une simple salariée du docteur Lewis, ce généreux docteur Lewis qui emmenait ses employées à des soirées pareilles? Ou devait-elle au contraire laisser entendre qu'il y avait *beaucoup* plus que cela et faire ainsi savoir à Sergueï et au monde entier qu'une célébrité comme Norman Lewis était fou d'elle, infirmière ou pas?

Son assurance se *dégonfffffffla* encore. Peut-être se faisait-elle des illusions... Sergueï n'avait pas prononcé un seul *mot* donnant à penser qu'il s'intéressait vraiment à elle, pas un seul mot *parlé*... Il avait seulement déversé *un certain regard* dans ses yeux et exercé une subtile pression dans sa paume... Peut-être se conduisait-il toujours comme ça avec les femmes, un dragueur chronique... Oui, mais enfoncer ses doigts dans la paume d'une fille – c'était si bizarre que ça voulait forcément dire quelque chose... et il avait déversé *ce certain regard* dans ses yeux non pas une fois, mais trois... et son cœur battait, battait, battait sous son sternum, il battait si fort que – et si Norman l'entendait? Elle cédait à la parano... Elle ne devait surtout pas montrer qu'elle se réjouissait d'aller à cette soirée. Chaque fois que Norman en avait parlé, elle s'était donné le plus grand mal pour feindre l'indifférence.

Une revue de la salle d'attente était ouverte devant elle mais elle y avait à peine jeté un œil; elle était tellement perdue dans ce pays enchanté – qui se résumait à vendredi soir, Sergueï Koroliov et Magdalena Otero – qu'elle ne remarqua pas que Norman était sorti de son cabinet de gourou et était à moins de deux mètres de son bureau.

«Elle a l'air bien, cette revue.»

Magdalena leva les yeux, troublée, comme si elle s'était fait prendre sur le fait. «Non, non, pas du tout. Je réfléchissais – à tout autre chose.» Elle changea rapidement de sujet et ouvrit son agenda en disant, «Ton prochain rendez-vous est dans un quart d'heure, à onze heures. Un nouveau patient, Stanley Roch. C'est moi qui ai pris le rendez-vous, mais je ne sais absolument pas ce qu'il fait.

— Il est trader pour un nouveau fonds d'investissement qui s'appelle Vacuum», dit Norman. Il sourit. Il trouvait ce nom de «Vacuum» amusant. «Je l'ai eu au téléphone.

— Vacuum?

— Oui, Vacuum, ça veut dire vide en latin, répondit Norman en gloussant. Une bande de jeunes types. Tu vas bien rire quand tu sauras quel est le petit problème de Mr Roth...» Il s'interrompit. «Qu'est-ce que *c'est* que cette revue?

— Ça s'appelle...» Elle dut elle-même regarder de plus près. «*La Hom?... Loam?*»

Norman prit le magazine. «*Lom*, dit-il en désignant le nom au bas d'une page, *L'Homme*. C'est du français. Regarde un peu ces types, poursuivit-il en brandissant une des pages. Ces derniers temps, tous les mannequins qui présentent la mode masculine sont comme ces deux gars. La peau sur les os. On dirait qu'ils souffrent d'une grave déficience de protéines. Ces joues creuses, une barbe de six ou sept jours et ce regard lugubre de chien battu; on pourrait croire qu'on vient de les libérer après quinze années de galère pendant lesquelles ils ont contracté le SIDA à force de se faire foutre par d'autres détenus. Je ne pige pas. C'est vraiment censé inciter les jeunes à acheter les fringues que ces petits mecs ont sur le dos? Ou bien est-ce qu'aujourd'hui, la mode veut qu'on ressemble à un gay atteint du SIDA*ahhhhhhhock hock hock hock hock*... Ils ressemblent à ces jeunes gens émaciés que peignait Egon Schiele. La même dégaine qui donne l'impression qu'ils sont si faibles, si malades qu'ils vont tomber dans les pommes, s'effondrer et mourir juste sous votre nez en ne laissant qu'un petit tas d'os.

— Qui ça? De qui tu as parlé? Tu as dit Sheila, c'est ça?

— C'est de l'allemand. S-c-h-i-e-l-e. Egon Schiele. Il était autrichien.

— Et il est connu?» demanda Magdalena... d'un air abattu... Tout ces machins d'art auxquels les *Americanos* accordaient tant d'importance...

«Oui, bien sûr. Enfin, il est connu de ceux qui s'intéressent à l'art autrichien du début du XXᵉ siècle, comme moi. J'estime vraiment...»

Il s'interrompit brusquement sans aller au bout de ce qu'il voulait dire et détourna le regard. Son visage s'assombrit. Une expression de tristesse telle que Magdalena ne lui en avait encore jamais vu envahit ses traits.

«Eh ouais. Je "m'intéresse" à l'art autrichien du début du XXe siècle, c'est sûr. Je "m'intéresse" à ces bouquins d'art à 75 dollars. Voilà à peu près à quoi se limite mon "intérêt". Ça fait une vingtaine d'années que j'ai découvert pour la première fois Schiele et Gustav Klimt, et puis oh, Richard Gerstl, Oskar Kokoschka et toute la bande. J'aurais pu acheter ce superbe Schiele pour 25 000 dollars à une vente aux enchères. Mais j'étais à la fac de médecine et j'étais *loin* d'avoir 25 000 dollars à dépenser pour une "œuvre d'art". Je vivais au jour le jour, plus ou moins. Et ça a continué pendant mes huit années d'internat et de clinicat. Enfin, j'ouvre mon propre cabinet, je commence à gagner du fric et à souffler un peu et voilà que ces Autrichiens... je lève les yeux et je les vois qui tournent en orbite autour de la terre! Il y a deux ans, la même toile s'est vendue 25 *millions*. Son prix a été multiplié par mille pendant que je regardais ailleurs.»

Il s'interrompit... Il adressa à Magdalena un regard méfiant, hésitant, qui semblait se demander *Je ne sais pas s'il est bien raisonnable de te parler de tout ça.* Mais sans doute pensa-t-il, *Oh, et puis après tout!* car il poursuivit sur sa lancée.

«Tu sais, autrefois, les gens croyaient que les médecins étaient riches. Si tu habitais là où habitaient les médecins, tu pouvais être certain que c'était un des meilleurs quartiers de la ville. Ce n'est plus le cas. Inutile d'espérer faire fortune quand tu es payé en honoraires. Nous autres, les médecins, les avocats – on touche des honoraires en fonction du temps qu'on consacre à un cas, tant de l'heure. C'est pareil pour les professeurs de violon ou les menuisiers. Tu pars en vacances, tu vas à la chasse, tu dors – pas d'honoraires. Compare ça avec la situation de quelqu'un comme Maurice. Peu importe qu'il dorme, qu'il rêvasse, qu'il joue au tennis, qu'il parte en croisière ou, en réalité, qu'il fasse ce qu'il fait d'ordinaire, c'est-à-dire trouver le moyen de passer au moins un doigt et son pouce autour de son phallus en érection sans presser sur une de ses vésicules d'herpès. Même pendant qu'il fait le pire qu'il puisse faire dans son état, sa société, American ShowUp, bosse pour lui, jour et nuit. Ses gars apportent les stands d'expositions, les scènes tournantes, les tribunes, les tentes, le matériel nécessaire à toutes les manifestations que tu peux imaginer, depuis les salons de l'auto et les colloques de médecins jusqu'aux congrès ordinaires. Crois-moi, si tu es, comme Maurice, à la tête de quatre-vingts pour cent de cette activité aux États-Unis, tu ramasses des milliards. Ce qu'il faut, c'est avoir un *produit.* C'est pour ça que je participe à toutes ces émissions de télé. Ce n'est pas seulement une question de publicité. Je me verrais bien présenter une émission nationale comme celle de Dr Phil. Il se fait un fric fou avec ce machin. Il a quelque chose à vendre. Plus les chaînes qui diffusent son émission sont nombreuses, plus il gagne de fric. Il ne bosse plus pour des honoraires ou pour des cachets. Il s'est transformé en franchise. Il va dormir, il part en vacances à Istanbul, la franchise continue à faire des affaires sans qu'il s'en occupe. J'imagine aussi des super produits dérivés, des livres électroniques, ou même sur papier – tu sais... imprimés. »

Magdalena était interloquée, scandalisée. « Mais qu'est-ce que tu racontes, Norman ? Tu as une... une... vocation – quelque chose qui est tellement plus... tellement mieux que ce qu'ils ont... ce Dr Phil et les autres, qui se transforment en *personnages* de télé. Les médecins – les infirmiers aussi – je me souviens du jour où j'ai levé la main droite – les médecins et les infirmiers, on prête serment de consacrer notre vie aux malades. Je me souviens de ce jour parce que j'en suis fière. Les médecins de la télé tournent le dos au serment d'Hippocrate. Ils consacrent leur vie à gagner de l'argent et à devenir des célébrités. Quand je pense à ce "Dr Phil"... Je me demande ce qu'il raconte à ses enfants quand ils lui demandent ce qu'il fait ?... à supposer qu'il ait des enfants. »

Norman eut l'air douché. Peut-être même coupable, ce qui n'était pas dans ses habitudes. Mais non – pas du tout. Doucement – pour Norman –, il répondit, « Oh, je suis sûr qu'il leur explique que ça lui permet d'aider tellement plus de gens, dans tout le pays, dans le monde entier... ou peut-être qu'il va jusqu'à parler de "soigner", pas simplement d'aider le monde entier, mais de le soigner. Si mes parents m'avaient dit un truc pareil quand j'avais six ou sept ans, je n'aurais demandé qu'à les croire... Quoi qu'il en soit, tu as raison, Magdalena.» Encore une chose qu'il ne disait pas souvent. Il se sentait peut-être *vraiment* coupable. «Même si tu passes à la télévision de temps en temps, comme moi, tes pairs, les autres médecins, t'en tiennent rigueur. Autrefois, je pensais que c'était pure jalousie. J'en suis moins sûr. Je pense que c'est en partie une question d'honneur – mais c'est quand même des connards de jaloux.

— Tu ne comprends pas? C'*est* une question d'honneur. On ne fait pas ce métier pour l'argent, toi et moi. On le fait pour l'honneur. Quelqu'un comme Maurice se pointe, et il souffre d'une addiction qui lui bouffe peu à peu la vie. Il est milliardaire – et après! Tu crois que ça le rassure? C'est une épave! La semaine dernière à Art Basel, j'ai dû le surprendre à essayer de se gratter discrètement l'entrejambe une bonne centaine de fois. Il fait pitié... et il dépend entièrement de toi. Qu'est-ce qui a le plus de valeur, tout son argent, ou ta faculté de soigner les gens? Il est là, tout en bas» – elle baissa une main, paume parallèle au sol, tout en levant l'autre un bon mètre au-dessus «– et toi, tu es là. Peu importe combien d'argent *tu* as. Tu es le docteur Norman Lewis. Tu as un *talent*. Tu ne comprends pas ça?»

Norman hocha faiblement la tête pour dire *oui*, baissa les yeux et ne prononça pas un mot. Était-ce de la modestie devant la place éminente dans l'existence de l'Homme qu'elle venait de lui attribuer? Elle ne l'avait jamais vu faire preuve de modestie, pourtant. Il avait à présent les yeux rivés sur... sur quoi? La moquette, apparemment. Elle était très bien, pratique, avec un fond vert sapin et une fine ligne blanche dessinant un motif de carreaux. Pas mal... peut-être digne de cinq secondes d'attention.

«À quoi tu penses, Norman?

— Oh... à rien...» Il ne la regardait toujours pas, et elle ne lui avait jamais entendu une voix aussi mourante.

Une idée abjecte s'insinua dans son esprit. Elle était tellement abjecte qu'elle refusa d'y penser. Maurice avait consulté Norman trois fois par semaine, ce qui revenait à près de 3 000 dollars d'honoraires par semaine. Pour autant qu'elle pût en juger, Maurice n'avait fait aucun progrès, et à certains égards, son état s'était même aggravé. Son bas-ventre lépreux-vésiculeux était une abomination. Mais tout cela était tellement abject qu'il n'était même pas question d'y penser. Prétendait-elle vraiment en remontrer à Norman en matière d'analyse? Norman était certainement un des psychiatres les plus réputés du pays. Comment pouvait-elle prétendre deviner ses motivations... et aller jusqu'à se demander si Norman ne trouvait pas quelque avantage à laisser Maurice suivre une thérapie aussi interminable? C'était absolument abject! Comment pouvait-elle laisser son imagination s'emballer ainsi? Pas question! Si elle continuait comme ça, elle allait finir par se demander qui tirait le plus de profit de cette relation médecin-patient. Comment Norman avait-il réussi à obtenir un mouillage pour son Cigarette dans la célèbre marina de Fisher Island?... Maurice... Comment avait-il réussi à être parmi les tout premiers de la file qui attendait de se ruer en avant le jour de l'inauguration d'Art Basel? Maurice. Comment avait-il réussi à se faire inviter à dîner Chez Toi par une des personnalités les plus en vue des milieux artistiques de Miami, Sergueï Koroliov? Parce que Sergueï l'avait vu dans l'entourage de Maurice à Art Basel... Il fallait être aveugle pour ne pas s'apercevoir que Norman était un arriviste sans scrupules.

Elle chercha un moyen d'aiguiller Norman sur le sujet sans qu'il voie clair dans son jeu. Il n'y avait rien de déplacé à ce qu'elle demande – ce qu'elle fit : «Norman, tu penses que Maurice sera là vendredi soir?»

C'était comme si elle avait actionné l'interrupteur capable de ranimer Norman. «Oh oui! Il m'en a déjà parlé. D'après lui, Koroliov pourrait être un nouvel ami extrêmement précieux. Et il *adore* Chez Toi. *Wow wow*. Exactement le cachet propre à séduire Maurice. J'y suis déjà allé et je sais à quel point ce genre d'endroit impressionne un homme comme lui.

— Cachaï? interrogea Magdalena.

— Tu sais bien, voyons... c'est un peu comme une réputation, ou un certain niveau social.

— Cachaï, répéta Magdalena d'une voix sans timbre.

— Ils ont une carte de membre noire, et quand tu l'as, tu peux monter au bar, à l'étage. Autrement, tu ne peux pas.

— Et toi, tu as une carte de membre?»

Norman s'interrompit. «Enfin... en fait... non. Mais je suis allé au bar.

— Souvent?

— Tout est relatif.» Norman s'arrêta encore, et son expression devint hésitante, ce qui n'était pas son genre. «À y bien réfléchir... deux fois, je dirais.

— Avec qûi?»

Long silence... froncement de sourcils... enfin : «Avec Maurice.

— Les deux fois?»

Silence prolongé... grimace désenchantée : «Oui.» Norman lui jeta un regard acéré. Magdalena s'était muée en interrogatrice et l'avait pris en flagrant délit, pas de mensonge... mais de péché par omission... l'omission de tout ce qui était susceptible de révéler sa dépendance à l'égard de Maurice – son patient. Il changea de cap et son visage s'illumina à nouveau. «Mais je connais Maurice bien mieux que la plupart des gens. Tout le monde à Miami veut fréquenter Maurice, les collectionneurs, les marchands d'art – les marchands d'*art*! il faut le voir pour le croire*ahнннноck hock hock hock*! – les directeurs de musée, les hommes politiques, tous les hommes d'affaires que tu peux imaginer – sans oublier, bien sûr, notre nouvel ami, Koroliov. Tu te rappelles le foin qu'a fait Koroliov autour de Maurice à Art Basel? C'est tout juste s'il ne lui a pas baisé les pieds, comme un petit serf russe. Tu sais, Maurice dispose du réseau le plus influent de toute la Floride du Sud.» Son visage s'épanouit dans un large sourire, puis il regarda Magdalena dans les yeux avec le plus grand sérieux. «Voilà pourquoi nous – toi *et* moi – devons faire tout ce que nous pouvons pour libérer Maurice de cette terrible faiblesse, de cette addiction. Une faiblesse ne devrait pas se transformer en addiction, mais c'est pourtant le cas. Tu as très bien formulé les choses, Magdalena, elle le transforme en *épave*. Nous ne pouvons pas laisser faire ça. Ce n'est pas seulement un homme riche et puissant. C'est quelqu'un de bien, un homme qui se met au service de la collectivité. Nous devons faire notre boulot, Magdalena! Voilà pourquoi je lui consacre du temps même en dehors de nos séances. Il m'a paru *important* de l'accompagner à Art Basel, ce que la plupart des psychiatres se refuseraient à faire. Tant de choses excitantes qui se passent dans cette ville sont comme Art Basel Miami. Elles sont, dans le fond, entièrement amorales. Tous ces gens ne voient rien à redire à la pornographie, pourvu qu'elle ait une provenance "cultivée". »

:::::: *provenance ?* ::::::

«Maurice aurait pu s'enfoncer dans ces sables mouvants et nous aurions été incapables de l'en sortir. Mais nous l'en avons empêché, Magdalena. Nous sommes restés là avec lui jusqu'au bout. »

Ce qu'il y a de bizarre... de *réjouissant* peut-être... c'est qu'il croit tout ce qu'il dit, songea Magdalena. Il est parfaitement sincère. Consciencieusement, elle refoula toute interprétation rivale.

13

A la moda cubana

Il était près de midi moins cinq quand le brigadier et Nestor franchirent les trois pâtés de maisons qui séparaient le Starbucks du siège principal de la police, au 400 East Second Avenue N.W. Ils gardèrent leurs lunettes de soleil de flics, et tant pis si leurs verres fumés plongeaient l'entrée, la salle d'attente, dans les derniers instants faibles et mourants de la tombée du jour... sans qu'il fasse pour autant suffisamment noir pour les empêcher de voir tous les flics qui les regardaient, les inspectant sur toutes les coutures.

« Le premier de ces branleurs qu'essaie de faire le malin avec moi, j'lui arrache son putain d'nez d'un coup de dents », dit le brigadier.

La police se vit épargner toute probectomie imminente grâce à la soudaine apparition d'une bombe *cubana* du nom de Cat Posada – ounh houhh, *Cat* – surgie de nulle part – de nulle part aux yeux de deux hommes menant une vie crépusculaire derrière leurs lunettes noires de flics – , qui leur adressa le sourire parfait de la Fille d'Ipanema – et toute la plage fait *ahhhhhhh* – et les pria de la suivre. Apparemment, le Chef était assez malin pour savoir que rien n'est plus prompt à calmer la rancœur d'un jeune mâle que les charmes d'une fille bandante.

Dans l'ascenseur, Nestor répéta la posture qu'il avait l'intention de présenter au Chef : *Je suis un vrai flic...* épaules en arrière, à la militaire, position impeccable, tête redressée, menton rentré. Il n'était pas très sûr du menton rentré... ça faisait un drôle de truc à ses lèvres – à cet instant-là, le brigadier lui jeta un coup d'œil et lui demanda

«Qu'est-ce t'as, *toi*?» Nestor estima qu'il ne ferait que perdre des points avec la charmante Cat Posada s'il abordait le sujet en sa présence... Et après, qu'est-ce que ça pouvait bien *lui* faire? Eh bien, ça lui *faisait* quelque chose, un point c'est tout. Qu'est-ce que ça pouvait bien lui faire ce que pensaient de lui les mecs de la salle de jeux vidéo, des mecs qu'il ne reverrait jamais?... et la caissière du Starbucks?... deux jeunes Blacks qui se dirigeaient vers lui dans la rue hier, en s'occupant de leurs oignons? Est-ce qu'il essayait de se donner des airs de dur pour qu'il ne leur vienne même pas à *l'idée* de lui chercher des crosses? On passe la moitié de sa vie à se demander quelle image de soi on a donnée à tel ou tel parfait étranger...

Quand ils arrivèrent au troisième étage, la charmante Cat conduisit Nestor et le brigadier le long d'un interminable corridor trop étroit, trop déprimant sur lequel donnaient des bureaux exigus, portes ouvertes... révélant les petits rouages bureaucratiques dont un grand nombre, forcément, reconnaîtraient en eux les flics racistes de YouTube... Il prenait chaque coup d'œil pour un regard accusateur. Un employé *negro* regarda dans sa direction – rien de plus – regarda, juste. Il se sentit affreusement embarrassé et injustement condamné. Il aurait voulu s'arrêter et *expliquer... ça ne s'est pas du tout passé comme ça! – pas dans* mon *cas!...* Ils arrivèrent à un bureau tout au fond du couloir, à l'angle du bâtiment, et la superbe Cat – les hommes sont terribles! même sous la pression d'un événement grave, d'un événement qu'il redoutait, dans sa tête, Nestor continuait à l'appeler la superbe, la charmante Cat – et si elle acceptait de venir prendre un café avec lui, ensuite? La sublime Cat leur fit signe d'attendre un instant devant la porte et ils l'entendirent qui disait : «Chef, le brigadier Hernández et l'agent Camacho sont là.» Quand la radieuse Cat sortit, elle leur sourit, oui, l'irrésistible Cat leur sourit, et leur fit signe d'entrer. Elle s'éloigna dans l'autre sens sans se retourner *pop* fin du fantasme.

L'expression du Chef troubla Nestor. Il était assis à son bureau et c'est à peine s'il leva les yeux quand Nestor et le brigadier entrèrent. Puis il *leva* les yeux et pointa l'index comme un revolver vers deux sièges à dossier droit disposés côte à côte juste devant son bureau.

« Asseyez-vous », dit-il sur un ton qui n'avait rien de particulièrement accueillant.

Des sièges à dossier droit... c'était un bureau d'angle qui avait de grandes fenêtres dont la vue donnait sur... pas grand-chose. Il était beaucoup plus petit et moins imposant que Nestor ne se l'était représenté.

Le Chef se renversa dans son grand fauteuil pivotant et les dévisagea sans la moindre expression pendant un moment ; le moment s'étira s ' é t i r a... Nestor réalisa avec acuité à quel point la taille de cet homme était imposante... et son visage foncé... ce qui, ajouté au bleu marine de son uniforme, faisait encore ressortir le blanc de ses yeux. Il avait l'air tellement puissant qu'il aurait pu appartenir à une tout autre catégorie d'*Homo sapiens*. Un paradis policier d'étoiles dorées, quatre de chaque côté, courait de chaque côté de son col, prêtant un caractère officiel à son formidable cou.

Enfin, le Chef parla : « Vous avez une idée, tous les deux, de ce qu'a provoqué votre petit numéro sur YouTube depuis les six dernières heures, en gros ? »

Le « en gros » n'avait même pas franchi ses lèvres que le brigadier, les yeux lançant des éclairs, intervenait déjà : « Pardon, Chef, mais ce n'était pas "un petit numéro" ! Je n'ai fait qu'accomplir mon devoir ! Et maintenant, un... *salopard*... vient me chercher des poux en postant sur YouTube une... une... une version *trafiquée* de cette *euh euh* vidéo *illégale !* »

Nestor n'en revenait pas. :::::: Putain, chef, vous débloquez ! Vous êtes un modèle d'insubordination à deux pattes. ::::::

Le Chef n'en revenait pas, lui non plus. Quelle espèce d'insolent – sur ce, il se pencha par-dessus son bureau et rugit au visage du brigadier : « Vous prétendez me faire croire que c'est un faux ? Que ce n'est même pas vous ? Ou que quelqu'un a mis d'autres mots dans votre bouche ? Ou qu'un *salopard* vous cherche des poux ? Et qu'il a réussi, va savoir comment, à imiter votre voix et à vous faire vitupérer comme un foutu *cracker* du Ku Klux Cubain ? Et qui *est* ce monstrueux *salopard*, brigadier ? J'aimerais bien le savoir !

— Attendez, Chef, c'est pas ça qu' je dis. Ce truc, sur YouTube, c'est pas ça qu' je dis... vous comprenez ? C'que j'dis, c'est que ce salopard poste c'que j'dis mais qu'il dit pas qu'il a coupé la partie qui me fait dire c'que j'dis ! »

Rugissement : « Fermez-la, Hernández ! Putain ! Personne n'a rien à cirer de ce que vous dites que vous avez dit. Tout le monde peut entendre ce que vous avez dit sur ce putain d'internet et vous avez été parfaitement clair, et je voudrais bien savoir si vous avez une putain d'idée de ce que votre séquence raciste sur YouTube a déclenché ? Vous savez combien d'autres sites, blogs et autres médias ont repris cette putain de vidéo ?

— C'est pas *ma* séquence, Chef...

— Mais qu'est-ce que vous avez, Hernández ? Vous êtes sourd ? Vous êtes bouché ? Vous ne comprenez pas ce que veut dire *Fermez-la* ? »

Le « Hernández » part comme un crochet du gauche dans les côtes. Jorge Hernández n'est plus « brigadier ». Voilà ce qui retient son attention, plus que le savon. Il reste assis raide comme un piquet, pétrifié sur son siège à dossier droit, bouche ouverte, pendant que le Chef continue :

« Depuis six heures du mat', je n'arrête pas de recevoir des coups de fil, des mails et des putains de tweets, et à ce moment-là, cette saloperie ne circulait que depuis deux ou trois heures – en plus, ces mails et ces tweets ne viennent pas seulement d'Overtown, de Liberty City et de Little Haïti. Ils viennent du monde entier, putain ! Je reçois des saloperies de France, ce genre de trucs : "Vous autres, avec tous vos grands discours sur les droits de l'homme, la liberté et tout le reste – voilà enfin le vrai visage de la justice pénale américaine" – c'est ça, le genre de *merde* que je reçois, Hernández, et ce que *je* reçois... »

Hernández – ce mec est trop ! Il essaie de nouveau de l'interrompre ! « Attendez, Chef, ils peuvent pas dire ça, parce que... »

Il n'achève pas sa phrase. Il est paralysé par l'expression du Chef. Le Chef ne prononce pas un mot. Il lui adresse un sourire menaçant, un sourire à la je-vais-te-défoncer-la-gueule qui dit clairement, « *Espèce de petit pédé à la con ! Si tu préfères qu'on règle ça entre nous, tu n'as qu'un mot à dire, on sort tous les deux et tu vas te retrouver avec*

le *côlon ascendant enroulé autour de la tête comme un turban.* »
Mouché, le brigadier la boucle.

D'un ton plus bas, plus calme, le Chef reprit, « Et ce que je reçois n'est rien à côté de ce que le Maire reçoit. Putain, c'est un vrai torrent de merde par ici. Une épidémie. Ce coup-ci, ce n'est pas une photo prise à une dizaine de mètres montrant des policiers qui ont l'air de se tenir au-dessus d'un pauvre type couché à terre et qui le cognent avec leurs matraques et personne ne sait pourquoi et personne ne sait ce qu'ils disent. Cette fois, la caméra était tout près, juste au-dessus de vous deux, et elle a enregistré chacun des mots que vous avez prononcés, et pas seulement les mots mais aussi vos gueules quand vous les avez prononcés, et vos gueules étaient on ne peut plus éloquentes, encore plus que vos mots. »

Le Chef ménagea une pause... lourde de sens. Il jeta un regard, pas très plaisant, au brigadier, puis le même à Nestor. « L'un de vous a déjà fait du théâtre ? Vous savez... joué sur scène ? »

Aucun des deux ne pipa. Finalement, le brigadier secoua la tête pour dire *non*, et Nestor l'imita.

« Ça m'aurait étonné aussi, fit le Chef. Autrement dit, ce n'était pas un excellent numéro d'acteurs. Tous les deux, vous avez offert au monde entier une putain de démonstration authentique de racisme fanatique, pas vrai, une jolie petite démonstration sincère. »

Le Chef les foudroyait du regard, mais cette fois, c'était Nestor qui mourait d'envie d'intervenir. :::::: C'est complètement injuste ! Vous n'avez pas fait attention à ce que j'ai vraiment dit ! Vous ne pouvez quand même pas me mettre dans le même sac que le brigadier ! Vous n'avez donc pas la moindre idée de la manière dont ça a commencé ? Vous n'êtes quand même pas un débile minable qui regarde ce truc et pense que tout a commencé parce que deux flics cubains ont flanqué par terre cette armoire à glace noire et se sont mis à la traiter de ceci et de cela, juste pour rigoler ?! :::::: Et puis, la corde de Nestor se rompit :

« Ce n'est pas juste, Chef » – sa voix partit dans les aigus, se rapprochant d'un cri – « parce que tout ce que j'ai dit...

— Vous aussi, Camacho ! Bouclez-la ! *Écoutez* tous les deux, écoutez bien ce que j'ai à vous dire. » Le Chef s'interrompit. Il semblait débattre avec lui-même, hésitant à flanquer une vraie dérouillée à Nestor. Apparemment, il y renonça. Quand il reprit, c'était sur un ton de raisonnement tranchant. « Bon, je sais que la vidéo coupe tout ce qui pourrait expliquer comment vous en êtes arrivés là. Je sais ce que c'est que l'envie de tuer un voyou qui vient d'essayer de vous tuer, parce que j'ai vécu ça bien plus souvent que vous. Je sais ce que c'est que de vouloir noyer cet enculé sous toutes les saloperies que vous arriverez à faire sortir de votre bouche. Je suis passé par là, moi aussi. Mais vous deux, franchement, vous avez décroché le pompon. Il a fallu que vous nous serviez ce qui peut exister de pire en matière de racisme dans l'Amérique d'aujourd'hui. Un putain de *répertoire* de toutes les insultes faites pour blesser le plus profondément possible les sentiments des Noirs. Ça aussi, j'ai connu, merci. Moi, je n'accepterai *plus* jamais ce genre de merde et le premier con qui essaie, je lui brise tous les os, de l'humérus à l'os iliaque en passant par l'hyoïde. Je vous garantis que je suis prêt à démolir le *premier* cracker raciste qui cherche à me balancer des saloperies pareilles. »

Nestor mourait – *mourait* – d'envie de hurler. :::::: Ce n'était pas *moi* ! Je n'ai rien dit de mal ! :::::: Deux choses le retenaient... Primo, il avait une peur bleue du Chef et de ce qu'il pourrait faire. Secundo, s'il cherchait à tout mettre sur le dos du brigadier... il serait ostracisé – par tous les gars, les frères, la police, Hernández, même des *Americanos* comme Kite et McCorkle de la Patrouille Maritime, et ouais, même le Chef. :::::: Je ne supporte plus de me faire insulter comme ça par mon père, mon *papi*, mais je laisse faire ce gros balèze noir assis derrière ce bureau. Les flics sont toute ma vie, les seuls qui me restent. Et si dans soixante secondes, il s'avère que la colère foudroyante du Chef ne faisait que préparer la suite, et que cette suite, c'est qu'on est virés, le brigadier et moi, foutus à la porte, balancés comme deux poissons crevés avariés ? ::::::

Mais d'autres paroles sortirent alors de la bouche du Chef. « Ne vous en faites pas, dit-il, je ne vais pas vous virer, je ne vais pas vous rétrograder. Je crois vous connaître tous les deux. Vous êtes deux policiers... » Il s'interrompit comme pour leur laisser le temps d'assimiler. « Quoi que vous soyez par ailleurs – et vous, Hernández, vous êtes certainement un incurable et indécrottable raciste –, vous avez tous les deux obtenu une médaille pour acte de bravoure et ce n'est pas le genre de truc qu'on décerne juste pour améliorer le moral des flics. Mais ce que nous allons être obligés de faire à court terme n'a rien à voir avec la compréhension et l'absolution de la faiblesse humaine. »

En prononçant « faiblesse humaine », il esquissa un léger sourire. C'était son premier sourire affable depuis qu'il avait commencé son sermon. OK, se dit Nestor :::::: mais qu'est-ce qu'il y a de marrant dans la « faiblesse humaine », à moins que le Chef ne tienne à nous montrer qu'il sait parfaitement que c'est une expression à la con ? Et qui était ce « nous » – sinon encore un de ces mots à la con qu'affectionnent les politiques pour dire « Ce n'est pas un individu que vous avez en face de vous, c'est le Pouvoir » ? ::::::

« Nous allons être obligés de vous exclure de vos fonctions, poursuivit le Chef. Comme je viens de vous le dire, c'est ce que nous sommes obligés de faire à court terme. Ce n'est pas une mesure définitive. Vous conserverez votre salaire. »

Nestor regarda le brigadier. Celui-ci avait les lèvres serrées et les muscles de sa mâchoire se contractaient sans répit. Il donnait l'impression de mieux savoir que Nestor ce qu'« exclu de vos fonctions » signifiait. Nestor mobilisa suffisamment de courage pour demander : « Chef... pourriez-vous m'expliquer ce que ça veut dire au juste ? On vient bosser et on fait du boulot de bureau ?

— Non. Quelqu'un qui est exclu de ses fonctions ne fait aucun boulot. » Le visage du Chef était redevenu de pierre.

« *Aucun* boulot ? » Avant d'avoir terminé sa question, Nestor avait quitté le Chef des yeux pour se tourner vers le brigadier. Il avait vaguement le sentiment – rien de plus, un vague sentiment – qu'il obtiendrait du brigadier une réponse plus franche.

Le brigadier regardait le Chef avec un petit sourire presque effronté.

« Non, aucun boulot », confirma le Chef. Même visage de pierre. « Et vous ne venez pas bosser. Vous restez chez vous entre huit heures et dix-huit heures. Il faut qu'on puisse vous joindre.

— Il faut qu'on puisse nous joindre pour... » Nestor fut incapable de se ressaisir assez pour aller jusqu'au bout de sa question.

« Pour rien du tout, dit le Chef. Il faut simplement qu'on puisse vous joindre. »

Nestor lui renvoya un regard vide, catatonique.

« Et il faudra que vous nous rendiez votre insigne et votre arme de service. »

:::::: Rendre ?... mon insigne et mon arme de service ?... Ne rien faire ? ::::::

« Vous feriez aussi bien de me les remettre... tout de suite. »

Nestor regarda le brigadier qui regardait le Chef avec un pincement résigné des lèvres. Il le savait depuis le début, sûrement. Nestor était plus qu'assommé. Il était à nouveau complètement terrifié.

Une heure à peine après que Camacho et Hernández eurent quitté le bureau du Chef, Cat Posada tendit à celui-ci une lettre qu'on venait d'apporter et arqua ses sourcils d'une manière qui signifiait : « Oh ho ! Qu'est-ce que c'est que c'est que ça ?! »

Le Chef eut la même réaction, mais il n'en montra rien avant qu'elle eût quitté la pièce. :::::: Putain, elle est franchement *bandante*, cette Cat Posada – mais pas question de faire *un* pas sur cette voie-là. :::::: Il regarda encore la lettre, secoua la tête et soupira. L'adresse de l'expéditeur était écrite au stylo à bille dans l'angle supérieur gauche, et le nom était celui de Nestor Camacho. Il n'avait encore jamais vu de policier exclu de ses fonctions faire appel de la décision moins d'une heure après la sanction. :::::: Mauvaise idée, Camacho. Tout ce que tu pourras dire ne fera qu'aggraver ton cas. ::::::

Il décacheta l'enveloppe et lut,

Monsieur le Chef de la Police Booker,

Respectueusement, est-ce qu'un policier exclu de ses fonctions peut-il donner des informations qu'il a eues avant d'être exclu de ses fonctions ? En espérant que oui, acceptez je vous prie respectueusement ce qui suit dans l'affaire de l'enseignant José Estevez qui a été arrêté à la suite d'une altercation au Lycée Lee de Forest.

:::::: Ce gosse me respectueuse presque à mort, et il flingue complètement la grammaire anglaise. :::::: Mais tout en continuant à s'empêtrer, le gosse commença à être un peu plus clair. Il disait que l'élève qu'Estevez avait prétendument agressé, François Dubois, était le chef d'un gang et que sa bande et lui avaient intimidé au moins quatre élèves pour les inciter à livrer de fausses informations aux policiers chargés de l'enquête. Il indiquait leurs noms et précisait : « Deux ont seize ans, et deux ont dix-sept ans. C'est pas des "durs", ils ne font pas partie d'un gang » – il avait mis *durs* entre guillemets, parce qu'il ne trouvait pas de mot plus convenable, certainement – « c'est juste des "garçons". Ils ont déjà peur qu'ils vont avoir de gros ennuis à cause de faux témoignages. Notre Département leur tirera la vérité rapidement. » La grammaire devenait de plus en plus boiteuse, sans doute, mais le potentiel de cette information, ah ça, le Chef l'appréciait... beaucoup.

Il ne prit même pas la peine d'appeler Cat Posada par l'interphone. Il cria simplement par la porte, « mademoiselle Posada ! Envoyez-moi l'inspecteur Verjillo ! »

Dieu merci, il s'était trompé sur le compte de Camacho. Il ne faisait pas appel. Il agissait en flic, c'est tout.

Magdalena avait laissé tous ses vêtements chics à son adresse officielle, le petit appartement qu'elle partageait avec Amélia Lopez sur Drexel Avenue. Ses grands discours à propos de tourner le dos à Hialeah et à la vie cubaine d'Hialeah avaient été nombreux, très directs... et très *bruyants* chaque fois qu'elle avait pu les jeter à la figure de sa mère. Mais son éducation catholique avait laissé suffisamment de traces pour qu'elle tienne à sauver les apparences. À supposer qu'une vieille amie ou une parente... ou même sa mère et son père, mais ils n'oseraient pas... imagine Dieu sait quelle histoire attendrissante et extravagante pour convaincre Amélia de les laisser entrer. Il fallait donner l'impression qu'elle habitait vraiment là. Elle ne gardait chez Norman que ses tenues blanches je-suis-une-infirmière et quelques vêtements de week-end, jeans, marinières, deux-pièces, pulls sans manches, shorts, robes d'été, cardigans en coton, ce genre de choses.

Ce qui expliquait sa présence un vendredi à l'intérieur de la penderie de sa chambre – *à l'intérieur* de sa penderie dans son appartement moral – à essayer de s'habiller avec une précipitation frénétique, vêtue pour le moment en tout et pour tout d'un string, fouillant, fouillant, fouillant, affolée, parmi les vêtements suspendus à deux tringles, marmonnant de plus en plus fort... « Oh, bon sang... je n'y crois pas... elle était là, juste à côté de *ça*. » *Fouille fouille fouille.* « Et merde... même pas un... Chez Toi... C'est bien ma...

— *Dios mío, qué pasa*, Magdalena ? » Amélia était sur le pas de la porte, en T-shirt et en jean. Magdalena ne leva même pas les yeux. Aucune d'elles n'éprouvait la moindre gêne à voir l'autre complètement nue, ou presque aussi complètement nue que l'était Magdalena à l'instant présent.

« Je n'ai rien à me mettre. *Lo es que pasa.* »

Amélia rit tout bas. « *Personne* n'a jamais rien à se mettre. Où est-ce que tu vas ? »

Amélia était une jolie fille du Pérou, pas aussi jolie qu'*elle* toutefois... elle avait un visage rond avec de grands yeux sombres et des kilomètres de cheveux noirs brillants. Elle avait à peu près la même taille que Magdalena, mais ses chevilles étaient un tout petit peu épaisses. Il y avait cependant une chose que Magdalena lui enviait vraiment : Amélia était remarquablement mûre, en tout cas par rapport à toutes les autres infirmières qu'elle connaissait. Elle avait vingt-six ans. Elle avait passé une licence à l'EGU avant même d'envisager de faire l'école d'infirmières. Et puis, elle *savait* un tas de trucs, tout simplement... elle comprenait les allusions... C'était une vraie adulte, du moins aux yeux de Magdalena... une vraie adulte une vraie adulte une vraie adulte – et Magdalena répondit : « Un resto qui s'appelle Chez Toi.

— *Un resto qui s'appelle Chez Toi*, répéta Amélia. Toi, au moins, tu ne t'emmerdes pas quand tu vas au *resto* !

— Tu y es déjà allée ?

— Moi ? Tu rigoles ! Je n'essaierais même pas ! Impossible d'obtenir une réservation. En plus, c'est hors de prix. Qui est-ce qui t'invite ? Laisse-moi deviner... ton ami le docteur Lewis.

— Ouais. » Magdalena était curieusement accablée par cet aveu, sans trop savoir pourquoi. Le fait est que cette relation sexuelle avec son employeur commençait à la lasser et à l'embarrasser. « Gagné...

mais aide-moi quand même, tu veux ? Je ne vois pas ce que je peux mettre pour aller là-bas. Je n'ai rien d'assez chic. »

Amélia entra à son tour dans la penderie pendant que Magdalena restait dehors, les bras croisés sous la poitrine. Elle se mit à tirer les cintres rapidement, l'un après l'autre, sur un rythme mécanique *clac... clac... clac... clac.* Puis elle s'arrêta et regarda Magdalena depuis les profondeurs de la penderie.

« Tu sais quoi ? Tu as parfaitement raison. Il n'y a rien de mettable là-dedans. Si j'étais toi, je chercherais dans une autre direction.

— Comment ça ? Norman va arriver d'un instant à l'autre.

— J'ai une idée. » Amélia émergea de la penderie en brandissant un cintre sur lequel était suspendue une petite jupe noire.

« *Ça ?* C'est juste une jupe de coton tout à fait ordinaire. Je l'ai achetée chez Forever 21. En plus, elle ne va que jusque-*là.* » Elle plaça le tranchant de sa main à peine à mi-hauteur de sa cuisse.

« Attends, tu vas voir. Tu seras super ! » Amélia rit avec un peu de malice. « Tu vas adorer ! » Elle se précipita dans sa chambre, en criant par-dessus son épaule, « Et laisse tomber le soutien-gorge. »

Elle revint en un rien de temps avec un grand sourire, tenant ce que Magdalena prit pour un corset, mais un corset de soie noire avec deux bonnets de soie noire sur le haut. Sous chaque bonnet, trois rangées de ce qui ressemblait à des fermetures Éclair descendaient jusqu'à la taille.

« C'est *quoi* ? demanda Magdalena. On dirait un corset.

— C'est *comme* un corset, si tu veux, mais c'est un *bustier.*

— Un *bus-tee-ay* ? Ah oui, j'en ai entendu parler, mais je ne crois pas avoir jamais vu quelqu'un en porter.

— Tu mets ça avec ta jupe noire – et *waouh,* la bombe !

— *Sérieux ?* » Magdalena avait les yeux rivés sur le petit haut. « Je ne sais pas trop, Amélia. On va me prendre pour une *pouffe.*

— Les bustiers sont hyper tendance en ce moment. Je pourrais te montrer une dizaine de revues.

— Et qu'est-ce que je porte par-dessus ?

— Rien ! C'est ça, le truc. Au premier coup d'œil, on dirait de la lingerie. Tu vois toutes ces petites lignes de fausses fermetures Éclair ? Mais ensuite, on remarque bien que c'est de la soie, et ça te couvre au-dessus de la taille autant qu'une robe de bal – *plus* même, si tu as vu le genre de trucs que portent tous les top modèles ces derniers temps. »

Magdalena semblait pour le moins sceptique. « Je ne sais pas...

— Écoute, Magdalena, tu *veux* ressembler à quoi ? À une *Cubana* qui joue à l'*Americana* dans une robe achetée à la braderie du centre commercial ? »

Magdalena en resta coite. Sans voix... faisant défiler toutes les possibilités dans sa tête comme sur une calculette. « Je ne sais pas... oh, je ne sais pas... » Ses mains se transformèrent en petits poings crispés de frustration. « Et Norman qui va arriver d'une minute à l'autre ! En plus, Chez Toi, c'est tellement classe !

— Il faut que tu donnes le meilleur de *toi*, insista Amélia, et ça, c'est *a la moda cubana*. Encore deux ou trois petits détails, c'est tout. Tu as un collier en or ? Rien de clinquant, tu vois ce que je veux dire ?

— J'en ai *un*. »

Magdalena se retourna et ouvrit le tiroir d'une commode. Elle en sortit une chaîne avec une petite croix dorée en pendentif.

« Une croix ! s'écria Amélia. *Parfait !* Tu n'imagines même pas à quel point c'est parfait. Tu en as pour une seconde. Tu enfiles la jupe, tu enfiles le *bustier* et tu es prête ! Je te le fermerai dans le dos. »

Magdalena céda avec un immense soupir de désespoir mais obéit tout de même et Amélia l'aida à zipper le bustier, coupé si bas qu'il ne couvrait qu'une quinzaine de centimètres de dos au-dessus de la taille.

« Maintenant, le collier. » Magdalena mit le collier.

« Super ! Viens te regarder dans la glace. »

Magdalena fut choquée par ce qu'elle y découvrit. Le bustier lui remontait tellement les seins qu'ils étaient partagés par une profonde faille et légèrement bombés sur le haut.

« Oh, mon Dieu, murmura-t-elle. Ils ont l'air si gros.

— "Gros", voilà exactement ce qu'on cherche. Tu es *canon*. Et cette petite croix ? Je ne te l'avais pas dit ? La *perfection*. »

La croix reposait sur sa poitrine à l'endroit précis où la fente commençait.

«On dirait une vierge sur une colline surplombant la cour de récré du diable, Magdalena. Aie confiance en toi, c'est tout. La nuit t'appartient, Magdalena, elle *t'appartient* ! Souris beaucoup. Souris même aux murs vides s'il le faut. C'est tout Chez Toi qui vient à toi, ce n'est pas toi qui vas Chez Toi. Tu sais quel sera ton secret? Tu feras ton entrée *a la moda cubana*. Tu n'auras pas à *jouer...* un *rôle*. Tu seras la personne la plus à l'aise, la plus sûre d'elle du restaurant ! »

Le siffleur se mit à siffler sur la commode et Amélia sursauta... Le portable de Magdalena, c'était tout... C'était Nestor qui lui avait mis cette sonnerie – un type qui sifflait un petit air, mais personne ne savait quel air. Il adorait s'amuser avec ce genre de trucs. Il avait choisi une chanson hip hop comme sonnerie de son propre téléphone. Qu'est-ce que c'était, déjà? Ah, oui. «Caliente! Caliente, baby. T'as plein de fuego dans ta caja china» – mais cela n'inspira à Magdalena aucun pincement de nostalgie. Ce *baby* l'incita tout au plus à se dire qu'ils avaient été de vrais bébés eux-mêmes... à faire furtivement le *dedans dehors, dedans dehors, dedans dehors* toujours à la recherche du lit vide d'un ami où personne ne risquerait de les surprendre... Elle avait peine à croire qu'ils aient pu être aussi gamins... à vivre pour ce *dedans dehors, dedans dehors, dedans dehors* – «Allô?

— Magdalena, on avait dit que tu m'attendrais en bas ! » Norman, bien sûr. «Je ne trouve pas de place pour me garer.» Norman, grognon et contrarié.

«J'arrive tout de suite.» Magdalena tournoya sur elle-même pour s'étudier une nouvelle fois dans le miroir. Elle se mit à secouer la tête. «Franchement, Amélia, je ne suis pas *sûre* que...

— *Moi* si! Chez Toi a *besoin* de toi. Ils ont *besoin* d'un peu de sexe, et il va arriver sous un si joli jour! Avec une croix entre les nichons ! »

Magdalena contemplait encore la créature dans le miroir, paralysée par son image. «*Oh, Dios mío*, Amélia ! » Sa voix tremblait légèrement. «Pourvu que tu aies raison! De toute façon, je n'ai plus le temps de me changer. Norman va me tuer !

— Tu es une apparition, Magdalena, une *apparition*. Rappelle-toi simplement deux choses. Tu as été revirginisée. Tu es une vierge avec une croix sur le cœur ! Tu es plus jeune, plus jolie et plus pure que n'importe quelle autre femme de Chez Toi. Rappelle-toi ça – et aie confiance en toi. Tu es *mieux* qu'elles... toutes ces snobs... »

Le temps de prendre l'ascenseur et de rejoindre la voiture de Norman, son moral, qui ne tenait déjà qu'à un fil, s'était effondré. À *quoi* jouait-elle ? Une *vierge*... ouais, une vierge qui faisait tout pour avoir l'air d'une pute... en bustier. Elle était complètement *folle* !

Mais dès qu'elle ouvrit la portière de l'Audi de Norman, celui-ci l'accueillit d'un grand sourire lascif. « Ouaaaaah ! Super ! Tant pis pour Chez Toi ! Je te ramène tout de suite chez moi, tu veux ? »

Magdalena se glissa sur le siège passager. « Tu es sûr que ce n'est pas trop ?

— C'est *toi* qui es trop, Magdalena ! » Son regard concupiscent était rivé sur elle. Norman n'était évidemment pas le meilleur juge du monde. :::::: Il est à moitié cinglé dès qu'il est question de sexe, mon éminent psychiatre spécialiste de la pornodépendance. :::::: Tout de même, c'était encourageant. Au moins sa tenue n'était-elle sans doute pas complètement catastrophique. :::::: Aie confiance en toi ! Eh bien, pas encore tout à fait. Mais tout n'est peut-être pas perdu. ::::::

Pendant qu'ils descendaient Lincoln Road, Norman lui demanda, « Tu as vu ce truc sur YouTube ?

— Quoi donc ?

— Il faut que tu voies ça ! Une vidéo de deux flics de Miami qui s'en prennent à un Black – ce sont des Blancs, eux – ce prisonnier noir est couché par terre les mains derrière le dos, et les deux types sont sur lui, en train de lui flanquer des coups de coude dans la figure et de le traiter de tous les noms que tu peux imaginer, à l'exception de *sale nègre*. Il *faut* que tu voies ça. »

Il faut que tu voies quoi ? Magdalena écoutait à peine ce qu'il disait. Une seule question la tracassait : qu'est-ce qu'*il* va en penser ? Est-ce qu'*il* va trouver que j'ai l'air d'une petite pouffe... ou est-ce que je peux me fier à la réaction de Norman ? Elle baissa les yeux vers sa poitrine. Rien n'avait changé. On voyait... *tout*.

Ils arrivèrent devant Chez Toi et remirent l'Audi au voiturier. « C'est ça ? demanda Magdalena. Une haie ?

— C'est ça. Derrière la haie. » Ils étaient à quelques pas seulement d'une haie privée qui devait mesurer trois mètres, trois mètres et demi de haut. Une *immense* haie privée. La partie supérieure avait été taillée méticuleusement, parfaitement à l'horizontale, et on avait découpé une porte dedans... un rectangle de plus de deux mètres dix de haut sur un mètre vingt de large et au moins un mètre de profondeur... un rectangle parfait jusqu'à la moindre feuille de troène élaguée. La nuit tombait rapidement et, dans la pénombre, on aurait aisément pu prendre la haie pour des remparts, une muraille de maçonnerie compacte et inhospitalière.

« Je ne vois même pas d'enseigne.

— Il n'y en a pas », confirma Norman du ton de celui qui *sait ces choses-là*.

Le cœur de Magdalena s'emballa. Une fois de plus, elle pensa à quelque chose de plus essentiel. Une fois de plus, elle sombra dans le désespoir. Et si elle se trompait du tout au tout ? Que lui avait dit Sergueï la semaine dernière ? *Rien* – pas un seul mot personnel. Rien d'autre que les fadaises polies, futiles que les gens corrects sont censés dire quand on vous les présente. Elle avait tout échafaudé à partir de regards, de sourires et de gestes qui auraient pu dévoiler un vague sentiment de sa part, aussi bien que le contraire. Il avait déversé ses longs regards pénétrants, insinuants dans ses yeux... *trois fois*. Et s'ils ne *pénétraient* rien du tout, et s'ils n'*insinuaient* rien du tout ? Et s'ils n'étaient longs que selon son horloge à *elle* ? Trop tard pour en avoir le cœur net *maintenant* ! Elle était là, et il était probablement quelque part de l'autre côté de cette haie... et elle se trouvait toujours à bord d'un avion dément, qui piquait, montait, piquait, montait montait montait jusqu'à ce que le prochain *et si* l'abîme dans un plongeon mortel et que le prochain infime espoir ne l'en fasse réchapper... et depuis une semaine, ces montagnes russes rythmaient tous ses moments de veille.

« Et comment est-ce les gens savent que c'est ici ? demanda Magdalena.

— Ils ne le savent pas. C'est ouvert au public, mais ça tient plutôt du club privé. Si on ne te connaît pas ou si tu n'es pas parrainé par quelqu'un, il est très difficile d'obtenir une réservation. L'absence d'enseigne... tu vois... ça fait partie de l'aura du lieu. »

Magdalena ne savait pas ce qu'était une *aura*... mais ce n'était pas le moment de réclamer une définition. Ils étaient arrivés devant l'invraisemblable portail, un rectangle découpé dans une haie privée d'un mètre d'épaisseur avec une précision qui aurait fait se pâmer d'envie un simple tailleur de pierres. Deux couples s'éloignaient en caquetant en anglais, bonne humeur branchée au maximum. Norman et elle franchirent la trouée de haie à l'émondage vétilleux pointilleux et... Chez Toi apparut à leurs yeux. Magdalena savait que le restaurant avait été aménagé dans une maison, mais son imagination en avait fait une grande demeure. Ce n'était pas une grande demeure. Voilà qui était parfaitement évident malgré la nuit qui tombait. Pour les critères de Miami, c'était une vieille, vieille maison, un des derniers vestiges d'un style architectural à la mode un siècle plus tôt, le néo-méditerranéen. Presque tout le jardin situé devant la maison avait été transformé en terrasse et en panorama de douces lueurs de bougies posées sur les tables des gens qui dînaient dehors. Il y avait d'autres bougies en hauteur, dans les lanternes désuètes suspendues aux branches étalées des pruneliers. La lumière des bougies faisait merveille sur les visages blancs des Anglos... qui étaient partout... Ils semblaient occuper jusqu'au dernier siège de la terrasse. Leurs voix produisaient un bourdonnement et un babillement... sans rien de tapageur.

C'était charmant ici, mais ¡ *Dios mío* ! qu'il faisait ¡ *chaud* !

Ils se trouvaient dans le couloir d'entrée de ce qui ressemblait à une vieille maison particulière, confortable, mais sans rien de fastueux... près, mais pas au bord de l'océan... et certainement pas ce que Magdalena s'attendait à trouver dans l'un des restaurants les plus chics de Miami. Juste devant eux, un escalier, mais sans grandiose envolée incurvée de rampes et de balustrades. De part et d'autre, une porte en arcade... en arcade, mais une arcade que tout le monde aurait oubliée dix secondes plus tard... et pourtant, de l'une d'elles se déversait le brouhaha bruyant de babillages et de bavardages, de cris perçants et de bassos profundissimos de rire, cet irrationnel ravissement des mortels qui savent être arrivés *là où ça se passe*. Tous ceux qui l'avaient déjà entendu, comme Magdalena à Art Basel Miami, reconnaîtraient désormais ce bruit à jamais.

Légèrement à l'écart, devant une console, un maître d'hôtel s'entretenait avec six clients, quatre hommes et deux femmes. Le serviteur, enfin, le maître d'hôtel, était immédiatement identifiable. Il était le seul à être habillé en gentleman. Telles étaient apparemment les mœurs actuelles. Il était vêtu d'un costume tropical en laine peignée couleur crème avec une cravate aubergine profond. Les quatre autres personnages masculins, étant des clients, avaient renoncé au veston. À la mode contemporaine, même pour des hommes relativement âgés comme eux, ils portaient une chemise à col ouvert, histoire de mieux mettre en valeur la manière dont leurs profonds sillons nasogéniens descendaient en direction de leurs fanons, de leurs bajoues et vers ce prélude de la vieillesse, une paire de tendons gros comme des cordes de harpe de part et d'autre de la pomme d'Adam. Le maître d'hôtel leur indiqua le chemin de la terrasse, puis se précipita vers Norman et Magdalena avec un charmant sourire et un « *Bonsoir, monsieur, madame** ». Le français s'arrêtait là, à moins de tenir compte du nom du restaurant. « Bienvenue Chez Toi. » Il avait un sourire charmant – sans rien de ce qu'une petite fille d'Hialeah redoutait instinctivement dans un endroit aussi chic, à savoir une attitude supérieure de *maître de votre destin**. Norman évoqua Koroliov et ses amis, et le maître d'hôtel lui fit savoir qu'ils prenaient un verre à la bibliothèque, comme il dit. Il les conduisit vers le seuil à arcade du brouhaha ravi.

Mr Koroliov... Magdalena joignit les mains et les sentit trembler. Ils se trouvaient désormais, Norman et elle, à l'intérieur de la salle du ravissement. Des hommes et des femmes gesticulaient en tous sens pour souligner leurs propos ou levaient les yeux au ciel sur le mode *Je n'avais encore jamais entendu parler d'une chose pareille* ou *Mon Dieu, comment est-ce possible ?...* et, surtout, riaient si fort que le monde entier ne pouvait ignorer que chacun d'entre eux sans exception faisait partie intégrante de cette assemblée exaltée de demi-dieux. Magdalena était entrée Chez Toi jurant à Vénus, Déesse de la Séduction, qu'elle resterait parfaitement détachée, et même distante, comme si elle pouvait, selon son bon plaisir, prendre ou laisser tous les hommes qui se trouvaient là. Et pourtant, malgré toutes ses bonnes résolutions, elle fut gagnée par l'irrésistible délire élitiste du lieu. Elle *dardait dardait dardait* ses regards alentour... à *sa* recherche. Un mur de la bibliothèque, comme l'avait appelée le maître d'hôtel, était couvert d'étagères de livres, des vrais livres, prêtant au restaurant une atmosphère mentale encore plus intime, *chez-toi*, mais de toute évidence, cette pièce servait essentiellement de petite salle à manger. Les tables avaient été poussées contre les murs afin de laisser à Mr Koroliov et ses amis plus de place pour se côtoyer, se coudoyer, frayer, frimer autour d'un apéritif... mais où est-*il* ? Et s'il n'était *pas* là et que tout ce...

... soudain, Norman s'éloigna d'elle et fonça au milieu de la foule déchaînée.

« Norman ! »

Norman s'arrêta un instant et se retourna, un sourire coupable aux lèvres. Il leva l'index, esquissant la pantomime qui signifie « *Ne t'inquiète pas, j'en ai pour une seconde.* »

Magdalena était consternée... puis elle paniqua... Qu'allait-elle faire, elle, une fille de vingt-quatre ans, au milieu de tous ces vieux – ils sont tous tellement vieux ! – et tellement blancs ! – elle, une petite Cubaine, une infirmière répondant au nom de Magdalena Otero, corsetée dans un bustier qui leur balance ses nichons autant-dire-nus au visage comme deux grosses portions de flan !

Et puis elle se mit en colère. En brandissant cet index, Norman ne voulait pas dire je reviens tout de suite... bien sûr que non !... consciemment ou non, il disait je suis le Numéro Un et j'ai repéré quelqu'un d'immensément plus important que toi, et, désolé, mais il faut que j'exerce mon charme de Célèbre Dr Porno sur lui tant que je l'ai sous les yeux !

Qu'était-elle censée faire maintenant ? Rester plantée là comme la pute d'astreinte ? Les gens commençaient déjà à lui jeter de ces coups d'œil... ou ne regardaient-il que le bustier et ses seins ? :::::: *Salaud de Norman !* :::::: Elle se rappela ce qu'Amélia avait dit. Donne toujours l'impression d'être parfaitement sûre de toi... si tu n'as personne à qui parler, affiche un sourire assuré. Elle afficha un sourire assuré... mais rester plantée là toute seule avec un sourire assuré ne représentait pas un progrès considérable par rapport à rester plantée là toute seule en faisant la gueule... *Ahh !* Elle repéra un tableau sur le mur le plus proche d'elle, un grand... il devait bien faire un mètre vingt sur quatre-vingt-dix centimètres... Elle allait faire semblant de l'examiner avec intérêt... Elle se posta devant lui... deux formes semi-circulaires, l'une d'un noir tout simple, l'autre d'un blanc tout simple, peintes sur un fond gris-beigeasse. Les deux formes étaient séparées l'une de l'autre et inclinées en formant un angle complètement de traviole... :::::: *Ayúdame, Jesús*... Seul un débile profond resterait planté là à observer cette *mierda*... Les vieux crétins qui payent des millions pour ces conneries stupides de Miami Basel eux-mêmes ne sont pas assez tarés pour *regarder* vraiment ce tableau. :::::: Elle renonça et se retourna vers la pièce *où* ça se passait. Les rires surexcités régnaient toujours... *hi! hi! hi! hi!* faisaient les femmes *ho! ho! ho! ho!* faisaient les hommes... mais à cet instant précis, à l'autre bout de la salle, s'éleva un rire qui les renversa tous « aahaaAAAHock hock hock hock »... et Magdalena regarda dans cette direction, traversant d'un rayon laser cette houle de rire ravi jusqu'à repérer la grosse tête de Norman qui tressautait au bénéfice d'une femme, une femme d'une beauté saisissante – la trentaine? – difficile à dire de nos jours – la peau pâle, si pâle... d'épais cheveux noirs séparés par une raie au milieu et tirés en arrière, lui dégageant théâtralement le front... des pommettes hautes, une mâchoire marquée et carrée, des lèvres rouges comme des rubis, des yeux aussi brillants et d'un bleu aussi magnétique que les diamants les plus bleu*euhhhhhHAGGHH-HOCKhock hock hock hock*... Elle n'avait inventé les rubis et les diamants que pour pouvoir s'apitoyer un peu plus sur elle-même et être encore plus fâchée contre Norman, mais le rirr*reuhhhhHHHock hock hock hock* était réel, bien trop réel, espèce de filsdepute insensible et sans cœur. *Je reviens dans une seconde* – mais bien sûr, tu reviens dans une seconde, dès que tu auras suffisamment avancé tes pions avec une *Americana* aux cheveux noirs comme l'ébène et à la peau blanche comme neige! On n'a pas de neige, nous, les Cubains, ce que tu sais peut-être, malin comme tu es...

« Miss Otero! »

Une voix derrière elle, une voix avec un accent. Elle se retourna et c'était *lui* – *le* lui... aussi beau et aussi Prince charmant et aussi tout un tas d'autres choses qu'elle le rêvait depuis une bonne semaine. Avec une rapidité inconcevable, les yeux de Serguéï se baissèrent, *blip*, inspectèrent ses seins, qui menaçaient de jaillir du bustier – et se *blip* relevèrent.

Magdalena s'en rendit compte... et apprécia... et en cet instant, Norman et la colère qu'elle lui vouait s'évanouirent. *Comme ça.* ¡ *Mirabile visa!* disait une des religieuses, Sœur Clota. ¡ *Vision miraculeuse!* ¡ *Incarnation du sublime!* Mais un instant plus tard, parfaitement réveillé dans le monde réel et sans rêves, le bombardier d'amour d'Hialeah et son moi sublime tombèrent à pic s'écrasèrent et s'embrasèrent comme ils l'avaient fait toute la semaine à force d'être obsédés par la silhouette qui se dressait devant elle. Pourquoi l'avait-il abordée maintenant?... alors qu'il n'y avait rien d'autre à voir qu'une pauvre chose, une inadaptée sociale, abandonnée de tous et cherchant à le dissimuler en « étudiant » un tableau complètement crétin accroché au mur. Oh, c'était parfaitement clair. Dans son infinie bonté, il avait voulu la sauver de l'échec social. Difficile de faire pire pour un rendez-vous galant! Qui était-elle à ses yeux?... Une gourde stupide qui inspirait la pitié! C'était humiliant – *humiliant!* – tellement humiliant que cela vaporisa tous les rôles qu'elle aurait pu décider d'endosser... dragueuse, vamp, disciple d'Esculape dieu de la médecine, mère miséricordieuse des malheureux affligés accablés de désir, groupie de grands collectionneurs d'art oligarchiques russes philanthropes. Si bien que, sans le vouloir, elle réagit avec une parfaite sincérité... sa mâchoire tomba, faisant s'ouvrir sa bouche et s'écarter ses lèvres...

Serguéï entreprit de déverser tout son charme sur elle, comme si cela pouvait être d'un quelconque secours. « Quel plaisir de vous voir ici, Magdalena! »

Mais déjà une autre invitée était à son côté, sourire armé pour s'emparer de son attention dès que ses lèvres auraient cessé de remuer.

Serguéï se pencha vers Magdalena et lui dit tout bas « J'ai à peine eu l'occasion de vous parler à Miami Basel. » Une nouvelle fois, il *blip* darda le plus bref, le plus prompt des coups d'œil vers sa poitrine en bustier.

À cet instant, par pure nervosité, Magdalena rongeait l'ongle de son petit doigt. L'intimité de cette voix si basse remit en circulation dans son organisme un flot de sang rouge accompagné de son garde du corps, la ruse. Elle le sentit littéralement. Lentement, elle extirpa son petit doigt de ses grignoteuses nerveuses, laissa sa main retomber sur le centre fendu de son buste bustiéré, fit sourire ses lèvres d'une certaine manière, infiniment-amusée... et dit d'une voix infiniment douce et rauque, «Oh, je m'en souviens...»

Trois personnes étaient à présent massées autour de Sergueï, leur regard brillant impatient d'accrocher le sien. L'un d'eux, une petite fouine de bonhomme dont le col de chemise s'était effondré sur son cou d'un côté parce qu'il aurait dû s'accompagner d'une cravate, fut assez maladroit pour lui tapoter l'épaule. Sergueï leva les yeux au ciel d'un air désespéré à l'intention de Magdalena et dit tout haut «À suivre –» avant de laisser ses courtisans mener à bien leur entreprise de submersion. Ses yeux engloutirent à toute vitesse une dernière petite portion de ses seins.

Magdalena était à nouveau seule, mais cette fois, ça lui était bien égal. Cela ne la préoccupait pas le moins du monde. Il n'y avait plus qu'un être dans tout Chez Toi, et elle savait maintenant qu'elle l'inté-ressait...

Norman avait progressivement retraversé la salle. Quand leurs regards se croisèrent, il esquissa cette mimique lèvres-serrées, tête-agitée-de-spasmes que font les hommes avant de dire «Je t'assure, chérie, j'ai fait tout mon possible.»

«Excuse-moi. J'ai aperçu quelqu'un que je voulais voir depuis un bout de temps et je n'étais pas sûr de trouver une autre occasion de lui parler. Je n'aurais jamais cru...» Son débit ralentit quand il constata que Magdalena lui adressait un sourire affable, amical.

«Et tu es arrivé à le coincer?

— *Euhhh*, oui.»

Ce petit et pieux mensonge masculin ne lui arracha qu'un nou-veau sourire. Qu'est-ce que ça pouvait bien faire? «Je suis bien contente pour toi, mon chéri.»

Il la regarda bizarrement, comme si son radar détectait de l'ironie. C'était sans doute le «mon chéri». Curieusement, Norman n'inspi-rait guère de petits noms tendres au cœur de Magdalena. Il scruta son visage. S'il était bon observateur, il ne put que constater qu'elle était sincèrement heureuse. Vu les circonstances, cela aurait pu ajouter encore à son trouble.

À cet instant, le maître d'hôtel en costume tropical crème apparut sur le seuil de la bibliothèque et annonça d'une voix sonore et parfaitement enjouée : « Le dîner est servi ! »

Sergueï se tenait dans l'embrasure de la porte, lui aussi, juste à côté de lui. Il sourit à son troupeau et esquissa un ample mouvement circulaire du menton qui semblait dire *Suivez-moi !* Ce que le troupeau fit tandis que les bavardages et les babillages, les hihihi et les hohoho s'intensifiaient encore. Le troupeau traversa l'entrée en bande en direction de... l'autre salle.

Norman était terriblement impressionné. Il s'inclina vers Magdalena, « Tu sais quoi ? Il a réservé tout l'étage, et il n'y en a que deux !

— Tu as raison », approuva Magdalena, trop heureuse pour penser quoi que ce fût de quoi que ce fût que qui que ce fût d'autre avait à dire en cet instant.

Elle baissa les yeux vers sa glorieuse poitrine. Penser qu'elle avait pu *redouter* les conséquences de ce bustier sur sa place dans la Société et dans le monde !

Le troupeau franchissait à présent le seuil en une masse regonflée à bloc, assoiffée de la moindre goutte de consécration qui les attendait dans l'autre pièce. Magdalena n'avait jamais vu de salle à manger pareille. En harmonie avec le style de Chez Toi, elle n'avait rien de pompeux. Ce qui ne l'empêchait pas d'être spectaculaire... à sa manière informelle bien à elle. Le mur situé en face de l'entrée n'en était pas un du tout. C'était un comptoir qui s'étirait presque sur toute la longueur de la salle, et derrière le comptoir, la vue donnait directement sur la légendaire cuisine de Chez Toi. Elle était immense. Six mètres de cuivres rutilants – *rutilants* – ... casseroles, poêles, ustensiles de cuisine de toutes sortes, étaient suspendus en rangs à des crochets, mais descendaient suffisamment bas pour aveugler les convives. Les cuisiniers, les seconds et le reste d'une armée en blanc coiffée de *toques blanches** défilaient dans la cuisine veillant à ceci, inspectant cela... et appuyaient sur des boutons, remarqua Magdalena. Appuyaient sur des boutons ? Mais oui. Des ordinateurs assuraient le fonctionnement des fours à rôtir, des fours à braiser, des grils... et même des poêlons, des réfrigérateurs, de la rotation des étagères dans les placards de rangement... Pas très Vieille-Maison, mais tout le monde semblait disposé à détourner les yeux de cette intrusion de la numérisation américaine du XXIᵉ siècle dans la vieille cuisinière à bois analogique. L'exposition des cuivres et la marche des *toques blanches** offraient une toile de fond suffisante.

Une table faite d'un simple et solide plateau de châtaignier dominait la salle. Non, elle *remplissait* la salle. Elle mesurait approximativement six mètres de long sur un mètre vingt de large et allait de *là*... à *là*. Le genre de monstre qu'il était bon d'avoir dans une ferme à la saison du battage quand les ouvriers agricoles rentraient des champs en salopette, prêts à dévorer toutes les crêpes au sirop d'érable qu'ils pourraient avaler et à engloutir tout le café et le cidre pas encore fermenté qu'ils pourraient boire avant de se remettre au travail. La surface de cette table n'évoquait cependant pas ce genre d'activité. C'était une scène dressée pour une troupe de théâtre, une accumulation, une constellation prodigieuse, divine de verres à pied, petits et grands, disposés en grappes, en pelotons féeriques, en nuages, en bulles étincelantes et translucides, devant chaque couvert, des verres si fins, si transparents, resplendissants et rayonnants de reflets lumineux, se gonflant de prodiges si sublimes des arts du soufflage de verre que même une fille de vingt-quatre ans, anciennement d'Hialeah, avait l'impression que si on les effleurait de la plus délicate dent d'une fourchette, ils chanteraient « *Cristal* » sur une note très aiguë, contre-mi dièse, pas moins. Flanquant chaque légion angélique de verres, une parade d'argenterie, des régiments tellement inouïs de couverts que Magdalena ne pouvait imaginer à quoi ils pouvaient tous servir. Devant chaque place, un carton manifestement réalisé à la main par un calligraphe professionnel. Suivit alors un interlude durant lequel les invités sautillèrent de ci de là, s'inclinèrent profondément, sans cesser de pépier, à la recherche de leur place attitrée... beaucoup de grouillements... Sergueï présentant les uns aux autres autant de gens, aussi vite qu'il le peut... prenant soin d'adresser à Magdalena un sourire particulier quand il la présente à d'autres... tous des vieux, à ses yeux en tout cas. C'est franchement déconcertant, tout ça... les noms ne sont plus que des syllabes qui entrent en sifflant par une oreille et ressortent par l'autre. Quand tout fut terminé, Magdalena se trouva assise à quatre places de Sergueï qui présidait la table. Il avait à sa droite une Anglo, d'une quarantaine d'années sans doute, que Magdalena trouva jolie mais affectée. À la gauche de Sergueï – ¡ *Oh, Dios mío!* – une célèbre chanteuse cubaine – célèbre chez les Cubains en tout cas –, Carmen Carranza. Elle trônait dans une posture royale, mais n'était plus de première jeunesse. Et n'était pas non plus un mannequin idéal pour la robe qu'elle portait. Celle-ci plongeait jusqu'à son sternum, excitant non pas les satyres mais les nutritionnistes déments. Où était parti tout son collagène – le collagène des courbes intérieures de ses seins presque absents? Pourquoi avait-elle étalé du fond de teint corporel sur le terrain osseux qui séparait ses seins – une incursion précoce de petites taches de vieillesse? L'oiseau chanteur à la retraite et Magdalena étaient séparés par un vieux aux cheveux rares, un Anglo, dont les joues et les bajoues paraissaient gonflées – *à la perfection.* À peine une ride sur son visage et un rose parfait comme du fard qui le décorait au niveau des pommettes. Le vieux portait un costume et une cravate; et pas n'importe quel costume, s'il vous plaît. En seersucker à rayures roses – avec un gilet. Magdalena ne se rappelait pas avoir jamais vu d'homme en porter. Et la cravate – on aurait dit un ciel rempli de feux d'artifice, des bouquets qui explosaient dans tous les sens, de toutes les couleurs imaginables. Il l'intimida dès l'instant où elle posa les yeux sur lui. Il était tellement vieux, auguste et guindé, et pourtant, tôt ou tard, il faudrait bien qu'elle lui *parle...* Mais il se révéla être parfaitement *amistoso y amable.* Il ne la regarda pas comme si elle était une jeune rebelle qui s'était inexplicablement retrouvée à un dîner Chez Toi.

En fait, le vieux, Ulrich Strauss, se montre amical, drôle, très intelligent et pas condescendant pour un sou. Le dîner commence par un toast que prononce Sergueï pour accueillir et remercier les invités d'honneur, le nouveau directeur du musée Koroliov des beaux-arts, Otis Blakemore, de Stanford, assis à deux places de Sergueï sur sa droite, et l'épouse de Blakemore – Mickey, on l'appelle comme ça – assise à deux places de Sergueï sur sa gauche. :::::: *Dios mío*, c'est la jolie femme aux cheveux tirés en arrière que Norman draguait dans la bibliothèque tout à l'heure – et elle n'est pas *americana* mais *cubana*. :::::: Les serveurs commencent à verser du vin, et Magdalena, qui n'est pas une grande buveuse, est plutôt contente cette fois d'en prendre un peu pour calmer ses nerfs.

La table est très longue – vingt-deux personnes y sont assises – et relativement étroite, et les conversations sont si nombreuses et tellement surexcitées qu'il est presque impossible d'entendre ce que disent les gens à trois ou quatre places de distance ou d'un côté à l'autre de la table. Magdalena s'engage dans un dialogue amusant avec Mr Strauss à propos d'Art Basel. Mr Strauss est un collectionneur passionné de meubles anciens et de sculptures figuratives de petites dimensions des XVIIᵉ, XVIIIᵉ et XIXᵉ siècles. Il demande à Magdalena comment elle a fait la connaissance de Sergueï... une porte dérobée pour essayer de découvrir qui est cette petite si sexy en corset – autrement dit, quelle place occupe-t-elle dans la société ? Tout ce qu'elle dit, c'est qu'elle a rencontré Sergueï la semaine dernière à Art Basel.

Vous vous intéressez donc à l'art contemporain.

Pas vraiment, elle était simplement là avec « des gens ».

Et qu'en avez-vous pensé ?

Pas grand-chose, pour être franche. J'ai trouvé que c'était laid – exprès ! Et tellement pornographique ! Elle donne quelques descriptions générales, bienséantes. Le vin remplit son office.

Strauss lui cite le bon mot de Tom Stoppard selon lequel « l'imagination sans le talent nous a donné l'art moderne ». Il ajoute que l'art contemporain serait considéré comme une farce grotesque si des gens, intelligents par ailleurs, ne l'avaient pas placé sur un piédestal... un piédestal sur lequel *beaucoup* d'argent change de mains.

Un autre verre de vin et Magdalena raconte ce qu'elle a vu : de soi-disant conseillers artistiques qui mènent de vieux types riches par le bout du nez et leur disent, Inutile de *discuter* avec nous. Vous voulez avoir des goûts artistiques vraiment à la pointe ou pas ? Magdalena est tout de même encore assez sobre pour ne pas citer nommément Fleischmann ni sa conseillère.

Strauss dit qu'il sait que Sergueï partage tout à fait son sentiment et ne va à Art Basel que parce que ce cinéma le divertit. Le nouveau directeur du musée Koroliov des Beaux-Arts a des goûts très conservateurs et une approche universitaire. Les Chagall dont Serguéï a fait don au musée sont presque la limite extrême de ce qu'il est prêt à accepter en matière d'art moderne.

Une série de conversations générales s'amorce à l'extrémité de la table où ils se trouvent, Serguéï et elle. Les gens parlent du passage à tabac et des insultes racistes dont a fait l'objet un prévenu noir de la part de deux policiers blancs sur YouTube. « Blancs, » pas « Cubains », parce que personne ne veut offenser l'oiseau chanteur ou les autres notables cubains assis à la table, si bien que Magdalena n'a aucune raison de se demander si Nestor ne serait pas mêlé à cette affaire.

Ils parlent de la querelle entre le maire et le chef de la police.

Ils parlent des problèmes récents à Haïti.

Ils parlent du redressement du marché immobilier.

Magdalena n'est pas seulement trop timide pour prendre part à ces discussions, elle n'a aucune idée de ce dont ils parlent. Alors elle s'enfile encore un peu de vin.

Art Basel vient ensuite sur le tapis. Mr Strauss évoque des rumeurs de collusion entre marchands et conseillers artistiques pour plumer de plusieurs dizaines de millions les grosses pointures des hedge funds et autres.

Mr Strauss dit « Mon amie mamedoiselle Otero peut vous raconter comment ça se passe. Elle y était. »

Il se tourne vers elle, persuadé qu'elle va répéter à l'intention de l'ensemble des convives ce qu'elle lui a confié. Soudain, tous ces adultes, à cette extrémité de la table, se sont tus et leur entière attention est braquée sur Ms Otero... sur sa poitrine aussi, mais ils meurent tout de même d'envie de savoir ce qu'elle a à dire – cette jeune chose qui paraît nue avec ce qu'elle a sur le dos.

Magdalena sent la pression monter de tous les côtés. Elle sait qu'elle devrait refuser poliment, mais il y a Serguéï, et puis aussi Mr Strauss et les autres, qui la regardent et attendent *quelque chose*... ou n'est-elle finalement qu'une petite paumée sans un neurone dans le crâne? En même temps, sa seule preuve concrète est ce qui s'est passé avec Fleischmann... et elle n'a aucune envie que Maurice – et Norman – apprennent ce qu'elle a à dire à ce sujet. Ils ne l'entendront pas parce qu'ils sont à l'autre bout de la table... mais si ça leur revient aux oreilles après le dîner, par exemple ? D'un autre côté, elle ne peut pas rester plantée là, comme ça, et se conduire en gamine effarouchée... Pas devant Sergueï !

Alors elle se lance... d'une voix décemment modeste... mais les onze personnes assises à son bout de table commencent à se pencher en avant pour mieux l'entendre... cette petite *bombe* !... ils se demandaient ce qu'elle avait dans la cervelle, en admettant qu'elle en ait une, tandis qu'elle risque un coup d'œil au-dessus du parapet de son bustier. Elle élève un peu la voix et a l'impression d'écouter quelqu'un d'autre parler. Mais ses trois verres de vin n'ont pas été inutiles et elle commence à s'exprimer avec une certaine aisance.

Elle évoque rapidement, délicatement, toute la pornographie qu'on a injectée dans le système sanguin de Miami Basel...

:::::: J'en ai déjà trop dit ! Mais ils me regardent tous ! Je ne peux tout de même pas m'arrêter et me transformer en potiche ? ! Ils sont de plus en plus nombreux à avoir interrompu leurs conversations – pour m'écouter, *moi* ! Comment pourrais-je tout d'un coup... *la boucler* ! C'est le moment ou jamais de m'*affirmer*. De leur imposer le *respect* ! ::::::

Elle ne prend pas toute la mesure de ce «de plus en plus nombreux».

Quand elle en arrive au passage sur *un certain collectionneur* que son conseiller artistique mène par le bout du nez :::::: Il faut que je m'arrête *tout de suite* ! C'est une salle privée et plus personne ne fait de bruit... sauf moi. Maurice est *juste là*, à l'autre bout de la table. Norman est juste là ! Mais c'est *le moment* ou jamais ! Je ne peux pas... le laisser passer :::::: elle plonge, la tête la première :::::: je ne peux pas m'en empêcher :::::: elle dépeint les conseillers artistiques comme des macs exigeant un prix exorbitant en échange de... l'extase – *l'extase !* – le frisson suprême à l'idée d'être reconnu comme un acteur à part entière de ce marché magique, qui semble avoir été fabriqué avec du vent. Car enfin, qu'est-ce que ce fameux art pour lequel on réclame une fortune à Art Basel ? L'imagination sans le talent nous donne l'art moderne. Elle se tourne alors modestement, posément, vers son voisin de table et lui demande : «De qui est cette phrase, disiez-vous ? » Elle constate avec horreur que toute la table est silencieuse. Elle n'a pas cité le nom de Maurice, ni celui de l'artiste dont il a acheté l'œuvre... ni celui de Ms Carr, sa conseillère, mais ni Norman ni Maurice ne sont des imbéciles.

Elle lance un bref coup d'œil dans leur direction. Ils ont l'air abasourdis, comme s'ils s'étaient pris un coup de poing sur le nez sans savoir pourquoi. Pourtant elle ne peut pas... *arrêter* là, elle ne peut pas... pas devant Serguéï et son nouvel ami, Mr Strauss. La seule issue qu'elle voit est d'abandonner le sujet des conseillers artistiques – et de passer à l'incroyable ruée des riches le jour de l'inauguration d'Art Basel pour arriver les premiers aux stands des artistes qu'on leur a conseillé d'aimer. Tout au long de cette petite dissertation diserte, elle ne cesse d'intercaler des commentaires complaisants tels que « Je ne parle pas de tous les collectionneurs » et « il existe évidemment des conseillers artistiques tout à fait honnêtes – j'en ai parfaitement conscience », mais il est trop tard. Fleischmann sait forcément que toutes ces histoires juteuses *le* concernent. Norman aussi. Il sera furieux. Il est persuadé que c'est en s'accrochant aux basques de Maurice qu'il accédera à la notoriété sociale – et voilà que sa propre infirmière... fait tout ce qu'elle peut pour ruiner ses efforts !

Serguéï rayonne. Il approuve à cent pour cent tout ce qu'elle a dit ! C'était sensationnel ! *Elle* est sensationnelle !

Elle est condamnée à rester assise là jusqu'à la fin du dîner, dévorée de culpabilité et de honte à l'idée de ce qu'elle vient de dire sur Maurice, sans avoir jamais cité son nom. Les élèves de Sœur Clota ne commettent jamais pareilles trahisons. Elle se sent tellement coupable qu'elle est incapable de savourer l'attention que tous les convives à son bout de table s'empressent désormais de lui prodiguer. C'est une question après l'autre ! *Quelle jeune femme intéressante !* Et... *quand je pense à ce que nous avons pensé d'elle la première fois que nous l'avons vue !*

Cette attention ne fait qu'aggraver les remords de Magdalena. Culpabilité ! Culpabilité ! Culpabilité ! Culpabilité ! Comment a-t-elle pu faire ça à Maurice ? Norman va être fou de rage... *à juste titre !*

Dès que le dîner s'achève, elle se lève et se dirige droit vers Serguéï, tout sourire, la main tendue comme pour le remercier... regardez-la :

l'image même de l'invitée polie, pleine d'une reconnaissance très comme il faut.

Sergueï est l'image même de l'hôte affable. Il prend la main qu'elle lui tend entre les deux siennes... et, avec un sourire d'une correction très comme il faut et une expression d'une courtoisie très comme il faut, il lui demande comme s'il s'agissait d'une formule tout droit sortie d'un manuel de savoir-vivre :

« Où puis-je vous joindre ? »

14

Des filles aux queues vertes

L'habitat supposé des habitudes sexuelles supposées d'Igor Droukovitch, le Honey Pot, était le dernier bâtiment d'une petite galerie marchande décrépite au bout d'une rue insignifiante à deux pas de Collins Avenue, tout au nord de Sunny Isles, là où Miami Beach rejoint le continent. Le bâtiment avait l'air d'avoir été construit pour servir d'entrepôt... vaste, glauque, anonyme, un seul niveau. Mais dehors, sur l'avant, une enseigne en plastique rétroéclairée aux couleurs aveuglantes – un énorme machin d'au moins sept mètres cinquante de côté – annonçait HONEY POT en caractères lumineux orange sanguine soulignés de néons rouges et jaunes. Cette réalisation gueularde et tapageuse était fichée au sommet d'une colonne d'acier isolée du bâtiment qui devait faire près de quatre étages de haut. À la nuit tombée, aucun automobiliste empruntant Collins Avenue ne pouvait s'empêcher de rester bouche bée devant :

THE HONEY POT

Immense immense immense flamboyante flamboyante flamboyante criarde criarde criarde, l'enseigne était tout cela, mais de surcroît, elle se dressait à plus de douze mètres du sol. La dizaine d'hommes qui se tenaient devant l'entrée du club n'étaient éclairés par guère plus que le faible crépuscule électrique habituel qui marquait la vie nocturne extérieure du Grand Miami. Ce *guère plus* consistait en une nuance

416

électrique venue d'en haut qui prêtait à tous ces visages blancs la teinte maladive de l'orangeade...

Une orangeade maladive superdiluée, voilà ce que pensa Nestor qui venait d'arriver en compagnie de John Smith. Maladive? Elle ne pouvait pas avoir l'air beaucoup plus maladive que là, juste devant lui, sur le visage clair et blanc de John Smith. Tant pis pour John Smith... mais ça portait aussi sur les nerfs de Nestor. Qu'est-ce qu'il savait des clubs de strip, bordel? Il y en avait cent quarante-trois dans la région de Miami – une *putain* d'industrie –, mais Nestor Camacho n'avait jamais mis les pieds dans un seul d'entre eux. Pendant tout le trajet, il avait servi à John Smith des histoires de flics sur ces boîtes. Mais il ne s'agissait pas de *ses* histoires, ce qui était bien dommage parce qu'elles avaient donné l'impression qu'il connaissait ces repaires du vice sur toutes leurs coutures. Il n'en était pas totalement inconscient quand il les avait racontées. *Vanité! Vanité!* :::::: Un vrai flic, qui ne connaît pas les clubs de strip? *Allons donc!* :::::: Peut-être, en mettant les choses au pire, pourrait-il s'en sortir au *bluff*... Après tout, John Smith avait reconnu d'emblée n'avoir jamais fréquenté de bouge de ce genre ni d'aucun autre.

Ils se trouvaient donc tous les deux devant le Honey Pot à discuter stratégie. « On n'est pas là pour regarder toutes les cochonneries qui se passent ici », précisa Nestor. Monsieur-le-boulot-avant-tout. Le leader. « On est là pour dégotter un Russe à grosse moustache qui s'appelle Igor Droukovitch. » Il dessina une rapide sculpture aérienne, plaçant ses index et les extrémités de ses pouces sous son nez et les écartant en arabesque jusqu'à ses oreilles. « Tout ce qu'on a à faire ici, c'est inspecter les lieux à la recherche d'Igor Droukovitch. Aucune distraction autorisée. On est bien d'accord? »

John Smith fit oui de la tête avant d'ajouter, « Vous êtes *sûr* que vous n'allez pas avoir d'ennuis? Est-ce que "révoqué de ses fonctions" ne signifie pas que vous n'avez pas le droit de vous livrer au moindre travail de police? »

Nestor crut d'abord que John Smith se dégonflait, maintenant qu'il était au pied du mur, devant la porte d'un club de strip... dans cette déconcertante pénombre d'orangeade... Si lui, Nestor, se débinait au dernier moment, ça lui épargnerait à lui, John Smith, l'ignominie d'avoir à le faire.

« Mais c'est pas du travail de police, protesta Nestor. J'ai pas l'intention de leur coller mon insigne sous le nez. De toute façon, mon insigne, ils me l'ont retiré.

— Mais vous n'êtes pas… consigné, un truc comme ça, non?

— Je suis censé être à chez moi de huit heures du mat à six heures du soir. Après six heures, je fais ce que je veux.

— Et c'est vraiment ce que vous voulez faire?

— Je vous ai dit que j'essaierais de vous donner un coup de main avec cette histoire de Koroliov, et voilà. On a déjà un point de départ, c'est toujours ça. » Il retira d'une poche latérale une copie plastifiée de la photo d'Igor en voiture avec Koroliov qu'il avait obtenue de la police de Miami-Dade par l'intermédiaire de frangin.com. « Au moins, on sait quelle tronche il a et on sait qu'ils se connaissent tous les deux. Ce n'est pas si mal pour commencer. »

Le Honey Pot s'ouvrait par une simple porte coulissante industrielle, de bien quatre mètres cinquante de large, qui avait probablement été installée longtemps avant la transformation de l'entrepôt en Honey Pot. Juste au-delà, une paroi vitrée percée de deux portes de verre donnait dans ce qui ressemblait à un hall d'entrée de cinéma.

Dès que le leader et son disciple à face d'orangeade entrèrent, BAM-*anngh schlang* BAM-*anngh schlang* BAM-*anngh schlang* BAM-*anngh schlang* se mit à PULSER et à *schlanguer* dans leur système nerveux central. Ce n'était pas une pulsation très rapide ni terriblement bruyante, mais elle était ininterrompue. Elle ne variait pas d'un iota et ne cessait jamais de faire BAM-*anngh schlang* BAM-*anngh schlang*. Sans doute était-elle sous-tendue par une partition musicale, mais celle-ci était inaudible dans le petit espace clos qui servait de guichet… un comptoir incurvé… derrière, un Blanc bedonnant, la quarantaine bien sonnée, en polo blanc avec un logo Honey Pot orange brodé sur la poche de poitrine. Le caissier. John Smith lui donna 40 dollars pour eux deux. Le type faisait de son mieux pour se montrer jovial. Il sourit et lança « Bonne soirée, les gars! » Le sourire ressemblait à une vague traînée rebiquée aux deux bouts. Nestor franchit le premier la porte donnant sur le club lui-même… BAM-*anngh schlang* BAM-*anngh schlang* BAM-*anngh schlang* et effectivement, il y avait de la musique derrière la pulsation, de la musique enregistrée. À cet instant précis, une fille à la voix d'ado chantait « Je t'emmène en classe, ça c'est classe, et si *tu* captes pas, j'le fais pas et si j'le fais pas, tu *captes* pas. T'as capté ? C'est cool ? » Mais très rapidement, la chanson perdit toute présence, aspirée par le BAM-*anngh schlang* BAM-*anngh schlang*.

Pivot – la tête de Nestor et celle de John Smith tournèrent simultanément. Tous ces yeux qui les regardaient ! Sur le côté, près de la porte qu'ils venaient de franchir, un bar séparé du reste du club par une cloison de deux mètres à deux mètres cinquante. Bourré de femmes, des jeunes femmes juchées sur des kilomètres de jambes blanches surmontées de décolletés blancs ampliformes, de globes oculaires blancs à trois cents watts – des filles blanches et *uniquement* des Blanches, aux visages blancs décorés de tous les artifices noirs putassiers de l'eyeliner, de l'ombre à paupières, du mascara, des paupières charbonneuses... des filles blanches à la libido-à-louer exclusivement à des clients *blancs*... ¡*Dios mío*! Essayez de mélanger les Blancs, les Noirs, les Bruns et les Jaunes dans un endroit pareil ! Ça ne durerait pas une heure ! Tout exploserait ! Il ne resterait que du sang et des débris sexuels...

« Ça va les gars ? » Un grand costaud, pas loin de la cinquantaine, se matérialisa, surgi de l'obscurité... vêtu du polo Honey Pot avec un insigne plastifié épinglé sur sa poche de poitrine portant le logo Honey Pot orange et la mention DIRECTEUR ADJOINT DES OPÉRATIONS.

« Vous pouvez prendre place où vous voulez... » Il s'interrompit brusquement et dévisagea Nestor. Il plissa tellement le front que ses sourcils se resserrèrent comme deux petits muscles étreignant la racine de son nez. « *Ayyyyy*... je vous connais, non ? »

::::::: Putain de YouTube ! Une barbe de huit jours – *un déguisement*, tu parles ! ::::::: Mais Nestor était tactiquement prêt. « Ça se peut, oui. Ça fait longtemps que vous bossez ici ?

— Si ça fait *longtemps* que je *bosse* ici ? » Il avait l'air de trouver la question gonflée. Il ferma un œil et jaugea Nestor de l'autre. J'écrase ce moustique ou je lui fais grâce pour une fois parce qu'il est visiblement demeuré ? Seconde solution, décréta-t-il sans doute, parce que, après ce silence menaçant, il répondit, « À peu près deux ans.

— Eh bien, c'est ça. Pendant un moment, je venais souvent avec mon copain Igor. » Il décela une expression chagrine sur les traits de John Smith. «Vous connaissez Igor? Un Russe? Une grande moustache?» Du bout des doigts, Nestor réalisa une nouvelle sculpture aérienne de la moustache d'Igor. «La moitié du temps, j'comprends pas ce qu'il dit. Vous voyez? Mais c'est un type super»... Il sourit et hocha la tête sur le mode le Bon Vieux Temps. «Vous savez s'il vient encore?

— Si c'est bien le type auquel vous pensez, dit l'homme, un peu rassuré, ouais, il vient encore.

— Sans déc!» lança Nestor les yeux écarquillés... le mec heureux. «Il est là ce soir?

— J'sais pas. J'viens d'arriver.» Il esquissa un geste vague vers l'intérieur de la salle «Y a toute la place que vous voulez.» <<< BAM-*anngh schlang* BAM-*anngh schlang* BAM-*anngh schlang* BAM-*anngh schlang* BAM-*anngh schlang* >>>

Le visage pâle de John Smith était agité. Il n'arrêtait pas de crisper les mâchoires puis de pincer les lèvres. «Je me demande si c'était une très bonne idée, Nestor, de balancer le nom d'Igor et de raconter à ce type que vous le connaissez. Et s'il se pointe ici dans une demi-heure et que le mec lui dit que quelqu'un a posé des questions sur lui?

— Ce mec – vous avez vu le titre qu'il a, épinglé sur sa poitrine en grosses lettres, Directeur Adjoint de je ne sais quoi? Si vous voulez savoir ce que je pense, c'est VIDEUR qui clignote sur son front.»

John Smith esquissa l'ombre d'un sourire et demanda : «Vous voulez dire...»

Mais Nestor le coupa. «Ce mec-là, il m'a jeté le regard YouTube. Vous voyez? Il fallait bien que je lui donne une bonne raison de me reconnaître. Je n'aurais peut-être pas dû balancer le nom d'Igor, mais maintenant, au moins, on sait qu'il vient encore ici. »

John Smith reprit à voix basse, mais pas très basse, «Ça, on s'en *doutait* déjà.

— Allons, John! Ne soyez pas tellement coincé! Il y a des fois où quand on veut faire avancer les choses, faut leur donner un petit coup de pied dans le derche.»

John Smith détourna le regard et ne répondit pas. Il n'était pas content.

Leur vision commençait à s'adapter à la pénombre. Ce qui leur permit de voir que l'explosion de lumière sur le mur du fond venait d'une scène. À cet instant, le spectacle était manifestement... *en cours.* <<< BAM-*anngh schlang* BAM-*anngh schlang* BAM-*anngh schlang* BAM-*anngh schlang* >>> Des hommes se bousculaient au pied de l'estrade, poussant des exclamations, des mugissements, des cris, des bruits bizarres. Nestor et John Smith les distinguaient en ombres chinoises. On aurait dit un unique et énorme animal grégaire qui se tortillait, se contorsionnait, palpitait de désir... et leur *bouchait* la vue.

De l'obscurité surgit une fille juchée sur des talons de quinze centimètres, tout entière, ses longs cheveux blonds, son petit bout de string noir *cache-sexe**, sa chemise vaporeuse à manches longues, grande ouverte, révélant l'essentiel de ses seins. Elle passa juste devant eux, à un mètre cinquante à peine – conduisant un jeune Anglo – vingt-cinq ans? – par la main. Il était vêtu en tout et pour tout d'un débardeur – un *débardeur* ! – qui pendouillait sur un jean crasseux, et d'une casquette de base-ball, visière dans la nuque. De toute évidence, le renflement visible de l'entrejambe de son jean ne le gênait pas le moins du monde. John Smith avait l'air stupéfait – hypnotisé. Il les suivit des yeux jusqu'à ce qu'ils aient disparu par une large porte ouverte dans le mur du fond, où un videur semblait monter la garde. Au-dessus de l'entrée, un panonceau de petite taille mais assez chic indiquait, «SALON CHAMPAGNE, *salle privée, réservée aux Invités.*» Le couple était désormais invisible, mais le regard de John Smith restait fixé sur la porte. On aurait dit qu'elle le tenait sous l'emprise du petit charme torride de Sunny Isles.

Nestor secoua la tête. «Voyons, John. C'est un club de *strip*, on est bien d'accord? Vous comprenez? Il y a des filles à poil ici. OK? Mais *nous*, on a du boulot. Un seul corps brûlant nous branche, celui d'Igor.»

Leurs yeux s'étaient maintenant habitués au crépuscule de night-club qui s'étendait devant eux jusqu'aux lumières de la scène – mais il n'y avait pas de fauteuils de théâtre. Le public avait pris place dans ce qui ressemblait à un salon d'exposition de mobilier plongé dans l'obscurité... des canapés, des banquettes, des causeuses, des tables basses disposés sans ordre établi. Les seuls meubles qu'on distinguait vraiment étaient une douzaine de tabourets de bar qui bordaient un des côtés de la scène.

En se frayant un passage à travers l'impénétrable pénombre de l'exposition de mobilier, Nestor fut surpris par le nombre de filles à peine vêtues penchées sur les hommes qui se prélassaient dans les sièges. Le club était loin d'être bondé. Les femmes, toutes les femmes, étaient peut-être les bienvenues au Honey Pot, d'après ce que savait Nestor, mais les filles qu'il voyait appartenaient manifestement toutes à la catégorie formée à – *ziiiiiip* – dézipper un zip et retirer tout ce qu'elles ont sur le dos pour le laisser tomber par terre en petit tas. Plus de filles qu'il ne l'aurait jamais imaginé allaient à la pêche ici, sur les capitonnages du salon du Pays du Meuble et entraînaient leurs proies vers cette porte, la porte qui obsédait tant John Smith. D'adorables petites cochonnes à gogo – mais pas d'Igor.

Un numéro venait de s'achever. Parfait; plusieurs tabourets du bord de scène avaient été abandonnés. Quand on y était assis, on avait l'impression d'être attablé... la scène étant la table où l'on pouvait en quelque sorte reluquer toutes les juteuses petites cochonnes qu'on avait devant soi et claquer des lèvres... et puis *les dévorer... les dévorer toutes crues.*

Nestor examinait leurs compagnons de table perchés sur les chaises de bar... Pas très classieuse, cette bande. On ne faisait pas ordinairement assaut d'élégance pour aller dans un club de strip, mais ces types-là en étaient réduits au niveau du marcel ou du T-shirt à message. La moitié d'entre eux semblaient avoir des dollars qui germaient au bout de leurs doigts. Nestor ne comprit que lorsqu'il vit des serveuses leur apporter à boire. Tout débraillés qu'ils fussent, ils balançaient des billets d'un dollar sur les plateaux des filles en guise de pourboire. Un vrai blizzard vert. Pour se fondre dans la masse, Nestor et John Smith commandèrent des bières. La fille revint avec les deux bières et une addition de 17,28 dollars. Le Trésor Public, John Smith, tendit à la fille un billet de 50 dollars. Elle lui rendit quatre billets de 5, quelques pièces... et *douze* billets de 1 dollar, dans l'éventualité où ils n'auraient pas compris le message : Si ça bouge, casquez. John Smith lui en donna quatre sur les douze.

Une voix désincarnée de Maître de Cérémonie – ils auraient été incapables de dire d'où elle venait – annonça avec le sérieux jovial propre à cette profession : « Et maintenant, mesdames et messieurs, vous allez avoir le plaisir d'accueillir... NATACHA ! »

Quelques bribes d'applaudissements, de sifflets, de BAM-*anngh schlang* BAM-*anngh schlang* et une fille, la Natacha susprésentée, arriva en tournoyant autour du poteau au fond de la scène. Comme la danseuse précédente, Natacha était une blonde, jolie aussi, pas vraiment canon, mais assez canon pour ce public... et pour John Smith. Il était incapable d'en détacher les yeux... En état d'hypolibido, Nestor avait moins de mal... il examinait attentivement les hommes qui commençaient à s'approcher de la scène pour voir de plus près... « Natacha » portait une tenue jaune vif qui ressemblait à une panoplie de soldat de petit garçon. Le col militaire de la veste se refermait autour de son cou. Deux rangées de gros boutons blancs descendaient sur l'avant, qui s'achevait à huit ou dix centimètres au-dessus de son nombril... percé d'un minuscule anneau doré... Le pantalon commençait huit ou dix centimètres plus bas pour s'arrêter au sommet de ses cuisses. Ses jambes étaient d'une longueur invraisemblable, dressées sur la pointe des pieds au sommet d'une paire de chaussures jaunes à hauts talons... Ces images n'atteignaient que la vision périphérique de Nestor. Il avait la tête tournée dans une autre direction... à la recherche d'un homme à la moustache noire russe cirée... « Natacha » virait de-ci, de-là. Elle se balançait avec le poteau exactement au niveau du pubis, les jambes de part et d'autre. *Ziiiippp* – d'un seul *zip*, elle ouvrit sa veste de haut en bas et ses seins jaillirent. Ils n'étaient pas très gros, mais suffisamment gros pour ce public. Elle sourit d'un air suggestif tout en BAM *schlang* BOURRE *schlang* FOURRE *schlang* FRÉTILLE *schlang* DONNE *schlang* oscillant autour du poteau.

Elle finit par abandonner le poteau dans un dernier balancement et traversa la scène BAM *schlang* BOURRE *schlang* FOURRE *schlang* FRÉTILLE *schlang* DONNE *schlang* en direction de Nestor et de John Smith. Nestor n'en avait rien à cirer. Il observait les visages d'une bande de types que le désir transformait en boucs... Bordel de Dieu...

une danseuse, notre petite nana... *ziiiiip!* – mais les zips sur les côtés du pantalon de petit soldat qui étaient censés lui permettre de tomber – «Natacha» n'arrivait pas à les ouvrir BAM *schlang* BAM *schlang* BAM *schlang* elle dut s'interrompre et en extraire ses jambes l'une après l'autre BAM *schlang* BAM *schlang* la sono ne tenait aucun compte du problème. Ça faisait un peu bizarre. Mais ça valait le coup d'attendre. Ce public n'était pas très exigeant... Et maintenant, à la place du pantalon... rien, rien du tout... un pubis entièrement nu, dénudé même de poils... épilation brésilienne... préparant la voie au clou du spectacle, sa vulve. Pas de problème pour le public. Sans rien d'autre sur le dos que sa petite veste de soldat grande ouverte, elle balança sa vulve d'avant en arrière, d'arrière en avant et lança les bras en arrière et la petite veste jaune s'envola et BAM *schlang* PUBIS *schlang* FESSES *schlang* PÉRI *schlang* NÉE *schlang* elle se laisse tomber sur la scène juste devant John Smith et se traîne toute nue et à quatre pattes... en l'occurrence sur les genoux et les coudes... Son postérieur est relevé comme celui d'un bonobo ou d'un chimpanzé juste sous le nez de John Smith, lui offrant une vue parfaitement dégagée sur le périnée et ses replis interdits, crevasses, failles, fentes, melons fendus, lèvres charmantes, gonopores – tout l'arc charnu. BAM *schlang* BAM *schlang* BAM *schlang* SCÈNE *lumières* CLOU *projo* PORNO *projo* DÉSIR *projo* PÉRI *projo* NÉE *projo* BAM *schlang* PULS*ant* PILONN*ant* des HOMMES se précipitent en AV*ant* FOURRENT des billets de 1 dollar DANS la RAIE de ses fesses... John Smith est tétanisé, une fois de plus... les yeux écarquillés, la bouche pendante... Nestor observe les visages des hommes massés devant la scène... une moustache cirée... une moustache cirée... c'est tout ce qu'*il* cherche... Un chauffeur de bus municipal de Miami Beach en uniforme, un costaud, qui fait «Pin pon Pin pon!» sur un ton ironique mais visiblement excité à en sourire de plaisir par ce qu'il voit... tend la main au-dessus de l'épaule de John Smith pour glisser non pas un mais deux billets de 1 dollar dans la fente... OK, il est temps de se fondre encore un peu plus dans la masse... Nestor allonge le bras au-delà de John Smith et fourre *trois* dollars dans la fente... et enfin John Smith – avec délicatesse – avec déférence? – devant l'autel du Diable? – glisse un billet de 1 dollar dans la FENTE du CUL de «Natacha» et BAM *schlang schlang* BAM *schlang schlang* BAM *schlang schlang* TODO EL MUNDO a des DOLlars DEStinés à la FENTE du CUL. La SERVeuse REND toute la MONNAIE en DOLlars ADRESSÉS À la FENTE du CUL d'une JOLIE fille ou à MON plateau. Tous les hommes assez BAM privilégiés pour avoir un siège *schlang* au bord de la scène se sentent tenus par l'HONNEUR d'ENFONCER un billet de 1 dollar *schlang* dans la FENTE *schlang* de son CUL. En un RIEN de temps, la FENTE tout ENTIèRE est BOURRÉE de BILLETS de 1 DOLlar, et bien d'autres encore sont glissés BAM entre ceux *schlang* qui BAM s'enfoncent dans la *schlang* fente elle-même... jusqu'à ce que la BAM jolie fille ait l'air *schlang* d'avoir une sorte d'immense queue de paon qui sort de la FENTE de ses fesses. BAM *schlang* BAM...

À l'instant où la musique s'arrêta, elle regarda John Smith dans les yeux, *directement*, droit dans les yeux... encore sur les mains et les genoux juste sous son nez... ses seins nus lui pendant presque dans la figure... et *cligna* de l'œil. Puis elle se releva et entreprit de regagner les coulisses, se retournant deux fois pour lui adresser un nouveau clin d'œil. Sa posture était parfaite. Sa démarche royale, ni trop rapide ni trop lente... Elle aurait été l'image même de la jeune femme distinguée si elle n'avait pas été nue comme Ève avec une gerbe désordonnée de billets de 1 dollar ENFONCÉE DANS LA RAIE DE SON CUL. Pas une fois elle ne tendit la main pour la déloger ni prendre note de son existence. Pourquoi compromettre sa dignité? À mi-parcours, les billets commencèrent à tomber de leur propre chef. À quoi bon se retourner vers le sillage vert qu'elle avait créé? Deux petits types, des Mexicains, si Nestor était bon juge, sortirent immédiatement avec des pelles et des balayettes pour ramasser les billets, dont beaucoup avaient été balancés sur scène par ceux qui, désespérant d'atteindre la fente, avaient décidé de les jeter dans sa direction.

Le visage pâle de John Smith était tout rouge. Était-il gêné? Excité? Nestor n'en savait rien. Il n'avait aucune opinion sur les *Americanos* pâles et respectables. Pour sa part, il était trop profondément enfoncé dans sa Vallée de l'Ombre pour se laisser allumer par des putes avec des bannières d'argent s'envolant des FENTES de leurs CULS. Parce que c'était bien ce qu'elles étaient, toutes, jusqu'à la dernière, des PUTES.

— BAM *schlang* BAM *schlang* BAM *schlang* BAM *schlang* BAM *schlang*.

Nestor la regardait à peine. Il passait au crible les hommes encore massés devant la scène. Juste derrière ce groupe – qu'est-ce qu'il a, *celui-là* ? Les yeux de Nestor s'arrêtèrent sur un type robuste portant une chemise noire déboutonnée jusqu'à mi-torse, pour mieux exhiber sa poitrine velue. Pas de moustache extravagante... la sienne était peu fournie et dépassait à peine les commissures de ses lèvres... mais cette chemise noire déboutonnée et ce vaste étalage débraillé de pilosité thoracique lui rappelèrent immédiatement la photo d'Igor que lui avaient transmise les flics de Miami-Dade. Il connaissait ce cliché par cœur... la chemise noire, le torse velu, et même le dessin des profondes ravines qui s'amorçaient de part et d'autre de son nez, descendaient au-delà de ses lèvres et allaient se fondre dans ses bajoues... la légère torsion de la bouche qui était certainement censée lui donner l'air *cool*.

Il se pencha vers John Smith. « Je me fais peut-être des illusions, ce type n'a qu'une petite moustache, mais je jurerais que c'est Igor ! »

Il se retourna pour le désigner à John Smith – *mierda !* – le type avait disparu.

Ouh-ohhh. Un essaim de filles plus ou moins vêtues fondit sur eux. Une blonde – c'était quoi, cet univers de blondes ? – arriva la première près de John Smith. Elle portait une robe-salopette en jean... des bretelles en jean sur les épaules... si ce n'est qu'elle ne portait rien sous la bavette et que ses seins bombés dépassaient des deux côtés et qu'on voyait même les courbes inférieures, à l'endroit où ils rejoignaient son torse. La robe avait l'air – *un coup sec !* – elle est partie !... une simple flaque de tissu par terre. Elle lui serra la main – en attrapant l'intérieur de sa cuisse et en lui adressant un grand sourire suggestif : « Salut ! Moi, c'est Belinka. Tu t'amuses ? »

Où était passé ce type ? Nestor l'aperçut à nouveau... *en train de discuter tranquillement avec un videur.* Pour le moment, John Smith était incapable de penser à leur mission. Il ne pouvait penser qu'à une chose, à ce qui s'était approprié sa cuisse... *l'intérieur* de sa cuisse... pas très loin de... Le pâle visage blanc de Mr John Smith s'empourpra du rouge le plus sanglant que Nestor eût jamais vu. Il ne sut que répondre à la question de « Belinka » sinon « Unnh hunnh ». Nestor savoura pleinement son désarroi mais n'osa pas s'y attarder – *et maintenant, où est passé ce type? Il était là il y a trente secondes!*

« J'parie que t'en voudrais bien un peu *plus*! » dit « Belinka ».

John Smith se tut, à court de mots. Finalement, il réussit à bredouiller – d'une voix éperdue d'embarras – « Je... oui... pourquoi pas... »

Pourquoi pas. C'était tellement vaseux que Nestor en fut ravi, mais il ne regarda pas. *D'une seconde à l'autre...* il fouilla du regard le Pays du Meuble... *d'une seconde à l'autre...*

C'est alors qu'il sentit une main se poser à l'intérieur de sa propre cuisse.

« Salut! Moi, c'est Ninotchka! Je vois que tu...

— Salut », fit Nestor sans la regarder. Ses yeux restaient fixés sur le Pays du Meuble. « C'est quoi ce nom, Ninotchka? demanda-t-il négligemment.

— C'est russe. Qu'est-ce que tu mates?

— Tu es russe? Sans déc! » Ses yeux restaient cloués sur le Pays du Meuble.

Long silence. Enfin : « Non, mais mes parents oui... Qu'est-ce que tu mates là-bas?

— Tu as grandi ici? » Il ne la regardait toujours pas.

Nouveau silence.

« Non, à Homestead. »

Il sourit intérieurement. :::::: C'est la première vérité qui sort de ta bouche! Homestead est tellement minable qu'aucune menteuse ne prétendrait jamais qu'elle en vient. :::::: À elle il ne dit rien.

La pute en avait marre. Il jouait avec elle, il se fichait d'elle. À malin malin et demi. Elle fit glisser sa main un peu plus haut à l'intérieur de sa cuisse et demanda, « Tu t'appelles comment?

— Ray.

— Tu viens souvent ici, Ray? » demanda la pute.

Nestor continuait à observer les gens qui se déplaçaient dans la pénombre chic-tu-parles de la boîte de nuit.

« Tu sais, t'as vraiment un gros cou, Ray. » Et elle retira la main de sa cuisse pour la mettre en coupe autour de ses parties génitales... avec douceur, mais intégralement. « Un très très gros cou, insista-t-elle avec un sourire moqueur. Et il devient *de plus en plus* gros... Qu'est-ce que tu dirais d'un gros bisou mouillé sur ton cou ? »

Du coin de la bouche, sans la moindre inflexion dans un sens ou dans un autre : « Non merci.

— Oh, allez ! » Elle se mit à lui caresser le bas-ventre, « Je le sens bien. »

Nestor se tourna vers elle pour la première fois – et lui lança un regard. « J'ai dit non merci, et ça veut dire non merci. »

Le Regard de Flic. « Ninotchka » retira sa main et ne pipa plus mot. Nestor reprit immédiatement son guet. Il se tourna vers le mur du fond, à l'endroit où John Smith et lui étaient entrés dans le club... Tout d'un coup – une embardée électrique dans son rythme cardiaque. :::::: Nom de Dieu ! Il est là, au fond, près du bar... le type à la chemise noire... C'est *lui*, j'en mettrais ma main au feu... Il a une nana pendue à son bras, littéralement pendue à son bras... Ils ont l'air de partir pour une petite balade du dimanche tout ce qu'il y a de plus correct, sauf que c'est une strippeuse à moitié à poil et que juste là, il y a *la porte* ! ::::::

Nestor pivota sur le siège de sa chaise à échasses et sauta au sol. « Ninotchka » eut tellement peur qu'elle recula d'un bond et heurta « Belinka », penchée sur la cuisse de John Smith. *Bam !* Les deux filles se retrouvèrent par terre sur le dos, les pieds en l'air. John Smith était pétrifié sur son tabouret. Il regarda Nestor, mâchoire pendante.

« Je vois le mec ! dit Nestor. Il se dirige vers *cette porte* ! Venez ! » lança-t-il à John Smith par-dessus son épaule et il l'aperçut *blip*... assis tout droit sur sa chaise de bar – *figé*. Pays du Meuble. :::::: Faut *courir* ! :::::: Mais dans l'océan de canapés du Pays du Meuble... trop de meubles rembourrés disposés trop pêle-mêle... trop d'hommes aux jambes étalées aux corps affalés dans les flots capitonnés... trop de putes au train arrière en l'air parce qu'elles avaient la tête penchée sur les clients... trop de petites tables basses encombrant l'espace au sol restant... son seul espoir était de *franchir d'un bond* les jambes des hommes... *contourner* l'arrière-train des putes... *sauter* par-dessus des tables basses... *allons-y !*... il était parti.

Les hommes enfoncés dans leurs volutes de peluche – ils sont stupéfaits... ils sont insultés... ils sont furieux... et ils ne comptent pas non plus parmi les habitants les plus distingués du comté de Miami-Dade ! – chemise noire, torse velu !... Nestor tourne la tête une fraction de seconde – :::::: C'est *lui* ! – J'en suis sûr ! Je *sais* que c'est Igor ! Igor qui n'a presque plus de moustache ! :::::: Une pute à moitié habillée le tient par le bras ! Ils font le *tour* du Pays du Meuble vers l'arrière, là où John Smith et lui sont arrivés !... Ils se dirigent vers *la porte* !

Atteindre la porte avant Igor devint soudain le problème le plus urgent de sa vie. Juste avant de retourner la tête pour regarder où il allait, il accéléra – *Bordel* !... Il allait leur rentrer dedans !... trois types et deux putes qui se faisaient face à une table basse... pas la place, pas moyen de s'arrêter à temps... Une seule solution – il *franchit d'un bond* la table basse... écarta une pute par-ci, un gros lard par-là... « POUTAIN D'COUNNARD ! » Le gros lard. :::::: D'où est-ce qu'il sort *celui-là* ? Il est vieux, mais il a un sacré coffre ! ::::::

... « PÉDÉ ! »... Une des putes...

« ENCULÉ ! »... Un autre homme... défoncé de désir...

... Maintenant ils sont tous sur leurs pieds à hurler... « ZONARD ! »... « FAIS CHIER ! »...

Dopé à l'adrénaline, le zonard *sautant bondissant* :::::: Comment est-ce qu'ils ont pu m'appeler comme ça, *moi* ?! :::::: rejoint l'autre rive du Pays du Meuble... *Cette* porte est – à quoi ? – dix mètres... *Et merde* – un videur... il est à gauche de *la porte*... il arrive droit sur moi... il mesure un kilomètre de large... une grosse face plate comme un Samoan... Pas moyen de le contourner... le Regard de Flic ?! L'armoire à glace est juste devant lui, lui bloquant le passage...

« T'es pressé, mon grand ? » Le mec avait *la voix* de l'emploi.

Le Regard de Flic ? Nestor avait trente secondes pour se décider – *putain* ! – pas facile ! Trop risqué. Et si c'était un flic qui bosse au noir en dehors de ses heures de service... Mais avant même que sa décision ait pu prendre une forme verbale dans son cerveau, il retourna le vrai Nestor Camacho comme une chaussette. Il se contorsionna comme s'il voulait rentrer sous terre et tendit le bras vers le grabuge du Pays du Meuble... D'une voix suraiguë, déchirante, tremblante, terrifiée, « Ils s'entretuent là-dedans ! Ils sont devenus complètement fous ! J'ai failli me faire tuer ! »

Le gros videur dévisagea Nestor. Il ne savait pas si c'était du lard ou du cochon – mais le tapage du Pays du Meuble était un problème plus grave... Des hurlements «PUTAIN VOUS ALLEZ ARRÊTER,» «J'TE CONSEILLE PAS!»... «CHOPEZ-LE!»... «ENFOIRÉ D'MES DEUX!» Tant de cris qu'ils se noyaient les uns les autres... Tout ce vacarme! «Toi, reste *ici*!» ordonna-t-il à Nestor. Il baissa plusieurs fois le doigt vers le sol à l'endroit où se tenait Nestor. «Ne *bouge* pas!» Puis il fonça vers le grabuge de sa démarche chaloupée de gros gorille... Il tenait les bras et les mains écartés, à cinquante centimètres au moins de ses hanches... UN MASTARD – il était maintenant à cinq enjambées de King Kong à l'intérieur du Pays du Meuble... basso profundo... il rugit, *rugit*, «OK! C'est quoi ce *bordel*?»

— Ce ZONARD!

— Ce CONNARD!

— Ce BÂTARD!» hurlent-ils en chœur, pointant le doigt derrière le Mastard dans la direction qu'a prise Nestor.

D'un coup Nestor se met à courir *à courir* pour franchir les dix ou quinze mètres qui le séparent encore de la porte... de la tanière des reins somptueux... et regarde!... juste devant... à un pas de la porte à peine... *lui*... chemise noire... il s'est arrêté, lui et sa pute, pour se retourner vers le grabuge du Pays du Meuble.

«— c'était *ce* petit *enculé*!

— cet enfoiré m'a flanqué un coup, juste là, avec son coude!

— si j'avais pas sauté en arrière, ces trouducs auraient...

— pas venu ici pour me faire emmerder par un couple de...

— t'as un problème, fils de pute? Pourquoi tu laisses ces p'tits connards foutre...»

Bruits d'échauffourée VLAM! PAF! EUGGGGHOUH!

:::::: Connards AU PLURIEL? ::::::

«OK! ARRÊTEZ CETTE PUTAIN DE MERDE! J'VAIS VOUS DÉMOLIR VOS PUTAINS DE TRONCHES ET VOUS CHIER DANS LA TRACHÉE LA PROCHAINE FOIS QU'Y EN A QUI ME TRAITENT DE...»

Igor :::::: Ce coup-ci je *sais* que c'est lui! Je sais que c'est *lui*! :::::: *Igor*! Il a un bras passé autour de la taille de la pétasse... Ils sont à deux pas à peine de *la porte*. Ils *s'arrêtent*! Il se retourne pour voir la fiesta du Pays du Meuble. Il ne sait pas trop ce qui s'y passe, mais il *adore* ça... au point qu'il l'attire tout le temps contre lui, brutalement, contre sa cuisse et son torse... encore et encore... Elle sourit et encaisse et encaisse et encaisse et encaisse et encaisse CHAIR BAM CHAIR BAM CHAIR BAM CHAIR BAM. Qu'est-ce qu'il a? Il a l'air bourré – tant mieux! *Reste là*, c'est tout, *ne bouge pas*! Nestor pique un sprint... il sprinte comme un malade sur le plancher d'un club de strip. TROP TARD! Igor – si c'est lui – et la fille franchissent *la porte* et disparaissent... ¡*Coño!* Nestor s'arrête net dans un sursaut... Il est coincé coincé coincé... mais qu'est-ce qui l'empêche *d'entrer tout simplement*? Il inspecte la porte. Il n'y a *pas* vraiment de porte. Trois pas au-delà du seuil se dresse un mur d'enceintes. Rien ne l'empêche d'entrer, mais pour commencer, il n'y voit rien. Il regarde par-dessus son épaule... ¡*Coño!* Voilà le videur, qui reprend son poste. ::::::: Comment entrer là-dedans? ::::::: Panoramique sur son voisinage immédiat... À moins de quatre mètres – c'est quoi *ça*? Les fesses d'une pute! Il la voit de dos alors qu'elle se penche sur un type allongé sur un canapé – elle porte un micro-short rose, si micro que chacune de ses fesses est presque à l'air... *décolleté de fesses*, voilà comment John Smith a appelé ça et ce coup-ci, Nestor a *pigé*. Elles jaillissaient comme des seins à l'envers. Elle portait un chemisier sans manches coupé dans une étoffe fine et lustrée presque du même rose... des emmanchures à volants... deux grandes ouvertures ovales dans le dos. Pour quoi faire? – pour montrer qu'elle ne portait pas de soutien-gorge? Mystère et boule de gomme... Son torse était légèrement tourné... par *là*... Mais bien sûr! Elle avait la main à l'intérieur de la cuisse de son client.

Pas de temps à perdre en mondanités ni en protocole. Nestor se pencha à côté d'elle et afficha son sourire le plus mielleux, «Salut! Pardon de vous interrompre, mais j'ai besoin d'un lap dance. J'ai *vraiment* besoin d'un lap dance.»

Sans lâcher la cuisse de l'autre, elle tourna la tête vers Nestor et lui jeta un regard interrogateur... puis, sur la défensive, sceptique. C'était une brune qui s'était fait faire des mèches blondes – au Honey Pot, débrouillez-vous comme vous voulez pourvu que vous soyez blonde! On vous donnera un nom russe ou estonien... mais c'est à vous

431

d'apporter vos cheveux blonds, votre expression sexy-extasiée et vos lèvres labiales sans foi ni loi.

Il entendait les chiffres cliqueter 0, 1, 1, 0, 0, 0, 1, 0 dans sa tête. <<< Je suis en pleins travaux d'approche avec ce type sur le sofa... il a l'air riche... mais il ne s'est pas encore exécuté... et voilà que ce mec se penche sur moi – et il *ne demande que ça* !... il a l'air correct... jeune, vigoureux 0, 1, 1, 0, 0, 1, 0, 0 clic clic clic >>> Elle fit alors faire à ses yeux et à ses lèvres un truc qui lui donnait l'air coquin. Elle tourna la tête vers Nestor jusqu'à ce qu'ils soient presque joue contre joue. D'une voix basse mais plutôt douce, elle demanda, «Tu sais quel genre de mecs j'aime? Des mecs *vigoureux* ! Je ne devrais pas faire ça...»

Sur ces mots, elle glissa sa main libre à l'intérieur de la cuisse de Nestor – s'y cramponna comme si elle n'avait pas l'intention de le laisser partir – jamais – et retira l'autre de la cuisse de son prospect de canapé. Nestor put enfin voir le type. Il avait l'air presque distingué... une barbe grise... soigneusement taillée... d'épais cheveux gris, bien coiffés, une chemise du genre qu'on met pour aller au bureau col déboutonné, pas de veste, pas de cravate... un pantalon beige dont on voyait tout de suite qu'il était *beaucoup* plus cher qu'un fute en toile... Pourquoi un homme pareil venait-il dans un endroit pareil écouter les sollicitations d'une pute? Nestor lui-même prit conscience qu'il se posait une question bien naïve.

La fille baissa les yeux vers sa proie de canapé, afficha son expression la plus coquine et la plus lascive et dit «Attends-moi là! Je reviens dans une minute !» – elle se redressa et sa main quitta l'entrejambe de Nestor. L'homme les regarda, Nestor et elle, ahuri. Mais Nestor savait qu'il ne moufterait pas et ne dirait rien qui risque d'attirer l'attention sur son identité véritable – autrement dit convenable.

Elle prit Nestor énergiquement par la main et lui fit franchir les quatre ou cinq mètres qui les séparaient de *la porte*. Le videur avait repris position. Il regarda Nestor de la tête aux pieds, d'un air soupçonneux, mais être entre les mains d'une authentique pute suffisait à vous donner toute la légitimité nécessaire. Elle le conduisit – toujours par la main – de l'autre côté du mur d'enceintes. Nestor se retrouva dans un local miteux, étroit et tout en longueur, faiblement éclairé, qui ressemblait à un vestiaire, avec une rangée de cabines devant lui, juste en face. Il avait l'impression qu'il aurait pu les toucher en tendant le bras, mais en réalité, elles étaient à près de deux mètres de distance... Une interminable série de cloisons bon marché à un mètre cinquante d'écart les unes des autres, de trente centimètres plus hautes peut-être que celles des toilettes d'aéroport... et à la place de portes, on avait installé des rideaux à rayures brun foncé et beige en Transitester assortis à une moquette dans un imprimé brouillé de brun, de brun clair et de beige, une moquette industrielle en Streptolon qu'on n'aurait pas entamée à la hache... tout ça en plutôt sale état mais représentant quand même un petit effort de décoration intérieure pour le Honey Pot. La musique BAM *schlang* BAM *schlang* qui pilonnait le reste du club vous meurtrissait la chair dans ce local encombré au plafond bas et sans la moindre fenêtre. Dans les infimes intervalles séparant les BAM des *schlang*, Nestor percevait des sons humains à proximité, pas des mots, mais des sons... derrière les rideaux des cabines... *unhh, ahhh ahhh, ooom-muh, ennngh ohhhhunh...* des gémissements d'hommes exclusivement – pas les filles... des gémissements qui franchissaient parfois la frontière du verbiage sans queue ni tête... *ohhhoui ohhhoui, n'aahh*rête pas *n'aaah*rête pas, *oui, oui, oui, pluuuuus* fort *pluuuus* fort, vas-y, vas-y, puis retour à une multitude de *unhhh unhhh ahhh ahhh oooweh oooweh oooweh*. Nestor écoutait tout cela avec un immense intérêt.

La fille leva les yeux vers lui avec un sourire plus lascif qu'il n'en avait vu de sa vie et prononça des mots qui glissaient de sa bouche comme labialement, lubriquement lubrifiés, «Comment tu t'appelles?

— Ray. Et toi?

— Olga, laissa glisser sa bouche.

— Olga... J'ai rencontré tellement de Russes ici cette nuit. Tu n'as pas d'accent.»

Comme si elle lui offrait la clé du Paradis, «Je ne suis russe que du côté de ma mère. J'ai grandi ici.» Ses lèvres dessinèrent les contours d'extases indicibles. «Tu connais sans doute déjà les... euhhh... principes. Un lap dance basique, c'est 25 dollars, sans toucher. Si tu touches, c'est plus cher, mais ça dépend de *quoi*. Et bien sûr, en liquide et payé d'avance pour tout. Tu veux toujours un lap dance basique, Ray ?

— Super ! Génial ! » Nestor extirpa 25 dollars... de l'argent de John Smith... de sa poche et elle les fourra dans une poche latérale de son short rose.

« OK... meeeerci », dit « Olga » et elle le prit par la main pour le conduire vers une cabine au rideau ouvert. L'intérieur était juste assez vaste pour contenir une sorte de lit de camp, composé d'un cadre, d'un matelas et d'un couvre-lit beige à rayures ton sur ton... une chaise longue moderniste faite d'une coque en fibre de verre dont l'assise était recouverte d'un coussin brun foncé... sans accoudoirs... d'un tabouret assorti à coussin brun et, tout au fond, une étagère en Formica avec un lavabo et deux robinets... et un placard à double porte dessous... Juste avant qu'« Olga » ne tire le rideau, Nestor entendit un homme gémir bien plus bruyamment et plus extatiquement que tous les autres jusqu'à présent.

« Oh, *govno*... oh, *govno*... oh, *govno*... oh, *govno*... oh, *govno* ! »

Puis des gémissements de femme, pas *aussi* bruyants mais suffisamment pour s'élever au-dessus des BAM *schlang* BAM *schlang* et du reste... des *soupirs* gémissants, voilà ce que c'était, s'achevant par des soupirs essoufflés prolongés qui faisaient « Ahhhhh... ahhhhhh... ahhhhh »..., puis ils commencèrent à s'accélérer... « Ahhh... ahhh... ahhh » et encore plus vite... « Ah... ahh... ahh... ahh... »

Comme les Oh, *govno* Oh, *govno* Oh, *govno* de l'homme.

Puis un soupir convulsif de la fille *ahh ahh ahh ahh ahh* qui plongea dans un lac de *sanglots sanglots sanglots* Oh mon Dieu *sanglot sanglot sanglooooot ungh ungh* Oh, mon Dieu, oh mon Dieu, oh mon D-d-d-ieu...

Et l'homme couronna cela de « Oh *govno* Oh *dermo* Oh *govno* DERMO DERMO DERMO ! BOJE MOÏ ! GOSPODI... » À la fin, il était aussi bruyant qu'un ténor d'opéra.

« Olga » s'était écartée de l'entrée. Un unique mouvement de sa main et son chemisier tomba au sol, puis elle prit une profonde inspiration et se retourna vers Nestor pour lui présenter ses seins tendus.

Nestor lui adressa un sourire comblé comme pour dire, « Super. Très sympa » – rien de plus parce qu'il était déjà au rideau, qu'il écarta de deux ou trois centimètres... ce qui lui permit de percevoir distinctement d'autres grognements émanant de plusieurs cabines... Il aurait pu jurer qu'un homme se plaignait, « Comment ça, j'peux pas aller jusqu'au bout ? » Il parlait sans doute à sa pute parce qu'il dit : « Oh, arrête ça ! Pas la peine de me balancer tes putains de *règlements* – ou tes putains d'*interdictions* ! »

Un autre type gueulait apparemment depuis sa cabine à l'intention du ténor orgasmique, parce que Nestor entendit Mr Orgasme lui répondre en hurlant, « Me parrrle pas sourrr ce ton, verrrr de terrrre ! » Il avait l'air complètement bourré. Son adversaire cria, « Putain, pour qui tu te prends ! » Et une grosse voix répondit, « Tou peux même pas lé savouarrr ! Toua, t'es taut en bas, verrrr de terrrre, et moua taut en haut ! Ze souis oun arrrrtiste ! »

Huées, sifflets, arrête-tes-conneries et autres cris de dénigrement sarcastique.

« Ferrrrmez votrrrre gueule ! Vous crrrroayez pas ? Ze souis dans lé mousée !

— Hé, les mecs, bouclez-la ! Putain, mais qu'est-ce qui se passe ici ? » C'était le videur. Il avait l'air au bord de l'explosion. Le silence revint.

« Olga » aux seins nus disait « Qu'est-ce que tu fais près du rideau, Ray ? J'croyais que t'étais chaud pour un lap dance.

— Oui, dit Nestor, mais j'ai eu l'impression d'entendre quelque chose. »

« Olga » le regarda fixement, seins nus et sans voix.

:::::: Il ressemble à Igor comme deux gouttes d'eau, sauf qu'il a une moustache minable. Il parle avec l'accent russe. Il prétend qu'il est au musée. C'est une façon comme une autre de présenter les choses ! ::::::

John Smith attendait de l'autre côté de *la porte*. *Qu'est-ce qui lui est arrivé ?* Il avait un œil au beurre noir. Son blazer bleu était souillé de poussière et de crasse et maculé d'une grosse tache humide au revers.

« ¡ *Dios mío* ! Qu'est-ce qui s'est passé ?

— J'ai essayé de vous rattraper au Pays du Meuble – et ils m'ont tabassé. »

Nestor siffla entre ses dents. « J'ai entendu qu'il y avait du boucan derrière moi et j'ai vu un videur qui fonçait par là – mais je ne me doutais pas que c'était vous. Vous avez l'air un peu... décoiffé. Ça... ça va aller ?

— Je survivrai... mais il y a trois salopards à qui j'aimerais bien faire la peau. Et vous, vous en êtes où ?

— C'est bien lui, John.

— Comment vous le savez ?

— Je vais tout vous raconter, mais ne restons pas dans cette foutue porte. »

L'enseigne rétroéclairée haute de quatre étages du Honey Pot créait un demi-jour électrique dans la rue, devant la boîte de strip. C'était un demi-jour artificiel, mais la moitié jour était suffisante pour permettre à Nestor et à John Smith de surveiller simultanément le club et l'entrée du parking situé sur l'arrière depuis l'intérieur de la Camaro... quand Nestor soulevait, de quelques centimètres seulement, l'écran réfléchissant SPTotal qui couvrait le pare-brise. SPTotal était la marque de prédilection de l'Unité Anticriminalité – ¡Coño! Tout conspirait à lui faire revire le jour où Hernández et lui avaient été en planque devant ce repaire de crack d'Overtown.

Nestor avait rangé la Camaro en marche arrière de l'autre côté de la rue dans l'allée d'un magasin, le Buster's BoosterX, fermé en ce moment puisqu'il n'était pas loin de trois heures du matin... John Smith était un soldat à présent, mais faire le guet le rendait encore nerveux. Il craignait qu'Igor n'ait réussi à se tirer à leur insu ou qu'il n'existe une autre sortie dont ils ignoraient l'existence... Igor était peut-être aussi un habitué si fidèle qu'il pouvait passer toute la nuit au Honey Pot s'il le voulait... peut-être y avait-il des filles disposées à rester là pour s'amuser avec lui... Peut-être ceci, peut-être cela... mais Nestor savait une chose depuis qu'il avait travaillé à l'Unité Anticriminalité : il fallait apprendre à *attendre* l'action. Sans que votre cœur menace de s'évader de votre cage thoracique, il fallait que vous ou un supérieur décide du plan qui avait les meilleures chances de réussir et ait la discipline indispensable pour s'y tenir... comme Hernández quand il avait organisé la planque d'Overtown...

¡ Coño ! Est-ce qu'il était vraiment obligé d'y penser tout le temps ? Eh oui. C'était son Gros Souci.

Mais à présent, c'était John Smith et lui qui attendaient leur proie dans sa Camaro... or John Smith n'était pas le brigadier Hernández.

« Et s'il ne rentre même pas chez lui, suggéra John Smith. Et s'il va chez une copine ou ailleurs ? Qu'est-ce qu'on fait alors, hein ?

— Il y a peut-être des types qui passent trois ou quatre nuits par semaine dans un club de strip et qui rentrent ensuite à trois ou quatre plombes du mat pour aller voir leur copine, mais franchement, le risque ne me paraît pas bien grand. Il fait pitié, ce mec. Le *Honey Pot*, c'est vraiment ça son idée de l'amour ?

— Pas forcément sa copine. Je disais ça comme ça. Ça pourrait être...

— Voyons, John, *tout* peut arriver. Et ça vous mène où ? Nulle part. Il vaut mieux commencer par ce qui a des *chances* d'arriver et partir de là. Franchement, cette nuit a été super ! C'est notre premier *contact* avec ce type. Maintenant, on sait exactement quelle gueule il a.

— Je ne comprends toujours pas comment vous avez fait.

— Je vous jure, c'est cette chemise noire ouverte sur sa poitrine. Il portait la même sur la photo que nous ont filée les flics du comté de Miami-Dade. Bordel, il vient de passer cinq ou six heures à faire ce qu'il avait envie de faire dans tout un bâtiment plein de putes. Je le vois mal prendre sa bagnole et rentrer à Wynwood à trois plombes. On va bien voir où il *va*. »

John Smith s'enfonça dans le siège passager, poussa un soupir et ferma les yeux.

Près d'une demi-heure plus tard, un type baraqué en chemise noire largement déboutonnée sur le vaste champ de sa poitrine velue sortit tout seul du Honey Pot. Nestor donna un coup de coude dans les côtes de John Smith et dit, « Là – voilà notre homme. »

John Smith se baissa encore davantage et regarda Igor Droukovitch. « La vache ! On dirait qu'il ne tient pas très bien sur ses jambes. »

L'homme se dirigea vers le parking du Honey Pot. Tous phares éteints, Nestor fit démarrer la Camaro.

Moins d'une minute s'était écoulée quand John Smith reprit d'une voix sourde de conspirateur, «Qu'est-ce qu'il fout? Et s'il traverse simplement le parking à pied pour se tirer de l'autre côté?»

John Smith ne quittait pas des yeux la sortie du parking et d'autres minutes s'écoulèrent lentement.

Enfin, une Volvo, la grosse, la Vulcan, pointa le nez hors du parking. Nestor dut y regarder à deux fois pour distinguer le torse velu au volant.

Calmement, paisiblement, il prit tout son temps pour replier l'écran réfléchissant... tout en disant, «Vous voulez savoir ce que je peux imaginer comme...»

John Smith, perplexe, «Il accélère!

— ... pire façon de mourir? Me faire écraser par une Volvo Vulcan ou par une Cadillac Escalade. Pourquoi? Je ne sais...

— Bon sang! – Il est presque arrivé au virage et on n'a même pas encore...

— ... pas, sinon que ce serait affreusement humiliant. Ça, je le sais.

— Nestor!

— Calmos. Je vais le laisser tourner avant de mettre les phares et de lui filer le train. Autrement, il va se demander pourquoi des phares s'allument et commencent à le suivre au moment même où il sort du parking.

— Mais il va disparaître!

— Ouais, pendant cinq secondes. Là – il vient de tourner. Vous allez voir *ça.*»

Nestor alluma les phares de la Camaro et regagna lentement la rue... puis il fonça et passa devant le Honey Pot dans une explosion d'accélération super frimeuse, atteignit le virage en une fraction de seconde... ralentit pour le négocier... et bien sûr, la Volvo Vulcan était à moins de cinquante mètres devant eux... La carrosserie semblait s'estomper dans la nuit... mais les feux arrière étaient parfaitement visibles. Énormes, ils se dressaient à une soixantaine de centimètres au-dessus de ceux d'un véhicule ordinaire et enveloppaient les angles de bandes lumineuses extravagantes. Nestor pouvait très bien conserver cette distance sans risquer de la perdre. Igor et la Vulcan se dirigeaient vers l'est... sur moins d'un kilomètre seulement... Igor tourna ensuite à gauche et prit en direction du nord sur l'A1A, la petite voie express qui longeait la côte. La circulation était relativement dense et Nestor put filer Igor de plus près sans risquer de se faire repérer. Les grands panneaux verts de la voie rapide semblaient glisser vers lui. Au début, les lieux lui étaient familiers... Miami Gardens Drive... Northeast 192nd Street... Northeast 203rd Street... Aventura... Golden Beach... le champ de courses de GulfStream Park... Ils passèrent devant un grand restaurant russe qui s'appelait chez Tatiana... puis Igor et la Vulcan obliquèrent à gauche pour s'engager sur un large boulevard... d'autres noms russes commencèrent à surgir dans l'obscurité nocturne... l'École de Danse Kirova, les Bains turcs et russes de Saint-Pétersbourg... le Centre Culturel Ouspenski, qui ressemblait à n'importe quelle devanture... Chez Vladim Peinture et Carrosserie... Soins des ongles et Spa d'Ivana. Igor continuait à filer vers l'ouest vers l'ouest. Putain, mais où allait-il?

Les endroits qu'ils traversaient désormais donnaient à Nestor l'impression de se trouver dans un autre pays. Ici, en pleine nuit, il trouvait quelque chose d'étranger et de spectral aux bas-côtés à peine visibles dans la pénombre profonde, instable que créaient les phares fugaces et les lampadaires de la voie express fichés sur des montants métalliques si hauts qu'ils ne dispensaient qu'une faible lumière... Tout, à l'exception du 7-Eleven, était plongé dans l'obscurité, semblait-il – Vidange et Graissage express... Toutou et Minou... PIC, c'est-à-dire Palais International de la Crêpe... Peinture et Carrosserie des Quatre Copains... Chez Spanky, steak et fromage... Résidence Tara pour seniors actifs... Super rabais... BBQ et Grill Smokey Bones... Le supermarché des animaux de compagnie... Pizza Au Petit César... Applebee's... Wendy's... Résidence Desoto Luke pour seniors actifs, qui semblait consister en deux immeubles d'appartements de brique avec de petites terrasses et de petites cours... un autre 7-Eleven, éclairé... Carver Toyota au parking rempli de voitures vaguement éclairées par deux lampadaires... Olde Towne Bingo...

«Où sommes-nous? demanda John Smith.

— Comté de Broward, mais je ne sais pas exactement où. Je ne suis jamais allé aussi loin à l'ouest.

— C'est vraiment bizarre! s'écria John Smith, un John Smith inhabituellement animé. Vous savez pourquoi? Nous venons d'entrer dans un pays inconnu... qui s'appelle l'Amérique! Nous ne sommes plus à Miami. Vous ne le *sentez* pas? Un Russe du nom d'Igor nous conduit aux States!»

Nestor analysa ce concept en quête de traces d'insulte anti-cubaine, alors qu'il avait, lui aussi, éprouvé ce sentiment d'étrangeté un instant auparavant... En fait, John Smith était lui-même un étranger. Il était selon toute apparence l'incarnation vivante d'une créature dont tout le monde avait entendu parler mais que personne ne rencontrait jamais à Miami, le WASP, le Blanc Anglo-Saxon Protestant. Rationnellement, Nestor savait que la blague de John sur «un pays inconnu... les States!» était inoffensive. Émotionnellement, elle lui restait en travers de la gorge, inoffensive ou non.

Vers l'ouest, vers l'ouest encore vers l'ouest se dirigeait Igor dans son mastodonte aux feux arrière flamboyants. De nouveaux immeubles résidentiels bas en brique dérivaient... «The Hampton Court... Appartements pour seniors actifs avec auxiliaires de vie»...

«"Seniors actifs avec auxiliaires de vie", déchiffra John Smith. Ça, c'est génial, non?» Il se tourna vers Nestor pour voir sa réaction.

Nestor eut un peu de mal à n'en manifester aucune. Il était incapable de mettre des mots précis sur ce qu'il pensait. Exalté comme il l'était, John Smith l'agaçait. L'exaltation se nourrissait toujours d'une sorte de sentiment de supériorité. John Smith était capable d'extraire... des concepts... de quelque chose d'aussi ordinaire que cette route de seconde zone... «Nous venons d'entrer dans un pays inconnu... les States.»... Ce genre de réflexion était une facilité que ne possédait pas Nestor. L'ironie se faisait toujours aux dépens d'autrui... lui, probablement... Tout se résumait-il à une question d'éducation? John Smith avait fréquenté une université au nom impressionnant... Yale... À l'instant présent, Nestor n'éprouvait que haine à l'égard de tous ceux qui avaient mis les pieds dans une université au nom impressionnant... Tous des lopettes, en définitive... mais quand même, le plus exaspérant était que ce n'étaient peut-être pas des lopettes...

Vers l'ouest, l'ouest, l'ouest se dirigeait Igor au volant de sa Vulcan jusqu'à un endroit qui s'appelait West Park, où il tourna à droite et

se dirigea plein nord sur une voie plus étroite... au-delà d'Utopia...
au-delà de Deauville Abbey... d'autres immeubles résidentiels de
brique bas «Château Coda Maison de retraite et de repos pour
seniors actifs avec auxiliaires de vie»...

«Ces trucs-là – il y en a partout dans le coin, murmura Nestor.

— Au bout d'un moment, ça vous fout les boules», acquiesça
John Smith.

Voilà qu'Igor tourne à gauche et se dirige *encore* vers l'ouest.

«Mais putain, où est-ce qu'il va? demanda Nestor. Aux Everglades,
ou quoi?»

Igor et sa Volvo Vulcan passèrent sous la voie à péage de la
Florida's Turnpike, filant toujours vers l'ouest... mais il ralentit bientôt
et s'engagea dans une sorte d'allée. Nestor et John Smith comprirent
où il allait avant de distinguer les bâtiments... Même à cinquante
mètres de distance, l'inévitable lac artificiel était parfaitement
visible... les phares de la Camaro étaient juste assez puissants pour
qu'ils distinguent les jets d'eau qui s'élevaient au milieu.

Nestor ralentit à peine et poursuivit sa route.

«Qu'est-ce que vous faites? demanda John Smith.

— Je ne veux pas entrer juste derrière lui. Je vais faire demi-tour
et arriver dans l'autre sens.»

Il ne fallait qu'un coup d'œil pour comprendre qu'il s'agissait
d'une résidence pour seniors actifs absolument basique. Une plaque
de métal sur un poteau près de l'allée portait le nom d'Alhambra
Lakes. D'un côté, l'entrée donnait sur un grand parking... bourré de
voitures... faiblement éclairé par quelques lampadaires fichés sur de
hauts poteaux. La Vulcan d'Igor venait d'y pénétrer. Les immeubles
d'appartements étaient les plus élémentaires qu'ils aient vus jusque-
là. Au premier abord, ils ressemblaient à deux cubes de brique com-
pacts et sinistres... de trois étages chacun... avec pour tout ornement
les inévitables balcons minuscules et les portes vitrées coulissantes...
pas de massifs d'arbustes ni la moindre décoration horticole ou arbo-
ricole, pas même un ou deux palmiers prometteurs.

«Qu'est-ce que ça veut dire, *tout ça*, selon vous?» demanda John
Smith avec un signe de tête en arrière, en direction des Alhambra
Lakes.

« Je vais tourner ici », dit Nestor. Il se rangea sur l'accotement... fit demi-tour... appuya sur le champignon de la Camaro si brutalement que la tête de John Smith valdingua en arrière... mais dut ralentir presque immédiatement pour s'engager dans l'allée des Seniors Actifs... la Volvo Vulcan était là, glissée dans une place de stationnement. Les feux arrière étaient éteints, mais on voyait de la lumière dans l'habitacle.

« Je vais passer devant, annonça Nestor, mais ne le regardez pas. Ne regardez même pas dans sa direction. Je ralentirai comme si on cherchait une place. »

Avant qu'ils n'arrivent au niveau de la Vulcan... la silhouette charpentée d'Igor surgit et ouvrit le vaste hayon arrière de la Vulcan.

« Ne regardez pas, insista Nestor. Et même, tournez peut-être la tête légèrement dans l'autre sens. »

Ce qu'ils firent. Nestor ne chercha même pas à se servir de sa vision périphérique. Quand ils arrivèrent au bout de la rangée de voitures, ils étaient tout près du bâtiment le plus proche, ce qui lui permit de jeter un coup d'œil au-delà d'une vaste entrée ouverte qui ressemblait à une sorte de tunnel. À l'autre extrémité, sur l'intérieur, un nouvel éclairage vertical miteux.

« Ça doit être une cour », suggéra John Smith.

Nestor fit demi-tour et remonta la rangée au pas. Quand ils arrivèrent devant la Volvo Vulcan, les lumières intérieures étaient éteintes.

« Il se dirige vers l'immeuble, remarqua John Smith.

— Putain, mais qu'est-ce qu'il porte ? Ce grand truc plat ?

— Je ne sais pas. On dirait un carton à dessin. Vous savez, ces machins qu'ont les artistes.

— Je vais aller jusqu'au bout de l'allée et refaire demi-tour. Essayez de voir où il va. »

Nestor tourna très lentement et repartit dans l'autre sens.

« Il est là, annonça John Smith. Il entre dans ce passage, celui que nous venons de voir. »

Nestor eut juste le temps d'apercevoir Igor alors qu'il disparaissait dans l'espèce de tunnel. Il arrêta la Camaro au beau milieu du parking.

« À votre avis, qu'est-ce qu'il fout là ? demanda Nestor. Vous vous rendez compte qu'on est presque à Fort Lauderdale... à une putain de distance à l'ouest de nulle part ? Je n'y comprends rien. Vous ne disiez pas qu'il avait un atelier à Wynwood ?

— Ce n'est pas seulement un atelier, Nestor, c'est tout un appartement, super en plus. Je connais un tas d'artistes, même des gens qui s'en sortent très bien, qui *rêveraient* de crécher dans un endroit pareil.

— Je... n'y... comprends... rien.

— Bon... et qu'est-ce qu'on fait maintenant ?

— Pour l'instant, on ne peut pas faire grand-chose. Il est plus de quatre heures du mat. On ne peut quand même pas aller se balader dans le coin en pleine nuit. »

Les phares de la Camaro étaient encore braqués sur le bâtiment... Silence... Puis John Smith dit, « Il va falloir qu'on revienne demain matin et qu'on attende qu'il sorte. On avisera à ce moment-là... »

Silence... les phares de la Camaro éclairaient inutilement une portion de rangée de voitures... le parking était bondé... La Camaro avait presque dix ans et Nestor remarqua que maintenant, quand le moteur tournait au ralenti, le châssis vibrait.

« On est déjà demain matin, dit-il. Un mec comme Igor – je le vois mal passer la moitié de la nuit dans une boîte de strip, se bourrer la gueule jusqu'à trois heures du mat et se lever à six heures. Vous avez vu toute la merde qu'il a déchargée de la Vulcan. Il n'est pas simplement venu faire un saut ici en passant.

— *Hmmmm...* Vous devez avoir raison. En plus, on va devoir rentrer se changer. Il faut qu'on ait l'air sérieux pour venir ici. » Il fit un signe de tête vers le bâtiment où était entré Igor. « Vous avez une veste ?

— Une veste ?... Ouais, j'en ai *une*... Une bleue. Elle fait partie d'un costume.

— Magnifique ! Faites-moi une immense faveur. Mettez le costume et des chaussures en cuir.

— Je ne sais même pas s'il me va encore. Je l'ai acheté avant – enfin, ça doit faire trois ou quatre ans. » Nestor revécut alors toute cette scène mortifiante... Mami l'accompagnant au rayon hommes de chez Macy's... lui, planté là comme un imbécile de pantin... Mami et le vendeur discutant – en espagnol – pour s'entendre sur la longueur de *ceci* et la largeur de *cela*... ne lui adressant la parole que deux fois... Mami pour dire « *¿ Cómo te queda de talle ?*[1] » et le vendeur pour dire, « *Dobla los brazos y levanta los codos delante*[2] »... et lui n'ayant qu'une angoisse... que quelqu'un qu'il connaissait le surprenne dans cette humiliante situation.

« Avant de commencer à faire de la muscu chez Rodríguez ? » John Smith sourit.

« Ouais...

— Aïe... faites de votre mieux, Nestor. Vous devriez tout de même arriver à rentrer dedans.

— Je parie que la prochaine fois, vous allez m'obliger à mettre une cravate », protesta Nestor avec une inflexion légèrement sarcastique.

Les yeux de John Smith s'illuminèrent : « Hé, vous en avez une ?

— Ouais...

— Mettez-la ! J'en mettrai une aussi. Il faut qu'on ait l'air *sérieux* ! Cet immeuble est plein de Seniors Actifs. Vous comprenez ? Ils n'apprécieront certainement pas qu'on se pointe comme si on allait au Honey Pot. Même un allumé de première comme Igor n'apprécierait pas. On est des mecs *sérieux* ! »

---

1. La taille, ça va ? (*N.d.T.*)
2. Plie les bras en levant les coudes devant. (*N.d.T.*)

15

Les Jacasses

Sept heures plus tard, à dix heures et demie du matin, Nestor et John Smith s'engageaient à nouveau... enfin, plus exactement, John Smith s'engageait... dans le parking des Alhambra Lakes, dans sa propre Chevrolet Assent grise deux portes flambant neuve, elle. John Smith aurait jugé inconvenant de ranger la Camara de Nestor dans le parking des Seniors Actifs en plein jour. La Camaro était une muscle-car du temps où les muscle-cars étaient des muscle-cars, et elle était customisée si férocement qu'elle aurait balancé sa tronche à la gueule de n'importe quel Senior Actif en lui montrant les dents et en rugissant « Je suis un délinquant juvénile. Ça te pose un problème ? »

Bien sûr – *ah !* – John Smith n'avait pas dit « inconvenant », ni rien d'approchant. Il s'était exprimé en termes plus aimables, soigneusement alambiqués, mais par ce jour de soleil meurtrier, les bonnes manières de John Smith portaient sur les nerfs de Nestor... ses manières, parmi une dizaine d'autres choses. Toujours à l'intérieur du cocon climatisé de l'Assent, ils avançaient lentement vers le bâtiment dans lequel Igor avait disparu la nuit précédente. Sous une lumière aussi éclatante, l'endroit était encore pire que dans le noir. Le bâtiment était entouré par un bout de terrain dénudé dépenaillé qui, un jour sans doute, avait été couvert de massifs verts luxuriants. Ici et là, au bord du parking, on apercevait un palmier par-ci... deux par-là... puis une brèche... trois là-bas... une brèche... encore un autre palmier isolé... On aurait dit une bouche aux dents mal alignées. Les palmiers étaient ramollos et pâlichons... les feuilles avaient des taches brunâtres. Sur la façade du bâtiment, les balconnets de fer et les cadres d'aluminium des portes coulissantes semblaient sur le point de dégringoler pour venir mourir en tas.

John Smith tendit le doigt, « Hé, regardez... la Vulcan d'Igor n'est plus là. »

Parfait. Avant de se retrouver face à lui, mieux valait en savoir un peu plus long... avoir une idée de ce qu'il était venu fabriquer ici la nuit dernière... de ce qu'était le machin qu'il avait traîné à l'intérieur et où il l'avait mis. John Smith fit demi-tour à l'extrémité de la rangée de véhicules et se rangea dans la partie la plus éloignée, réservée aux visiteurs.

Quand ils sortirent de la voiture, l'exaspération de Nestor monta encore d'un cran. Il enfila la veste du costume que John Smith l'avait convaincu de porter et remonta son nœud de cravate. La veste était trop étroite, comme il s'en était douté. En plus, John Smith avait insisté pour que Nestor trimbale dans une poche intérieure un sonomètre – un appareil destiné à mesurer les niveaux sonores – de vingt-quatre centimètres et demi de long, huit et demi de large et quatre d'épaisseur. Si quelqu'un leur posait des questions, Nestor devait brandir le sonomètre et lui, John Smith, expliquerait qu'ils vérifiaient le niveau sonore ambiant. Un costume trop étroit *gonflé* d'un côté par un appareil de huit cent vingt centimètres cubes – génial. Il n'avait pas encore fait un pas qu'il sentait déjà l'intérieur de son col de chemise se tremper de sueur... et la sueur imbiber sa veste, dessinant de grandes demi-lunes sombres sous ses aisselles. Le costume, la cravate, ses godasses de flic en cuir noir... un vrai *guajiro*... John Smith, en revanche, portait un costume gris pâle qui avait l'air coupé sur mesure, une chemise blanche, une cravate marine avec une sorte d'imprimé régulier hyper chic et d'élégantes chaussures de cuir noir assez étroites pour pouvoir aller danser. Il semblait parfaitement à l'aise dans cette tenue... foutu WASP... En plus, il crut malin d'enfoncer le clou :

« Nestor... vous êtes superbe ! Si vous saviez comme le costume vous va bien, vous ne mettriez que ça ! »

Nestor n'avait encore jamais vu le WASP d'humeur aussi joviale. Alors il lui fit un doigt d'honneur. Mais John était de si bonne humeur qu'il se tordit de rire.

La voûte bleu pâle d'une lampe chauffante s'étendait sur le ciel tout entier. Nestor fut en nage avant d'avoir fait trente mètres. Le parking était tellement silencieux qu'il entendait le bruit de leurs pas sur l'asphalte. Pourtant, presque toutes les places des résidents étaient occupées. À cet instant précis, dans un grondement rauque, un bus transmission-ramollie, pistons-clabotants, du genre petite boîte peinte en blanc, arriva en gémissant depuis la rue. Les ailes s'épanouissaient en grandes courbes comme celles d'un pélican en vol. Il s'arrêta à proximité de Nestor et John. Un panneau de trente centimètres de haut occupait toute la longueur du toit, de l'avant à l'arrière : BUS SHOPPING ET FLÂNERIE ! C'était probablement un véhicule chargé de conduire les résidents des appartements pour Seniors Actifs avec Auxiliaires de Vie jusqu'à des centres commerciaux, aller et retour. Le chauffeur descendit d'un bond. Ce bronzage ! – un jeune Anglo racho qui donnait l'impression de venir de recevoir sa peau de la tannerie ! Il se précipita de l'autre côté... pour aider, à en juger par les voix, une flopée de vieilles dames à descendre. Elles n'avaient pas l'air fatiguées. Excitées, oui.

« ... mais des *soldes* pareils... jamais vu ça...

— ... qui peut bien en avoir besoin de quatre ? Mais regarde dans ce *sachay* – vas-y, regarde !...

— ... même pas utilisé tous mes bons de réduction...

— ... dans une demi-heure ? Tu peux oublier la meringue au citron...

— ... ouais, seulement une *kaysse* ouverte et toute cette... *queue*, tu...

— ... *"Votre attention chers clients"*, toutes les deux minutes, *"Votre attention chers clients"* – ça m'a collé une de ces migraines, tu n'as pas idée !...

— pousse-pousse-pousse, le culot de ces gens, tu as vu comment ils vous poussent...

— ... c'est égal ! C'est encore chez Walgreens qu'on *fay* les meilleures *affayres* !

— ... la meringue à onze heures et quart, tu arriveras peut-être à trouver une place dans la file ! Mais moi, à onze heures et quart, il faut que je prenne mes comprimés... »

... Tout cela sur fond musical – un rythme plutôt – un rythme métallique irrégulier, même... *clic clic... clac clac clac... clic... clac... clic clic clac...*

En s'approchant, Nestor et John virent les vieilles dames se diriger vers l'immeuble, un certain nombre s'aidant de déambulateurs en aluminium qui *cliquetaient* et *claquetaient claquetaient* et *clic clic cliquetaient...* Deux vieux messieurs seulement... la moitié des dames au moins, même celles en déambulateurs, portaient des sacs de courses... Walgreens... Walmart... CVS... Winn-Dixie... Marshalls... JCPenney... Chico's... Gap... Macy's... Target... ShopRite... Banana Republic... Naturalizer...

À la maison! Elles rentraient à la maison, chargées de gibier! L'allant d'un groupe de chasseurs d'élite de retour d'expédition, voilà ce qu'elles avaient.

« C'est quoi, c'est histoire de *meringue* ? demanda Nestor.

— Aucune idée. On va les laisser entrer et s'installer avant d'y aller. »

D'aaaaaccord... « le journaliste »... Depuis le début de la journée, John Smith avait pris la direction des opérations. Endossé le rôle de capitaine. Peut-être « le journaliste » était-il le plus compétent sur ce terrain?... Nestor en doutait, mais il dépendait entièrement de John Smith. Quel autre allié avait-il? Très bien... qu'il dirige tout ça à *sa* guise.

Ils restèrent donc devant le bâtiment. John Smith lui fit signe de sortir le dosimètre. Bien que déjà dégoulinant de sueur, Nestor dut convenir que John Smith avait raison... les costumes... l'appareil... personne ne risquait de les prendre pour une paire de jeunes zonards louches rôdant autour d'une résidence pour seniors actifs dans de mauvaises intentions. Deux jeunes gens correctement vêtus, voilà ce qu'ils étaient, deux jeunes gens prêts à porter tous ces habits alors que la lampe chauffante du ciel grimpait jusqu'au maximum... leur mission devait être sérieuse, autrement, ils ne *seraient* pas là.

Une fois le passage dégagé à la satisfaction de John Smith, il devait être à peu près onze heures trente passées d'une minute. La grande entrée sur l'avant du bâtiment n'en était pas une au sens architectural du terme. Ce n'était qu'un couloir de trois mètres de haut sur neuf de long reliant deux ailes.

Dieu merci... pas de loge de concierge ni autre dispositif de contrôle des allées et venues. John Smith et Nestor avancèrent résolument et se retrouvèrent au bord d'une cour encadrée par quatre corps de bâtiments qui se rejoignaient pour former un carré. Comme l'extérieur, la cour des Alhambra Lakes ne contenait que les vestiges passés à la friture de ce qui avait dû être, dans un passé lointain, un authentique jardin paysager de palmiers, de massifs et de fleurs... avec, juste au milieu, un bassin carré équipé d'une fontaine épuisée qui projetait faiblement un unique crachotement recru à un mètre de haut peut-être. Aux premier et deuxième étages, tout autour du carré, de larges dalles de béton faisaient saillie depuis les murs intérieurs, créant une coursive, une passerelle démesurée en quelque sorte, et une véranda arrière pour tous les logements. Un escalier découvert reliait les trois niveaux pour ceux qui ne souhaitaient pas emprunter l'ascenseur devant lequel ils étaient passés en entrant.

«On va prendre l'ascenseur jusqu'en haut, dit John Smith en dessinant une grande boucle en l'air de son index, et on redescendra au premier avant de revenir ici, dans la cour. D'accord?»

Ils eurent l'ascenseur pour eux tout seuls. Arrivés au sommet, au deuxième étage, ils débouchèrent sur la passerelle... et se trouvèrent enveloppés par un bruit mécanique violent, nocif. À l'autre bout, un employé chargé de l'entretien au teint foncé et en combinaison nettoyait la coursive avec un aspirateur industriel. D'en bas, leur parvenait le tintinnabulement cliquetant claquetant de deux déambulateurs en aluminium. Tout près... les jappements trop sonores de postes de télévision à l'intérieur des appartements... mais aucun résident de cet étage n'était sorti sous le soleil de midi. John Smith longea lentement les appartements de son côté et Nestor suivit, tenant le «mesureur acoustique à sonar»... ::::: Je suis quoi, là – un porteur indigène? ::::: Quelque part à l'intérieur d'un appartement, le volume d'un téléviseur était réglé si fort qu'on pouvait suivre les dialogues sans difficulté... «Mais ça fait *cinq ans* qu'il est son gastro-entérologue!» s'écriait la voix d'une jeune femme typiquement soap opera. «Et *maintenant*, il tombe *amoureux* d'elle? – au moment

où il lui écarte les fesses pour une *coloscopie*? Oh, *les hommes*»
– chaque mot se chargea soudain de sanglots – «*Les hommes – les
hommes – les hoommmes* – uh-uh-uh-uh – ils ne sont plus eux-
mêmes dès que ça se passe sous la ceintu-uh-uh-uhre!» À côté du
seuil, sur le sol de la coursive, une grenouille en fonte peinte en vert
pâle. Elle ne mesurait qu'une trentaine de centimètres de haut, mais
trente de large et quarante de long... ce qui lui prêtait une allure
énorme et pesante. De part et d'autre de la porte, une petite fenêtre.
John Smith et Nestor prirent soin de ne pas commettre l'indiscrétion
de jeter un coup d'œil à l'intérieur. L'appartement suivant était identique, à cette différence près que le programme qui mugissait tout ce
qu'il savait était une émission comique avec les rires préenregistrés
les plus agaçants que Nestor eût jamais entendus... et à côté de la
porte, un homme des cavernes en fonte avec des bras et des épaules
de gorille. Il avait l'air plus lourd que la grenouille. Dans l'appartement suivant... Dieu tout-puissant!... une quoi – une émission de
Discovery Channel? – une bande de lions qui rugissaient, pas un lion
mais comment on disait? – une «troupe»? Le son devait être réglé au
max parce qu'entre les lions et l'aspirateur industriel, Nestor avait
l'impression d'être paralysé par le bruit qui régnait dans ce tas de
briques pour seniors actifs... À côté de cette porte-ci, un gros pot de
géraniums rouges, une vraie profusion de géraniums... artificiels.

John Smith fut obligé de s'approcher tout près de Nestor pour se
faire entendre. «Gardez l'œil sur ces... *machins* près des portes, je ne
sais pas trop comment les appeler» – il désigna la jardinière – «il
pourrait y avoir de l'"artiste" là-dessous, d'accord?»

Nestor hocha la tête. Il en avait déjà plus qu'assez de recevoir des
ordres de John Smith. Pour qui il se prenait là, d'un coup, le grand
détective?

Ils vérifièrent encore deux appartements. Pareil... John Smith s'approcha à nouveau de Nestor. «Je n'ai jamais entendu de télés aussi
bruyantes. Ils sont tous sourds, ou quoi?

— Ils en sont au déambulateur, putain! S'ils ne sont pas sourds, je
me demande qui l'est!» Il dit cela sans l'ombre d'un sourire et s'aperçut que John Smith ne comprenait absolument pas ce qui lui valait
cette nuance de reproche. Et Nestor se sentit coupable.

Il y avait un tel vacarme sur cette coursive que ni Nestor ni John Smith ne prirent conscience de l'arrivée de deux personnages derrière eux jusqu'à ce qu'ils soient presque à leur niveau... deux vieilles dames. L'une semblait incroyablement petite. Son dos était tellement voûté au-dessus de son déambulateur que ses yeux étaient à peu près au niveau de la cage thoracique de Nestor... et tellement chassieux que des larmes en coulaient continûment. Les cheveux qui lui restaient avaient été teints en blond et crêpés en petites touffes de flagelles torsadées qui devaient donner l'impression d'une chevelure épaisse, ce qui n'empêchait pas Nestor de distinguer la peau de son crâne à travers. Il se sentit immédiatement dévoré de pitié et d'une envie irrépressible de la protéger. L'autre vieille dame se tenait droite grâce à une canne. Elle avait les cheveux blancs et tellement clairsemés que sa raie de côté ressemblait plutôt à une ligne chauve. Elle avait conservé un certain nombre de kilos en trop et avait une grosse figure ronde... et puis, elle n'était pas timide. Elle se dirigea droit vers John Smith et demanda, « Je peux vous aider ? Vous cherchez quelque chose, sans doute ? »

Le ton dont elle avait prononcé ces mots – une présence redoutable. John Smith marmonna un nom indistinct... « Gunnar Gerter » ?... et fit un geste en direction de Nestor en disant, « Mon technicien, Mr Carbonell. »

:::::: *mon technicien* ::::::

« Nous procédons à des mesures de volume sonore », poursuivit John Smith... avec un geste vers le sonomètre que tenait Nestor :::::: comme un larbin ::::::

« Hahhh ! » Elle laissa échapper un rire sardonique. « *Ici* ? Du bruit ? J'aimerais bien en entendre plus. Vous savez ce qu'il faut pour faire du bruit ? Il faut être vivant. »

John Smith sourit. « Je ne suis pas très calé sur le sujet. Mais ce que je sais, c'est que nous obtenons des niveaux drôlement élevés à cet endroit précis. » Il fit un geste vers l'aspirateur industriel, puis vers l'appartement devant lequel ils se trouvaient. Les acclamations d'un jeu télévisé hurlaient à l'intérieur. Avant que la femme n'ait pu en arriver à des questions comme *Pourquoi ? Qui vous envoie ? D'où ?* John Smith poursuivit : « À propos, vous pourriez peut-être me donner un renseignement. Nous avons admiré vos petites statues à côté des portes. C'est un artiste de la résidence qui les fait ?

« *Hughhhh* » – gloussement de mépris de la petite vieille dame penchée sur son déambulateur. Elle avait une voix aiguë et étonnamment puissante – « Des *artistes* ? On en a *un* ici, enfin, c'est lui qui le dit. Moi, j'ai jamais rien vu de ce qu'il fait. Mais s'il y a une chose qu'il fait, c'est empester toute la résidence. L'odeur qui sort de son appartement est atroce, atroce. Vous êtes de l'Environnement ? »

L'*environnement* ? Nestor ne voyait pas de quoi elle parlait, mais John Smith n'hésita pas une seconde. « Oui, en effet. »

La femme robuste à la canne intervint, « Eh bien dites donc, ce n'est pas trop tôt ! Cette puanteur, il y a de quoi mourir ! Ça fait trois mois qu'on s'en plaint. On se plaint, on se plaint, et personne ne vient. Nous laissons des messages, personne ne rappelle. Qu'est-ce que vous avez, vous autres, pour les messages, un répondeur ou bien un de ces sacs-poubelle, ceux en plastique, dont je préfère taire la couleur ? »

La petite vieille au déambulateur l'interrompit. « Allons, Lil. Faut qu'on aille à la salle à manger – pour le merengue.

— *Merengue* ? Ce n'est pas *merengue*, Edith. Le merengue est une sorte de danse. On dit mer*ing*, meringue au citron.

— D'accord, d'accord, mais si on n'y va pas, y en aura plus, et aujourd'hui, c'est le seul jour où ils en ont.

— Edith... et aujourd'hui, c'est le seul jour où l'Environnement vient ici. En plus, des fois, il en reste. Dahlia peut nous en garder. Elle en mettra dans son sac... *Hughhhh* ! Vous entendez *ça* ? » reprit la femme corpulente. Elle tendit le doigt vers les étages inférieurs.

Effectivement, on entendait un concert de percussions qui allait crescendo *clic clacclac clic clic clac*, encore plus bruyant que celui auquel avaient assisté Nestor et John Smith à la descente du Bus Shopping et Flânerie. Une foule en déambulateurs d'aluminium essayait de se rendre rapidement quelque part.

« Et c'est sans compter ceux, dit Edith, qui descendent et font la queue une demi-heure avant qu'on ouvre les portes de la salle à manger le jour du merengue, comme font Hannah et Mr Cutter. »

La robuste, Lil, ne prit même pas la peine de corriger le *merengue*. Elle était trop occupée à parler à John Smith. «Il y a *une telle*... une... *puanteur* là-bas; ça se sent jusqu'ici. Vous sentez?... Respirez! Respirez! Respirez à fond!»

Elle était tellement autoritaire que Nestor inhala et s'en remplit les narines. Il ne sentait rien d'inhabituel. Edith, la plus petite, ajouta : «Mon docteur dit que c'est toxique... *toxique*. Vous pouvez vérifier, *toxique*. C'est pour ça que je ne mange pas bien et que je ne dors pas. Le docteur double mes doses d'huile de poisson toutes les semaines. J'ai même les cheveux qui empestent à cause de cette odeur qu'il y a partout.

— Où est cet appartement? demanda John Smith.

— Directement sous le *mien*, dit Lil en indiquant la rangée de portes sur la coursive du bas. Quoi que je fasse, il y a cette... *puanteur*... qui monte.

— Chez moi aussi, renchérit Edith. Mais chez Lil, c'est encore pire.

— Vous avez déjà essayé de lui en faire part? demanda John Smith.

— Si j'ai essayé? J'ai campé devant sa porte. Vous parlez d'une odeur! On pouvait sentir la puanteur se glisser sous la porte. On ne pas dire que ce soit un bon voisin. Je l'ai aperçu, mais je ne l'ai jamais vu ni entrer ni sortir. Il doit faire ça la nuit. Je ne l'ai jamais croisé à la salle à manger non plus. Je l'entends au-dessous de chez moi, dans son appartement. Mais personne n'a son numéro de téléphone ni son adresse email. Je descends, je sonne à sa porte, je frappe, il ne répond pas. Je lui envoie une lettre, il ne répond pas. Je vous appelle, vous autres, et... *bernique*. Il n'y a pas qu'Edith et moi, vous savez. Tous les résidents de cet étage sont condamnés à respirer cette horreur. C'est comme du gaz de combat, des radiations nucléaires. Heureusement que plus personne ici n'est en âge d'avoir des enfants. Ils naîtraient avec un seul bras ou bien pas de nez ou une langue qui n'arrive pas jusqu'aux incisives, les tripes dans le thorax et ils feraient tout par les oreilles et parleraient par leur nombril et penseraient avec une cervelle située dans leur postérieur. Fermez les yeux et imaginez. *Essayez*. *Essayez* donc de lui parler, vous.»

John Smith et Nestor échangèrent un regard... déconcerté. Puis John Smith s'arracha un sourire et remarqua, « Je ne sais même pas comment il s'appelle.

— Nicolaï, reprit Lil. Son nom de famille commence par un *K*, mais après c'est plein de *v*, de *k*, d'*i* et de *z*. Quand on l'entend, on dirait que toutes les lettres sont entrées en collision à un carrefour. »

John Smith et Nestor se regardèrent. Ils n'eurent pas besoin de le dire tout haut. « Nicolaï ? Pas Igor ? »

« Rendez-moi un service, dit John Smith. Conduisez-nous là-bas, à son appartement, pour que nous sachions exactement lequel c'est.

— *Hahhh* – pas besoin de guide ! claironna Edith. Vous avez un *nez* peut-être ?

— Edith a raison, approuva Lil. Mais je vais quand même vous y conduire. Ça fait trop longtemps que nous attendons quelqu'un de l'Environnement. »

Ils se dirigèrent donc tous les quatre, dont *clic clac clac clic* Edith avec son déambulateur, vers l'ascenseur, et Lil les mena à la porte de « Nicolaï » sur la coursive du premier étage. À côté de la porte, une statue de fonte de soixante centimètres de haut représentait un grand homme tendant le bras droit, paume vers le bas, dans un geste de salut.

John Smith se pencha vers Nestor et dit, « C'est le Président Mao, sauf que le Président Mao mesurait plutôt un mètre soixante. Là, il en ferait un quatre-vingt-quinze. Igor est... bizarre. »

:::::: Comment il sait tous ces trucs ? ::::::

L'odeur – elle était forte, effectivement... mais pas désagréable, de l'avis de Nestor. De la térébenthine. Il avait toujours aimé cette odeur... mais peut-être que si on était obligé de vivre juste à côté, sur cette coursive, et de sentir les vapeurs de térébenthine d'un autre jour et nuit, on se retrouvait assez vite dans les vapes.

John Smith fit un aller-retour sur la passerelle, six ou sept portes dans *ce* sens... six ou sept dans *l'autre* sens... et regagna l'appartement de « Nicolaï ».

« Ouais, ça sent drôlement fort partout. » Il regarda Lil. « Il va falloir qu'on entre dans l'appartement pour comprendre exactement d'où ça vient avant de pouvoir intervenir. Comment est-ce qu'on peut entrer ? Vous avez une idée ?

— Le gérant a la clé de tous les appartements.

— Et où est-il ?

— *Hahhhh !* s'exclama Edith. Le gérant n'est jamais là.

— Il est où ?

— *Hahhhh !* Qui sait ? C'est Phyllis qui le remplace et qui fait tout le boulot pour lui. Elle dit qu'elle aime ça. Phyllis Toujours Contente, voilà comment je l'appelle.

— Qui est Phyllis ?

— Une résidente, dit Lil.

— C'est une résidente qui remplace le gérant ?

— Un gérant ici, c'est comme un... – un directeur – à New York. Un concierge avec un titre, voilà ce que c'est, un gérant », expliqua Lil.

Nestor prit la parole pour la première fois, « Vous êtes de New York ? »

Ce ne fut pas Lil mais Edith qui lui répondit. « *Hahhh !* Tout le monde *ici* est de New York, ou de Long Island – la ville tout entière a déménagé ici. À votre *avis*, qui vit dans tous ces endroits, des gens de *Floride* ?

— Et alors, Phyllis a la clé ?

— Si quelqu'un a la clé, acquiesça Lil, c'est Phyllis. Vous voulez que je l'appelle ? » Elle sortit son portable.

« Volontiers !

— Ce Nicolaï – il n'a même pas cinquante-cinq ans, d'ailleurs, selon elle. Selon Phyllis, reprit Edith. Il faut bien qu'il passe au bureau de temps en temps quand même. Phyllis sait quelle tête il a. Il a une grande moustache qui va jusque-là, mais ça fait un moment que je ne l'ai pas vu. Pour acheter un appartement ici, il faut avoir cinquante-cinq ans, pas d'animaux domestiques et pas d'enfants. »

Lil s'était retournée par discrétion. Tout ce que Nestor l'entendit dire distinctement était « Tu es assise ? Tiens-toi bien !... Les gens de l'Environnement sont là. »

Lil se tourna vers eux, refermant son portable. Elle s'adressa à John, « Elle monte ! Elle n'arrive pas à croire que vous êtes là, elle non plus. »

En un rien de temps, une vieille femme grande et osseuse – Phyllis – les rejoignit. Elle dévisagea John Smith et Nestor en faisant une tête de six pieds de long. Lil fit les présentations. Dieu merci, elle se rappelait le nouveau nom de Nestor, « Carbonell », parce que lui-même l'avait déjà oublié. L'air grincheux de Phyllis s'effaça pour laisser place à un sourire de mépris cinglant.

« Il ne vous a fallu que trois mois pour arriver jusqu'ici. Mais c'est peut-être ce que vous autres, au Gouvernement, vous appelez une "réponse rapide". »

John Smith ferma les yeux, étira les lèvres en une grimace aplatie et se mit à hocher la tête sur le mode *Oui, oui, c'est dur, mais je dois reconnaître que je comprends parfaitement votre point de vue*. Puis il rouvrit les paupières, lui adressa un regard profondément sincère et dit, « Mais quand on est là, on... est... *là*. Vous comprenez ? »

Nestor tressaillit. :::::: Je n'y *crois* pas. :::::: Il commençait à se faire une bonne idée des qualités nécessaires à un journaliste : langue de bois et mensonges du fond du cœur.

Apparemment, cela avait pourtant suffi à rassurer un peu Phyllis au visage de marbre, parce qu'elle leur décocha à tous les deux un regard de dédain simplement bénin, sortit une clé et ouvrit la porte de l'appartement.

Elle donnait sur une cuisine, une petite cuisine crasseuse. Près d'une semaine de vaisselle, de couteaux, de fourchettes et de cuillers apparemment en fer-blanc dont les restes de nourriture n'avaient même pas été grattés s'empilait pêle-mêle dans l'évier. Près d'une semaine de taches, de mouchetures poisseuses et d'éclaboussures non identifiables recouvraient tous les plans de travail de part et d'autre de l'évier, ainsi que le sol. Près d'une semaine d'ordures, heureusement desséchées à présent, bourrait une minuscule poubelle au point d'empêcher le couvercle de fermer. L'endroit était tellement immonde que Nestor trouvait l'odeur entêtante de la térébenthine purifiante.

Phyllis leur fit traverser la cuisine pour rejoindre une pièce qui devait être un salon. Juste devant les portes vitrées coulissantes du mur du fond se dressait un grand chevalet en bois sombre, apparemment ancien. À côté, une longue table de travail industrielle avec des tiroirs métalliques à chaque extrémité. Le plateau était couvert de tubes, de chiffons et de Dieu sait quoi, sans oublier une rangée de boîtes à café en métal d'où jaillissaient les longs manches élancés de pinceaux. Le chevalet et la table reposaient sur un morceau de bâche carré d'au moins deux mètres cinquante de côté, maculé de peinture. C'était le seul revêtement de sol de la pièce. Le reste était en bois nu... qui n'avait pas été entretenu depuis longtemps. La pièce tenait à moitié de l'atelier, à moitié de l'entrepôt, en raison des coffres et du matériel entassés dans le plus grand désordre apparent contre un des murs latéraux – des rouleaux de toile... de grandes caisses, longues et larges mais de huit ou dix centimètres d'épaisseur seulement... Nestor devina qu'elles étaient destinées aux tableaux encadrés... un projecteur de diapositives sur un petit support métallique d'environ un mètre de haut... un déshumidificateur... encore des caisses et des bidons...

Nestor enregistra tout cela d'un seul regard. Mais Lil, Edith, Phyllis et John Smith étaient absorbés par un tout autre spectacle. L'autre mur était couvert de peintures, douze en tout, en deux rangées de six superposées. Les femmes gloussaient.

«Tu devrais regarder celle-ci, Edith, dit Lil. Deux yeux du même côté du nez et t'as vu la taille de ce *schnozz* ? T'as vu ? T'as vu ça ? J'ai un petit-fils de sept ans qui se débrouille mieux que ça. Il est assez grand pour savoir où on met les yeux ! »

Les trois femmes s'esclaffèrent, et Nestor ne put qu'en faire autant. On voyait sur la toile l'épais contour maladroit d'un homme de profil au nez puérilement long. Les deux yeux étaient du même côté. Les mains ressemblaient à des poissons. Il n'y avait pas la moindre tentative pour représenter les ombres ni la perspective. Rien qu'un agglomérat d'épais contours noirs maladroits dessinant des formes remplies d'aplats de couleurs... et pas le moindre effort pour en détacher l'une ou l'autre de ses voisines.

«Et celui d'à *côté*, continua Lil. Vous voyez ces quatre femmes, là ? Les malheureuses ! Vous voyez ça ? Elles ont les yeux au bon endroit – mais leur *nez* ? Les pauvres ! Elles ont des nez qui partent au-dessus d'un sourcil, et qui descendent jusqu'à l'endroit où une fille normale a son menton, et les narines! On dirait un fusil-à-deux-coups-pour-vous-faire-sauter-le-caisson! »

Nouveaux hurlements de rire.

« Et l'autre, là-haut? » s'esclaffa Edith. Ce tableau-là ne comprenait que des bandes de couleur verticales... une bonne douzaine... pas très régulières, d'ailleurs. Et pourquoi étaient-elles aussi délayées? « C'est comme si elles avaient été absorbées par la toile.

— À mon avis, ce n'est pas censé être un tableau, observa Phyllis. Il a juste nettoyé ses pinceaux dessus, voilà ce que je pense. »

Elle prononça ce jugement d'un ton absolument phyllissien. Phyllis ne blaguait jamais, ce qui n'empêcha pas Lil, Edith et Nestor d'éclater de rire. Ils s'amusaient tous comme des fous à se moquer du Russe délirant qui se prenait pour un artiste.

« Hahhh, vous voyez celui-là? dit Edith. Ce pauvre *zhlob*, il prend une règle et il dessine cette croix *là*-qui-a-l'-air-de-se-casser-la-figure et il la regarde et il dit "*Schmuck!*" – il se frappe la tête du plat de la main – "Je laisse tomber!" et il peint tout le reste en blanc vous-pou-vez-l'en-remercier. C'est toujours mieux que cette croix bizarre. »

Les trois femmes riaient et riaient, et Nestor ne put retenir un gloussement.

Ils jetèrent un coup d'œil à *celui-là* avec tous les ténias-sortis-des-toilettes et à *celui-là* avec les mains-qu'on-dirait-deux-bottes-d'asperges et à celui du bout, *là* – ça-ressemble-à-un-tas-d'huîtres-retirées-de-leur-coquille-et-défoncées et attendez, celui-là! – celui qui est juste au-dessous – *Enchaîné à Collioure. Enchaîné ?* Ça doit vou-loir dire qu'on étale de la colle sur tout le machin puis qu'on balance dessus un plein sac de confetti multicolores et hop! un tableau!... et quand ils arrivent à celui-là, *là*, celui du dessus-de-lit-en-patchwork-où-il-n'arrive-même-pas-à-tracer-une-ligne-droite-et-tout-tombe-en-morceaux... et à celui d'un pichet de bière et d'une pipe coupée en deux... et à celui-*là* – on dirait deux nus en aluminium avec-des-vis-sur-les-nichons... et l'autre, à côté, on-dirait-trois-hommes-en-aluminium-qui-jouent-aux-cartes... ils rient à en pleurer, ils secouent la tête, font la grimace, affichent des sourires sardoniques ou regardent bêtement exprès avec des mines de débiles mâchoire pen-dante, levant les yeux si haut qu'ils disparaissent presque dans leurs

458

orbites. Edith est tellement déchaînée que voûtée, appuyée à son déambulateur, elle réussit à taper du pied dans un paroxysme d'hilarité effrénée. Phyllis elle-même, Phyllis la sérieuse au masque de fer, ne peut plus résister. Elle surgit de sa carapace métallique dans une unique explosion de rire – « Honnnnkkuhhh ! »

« *Artiste*, il est censé être *artiste* et ça, c'est ce qu'il peut faire de mieux ? glapit Lil. Moi aussi, si j'étais lui, je ne sortirais que la nuit. J'aurais pas envie de montrer ma tête aux gens ! »

Nouvelle série de rires incontrôlables... la gravité professionnelle de Nestor lui-même tourne en eau de boudin et il s'écroule. Il jette un coup d'œil à John Smith pour voir comment il réagit... John Smith est inconscient de ce qui se passe autour de lui. Il pourrait aussi bien être seul. Muni de son petit calepin étroit à spirale et de son stylo à bille rétractable, il est très occupé à prendre des notes en observant les tableaux un par un.

Nestor se glisse vers lui : « Hé John, qu'est-ce que vous foutez ? » John Smith fait comme s'il ne l'entendait pas. Il sort un petit appareil photo d'une poche intérieure de sa veste et se met à prendre des clichés des tableaux, un par un. Il passe au milieu des femmes comme s'il ignorait leur présence... Lil se penche vers Edith et lui dit tout bas, « Le gros bonnet. »

Puis il repassa devant elles, les yeux rivés sur le petit écran au dos de l'appareil. Ce machin-là le mettait en transe. Il ne leva même pas les yeux en rejoignant Nestor. Le dos tourné aux trois femmes, il baissa la tête, le regard sur son carnet, et demanda : « Vous savez ce que vous voyez sur ce mur ?

— Des machins qui ont été faits à l'école maternelle ?

— Non. Deux Picasso, un Morris Louis, un Malevitch, un Kandinsky, un Soutine, un Derain, un Delaunay, un Braque et deux Léger. » Après cette énumération, John Smith releva enfin suffisamment la tête pour regarder Nestor en face. « Ouvrez bien les yeux, Nestor. Vous avez devant vous douze faux parmi les plus parfaits, les plus subtils que vous aurez jamais l'occasion de voir – vous ou un autre. Ne vous en faites pas. Ils ne sont pas l'œuvre de "Nicolaï". Ils sont l'œuvre d'un *véritable* artiste. »

Sur ces mots, John Smith adressa à Nestor un clin d'œil confiant, rassurant.

:::::: Va te faire foutre, je n'ai pas besoin qu'on me rassure. Tu te prends pour un *véritable* enquêteur, ou quoi ? ::::::

Par précaution, Magdalena était arrivée au cabinet avec une heure d'avance, à sept heures. Elle était restée assise à son bureau dans son uniforme blanc, raide comme un cadavre... enfin presque. Le cœur de ce cadavre battait à cent pulsations par minute et se dirigeait tout droit vers la tachycardie. Elle se préparait au pire.

En temps ordinaire, le Pire arrivait vers sept heures quarante, vingt minutes avant l'ouverture du cabinet pour revoir ce qui faisait pleurnicher et vagir le patient de huit heures... Il avait dit et répété à Magdalena que personnellement, il ne pouvait imaginer être plongé dans un état de faiblesse tel qu'il ait envie d'aller geindre auprès de quelqu'un comme lui-même, de se mettre en scène comme l'acteur principal d'une tragédie devant un public d'une seule personne... une personne qui se faisait payer 500 dollars de l'heure pour qu'on puisse se produire devant elle*eueuAHGGGAHHHhahahock hock hock* !

Mais ce n'était pas un matin ordinaire. Ce matin, elle allait le faire. Elle n'arrêtait pas de s'y exhorter. *Dis non maintenant !* À quoi bon continuer à faire traîner les choses ? *Fais-le, fais-le ! Dis non maintenant !*

Un matin ordinaire, ils seraient arrivés au cabinet assis l'un à côté de l'autre sur les sièges avant de son cabriolet Audi blanc, capote baissée insiste-t-il et tant pis pour les cheveux de la fille... depuis son appartement aux deux vasques dans la salle de bains qu'il trouve si classes... où ils auraient pris une douche... puis se seraient habillés et auraient pris le petit déjeuner.

Elle n'avait pas préparé exactement ce qu'elle allait dire, parce qu'il était impossible de prédire quelle variante de personnage pénible et odieux Norman choisirait de jouer. Elle se rappelait trop bien son histoire du « singe pisseur ». Il avait fait bon usage de sa morale en présence d'un singe pisseur du nom d'Ike Walsh, producteur de *60 Minutes*. Réduite à l'essentiel, cette morale était : immobilise le singe pour qu'il ne puisse pas prendre le dessus. Mais était-ce la seule stratégie sur laquelle elle pouvait s'appuyer, une fable à propos d'un singe ? Son rythme cardiaque s'accéléra encore, et elle désespérait de trouver *un* moyen d'empêcher Norman de la coincer dès qu'il le voudrait. Norman était grand et costaud, et il était soupe au lait... il ne l'avait jamais brutalisée, bien sûr, mais... et les minutes s'écoulaient.

Il fallait absolument qu'elle se calme... elle chercha donc à chasser de son esprit la personnalité versatile, l'ego bouffi de Norman. Elle essaya de se concentrer sur son environnement immédiat... la table d'examen, blanche, propre, avec un drap tendu si étroitement ajusté sur le matelas que sa surface était parfaitement lisse... le fauteuil gris-beigeasse pâle dans lequel les patients s'asseyaient habituellement pour leurs injections de Tue-désir, bien que certains, les plus grands, aient préféré s'asseoir au bord de la table d'examen quand elle leur faisait leur piqûre... comme Maurice Fleischmann. :::::: Allons, Magdalena ! :::::: Comment arriverait-elle à oublier Norman un seul instant si elle laissait ses pensées dériver sur Maurice ? C'était un des hommes les plus puissants de Miami. Toutes sortes de gens *bondissaient* quand il arrivait... bondissaient, prêts à faire *n'importe quoi* pour le satisfaire... bondissaient pour s'assurer qu'il disposait du siège le plus confortable de la pièce... approuvaient tous ses propos... lui souriaient de toutes leurs dents... riaient dès qu'il disait un mot susceptible d'être interprété comme un effet humoristique intentionnel...

... alors que Norman le menait en laisse comme un petit chien. Norman avait convaincu le Grand Homme que lui seul, Norman Lewis, docteur en médecine, membre du collège de psychiatrie, avait le pouvoir de le faire sortir de l'obscurité de la vallée de l'ombre de la pornographie. Il laissait même Norman l'accompagner dans ses sorties mondaines, au milieu des puissants et des riches. Magdalena l'avait soupçonné d'emblée, mais maintenant elle *savait* que c'était vrai : Norman faisait tout pour que Maurice ne se libère jamais de son addiction à la pornographie... il n'y avait qu'à voir comment il lui avait fourré le nez dedans à Art Basel Miami... Norman avait *besoin* que Maurice reste dans cet état pitoyable... Maurice lui ouvrait toutes les portes qui resteraient fermées à n'importe quel gourou ordinaire de la pornodépendance. En cet instant, elle prit la ferme résolution d'*être forte*... et d'expliquer sans détour à Maurice *exacte-ment* ce qui se passait... une fois que *ce*...

... la serrure de la porte extérieure s'ouvrait... Effectivement, il était sept heures quarante. :::::: Maintenant, rappelle-toi, tu lui as envoyé un texto très en avance pour le prévenir que tu passerais la nuit chez toi... et il n'y a aucune raison qu'il n'ait pas compris que « chez toi » signifie dans *ton appartement*, celui que tu partages avec Amélia. Quel mal y a-t-il à y faire un saut et à prendre le temps de bavarder un peu avec Amélia pour savoir ce qu'elle devient ? Il ne me semble pas t'avoir jamais entendu suggérer qu'on se marie ou quelque chose dans ce genre... Non, surtout ne pas dire ça... Il ne faut même pas laisser entendre que tu aies pu envisager de t'engager encore plus profondément dans sa vie pervertie – non ! – et surtout, ne suggère pas que c'est un pervers, pour l'amour du ciel... Allons ! Ça suffit ! Inutile d'essayer de préparer ce que tu vas bien pouvoir dire à Norman... Mais rappelle-toi une chose : empêche-le de te pisser dessus :::::: ...

Une autre serrure qui tourne, à présent il est dans le cabinet lui-même. Le cœur de Magdalena s'emballe. Elle n'avait jamais remarqué qu'on entendait les bruits de pas ici. Le sol n'est qu'une dalle de béton recouverte de moquette synthétique. Toujours est-il qu'elle entendait Norman approcher. Ses chaussures faisaient un petit *scritch*. Magdalena s'exhorta à être très calme, très détachée. Elle resta donc assise tel un condamné attendant son exécution... *scritch*... *scritch*... *scritch*... il approchait. :::::: Je ne vais quand même pas rester immobile, comme s'il avait attaché mes poignets à ma chaise et que j'étais résignée à mon sort. :::::: Elle se leva et se dirigea vers le placard gris-beigeasse pâle – tout dans ce cabinet était gris-beigeasse pâle – où l'on rangeait les seringues et les ampoules de sérum antilibido et les déplaça sur une étagère pour se donner l'air affairé... *scritch*... *scritch*... SCRITCH... *Uhohhhh*... plus de *scritch*. Il devait être juste sur le seuil, mais elle n'allait certainement pas se retourner pour vérifier. Quelques secondes s'écoulèrent... rien. Elles semblèrent durer une éternité...

« Hé... bonjour », fit la voix, ni amicale ni hostile... Température ambiante, sans plus.

Elle se retourna, feignant la surprise – et le regretta immédiatement. Pourquoi serait-elle surprise? «Bonjour!» dit-elle. :::::: Flûte! C'était légèrement supérieur à la température ambiante. :::::: Elle ne voulait pas paraître chaleureuse et amicale.

Norman lui sembla immense. Il portait un costume de gabardine brun clair qu'elle ne connaissait pas, une chemise blanche et une cravate brune avec un motif malencontreusement pittoresque de lutins – il devait y en avoir une bonne douzaine – qui dévalaient à skis une pente brune escarpée. Il sourit sans rien dire. Le genre de sourire qui retrousse la lèvre supérieure, dévoilant les deux canines acérées. Elle eut amplement le temps de voir ses dents avant qu'il ne dise, d'un ton léger dont elle essaya de déceler l'ironie:

«Je me demandais si tu serais là ce matin.

— Ah oui, et pourquoi?» Elle avait voulu prendre un air désinvolte, mais se rendit immédiatement compte que sa voix était agressive.

«Tu as oublié? Tu m'as posé un lapin hier soir. Sans tambour ni trompette, qui plus est.

— Sans tambour ni trompette? Qu'est-ce que ça veut dire?» Elle éprouvait un étrange soulagement à reconnaître franchement qu'elle ne savait pas de quoi parlaient ces gens.

«Tu aurais au moins pu me prévenir avant de me faire faux bond comme ça.

— Te faire *faux bond*! Je t'ai *envoyé* un *texto*!

— Ouais, vers dix heures du soir. Un malheureux petit texto.» Norman commençait à s'échauffer. «Pourquoi tu ne m'as pas appelé? Tu avais peur que je *réponde*? Et quand je t'ai appelée, moi, ton téléphone était coupé.

— Amélia est allée se coucher de bonne heure, je n'ai pas voulu la réveiller. Alors j'ai éteint le téléphone.

— Éminemment attentionné de ta part, éminemment attentionné. Oh, à propos, *éminemment* signifie *extrêmement* dans ce contexte, OK? *Extrêmement* t'est-il d'un quelconque secours? Non? Trop de syllabes? Dans ce cas, remplace-le par "très". OK? "*très*" attentionné. OK?

— Pas la peine de... de prendre les choses comme ça, Norman.

— Et *toi*, à quelle heure es-tu allée te coucher? Et où? Mais peut-être que ce n'est pas la peine de prendre les choses *comme ça* non plus?

— Je t'ai déjà dit...

— Tu m'as déjà dit beaucoup de choses, mais rien qui tienne la route. Et si tu essayais d'être honnête pour une fois et de vider ton putain de sac?

— Ne me parle pas comme ça, tu veux? Mais puisque tu me le demandes, je vais te dire un truc qu'il faut que tu saches. Tu as vraiment le chic pour remplir une pièce jusqu'à ce qu'il n'y ait plus d'air pour personne.

— *Oh hohhh.* "Remplir une pièce jusqu'à ce qu'il n'y ait plus d'air pour personne!" Que de littérature dis-moi! Et qu'est-ce que cette *métaphore* est censée signifier?

— Une *mét...*

— Une méta... *phore*, tu veux savoir ce qu'est une métaphore, c'est ça? Excuse-moi, j'avais cru comprendre que nous étions dans des dispositions littéraires ce matin. Que veut dire "dispositions"? Bien, bien, disons plutôt "d'humeur littéraire". Tu connais le mot "humeur"?»

Sa lèvre s'était retroussée encore plus haut, dénudant toutes les dents de sa mâchoire supérieure. On aurait dit un animal hargneux. Magdalena était inquiète, mais elle l'était plus encore à l'idée que le singe pisseur ne prenne le dessus et ne l'oblige à Dieu sait quoi, parce que désormais la colère lui avait envahi le cerveau. Elle regarda autour d'elle. Il n'était pas encore huit heures. Quelqu'un dans cet immeuble entendrait-il quelque chose? ::::: N'aie pas peur comme ça! *Vas-y!* :::::

... et elle s'entendit dire, «Tu m'as demandé d'être honnête et de te dire ce qui ne va pas. D'accord, ce qui ne va pas, c'est... toi. Tu remplis tout l'espace jusque-là... et moi aussi, j'en ai *jusque-là*» – elle posa le tranchant de sa paume à plat contre sa gorge – «de sexe, et je ne parle pas des joies du sexe. Je parle de *perversion* sexuelle. Je n'arrive pas à *croire* que tu aies emmené ce pauvre Maurice à ces expositions d'art pornographique d'Art Basel Miami et que tu l'aies laissé acheter toutes ces œuvres de pornographie *pure et simple, écœu-*

rante de ce Jed Machinchose et que tu l'aies laissé dépenser des *millions* pour ça sans réagir. Je n'arrive pas à *croire* que tu aies crevé d'envie d'aller à cette orgie, cette régate de Columbus Day, pour commencer, et qu'en plus, tu aies voulu que *j'y* participe et si je l'avais fait, tu l'aurais fait aussi. Je n'arrive pas à *croire* que je me sois laissé convaincre de me livrer à ce "jeu de rôles" que tu m'as imposé dès que nous avons commencé à vivre ensemble, la fois où tu m'as obligée à porter cette valise noire dure comme un bout de euh... euh... euh... fibre de verre et à faire semblant de frapper par erreur à la porte de ta chambre d'hôtel et à te laisser me *violenter*, comme tu as dit, et m'arracher mes vêtements, et écarter l'élastique de ma culotte et le faire par-derrière. Je n'arrive pas à *croire* que je t'aie laissé faire ça et que j'aie passé ensuite deux jours à essayer de me convaincre que c'était la "liberté sexuelle"! La *liberté* – ohmondieu – si *ahogarme en un pozo de mierda es la libertad, encontré la libertad*[1]. »

Norman ne dit pas un mot. Il regardait Magdalena comme s'il venait de se prendre une pique à deux doigts mortelle de karaté dans la pomme d'Adam et qu'il essayait de comprendre pourquoi. Quand il parla enfin, c'était d'une voix basse... les dents du haut dénudées, mais sans sourire. « Si je comprends bien, tu as simplement oublié de me parler de tout ça avant – mais *qu'est*-ce que c'est que cette putain de merde ?

— Je t'ai dit...

— Oh, je sais, tu es trop bien élevée pour parler comme ça. Tu sais quoi ? Tu es à peu près aussi bien élevée que la dernière pipe que tu m'as faite ! Tu sais ça !?

— C'est toi qui m'as demandé d'être "honnête"!

— Parce que c'est ça, ton idée de l'honnêteté ? C'est ça ton idée de – *quelque chose*. Je ne sais pas *quoi*, mais je peux te dire que tu es cliniquement atteinte.

— "Cliniquement atteinte"... c'est un terme médical, ça ? C'est comme ça que tu expliques son problème à Maurice ? Il est "cliniquement atteint" ? Tu *veux* que Maurice reste malade, pas vrai ? Tu *veux*

---

1. « Si la liberté, c'est se noyer dans un puits de merde, la liberté, je connais. » (*N.d.T.*)

qu'il ait des vésicules pleines de pus – hein?! Sans lui, personne ne te laisserait entrer à Art Basel par la porte des VIP, personne ne t'obtiendrait un mouillage pour ton Cigarette sur Fisher Island, une invitation Chez Toi ou à l'étage de Chez Toi, je ne sais quoi, le Club Chez Toi, enfin, ce machin avec la carte noire?

— Bordel, tu...

— Ça ne te suffit pas d'être un schlocteur de télé reconnu, pas vrai? Noooon, tu veux être respecté, c'est ça? Tu veux...

— Espèce de *salope*!

— ... fréquenter tous ces people! Hein? Être invité à toutes les soirées! Et tu es prêt à balancer à ce pauvre Maurice ton diagnostic de "cliniquement atteint" jusqu'à...»

Norman émit un bruit de bête et, avant que Magdalena n'ait pu comprendre ce qui se passait, il l'avait attrapée par le bras, juste au-dessous de l'épaule, l'avait soulevée et avait collé brutalement son corps contre le sien, tout en sifflant et en grognant «Si tu veux un diagnostic, salope, je vais t'en donner un... tu es une salope, une *salope*.

— *Arrête!*» dit Magdalena. C'était presque un cri. Elle était terrifiée. Le bruit animal de sa voix – il la traitait de *salope* – il la brutalisait – «*Salope!*» – la secouant d'un côté – «*Salope!*» – de l'autre – «*Salope!*» – et cette fois, elle poussa le hurlement le plus aigu qu'elle ait jamais poussé de sa vie. «Arrête!» Norman esquissa un mouvement circulaire de la tête comme s'il cherchait quelque chose ::::::: le salaud! Il vérifie que personne ne peut savoir ce qu'il fait! ::::::: L'étreinte de Norman se relâche pendant une fraction de seconde... Magdalena se dégage... elle hurle encore hurle hurle hurle hurle hurle au-dessus du rugissement *espèce de salope* – «Salope – t'as pas *intérêt* – espèce de salope!» – il est juste derrière elle... elle se *jette* contre la barre qui ouvre la porte donnant sur le parking et émerge, titubante, dans la lumière du soleil, des voitures qui tournent à la recherche de places de stationnement, un homme sur un siège passager qui crie «Ça va?» et ne s'arrête pas assez longtemps pour s'en assurer mais cela suffit à stopper Norman dans son élan. Même ce mastodonte d'égoplasme érotomane n'ose pas jaillir dans un parking public en courant comme un dératé et en brutalisant une fille deux fois plus jeune que lui qui hurle à pleins poumons. Elle file pourtant entre les rangées de véhicules garés, pliée en deux pour qu'il ne voie pas sa tête dépasser d'un toit de voiture et ne perde pas l'esprit au point de... elle détale, pliée en deux... le souffle court... elle a peur de mourir comme jamais encore... son cœur martelant contre sa poitrine. :::::: Où aller ? Je ne peux pas retourner à mon appartement... *il* connaît l'adresse !... Il s'est transformé en bête ! ::::::

Elle arrive à sa voiture... s'accroupit à côté... la porte ! :::::: Monte ! Verrouille-la ! :::::: ... elle veut fourrer la main dans – et une chaleur effroyable envahit sa cavité crânienne, brûlant sa paroi intérieure... elle n'a pas son sac ! Dans sa course folle, elle l'a laissé dans la salle d'examen... ses clés de voiture, la télécommande et la clé de son appartement... ses cartes de crédit... son argent... son portable... *son permis de conduire !* – son unique pièce d'identité avec son passeport, mais lui, il est à l'appartement, et *il a la clé maintenant !* Il a *tout*, jusqu'à sa trousse de maquillage... Elle ne peut pas rester accroupie là, près de sa voiture... il connaît sa voiture ! Et s'il...

... elle filait, pliée en deux, et aperçut enfin la sortie, tout au fond... Mais elle n'osait pas se relever... Les gens la regardaient, une jeune infirmière en blanc qui décampe d'un parking... pliée en deux comme ça... Regardez-la ! Si jeune, et *complètement à la masse* ou bien elle a une *attaque* ! Cette fille a *sacrément* besoin d'aide... qui va s'en charger ?... Ne me regardez pas.

Il est midi, un autre jour comme tous les jours de Miami, la voûte bleu pâle du ciel chauffée à blanc irradiant une chaleur féroce et une lumière aveuglante sur tous ceux qui font leurs courses dans Collins Avenue et les affublant d'ombres courtaudes sur le trottoir... ce qu'ils remarquent à peine, leurs lunettes défiant-tout-risque-de-dégénérescence-maculaire sont si noires... quand quelque chose les oblige à vouloir ouvrir les yeux pour *voir*. Un jeune homme vêtu d'une sorte de chemise de sport blanche et d'un jean vient de s'approcher d'un bâtiment dont l'ombre à cette heure ne dépasse pas quarante-cinq centimètres de large. Il porte un grand sachet de chez CVS. Précipitamment, là, dans cette ombre mesquine, il soulève le sachet de CVS, le tient à l'envers et entreprend de le tirer sur sa tête. Les badauds peuvent voir à présent qu'un deuxième sachet de courses est enfoncé à l'intérieur du premier... avec en plus une serviette de toilette blanche qui ne demande qu'à tomber. Précipitamment, il sort la serviette et la met sur sa tête de sorte qu'elle lui recouvre le visage, les oreilles, tout jusqu'aux épaules, en fait, puis il enfonce les sachets de courses, l'un dans l'autre, sur la serviette, et maintenant, les passants ne distinguent plus que quelques centimètres de serviette qui dépassent des sacs. Sa tête a complètement disparu. Puis ils le voient extraire un portable de la poche de son jean et le glisser sous les sacs et la serviette. Qu'est-ce que c'est que ce type?... un cinglé – personne n'en sait rien.

Sous la serviette et à l'intérieur des sacs, le téléphone sonne, «¡ *Caliente! Caliente baby! T'as plein de fuego dans ta caja china...*» et le type à l'intérieur des sacs répond, «Camacho.

— Où es-tu? fait la voix du brigadier Hernández. Sous un matelas ou quoi?

— Salut, Jorge, Dieu merci, c'est vous. Attendez un instant. Le temps que je retire cette merde... Ça va mieux?

— Ouais, ta voix est presque normale ce coup-ci. J'entends des bagnoles. T'es où?

— Sur Collins Avenue. J'ai fourré toute cette merde sur ma...» :::::: Je ne vais pas dire «tête». Il va trouver ça trop bizarre :::::: «sur mon téléphone pour qu'ils ne sachent pas que je ne suis pas chez moi.

— Capté. Je fais pareil – mais ils savent forcément que plus personne n'a de fixe, tout le monde a un portable – mais peu importe. Tu connais la nouvelle?

— Non... et je suis pas sûr d'avoir très envie de la connaître. Je n'ai pas oublié la dernière fois que vous m'avez appelé pour m'apprendre "la nouvelle".

— Cette fois, *t'auras* peut-être envie, j'sais pas – en tout cas, on vient de relâcher nos dealers de crack! Le grand jury n'a pas voulu les mettre en examen.

— Vous déconnez!

— C'est tout récent, Nestor, c'est tombé il y a une demi-heure peut-être. C'est sur le net.

— Il n'a pas voulu les *mettre en examen* – mais pourquoi?

— Devine, Nestor. »

Nestor avait envie de dire, *à cause de toi et de tes conneries à propos des bamboulas*, mais il se retint et répondit seulement «Vous et moi?

— Bien vu. Du premier coup. Putain! Comment veux-tu qu'ils mettent en examen deux charmants jeunes messieurs d'Overtown alors que les policiers chargés de les arrêter sont deux sales racistes? Pas vrai? Ils ne nous ont même pas appelés comme témoins, Nestor, et c'était *notre affaire*!»

Silence. Nestor était abasourdi. Il avait peine à imaginer les conséquences de ce qu'il venait d'apprendre. Il bredouilla enfin, «Ça veut dire qu'il n'y aura pas de procès, c'est ça?

— Eh oui, acquiesça Hernández. Et si tu veux savoir c'que j'pense, j'en remercie le ciel. J'avais pas tellement envie d'être appelé à la barre et qu'un mec en costard me demande, "Alors, brigadier Hernández, comment définiriez-vous votre degré de racisme? Vous l'êtes un peu, beaucoup, entre les deux?"

— Et comment le Département va réagir?

— Oh, ils vont dire "Nous prenons acte. Le jury s'est prononcé. Ces deux fanatiques ambulants nous coûtent une affaire. Qui a besoin de deux parasites pareils?" Sans nous, ils n'auraient même pas eu d'affaire au départ. Mais pour ce qu'ils en ont à battre... enfin, tu le sais aussi bien que moi.

— Je croyais que les procédures du grand jury étaient censées être secrètes.

— Ouais... *censées*. Les seuls avis qu'ils sont censés donner sont "mise en examen" ou "pas de mise en examen". Mais t'as qu'à regarder la télé, la radio et les types qui mettent ce truc sur internet – le grand jury, y sont pas censés le faire, mais y parlent tous à ces salauds. On dirait que c'est déjà fait. Si tu veux savoir c'que j'pense, on l'a dans le cul.

— Quelqu'un vous a appelé, quelqu'un du Département, le commissaire par exemple, ou je ne sais qui?

— Pas encore, mais ça va venir... ça va venir...

— Vous, je ne sais pas, mais moi, je ne peux pas rester là comme ça à attendre que le couperet tombe. Il faut qu'on *fasse* quelque chose.

— OK et quoi ? Dis-moi ce qu'on peut faire sans se retrouver encore plus dans la merde. »

Silence. « Laissez-moi un peu de temps. Je vais trouver quelque chose. » La seule pensée qui lui venait en cet instant précis était Ghislaine. Ghislaine Ghislaine Ghislaine... Il ne songeait même pas au soutien qu'elle pourrait éventuellement lui apporter comme témoin, en expliquant que tout ce qu'il avait pu dire sur ce gros quartier de bœuf dans la baraque à crack avait été prononcé dans la chaleur d'un combat à mort. Non, il pensait uniquement à son charmant visage blanc.

« Je vais trouver le mec qui a pris cette vidéo avec son portable et me procurer la première moitié de l'enregistrement pour leur montrer ce qui s'est vraiment passé.

— Ouais, grommela Hernández, mais j'te rappelle que t'as déjà essayé.

— Ouais, d'accord, mais je vais réessayer, Jorge. Je vais mettre sur pied toute une ligne de défense.

— *Bueee-no, muy bueee-no*, fit Hernández d'un ton qui révélait clairement qu'il prenait Nestor pour un gamin d'une naïveté incurable. Tu me tiens au courant... OK. Mais fais gaffe où tu mets les pieds en montant ta combine. Tu comprends ? Essaie de voir les choses comme ça. En un sens, c'est mieux pour nous. Cette putain d'affaire est réglée. On n'aura pas à se pointer dans une salle d'audience pour se faire traiter de tous les putains de noms du monde – avant d'être *virés* de la police. Tu vois ce que je veux dire ?

— Ouais... » répondit Nestor sans conviction tout en songeant ::::::: Putain de baratin de vieux con ! C'est peut-être une consolation pour toi parce qu'en vrai, c'est bien toi qui as dit toutes ces merdes. Mais moi, j'ai aucune envie de sauter à pieds joints dans la tombe avec toi. ::::::: Sans savoir pourquoi, il pensa de nouveau à Ghislaine. Il voyait ses adorables jambes de gazelle croisées comme au Starbucks... l'allure déliée, svelte, curieusement *française* du mollet de la jambe dont le genou plié était posé sur le genou de l'autre... mais il ne pensait pas aux mystères de ses lombes onctueux... Il ne pensait pas à elle comme *ça*... Enfin, il reprit tout haut, « Pour être franc, Jorge, je ne *vois* pas ce que vous voulez dire. Qu'il n'y ait *pas* de procès n'est pas une consolation pour moi. Moi, j'aurais vraiment préféré qu'il y en *ait* un. J'aurais bien voulu déballer tout ce putain de truc sur la table et j'sais pas encore comment, mais c'est ce que je vais faire.

— Tu piges donc pas que "déballer tout le truc sur la table" changera pas grand-chose ? demanda Hernández. Ça pourrait même être pire, tu sais.

— Ouais, ouais, vous avez sûrement raison... mais j'peux pas rester comme ça... c'est pire que tout. J'ai l'impression d'être ficelé à la chaise électrique à me demander quand ils vont balancer le jus. Faut que je fasse quelque chose, Jorge.

— D'accooooord, amigo, mais...

— Je vous tiens au courant. Là, faut qu'j'y aille. » Même pas d'au revoir.

16

Humiliation Un

Amélia était affalée, effondrée, quasi submergée dans les volutes voluptueuses des coussins de l'unique fauteuil de leur appartement... les jambes croisées, ce qui obligeait sa jupe... déjà seulement longue comme *ça* au départ... à remonter si haut que lorsque Magdalena entra, elle se demanda d'abord si c'était une jupe ou un chemisier... Elle fut désappointée de trouver Amélia dans cet état de déliquescence avancée... désappointée presque au point de lui en vouloir. ::::: Il faut vraiment que *tu* me fasses ce numéro de nombrilisme? :::::: Magdalena comptait sur Amélia au caractère toujours gai, à l'esprit toujours clair pour être à l'écoute de *ses* problèmes. Elle prit donc la pose, elle aussi. Elle se percha en short et en T-shirt sur l'assise d'une chaise de salle à manger à dossier droit. Elle théâtralisa inconsciemment ses droits supérieurs à la compassion en repliant une jambe et en la levant assez haut pour glisser le talon de sa chaussure sur le bord du siège, berçant son genou entre ses deux bras comme s'il était le seul ami qui lui restait.

«Non, ce n'est pas vrai, protesta Amélia. Nous ne sommes pas dans le même bateau. C'est *toi* qui l'as plaqué. C'est *moi* qui me suis fait plaquer. Tu es heureuse. Pas moi.

— Je ne suis *pas* heureuse! protesta Magdalena. J'ai une trouille d'enfer! Si tu avais vu la tête qu'il faisait – mondieu!»

Amélia haussa les sourcils d'un air qui disait «Tu te fais une montagne de *rien du tout.*»

«Mais sa tête – on aurait dit une espèce de – de – de – une sorte d'*ennemi*! Si tu l'avais entendu hurler "*Salope! – espèce de salope!*" –

te répéter ce qu'il a dit ne pourrait même pas te donner une *vague* idée...»

Amélia l'interrompit. «Et bien sûr, tu es anéantie au point qu'il n'est *pas* question que tu sortes ce soir avec ton ami l'"oligarque"?... Arrête!... Reggie n'en avait tellement rien à cirer qu'il n'a même pas élevé la voix. On aurait dit un patron qui convoque son employée et lui annonce, "Je suis navré, mais vous n'êtes pas la personne qui convient pour ce poste. Vous n'y êtes pour rien, mais nous sommes obligés de nous passer de vous." Voilà exactement ce que m'a dit Reggie. "Je vais devoir me passer de toi. Ça ne marche pas, c'est tout." Ce sont les mots qu'il a prononcés. "Ça ne marche pas, c'est tout." Au bout de presque deux ans, "ça ne marche pas, c'est tout". Et putain, c'est quoi ce "ça"? J'aimerais bien le savoir, et qu'est-ce que "marcher" est censé vouloir dire? Il a même dit "Tu n'y es pour rien." *Awwww... grrrr...* Quel réconfort! Tu sais quoi? Au bout de deux ans, il arrive à la conclusion que "ça ne marche pas" et que "je n'y suis pour rien".»

:::::: Merde à la fin! Le monde entier ne tourne pas autour de toi, Amélia! ::::::

Magdalena tenta de la remettre en orbite autour d'elle-même. «En plus, Amélia, je suis complètement à sec! C'est lui qui a mes cartes de crédit, mon carnet de chèques, mon liquide, mon permis de conduire – tout! J'ai encore eu du bol d'avoir eu assez de fric planqué ici pour payer le serrurier. Ça m'a coûté un max!

— Parce que tu t'imagines qu'il va s'acheter pour des milliers de dollars de trucs avec ta carte de crédit? Prendre tes clés et te piquer ta bagnole? Se pointer ici en pleine nuit? Tu as déjà fait changer la serrure. Tu crois que cette affaire le fout tellement en rogne qu'il est prêt à ruiner sa carrière juste pour se venger? Tu es certainement bandante, mais il ne me semble pas que...» Elle renonça à aller jusqu'au bout de sa pensée. «Bon, quoi qu'il en soit, et ton ami l'oligarque de ce soir? C'est qui, ce mec?

— Il s'appelle Sergueï Koroliov.

— Qu'est-ce qu'il fait dans la vie?

— Je crois qu'il... "investit"? C'est comme ça qu'on dit? En fait, je n'en sais rien. Ce que je sais, c'est qu'il collectionne des œuvres d'art.

Il a offert au Musée des beaux-arts de Miami des tableaux qui valent 70 millions de dollars et ils l'ont rebaptisé musée Koroliov des beaux-arts. Tu ne te souviens pas ? On n'a parlé que de ça à la télé. »

Elle regretta d'en avoir étalé une telle couche. Amélia était en état de choc à cause de Reggie – et elle se croyait obligée de lui dire que le type avec qui *elle* allait sortir dans quelques heures était une vraie star.

« Ça me rappelle vaguement quelque chose, oui », acquiesça Amélia.

Silence... et puis Magdalena fut incapable de résister, alors elle poursuivit, « Tu sais, le soir où je suis allée Chez Toi, quand tu m'as prêté ton bustier ? Eh bien, c'est ce soir-là que j'ai rencontré Serguei – ou plutôt, c'est ce soir-là qu'il m'a demandé mon numéro de téléphone. On s'était déjà vus une fois... au milieu de beaucoup d'autres gens... Je crois que ce bustier, ce n'était pas une mauvaise idée ! Ne t'en fais pas. Je ne vais pas te demander de me le prêter de nouveau. Enfin, je ne voudrais pas qu'il s'imagine que c'est ce que je porte à toutes les soirées, un bustier. Mais je pourrais bien te redemander conseil. »

Amélia détourna les yeux d'un air distrait. De toute évidence, l'idée de jouer les habilleuses de Magdalena pour un nouveau rendez-vous éblouissant ne la faisait pas grimper aux rideaux. Enfin, sans regarder Magdalena en face, elle demanda, « Où est-ce qu'il t'emmène ?

— Il y a une grande soirée sur – j'en ai entendu parler, mais je n'y suis jamais allée – Star Island, tu connais ? Chez je ne sais qui. »

Amélia sourit... sarcastiquement... « Tu es trop, Magdalena. Il se trouve, juste par hasard, que tu vas dîner dans un restaurant dont tu n'as jamais entendu parler et qui s'appelle Chez Toi. Il se trouve, juste par hasard, que tu es invitée à une super teuf dans un endroit qui s'appelle Star Island, dans la super baraque de tu ne sais pas qui. C'est simplement le quartier le plus cher de Miami. Juste après Fisher Island peut-être – mais il n'y a pas beaucoup de différence.

— Je ne savais pas. »

Amélia la dévisagea un moment. Le genre de regard que Magdalena pouvait interpréter dans un sens ou dans l'autre. Simplement un... regard insistant. Finalement, Amélia reprit la parole :

«Tu as l'intention de lui donner la *papaya* ce soir?»

La question fit tressaillir Magdalena au point qu'elle lâcha son tendre genou et posa le pied par terre à côté de l'autre, comme si elle s'apprêtait à fuir ou à se battre.

«Amélia! Enfin! Est-ce que c'est des choses qu'on demande?

— Question purement pratique, voyons. Passé un certain – enfin, quand les types atteignent un certain âge, ils partent du principe que ça fait partie d'un premier rendez-vous réussi. "*Aflojate*, baby! Lâche-toi!" Quand je pense au nombre de fois où j'ai *fait* des trucs simplement pour répondre aux attentes de Reggie... Et c'est ce que les gens appellent une "relation"! Quand j'entends ce mot à la con, ça me fait dégueuler.

— Je ne t'ai jamais vue... *aussi déprimée*, Amélia.

— Je n'en sais rien. C'est la première fois qu'il m'*arrive* un truc pareil. Ce salaud! – mais non, ce n'est même pas un salaud. Reggie, je l'aurais bien épousé, tiens. J'espère que ça ne t'arrivera jamais.»

Les larmes s'étaient mises à rouler sur ses joues et ses lèvres tremblaient. Amélia – qui avait toujours été la plus forte, la plus solide! Magdalena commençait à trouver tout cela légèrement embarrassant. D'accord, Amélia avait été blessée ::::::: Je me demande ce qui s'est vraiment passé entre Reggie et elle? ::::::: mais elle avait toujours eu trop de choses en train pour se laisser aller comme ça et s'attendrir sur elle-même. Si elle se mettait vraiment à pleurer, à chialer, à chougner, Magdalena ne pourrait pas assurer. Voir Amélia tomber en morceaux – elle l'avait toujours beaucoup trop admirée pour ça. Elle était plus âgée, plus instruite, plus mûre.

Amélia renifla un paquet de larmes et se ressaisit. Ses yeux coulaient encore un peu, mais elle sourit avec un parfait naturel et dit, «Excuse-moi, Magdalena.» Les larmes lui montèrent à nouveau aux yeux. ::::::: *Je t'en prie*, tiens bon, Amélia! ::::::: ce qu'elle fit, grâce à Dieu. Elle esquissa juste un sourire très légèrement éploré et ajouta «Ça n'a pas été le plus beau jour de ma vie, va savoir pourquoi.» Elle émit un petit rire. «Écoute, je vais t'aider, *bien sûr*... si je peux... Et si tu allais jeter un coup d'œil dans ma penderie? Je pense à cette nouvelle robe noire que j'ai, avec une encolure comme...» Des deux mains, elle mima un V qui prenait naissance de part et d'autre de son cou et plongeait jusqu'à la taille. «Elle est un peu étroite pour moi, mais elle t'ira parfaitement. »

Quelle apesanteur! Quelle vision extracorporelle! Quelle projection astrale! Quelle félicité!

Magdalena ne savait peut-être pas ce qu'étaient une *vision extracorporelle* ni une *projection astrale*, mais c'étaient indéniablement les deux éléments majeurs de l'euphorie transcendante qu'elle éprouvait. Elle avait l'impression – et c'était plus qu'une impression pour elle, c'était parfaitement réel – d'être assise là, dans le siège passager brun clair crémeux de cette voiture de sport super glamour... et, en même temps, de planer au-dessus de la scène... après avoir été astralement projetée là-haut, à cette altitude... et d'observer l'incroyable tournant du destin qui avait conduit Magdalena Otero, anciennement d'Hialeah, à être assise *à ça* d'un homme trop chic, trop beau gosse, trop riche, trop célèbre pour avoir pu lui téléphoner et l'inviter à sortir avec lui – *et pourtant, il l'avait fait!* Lui, Serguéï Koroliov, l'oligarque russe qui avait fait don de tableaux à 70 millions de dollars au Musée des beaux-arts de Miami, qui avait donné le dîner le plus somptueux auquel elle eût jamais assisté dans le restaurant le plus luxueux de tout Miami, Chez Toi... l'homme qui conduisait cette voiture, qui avait l'air si chère et qui *était* indéniablement si chère – était assis juste à côté d'elle, au volant! Elle pouvait le voir et se voir de là-haut. Elle voyait à travers le toit. Elle regarda aux alentours... combien de gens y avait-il à observer cette scène, à observer Magdalena Otero assise dans cette voiture super glamour qui, garée le long du trottoir, donnait déjà l'impression de faire du cent trente à l'heure?

Eh bien... pas beaucoup, malheureusement. Personne ne savait qui elle était. Son adresse officielle était ici, Drexel Avenue, mais combien de fois y avait-elle vraiment passé la nuit?

Whooooooosh – elle revint de son cosmos astral juste aussi vite qu'elle y avait été téléportée.

Et bien sûr, Serguéï était parfait dans ce cadre. En plus de son profil, de son menton affirmé, de la ligne bien dessinée de sa mâchoire sans le moindre semblant de chair excédentaire..., il y avait

476

ses cheveux. Épais, d'un brun profond avec des mèches blondes décolorées par le soleil et balayés en arrière des deux côtés comme par un courant atmosphérique... alors qu'ils se trouvaient en réalité tous les deux à l'intérieur du cocon climatisé dans lequel tout conducteur sain d'esprit de Floride du Sud transformait l'intérieur de son automobile. *Blip* – et Norman avec son cabriolet décapotable? Mais Norman n'était *pas* sain d'esprit!

Sergueï lui jeta un coup d'œil – ses yeux! – ces yeux bleus étincelants et malicieux! Un léger sourire... Comme ils n'avaient, ni lui ni elle, abordé de sujet amusant, un touriste de Cincinnati aurait pu juger ce petit sourire suffisant. Ce n'était certainement pas le mot qui venait à l'esprit de Magdalena. Oh non! Nonchalant, suave, raffiné... plutôt. Et ses vêtements... ils avaient l'air si *riches*... sa veste – du cachemire? – si douce qu'elle aurait eu envie d'y enfouir la tête... une chemise blanche brillante – de la soie? – avec un col montant ouvert, fait pour être porté ouvert... Bien sûr, elle était top, elle aussi. La robe d'Amélia avec son décolleté plongeant... De temps en temps, elle surprenait le regard de Sergueï qui se posait furtivement sur les courbes intérieures de ses seins. Elle se sentait... *bandante*.

Quand Sergueï s'éloigna du trottoir, le moteur émit à peine un bruissement. Ils se dirigeaient vers le nord, sur Collins Avenue... pas beaucoup de circulation... Les tours d'appartements défilaient rapidement... un mur continu empêchant tout passant fortuit de prendre conscience qu'il y avait un océan deux cents mètres plus à l'est.

Magdalena se creusait désespérément la cervelle pour trouver quelque chose... n'importe quoi... d'*intéressant* à dire à Sergueï. Grâce à Dieu! Une partie de son raffinement tenait à sa faculté d'extraire de menus propos du néant... pas de silences embarrassés...

Magdalena n'avait pas souvenir d'être jamais allée aussi loin au nord sur Miami Beach. Ils devaient se rapprocher de l'endroit où la langue de terre rejoignait le continent.

Sergueï ralentit et adressa à Magdalena le plus enjoué des sourires. « *Ahhh*... nous entrons en Russie. Voici Sunny Isles. »

D'après ce que lui permettaient de distinguer les réverbères, le clair de lune, les grandes baies vitrées éclairées çà et là dans les immenses immeubles, cela ressemblait beaucoup au reste de Miami Beach... le même mur de tours à l'est de Collins Avenue monopolisant la vue sur l'océan... et de l'autre côté, à l'ouest de Collins, de petits bâtiments vétustes, blottis les uns contre les autres sur Dieu sait combien de kilomètres.

Sergueï ralentit encore, tendit le doigt vers cette masse blottie et désigna une rue latérale peu reluisante. « Vous voyez ce centre commercial ? » demanda-t-il. Il n'était pas très impressionnant, en tout cas pour qui avait déjà mis les pieds à Bal Harbour ou Aventura. « Si vous parrrlez pas rrrousse, vous pouvez pas acheter quelque chouse dans ces magasines. Oh, vous pouvez sourrrement montrrrer quelque chouse et sorrrtir quelques doullars pourrr fairrre comprrrendre vous voulez dirrre "J'achète ?" Ce sont de vrrrais Rrrousses. Ils parrrlent pas anglaise, et ont pas envie êtrrrre Amérrricains ! C'est coumme êtrrre sour Calle Ocho à Miami et entrrrer dans magasine et vous savez pas espagnol. Eux non plous, ils ont pas dou tout envie êtrrre Amérrricains.

— Mais qu'est-ce que c'est que *ça* ? demanda Magdalena.

— Quoi donc ?

— Cette grande enseigne. On dirait qu'elle flotte toute seule dans l'air. »

Juste derrière le minable petit centre commercial, une enseigne flamboyait de néons rouges, jaunes et orange criards : THE HONEY POT. Dans l'obscurité, elle ne semblait pas être reliée à un quelconque support. Sergueï haussa les épaules d'un air dédaigneux : « Oh, ça. Je ne sais pas. Je crrrrois c'est oune de ces cloubs de strrrip.

— Pour Russes ?

— Non, non, non – pour ces Amérrricains. Les Rrrrrousses ils vont pas dans les cloubs de strrrrip. Nous aimons filles. Les Amérrricains ils deviennent fous avec cette porrrrnogrrrraphie. Perrrrsounne d'autrrrre il devient fou coumme ça.

— Tout ça, c'est à cause d'internet. Les sites pornographiques représentent près de soixante pour cent de l'ensemble des connexions. Vous seriez surpris d'apprendre combien d'hommes importants deviennent dépendants à ça. Ils passent cinq, six heures par jour à regarder ces choses-là sur internet ; ils le font surtout au travail, au bureau. Quelle tristesse ! Ça détruit leur carrière.

— Au bourrrreau ? Pourrrrquoi au bourrrreau ?

— Parce que à la maison, il y a leur femme et leurs enfants.

— Coumment vous savez tout ça ?

— Je suis infirmière. J'ai travaillé un moment pour un psychiatre. » Magdalena observa le visage de Sergueï, se demandant s'il savait pour Norman... Pas le moindre indice, Dieu merci. Ce petit discours sur la pornographie – un succès, enfin ! Elle l'avait prouvé une nouvelle fois... elle n'était pas seulement une petite nana au joli visage et au corps bandant... il n'aurait pas le choix... il *devrait* la prendre au sérieux... et la voix d'Amélia chuchota à son oreille interne, tout au fond du conduit auditif, faisant vibrer sa membrane tympanique : « Tu as l'intention de lui donner la *papaya* ce soir ? »

Ça dépendait ! Ça dépendait ! Ce genre de décision, ça dépendait toujours !

Une fois qu'ils eurent quitté Sunny Isles, remontant toujours vers le nord, le décor ressembla de moins en moins à celui de Miami Beach... Hollywood... Hallandale... « Nous entrrrrons maintenant dans cœurrrr de Rrrroussie. » Il rit tout bas, pour montrer à Magdalena qu'il trouvait cela tout à fait amusant.

Il quitta Collins Avenue pour s'engager sur une plus petite route à quatre voies qui se dirigeait vers l'ouest. Magdalena était perdue.

« Redites-le-moi. Le restaurant où nous allons s'appelle...

— Le Gogol.

— Et il est russe ?

— Il est trrrrès rrrrousse », confirma-t-il avec son sourire suave satisfait ou satisfait suave.

Ils se dirigeaient vers l'ouest dans l'obscurité... un virage – il était là, avec une enseigne rétroéclairée flamboyante aussi tapageuse que celle du Honey Pot : LE GOGOL !... une porte cochère sur l'avant encadrée d'une profusion de nymphes nues sur un bas-relief sculpté si profondément que c'en était hallucinant : LE GOGOL !

Derrière le porche, une véritable ruche de voituriers, jeunes, la peau claire. Les véhicules entraient et sortaient à un rythme effréné... une foule d'hommes et de femmes se ruaient à l'intérieur...

Sergueï plaisantait en russe avec les voituriers. Ils connaissaient très bien Gospodine Koroliov. Dès qu'il apparut avec Magdalena, un grand costaud – il devait bien faire un mètre quatre-vingt-quinze, voire deux mètres – en costume sombre, chemise blanche et cravate bleu marine, quelques vestiges de cheveux noirs rabattus en arrière sur son crâne dénudé – se précipita et se répandit avec un enthousiasme démesuré en «Sergueï Andreïevitch!», la suite en russe. Il avait l'air d'être le propriétaire ou le gérant, au moins. Sergueï lui parla en anglais : «Je vous présente mon amie, Magdalena», *Ze vous prrrrésente moun amie...* Le grand homme s'inclina légèrement d'une manière que Magdalena trouva «européenne». C'était immense... Le moindre centimètre de mur était recouvert de velours (synthétique) d'un mauve soutenu que n'éclairaient que des bataillons de petits spots encastrés dans un plafond noir. Le mauve soutenu servait de toile de fond à toutes les formes de scintillement sur lesquelles une équipe de décorateurs russes avait pu mettre la main. Deux escaliers menant à un second niveau, à un mètre cinquante à peine au-dessus du premier, présentaient des courbes plus extravagantes que ceux de l'Opéra de Paris. Les rampes étaient incrustées de striations de laiton poli. Les nappes blanches du Gogol – un vaste océan flamboyant grâce aux minuscules paillettes tissées dans l'étoffe... Les petites lampes sur toutes les tables avaient des abat-jour mauves reposant sur des pieds étincelants en imitation cristal... Au Gogol, partout où il était possible d'attacher des bordures, des guillochures, des fioritures, des garnitures brillantes – il y en avait. Tout cela était destiné à ajouter un éclat glamour à cette pénombre mauve opulente mais terne... sans y parvenir. Ces fanfreluches n'étaient même pas tapageuses. Elles avaient l'air prétentieuses, épateuses, chichiteuses, frimeuses et cheap. Toute cette salle à manger caverneuse semblait sortie de la boîte à bijoux de Grand-maman.

Un véritable essaim d'hommes, de son âge ou plus, grouillait autour de Sergueï. Qu'ils étaient bruyants! Étaient-ils saouls? Peut-être était-ce simplement leur manière à eux d'accueillir leur cher camarade, mais Magdalena leur trouvait l'air complètement bourré. Ils le serraient dans leurs bras. Ils se tordaient, se désintégraient, se dissolvaient de rire à chaque phrase qui sortait de sa bouche comme s'il était l'homme le plus spirituel qu'ils aient rencontré de leur vie.

En cet instant, Magdalena aurait donné n'importe quoi pour savoir le russe.

Sergueï ne cherchait même plus à lui présenter ces hommes au fur et à mesure qu'ils surgissaient. Comment présenter quelqu'un qui vous serrait dans ses bras et vous braillait des fadaises à l'oreille? La seule attention qu'ils accordaient à Magdalena était des regards lascifs qui faisaient remonter les frémissements de leur bas-ventre jusqu'à leur visage.

Partout résonnaient les graves rires virils et les virils cris de barytons d'hommes... bourrés. À la table voisine, un gros type d'une cinquantaine d'années, estima Magdalena, assis au milieu d'une banquette, se cala contre son dossier avec un grand sourire et entreprit de descendre d'un trait un, deux, trois, quatre petits verres de quelque chose – de la vodka? – avant de pousser un grand *ahhhhh!* Son visage était rubicond et son sourire le plus suffisant que Magdalena ait jamais vu. Il éructa un rugissement guttural de rire des profondeurs de son gosier. Il tendit un petit verre rempli de quelque chose – quoi donc? – à sa voisine – jeune ou relativement jeune... difficile à dire avec une femme qui se coiffait avec un gros chignon de grand-mère... elle regarda le verre fixement comme si c'était une bombe... Rugissements gutturaux alentour.

Sergueï réussit à se débarrasser de ses admirateurs et fit un geste à Magdalena. L'immense costaud maison les conduisit à une table. *¡Dios mío!* C'était une table de dix... Magdalena prévoyait ce qui allait se passer. Huit hommes et femmes étaient déjà assis, et il restait deux places libres... pour Sergueï et elle. Dès qu'ils aperçurent Sergueï, ils se levèrent tous d'un bond en proférant des *hourras* et Dieu sait quoi d'autre. Exactement comme l'avait redouté Magdalena, Sergueï n'avait pas échappé à la grappe bruyante de ses adorateurs... Il l'avait simplement remplacée par une autre. Elle était contrariée. Elle commençait à se demander s'il ne l'avait pas invitée simplement pour lui montrer quel caïd il était sur son terrain. Mais peut-être était-ce encore pire. Peut-être ne cherchait-il même pas à l'impressionner. Il appréciait simplement les bains de minuit d'adulation.

Cette fois au moins, il lui présenta chacun des Russes, Russes, Russes... un vrai méli-mélo de consonnes... Elle ne retint pas un seul nom. Elle avait l'impression d'être engloutie au milieu de tous les *z, y, k, g* et *b*. Huit étrangers russes... qui la dévisageaient, hommes et femmes sans exception, comme une curiosité extraterrestre. Qu'avons-nous là? Fais quelque chose... Dis quelque chose... Distrais-nous... Ils jacassaient tous en russe. Juste en face d'elle à table était assis un homme au visage globuleux surmonté d'un crâne chauve et de véritables buissons de cheveux noirs, teints de toute évidence, qui jaillissaient sauvagement de part et d'autre sous le faîte du dôme, culminant en rouflaquettes glorieusement broussailleuses le long de ses mâchoires. Il semblait étudier son visage avec une intensité pathologique. Puis il se tourna vers l'homme assis deux places plus loin et lui dit quelque chose qui les fit rire sous cape... avec une attitude qui faisait clairement comprendre qu'ils faisaient de leur mieux pour ne pas exploser et s'esclaffer... à quel propos?

Sur le menu, les plats étaient imprimés d'abord en anglais, les lettres russes bouclées juste au-dessous. Même en anglais, Magdalena n'en reconnaissait pour ainsi dire aucun.

Un serveur se matérialisa silencieusement à côté de Serguéï et lui tendit un morceau de papier. Serguéï le lut, se tourna vers elle et lui dit, « Il faut que j'aille saluer mon ami Dimitri. Je vous prie de m'excuser. Je reviens tout de suite. »

Il adressa quelques mots aux autres en russe, se leva et quitta la table en compagnie du serveur chargé de le conduire à « Dimitri ». Magdalena se retrouva avec huit Russes qu'elle ne connaissait pas, quatre hommes – quadragénaires? – et quatre femmes – trentenaires? – aux coiffures alambiquées permanentées et aux robes « habillées » d'une époque révolue.

Mais surtout... il y avait l'homme à la pilosité sous-temporale et au regard à vous donner la chair de poule. Serguéï le lui avait présenté comme un grand champion d'échecs. « Numéro cinq mondial du temps de Mikhaïl Tal », lui avait-il confié derrière sa main. Rien de tout ça, pas plus le grand Mikhaïl Tal que le reste, ne disait rien à Magdalena – il n'y avait que ce type au liseré explosif de poils infra-crâniens. Il s'appelait, si Magdalena avait bien compris, Machinchose Jitine. L'insistance avec laquelle il l'observait la troublait. Elle n'arrivait pas à détacher ses yeux – ou du moins sa vision périphérique –

de lui. Elle évitait de le regarder en face. Il était inquiétant et grossier au point d'en être sinistre. :::::: Sergueï, dépêche-toi! Reviens! Tu m'as laissée seule avec ces horribles types – avec un en tout cas.... Il est tellement atroce qu'à lui seul, il équivaut à toute une pièce de types atroces. :::::: Il avait les coudes posés sur la table, les avant-bras enveloppant son assiette, et le dos tellement voûté que sa tête n'était qu'à une quinzaine de centimètres de son énorme réserve de nourriture. Il mangeait tout à la cuiller, qu'il tenait comme une pelle. Il enfournait dans sa gueule vorace des masses de pommes de terre et de bœuf filandreux avec une vélocité surprenante. Les morceaux de viande qui échappaient à sa cuiller, il les prenait avec les doigts et les grignotait, jetant des regards à droite et à gauche. On aurait dit qu'il cherchait à protéger sa pitance des buses, des chiens et des voleurs. De temps en temps, il relevait la tête, décochait un sourire entendu et déchargeait des commentaires non sollicités – en russe – au milieu des conversations environnantes. *Déchargeait* était le mot juste. En russe, sa voix faisait l'effet d'une benne laissant tomber un chargement de gravier.

Magdalena était fascinée... beaucoup trop fascinée. Le joueur d'échecs Numéro Cinq Mondial levait la tête pour ajouter son grain de sel dans une conversation voisine lorsqu'il surprit son regard posé sur lui. Il s'interrompit, la tête toujours baissée sur sa nourriture – une montagne de bœuf filandreux encore dans sa cuiller –, la décontenança d'un grand sourire moqueur et lui demanda en anglais, avec accent mais couramment, «Puis-je faire quelque chose pour vous?» *Pouis-ze fairrrre quelqué soze pourrrr vous?*

«Non, répondit Magdalena en rougissant terriblement. Je ne...

— Que faites-vous?» Le *faites-vous* fut immédiatement enfoui sous les deux doigts qu'il fourra dans sa bouche pour extraire des filaments de bœuf coincés entre ses dents.

«Ce que je fais?

— Oui, ce que vous *faites*, insista-t-il en extirpant une fibre de barbaque qu'il posa sur la nappe. Qu'est-ce que vous faites pour vous nourrir, vous habiller, avoir un endroit où dormir la nuit? Qu'est-ce que vous *faites*?»

Sans qu'elle sût définir comment, il se moquait d'elle... ou se montrait terriblement grossier... *quelque* chose en tout cas. Elle hésita... et finit par répondre : « Je suis infirmière.

— Quel genre d'infirmière ? » demanda l'ancien Numéro Cinq.

Magdalena remarqua que plusieurs convives s'étaient figés. Ils avaient les yeux rivés sur *elle*... le type *là-bas* au crâne rasé assis à côté d'une femme tellement obèse que son énorme collier fantaisie reposait à plat sur son corsage comme sur un plateau... et les deux femmes *là-bas* avec des petites toques et des filets à cheveux remontant au siècle dernier. Ils ne voulaient rien perdre de ce qui se passait.

« Infirmière en psychiatrie. Je travaillais pour un psychiatre.

— Quel genre de psychiatre, un logothérapeute ou un médicamenthérapeute ? » Magdalena ne comprenait rien de ce qu'il disait, mais la petite torsion narquoise de ses lèvres et la façon dont il étrécissait un œil lui donnaient l'impression qu'il cherchait simplement à mesurer l'étendue de son ignorance dans son propre domaine. Elle jeta un bref regard autour d'elle. Si seulement Sergueï revenait ! D'une voix prudente, elle demanda : « Qu'est-ce qu'un logothérapeute ? Je ne connais pas ce mot.

— Vous ne savez pas ce qu'est un logothérapeute. » Ce n'était pas une question mais une constatation. Son ton était désormais celui d'un instituteur. Le message était clair, « Vous êtes infirmière en psychiatrie – et vous ne connaissez même pas les rudiments de la psychiatrie. Il me semble que nous ferions mieux de commencer par les bases. »

« Un logothérapeute "traite" ses patients » – *traite* était imbibé d'ironie – « par la parole... le moi, le ça, le surmoi, le complexe d'Œdipe, tout ça... la parole du patient, essentiellement, pas la sienne. Le logothérapeute écoute surtout... à moins que le patient ne soit tellement barbant qu'il laisse son esprit divaguer, ce qui doit arriver, j'imagine, très, très souvent. Le médicamenthérapeute donne à ses patients des comprimés pour augmenter leur taux de dopamine, inhiber la réabsorption et leur apporter une paix de l'esprit synthétique. *Logos* est le mot grec qui signifie "parole". Alors, pour quel type de psychiatre est-ce que vous travaillez ?

— *Avez* travaillé.

« — Si vous préférez, avez travaillé. Alors ? »

Ces questions inquiétaient Magdalena sans qu'elle comprenne précisément pourquoi. Les propos de l'ancien Numéro Cinq n'avaient rien d'offensant ni de déplacé. Alors pourquoi se sentait-elle insultée ? Comment mettre fin à cette conversation ? Elle avait envie de lancer, « Écoutez, parlons d'autre chose, vous voulez bien ? », mais n'en avait pas l'audace. Elle ne voulait pas faire la grincheuse devant les amis de Sergueï. Une fois de plus, elle balaya du regard l'intérieur scintillant du Gogol... *suppliant* Sergueï de réapparaître. Il restait invisible – et il allait bien falloir qu'elle réponde au champion.

« Eh bien, il prescrivait des médicaments, c'est vrai, mais je pense qu'il était principalement de l'autre... enfin, ce que vous avez dit. » Le *ce que vous avez dit* tressaillait déjà devant le coup qui, elle le savait, ne manquerait pas de s'abattre.

« Un bon point pour lui ! » s'écria le grand joueur d'échecs. Il le dit sans l'ombre d'un sourire, comme s'il le pensait sincèrement. Magdalena reprit espoir – pas courage, seulement espoir. « Un homme raisonnable ! Logo, voilà la méthode ! poursuivit-il. Vous êtes évidemment de mon avis, n'est-ce pas ? Les thérapeutes de la parole sont les extorqueurs les plus habiles qui aient jamais existé. » Il vissa les rayons de ses yeux dans les siens, l'immobilisant. Aucun moyen de se libérer.

« Je ne comprends pas ce que vous voulez dire... » :::::: S'il vous plaît ! N'importe qui ! Sortez-moi de là ! Débarrassez-moi de lui ! :::::: « *Extorqueur...* ¡ *Dios mío !* Il ne me semble vraiment pas... »

D'un coup, la lumière se fit : toute la table avait cessé de parlé, cessé de manger, et même cessé de descendre de la vodka... pour mieux voir le champion la torturer.

« Il ne vous semble vraiment pas... ? répéta le champion comme si c'était une pitoyable échappatoire. Très bien. Dans ce cas, commençons par... dites-moi ce *qu'est* un extorqueur. » Ses yeux s'enfonçaient dans les siens plus intensément que jamais. Sa voix insinuait que si elle était incapable de répondre à cette question, elle n'avait pas deux sous d'éducation.

Magdalena renonça. Elle abandonna la lutte. « Je ne sais pas. Je ne sais même pas comment on prononce ce mot. Dites-moi. »

Cette fois, il inclina la tête et plissa les lèvres dans une attitude qui frappa Magdalena et son cœur désespéré par son mépris sans fard. « Vous ne savez pas. » Une fois de plus, ce n'était pas une question, mais une triste affirmation de l'évidence. « Un extorqueur est quelqu'un qui dit, "Faites ce que je vous dis ou je veillerai à ce que vous souffriez d'une manière que vous ne pourrez pas supporter." »... *Ze veillerrrrai à ce que vous souffrrrriez d'oune maniérrrre...* « Votre logothérapeute consacre les premières séances à vous faire croire qu'*il* est le seul à pouvoir vous arracher à votre dépression, à votre angoisse, à votre sentiment accablant de culpabilité, à vos compulsions, à vos tendances autodestructrices, à votre catatonie paralysante, et j'en passe. Une fois qu'il vous en a convaincu, vous êtes *à lui.* Vous faites partie de son actif. Il vous fera revenir jusqu'au jour où vous serez guéri... un jour qui n'arrive jamais, bien sûr... où vous serez ruiné... ou bien où vous finirez par mourir. C'est bien pour un psychiatre de ce genre que vous avez travaillé, n'est-ce pas ? Je ne sais pas quel âge avait votre employeur, mais s'il est suffisamment âgé pour avoir mis le grappin sur deux générations de malheureux, il peut être assuré d'être très riche toute sa vie. Évidemment, il sera obligé en contrepartie de rester assis à écouter beaucoup de pleurnicheries et de cogitations qui ne riment à rien – tous les patients adorent s'étendre sur la signification de leurs rêves et tout ça... mais je suis sûr que votre employeur pensait à tout autre chose pendant qu'ils radotaient – à son portefeuille d'actions, une nouvelle voiture, une fille à poil, un garçon livreur qui le pétrifie – à n'importe quoi, plutôt qu'à la logorrhée de ces imbéciles. Les garder dans son enclos, voilà son seul souci, les transformer en condamnés à perpétuité, s'assurer qu'ils ne se mettront pas à réfléchir par eux-mêmes et à avoir des... *idées.* C'est une assez bonne description de votre employeur, non ? Je ne sais pas si vous étiez consciente ou non de travailler pour un extorqueur, un extorqueur instruit, distingué. Mais si, bien sûr, vous l'étiez – je me trompe ? »

Magdalena en avait la chair de poule. On aurait pu croire qu'il parlait de Norman et de son patient vedette, Maurice ! L'espace d'un instant, elle fut tentée d'évoquer son cas – non, plutôt mourir que de lui donner cette satisfaction, à cet abominable champion d'échecs.

:::::: À quoi est-ce qu'il joue exactement? Il se paye ma tête? Il est tellement horrible, tellement ignoble! ignoble! ignoble! ignoble! :::::: Elle était au bord des larmes, mais elle les refoula. Pas question non plus de lui donner cette satisfaction-là.

«Je me trompe?» répéta-t-il, d'un ton chaleureux cette fois, plein de compréhension.

Magdalena serra les lèvres pour empêcher toute cette clique d'affreux Russes attablés qui ne la quittaient plus des yeux de voir qu'elles tremblaient. Faiblement, faiblement, elle réussit à répondre d'une voix basse, accablée, vaincue, «Je n'ai jamais rien vu de tel... Je ne sais pas de quoi vous parlez...» De plus en plus faible... défaite... et elle ne comprenait même pas pourquoi il l'avait attaquée, pourquoi il avait pu vouloir lui infliger une chose pareille... ni comment il avait fait... ni même *s'il* l'avait fait... car elle savait que jamais, elle ne pourrait décrire ça à personne. Le grand joueur d'échecs n'avait jamais paru en colère. Il n'avait jamais exprimé la moindre hostilité... il n'y avait que ce petit sourire suffisant... et cette supériorité intellectuelle cassante... condescendante quand il prétendait lui expliquer en mots d'une syllabe ce qu'elle ne comprenait pas. Comment faire saisir à autrui ce qu'il lui infligeait?

«Bien, est-ce vraiment "je ne sais pas" ou bien "je *préférerais* ne pas savoir"? demandait-il à présent. Répondez franchement!» Il prononça ces mots avec une infinie gentillesse... avec l'expression la plus empathique et la plus compréhensive... le petit sourire le plus tendre... les plus légers hochements avunculaires de la tête...

... et Magdalena était paralysée. Incapable de prononcer un mot. Elle n'aurait pu répondre à ce type ignoble qu'en fondant en larmes... qu'elle réussit à contenir en spasmes silencieux... son cou, ses épaules tombantes, sa poitrine, son abdomen... en spasmes. Elle n'ose même pas essayer de parler. Que pensent-ils? Une minette cubaine idiote et évaporée... qui se dit «infirmière psychiatrique»! Ils affichent tous leurs sales petits sourires narquois. Bien sûr, ils ne se moquent pas ouvertement d'*elle*... on ne se moque pas d'un enfant désarmé... Non, évidemment, ils ne feraient jamais une chose *pareille*. Ils sont simplement impatients de voir comment va *réagir* cette petite gourde.

:::::: *Il ne faut pas! Je ne leur donnerai pas* cette satisfaction! ::::::

Elle serra les dents ; les serra pour de bon. ：：：：：： Pas un sanglot ne franchira mes lèvres ! – pas devant ces vampires voy... ：：：：：：

« Que se passe-t-il ici ? » Une voix forte – *sa voix !* –, mais joviale. Il arrivait juste derrière elle en ligne droite, de sorte qu'elle ne pouvait même pas le voir en tournant la tête. Un instant plus tard – la pression de ses mains et son poids sur le cadre du dossier de sa chaise. *Sa voix !* résonnait directement au-dessus de sa tête... mais plus bas à présent, avec une infime nuance de menace, il dit en anglais : « Tu t'amuses bien... Jitine ? Je t'ai vu de loin refaire ton sale petit manège, et j'ai senti sa puanteur. Tu es vraiment un fumier, tu sais ! »

Il posa alors les mains sur ses épaules et se mit à masser, avec une immense douceur, les muscles entre ses épaules et sa nuque.

Elle était entre ses mains ! Et elle s'effondra. Ses yeux s'inondèrent de larmes. Elles se répandirent sur ses joues...

Jitine avait levé les yeux vers Sergueï. Il essayait de dissimuler une expression mielleuse, coupable, sous un sourire plein de bonne volonté. Il dit en russe, « Sergueï Andreïevitch, nous venons simplement d'avoir, Ms Otero et moi, une passionnante discussion sur la psychi...

— *Moltchi !* » C'était comme un aboiement féroce. Quel qu'en fût le sens, Sergueï avait interrompu Jitine si brutalement que celui-ci en resta coi. Sa bouche s'ouvrit de stupeur. Sergueï aboie encore – et toute couleur disparaît de la face globuleuse de Jitine. Il est blême de peur. Il regarde Magdalena... il prend cette fois la voix du pacificateur le plus sincère. « Je suis absolument navré... Je pensais que vous aviez compris qu'il ne s'agissait que d'une petite joute spirituelle. »

S'écartant de Magdalena, Sergueï bondit, plaquant ses paumes sur la table, se pencha en avant, tout près du visage effrayé du champion Jitine et prononça quelques mots en russe d'une voix basse, frémissante.

Jitine se tourna à nouveau vers elle, encore plus terrifié. « Miss Otero, je regrette sincèrement la grossièreté de mon attitude. Je me rends compte à présent... » Il s'arrêta et regarda Sergueï. Sergueï lança quelques autres mots furieux et Jitine releva les yeux vers Magdalena, « Je me rends compte à présent que je me suis conduit comme un enfant mal élevé... » Il regarda encore Sergueï. Quelques mots en russe d'une voix cinglante... et Jitine dit à Magdalena, « Je vous demande pardon. »

L'espace d'un instant, Magdalena se sentit soulagée par l'humiliation expéditive – et totale – de son tortionnaire. Mais il ne fallut qu'un battement de cœur avant qu'un sentiment de malaise ne l'envahisse. Quelque chose d'étrange et de malsain s'était mis en branle. Sergueï aboie quelques mots, et Jitine, le grand champion, se retrouve pratiquement prostré devant elle dans une attitude de supplication abjecte. C'était si bizarre qu'elle en fut encore plus profondément humiliée... avoir dû s'en remettre à un tiers pour écraser son persécuteur.

Sergueï s'adressa alors à elle, devant Jitine, « Croyez que je regrette le comportement de notre "champion". »

Ces excuses dépassèrent le seuil de tolérance de l'épouse de Jitine, une brune du même âge que son mari environ... dont les épaules et le haut du dos s'épaississaient comme ceux d'un homme. Elle se leva de sa chaise, aussi bruyamment qu'elle le put, et se redressa de toute sa taille... enfin, autant que pouvait le faire quelqu'un au dos en forme de cosse... jeta un regard noir à Sergueï et parla d'une voix acerbe à son mari, en russe. Jitine était l'image même de la peur. Il ne regardait pas sa femme. Ses yeux étaient rivés sur Sergueï.

Sergueï dit à Jitine, en anglais, « C'est bon. Olga a raison. Vous feriez mieux de partir. En fait, j'irais même jusqu'à suggérer que vous ne perdiez pas de temps. » Il agita le dos de sa main à quelques centimètres du visage de Jitine plusieurs fois en disant, « *Vasks! Vaks, vaks!* », manifestement « Ouste! » en russe.

Jitine se leva, tremblant de tous ses membres. Voûté, il prit le bras de sa femme et se dirigea vers la sortie en trottinant. *Il* s'appuyait sur *elle*, et non l'inverse.

Sergueï se retourna vers ses six autres invités, le fier-à-bras au crâne rasé, la femme obèse dont la poitrine saillait comme une table, les deux femmes en toque... un homme austère et très grand au crâne trop étroit, aux joues creuses et aux manches de chemise trop courtes révélant deux poignets osseux surdimensionnés et des mains plus grandes que sa tête, et un petit taureau d'homme dont les yeux s'enfonçaient si profondément dans la crevasse entre son front proéminent et l'affleurement de ses pommettes qu'on ne les voyait pas. Une allure franchement sinistre... Sergueï adressa un grand sourire panoramique à ces six visages, comme s'il ne s'était rien passé. Il lança avec bonne humeur plusieurs sujets de conversation, mais ses invités semblaient trop terrifiés pour mordre à l'hameçon.

Magdalena était mortifiée. Elle était l'étrangère à l'origine de cette scène. Si elle avait su répliquer avec un minimum d'esprit ou d'intelligence – comme elle l'avait fait Chez Toi –, rien de tout cela ne serait arrivé. Si seulement elle avait pu quitter ce restaurant et sa ribambelle de Russes! Sergueï lui-même était incapable de lui tirer un mot. Elle était trop accablée.

Après avoir tourné en rond pendant quelques minutes, Sergueï héla le grand maître d'hôtel costaud, si telle était bien sa fonction, et échangea quelques mots avec lui en russe. Puis il adressa un nouveau sourire aux fiers et fières-à-bras difformes qu'il avait devant lui et leur dit en russe, puis en anglais : «Vous avez beaucoup de chance. Marko a une excellente table de six pour vous. Vous y serez très bien.»

Piteusement, suspicieusement, sans un mot, les six comprirent le message, se levèrent et suivirent Marko qui les conduisit vers une destination lointaine dans un angle reculé de la spacieuse salle du Gogol. Sergueï se pencha vers Magdalena et posa le bras autour de ses épaules. «Voilà qui est mieux... une jolie table pour deux.» Il s'esclaffa sur le mode «Oh, comme nous nous amusons bien!»

:::::: Eh bien... non, non et non, mon cher Sergueï. Nous ne sommes pas deux, mais trois : vous, moi... et l'Humiliation qui occupe les huit autres sièges. Et non, je ne dirais pas que c'est amusant, pas particulièrement. Tous ces animaux rugissants en train de se ma-ha-ha-ha-ha-harrer, ces butors et leurs petites amies, sur leur trente et un, leur cent trente et un, leur trente mille et un, avec des looks et des coiffures ringards, ces butors bourrés avec leur vitalité animale grossière prompts à s'attaquer à la faible ou à l'imprudente et à se délecter à lui arracher les ailes, riant à gorge déployée de la voir se débattre... Oh, Jitine, le grand Numéro Cinq – il est brillant à ce petit jeu! Brillant! Un maître accompli! Comment? Tu n'as pas vu? Mon Dieu, mais tu as raté une démonstration d'anthologie!

Heureusement, tu peux repaître tes yeux de ce qu'il a laissé d'elle... c'est elle, la petite papaye cubaine à cette table pour dix presque vide – vide dans un restau bourré comme celui-ci! À une heure de pointe comme celle-ci! Vide! Elle n'est plus qu'une carcasse honteuse et vide. Personne n'en voudrait le moindre petit morceau, sinon notre célèbre collectionneur de papayes, Koroliov... Il va prendre sa papaye et en faire ce qu'il veut, puis la jeter comme une petite bête écrasée au bord de la route... Régalez-vous du spectacle! Vous ne pouvez pas la manquer! Elle est toute seule à cette immense table, seule avec l'amateur de papayes, mais il ne compte pas, bien sûr... Allons! Jetez un coup d'œil! Qu'y a-t-il de pire que la mort?... L'*humiliation*!... alors que son compagnon de table, Mr Sergueï Koroliov – il est tellement content de lui. Il est persuadé de pouvoir la dérider, et pourquoi pas? *Il* est au sommet du monde! Il ne pourrait être de meilleure humeur! Voilà ce qu'éprouve un homme quand il lui suffit de montrer le bout de son nez, et *todo el mundo* bondit de sa chaise et se précipite pour déverser sur lui des sourires chaleureux et accéder à son moindre caprice. Et il est encore plus plaisant, indéniablement, de voir la peur s'inscrire sur le visage d'autres hommes quand ils ont le malheur de lui déplaire... ils sont terrifiés, comme s'ils craignaient pour leur vie – ils *rampent* littéralement... la manière dont ce type ignoble ignoble ignoble ignoble ignoble s'est mis à plat ventre dès que le tsar Sergueï a aboyé...

... oh, Sergueï est au Septième Ciel en ce moment... Il ne demande qu'à passer toute la nuit à cette table... à cette *immense* table pour dix, juste lui et sa petite chocha avec un vaste océan blanc pailleté étincelant devant eux. Vous ne pouvez pas le manquer! Le voilà! L'homme le plus puissant de la salle!... Il ne peut même pas *deviner* qu'elle est *malheureuse*, comment le pourrait-il? *Je vous en prie*, mon sauveur sublime, *je vous en prie*, sortez-moi d'ici... mettez-moi hors de portée de mille yeux humiliants, apitoyés, détournés... mais no-o-o-o-o-on, il faut qu'il s'exhibe au maximum, bien sûr... Admirez le tsar!... de Hallandale, de Floride, du bastion russe. ::::::

Enfin enfin enfin enfin – et cet *enfin* faisait l'effet d'*enfin, au bout de cinq années de torture pure et simple* – *enfin*, Sergueï suggéra de partir pour aller à la grande fête qui se donnait sur Star Island. Son départ fut identique à son arrivée... les démonstrations d'affection, les étreintes, les fadaises bruyantes à l'oreille, et Sergueï dominant à deux mètres et bombant le torse en les regardant sauter... Magdalena? Elle n'existait plus. Ils regardaient à travers elle. Seul le mastard qui gérait le restaurant prit la peine de lui dire au revoir... et encore, sans nul doute, uniquement parce qu'il espérait se faire bien voir du tsar, qui avait apporté sa petite tranche de papaye avec lui.

17

Humiliation, et de deux

:::::: Tout au début, dès qu'il a dit « Qu'est-ce que vous faites » et tout ça... « Qu'est-ce que vous faites pour vous nourrir, vous habiller » et puis je ne sais plus quoi, il aurait suffi que je réponde quelque chose comme « Est-ce que nous nous connaissons, monsieur ? » Et ensuite, il aurait pu dire n'importe quoi, j'aurais continué d'insister, « Est-ce que nous nous connaissons, monsieur ? Il faudrait que je vous connaisse *vraiment* bien pour accepter de répondre à des questions pareilles »... et s'il avait continué *quand même,* j'aurais pu ajouter « Quelque chose me dit que *jamais* au grand *jamais,* je ne vous connaîtrai suffisamment bien, même dans mille ans, en tout cas si ça ne tient qu'à moi »... Bon, le « en tout cas si ça ne tient qu'à moi » aurait peut-être été légèrement excessif, surtout de la part d'une fille de mon âge, vingt-quatre ans, alors qu'il en a – quoi ? – une bonne cinquantaine ? –, mais c'est à ce moment-là que j'aurais dû l'arrêter, tout au début, sans lui laisser le temps de commencer son petit numéro ignoble, humiliant... ::::::

Voilà *tout* ce qui lui occupait l'esprit, alors qu'elle était assise là, sur le siège passager, à moins de cinquante centimètres de Sergueï en goguette, qui descendait Collins Avenue au volant de sa luxueuse voiture de sport dans le noir... un trou noir avec une véritable comète de feux arrière rouges s'enfonçant à l'intérieur... Sergueï qui riait, s'étranglait et gloussait, qui disait des trucs comme : « Rrrrrampait ! Il rrrrrrampait ! Il rrrrrampait coumme oun petite garrrrrsson qui sait il a fait bêtises ! »... doublant *à toute vitesse* ces feux arrière rouges doublant *à toute vitesse* les suivants *à toute vitesse à toute vitesse* les suivants *à toute vitesse* tous les feux arrière dans le noir à une allure invraisemblable... complètement irresponsable et Magdalena en a conscience mais seulement dans son cervelet... cette conscience n'atteint même pas les neurones pyramidaux de son néocortex et encore moins ses pensées... La seule chose à laquelle elle puisse *penser*, c'est à ce qu'elle aurait dû faire, ce qu'elle aurait dû faire pour se débarrasser de cette horrible *mierda*... le «champion» Jitine.

:::::: Espèce de *bastardo de puta*! :::::: En temps ordinaire, Magdalena ne laissait même pas de telles grossièretés s'insinuer dans son esprit. Mais elle était dans les affres du *Pourquoi est-ce que je n'ai pas*, ce redoutable interlude où, tandis que l'on monte les marches pour aller se coucher ou que l'on descend Collins Avenue sur les chapeaux de roues – la fête est finie –, on ressasse les répliques que l'on aurait dû dégainer... pour écraser ce salaud qui n'a cessé de marquer des points contre vous au cours de la conversation du dîner dont on sort... Magdalena ne connaissait évidemment pas l'expression *avoir l'esprit d'escalier**, mais elle la vivait en cet instant précis... mettant son cerveau sens dessus dessous furieusement, vainement.

Sergueï était de si bonne humeur qu'il ne remarqua même pas que Magdalena restait silencieuse, abîmée dans ses pensées... il enchaîna sur Flebetnikov, le Russe qui les avait invités à la fête vers laquelle ils se dirigeaient, dans sa demeure, son domaine, son palais de Star Island – aucun nom n'était suffisamment grandiose pour lui rendre justice... n'avait-elle pas remarqué que tous les Russes de Miami qui habitaient une grande maison étaient qualifiés d'«oligarques»? Quelle blague! De lui aussi on disait qu'il était un oligarque. Ça le faisait bien rigoler. L'oligarchie était un régime politique où le gouvernement était exercé par une poignée d'individus... quelqu'un aurait-il l'amabilité de lui dire ce qu'il gouvernait et avec qui? D'ailleurs, il avait entendu dire que le hedge fund de Flebetnikov connaissait de sérieux problèmes. Combien de problèmes un Russe devait-il avoir avant qu'on cesse de le classer parmi les oligarques? Il s'étranglait de rire.

Ils traversaient à présent Sunny Isles, et Sergueï lui indiqua sur la gauche une tour résidentielle, de l'autre côté de Collins Avenue. «C'est là que j'habite. J'ai les vingt-neuvième et trentième étages.»

Cette phrase-là retint l'attention de Magdalena. «Les étages entiers?

— Euh... maintenant que vous le dites... oui, les deux étages.

— Combien en a l'immeuble?

— Trente.

— Autrement dit, vous avez les deux étages supérieurs?» Grands yeux écarquillés.

«Hmmm... oui.

— La *terrasse* sur le toit?

— La voue est trrrrrès zoulie, acquiesça Sergueï. Mais vous verrrrrez ça parrrrr vous-même.»

Elle était de nouveau sur la même longueur d'onde que lui. :::::: Veut-il parler de cette nuit? :::::: la question d'Amélia ressurgit dans sa tête... ce qui la tira suffisamment de sa déprime pour qu'elle réussisse au moins à *penser* à autre chose qu'à cette horrible scène au Gogol... *Vous verrez ça par vous-même...* et Magdalena commença à *sentir* la réponse à cette question. Était-il concevable qu'elle soit assez forte pour se laisser conduire jusqu'à ces *deux étages entiers* d'une tour résidentielle *surplombant l'océan* tout en restant une bonne fille qui *no la aflojare* sur les genoux de cet homme, là, tout de suite? – assez forte pour attendre le deuxième rendez-vous? Ou serait-elle déjà tellement collée serrée contre lui que – pourquoi se retenir, puisque que l'essentiel est fait?

Sur ce, Dieu merci, Jitine lui sortit de l'esprit.

Sergueï prit la bretelle de sortie de Collins Avenue pour rejoindre la Chaussée MacArthur. Il conduisait lentement, pour changer... sur quatre ou cinq cents mètres peut-être... puis il tendit le bras à droite en direction de la baie de Biscayne... une immense forme noire dans l'obscurité... «Vous voyez ce petit pont? Il conduit directement à Star Island.

— Star Island est tellement près de la côte? C'est un si petit pont, je me demande comment on peut dire que c'est une île.

« — Elle est complètement détachée du continent. Voilà pourquoi, sans doute. »

Ils traversèrent en trombe le petit pont, *comme ça*, puis Sergueï ralentit de nouveau et dit, « C'est par là, sur la droite... je ne sais pas exactement laquelle de ces maisons, mais nous n'en sommes plus très loin. Elle est immense. »

Malgré la nuit, Magdalena prit conscience de la luxuriance, de l'opulence et de la somptuosité soudaines de la végétation... des haies délicatement sculptées, d'interminables et impeccables allées de palmiers gigantesques. Les maisons étaient construites très à l'écart de la route. Même dans la pénombre, on ne pouvait que remarquer leurs dimensions prodigieuses... de vastes domaines... tape-à-l'œil, tellement grands qu'elle eut l'impression qu'ils avaient parcouru une immense distance avant de rejoindre la demeure que Sergueï identifia comme celle de Flebetnikov. Il s'engagea dans l'allée... des murs de buissons de part et d'autre, si élevés et si denses qu'on ne distinguait pas la maison. L'allée s'achevait entre deux bâtiments invisibles de la rue. Deux étages chacun, et suffisamment profonds pour héberger une famille nombreuse... plutôt tapageurs eux aussi... genre stuc blanc des Bermudes... un jeune homme se chargea de garer leur voiture... ces deux bâtiments n'étaient qu'une double loge. Derrière... la grande maison. Elle était là. Quel édifice ! Elle s'étendait... s'étendait... sur cent cinquante mètres au moins. Le sentier qui y conduisait dessinait des courbes gigantesques ostentatoirement inutiles. Et ça, c'était quoi ? L'entrée du sentier était barrée par un cordon de velours. Sur le côté, juste avant la corde, une blonde – trente-cinq ans ? – était assise à une table pliante derrière une pile de formulaires. En voyant approcher Sergueï et Magdalena, elle leur décocha un sourire éblouissant et demanda : « Vous venez pour la soirée ? »

Quand Sergueï acquiesça, elle prit deux formulaires sur le sommet de la pile et dit, « Voulez-vous bien signer ici, je vous prie. »

Sergueï se mit à lire le formulaire qu'elle lui avait tendu – et tout d'un coup, il grimaça, plissa les yeux et regarda fixement la feuille comme si elle s'était métamorphosée en lézard. Il darda le même regard sur la blonde : « Qu'est-ce que c'est que ce truc ? » *Qu'est-ze que z'est zé trrrrrouc ?*

La blonde renouvela son sourire éblouissant et répondit : « C'est une décharge. Une simple formalité. »

Ce fut au tour de Sergueï de sourire. « Ah parfait ! Puisque c'est une simple formalité, pourquoi s'en soucier ? Vous êtes certainement d'accord, n'est-ce pas ?

— C'est-à-dire, insista la blonde, qu'il nous faut votre autorisation écrite.

— Une autorisation écrite ? Pour quoi faire ?

— Pour pouvoir utiliser votre image et votre voix dans la vidéo.

— Mon imaaaaage ?

— Oui, pour que nous puissions vous montrer en action pendant la fête. Vous serez formidable, si je puis me permettre. Nous adorons les accents européens dans ces émissions. Vous serez merveilleux... et vous aussi ! ajouta-t-elle en se tournant vers Magdalena. Vous êtes le plus beau couple que j'aie vu de toute la soirée. »

Magdalena était ravie. Elle mourait d'impatience d'entrer.

« "Ces émissions" ? Que voulez-vous dire ?

— Notre série, expliqua la blonde. Les *Maîtres du Désastre.* On ne vous a pas prévenus ? Vous l'avez peut-être déjà vue.

— Non, ze ne l'ai pas voue, et non, ze n'en ai zamais entendou parrrrrrler, et non, "on" ne m'a pas prrrrévenou. Je croyais avoir compris que Mr Flebetnikov m'invitait à une soirée. Qu'est-ce que c'est que ces *Maîtres du Désastre* ?

— Une émission de téléréalité. Ça m'étonne que vous ne connaissiez pas. Notre taux d'audience est excellent. Tout le monde raffole des people, mais ce que les gens préfèrent, c'est les voir se casser la figure. Vous parlez allemand ? Les Allemands appellent ça *Schadenfreude.*

— Autrement dit, Flebetnikov s'est cassé la figure ? demanda Sergueï.

— Si j'ai bien compris, il s'agit d'un oligarque russe qui était à la tête d'un énorme hedge fund. Une de ses affaires a mal tourné, alors tout le monde s'est dégagé et c'est le désastre. »

Magdalena s'adressa à Sergueï. « Oh, je crois que je me *souviens* de lui ! Il était dans la même file que nous le jour de l'inauguration d'Art Basel. Un grand type, costaud. Il n'arrêtait pas de resquiller.

— Oui, je l'ai vu là-bas, moi aussi. » Un petit rire. « Et maintenant, c'est un maître du désastre... » Il se tourna vers la blonde. « Pourquoi ces "maîtres du désastre" acceptent-ils de s'humilier ainsi dans votre émission ?

— Ils se disent apparemment que puisque tout le monde est déjà au courant de ce qui leur est arrivé, autant faire leur comeback en montrant qu'ils sont sonnés, mais toujours debout. » Ses lèvres s'étirèrent en un petit sourire, narquois cette fois. « Ou alors... c'est peut-être à cause du cachet que nous leur versons en échange des droits de tournage.

— Il se monte à combien ? »

Avec le même sourire entendu, la blonde répondit, « Ça dépend, ça dépend. Tout ce que je peux vous dire, c'est que les maîtres du désastre encaissent toujours le chèque. »

Sergueï regarda Magdalena les yeux écarquillés – très écarquillés pour lui – avec une ombre de sourire... une expression qui disait, grosso modo, « Ça serait dommage de manquer ça. Qu'est-ce que tu en dis ? »

Magdalena hocha la tête avec un large sourire. Chacun d'eux signa donc une décharge. La blonde jeta un coup d'œil aux formulaires et s'écria : « Ah, monsieur Koroliov, mais je sais qui vous êtes ! J'ai entendu parler de vous pas plus tard que l'autre jour ! Le musée Koroliov des beaux-arts – quand je pense que vous êtes là, devant moi ! Je n'y crois pas ! Quel *honneur* ! Vous êtes russe, comme Mr Flebetnikov ! C'est bien ça ? Je suis certaine qu'ils voudront vous faire discuter avec lui en russe. Avec des sous-titres, ça sera génial ! Ça passe tellement bien ! On a fait ça pour l'émission d'Yves Gaultier sur Jean-Baptiste Lamarck. Français tous les deux. » Son visage s'illuminait au souvenir de ce grand moment de l'histoire de la téléréalité. « Les producteurs, le réalisateur et le scénariste – ils vont tous être ravis de vous voir. »

Magdalena intervint pour la première fois. « Le scénariste ?

— Mais oui... Tout est réel, bien sûr, il n'écrit pas le texte de qui que ce soit, rien de ce genre... mais il faut bien que quelqu'un se charge de *structurer* un peu l'émission. Vous comprenez ce que je veux dire ? On ne peut pas montrer soixante ou soixante-dix personnes qui tournent en rond sans qu'il y ait un centre d'intérêt bien précis. »

Serguéï adressa à Magdalena un sourire entendu et esquissa un signe de tête en direction de la grande maison. C'était une énorme bâtisse dans le style Renaissance espagnole des années 1920.

L'entrée était flanquée de deux portiers noirs en smoking. À l'intérieur, ils se retrouvèrent dans un immense vestibule à l'ancienne mode, une galerie d'entrée comme on disait autrefois dans les grandes demeures. ¡Dios mío! Elle était bourrée de joyeux fêtards, d'âge mûr pour la plupart. Que de huées, que de cris! La moitié des hommes ne pensaient visiblement qu'à se murger comme des ados, songea Magdalena en son for intérieur. La sono passait la plus récente musique sync'n'slip.

Surgi de nulle part – un Anglo, un petit Anglo vêtu d'une guayabera trop grande qui lui descendait presque aux genoux, se matérialisa juste devant eux, souriant de toutes ses dents, et s'écria «Monsieur Koroliov! Mademoiselle Otero! Bienvenue! Savannah nous a prévenus de votre arrivée, quel plaisir de vous saluer! Je suis Sydney Munch, le producteur de *Maîtres du Désastre*. Permettez-moi de vous présenter Lauwrence Koch. »

Deux hommes et une femme se tenaient à un mètre de Mr Sidney Munch, le producteur. L'un d'eux, un jeune homme au crâne complètement rasé – le chic actuel des jeunes gens qui commencent à se dégarnir – s'avança avec le plus large, le plus aimable sourire qu'on pût imaginer et dit «Larry Koch», en tendant la main à Serguéï. Il portait une veste safari au nombre incalculable de poches.

«Et voici notre scénariste, Marvin Belli, et notre styliste, Maria Zitzpoppen.» Le scénariste était un jeune homme au visage rond, rougi par l'hypertension. L'enflure de sa bedaine était encore plus prononcée au-dessous de la ceinture qu'au-dessus. C'était le genre de type pétillant, jovial, à qui il est bien difficile de ne pas rendre son sourire. La styliste, Miss Zitzpoppen, était une femme mince, tendineuse, en blouse blanche dont le sourire paraissait terriblement pincé et forcé par rapport à celui de Belli. Présentations à tout va. Sourires incroyables à tout va... puis le jeune réalisateur chauve – malheureusement, son cou était si long et si maigre que sa tête ressemblait à un pommeau blanc –, le jeune réalisateur s'adressa, absolument rayonnant, à Sergueï. «Il paraît que vous êtes russe – et que vous parlez russe?

— C'est vrai», confirma Sergueï. *Zé vrrrrré.*

«Vous savez ce qui serait mortel? Que vous ayez une conversation avec Mr Flebetnikov. Cela créerait une forme de réalité réelle tout en prêtant au récit de Mr Flebetnikov une ambiance authentique.

— Une "réalité réelle", ah oui? Et une "réalité irréelle", ce serait quoi? Je connais à peine Mr Flebetnikov.» Sergueï pétrifia le réalisateur Koch d'un sourire moqueur.

«Oh, ça n'a pas d'importance! Il vous suffira de quelques phrases pour engager la conversation. En plus, vous êtes absolument superbes, Ms Otero et vous. *Superbes!* Je suis certain que dès que vous aurez brisé la glace, tout se passera très très bien. Vous n'êtes pas timide, j'en suis sûr, et Marvin se fera un plaisir de vous suggérer deux ou trois excellentes phrases d'introduction.»

Mais Sergueï s'était déjà tourné vers Sidney Munch, le producteur. Sans se départir de son expression d'incrédulité amusée, il observa, «J'avais cru comprendre que c'était une émission de téléréalité. Et je suis censé prononcer des phrases écrites par un scénariste? Je croyais qu'on parlait de "théâtre" en anglais pour désigner ce genre de chose.»

Sidney Munch répliqua sans la moindre trace d'hésitation «Comme vous l'imaginez certainement, la télévision doit créer une hyperréalité si elle veut apparaître au spectateur comme une réalité ordinaire. Il faut que Marvin et Larry apportent à tout cela» – il fit un geste vers la fête qui battait son plein – «une trame narrative. Autrement, nous n'aurions que confusion, alors que cette émission est censée retracer l'histoire personnelle de Mr Flebetnikov. À ce propos, comment expliquez-vous sa faillite? J'aimerais tant arriver à comprendre tout cela, mais pour le moment, je dois avouer que ça me dépasse.»

Sergueï ne put s'empêcher de rire tout bas. «Oh, il y a très peu de preneurs de risques capables de se mesurer à Mr Flebetnikov; il a – comment dites-vous? – des "tripes" – c'est ça? Il a des "tripes" et il a pris un très gros pari sur la production américaine de gaz naturel. Or les perspectives énergétiques ne sont jamais un pari sûr, et plus vous pariez gros, plus le pari est risqué. Rétrospectivement, on peut dire qu'il a commis une idiotie, mais Flebetnikov a des tripes. De *vraies* tripes. Son hedge fund a commencé par dégager des milliards de dollars. Il a de vraies tripes et il est capable de prendre de vrais risques.

— C'est *géant*! lança le jeune réalisateur à tête chauve. Nous désespérions d'arriver à donner un sens à tout cela pour le rendre intelligible à notre public. Vous êtes *géant*, monsieur Koroliov! Et si vous alliez le trouver pour en discuter avec lui? Il est juste là, vous voyez? Les caméras sont sur lui. » Il tendit le doigt vers deux des immenses supports blancs de caméras. Il y avait tant de monde que Flebetnikov était invisible. Mais on distinguait parfaitement les caméras vidéo braquées sur lui de dos et de face.

« Vous voulez que j'aille l'agresser pour lui parler de ses ennuis, c'est ça? demanda Sergueï plus amusé que jamais. Vous aimeriez, vous, que quelqu'un se pointe chez vous avec des caméras de télévision et se mette à parler de *vos* ennuis?

— *Hah!* dit Munch. Si seulement je méritais une telle attention! J'en serais ravi! Il ne s'agit pas de l'agresser, soyez-en sûr. Simplement de lui permettre de présenter son point de vue sur la situation. Il n'aurait pas accepté de faire cette émission s'il n'était pas disposé à tout déballer. Et avec vous, au moins, il pourra s'expliquer dans sa propre langue. Il aurait peut-être quelques difficultés à donner tous les détails en anglais, mais grâce à vous, tout peut se faire en russe, avec des sous-titres anglais. L'agresser! *Hah!* – Pensez-vous! Il sera enchanté de pouvoir s'exprimer dans sa langue maternelle sans rien perdre des nuances. C'est très important, les nuances. Vous lui rendrez un *vrai service.* »

Sergueï faillit lui rire au nez. « Vous voulez donc me charger d'aller discuter avec quelqu'un de sujets qui *vous* intéressent, vous filmez tout ça, et ça, c'est de la réalité? » Cette fois, il *éclata* de rire au nez de Sidney Munch.

Pendant que Sergueï se gondolait, Munch jeta un coup d'œil à Larry, son réalisateur chauve en veste safari... un regard très rapide... puis il reporta toute son attention sur Sergueï... en gardant le bras baissé à hauteur de la cuisse et en imprimant à sa paume un petit battement de haut en bas. Sans un mot, Larry quitta leur groupe, et s'éloigna d'une démarche infiniment lente et infiniment désinvolte... mais dès qu'il fut à une dizaine de mètres, il pressa le pas au maximum. Il marchait si vite qu'il était obligé de tendre les mains devant lui pour éviter de se heurter à la foule et marmonnait sans discontinuer « Excusez-moi!... Excusez-moi!... Excusez-moi!... Excusez-moi! »... Magdalena n'en perdit pas une miette. Sergueï n'avait rien vu du tout. Il était trop heureux de se moquer de Munch et de l'asticoter par ses sarcasmes pesants. « Quelle merveilleuse "trame narrative" ! Me voilà acteur! Mon rôle? Je vais trouver Flebetnikov, je lui enfonce le nez dans sa merde et vous filmez – et on appelle ça une émission de téléréalité! »... Il s'amusait comme un fou... à démasquer Sidney Munch pour l'imposteur qu'il était! Un sale petit serpent!

Tout d'un coup, un bruit de bagarre, des huées et des hurlements alcoolisés dans la foule, sur le côté... une colère d'ivrogne... « Putain, tu vas arrêter de m'écraser le pied, gros tas de graisse!... » « C'est camarade Fais-bête-nique qu'on devrait t'appeler, ouais! »... « Me bouscule pas, espèce de gros plein de soupe! »... « Maître de l'Enculade, tiens! » Le tumulte allait crescendo. Et il se dirigeait vers Magdalena, Sergueï et Sidney Munch. Derrière lui, deux supports de caméras mobiles. Impossible de les manquer tant ils étaient hauts. Ils traversaient la foule tels deux chars d'assaut.

Dios mío, quel vacarme! La périphérie de la foule se disloqua – et le tumulte déferla sur Magdalena. C'était ce mastodonte de Flebetnikov lui-même – *enragé*. Il portait un costume sombre visiblement hors de prix et une chemise blanche. Son cou se gonflait de veines, de tendons, de striations et d'une paire d'énormes muscles sternocléidomastoïdiens... gorgés du sang de la fureur.

« Koroliov! » aboya-t-il.

Sidney Munch et Miss Zitzpoppen eurent l'intelligence de s'écarter. L'immense Russe fou de rage fonça sur Sergueï, sans cesser de rugir en russe, « Misérable petite vipère! Tu m'insultes, tu m'attaques derrière mon dos! À la télé! Devant trois millions de connards d'Américains! »

Il projeta son gros visage rouge d'apoplexie juste devant celui de Sergueï. Ils étaient à moins de quinze centimètres l'un de l'autre. Magdalena jeta un regard inquiet à son Sergueï. Pas un de ses muscles ne frémissait, sinon ceux qui lui permirent de croiser les bras sur sa poitrine. Il affichait un sourire qui disait *J'espère que vous êtes conscient d'être complètement cinglé.* Il n'aurait pu paraître plus confiant ni plus détendu. *Cool*, voilà le mot. Magdalena était tellement fière de son Sergueï! Elle mourait d'envie de le lui dire!

Flebetnikov continuait à hurler en russe. «Tu as le culot de me traiter d'idiot! D'idiot qui a fait une idiotie et a perdu tout son fric! Et tu crois que je vais laisser passer ça?»

Magdalena remarqua que les deux caméras mobiles étaient juste au-dessus d'eux et que les cameramen avaient la tête pratiquement scotchée à l'objectif, dévorant avidement toute la scène.

Souriant toujours de son sourire hyper cool, Sergueï disait en russe, «Boris Fedorovitch, vous savez parfaitement que ce n'est pas vrai. Vous savez parfaitement que nos maîtres de la réalité» – il fit un geste vers Sidney Munch et vers le réalisateur à tête de pommeau qui se trouvait juste derrière Flebetnikov – «sont prêts à vous raconter n'importe quoi.»

Flebetnikov se tut. Magdalena le vit jeter un rapide coup d'œil à Munch, le réalisateur, et vit celui-ci, les bras toujours le long du corps, qui imprimait à sa paume des battements vers le haut le haut le haut le haut. *Ne te dégonfle pas! Continue! Vide ton sac! Efface ce sourire cynique de cette gueule arrogante! Il se fout de toi! Vas-y mon grand, chope-le! Surtout n'arrête pas!*

Flebetnikov poursuivit en russe, «Tu as le culot de rester là à te foutre de moi, Sergueï Andreïevitch? Tu t'imagines que je vais supporter ton arrogance! Tu veux que j'efface moi-même ce petit air supérieur de ta tronche?»

Sergueï répondit en russe, «Allons, Boris Feodorovitch, vous savez aussi bien que moi que c'est un traquenard monté par ces Américains. Tout ce qu'ils veulent, c'est vous faire passer pour un idiot.

— *Idiot*, et voilà que tu recommences! Tu as le culot de me traiter d'idiot en face?! Désolé, Sergueï Andreïevitch, mais tu pousses le bouchon trop loin. Je suis plus costaud que toi, je sais, mais c'est toi qui m'y obliges! Si tu ne retires pas tout seul ce sale petit sourire insultant de ta tronche, je n'aurai pas le choix!»

Magdalena n'avait pas la moindre idée de ce qu'ils se disaient – mais tu as vu la tête de Flebetnikov là, *maintenant* ? Elle enfle littéralement ! Elle est gorgée de sang ! Il la rapproche encore de celle de Sergueï ! Il est assez près pour lui arracher le nez d'un coup de dents ! Il a atteint le point d'ébullition ! Et Sergueï ! Elle est si fière de lui ! C'est un *homme*, un vrai ! Il ne bronche pas, il ne recule pas. Le regard cool qu'il pose sur Flebetnikov n'a pas varié d'un iota depuis le début. Elle voit Flebetnikov jeter un nouveau petit coup d'œil à Munch. Celui-ci esquisse un rapide signe de tête *oui* et sa paume ouverte bat à un rythme effréné. *Oui ! Oui ! Oui ! Oui !*

Flebetnikov continua en russe, « Rappelle-toi, ce n'est pas moi qui l'ai voulu. Tu m'y *obliges* ! »

Il recula alors d'un pas pour avoir la place de faire ce qu'il était « obligé » de faire. Avec un mélange entre grondement et rugissement, il balança un coup de poing à Sergueï. Un grand crochet pesant du droit. Même quelqu'un de moins jeune et de moins en forme que Sergueï aurait eu largement le temps de terminer sa conversation téléphonique et de dire au revoir à son correspondant avant qu'il ne l'atteigne. Il esquiva aisément et riposta en enfonçant son épaule dans l'abdomen de Flebetnikov. *Grrrrooof !* – entre grognement et dégonflement ventral... et le Maître du Désastre bascula en arrière, avec son gros bide et son gros derrière plein de graisse. La base de son crâne aurait heurté le sol s'il n'avait été arrêté dans sa chute par la cuisse du réalisateur chauve. Il gisait à terre, le torse et le ventre soulevés d'inspirations superficielles. Ses yeux grands ouverts ne fixaient rien et, manifestement, ne voyaient rien. Grâce à sa formation d'infirmière, Magdalena savait ce qui s'était passé. Sergueï n'avait évidemment cherché qu'à repousser ce gros lard. Mais son épaule avait touché Flebetnikov en plein faisceau nerveux du plexus solaire et l'avait sonné.

Le réalisateur Munch n'éprouvait aucune inquiétude pour la vedette déchue de son émission de téléréalité. Il consacrait toute son attention à ses deux cameramen debout sur leurs supports à roulettes. Il balançait le poing, l'index tendu, vers Flebetnikov et Sergueï en criant : « Prenez *tout* ! *Bouffez*-les ! Prenez *tout* ! *Bouffez*-les ! » Les seuls à se porter au secours du gros furent Magdalena et Sergueï.

Celui-ci se pencha sur le mastodonte prostré, à l'affût de signes de vie. « Boris Feodorovitch ! Boris Feodorovitch ! Vous m'entendez ? »

Le producteur Munch et le réalisateur Koch n'en pouvaient plus. Leur rêve se réalisait.

« Génial ! » disait Munch, en exécutant un curieux petit numéro de hula-hoop dans sa guayabera.

« Mortel ! » renchérissait Koch qui, d'une génération postérieure à Munch, ne disait plus « génial ».

Serguéï était accroupi à côté de Flebetnikov et lui parlait en russe. Il suffisait de voir son visage pour comprendre qu'il avait peur d'avoir porté un coup fatal au gros. Les yeux du gros ressemblaient à deux morceaux de verre dépoli... pas d'iris... pas de pupilles...

« Boris Feodorovitch ! Je vous jure que je ne voulais pas vous faire de mal ! Je cherchais simplement à mettre fin à cette bagarre pour que nous puissions en discuter en amis ! Je veux toujours être votre ami. Dites-moi quelque chose, Boris Feodorovitch ! Nous sommes d'orgueilleux fils de la Russie, vous et moi, et nous n'allons tout de même pas laisser ces Américains visqueux nous faire passer tous les deux pour des idiots ! »

Ce mot – *idiots* – traversa le brouillard. À lui tout seul, il déclencha un processus de stimulus-réaction. Enfin, un signe de vie ! Incapable de dépasser le chuchotement râpeux malgré ses puissants efforts, Flebetnikov répétait en boucle les mêmes mots.

Curieusement, il n'avait pas l'air fâché le moins du monde... triste seulement.

Magdalena et Serguéï étaient tous les deux à genoux à côté de la masse ventripotente de Flebetnikov. La tête de Serguéï était toute proche de celle du gros. C'est alors qu'une troisième paire de genoux s'insinua dans leur petit groupe, des genoux vêtus d'un pantalon en toile kaki immaculé, fraîchement repassé... Magdalena et Serguéï levèrent les yeux. C'était un jeune Anglo mince, pâle, aux cheveux blonds bien coupés et soigneusement coiffés. Il tenait dans une main un carnet à spirale, un stylo à bille dans l'autre... pas un stylo à bille ordinaire – non, un stylo à bille dont la partie supérieure, plus large, hébergeait un micro enregistreur numérique. Il portait une veste bleu marine et une chemise blanche. On aurait dit un étudiant anglo, de ceux qu'on voit en photo dans les revues.

Il regarda Sergueï et dit, «Monsieur Koroliov? Bonjour!» Il avait l'air cordial et timide. Il rougit quand Sergueï lui rendit son regard. «Je suis John Smith du *Miami Herald*, poursuivit-il d'un ton dégagé. Je couvre la réception de Mr Flebetnikov – enfin, son émission de téléréalité, si vous préférez – et soudain, j'aperçois toute cette agitation par ici.» Il baissa les yeux vers Flebetnikov, puis les reporta sur Sergueï et demanda, «Qu'est-il arrivé à Mr Flebetnikov?»

:::::: Le *Miami Herald*. John Smith... Pourquoi est-ce que ça me dit quelque chose? ::::::

Sergueï dévisagea le jeune homme d'un regard vide, mais pas long-temps. Il lui jeta ensuite un coup d'œil qui ordonnait, sans doute possible, «Disparaissez!» Ce que signifiait l'entrée en scène de ce gamin — Sergueï ne mit qu'une minute ou deux à en prendre la mesure – Oh! *excellent*... toute cette affaire stupide risquait de se retrouver dans les journaux!

«Arrivé? répéta Sergueï. Il ne lui est rien arrivé. Mon ami Mr Flebetnikov est tombé. Un accident. Nous allons faire venir un médecin, par précaution. Mais Mr Flebetnikov n'a perdu connais-sance que pendant quelques secondes.

— Pourtant, ce monsieur, là-bas» – John Smith jeta un regard vague par-dessus son épaule – «m'a dit que Flebetnikov a essayé de vous frapper.

— Il trébuche, il tombe. Ce n'est rien, mon ami.» *Zé n'est rrrrrian, moun ami.*

«Mince alors... J'aimerais bien qu'on m'explique tout ça. Ce mon-sieur là-bas» – nouveau vague signe de tête au-dessus de son épaule – «a assisté à toute la scène et il prétend que Mr Flebetnikov vous a balancé un coup de poing. Vous l'avez esquivé – "exactement comme un boxeur professionnel", voilà ce qu'il a dit. Vous avez esquivé le crochet et riposté par un coup dans le ventre qui a *assommé* Mr Flebetnikov! Il a dit que c'était *vraiment* cool!» Il arbora un grand sourire admiratif, s'imaginant sans doute que la flatterie ferait fondre Sergueï. «Vous avez fait beaucoup de box...

— Qu'est-ce que je vous dis? Vous entendez? Rien. Je vous dis il est rien arrivé. Mon ami ici, il trébuche, il tombe. Un accident. »

Sur ces entrefaites, le gros s'était mis à gémir, et son chuchotement s'éleva jusqu'à un léger marmonnement marmonnement marmonnement.

« Qu'est ce qu'il a dit? demanda John Smith.

— Il a dit, "C'est vrai. C'était un accident." »

Une voix juste derrière eux : « Si *seulement* il s'agissait d'un accident. Mais j'ai bien peur que ce ne soit pa-ah-ah-ahs un accident ! »

Sergueï, Magdalena et John levèrent la tête. Sidney Munch se dressait au-dessus d'eux... dans sa guayabera beaucoup trop grande... si longue qu'on aurait dit une robe. Il leur jetait un regard acéré.

« C'est *lui* ! fit John Smith. Le type dont je vous parlais ! » Il jeta un coup d'œil à son carnet à spirale. « Mr Munch. Il a assisté à toute la scène et m'a raconté ce qui s'est passé !

— Ce n'était pas beau à voir », confirma Munch. Il commença à secouer la tête. Il pinça les lèvres et en tira les commissures vers le bas d'un air sombre. Il poussa un profond soupir. Et c'est à John Smith qu'il s'adressa : « Je ne sais pas pourquoi, mais tout d'un coup » – il fit un geste du menton pour indiquer qu'il parlait de Flebetnikov –, « il s'est mis à bousculer tous ces gens pour passer » – un geste vers la foule d'invités – « et s'est précipité sur Mr Koroliov. Ils ont échangé quelques paroles assez peu aimables et puis » – il refit son numéro du menton – « il a balancé un coup de poing à Mr Koroliov et Mr Koroliov a esquivé comme un boxeur professionnel et lui a asséné » – encore le menton – « un tel coup d'épaule dans le torse que » – encore la mimique Flebetnikov – « s'est effondré comme six sacs d'engrais ! »

Du coin de l'œil, Magdalena voyait une des équipes de caméras mobiles à moins de deux mètres, l'œil rouge allumé, en train de filmer *tout tout*. Elle donna un petit coup de coude à Sergueï. Il s'extirpa du groupe et constata par lui-même.

Il bouillonnait. Il se redressa de toute sa taille, baissa les yeux vers Munch, raidit son bras et son index et les tendit vers la caméra en disant d'une voix menaçante, « Parce que vous filmez ça aussi – espèce *oublioudok* ! »

507

Sa voix menaçante s'enfla dans un cri : «Alors c'est ça, votre petit jeu ! Vous envoyez votre réalisateur raconter des mensonges à Flebetnikov – pour le rendre fou ! Flebetnikov n'a rien fait ! Je n'ai rien fait ! C'est *vous* qui l'avez fait ! C'est vous qui avez inventé ce *mensonge* ! Ce n'est pas la réalité – c'est un mensonge ! »

Munch afficha la mine d'un homme *profondément* blessé par une remarque cruelle proférée dans le seul but de heurter sa sensibilité. «Monsieur Koroliov, comment pouvez-vous dire que ce n'est pas la réalité ? Tout cela vient d'arriver ! Et quand quelque chose arrive, cela devient réel, et une fois que c'est réel, cela fait partie de la réalité. Ou bien ? Mr Flebetnikov n'a pas fait *semblant* d'être en colère. Il était *en colère* ! Personne ne vous a demandé de vous *défendre*. C'est *vous* qui avez décidé de le faire ! À juste titre, à juste titre ! Et avec beaucoup de panache et de talent athlétique, si je puis dire. Avez-vous été boxeur professionnel ? Sur le ring, est-ce que...

— ÇA SUFFIT ! Et maintenant, écoutez-moi. Vous ne diffuserez rien où mon image apparaisse, et vous ne passerez pas un mot de ce que je dis ! Vous n'en avez pas le droit ! Je vous ferai un procès ! Et ça ne s'arrêtera pas là. Vous comprenez ?

— Mais enfin, monsieur Koroliov, vous nous avez signé une décharge, poursuivit Munch de la même voix blessée. Vous nous avez donné l'autorisation de filmer et d'enregistrer tout ce que vous feriez et diriez pour notre émission. Vous nous avez donné *votre parole*. Nous pensions avoir affaire à un homme de parole. Vous avez *signé* la décharge. Les choses n'auraient pas pu être plus claires. Et certainement, tout ce que nous avons filmé vous présente sous un jour on ne peut plus positif. Mr » – mimique mentonnière en direction de Flebetnikov – «vous a agressé et vous vous êtes défendu avec courage, force, vélocité et précision athlétique, alors qu'un homme» – mimique Flebetnikov – «de deux fois votre taille, de deux fois la taille de *n'importe qui*, se livrait contre vous à une agression surprise, une agression *physique*. Réfléchissez un instant ! Vous *voudrez* certainement qu'on vous voie dans *Maîtres du Désastre*. Miami sait que vous êtes un noble bienfaiteur du musée, un homme d'une générosité incomparable pour toute la Floride du Sud. Cette émission révélera *l'homme* qui se cache derrière cette immense générosité. Cette émission montrera au monde entier... *un homme, un vrai!*»

Magdalena remarqua que le journaliste, John Smith, enregistrait toute la scène avec son stylo à bille magnétophone numérique. Il n'en perdait pas une miette, exactement comme Munch. Et Serguéï? Il se dégonflait sous les yeux mêmes de Magdalena. Son grand cou puissant gorgé de sang rétrécissait... son torse merveilleusement sculpté aussi – et même ses larges épaules musclées rapetissaient à toute allure. Magdalena avait l'impression que sa veste dépassait de plusieurs centimètres ces épaules jadis si musclées, si larges, et pendait lamentablement. Magdalena le savait : Serguéï comprenait qu'il s'était fait avoir par ce petit Sidney Munch... *lui*, le puissant Russe capable de manipuler tout le monde, et plus aisément encore un petit arnaqueur comme Munch... et voilà que Munch l'avait conduit à exécuter exactement le numéro avilissant, humiliant d'ours savant qu'il voulait lui faire jouer...

Et *il avait signé la décharge*! Il avait cédé tous ses droits comme une pauvre poire!

Serguéï décocha à Munch un dernier regard noir et lança de sa voix basse et frémissante, «J'espère que vous m'avez bien compris. Je ne vous ai pas *demandé* de ne pas diffuser ce film. Je vous ai *dit* que vous ne le diffuseriez *pas*. Un procès n'est que l'une des choses qui peuvent arriver. Il y en a d'*autres*. Ce film ne passera *jamais* à la télévision.» Magdalena ne voyait pas le visage de Serguéï, mais elle voyait celui de Munch qui regardait Serguéï. Il était parfaitement figé, à l'exception de ses paupières qui clignaient clignaient clignaient clignaient.

«Monsieur Koroliov! Monsieur Koroliov!» C'était John Smith. Serguéï lui jeta le regard qui tue, mais le pâle journaliste, mince comme un câble d'écouteur, était acharné. «Monsieur Koroliov – juste une seconde! Vous avez été *géant* là, à l'instant! Vous – excusez-moi, je sais que vous voulez partir, mais puis-je me permettre de vous appeler? J'aimerais beaucoup vous parler, si c'était...»

John Smith s'arrêta net au milieu de sa phrase. Comme si l'expression de Serguéï lui avait coupé le souffle. Ce n'était pas le simple regard qui tue. C'était le regard qui tue, puis qui fume la carcasse et la dévore.

Ils quittèrent la grande maison et se redirigèrent vers les pavillons d'entrée. Sergueï regardait droit devant lui, les yeux fixés sur – rien. Son expression était la plus morose qu'elle eût jamais vue sur un visage humain, même au Jackson Memorial Hospital à l'instant de chute libre qui précède la mort. Il se mit à bougonner tout bas en russe. Il marchait toujours à son côté, mais son esprit était ailleurs.

«Bougonnemirovbougonnelameïbougonnenesmaïabougonne milaïchbougonnekhlopovbougonne...»

C'était plus que Magdalena n'en pouvait supporter. Elle l'interrompit : «Sergueï, qu'est-ce qui ne va pas? Qu'est-ce que vous racontez comme ça! Reveneeeeeez!»

Sergueï lui jeta un regard furieux, mais passa enfin à l'anglais. «Ce petit nabot, ce bâtard, ce Munch – je n'arrive pas à croire que je me sois laissé faire! Cette petite ordure américaine – et moi, je me fais avoir par ce salaud! Il savait exactement quel rôle il voulait *me* faire jouer dans son émission puante – et je ne l'ai pas vu venir! Il me fait passer pour un crétin, un bagarreur des rues! Un jour, je suis le grand – comment dit-on en américain? donateur? – et ils me couvrent d'honneurs parce que j'ai donné pour des dizaines de millions de dollars de tableaux à un musée – et le lendemain, je suis un imbécile qui s'abaisse à participer à cette saloperie d'émission de "téléréalité"! Vous savez ce que disait Flebetnikov quand je me suis penché sur lui pour voir s'il respirait encore, si son cœur battait encore – j'ai eu tellement peur qu'il soit mort! Dieu merci, il est encore en vie. Il arrive à peine à parler, mais de sa petite voix pitoyable, il me chuchote à l'oreille, "Sergueï Andreïevitch, ce n'est pas ma faute." Pas besoin d'en dire plus long. Son regard – il me supplie. "Sergueï Andreïevitch", il dit, "pardonne-moi, je t'en prie. Ils me disent, "Il faut que vous provoquiez une bagarre." Pauvre Boris Feodorovitch. Il est ruiné, désespéré. Il a besoin de l'argent qu'ils lui proposent. Alors ils se mettent à insinuer des choses. S'il se montre à la hauteur ce soir, ils lui confieront peut-être une "émission de téléréalité" à lui. Ils l'appelleront peut-être *Le Russe Fou*? – je n'en sais rien, mais je sais maintenant comment bossent ces Américains répugnants. Ils obligent Boris Feodorovitch à m'entraîner dans leur fosse à merde en m'agressant – physiquement! Dès qu'il a balancé son crochet minable, je suis dans leur émission dégueulasse, que ça me plaise ou non. Moi qui ai accablé Munch d'un tel mépris – il m'entube comme n'importe quel pauvre *lokh*. Je n'y crois pas! Un petit Américain répugnant!»

Ils étaient arrivés au bout du sentier et approchaient des doubles loges. Elles paraissaient immenses dans ce vague crépuscule électrique, qui les éclairait moins qu'il ne suggérait leurs dimensions... les ardoises du bord du toit... les architraves blanches autour des fenêtres... les ombres du profond bas-relief de quelque médaillon de plâtre orné de personnages fantasques.

Tout au bout du sentier, la grande blonde, «Savannah», était toujours devant la table pliante. La lumière était à peine suffisante pour l'éclairer, assise, leur tournant le dos... sa robe sans manches, la blancheur de ses larges épaules nues, les mèches blondes décolorées de ses cheveux... Serguey s'arrêta net et dit à Magdalena, «Cette *kvint*... regardez-la. C'est elle qui a tout provoqué. »

Il n'avait pas parlé fort. En réalité, il avait moins dit ces mots qu'il ne les avait *bouillonnés*. Cette femme, cette Savannah, avait néanmoins entendu quelque chose. Elle quitta sa chaise et se retourna. Les battements de cœur de Magdalena s'accélérèrent. Le visage de Serguey affichait la même expression que juste avant qu'il ne se jette sur le malheureux joueur d'échecs Numéro Cinq au Gogol pour le mettre en pièces. :::::: Mon Dieu, épargne-moi! Je ne supporterai pas une nouvelle scène de ce genre! :::::: Elle retenait son souffle, en proie à une terreur abyssale.

La femme, Savannah, sourit. Elle s'écria, «Bonsoir! Alors, comment ça s'est passé?»

Un Serguey furieux darda sur elle des regards meurtriers pendant une fraction de seconde, deux, trois, de trop nombreuses fractions de seconde... puis... «J'ai trouvé ça étonnant – formidable!» *Zé trrrrrrouvé za étounint – fourrrrrrmidable!* – son immense joie était incontestable. «Heureusement que nous vous avons écoutée!»

Magdalena n'en croyait pas ses oreilles. Elle fit un demi-pas en avant et jeta un coup d'œil fugace au visage de Serguey. ¡*Dios mío!* Ce sourire pouvait-il être aussi franc et... et... et aussi *sincère* qu'il en avait l'air ? «Oui, vraiment, nous pouvons *vous* remercier, Savannah !» Oh, la complicité, l'*amour* même dont il baignait son nom ! «Ce n'était pas une émission, poursuivait Sergueï, c'était une *expérience*, une – une – une leçon de *vie !* Flebetnikov – Boris Feodorovitch – il donne à nous une démonstration de l'étoffe de la bravoure» – *l'étouffe dé la bravourrrrre !*

Le regard qu'il posait sur Savannah n'était pas de simple bonheur... mais d'*enchantement*. Il était la Cordialité et la Gratitude foulant le sol de cette terre en souliers de cuir lustrés. Il personnifiait tout cela avec un si grand talent qu'un sourire incroyable se dessina sur le visage de Savannah. Un sourire immense, et étincelant. Ses dents étaient un peu longues, sans doute... mais elles étaient parfaitement régulières... si blanches et si éclatantes qu'elles illuminaient la pénombre électrique crépusculaire de la pelouse de Flebetnikov.

«Merci, merci, dit-elle. Mais vraiment, je n'ai pas fait grand...

— Mais si ! Bien sûr que si ! Vous supportez mes ronchonnements avec tant de patience. Vous m'*encouragez* si bien !» Sergueï s'approcha de Savannah, lui tendant les deux mains, comme on le fait quand on offre toute son affection à un ami très cher. Savannah, une Savannah ravie, brillamment luxodontique, lui tendit les deux mains, et il les étreignit entre les siennes dès qu'il arriva à sa hauteur.

«Soudain, il a tout perdu, poursuivit Sergueï, mais il veut que le monde *sache*» – l'étreinte de ses mains imprima une solide pression pour souligner *sache* – «sache que quand le pire arrive à un homme courageux, il possède une force à l'intérieur de lui-même» – solide pression sur *l'intérieur* – «et c'est le pouvoir du cœur – le cœur humain !» Deux solides pressions sur les mains de Savannah, une pour *du cœur*, l'autre pour *le cœur humain*.

:::::: Pour être *enchantée*, elle est *enchantée*. Regarde la tête qu'elle fait. C'est l'image même de la femme qui se demande si cette vision est réelle — qui ose à peine se laisser aller à l'envisager. Ce mec incroyablement célèbre, incroyablement séduisant à l'accent européen tient ses deux mains dans les siennes et leur imprime une pression après l'autre – tout en déversant son âme dans ses yeux écarquillés. Pareille chose peut-elle être vraie ? Elle *est* vraie ! Elle sent le contact de ses mains ! Ses yeux ne sauraient absorber assez vite les émotions les plus profondes qu'il déverse en elle ! ::::::

« Il découvre un pouvoir plus grand que celui pour lequel il vit pendant toutes ces années, le pouvoir de l'argent. » Deux nouvelles pressions. « Je regrette tellement que vous n'ayez pas pu être avec nous » – il fit un geste en direction de la maison – « pour voir ça, mais je suis sûr que Sidney – Mr Munch – un homme de grand talent, tellement sympathique, à propos » – *zampatique, à prrrrroupous* – « ne tardera pas à vous montrer le film. Mais je vous en prie, il faut que je vous demande de vérifier une chose » – *oune zouse* – « Je lui ai dit que je serai à son entière disposition chaque fois qu'il aura une question à me poser sur Boris Feodorovitch, sur ce qu'il a fait autrefois en Russie ou tout ce qu'il voudra. Mais je tiens à m'assurer que j'ai bien noté toutes les informations sur ce formulaire. J'étais tellement pressé ! L'adresse mail, le numéro de portable, l'adresse postale, toutes ces choses. » Une dernière pression sur ses mains et il les lâcha.

« Très bien, acquiesça Savannah, nous allons vérifier ça. » Elle se rassit sur sa chaise, chercha sous la table et sortit un fichier métallique qu'elle posa sur le plateau. Elle prit une clé dans son sac à main et ouvrit le fichier. « Elle devrait être sur le dessus de la pile... » Sur ces mots, elle en retira un feuillet, « La voilà. Voyons. Que voulez-vous que je vérifie exactement – l'adresse mail, c'est ça ?

— Faites voir », dit Serguéï, debout à côté d'elle. Elle lui tendit le papier, et il lui adressa le sourire le plus chaleureux et le plus reconnaissant dont il l'eût gratifiée jusqu'à présent... plia le formulaire en deux sur la longueur, puis encore en deux, et le glissa dans une poche intérieure de sa veste... souriant souriant souriant de toutes ses dents.

L'éblouissant éclat luxodontique de Savannah se ternit légèrement. « Que faites-vous ?

— Je tiens à l'examiner à la lumière. » Toujours souriant souriant souriant, il fit signe à Magdalena, la prit par le bras, détacha le cordon de velours et se dirigea vers la grande loge. « Merci pour tout, ma chère Savannah. »

L'éclat de Savannah, la charmante Savannah, se ternit *considérablement* et sa voix s'éleva. «Excusez-moi – Serguéï – ce document ne doit pas sortir d'ici!»

:::::: *Serguéï*, elle l'appelle Serguéï! Tout ce blabla – il a dû lui jeter un sort! ::::::

Serguéï hâta le pas et répondit d'une voix chantante par-dessus son épaule, sur le ton le plus jovial que pût imaginer Magdalena, «Oh, ma chère Savannah, ne vous inquiétez pas! Tout va pour le mieux!

— Non! Serguéï – monsieur Koroliov! – il ne faut pas! – vous ne *pouvez* pas – s'il vous plaît!»

Serguéï se retourna pour lui sourire tout en marchant, et il marchait vite. Ils ne suivirent pas le sentier qui tortillait-ondulait, mais coupèrent droit à travers la pelouse. Il fit signe à un voiturier.

«Monsieur Koroliov! Arrêtez-vous! Ce document ne vous appartient pas!» Sa voix avait atteint une stridence paniquée – et se rapprochait d'eux. Elle leur courait après, de toute évidence. Et puis, «Oh, *merde*!»

Magdalena jeta un regard derrière elle. La femme avait trébuché. Elle était assise dans l'herbe, une chaussure à un pied, l'autre à côté d'elle, et se frottait la cheville. Elle avait le visage crispé de douleur. Son talon avait dû s'enfoncer dans la pelouse. Plus le moindre éclat.

Le voiturier s'arrêta devant eux au volant de l'Aston Martin. Serguéï sourit à Magdalena, il pouffa et gloussa et dit quelque chose et gloussa et pouffa encore. Tout spectateur normal, non informé – comme le voiturier – ne pouvait que penser que c'était un type vaguement éméché qui avait dû passer une excellente soirée... et être suffisamment bourré pour tendre au voiturier un billet de 50 dollars. Alors qu'ils s'éloignaient, Magdalena aperçut Savannah qui regagnait précipitamment la maison, un pied nu – avec une boiterie à haut talon ultra contemporaine.

Lorsqu'ils retraversèrent le petit pont reliant Star Island à la Chaussée MacArthur, Serguéï riait tellement qu'il arrivait à peine à reprendre son souffle. «Si seulement je peux être là et voir la tête de ce petit crapaud, ce Munch, quand la femme dit à lui ce qui se passe! Je donnerais n'importe quoi!»

Tout en conduisant, il posa la main sur le genou de Magdalena et l'y laissa un moment. Aucun d'eux ne prononça plus un mot. Le cœur de Magdalena battait si vite et son souffle était tellement précipité qu'elle savait qu'elle n'aurait rien pu dire sans que sa voix chevrote. Puis il fit glisser sa main presque jusqu'en haut de sa cuisse.

Sergueï avait rejoint Collins Avenue. Magdalena était parfaitement immobile. S'il tournait à droite, ce serait pour se diriger vers son appartement à *elle*. S'il tournait à gauche, ce serait vers le sien à *lui*... Il tourna à gauche ! – et Magdalena ne put s'en empêcher. Aussitôt, elle se relia télépathiquement à Amélia par la connexion chiméricoptique fibro-fictive qu'elle avait laissée branchée toute la soirée. « Je te l'*avais* bien dit ! Ça dépend ! Ça dépend ! » Avec une infinie douceur, Sergueï glissa la main jusqu'à son entrejambe et se mit à la caresser. Elle sentit un flot s'élever dans son bas-ventre et entra à nouveau en communication télépathique avec Amélia, « Je te jure, Amélia, je ne prends aucune décision. Ça se passe comme ça, que veux-tu. »

L'appartement de Sergueï était plus luxueux que tout ce qu'elle aurait pu imaginer, avec un salon sur deux niveaux. Tout paraissait très moderne, mais d'un modernisme qui n'avait rien à voir avec ce qu'elle connaissait déjà – des parois vitrées gravées de silhouettes surréalistes de femmes qui tourbillonnaient et plongeaient en robes fantasmagoriques, au point qu'on voyait à peine à travers. Sergueï la conduisit à l'étage par un escalier tournant que longeait une rampe de bois sombre incrusté d'est-ce-que-ça-peut-être-du-vrai ivoire. Il ouvrit la porte de la chambre et s'effaça pour la laisser passer... une immense chambre éclairée par des spots encastrés dans le plafond comme elle en avait vu dans les boîtes de nuit... le lit – gigantesque... des murs d'est-ce-que-c'est-du-velours – elle n'assimila aucun autre détail, parce qu'à cet instant, il s'approcha d'elle par-derrière et l'enlaça si puissamment qu'elle sentit la force irrésistible de ses bras, sans parler de sa poussée pelvienne. Il enfouit la tête dans le creux de son cou et d'un seul geste, *juste comme ça*, fit glisser sa robe de ses épaules et la descendit jusqu'à sa taille. :::::: La robe d'*Amélia* – est-ce qu'il l'a déchirée ? :::::: Le *V* de l'encolure était si profond et si large que cette robe n'était pas faite pour qu'on porte quelque chose dessous, et voilà... il fit remonter ses mains le long de sa cage thoracique...

Dès cet instant, la ligne de communication avec Amélia fut coupée, se volatilisa, devint parfaitement oiseuse.

18

Na Zdrovia !

Au moment même où Sergueï Koroliov venait chercher Magdalena dans son Aston Martin pour aller dîner à Hallandale, Nestor, accompagné de John Smith, trouvait une place de stationnement dans un quartier marqué par le délabrement. De toute sa vie, Nestor n'avait jamais vu autant de fenêtres fermées par des plaques de métal clouées. John Smith et lui étaient loin de partager la même optique sur cette partie de la ville, appelée désormais « Wynwood », un nom qui suggérait des brises légères et de doux zéphyrs sur les clairières sylvestres horticulturées d'un domaine ancestral, où se trouvait l'atelier officiel d'Igor, son atelier « écran » pour ainsi dire, celui qui figurait dans l'annuaire. Wynwood jouxtait Overtown et Nestor, en bon flic, y voyait une vieille zone industrielle usée jusqu'à la corde, pleine d'entrepôts décrépis d'un, deux et trois étages qui ne valaient certainement pas la peine d'être réhabilités... et un repaire de petits délinquants portoricains dont on pouvait en dire autant. John Smith, en revanche, y voyait la version Miami d'un étrange et nouveau phénomène social – et *oh oui !* immobilier – de la fin du xxe siècle : l'« art district », le quartier des arts.

Ces quartiers des arts avaient surgi un peu partout – SoHo (le sud de Houston Street) à New York... SoWa (le sud de Washington Street) à Boston... Downcity à Providence, Rhode Island... Shockoe Slip à Richmond, Virginie... et ils étaient tous nés de la même manière. Un promoteur immobilier culotté commence par racheter un coin vétuste, rempli de bâtiments industriels délabrés. Puis il siffle pour faire venir les artistes – peu importe qu'ils soient talentueux ou complètement nuls – et leur propose de vastes lofts contre un loyer ridiculement bas... il fait savoir que c'est le nouveau quartier des artistes... et en l'espace de trois ans ou moins... Cassez-vous !... Ils débarquent !... des troupeaux de bobos instruits et nantis, enthousiastes et assoiffés de *nostalgie de la boue**... impatients d'inhaler les émanations de l'Art et autres Nobles Choses au milieu du sordide ambiant.

À Wynwood, même les palmiers étaient bohèmes... de pauvres errants loqueteux... un par ici... un autre par là... tous miteux. Ce qui convenait parfaitement aux nostalgiques-de-la-boue. Les grandioses allées de palmiers majestueux ? Très peu pour eux ! Les grandioses allées n'exhalaient pas d'émanations de l'Art et autres Nobles Choses au milieu du sordide.

À cet instant précis, Nestor et John Smith se trouvaient sur un monte-charge, en partance pour l'atelier d'Igor au dernier niveau d'un entrepôt de deux étages qu'un promoteur avait transformé en immeuble de lofts. Tous les ascenseurs du bâtiment étaient des monte-charge... manœuvrés par des Mexicains maussades qui n'échangeaient jamais un mot avec personne. Ce silence était un indicateur fiable de leur statut d'immigrés clandestins. Ils ne voulaient surtout pas attirer l'attention. Les nostalgiques-de-la-boue adoraient les monte-charge, malgré leur pesanteur, leur lenteur et leur obsolescence. Il émanait de ces monte-charge désuets certaines des émanations les plus nostalgie-de-la-boue de toutes – le lourd gémissement électrique du mécanisme à poulie de puissance industrielle qui surmontait la force d'inertie... le visage mexicain fermé et de marbre de l'opérateur...

Nestor tenait dans ses mains un appareil photo numérique... constellé de cadrans, de compteurs et d'indicateurs qu'il n'avait encore jamais vus et dont il n'avait même jamais entendu parler. Il le brandissait devant John Smith comme un objet étranger parfaitement non identifié. « Qu'est-ce qu'il est censé faire, ce *machin* ? Je ne sais même pas dans quoi on est censé *regarder*.

— Pas la peine de regarder *dans* quoi que ce soit. Il suffit de regarder cette image, *juste là*... et d'appuyer sur *ce* bouton. En fait

– ne vous emmerdez même pas avec l'image, appuyez simplement sur le bouton. Tout ce qui compte, c'est le petit *gémissement* qu'il fait. Il suffit que vous donniez *l'impression* d'être un photographe. »

Nestor secoua la tête. Il ne supportait pas de ne pas savoir ce qu'il faisait... et ne supportait pas que ce soit John Smith et pas lui qui dirige les opérations, malgré le joli succès que le journaliste avait remporté à la résidence pour vieilles pies, là-bas, à Hallandale. John Smith s'obstinait à ériger le mensonge éhonté en méthode journalistique ! Il avait appelé Igor au numéro de téléphone qui figurait dans l'annuaire et avait prétendu que le *Herald* lui avait confié un reportage sur l'actuelle renaissance de l'art réaliste à Miami... affirmant que tout un tas de gens lui avaient parlé de lui, Igor, comme d'une des figures de proue de ce mouvement. Igor était si vaniteux, si avide de sortir de l'ombre... qu'il était prêt à tout gober, bien que ses œuvres n'aient été montrées que lors de deux expositions collectives largement ignorées... et qu'il n'ait pas existé l'ombre d'une « renaissance », pas plus que d'un « mouvement ». En réalité, John Smith n'avait été chargé d'aucun reportage et n'aurait pas pu se faire accompagner d'un véritable photographe du *Herald*. De toute façon, pour le moment, il préférait que personne au *Herald* n'ait vent de ce qu'il mijotait. Il était trop tôt. Il fallait d'abord établir solidement les faits. C'est que Topping IV était devenu drôlement nerveux à la simple évocation de ce sujet.

À cet instant, l'ascenseur s'arrêta pesamment au deuxième étage dans un soubresaut... un soubresaut parce que le Mexicain devait tourner la poignée de la barre dans un sens, puis dans l'autre, pour aligner parfaitement le plancher de l'énorme monte-charge avec celui de l'étage... les nostalgiques-de-la-boue adoraient ce moment, cet arrêt bringuebalant, tressautant... quelle *réalité*... Avant même l'ouverture des portes, Nestor et John perçurent les effluves de leur homme... *térébenthine* !... Les nostalgiques-de-la-boue y trouvaient peut-être à redire. Mais il leur était évidemment difficile de râler. Il y avait *forcément* des artistes qui travaillaient dans ces lofts, et *forcément,* les peintres utilisaient de la térébenthine... Tu es dans le « quartier des arts », mon cher !... Tu ferais mieux d'accepter le pire avec le meilleur et d'y voir une émanation de l'Art et autres Nobles Choses au milieu du sordide ambiant.

Dès qu'Igor leur ouvrit la porte de son loft, ils purent constater qu'il s'était *préparé* pour cet événement capital d'une existence médiatique jusqu'alors négligeable. Son visage s'épanouissait dans un immense et éclatant sourire rrrrrusse. S'il avait encore eu sa moustache démesurée cirée et joviale à la Salvador Dalí, il aurait été franchement spectaculaire. Il leur tendait les bras. On aurait cru qu'il s'apprêtait à les serrer tous les deux contre son cœur dans une puissante étreinte d'ours russe.

« *Dobro pozalovat!* » dit-il en russe, puis en anglais, « Bienvenue ! Entrez donc ! Entrez donc ! »

Quelle bonhomie mugissante ! – au point que les deux *c* durs successifs, *donc! donc!* projetèrent son haleine alcoolisée au visage de Nestor et de John Smith. Il était plus grand, plus baraqué et plus ivre que Nestor n'en gardait le souvenir de sa soirée au Honey Pot. Et il était à la pointe de la mode du quartier des arts !... une chemise noire au lustre soyeux, aux manches longues retroussées jusqu'aux coudes et ouverte à l'encolure jusqu'au sternum... pendant par-dessus un jean noir trop moulant dans une vaillante tentative de flouter son tour de taille.

L'entrée donnait directement sur une cuisine ouverte, à une extrémité d'un espace qui devait bien mesurer douze mètres sur six. La hauteur sous plafond dépassait les quatre mètres, ce qui faisait paraître l'endroit immense... impression encore accentuée par la rangée des vieilles fenêtres d'entrepôts imposantes au bout de la pièce. Il était presque quatre heures de l'après-midi et pourtant, toute la surface de travail était inondée de lumière naturelle... les chevalets... les tables métalliques... une échelle... quelques bâches... le même genre de matériel que ce que conservait Igor dans son atelier clandestin de Hallandale. L'examen des lieux auquel procédait Nestor fut brutalement interrompu au moment où Igor colla sa figure tout contre la *sienne* et s'exclama, « Ayyyyyyyyyyyyy ! », lui prit la main et la secoua avec une telle énergie que Nestor eut l'impression qu'il lui avait disloqué toutes les articulations du bras droit et lui flanqua une grande claque sur l'épaule du genre qui signifie entre hommes, « *Tu* es mon pote et nous avons vécu ensemble un tas d'aventures super, pas vrai ! »

« C'est mon photographe », plaça John Smith – Nestor voyait bien que l'esprit complaisamment menteur de John Smith tournait à plein régime pour trouver un faux nom idoine. *Pop !* – « Ned », lança-t-il, sans doute parce que ça commençait par Ne, comme Nestor.

« Néïde », ce fut sous cette forme que le nom sortit de la bouche d'Igor. Avec un nouvel épanchement de gaieté inexplicable, il continua à serrer la main de Néïde et lui flanqua une deuxième claque sur l'épaule. « Prenons un verre ! » proposa-t-il en tendant le bras vers un plan de travail de la cuisine et en attrapant une bouteille étiquetée « vodka Stolitchnaïa », mais qui contenait un liquide ambre pâle... Il en versa dans un grand verre qu'il brandit d'une main tout en le désignant de l'autre.

« Vod*abri*ka ! » s'écria-t-il en accentuant le *abri* et il se l'enfila d'un trait. Son visage se para d'une rougeur artérielle. Il en émergea avec un grand sourire, à bout de souffle. Quand il finit par exhaler, l'air qu'ils respiraient avait des relents de vomissure alcoolique.

« Je prends la vodka et j'ajoute un petit – comment vous dites en anglais ? – un petit "tréte" ? – de jus d'abricot. Vous voyez ? Un petit tréte – vod*abri*ka ! Nous prenons tous ! Vous venez ! »

Sur ce, il les entraîna vers une grande, longue et robuste table en bois entourée de chaises en bois dépareillées. Il prit celle du bout, et Nestor et John Smith l'encadrèrent. Leurs verres droits les attendaient. Igor apporta le sien, avec la bouteille de vodabrika et un grand plat d'amuse-gueule... chou au vinaigre accompagné de baies... cornichons salés – des gros... tranches de langue de bœuf au raifort... hareng salé... œufs de saumon rouge salés (le caviar du pauvre)... champignons au vinaigre... un monceau de fruits de mer, entiers ou en morceaux mélangés à des pommes de terre bouillies, des œufs, le tout recouvert d'épaisses couches de beurre et de mayonnaise, de grosses boules enveloppées de pâte – autant de délices propres à vous garder un homme au chaud jusqu'à proximité du cercle polaire et à le frire dans les calories à Miami... tout cela servi dans un impénétrable nuage d'*odeur de vomi**.

«Tout le monde, il croit les Russes boivent seulement la vodka pure, dit Igor. Et vous savez quoi? Ils ont raison! Ils boivent tous ça!»

Nestor voyait que John Smith cherchait à imprimer une expression joviale sur son visage déconcerté.

«Et savez pourquoi ils boivent comme ça? Je montre vous. *Na zdrovia!*» Il attrapa un morceau de hareng salé avec les doigts, le fourra dans son gosier et descendit un nouveau grand verre plein... visage rubicond, souffle court... et un véritable brouillard d'*odeur de vomi**.

«Vous savez pourquoi nous faisons ça? Nous n'aimons pas le goût de vodka. Ça sent comme produit chimique! Comme ça, nous n'avons pas le goût. Nous voulons seulement l'alcool. Alors pourquoi nous ne la» – il mima le geste de s'enfoncer une seringue dans le bras – «prenons pas comme ça?»

Il trouvait l'idée désopilante. Il tendit le bras vers le plat, attrapa une grosse boule de pâte salée, l'enfourna dans sa bouche et se mit à mastiquer et à parler en même temps. Il prit la bouteille, remplit son verre et le brandit une nouvelle fois comme pour dire *Ça, c'est la vodabrika!* Il adressa un immense sourire à John Smith, puis un immense sourire à Nestor puis de nouveau à John Smith, et – *allons-y!* – descendit un nouveau verre. «Et maintenant, *vous* buvez!»

Ce n'était pas une question. Ce n'était pas un ordre. Une déclaration. Il leur en versa un plein verre à chacun... et un pour lui. «Maintenant, on y va... quand je dis "*Na zdrovia.*" OK?»

Il les regarda tour à tour... que pouvait-on faire d'autre qu'acquiescer?

«*Na zdrovia!*» s'écria-t-il, et ils renversèrent tous les trois la tête en arrière et s'envoyèrent la boisson dans la gorge. Avant même qu'elle n'arrive au fond, Nestor constata que ce putain de verre était bien plus grand qu'il ne le croyait et qu'il n'y avait pas le moindre goût d'abricot ni de quoi que ce soit pour atténuer le choc imminent. Ce putain de machin atteignit le fond de son gosier comme une bombe explosive et il fut pris de haut-le-cœur et de quintes de toux. Il avait les yeux inondés de larmes. John Smith aussi, et si son propre visage était aussi rouge que celui de John Smith, il devait être d'un rouge flamboyant.

Igor souriait de plus belle, il prit un morceau de hareng salé dans le plat avec les doigts et le fourra dans sa bouche. Il trouvait le numéro de Nestor et de John Smith hilarant. *Hah hah hah-hah-hah haha.* De toute évidence, il aurait été déçu qu'il en fût autrement.

«Ne vous en faites pas! dit-il gaiement. Il vous faut pratique! Je vous donne encore deux fois.»

Nom de Dieu! songea Nestor. C'était comme une beuverie d'étudiants, en pire! Et il y participait! Les Cubains n'étaient pas de gros buveurs. Il prit son ton le plus enjoué pour dire, «Oh, non, merci. Je crois que je...

— Non, Néïde, il faut avoir trois! Vous savez? Autrement – enfin, il faut avoir trois! Vous savez?»

Nestor regarda John Smith. John Smith regarda Nestor d'un air sévère et remua lentement la tête de haut en bas sur le mode oui. *John Smith?* Il était si grand et si maigre. Il ne possédait pas une once de courage physique normal. Mais il était prêt à mentir, à tricher... probablement à voler aussi, bien qu'il ne l'ait pas encore vu faire... et maintenant, de toute évidence, à cautériser son système gastro-intestinal... pour avoir un sujet d'article.

Nestor regarda Igor et, avec le sentiment de céder à son destin, il murmura, «OK.

— C'est bien!» Ravi, Igor entreprit de remplir les trois verres.

Sans avoir le temps de dire ouf – «*Na zdrovia!*» –, Nestor rejeta la tête en arrière, balança la vodabrika dans sa gueule ouverte – ¡*mierda!* – et avait à grand-peine réussi à maîtriser plus ou moins les haut-le-cœur, plié en deux, les quintes de toux, les halètements, le flot de larmes quand...

Na zdrovia! Une nouvelle bombe explosive – Ahhhhhhhughh... eeeeeeeeuuughhh... *ushnayyyyyyyyyyyyanuck* atterrit dans sa trachée – lui brûla la gorge – se précipita dans ses fosses nasales et finit par dégouliner sur son pantalon – et Igor les félicitait, John Smith et lui. «Vous l'avez fait! Je rends hommage à vous! Maintenant, vous *moujiks* d'honneur!»

Des *moujiks*? Ça n'avait pas l'air tellement super.

À en juger à son teint maladif, John Smith n'avait pas moins souffert que Nestor. Mais le pro reprit immédiatement du poil de la bête. Du coin des lèvres, dans un grognement bas, il dit à Nestor, « Bougez-vous, commencez à prendre des photos. »

Bougez-vous, commencez à prendre des photos ? Et quoi encore, mon salaud ! En plus, John Smith ne jouait pas la comédie. *Mon photographe !* Cet enfoiré commençait *vraiment* à se prendre pour le boss ! Nestor avait bien envie de balancer ce putain d'appareil numérique par une fenêtre... encore que... *hmmmmm...* en termes tactiques, il devait reconnaître que John Smith avait raison. S'il était censé être photographe, il devrait faire semblant de braquer son appareil sur quelque chose et presser sur le bouton. Et c'est accablé d'humiliation qu'il *commença à prendre des photos* docilement... des photos factices, selon les instructions.

Pendant ce temps, John Smith secouait la tête d'admiration et se retournait vers les peintures d'Igor accrochées aux murs comme si c'était plus fort que lui. « C'est génial, Igor... *stupéfiant* ! C'est votre collection personnelle ?

— Non, non, non, non, non, répondit Igor, riant d'une manière qui disait "Je vous pardonne votre ignorance en la matière". Si seulement vous dites la vérité ! » Il embrassa les deux murs d'un grand geste majestueux de la main. « Dans deux mois, la moitié s'en va et je dois peindre d'autres. Mon agent, elle me met pression tout le temps.

— Votre agent ? Vous avez dit *elle* ? C'est une femme ?

— Et pourquoi pas ? demanda Igor en haussant les épaules. Elle est la meilleure de toute la Russie. Vous pouvez demander n'importe quel artiste russe. Ils la connaissent : Mirima Komenenski.

— Votre agent est russe ?

— Pourquoi pas ? » Nouveau haussement d'épaules. « En Russie, ils comprennent encore le vrai art. Ils comprennent le talent, la technique, les couleurs, le clair-obscur, tout ça. »

John Smith sortit un petit magnétophone de sa poche et le posa sur la table avec le genre de haussement de sourcils qui demande si c'est d'accord. Igor répondit oui par un petit geste magnanime de la main qui écartait tout souci de cet ordre.

« Quel accueil réserve-t-on au réalisme ici, aux États-Unis ? demanda John Smith.

— Ici ? » Cette simple question fit rire le Russe. « Ici, c'est seulement la mode qui compte. Les gens croient l'art commence avec Picasso. Picasso il a quitté l'École des beaux-arts à quinze ans. Il a dit ils ne pouvaient plus rien lui apprendre. Le semestre suivant, ils enseignent l'anatomie et la perspective. Si je ne peux pas dessiner mieux que Picasso, vous savez ce que je fais ? » Il attendait une réponse.

« Euhhh... non, dit John Smith.

— Je commence nouveau mouvement, je l'appelle cubisme ! » Des déferlantes et des rafales de rire sortirent en trombe des vastes poumons d'Igor, alcoolisant encore l'atmosphère, et Nestor se sentit emporté par le courant, se débattant pour éviter de s'étrangler dans une stupeur vomitoire.

Igor remplit à nouveau les trois verres. Il leva le sien et...

« *Na zdrovia !* »

Igor balança sa vodabrika dans son gosier. Mais Nestor et John Smith approchèrent leur verre de leurs lèvres, inclinèrent la tête en arrière, firent semblant de boire et exhalèrent un *Ahhhhhhhhhh !* de feinte satisfaction, en entourant leur verre de leurs mains afin de dissimuler le liquide ambre compromettant qu'il contenait encore.

Igor était maintenant bien trop ivre pour le remarquer. Il avait descendu cinq grands verres de ce truc depuis leur arrivée – et Dieu seul sait combien avant. Au bout de trois, Nestor se sentait complètement bourré. Mais cela n'avait rien d'une ivresse heureuse. Il avait l'impression d'avoir si gravement endommagé son système nerveux central qu'il n'était plus capable de penser correctement ni d'utiliser ses mains un tant soit peu habilement.

« Et l'art abstrait ? poursuivait John Smith. Par exemple, euhhhh... Malevitch, comme les Malevitch qui ont été donnés récemment au musée Koroliov des beaux-arts ?

— *Malevitch !* » Igor fit déferler le nom sur la crête de sa plus grande vague. « Drôle vous parlez de *Malevitch !* » Il fit un clin d'œil à John Smith et la vague continua à déferler. « Vous savez, Malevitch, il a dit que l'art réaliste, Dieu vous donne déjà l'image et vous, vous avez qu'à copier. Mais dans l'art abstrait, vous devez être Dieu et créer vous-même. Croyez-moi, *je connais* Malevitch!» Nouveau clin d'œil. «Il devait dire ça! J'ai vu son œuvre quand il a commencé. Il *essaie* être réaliste. Il a pas talent! Rrrrian! Si je peins comme Malevitch, vous savez ce que je fais? Je commence nouveau mouvement, je l'appelle suprématisme. Comme Kandinsky.» Il adressa à John Smith un sourire entendu... «Vous voyez Kandinsky quand *il* commence. Il essaie de peindre tableau d'une maison... on dirait miche de pain! Alors il abandonne et il commence nouveau mouvement, il l'appelle constructivisme!» Clin d'œil et sourire à l'adresse de John Smith.

«Et Gontcharova?» insista John Smith. À présent, trois artistes étaient en jeu, des noms qui avaient inspiré au *tout Miami** une reconnaissance si éperdue à l'égard du célèbre, du généreux Sergueï Koroliov. Quelle culture, quel lustre il avait donné à la ville!

Igor décocha à John Smith un sourire complice qui semblait dire, «Oui! Exactement! Nous pensons tous les deux la même chose.»

«Gontcharova?! s'écria Igor. C'est la moins douée de tous! Elle ne sait pas dessiner alors elle fait ce grand bordel de petites lignes droites, et elles vont par-ci, et elles vont par-là, et elles vont entre les deux, un *vrai* bordel, et elle dit chaque ligne est un rayon de lumière, et elle donne un nom : "rayonnisme". *Rayonnisme!* parce que mon art est un art nouveau, et pourquoi est-ce que *moi*, le Créateur, je devrais regarder en arrière et penser à toutes les choses déjà utilisées et usées... Je n'ai pas besoin de penser la ligne et l'anatomie et les trois dimensions et le – comment dit-on? le modelé – ni la perspective ni l'harmonie chromatique, rien de tout ça... Ils ont été *faits*... il y a des années... il y a des siècles, faits et refaits jusqu'à ce que mort s'ensuive. Ils sont du passé. Ne venez pas m'embêter avec le passé! Je suis devant! Toutes ces choses, elles sont loin derrière!» Il fit un geste de la main derrière son épaule, puis vers l'avant et vers le haut. «Et moi, je suis ici et au-dessus de tout ça.»

John Smith demanda : «Vous sauriez faire, vous, ce qu'ont fait ces artistes, ces Malevitch, Kandinsky ou Gontcharova?»

Igor explosa d'un immense rire abdominal. Il rit jusqu'à ce que les larmes lui jaillissent des yeux. «Ça dépend de ce que vous voulez dire ! Vous voulez dire je peux faire croire aux Américains que ces bêtises c'est sérieux et leur faire payer beaucoup d'argent pour ça ?... Non – ça me fait trop rigoler. » Il fut pris d'une nouvelle crise de rire qu'il parvint à grand-peine à endiguer. « Non, il ne faut pas me faire rire comme ça. C'est trop drôle pour moi ! Ce n'est pas bon pour moi... pas bon, pas bon...» Il sembla réussir enfin à reprendre son sérieux. « Mais si vous voulez savoir si je pourrais faire peintures comme eux... *N'importe qui* pourrait ! *Je* pourrais, sauf que ça m'obligerait à regarder ce *govno* ! » Cette idée provoqua une nouvelle déflagration ventrale. « Je préfère faire ça les yeux bandés...» Pouffe glousse glousse pouffe... « Et je *peux* faire ça les yeux bandés !

— Comment ça ? demanda John Smith.

— J'ai déjà fait les yeux bandés.

— Vous êtes sérieux ou c'est une blague ?

— Non, j'ai déjà fait ces choses avec les yeux fermés... *déjà* ! »

Et je peux faire ça les yeux bandés était sorti en glougloutant sur une vague de gloussements... mais le *Non, j'ai fait ces choses... déjà* en fut trop pour lui. Tous les gargouillis, glougloutements, gloussements, mugissements et éructations firent éruption d'un seul coup – explosèrent hors de ses poumons, de son larynx et de ses lèvres. Il était impuissant à arrêter la mise à feu. Il tapait des pieds. Ses avant-bras et ses poignets pompaient. Il était hors de lui. Nestor se tenait au-dessus de lui, prenant de fausses photos, avant de comprendre que c'était inutile. Il regarda John Smith et fit la grimace. Mais une fois encore, John Smith jouait les pros. Il rendit son regard à Nestor avec le plus grand sérieux. Pendant qu'Igor était encore en plein fou rire, les yeux fermés, John Smith fit le geste de verser quelque chose dans un verre. Il esquissa un mouvement de tête en direction de la cuisine. Assortie d'une crevasse irritée au milieu du front, cette pantomime équivalait à un ordre direct. *Grouille-toi ! Cherche-moi un grand verre de voda-brika ! C'est un ordre direct !*

Pour qui il se prenait ? Croyait-il vraiment que moi, Nestor Camacho, était *son* photographe ? Nestor obéit tout de même – se précipita vers le plan de travail, versa un plein verre de l'abriconcoction *na zdrovia* d'Igor et l'apporta à John Smith. Il ne put réprimer une mine renfrognée, que John Smith n'eut même pas l'air de remarquer.

Quand Igor descendit enfin de sa vague et ouvrit les yeux, John Smith lui tendit la vodka en disant, «Tenez, buvez ça.» Igor avait encore le torse qui se soulevait, dans un effort pour regonfler ses poumons, mais il ne refusa pas le verre. Dès qu'il en fut capable, il le prit, se l'envoya et fit *ahhhhhhh!... ahhhhhhhhh!... ahhhhhhh...*

«Ça va aller? demanda John Smith

— Oui, oui, oui, oui»... le souffle toujours court... «Pouvais pas m'en empêcher... Vous me demandez quelque chose si drôle... vous savez?

— Bien, et où sont tous ces tableaux, maintenant, ceux que vous avez faits les yeux fermés?»

Igor sourit et fit mine de dire quelque chose – mais son sourire s'effaça. Malgré son ivresse, il sembla prendre conscience de s'être engagé en terrain miné.

«Ohhhh, je ne sais pas.» Il haussa les épaules pour montrer que c'était sans importance. «Peut-être je les ai jetés, peut-être je les ai perdus... je m'amuse seulement avec ça... Je les donne – mais qui les veut?... Je les mets quelque part et je me rappelle plus... Je les perds» – il haussa encore les épaules – «je ne sais pas où ils sont.

— Admettons que vous les ayez *donnés*, suggéra John Smith. À qui auriez-vous bien pu les donner?»

Igor ne répondit pas par un sourire mais par un regard circonspect, qui lui ferma presque complètement un œil. «Qui en voudrait – même si ces... "artistes"... les avaient peints eux-mêmes? Moi je n'en veux pas s'ils les donnent dans la rue.

— Le Musée des beaux-arts de Miami a apparemment été très heureux d'obtenir des toiles originales de ces peintres. On les a estimées à 70 millions de dollars.

— Ici, c'est que la mode qui compte, je vous ai dit avant. C'est leur... c'est leur – je peux pas leur dire ce qu'ils doivent aimer. *De gustibus non est disputandum.*» Nouveau haussement d'épaules... «On fait ce qu'on peut, mais avec certains, on peut pas faire grand-chose...»

Nestor vit John Smith inspirer profondément et comprit qu'il mobilisait tout son courage pour poser la grande question. Le moment était venu de prendre le taureau par les cornes.

«Vous savez, poursuivit John Smith en prenant une nouvelle grande inspiration, il y a des gens qui racontent qu'en fait, c'est *vous* qui avez peint les tableaux qui sont au musée.»

Souffle court – pas de mots. Igor dévisageait John Smith fixement. Il ferma presque complètement un œil, comme auparavant, mais cette fois, il n'y avait plus la moindre hilarité sur son visage.

«*Qui* raconte ça!?» Ho ho. Nestor observa qu'au fond du cerveau vodabricotisé d'Igor, un ultime fortin de bon sens s'était réveillé à la onzième heure. «Je veux savoir *qui* – quels *gens*!

— Je ne pourrais pas vous le dire, répondit John Smith. C'est le genre de choses qu'on... *euh euh...* qui sont dans l'air. Vous savez comment ça se passe.

— Oui, je sais comment ça se passe. C'est un *mensonge*. Voilà comment ça se passe, un *mensonge*!» Puis, comme s'il comprenait que ses protestations étaient trop énergiques, il proféra un *huhhh* censé les agrémenter d'une touche de légèreté. «C'est la plus grande stupidité que j'aie jamais entendue. Vous connaissez le mot *provenance*? Les musées, ils ont tout un système. Personne pourrait réussir à faire chose pareille. C'est complètement fou! Et je demande à vous pourquoi quelqu'un voudrait faire ça?

— Je peux imaginer une raison. Qu'on le paye assez cher.»

Igor avait toujours le regard rivé sur John Smith. Plus trace de jovialité ni même d'ironie sur ses traits, pas le moindre proto-clin d'œil. La gravité même. «Je vous donne conseil, dit-il finalement. Vous mentionnez même pas chose pareille à Mr Koroliov. Vous parlez même pas à quelqu'un qui *voit* Mr Koroliov. Vous comprenez?

— Que vient faire Sergueï Koroliov dans cette affaire? s'étonna John Smith.

— C'est lui qui a donné tableaux au musée. Il y a eu une grande cérémonie pour lui.

— Oh... Vous *connaissez* Koroliov.

— NON!» Igor se figea comme si quelqu'un venait de poser la pointe d'un couteau sur son cou. «Je sais même pas quelle tête il a.

Mais tout le monde a entendu parler de lui, tous les Russes. On s'amuse pas avec lui comme vous vous amusez vous avec moi.

— Je ne m'amuse pas...

— Tant mieux ! Il doit même pas savoir vous pensez à ces choses, à ces ragots ! »

Veuillez prendre un siège. Prendre un siège, mon cul ! Qu'est-ce que *ça* voulait dire ? Le Chef n'avait *jamais* eu à *prendre un siège* avant d'être introduit dans le bureau de Dio. Il avait toujours traversé le couloir en passant devant tous ces lugubres petits bureaux anciennement des hydravions de la Pan Am, épaules en arrière, torse bombé. Il voulait s'assurer que les condamnés à perpète de la Mairie eux-mêmes pourraient admirer la puissance noire du Chef Booker... et si la porte était ouverte, il y aurait toujours un condamné à perpète blanc ou cubain debout juste de l'autre côté du seuil pour s'écrier d'une voix pateline et révérencieuse « Bonjour, Chef ! », et Sa Grandeur se tournait vers lui et répondait, « Salut, mon grand. »

Mais aujourd'hui, quand il avait longé le couloir, pas de condamnés à perpète psalmodiant « Bonjour, Chef » ou autre chose. Ils n'auraient pu réprimer plus intégralement leur idolâtrie. Ils n'avaient manifesté aucune réaction devant sa grandeur.

Était-il possible que la froideur de Dio se soit infiltrée dans tout le bâtiment ? Le climat n'avait pas été au beau fixe entre Dio et lui depuis le jour de cette explication à propos d'Hernández, Camacho et du fiasco du repaire de crack... en présence de cinq spectateurs, mais vu leur position et leurs grandes gueules cubaines, ces cinq-là suffisaient largement. Ils l'avaient vu caner devant Dio pour ne pas compromettre ses remboursements d'emprunt et son prestige de grand Chef noir. Bien sûr, ils ignoraient probablement tout de ses remboursements, mais l'autre volet – il aurait fallu qu'ils se soient égarés dans un autre univers pour ne pas piger immédiatement. Depuis ce jour, le Chef s'était senti humilié... plus que les témoins de cette scène n'auraient pu l'imaginer. Il avait plié devant ce prétentieux politicard cubain, Dionisio Cruz, devant lui et ses préoccupations purement, effrontément politiques...

Prenez un siège... Le gardien du portail de Dio, une haridelle du nom de Cecelia... qui arborait les faux cils d'une gamine de neuf ans jouant à Je me Maquille devant la glace... au-dessus de mâchoires dignes d'un Néandertal... lui avait dit, « Prenez un siège. » Pas d'excuse, pas d'explication, pas même un sourire ni un clin d'œil pour lui montrer qu'elle était consciente de l'étrangeté de la situation... juste « Prenez un siège. » Un « siège » était en fait un fauteuil en bois, accompagné de quatre ou cinq autres fauteuils en bois, dans un petit espace rikiki que l'on avait aménagé en retirant la cloison antérieure d'un petit bureau rikiki. Le Chef venait de passer devant cette prétendue salle d'attente de l'Hôtel de Ville, et devinez un peu le genre d'individus qu'on y trouvait ? Anthony Biaggi, une ordure de promoteur qui avait des visées sur un bâtiment et une cour d'école abandonnés de Pembroke Pines... José Hinchazón, un ex-flic qui s'était fait virer plusieurs années auparavant à la suite d'une affaire de corruption et dirigeait maintenant un service de « sécurité » on ne peut plus louche... un Anglo dans lequel le Chef avait cru reconnaître Adam Hirsch des excursions-bus-et-bateau Hirsch en train de couler. *Prendre un siège* dans la même pièce que cette bande ?

Baissant les yeux, le Chef adressa alors au visage chevalin de Cecelia le sourire ambigu, déstabilisant, dont il avait déjà pu observer maintes fois l'efficacité. Il plissa les yeux et retroussa la lèvre supérieure, dénudant une rangée de grandes dents blanches qui avaient l'air encore plus grandes sur la toile de fond de sa peau sombre. Ce sourire était censé faire comprendre qu'il s'apprêtait à l'élargir encore plus... en un sourire de pur bonheur... ou à l'avaler toute crue.

« Je serai au fond du couloir » – il fit un signe de tête dans cette direction – « quand Dio sera prêt à me recevoir. »

Cecelia n'était pas femme à sourciller. « Vous voulez dire dans la salle d'attente.

— Au fond du couloir », répéta-t-il, donnant de plus en plus l'impression d'être sur le point de l'avaler – avant de la recracher. Il prit une de ses cartes de visite, la retourna et nota un numéro de téléphone au verso. Il la lui tendit et transforma son sourire ambigu en sourire de pur bonheur, espérant qu'elle en percevrait l'ironie et en serait encore plus déstabilisée, ou du moins plus troublée.

Quand il reprit le couloir et passa devant la pitoyable salle d'attente, il remarqua du coin de l'œil que ses trois occupants le regardaient. Il se tourna vers eux mais n'en salua qu'un, Hirsch – sans savoir exactement quel Hirsch c'était, Adam ou bien son frère Jacob.

Comme à son arrivée, personne ne lui rendit d'hommage «Bonjour, Chef» depuis l'embouchure d'une porte ouverte, ce qui l'empêcha de se glisser dans un bureau quelconque et d'engager la conversation avec son occupant pour tuer le temps en attendant d'être convoqué... *convoqué* par son maître cubain.

Bon sang, il ne pouvait tout de même pas traîner dans le couloir... *Salaud de Dio!* Avoir le culot de le traiter comme n'importe quel humble requérant qui se présente à la cour pour plaider sa cause auprès du roi!

La seule solution était de retourner dans le hall d'entrée de cet Hôtel de Ville de la Pan Am et de faire semblant de passer des coups de fil. Les gens qui entraient et sortaient le voyaient debout dans un coin, à tapoter sur la face vitrée de son iPhone. Ils étaient inconscients de sa disgrâce... pour le moment, en tout cas... ils se massaient autour de lui presque comme des fans de rap... «Bonjour, Chef!»... «Hé, Chef!»... «Comment ça va, Chef?»... «Vous êtes le boss, Chef!»... et lui-même dispensait généreusement ses *Salut, mon grand,* et *Bonjour, mon grand* continus... Quelle ironie... Lui! Cyrus Booker, Chef de la Police, puissante présence noire au cœur du gouvernement municipal de Miami... Lui! Le Chef Booker, réduit à cette insignifiance insultante, rôdant dans un vestibule... exécutant un petit numéro défensif ridicule... s'évertuant à ne pas perdre, au lieu de risquer tout ce qu'il fallait pour gagner... *Lui!* Pourquoi reculerait-*il* devant *n'importe* qui? Il était né pour être un leader... et il était assez jeune, quarante-quatre ans seulement, pour reconquérir sa place au sommet... sinon dans ce rôle, alors dans un autre dont le sommet était encore plus élevé, bien que l'image qu'il en avait en cet instant précis fût un peu floue... au besoin, il le *construirait!*... qu'est-ce que c'était que cette trouille à faire tirebouchonner son pantalon à propos de la maison et du crédit? Qu'est-ce qu'une maison à Kendall changerait au jugement de l'Histoire?... il songea alors à un autre jugement... celui de sa femme... Elle serait angoissée, pendant vingt-quatre heures peut-être... puis furieuse!... *ooounnnghhh* Bordel de Dieu!... un homme ne pouvait tout de même pas reculer devant la colère de sa femme s'il était prêt à tout risquer... à tout réussir, pas vrai? *Meeeeeeeerde!* Elle serait sur le sentier de la guerre... «Bien joué, Grand Chef! Plus de boulot, plus de maison, plus de revenus, mais *nooon*... tu ne vas pas laisser ce... »

Son téléphone sonna. Il répondit comme il le faisait toujours : «Chef Booker.

— Ici Cecelia du bureau de Monsieur le Maire Cruz»... «du bureau de monsieur le Maire Cruz», comme s'il ne savait pas qui pouvait être Cecelia, cette Cecelia *là*, parmi les milliers que comptait cette ville. «Monsieur le Maire peut vous recevoir maintenant. Je suis allée vous chercher dans la salle d'attente... et je ne vous ai pas trouvé. Monsieur le Maire a un emploi du temps extrêmement chargé cet après-midi. »

Glacial? Putain, congelé, oui!... Tu peux te le mettre où je pense, Face de Cheval! Mais il répondit «J'arrive tout de suite.» Merde! Pourquoi avait-il ajouté «tout de suite»? Ça donnait l'impression qu'il allait se grouiller... docilement.

Pour des raisons de sécurité, on était obligé de prendre l'ascenseur pour monter au premier étage. Merde et remerde! Il s'y trouva pris au piège en compagnie de deux *Salut Chef* supplémentaires, dont l'un était un mec sympa qui écrivait des communiqués pour le Bureau de la Direction environnementale, un petit gars noir qui s'appelait Mike. Il accorda à Mike un *Salut mon grand!*... mais fut incapable de sourire! Il ne réussit qu'à montrer les dents!

Il s'entraîna à faire des sourires en longeant l'étroit couloir. Il fallait en tenir un prêt pour Cecelia. Quand il arriva devant son bureau, elle feignit un instant de ne pas le voir. Puis elle leva les yeux vers lui. Quelles grandes dents de cheval, elle avait, cette *salope*! «Ah, vous voilà», fit-elle et elle eut même le toupet de jeter un coup d'œil à sa montre. «Entrez, je vous prie.» Le Chef étala le sourire auquel il s'était exercé d'une joue à l'autre. Il espérait que le message était clair, «Oui, je comprends le petit jeu mesquin auquel tu joues, mais ne rêve pas, je ne vais certainement pas m'abaisser à ton niveau pour y jouer avec toi.»

Quand il entra dans le bureau du Maire, le vieux Dionisio était assis dans un grand fauteuil pivotant en acajou recouvert de cuir rouge sang. Le fauteuil pivotant était si grand qu'on aurait dit un Monstre d'Acajou, et le cuir rouge sang ressemblait à l'intérieur de sa gueule prête à avaler le Vieux Dionisio tout entier. Il était avachi contre le dossier avec une fatuité glorieusement ennuyée, devant un bureau sur la surface duquel on aurait pu faire atterrir un Piper Club. Il ne se leva pas pour accueillir le Chef comme il en avait l'habitude. Il ne se redressa même pas dans son fauteuil. Il s'y serait plutôt enfoncé davantage, jusqu'à l'extrême limite des ressorts des articulations du siège.

« Entrez, Chef, asseyez-vous. » Sa voix contenait une note d'injonction pleine d'assurance, tandis qu'un petit mouvement nonchalant du poignet indiquait l'autre côté du bureau, où se trouvait une chaise droite, juste en face du Vieux Dio. Le Chef s'assit, veillant à adopter une posture irréprochable. Le Vieux Dio lança alors : « Quelles sont les nouvelles de la tranquillité de nos concitoyens, cet après-midi, Chef ? »

Le Chef esquissa un léger sourire et désigna la petite radio de police fixée à la ceinture de son uniforme. « Pas un appel pendant la demi-heure où j'ai attendu.

— Parfait, dit le maire avec sur le visage la même expression de moquerie dubitative. Dans ce cas, que puis-je faire pour vous, Chef ?

— Vous vous rappelez certainement l'incident qui s'est produit au lycée Lee de Forest ? Cet enseignant qui a été arrêté pour avoir agressé un élève et qui a passé deux nuits en prison ? Bien. Il attend son procès, et les tribunaux ne font aucune différence entre un professeur qui agresse un lycéen et un voyou qui agresse un vieux de quatre-vingt-cinq ans qui se promène dans le parc avec un déambulateur en aluminium.

— Bien, admettons. Et...

— Il se trouve que nous savons que les choses ne se sont pas du tout passées comme ça. En réalité, c'est l'élève qui a agressé l'enseignant. Ce lycéen est le chef d'un gang haïtien qui s'est déjà fait connaître des services de police pour actes de violence, et les autres ont peur de lui. Ils en chient dans leur froc, pour parler clair. Il a ordonné à cinq membres de sa bande de mentir à la police et de prétendre que c'était le professeur qui l'avait agressé, *lui*.

— OK, et les autres élèves?

— Tous ceux que les policiers ont interrogés ont répondu qu'ils ne savaient pas. Qu'ils n'ont pas pu *voir* ce qui s'est passé, qu'ils ont été distraits par autre chose ou je ne sais quoi – le fin mot de l'affaire, c'est que ce voyou et son gang leur feraient passer un mauvais quart d'heure s'ils lâchaient la moindre allusion à ce qui s'est réellement passé.

— Et...

— Nous avons les aveux des cinq "témoins". Ils reconnaissent tous avoir menti aux policiers. Autrement dit, le dossier du procureur est vide. Mr Estevez – c'est le professeur – évitera ainsi une condamnation qui aurait pu être *très* sévère.

— Bon boulot, Chef, mais j'avais cru comprendre que cette affaire avait été confiée à la Police Scolaire.

— En effet, oui, mais elle est maintenant entre les mains du tribunal et du procureur.

— Parfait, parfait, tout est bien qui finit bien, n'est-ce pas Chef? lança le maire en relevant les coudes, en joignant les mains derrière sa nuque et en s'inclinant en arrière autant que le permettait le dossier d'un fauteuil pivotant. Merci d'avoir pris la peine de venir m'annoncer cette excellente nouvelle d'une victoire de la justice, Chef. Et c'est pour cette raison que vous avez insisté pour me voir en personne et pour prendre ce rendez-vous au moment le plus chargé de ma journée?»

L'ironie, la rebuffade, cette façon avilissante et dédaigneuse de le traiter comme un emmerdeur – qui lui faisait perdre un peu de son précieux temps –, le mépris intégral et l'irrespect flagrant... rompirent les digues. Appuyèrent sur la détente... Plus de retenue... Il y *allait*... risquait tout... même la maison de Kendall adorée de sa femme adorée dont le beau visage traversa son corps calleux à l'instant même où il disait, «En fait,... il y a un autre volet dans cette affaire.

— Ah oui?

— Oui. L'identité du policier qui a fait éclater la vérité et a évité que soit commise une terrible erreur judiciaire. La carrière de Mr Estevez, sa vie peut-être même auraient été détruites. Ce professeur doit beaucoup à ce policier. Nous lui devons tous beaucoup. Son nom vous dira certainement quelque chose... Nestor Camacho. »

Ce nom eut de terribles conséquences sur la posture hyper-relax du maire. Ses mains lâchèrent sa nuque, ses coudes heurtèrent le plateau de son bureau et sa tête s'inclina en avant. « Que dites-vous ? Je croyais qu'il avait été exclu de ses fonctions !

— C'est exact. Il l'est toujours. Mais juste après m'avoir remis son insigne et son arme – même pas une heure après, me semble-t-il –, il m'a révélé les noms des cinq garçons. Il s'était occupé de cette affaire de sa propre initiative. Il avait déjà eu une longue discussion avec l'un des garçons, et le gosse s'était rétracté, il avait retiré tout ce qu'il avait raconté à la Police Scolaire. À ce moment-là, comme Camacho était exclu de ses fonctions, j'ai demandé au Bureau des Inspecteurs d'interroger les quatre autres. Ils ne se sont pas entêtés bien longtemps. Il a suffi qu'ils apprennent qu'il y avait eu une défection dans leurs rangs et qu'ils risquaient tous d'être arrêtés et poursuivis pour faux témoignage. Ils se sont tous mis à table, l'un après l'autre. Ce ne sont que des gosses, après tout. Demain, le procureur annoncera qu'il renonce aux poursuites.

— Et il va citer Camacho ?

— Eh oui, bien sûr. J'y ai beaucoup réfléchi, Dio... Je le rétablis dans ses fonctions... je lui rends son insigne, son arme, tout le fourbi. »

À ces mots, le maire bondit en avant dans son fauteuil comme propulsé par ses ressorts.

« Vous ne pouvez pas faire ça, Cy ! Camacho vient d'être exclu de ses fonctions parce que c'est un putain de raciste ! Nous perdrons toute la crédibilité que nous avons acquise auprès de la communauté afro-américaine quand nous avons mis ce petit salopard au placard. J'aurais dû vous obliger à le virer purement et simplement. Et tout d'un coup – ça s'est passé quand, il y a trois semaines ? – tout d'un coup, le revoilà, plus grand que jamais, et c'est un putain de héros. Avec un truc pareil, vous pouvez être sûr que tous les

Afro-Américains de Miami vont reprendre les armes – tous sauf un, ce foutu Chef de la Police ! Hier encore, ils ont vu votre petit fanatique en action, ils l'ont entendu cracher son venin raciste, en direct, brut de décoffrage, sur YouTube. Cette fois, c'est dans cette putain de communauté hawaïenne qu'il va provoquer un putain de tollé. On les a déjà eus dans la rue pendant deux jours à foutre une sacrée merde. On ne va plus les tenir dès qu'ils apprendront que ce raciste notoire, votre Ku Klux Camacho, a réussi à faire porter le chapeau à l'un des leurs. Je vous avais bien dit que ce mec était une émeute raciale à lui tout seul ! Et vous prétendez le rétablir dans ses fonctions et même, lui rendre hommage ?! Je ne pige pas, Cy, franchement, je ne pige pas. Vous savez parfaitement qu'une des principales raisons pour lesquelles vous êtes devenu Chef de la Police était que nous vous considérions comme l'homme de la situation, le plus à même de maintenir la paix parmi toutes ces – *euh euhhh* – communautés. Et vous croyez que je vais vous laisser transformer les frictions raciales en une putain de conflagration, *sous mes yeux* ? Oooooooh nooooooooon, mon ami, vous ne ferez pas ça ! Vous m'obligeriez à prendre une décision que je préférerais ne pas avoir à prendre.

— Ah oui ? Laquelle ? »

Le Maire claqua des doigts. « Vous disparaîtrez *comme ça* ! Je vous le promets !

— Vous ne pouvez rien me promettre du tout, Dionisio. Rappelez-vous. Je ne travaille pas pour vous. Je travaille pour le Directeur administratif de la ville.

— C'est une distinction purement rhétorique. Le Directeur administratif bosse pour *moi*.

— Oh, c'est peut-être vous qui lui avez obtenu ce poste, et vous qui appuyez sur les boutons à sa place, mais la Convention municipale stipule qu'il travaille pour le Conseil municipal. Collez-lui cette affaire entre les mains et dès qu'il aura la presse sur le dos, il va s'affoler. Il va chier des briques ! Je connais certains conseillers – je les *connais* – aussi bien que vous *connaissez* votre soi-disant Directeur administratif – et je peux vous jurer qu'ils sont prêts à faire baver des ronds de chapeau à votre petit mignon, ils sont remontés à bloc, bien décidés à le dénoncer comme votre instrument personnel... en parfaite violation du mandat de la Convention... vous allez voir votre petit gars se transformer en gnome bafouillant. Il demandera à un foutu comité d'étudier la question pendant dix mois, ou jusqu'à ce qu'elle soit enterrée.

— Tout ce que vous pouvez faire, Cy, c'est gagner du temps... peut-être. Mais considérez-vous comme mort. La différence entre vous et moi, c'est que moi, je dois penser à la ville tout entière.

— Non, Dio, la différence entre vous et moi, c'est que vous êtes incapable de penser à autre chose qu'à ce que toute la ville pense de Dio. Et si vous vous retiriez dans une petite pièce tranquille et que vous preniez le temps de vous interroger sur le bien et le mal... je parie qu'il y a certaines choses qui vous reviendraient. »

Le maire pinça les lèvres dans un petit sourire suffisant. « Mort, Cy, vous êtes mort.

— Faites ce que vous avez à faire, et moi, j'en ferai autant... nous verrons bien. »

Il se leva et braqua sur le maire Dionisio Cruz le regard le plus belliqueux qu'il ait jamais adressé à quiconque de toute son existence... sans ciller une seule fois. Dio ne cilla pas non plus. Il resta assis dans la luxueuse mâchoire de cuir-rouge-sang-et-acajou de son mammouth de fauteuil pivotant et lui rendit – froidement – son regard. Le Chef aurait voulu arracher les globes oculaires du crâne de Dio de son rayon laser. Mais Dio ne broncha pas. Aucun de leurs muscles ne frémit, pas un mot ne franchit leurs lèvres. Un duel à la mexicaine classique, qui sembla durer une dizaine de minutes. En réalité, ce fut plutôt dix secondes. Puis le Chef pivota sur ses talons, montra à Dio son puissant dos et sortit précipitamment.

Dans l'ascenseur qui le reconduisait au rez-de-chaussée, il sentait son cœur battre aussi vite que du temps où il était un jeune athlète. Dans l'entrée, il croisa des citoyens qui ne pouvaient pas imaginer un instant qu'il avait été congelé, cryogénisé un étage plus haut. Ici, parmi ces âmes innocentes, les *Bonjour, Chef!* résonnaient comme ils l'avaient toujours fait. Contrairement à son habitude, il les ignora, ces braves gens, ses fans. Il était entièrement concentré sur autre chose.

Dès qu'il posa le pied à l'extérieur de cette ridicule mairie de stuc siège de Pan American Air, le brigadier Sanchez s'arrêta au volant de la grosse Escalade noire, et le Chef monta à côté de lui. Il songea que Sanchez ne l'avait sans doute jamais vu aussi renfrogné ni aussi agité.

Ne sachant trop quoi dire – mais impatient de savoir ce qui s'était passé –, Sanchez demanda, «Alors, Chef... *euhhh...* comment ça a été?»

Le regard braqué droit à travers le pare-brise, le Chef prononça trois mots : «Pas du tout.»

Sanchez mourait certainement d'envie d'insister, «Comment ça, pas du tout?»... mais n'osait pas poser une question aussi directe. Alors il prit son courage à deux mains pour demander, «Pas du tout? Pas du tout quoi, Chef?

— Ça n'a pas été du tout», répondit le Chef, regardant toujours droit devant lui. Au bout de quelques fractions de seconde, il déclara au pare-brise : «Mais ça *va aller.*»

Sanchez s'aperçut que ce n'était pas à lui qu'il parlait. C'était une conversation entre lui-même et son puissant Moi.

Le Chef sortit son iPhone de sa poche de poitrine, tapota deux fois son écran de verre du bout du doigt, approcha l'appareil de son oreille et dit, «Cat.» C'était un ordre, aucune courtoisie téléphonique. «Appelez Camacho – tout de suite. Je le veux dans mon bureau dès que possible.»

19

La putain

Magdalena s'éveilla dans un état hypnopompique. Quelque chose la caressait. Cela ne lui inspirait aucune inquiétude pourtant, juste une vague perplexité quasi inconsciente au milieu de ses efforts pour reprendre ses esprits. Lorsque la caresse glissa sur son pubis et sur son abdomen puis s'attarda sur le mamelon de son sein gauche, elle avait reconstitué le puzzle, sans ouvrir les yeux pour autant. Elle était allongée avec Serguëï, aussi nue que lui, dans le lit surdimensionné de son immense duplex de Sunny Isles – et n'arrivait pas à y croire. Elle n'arrivait pas à croire qu'un homme de son âge ait pu se régénérer encore et encore, avant qu'enfin, ils ne sombrent dans le sommeil. Elle ouvrit les paupières et il lui suffit d'un coup d'œil à la ligne où se rejoignait une paire de rideaux d'une magnificence presque comique pour constater qu'il faisait encore nuit. Ils n'avaient sans doute dormi que deux ou trois heures – et de toute évidence, il était prêt à remettre ça. Le musée Koroliov des beaux-arts... Elle était au lit avec le célèbre oligarque russe. *Todo el mundo* savait qui il était et quel homme séduisant c'était. Son corps touchait le sien et sa main la caressait ici... et là... et là et là et là, et elle était au désespoir. Elle était la putain du musée Koroliov des beaux-arts incarné dans un oligarque, un étranger qui parlait anglais avec un accent prononcé. Mais les pointes de ses seins se dressèrent alors toutes seules, et le flot de son bas-ventre emporta toute morale, tout désespoir et toutes autres considérations abstraites dans un nuage d'eau de Cologne pour homme. Son gros jockey reproducteur était à présent enfoncé dans sa selle pelvienne, au galop, au galop, au galop et avidement elle l'engloutissait l'engloutissait l'engloutissait dans les lèvres et la gueule de la selle – tout cela sans un mot. Il se mit tout de même à gémir et à ponctuer ses gémissements d'une exclamation occasionnelle de fausse souffrance en russe. Ça ressemblait à «Jiss katineee!» Il était stupéfiant. Il donnait l'impression de pouvoir tenir éternellement, si longtemps que des sons finirent par sortir involontairement de ses lèvres à elle... «*Ah... ah... ahh... ahhh... Ahhhhhhh*», alors qu'elle jouissait encore et encore... Quand, enfin, il se rallongea juste à côté d'elle, elle put reprendre le cours de ses réflexions. Sur sa table de nuit, le réveil indiquait 5 h 05 du matin. Était-elle une putain? Non! C'était la séquence moderne de l'amour! – de l'amour romantique! Il était fou d'elle, cela ne faisait aucun doute. Prêt à l'aimer jusqu'à la mort. Il n'était jamais rassasié d'elle, c'est-à-dire d'elle-*même*, également, de son esprit, de l'unicité de sa personne, de son *âme*. La regarder simplement, la désirer, s'abandonner entièrement à elle, vouloir la posséder à chaque instant de veille – et de *non-veille* aussi, manifestement – *Dios mío*, elle était tellement fatiguée, si épuisée qu'elle aurait voulu s'abîmer dans le sommeil – mais elle eut alors une vision du petit déjeuner en sa compagnie. Ils seraient peut-être en peignoir de bain. Elle avait aperçu de luxueux peignoirs en éponge suspendus dans la salle de bains... ils prendraient le petit déjeuner ensemble, regarderaient l'océan, se regarderaient l'un l'autre, échangeraient des propos langoureux, riraient de tout et de rien, leurs êtres tout entiers baignés de la douceur, des songeries engendrées, mais oui, par les divins sentiments charnels qui sont la... la... la *distillation* de choses qu'il est impossible d'exprimer par de simples mots, cet abandon parfait à – ¡*Dios mío*! c'était quoi, ça?! – ₚₗᵢₙg ᵖˡⁱⁿᵍ ᵖˡⁱⁿᵍ ₚₗᵢₙgₚₗᵢₙgₚₗᵢₙg ᵖˡⁱⁿᵍ ᵖˡⁱⁿᵍ ₚₗᵢₙgₚₗᵢₙgₚₗᵢₙg ᵖˡⁱⁿᵍ ᵖˡⁱⁿᵍ ₚₗᵢₙgₚₗᵢₙg ᵖˡⁱⁿᵍ ᵖˡⁱⁿᵍ ₚₗᵢₙgₚₗᵢₙg – Sergueï se retourna et tendit le bras vers sa table de chevet – vers son iPhone. C'était une musique de sonnerie douce et apaisante ₚₗᵢₙg ᵖˡⁱⁿᵍ ᵖˡⁱⁿᵍ ₚₗᵢₙgₚₗᵢₙgₚₗᵢₙg ᵖˡⁱⁿᵍ ᵖˡⁱⁿᵍ – et elle *connaissait* cette musique... mais d'où?... *Ahh*! cela remontait à bien des années! Deux fois, pendant la période de Noël, elle était allée avec sa mère voir un ballet pour enfants. Comment ça s'appelait déjà? La seule chose dont elle se souvenait était «La Danse de la Fée enragée»... non, ça ne pouvait pas être ça – «La Danse de la Fée

dragée!» Mais oui, bien sûr! Et le nom de tout le machin était...
Casse-noisette!... Ça lui revenait! En plus, c'était d'un grand compositeur... Comment s'appelait-il déjà?... *Tchaivovski!*... *voilà!*...
Tchaivovski!... C'était un vraiment *grand* compositeur, un *célèbre*
compositeur de belle musique. *Nestor* traversa furtivement son esprit.
Penser que Nestor avait un point commun avec Serguëï – s'éclater
avec des sonneries de téléphone. Marrant. Mais jusque dans ce petit
détail, à y bien réfléchir, Serguëï a un chic d'aristocrate. *Tchaivovski*
– un grand compositeur classique!... alors que Nestor révèle son
authentique moi d'Hialeah... Il faut qu'il choisisse une chanson nulle
de Bulldog, et Bulldog, c'est comme Dogbite et Rabies – une pâle
imitation de Pitbull. Jusque dans des petites choses insignifiantes
comme ça, le choix d'une sonnerie de téléphone, Serguëï appartenait
à une autre sphère. Serguëï _{pling} ^{pling pling} se releva sur le coude. Elle
regarda la courbure de son dos nu. Il prit le téléphone dans l'autre
main. Fin de *Casse-noisette*. Il recevait des appels drôlement *tôt*... Il
faisait encore nuit dehors.

«Allô?» dit Serguëï. Mais il poursuivit en russe. Il commença à
élever la voix. Il posa une question à son interlocuteur... un petit
délai pendant que l'autre répondait... Nouvelle interrogation de
Serguëï, plus fort. Délai... et Serguëï posa une autre question, avec
colère cette fois. Dans tout ce qu'il disait, Magdalena ne put reconnaître qu'un mot, un nom de ville – «Hallandale». Délai... cette fois,
Serguëï était furieux. Il hurlait.

Il jeta le téléphone sur le lit. Il fit pivoter ses jambes sur le côté, se
redressa en prenant appui sur ses paumes... Il resta assis, comme ça...
la colonne vertébrale tendue comme une corde, la tête aussi.

À mi-voix, il proféra quelques mots tout aussi furieusement. Il
secoua la tête de gauche à droite dans une mimique qui signifiait
«Un cas désespéré... désespéré... désespéré...»

«Qu'est-ce qui ne va pas, Serguëï?» demanda Magdalena.

Il ne tourna même pas la tête vers elle. Il prononça un seul mot,
«Rien.» En plus, il ne le *prononça* même pas vraiment. Il l'*exhala*.

Il se leva et se dirigea, tout nu... sans cesser de marmonner et de
secouer la tête... vers la penderie où il rangeait ses peignoirs... et en
décrocha un d'un grand cintre en acajou... un vrai costume de

théâtre, ce peignoir, une lourde soie avec un motif bleu marine, bleu moyen et rouge parsemé de pois blancs pas plus gros que des grains de blé qui montaient et descendaient, filant comme des comètes... des revers et des manchettes rouges piqués énormes... Il battit des bras pour les introduire dans les manches. Il était debout devant elle... il ne la voyait pas...

... Ah ! – une lueur d'espoir ! Bien qu'il fût à cinq ou six pas d'elle, elle avait sa *polla* presque sous les yeux... et elle était tumescente... tumescente à n'en pas douter ! :::::: un signe que j'existe encore ! :::::: mais ses yeux n'en révélaient rien... Dans sa tête, les sept types de neurones au grand complet donnaient de violents coups dans les synapses à la vitesse grand V... Elle mourait d'envie de lui demander ce qui se passait. Elle se souleva sur un coude... le spectacle de ses seins aux mamelons soudain érigés n'allait-il pas le rendre gravement tumescent... fou de *coño*... mais il réussit à maîtriser son désir, si désir il y avait... apparemment, elle n'existait plus pour lui, et de toute évidence, aucune curiosité de sa part n'était la bienvenue.

Il avait à peine enfilé ses pantoufles... en velours brodé de quoi ? – un monogramme alambiqué en caractères russes ?... qui avaient dû coûter plus cher à elles seules que la totalité des vêtements qu'il lui avait retirés en rutrutrut la nuit dernière... La nuit dernière... Ça ne remontait pas à bien loin, à en juger par la fatigue, un vague étourdissement même, qui l'accablait... La lumière qui filtrait à la lisière des rideaux paraissait extrêmement faible... à se demander même si le soleil était levé ?... ce qui ajoutait encore au mystère de cet appel téléphonique... Il s'était passé *quelque chose*... Il avait à peine enfilé ses pantoufles qu'un timbre de porte tintinnabula... ne sonna pas, ne vibra pas, non... tintinnabula comme la lame centrale d'un xylophone... Pas question de déclencher d'explosion ou d'autre bruit perturbateur en appuyant sur un bouton à l'extérieur de la chambre à coucher de Sergueï Koroliov...

Sergueï se passa la main dans les cheveux et se dirigea vers la porte... Magdalena se glissa sous les draps pour cacher sa nudité et envisagea de s'enfoncer aussi profondément que possible dans les oreillers et de tourner le dos à tout ce qui allait se passer... mais la curiosité l'emporta et elle resta allongée sous des couvertures qui la dissimulaient entièrement jusqu'aux pommettes – dégageant les yeux. Elle ne voulait rien manquer. Sergueï prononça quelques mots en russe devant la porte... une voix grave répondit du dehors. Deux hommes entrèrent, à peu près trente-cinq ans l'un comme l'autre... vêtus de costumes brun clair identiques – en gabardine ? – et de polos bleu marine – noirs ?... l'un grand, les épaules voûtées, le crâne largement dégarni rasé jusqu'à ressembler à un pommeau difforme et monstrueux... l'autre plus petit, plus massif... exhibant aux yeux du monde une tignasse ondulée brun foncé à laquelle il accordait visiblement *beaucoup* de soin... Ils avaient tous les deux les yeux enfoncés dans les orbites et firent à Magdalena l'effet de vrais durs. À en juger par la manière servile dont il agitait la tête, le grand sembla présenter ses excuses à Sergueï pour l'avoir réveillé d'aussi bonne heure, puis il lui tendit un journal ouvert à une certaine page... Toujours debout, Sergueï le parcourut des yeux pendant une minute qui parut durer une heure, car tous, Magdalena comprise, attendaient avec impatience la réaction du parrain. Il jeta un regard noir aux deux hommes comme s'ils avaient fait quelque chose de mal, et de stupide qui plus est. Sans un mot, il leur fit signe de franchir une double porte à l'ancienne avec des panneaux de verre et de lourds meneaux de bois – en la désignant d'un bras tendu et d'un index qui sembla soudain mesurer trente bons centimètres de long. La porte donnait sur un petit bureau. Pour la rejoindre, ils devaient passer à moins de deux mètres du lit. Chacun d'eux jeta un unique coup d'œil à Magdalena, chacun d'eux hocha la tête de cinq centimètres pas davantage, chacun d'eux murmura « Miss », sans ralentir d'une microseconde leur marche docile en direction du bureau. Un micro-hochement de tête... un micro-mot de salutation – même pas de salutation ; une simple constatation minimale de son existence. Une vague brûlante d'humiliation lui traversa le cerveau. Leur « urbanité » était pur automatisme. Magdalena n'était de toute évidence qu'un numéro de plus parmi la série de jeunes créatures nues que l'on pouvait s'attendre à trouver dans le lit du maître au matin.

Dans le bureau, elle vit le plus petit, celui qui raffolait de ses propres ondulations capillaires, attraper un téléphone sans fil et le

tendre à Sergueï qui s'était assis. Sergueï grondait dans le combiné...
en russe. Tout ce que Magdalena pouvait comprendre était
«Hallandale» et «seniors actifs»... une expression qui n'avait aucun
sens pour elle mais se détachait du reste parce qu'elle était en anglais.
Quand il eut enfin conclu son tir de barrage russe, il rendit le téléphone au garde du corps aux boucles ondulantes... et, pour la première fois depuis l'arrivée des deux types, sembla se rappeler la
présence de Magdalena.

Il émergea du bureau et lança, «Un léger contretemps», d'une voix
solennelle. Il hésita, comme s'il s'apprêtait à en dire davantage... ce
qu'il fit : «Vladimir va vous raccompagner chez vous.»

Puis il se dirigea tout droit vers son dressing. Sans lui accorder
un regard de plus. Magdalena restait prisonnière sous les couvertures – nue. Les deux gardes du corps étaient dans le bureau...
C'était comme une pression physique... déferlante sur déferlante
d'humiliation... abandonnée sans rien sur le dos dans une grande
chambre à coucher délirante avec deux Russes à la mine patibulaire
qui pouvaient la voir à travers la porte vitrée chaque fois que l'envie
les en prenait. D'abord, elle eut peur. La peur céda ensuite à une
honte brûlante à l'idée de s'être laissé utiliser comme ça... un *coño*
usagé attendant d'être balayé avec les autres détritus... *Vladimir
va vous raccompagner chez vous...* Après quelques interminables
minutes durant lesquelles elle suffoqua de honte et d'humiliation..., Sergueï réapparut enfin... vêtu à la hâte d'une chemise bleu
pâle visiblement hors de prix enfoncée dans un jean... elle n'imaginait même pas qu'il possédait quelque chose d'aussi commun qu'un
jean... Avec ça, une paire de mocassins en peau de porc couleur ocre
qui avaient dû coûter un millier de dollars... sans chaussettes... sans
sourire... rien que la plus sèche, la plus atroce expression de politesse qu'elle eût jamais entendue, «Vladimir s'occupera de tout. Si
vous voulez un petit déjeuner, la cuisinière vous le préparera. Je
suis navré, mais c'est une urgence. Vladimir prendra soin de vous.»
Il sortit de la pièce flanqué de l'autre garde du corps, le petit aux
préoccupations capillaires.

Magdalena était furieuse, mais trop abasourdie pour le montrer.

Tel un zombie affligé d'un fort accent russe, le fameux Vladimir lui dit «Quand vous prête, j'emmène vous. J'attends vous dehors.» Il franchit le seuil et referma soigneusement la porte derrière lui.

Son attitude prosaïque donna à Magdalena l'impression qu'il avait l'habitude de traîner hors d'ici tous les matins une fille à poil ou une autre.

«Espèce de salaud», lança-t-elle à mi-voix en s'extirpant de sous les couvertures et en se levant. Son cœur battait à tout rompre. Elle ne s'était jamais sentie plus humiliée de sa vie. Le champion d'échecs sadique de Sergueï au Gogol n'arrivait pas à la cheville du Maître en personne. Un moment, elle resta immobile, sous le choc. Un miroir mural lui renvoyait l'image d'une fille complètement nue, dans une immense chambre à coucher hyper élégante, un décor qui se voulait grandiose mais ne réussissait en fait qu'à être tarabiscoté et maniéré... avec ses festons ornementaux, ses sièges et ses commodes anciens et toute une armada de tentures violet foncé retenues par des embrasses brochées d'or parfaitement grotesques en plis de velours profonds comme des ruisseaux. La fille nue dans la glace avait tout de la petite putain et maintenant, cette traînée était censée rassembler ses sapes bon marché, à deux balles, sa tenue de jolie petite *puta* et se casser... maintenant qu'elle avait été consommée comme un soufflé, consumée comme un cigare, et que Vladimir... avait reçu instruction de sortir les poubelles.

La salle de bains contenait une infinité de miroirs dans lesquels la petite salope pouvait voir son *cul* et ses *nichons* de putain à poil, sous tous les angles imaginables. Heureusement qu'elle avait mis hier soir la petite robe noire toute simple d'Amélia... ouais, si simple qu'elle s'ouvrait devant dans un large V qui descendait *jusqu'ici*... et bien sûr, elle pouvait faire sa sortie en plein jour en toute discrétion, puisque les gens ne verraient que la moitié intérieure de ses nichons et que chaque bout de sein était recouvert d'une largeur de ruban de la même soie artificielle noire que la robe.

Les chaussures de satin noir qu'elle avait aux pieds étaient décolletées très bas et avaient des talons aussi hauts qu'on en portait, et cette année, on les portait *très* hauts. On aurait dit une tour de sexe sur la pointe des pieds. Bien, bien, au point où elle en était, pourquoi ne pas couronner le tout par du rouge à lèvres framboise coup-de-râteau-sur-la-joue... et suffisamment d'ombre à paupières noire pour que ses yeux ressemblent à deux globes miroitants flottant sur deux mares concupiscentes de mascara.

Elle passa son sac à main à l'épaule, le it-Big de cette année, bien sûr, en faux python noir de la meilleure qualité. Elle s'apprêtait à sortir de la chambre, concentrée sur la nécessité de réprimer son ressentiment à l'égard de Vladimir, ce robot au crâne rasé, affaiblie et humiliée par ce qu'il savait de sa nuit et de ce matin... :::::: Serguéï ! Tu es un vrai salaud ! Tu sais ça ? :::::: Elle se jura de lui *dire ce qu'elle pensait de lui* si elle avait la malchance de retomber sur lui un jour. :::::: Comment as-tu pu laisser ces deux aborigènes russes entrer dans la chambre ? :::::: C'était de la perversité, ou quoi ? Non, pire encore. Il avait eu ce qu'il voulait. Il l'avait baisée. Elle n'était plus qu'un objet qui traînait. Et qu'est-ce que ça peut bien faire à un objet ? Depuis quand les objets ont-ils un sens moral qui s'accroche à des sentiments comme la pudeur ?... Ou, pour dire les choses autrement, depuis quand les putes éprouvent-elles autre chose que les putes ?

À présent, Magdalena était *vraimen*t furieuse. Elle remarqua le journal qui gisait par terre, près du fauteuil où Serguéï s'était assis. Elle le ramassa et parcourut le bas de page qu'il avait lu... Section C du *Herald*, « Arts et Spectacles ».

L'essentiel était occupé par un article dont le titre était surmonté d'une petite ligne serrée de majuscules : UN RÉALISTE QUI NE MÂCHE PAS SES MOTS.

Le texte commençait ainsi : « Si le rire pouvait tuer, tous les grands artistes modernes de Picasso à Peter Doig auraient succombé massivement cette semaine et leurs cadavres joncheraient le sol de l'atelier que possède à Wynwood un membre de l'espèce la plus menacée de tout le monde de l'art : un peintre réaliste.

Igor Droukovitch, un grand gaillard sympathique d'origine russe au rire tonitruant, n'est sans doute pas l'artiste le plus connu de Miami, mais c'est peut-être le plus pittoresque. »

Magdalena s'interrogea :::::: « *tonitruant ?* que veut dire *tonitruant* ? :::::: buzz... buzz... buzz... elle poursuivit sa lecture. Ce Droukovitch n'arrête pas de descendre des verres d'une étrange concoction à la vodka de son invention. Le voilà qui dit «Picasso ne sait pas dessiner»... Si, lui, Droukovitch, ne savait pas mieux dessiner que Picasso, il lancerait un nouveau mouvement qu'il appellerait cubisme... Mais qu'est-ce ça *pouvait* bien vouloir dire? Elle ne s'arrêta pas pour y réfléchir... buzz... buzz... buzz... trois artistes russes dont elle n'avait jamais entendu parler... Mal-ey – *qui ?*... Au moins elle avait *entendu parler* de Picasso... Le mec qui a écrit cet article s'imagine visiblement que tous ces trucs art et culture sont purement et simplement *fascinants*... Magdalena jeta un coup d'œil à la signature... John Smith... *Dios mío*... le même nom ; encore une fois!... mais c'est tellement rasoir qu'elle ne comprend pas ce qui a bien pu faire exploser Serguéï comme ça... elle sent le sommeil la gagner... elle va s'endormir comme un cheval... debout – *pop!* – le nom de Serguéï surgit – *pop!* – comme par enchantement : «Vingt tableaux, d'une valeur estimée à 70 millions de dollars, ont été donnés au Musée des beaux-arts de Miami par le collectionneur russe Serguéï Koroliov, récemment arrivé dans notre pays. »

Elle est parfaitement réveillée maintenant... *Qu'est-ce qu'il dit sur Serguéï?*... Serguéï?... Il n'y a rien de plus sur Serguéï... buzz... buzz... buzz... le journaliste poursuit avec les peintres russes, Malevitch, Gontcharova et Kandinsky... Le sympathique peintre russe «au rire tonitruant», ce Droukovitch, descend une nouvelle vodka et commence à se moquer de ces trois peintres... buzz... buzz... buzz... Droukovitch pense-t-il pouvoir faire ce qu'ils ont fait? «*N'importe qui* pourrait! répond-il. *Je* pourrais, sauf que ça m'obligerait à regarder cette [m—e].» Il dit qu'il préférerait encore le faire les yeux bandés, que d'ailleurs, il l'a déjà fait les yeux bandés... buzz buzz... un nouveau verre de vodka... Quelqu'un lui demande où sont ces tableaux... Il prétend qu'il n'en sait rien... Peut-être qu'il les a jetés, ou perdus, ou donnés... S'il les avait donnés à quelqu'un, à qui les aurait-il donnés?... «Qui en voudrait?» demande le Russe. Quelqu'un dit «Le Musée des beaux-arts de Miami a apparemment été très heureux d'obtenir des toiles originales de ces peintres. On les a estimées à 70 millions de dollars... Peut-être les avez-vous donnés au musée.»... *rire rire rire*... Le Russe dit «C'est la chose la plus stupide que j'aie jamais entendue »... encore de la vodka... buzz buzz buzz buzz... Le type doit être saoul comme un cochon maintenant... Magdalena lit l'article jusqu'au bout... il n'est plus question de Sergueï... Mais alors, qu'est-ce qui a bien pu lui faire péter les plombs ? Se mettrait-il en pétard à ce point parce que quelqu'un dont personne n'a jamais entendu parler n'aime pas les tableaux qu'il a donnés au musée ?... Elle ne voit que ça... Il est sûrement très fier et très susceptible à ce sujet... buzz... buzz... buzz... et dire qu'elle s'est obligée à lire tout cet article...

Comme il en avait reçu l'ordre, Vladimir attendait Magdalena sur le pas de la porte quand elle sortit de l'appartement de Sergueï. Il affichait l'expression parfaitement vide de l'automate efficace qu'il était. Pas un muscle de son visage ne frémit quand il l'aperçut. Mais sa présence était suffisante pour que Magdalena sente sa tête tout entière brûler de honte. Quelle image offrait-elle au reste du monde ce matin ? Facile : celle d'une petite pute au lendemain de l'orgie, portant la presque-robe aux nichons-exubérants dans laquelle elle était arrivée la veille au soir... encore toute suintante de jus de papaye malade.

Dieu merci, un ascenseur conduisait directement au garage souterrain. Sans un mot, Vladimir la dirigea vers ce qui se révéla être la limousine de Sergueï, une Mercedes Maybach bronze. Elle monta à l'arrière et se roula en boule dans un coin de la vaste banquette, cherchant à se rendre invisible. La seule vue qu'elle avait, tandis qu'ils gravissaient une rampe de sortie et débouchaient sur Collins Avenue, était l'arrière du pommeau blanc chauve de la tête de Vladimir derrière le volant.

:::::: Vladimir, tu n'as pas intérêt à me dire un seul mot. ::::::

Il s'avéra qu'elle n'avait rien à craindre sur ce point. Ce qui lui laissa tout loisir de céder à la paranoïa.

:::::: Sergueï m'a traitée comme une pute à deux balles. Et si ce sinistre automate ne me ramenait pas chez moi ? – et s'il m'enlevait et me séquestrait dans un endroit dont je n'ai jamais entendu parler où on m'obligerait à commettre des actes indicibles ? ::::::

Elle avait désormais les yeux rivés sur le paysage qu'ils traversaient. Elle cherchait désespérément des repères rassurants. Mais elle connaissait si mal la géographie de ce coin, au nord de Miami Beach...

Dieu merci! Ils venaient de passer devant le Fontainebleau... ils étaient sur la bonne route... Elle regarda à nouveau la caboche de Vladimir... Une nouvelle série de désastres à venir commença à s'ébattre follement dans son esprit... Comment allait-elle vivre maintenant?... Avait-elle supposé, tout au fond d'elle-même, que Sergueï l'entretiendrait comme l'avait fait Norman?... Elle n'avait pas encore vraiment pris la mesure de la situation. :::::: Pendant tout ce temps, j'ai été une femme entretenue! C'est vrai! J'ai tourné le dos à ma famille, à Nestor, à tout le monde, parce que Norman était une célébrité qui passait à la télé... *Une célébrité*, tu parles... Il s'est laissé entuber chaque fois que des maquereaux de la télé cherchaient un égotiste diplômé en médecine pour exciter le pervers tapi au fond de tout téléspectateur en lui livrant les dernières informations en date sur l'addiction à la pornographie... alors que tous ses confrères psychiatres le regardent de haut et le traitent d'accro à la publicité et d'arriviste prêt à tout pour attirer l'attention... quitte à dévaloriser la profession... ¡*Dios mío!* Comment ai-je pu craquer pour des sales types corrompus comme eux? ::::::

Elle avait tellement honte qu'elle demanda à Vladimir de la déposer à un bloc de son immeuble. Elle ne voulait pas qu'on la voie rentrer chez elle dans cette voiture. Pourquoi cette fille, encore en tenue de soirée, se fait-elle raccompagner dans ce quartier bon marché (pour Miami Beach) d'aussi bonne heure le matin dans la limousine d'un richard par l'automate crétin et affreux d'un richard? Il faut vraiment qu'on vous mette les points sur les *i*?

C'était une de ces journées épouvantables où l'atmosphère de Miami n'a rien à envier à celle d'un pressing. Elle parcourt la distance d'un pâté de maisons et elle a déjà trop chaud, elle se sent poisseuse et se lamente sur son sort. Elle a beau serrer les dents, elle n'arrive pas à retenir ses larmes. Le mascara censé théâtraliser ses orbites coule sur ses pommettes, ce qui est exactement ce qu'elle mérite, espèce de petite pute.

:::::: Je t'en prie, Dieu, fais qu'Amélia ne soit pas là... Fais qu'elle ne me voie pas comme ça! :::::: Inutile même d'*essayer* de jouer la comédie à Amélia... pas sur *ce* sujet. Magdalena pousse la porte et... Amélia est là, les mains sur les hanches. Elle jette un coup d'œil à Magdalena dans la robe-noire-de-la-veille qu'elle lui a prêtée, et un sourire mais-qu'est-ce-que-c'est-que-c'est-que-ça glisse furtivement sur ses lèvres.

« Et d'où revenons-*nous* comme ça ? demanda-t-elle.

— Oh, tu sais très bien d'où je reviens... » Sur ces mots, les yeux aqueux de Magdalena s'écarquillèrent, sa bouche s'ouvrit... et elle *fondit* en larmes. Ses sanglots explosaient en paroxysmes réguliers. Elle savait qu'elle devait raconter toute l'histoire à Amélia, jusqu'au moindre détail humiliant... mais pour le moment, c'était le cadet de ses soucis. C'était la peur qui l'étreignait.

« Allons, fit Amélia. Hé ! – qu'est-ce qui ne va pas ? » Elle prit Magdalena dans ses bras – et ne saurait jamais combien sa colocataire lui fut reconnaissante de cette petite étreinte. Même calme et posée, Magdalena ne trouverait jamais les mots pour exprimer l'importance de ce geste de *protection* d'Amélia à ses yeux en cet instant.

« Oh mon Dieu, je me dégoûte tellement, si tu savais ! Ça a été la pire *sniff* nuit *sniff* de *sniff* toute ma vie ! *sniff sniff sniff sniff.* » Ses mots nageaient contre des vagues et des vagues de sanglots.

« Raconte-moi », dit Amélia.

sniff sniff sniff « Et je le trouvais tellement *sniff* cool *sniff* et tout ça... et cultivé *sniff*... et tellement *sniff* européen *sniff* et il *sniff* savait tous ces trucs sur l'art *sniff* et il avait des manières si distinguées... tu veux savoir ce qu'il est, en vrai ?... C'est le *porc* le plus dégueu du monde ! Il fourre son sale groin par-ci *sniff* et par-là *sniff* et partout où il veut et ensuite il me traite comme de la *mierda* ! » – un seau de larmes – « Je me *sens* tellement crasseuse ! » *sniff sniff sniff sniff...*

« Mais *qu'est-ce* qui s'est passé ?

— Il a fait entrer ces deux... *truands* dans la chambre, dans la chambre je te dis, j'étais encore au lit, et il s'est foutu en rogne, il s'est mis à leur hurler des trucs en russe... et moi, j'ai pensé "C'est comme si je n'existais pas" – mais j'existe, si, si, j'existe ! *sniff* je suis ce *coño* usagé *sniff* qui traîne *sniff* dans le lit *sniff sniff* et il leur ordonne de balancer ce *coño* usagé avec le reste des ordures *sniff* avant qu'il commence à puer *sniff sniff sniff sniff.* Il m'a fait flipper, Amélia... il m'a *vraiment* fait flipper... Mais c'est encore pire que ça. Il me fout les jetons. Tout ce qu'il m'a dit, c'est : "Un léger contretemps. Vladimir va vous raccompagner chez vous." Point barre ! – et on vient de passer toute la nuit – "Vladimir va vous raccompagner chez vous!" Vladimir, c'est un de ses truands... un grand costaud russe au crâne rasé... rasé jusqu'à l'os... un os chauve – avec toutes ces bosses et ces protubérances, et pas l'ombre d'une cervelle à l'intérieur, rien que des circuits de jeu vidéo... C'est un robot, et tout ce que Sergueï lui dit de faire, il le fait. Il me ramène ici sans prononcer un seul mot. Il a reçu des ordres. Sors ce *coño* usagé d'ici et va le balancer quelque part. Alors il l'amène jusqu'ici et il le balance... Il y a un truc – vraiment bizarre – un truc *mauvais* dans tout cette combine. Ça fout les jetons, Amélia! »

Elle voyait bien qu'Amélia en avait déjà ras-le-bol de cette litanie mais ne trouvait rien de pertinent à répondre. Finalement, elle lâcha, « En fait, je ne sais rien sur ton Sergueï à part... »

Magdalena rit aigrement et murmura « *Mon* Sergueï...

— ce que tu m'as raconté, mais j'ai l'impression que pour un oligarque – c'est bien ça, non? – séduisant et raffiné, il aurait plutôt les manières de ces cosaques russes qui se baladaient en coupant les mains des petits enfants surpris à voler du pain. »

Magdalena, sincèrement effarouchée : « Des *cosaques* russes?

— Allons, pas de panique! Il n'*existe* plus de cosaques russes, je te le jure. Pas même à Sunny Isles. Je ne sais pas pourquoi ça m'est passé par la tête.

— Couper les mains des petits enfants surpris à voler du pain...

— C'est bon, c'est bon. La comparaison est un peu exagérée, je te l'accorde... mais tu vois ce que je veux dire... »

À l'instant même où Magdalena s'apprêtait à répondre, un frisson lui parcourut le corps. Amélia avait-elle remarqué qu'elle tremblait?

En tout début de soirée, Nestor et Ghislaine se trouvaient au musée Koroliov des beaux-arts en train d'observer attentivement une toile d'environ un mètre de haut sur soixante-dix centimètres de large... Un cartel indiquait, « Wassily Kandinsky, *Composition Suprématiste XXIII*, 1919. »

:::::: Putain, et ça représente quoi, ce truc? :::::: se demandait Nestor.

552

Une grande touche bleu-vert descendait *ici* près du bord inférieur et il y avait une plus petite touche *là-haut* peinte en rouge... mais un rouge terne comme la brique. Les deux n'avaient strictement rien à voir l'une avec l'autre, et entre les deux... un énorme paquet de fines lignes noires, longues, courtes, droites, incurvées, maladives, estro-piées, passant les unes au-dessus des autres en enchevêtrements confus tout en s'écartant pour éviter une congestion occasionnelle de points et d'empreintes digitales de toutes les couleurs imaginables, pourvu qu'elles se heurtent. ::::::: Est-ce que c'est censé être une *blague* pour se moquer des gens sérieux qui se gargarisent de tout ce que l'oligarque Serguëi Koroliov, si dévoué au bien public, a fait pour Miami? ::::::: C'était tellement dingue que Nestor ne put s'empêcher de se rapprocher de Ghislaine et de lui murmurer... d'une voix étouffée :

« Super, hein ? On dirait une explosion dans une benne à ordures ! »

Tout d'abord, Ghislaine ne répondit rien. Puis elle s'inclina vers Nestor et observa d'un ton pieux, « Vous savez, je ne pense pas que cette œuvre soit là parce qu'on espère qu'elle vous plaira. Il s'agit plu-tôt d'une sorte de jalon, voyez-vous.

— Un *jalon* ? répéta Nestor. Comment ça, un *jalon* ?

— Un jalon de l'histoire de l'art. J'ai suivi un cours au dernier semestre sur l'art du début du XXe siècle. Kandinsky et Malevitch ont été les premiers artistes à faire des peintures abstraites et rien que des peintures abstraites. »

C'était un choc. Nestor comprenait qu'à sa manière douce et indulgente, en prenant soin de ne pas le vexer, Ghislaine venait de le remettre à sa place. Ouais ! Il n'avait pas compris comment, très exac-tement, mais elle l'avait remis à sa place... à voix basse. D'ailleurs, pourquoi est-ce que tous ces gens parlaient sur ce ton déférent ?... comme si le musée Koroliov des beaux-arts était une église ou une chapelle. Il devait y avoir soixante ou soixante-dix visiteurs dans les deux salles. Ils se massaient révérencieusement devant telle ou telle œuvre, les fidèles, et communiaient... communiaient avec quoi ?... L'âme ascendante de Wassily Kandinsky ?... l'Art lui-même, l'Art le Tout-en-Un ?... Cela dépassait Nestor... Ces gens traitaient l'art comme une religion. À cette différence près qu'avec la religion, on pouvait toujours s'en sortir en blaguant... Il suffisait de penser à tous les trucs marrants qu'on disait sur le Seigneur, le Sauveur, le Paradis, l'Enfer, les Ténèbres éternelles, Satan, le chœur des Anges, le Purgatoire, le Messie, les grenouilles de bénitier... pour en tirer des effets comiques... En fait, la simple idée d'en parler sérieusement aurait mis beaucoup de gens mal à l'aise... alors que l'Art, personne n'osait s'en moquer... c'était du sérieux... si on se permettait de faire des remarques plus ou moins rigolotes... ça voulait dire qu'on était un *palurdo*... un benêt... un blaireau, incapable de sentir la maladresse mortifiante d'un tel sacrilège... Eh oui! Voilà pourquoi traiter la *Composition suprématiste XXIII* de Kandinsky comme une grosse blague prétentieuse n'avait rien de drôle, pourquoi c'était tellement puéril, si affreusement embarrassant... et pourquoi Ghislaine s'était sentie tenue de réagir plus énergiquement que par un petit rire anodin qui aurait allégé le poids de sa balourdise avant de passer à autre chose... Ce qui, à son tour, le rendait douloureusement conscient des lacunes de son éducation.

Il ne pensait pourtant pas que les diplômés de l'université soient des êtres plus intelligents que les autres. Il connaissait par leur nom un certain nombre de débiles qui avaient une licence, de quoi publier un vrai *Who's Who* des losers. Mais, chemin faisant, ils ramassaient tous ces... *machins* qui pouvaient être utiles dans la conversation. Magdalena appelait ça «tous ces trucs de musée», et c'était précisément son problème actuel. Il n'avait pas – mais il interrompit le cours de ses pensées pour chasser Magdalena de son esprit. Tout ce qui le préoccupait pour le moment était que Ghislaine l'avait remis à sa place... avec le plus de douceur possible, mais elle l'avait *remis à sa place*, et il n'avait pas l'intention de rester planté là devant cette merde de peinture comme un petit garçon réprimandé et repentant.

Tout d'un coup, il s'entendit dire, «Bien, bien, je ne suis pas ici pour aimer l'art. Je suis sur une affaire.

— Vous êtes... vous avez dit *affaire*?» Ghislaine ne savait pas comment présenter les choses. «Mais, je croyais que vous étiez...

— Vous croyiez que j'étais "exclu de mes fonctions"? C'est ça? En effet, mais cette fois, c'est une enquête privée. Sur ces peintures.» Il esquissa un grand geste du bras, comme pour embrasser tous les tableaux de la salle. Il savait qu'il ferait mieux de se taire, mais c'était un moyen d'enterrer le noble *jalon* de Ghislaine et tout le toutim. Il se pencha vers son oreille, «Ce sont des faux, tout ce que contiennent ces deux salles.

— Pardon? s'écria Ghislaine. Comment ça, des *faux*?

— Ce sont des contrefaçons. Excellentes, paraît-il, mais des contrefaçons, toutes ces œuvres, jusqu'à la dernière.»

Son expression stupéfaite combla Nestor de joie. Ce coup-ci, il l'avait bluffée. Qu'il soit un *palurdo* ou non n'avait plus d'importance. Il avait porté tout le sujet à un niveau tellement plus élevé... où les historiens de l'art n'étaient que des petits papillons, des insectes.

«Ouais, poursuivit-il. J'ai bien peur que ce soit vrai. Ce sont des contrefaçons, en effet, et je sais à qui Koroliov s'est adressé pour les faire exécuter. Je suis même allé dans l'atelier clandestin où il a peint ces toiles. Il ne me reste qu'à le prouver. Et si ce sont des faux...» Il haussa les épaules comme pour dire, «Inutile de perdre notre temps avec ce foutu jalon.»

Et toc! Son travail, ses compétences d'enquêteur privé rendaient sa rebuffade stupide et enfantine – mais c'est à cet instant seulement qu'il songea qu'il n'aurait *rien* dû divulguer de son entreprise. Dans le seul but de panser sa vanité blessée, il avait tout confié à une étudiante qu'il connaissait à peine.

Mais non, voyons! Il la *connaissait*. Elle était transparente et elle était honnête. Il pouvait lui faire *confiance*. Il l'avait compris dès le début. Mais tout de même... puisqu'il avait fait une connerie, mieux valait remettre les pendules à l'heure.

Il lui adressa un presque Regard de Flic. «Tout ça reste entre nous, bien sûr, entre vous et moi, OK? C'est compris?»

Il maintint son Regard de Flic rivé sur elle jusqu'à ce qu'il lui ait arraché cette promesse. «Oui, fit-elle d'une toute petite voix, un gémissement presque, je comprends.»

Il se sentit affreusement coupable. Le meilleur moyen de l'éloigner de lui – et de perdre sa confiance – serait de continuer sur le mode gros dur. Il arbora donc le sourire le plus doux, le plus affectueux qu'il pût imaginer. «Pardon, dit-il... je ne voulais pas avoir l'air aussi... aussi... pompeux et tout ça. S'il y a quelqu'un en qui j'aie confiance, c'est bien vous. Je... vraiment... je le *sais*, voilà tout. Je l'ai su dès le début, et... »

Il s'interrompit. Dès le début de *quoi* au juste? Voilà qu'il allait trop loin en sens inverse.

« Enfin, vous voyez ce que je veux dire... C'est la principale raison de ma présence ici. J'ai pensé qu'il fallait que je *voie* tout ça en vrai – et puis, j'ai aussi pensé que ce serait une occasion de *vous* voir. Je ne saurais vous dire à quel point je suis heureux que vous soyez venue. »

Cette fois, le regard affectueux qu'il lui décocha était parfaitement sincère. L'avoir à ses côtés était un petit coin de Paradis. Pour la première fois, ces mots se formèrent concrètement dans son esprit : « Je suis amoureux d'elle. »

¡Mierda! – son iPhone ! Il avait coupé la sonnerie et l'avait mis sur vibreur, et maintenant, l'appareil sautillait au fond de sa poche. Il vérifia l'identité de l'appelant : c'était John Smith. Alors il jeta un rapide regard *Dios mío* à Ghislaine, sortit en flèche de la salle d'exposition pour rejoindre l'entrée, mit les deux mains autour de l'appareil incriminé et répondit d'une voix exagérément étouffée :

« Camacho.

— Nestor, où êtes-vous? demanda la voix de John Smith. On dirait que vous êtes sous un tas de sable.

— Je suis au musée. J'ai eu envie de jeter un coup d'œil à ces – ce dont nous parlons. Je suis... »

John Smith foula littéralement la voix de Nestor aux pieds. « Écoutez, Nestor, je viens d'avoir des nouvelles d'Igor. Il est dans tous ses états. Il vient de lire l'article – ou bien quelqu'un le lui a lu.

— Seulement maintenant?

— Quelqu'un l'a appelé. Ça m'étonnerait qu'Igor *lise* l'anglais, et ses amis, s'il en a, ne le lisent sans doute pas non plus. Quoi qu'il en soit, il est super énervé. J'ai d'abord cru qu'il était furieux contre *moi*. Il l'est sans doute, mais ce n'est pas ce qui le rend le plus fou. Il est terrifié. Il croit que Koroliov va lui régler son compte. Il en est vraiment persuadé. Il a peur qu'ils le *coincent*, et par coincer, il veut dire *tuer*, dézinguer. Il est convaincu qu'ils surveillent déjà son atelier. Il ne les a pas vus, ils ne l'ont pas menacé – il est complètement parano. Je lui ai dit : "Vous croyez qu'il va vous descendre simplement parce que vous vous êtes moqué de ses tableaux ?" Pendant une minute, il se tait. Puis il dit, "Non" – tenez-vous bien – "c'est parce que c'est moi qui ai peint ces tableaux. Pourquoi avez-vous publié tout ce que je vous ai dit à propos de peindre ces trucs-là les yeux fermés ! C'est votre faute ! Vous leur avez carrément dessiné un plan", et ainsi de suite. Il est à moitié cinglé, Nestor... mais il a reconnu que c'était lui !

— Il a sorti ça comme ça, il a dit qu'il était l'auteur des faux ? Quelqu'un a entendu cette conversation – ou bien c'est votre parole contre la sienne ?

— Mieux que ça. J'ai tout sur bande – il a accepté que je l'enregistre. Je lui ai dit qu'il fallait qu'il garde une trace de toutes les étapes du processus.

— Cela revient à avouer qu'il est un faussaire, non ?

— C'est le dernier de ses soucis pour le moment. Il est sûr qu'ils vont lui faire la peau. En plus, si vous voulez savoir le fond de ma pensée, il meurt d'impatience que son immense talent soit "révélé au grand jour". »

:::::: Jesús Cristo :::::: Quelque chose dans l'enthousiasme de John Smith, dans son excitation de chasseur, dans son anticipation d'un grand coup journalistique, fit frissonner Nestor. :::::: « meurt » ::::::

20

Le Témoin

Caliente! Caliente, baby... T'as plein de fuego dans ta caja china...
Colle-toi une bonne lance d'arrosage par là. :::::: *Bon Dieu!* Quelle
heure il est? :::::: Nestor roula sur le côté pour attraper son
iPhone. :::::: 5 h 33. – *mierda* :::::: et grogna plus agressivement qu'il
n'avait jamais grogné de sa vie : « Camacho. »

À l'autre bout du fil, une voix de femme demanda, « Nestor ? »,
assorti d'un grand point d'interrogation... Elle n'était pas sûre du
tout que cette voix animale et revêche fût bien celle de Nestor
Camacho.

« Oui », répondit-il du ton qui signifie, « Ayez l'amabilité de vous
désintégrer. »

Faiblement, presque en larmes, la femme reprit, « Excuse-moi,
Nestor, mais je n'appellerais pas aussi tôt si ce n'était pas absolument
nécessaire. C'est moi... Magdalena... » Sa voix commença à se briser.
« Tu es... tu es le seul... qui... puisse *m'aider* ! »

:::::: *C'est moi... Magdalena !* ::::::

Un unique souvenir s'infiltra sous le radar, autrement dit de façon
subliminale, et envahit le système nerveux de Nestor sans même parvenir au stade de la pensée... *blip* Magdalena le plaque dans une rue
d'Hialeah et file si vite dans sa BMW mystérieusement acquise que
les pneus crissent et que deux roues quittent pour de bon le sol
lorsqu'elle braque brutalement à l'intersection pour s'éloigner de lui.
Il s'infiltra sous le radar, mais fit du bon boulot, liquidant tout

amour, tout désir, toute libido, toute compassion même... à cinq heures et demie du matin.

« Nestor... Tu es là ?

— Ouais, ouais, j'suis là. Comprends que ça me fasse bizarre.

— Quoi donc ?

— Que tu m'appelles. Bon, enfin, *¿ qué pasa ?*

— C'est trop difficile à expliquer au téléphone, Nestor. Est-ce qu'on pourrait se retrouver quelque part – prendre un café, un petit déj... *quelque chose* ?

— Quand ça ?

— Tout de suite !

— Là, maintenant ? Attends ! Il est cinq heures et demie du mat et je me suis couché à deux heures.

— Oh, Nestor... je ne te demandrai plu-*uh-uh-uh-uh-uh* jamais rien-en après-ès-ès. J'ai-ai-ai-ai besoin de toi-a-a tout de suite. » Ses mots se brisaient en larmes, même de tout petits mots comme *rien* et *toi*. « Je n'arrive pas-as-as à dormir ! Je n'ai pas fermé l'œil de la nuit. J'ai tellement peur. Nestor ! Je t'en supplie-ie aide-moi-a-a ! »

Comme il est avéré depuis l'aube de l'humanité, rare est l'homme fort suffisamment fort pour ignorer les larmes d'une femme... Ajoutez à cela l'orgueil qu'inspiraient à Nestor sa force et – oserait-il même y *penser* ? – sa *bravoure* de protecteur – le type sur le mât à deux doigts de plonger vers la mort... Hernández sur le point de se faire étrangler par le colosse du repaire de crack... les larmes d'une femme suppliant le Protecteur... Il céda.

« Bon, d'accord... où ça ? » Ils avaient tous les deux des colocataires dans des appartements si exigus qu'ils interdisaient toute intimité. OK ; ils iraient prendre un café ensemble, mais que trouvait-on d'ouvert à cette heure-ci ? « Il y a toujours Chez Ricky », suggéra Nestor.

Magdalena fut ébahie. « Tu ne veux pas parler de Chez Ricky à *Hialeah* quand même ! »

:::::: Oh, que si :::::: songea Nestor. La vérité sans fard était qu'à l'instant même où il disait « Chez Ricky », le parfum d'ambroisie des pastelitos lui était revenu... lui donnant une faim de loup... ce qui le convainquit qu'il ne pourrait tout simplement pas rester éveillé s'ils ne se retrouvaient pas chez Ricky. Mais il se borna à dire tout haut,

«Je ne connais pas d'autre endroit qui ouvre à cinq heures et demie, et si je ne mange pas quelque chose, c'est un zombie que tu auras sur les bras.»

Ils se donnèrent donc rendez-vous chez Ricky, trois quarts d'heure plus tard, c'est-à-dire à six heures et quart. Nestor ne put réprimer un profond soupir... suivi d'un profond gémissement. Où mettait-il les pieds?

Nestor dut ranger la Camaro à deux blocs de Chez Ricky et le seul fait de franchir cette distance à pied suffit à ranimer ses multiples ressentiments à l'égard d'Hialeah. Dans son esprit, non seulement ses parents, mais ses voisins – il voyait Mr Ruiz claquer des doigts comme s'il avait oublié quelque chose et filer dans sa maison pour ne pas avoir à croiser El Traidor Nestor Camacho dans la rue –, *tout Hialeah* l'avait traité comme un indésirable, comme un rat même, un vrai rat, alors qu'il avait sauvé :::::: oui, j'ai *sauvé* ce type! Je n'ai jamais envisagé d'arrêter le type du mât!... Les seules à m'avoir offert un peu de répit ont été Cristy et Nicky, chez Ricky :::::: et à cette pensée, le vague *désir* qu'il avait toujours éprouvé pour Cristy surgit *blip* dans son bas-ventre et lui remonta un peu le moral.

Il était à présent sur le trottoir de cette minable petite rangée de boutiques branlantes devant lesquelles il fallait passer pour aller chez Ricky. Oh oui... tout était là... ce stupide magasin de la Santería où la mère de Magdalena allait acheter tout ce cinéma vaudou... Alors ça! Juste là, dans la vitrine, il aperçut une statue en céramique de saint Lazare haute d'un mètre, peinte de la nuance de jaune cireux, maladif, qui faisait ressortir les lésions lépreuses brun-noir maladives qui couvraient son corps... la mami de Magdalena... *ma* mami... Pourquoi ce lépreux affligé lui rappelait-il *ma* mami?... une âme affligée vivant de la tolérance d'autrui... Elle ne pouvait que croire son *caudillo*, bien sûr... mais *devait* conserver pour son fils l'amour du traître... et lui offrir, malgré tous ses péchés, un joli petit grabat de pitié... «Je te pardonne, mon fils prodigue, je te pardonne»... *Écœurant*, voilà ce que c'était!

Mais la première bouffée de pastelitos lui chatouille les narines, ce qui veut dire qu'il est arrivé chez Ricky. *Ambroisie!* il est devant la porte... il *sent* ses dents s'enfoncer dans la pâte feuilletée, il *voit* la pâte feuilletée répandre des flocons aussi gracieux que de minuscules fleurs, il *savoure* le bœuf haché et le jambon éminé que ses dents déposent sur sa langue même, au-dessus d'un lit de pétales feuilletés. Il entre... Il a l'impression que ça fait une éternité qu'il n'a pas franchi ce seuil, et pourtant rien n'a changé. Il y a le grand comptoir de verre avec ses étagères éclairées par des ampoules contenant du pain frais, des muffins, des gâteaux et d'autres douceurs. Les petites tables rondes et leurs chaises démodées en bois cintré sont toujours à la même place – vides, à six heures et quart du matin. OK, il s'installera là avec Magdalena quand elle arrivera... Et par-dessus tout, l'arôme opulent des pastelitos! Voilà à quoi ressemblera le Paradis. Quatre hommes sont debout au comptoir, attendant leurs commandes – des ouvriers du bâtiment, se dit Nestor. Deux portent des casques de chantier, et ils sont tous les quatre en T-shirts, jeans et chaussures de chantier. Ils attendent... pas trace de Cristy ni de Nicky...

... à cet instant, un cri de colorature jaillit de derrière le comptoir : «Nestor!»

Il ne la voit pas encore, le comptoir est trop haut, mais cette voix est reconnaissable entre toutes, s'élevant en flèche dans un registre suraigu. Mondieu – ce cri remplit Nestor d'une telle joie! Il met un petit moment à comprendre pourquoi. Elle est restée dans son camp pendant tout ce temps, le traitant comme *lui*, Nestor, et non comme un simple pion d'un jeu politique. C'est vrai, c'est vrai, mais ne te raconte pas de salades, Nestor! Tu la *veux*, pas vrai? Si mignonne, si vivante, si joliment faite dans le genre petit, une telle *gringa* parmi les *gringas* avec ses cheveux tournoyants de *gringa*, un si doux, un si prometteur réceptacle, mon divin réceptacle, ma Cristy!

«Cristy! s'écrie-t-il, *mía gringa enamorada!*»

Cette simple pensée l'émoustille. Il se dirige droit vers le comptoir, bouscule les quatre ouvriers du bâtiment comme s'ils n'étaient que de l'air, crie un joyeux salut, d'une voix sonore – tout en veillant à ce qu'on puisse l'interpréter comme une voix blagueuse : «Cristy, la seule, l'unique! Si tu savais comme tu m'as manqué pendant tout ce temps!»

Il aperçoit à présent le sommet de ses boucles de *gringa* et ses yeux rieurs – ce petit jeu n'a aucun secret pour elle non plus – « *Mío querido pobrecito*, dit-elle d'une voix taquine, *je* t'ai manqué ? *Awwww*, tu ne savais pas où me trouver, c'est ça ? Pourtant, je suis ici tous les matins à partir de cinq heures et demie. »

Elle s'est arrêtée à deux pas du comptoir – et de ses clients ouvriers du bâtiment qui attendent toujours – tenant un plateau avec deux commandes de pastelitos et de café de la main gauche et lui adressant un regard – sinon d'amour, du moins de quelque chose qui s'en approche. Nestor se penche sur le comptoir jusqu'à être littéralement vautré dessus, pour pouvoir allonger le bras droit tout près d'elle. Elle fait glisser le plateau sur le comptoir sans accorder un regard aux ouvriers du bâtiment pour attraper la main de Nestor entre les deux siennes. Elle la serre comme par jeu et la relâche. Ses yeux se livrent entièrement aux siens.

« Je sais, je sais, *mía gringa*, reprend Nestor. C'est que le Département ne me permet pas de venir par ici aussi souvent que je le voudrais.

— Oh, des gens m'en ont parlé.

— J'en suis sûr, et qu'est-ce qu'ils *disent* à ce sujet ? »

Une voix grave : « Ils disent, "Et si t'arrêtais un peu de renifler cette minette qu'elle nous file not'bouffe ?" »

C'était un des ouvriers du bâtiment que Nestor venait de bousculer... sans même un *por favor*. Vingt-cinq bons centimètres de plus que Nestor, ce mastard, et Dieu sait combien de kilos... un ouvrier du bâtiment *americano* de la tête aux pieds – le casque, le front luisant, la grosse moustache agrémentée de l'accessoire d'une barbe de huit jours qui donnait un côté grizzly à ses mâchoires en sueur, le T-shirt blanc, taché de transpiration couleur bouillon et étiré sur une vaste étendue de chair qui méritait le terme de « ventre de lutteur », une paire de bras charnus mais épais, dont l'un portait un tatouage « manchette » représentant un immense aigle entouré de corbeaux qui s'enroulaient autour de son biceps et de son triceps, un pantalon d'ouvrier en twill gris marque Gorilla, des chaussures à bout ferré brunes éraflées avec des semelles épaisses comme une tranche de rosbif...

Nestor était de si bonne humeur grâce à Cristy qu'il aurait été prêt à rire de la blague du gros mec – qui n'avait pas complètement tort, après tout – et à laisser passer... à un mot près : *renifler*. Surtout dans la bouche de prolo d'un mastard pareil, le terme avait des relents sexuels. Nestor se creusa la tête pour trouver une raison de décider qu'après tout, il n'y avait pas de quoi fouetter un chat. Il essaya, essaya, mais non, ça ne passait pas. C'était une insulte... une insulte qu'il devait écrabouiller sur-le-champ. Comme le savait n'importe quel flic en patrouille, il ne fallait pas attendre. Les grandes gueules, ça se claquait *tout de suite*.

Il s'écarta du comptoir et adressa à l'*Americano* un sourire débonnaire, un sourire qu'on pouvait aisément prendre pour un sourire de faiblesse, et expliqua : « On est des vieux potes, Cristy et moi, et ça fait longtemps qu'on s'est pas vus. » Puis il élargit son sourire jusqu'à ce que sa lèvre supérieure se retrousse et dénude ses incisives... et continua à étirer ce sourire jusqu'à ce que ses longues carnassières – enfin, ses canines – lui donnent l'aspect d'un chien souriant sur le point de déchiqueter de la chair humaine, tout en ajoutant, « Ça te pose un *problème* de reniflement ? »

Les regards des deux hommes se verrouillèrent pendant ce qui parut durer une éternité... Tricératops et allosaure s'affrontant sur une falaise dominant le Gouffre de l'Enfer... jusqu'à ce que l'*Americano* costaud baisse les yeux vers sa montre et dise : « Ouais, ben, faut que j'file, j'dois être au chantier dans dix minutes. Ça *te* pose un problème ? »

Nestor faillit éclater de rire. « Pas du tout ! dit-il en s'étranglant. Pas du tout ! » La lutte s'était achevée à l'instant où l'*Americano* avait détourné les yeux, prétendument pour regarder sa montre. Le reste n'était que tchatche... tentative de sauver la face.

Soudain, Cristy porta le regard au-delà de Nestor d'un air lourd de sens, mais pas particulièrement content. « T'as de la visite, Nestor. »

Il se retourna. C'était Magdalena. Il ne s'était jamais douté que Cristy savait, pour Magdalena et lui. Magdalena était habillée simplement, pudiquement, elle portait un jean et un chemisier de coupe masculine bleu clair, à manches longues, ample, boutonné aux poignets et presque jusqu'au col, une tenue ordinaire, raisonnable. Son visage – qu'est-ce qu'il avait de bizarre, son visage? Une grosse paire de lunettes de soleil en couvrait une grande partie. Et pourtant, elle avait l'air si... pâle. En pensant «pâle», il était à peu près au bout de ses facultés analytiques. Les hommes ne remarquent pas le maquillage des filles sauf quand il est absent et même dans ce cas, ils n'ont pas la moindre idée de ce qui manque. La Magdalena qu'il connaissait transformait systématiquement ses orbites en toiles de fond ombreuses et sombres qui faisaient ressortir ses grands yeux bruns étincelants. Elle avait toujours du blush sur les pommettes. Nestor était parfaitement ignorant de toute cette sophistication. Elle avait l'air pâle, voilà tout, et hagard – était-ce le mot? Elle n'était pas elle-même. Simple, pudique, ordinaire, raisonnable – toutes ces épithètes ne lui allaient pas très bien non plus. Il marcha droit sur elle et plongea le regard dans – ou plus exactement sur – une paire de verres fumés impénétrables. Il y vit son propre reflet vague, petit... et pas la moindre trace d'elle.

«Eh bien, te voilà!» Il prononça ces mots aimablement, aimablement mais sans émotion.

«Nestor, dit-elle, c'est si gentil de *ta-a pa-art*.» Le *ta* et le *part* faillirent se désagréger en sanglots.

Qu'était-il censé faire? La prendre dans ses bras pour la consoler? Dieu seul savait quelles conséquences larmoyantes ce geste pouvait avoir. Et puis, il n'avait pas envie de l'embrasser devant Cristy. Lui serrer la main? Échanger une poignée de main avec Magdalena alors qu'ils avaient été si souvent allongés côte à côte pendant les quatre dernières années? C'était trop artificiel pour pouvoir être envisagé sérieusement. Alors il suggéra, «Bien... et si on s'asseyait?»

C'était la petite table ronde la plus éloignée du comptoir. Ils s'assirent sur les vieilles chaises en bois cintré. Il était de plus en plus mal à l'aise. Elle était toujours aussi canon. Mais cette constatation ne se transforma pas en émotion. La seule chose qu'il arriva à dire fut «Qu'est-ce que tu prends? Un café? Un pastelito?

— Un *café cubana* pour moi, c'est tout.»

Elle fit mine de reculer sa chaise comme pour se diriger elle-même vers le comptoir, mais Nestor se leva et lui fit signe de rester assise. «J'y vais, dit-il. C'est moi qui t'invite.» La vérité était qu'il avait terriblement envie de s'éclipser. Il était gêné. Il était *si belle* ! Il n'était pas emporté par le désir, il était intimidé. Il avait oublié. Tout le monde devait la regarder. Il jeta un coup d'œil vers le comptoir... eh oui, c'était bien ce qu'ils faisaient... les quatre ouvriers du bâtiment, Cristy, et même Ricky... Ricky *lui-même* avait quitté la cuisine assez longtemps pour rester bouche bée devant elle. Nestor commença à gamberger, lui aussi, mais il n'allait certainement pas s'attarder sur de telles idées. Le fait qu'elle lui soit revenue parce qu'elle avait besoin de lui en ce moment précis... le regard profondément vulnérable qu'elle lui avait jeté... tout cela n'avait rien à voir avec le désir, compris ? Mais il voyait – *voyait !* – comme si tout se passait là, maintenant – il la *voyait* à l'époque où il était au lit, où elle se tenait à quelques pas de lui, nue, à l'exception d'un soupçon de culotte en dentelle, où elle lui jetait le regard taquin qu'elle avait en pareils moments, glissant doucement ses doigts à l'intérieur de l'élastique – *ce regard taquin !* – et les enfonçant... les enfonçant *lentement...* jusqu'à...

:::::: Elle t'a déjà trahi une fois, espèce d'idiot ! Qu'est-ce qui te fait croire qu'elle a changé ? Simplement parce qu'elle vient pleurnicher pour que tu l'aides ? Et Ghislaine ? Tu n'as rien *fait*... mais tu es sur le seuil. Qu'est-ce qu'*elle* est censée penser ? Elle n'a pas à le savoir, après tout... Tu imagines un peu le cirque ?... tu n'as pas assez de testostérone dans tout le corps pour te transformer en idiot de ce genre. Tout de même... pourquoi ne pas te laisser emporter par le courant pendant un moment ? Super, Nestor ! Exactement le cri de guerre de l'imbécile ! ::::::

Nicky lui apporta au comptoir les deux *cafés cubanos* qu'il avait commandés. Il ne connaissait pas Nicky aussi bien que Cristy, et de loin, mais elle posa le menton sur le comptoir, tourna les yeux vers sa table, puis revint vers lui et demanda, « Alors comme ça, c'est Magdalena ? »

Il hocha la tête, et elle haussa les sourcils exagérément, d'un air entendu. Cela voulait-il dire que *tout le monde* savait, pour eux deux ?

Il retourna à leur table avec les deux cafés... et son premier sourire amical. « Magdalena, tu es vraiment superbe. Tu sais ça ? À te voir, on a du mal à croire que tu t'inquiètes à mort. » Il continua à sourire.

Ce fut sans aucun effet sur son humeur. Elle baissa la tête. « "Inquiète à mort..." », murmura-t-elle... puis elle leva la tête et lui fit face. « Nestor... je suis morte de *trouille! Je t'en priiie!*... Je ne connais personne, personne à part toi, à qui je puisse demander conseil. Tu sauras, toi, parce que tu as été policier.

— Je le suis toujours, dit-il un peu plus sèchement qu'il n'en avait l'intention.

— Mais je croyais...» Elle ne savait pas comment formuler les choses.

« Tu croyais que j'avais été viré de la police. C'est ça?

— J'ai dû m'embrouiller. Ils racontent tellement de trucs à ton sujet dans le journal. Tu sais combien de grands articles il y a eu sur toi? »

Nestor haussa les épaules. C'était sa réponse extérieure. Intérieurement, il frémissait de vanité. :::::: Je n'avais encore jamais vu les choses comme ça. ::::::

« J'ai été ce qu'on appelle "exclu de mes fonctions". Je suis toujours flic, mais c'est déjà assez moche d'être "exclu de mes fonctions". »

La nuance dépassait manifestement Magdalena. « Enfin... quoi qu'il en soit, j'ai confiance en toi-oi-oioi » – ses paroles sortaient de sa bouche, portées sur les sanglots – « Nes-tor-or-or-or.

— Merci. » Nestor cherchait à avoir l'air sincèrement ému. « Et si tu respirais un grand coup et que tu me racontais ce qui t'inquiète? »

Elle retira ses lunettes noires pour s'essuyer les yeux. :::::: *¡Dios mío!* Ils sont déjà tout rouges et gonflés... et elle est si pâle! :::::: Elle remit rapidement ses lunettes. Elle savait la tête qu'elle avait. « Toute cette histoire me rend folle. » Elle ravala de nouvelles larmes.

« Allons, tout va s'arranger! Mais d'abord, il faut que tu me dises ce qui se *passe*.

— Oui, bien sûr, pardon. Alors voilà. Hier, je suis allée voir un ami à Sunny Isles. Il a toujours été tellement cool et tou-ou-ou-out ça-a...» Elle s'effondra à nouveau et se mit à sangloter tout bas, baissant la tête et enfouissant le nez et la bouche dans sa serviette.

« Magdalena – allons.

— Pardon, Nestor. Je sais que j'ai l'air... parano, ou je ne sais quoi. Bon, voilà. Donc, je suis allée voir cet ami... c'est un homme qui a très bien réussi. Il a un duplex, deux étages avec terrasse sur le toit, dans un immeuble au bord de l'océan. Bref, je suis à Sunny Isles, on parle de choses et d'autres, et son téléphone so-o-o-onne...» – elle sanglotait tout bas – «et à partir de ce moment, mon ami qui est toujours si calme, si élégant, si sûr de lui, devient très nerveux, très tendu et très en colère – ce n'est plus le même homme, tu vois? Il se met à hurler en russe au téléphone. J'ai oublié de te dire qu'il est russe. Et très peu de temps après, deux types se pointent. Franchement, on aurait dit des truands. Il y en avait un qui flanquait vraiment la trouille. Un grand costaud au crâne complètement rasé, avec une tête – elle avait l'air trop petite pour un homme de sa taille. Et puis il y avait de drôles de *formes* dessus, des sortes de collines, comme les montagnes qu'il y a sur la lune, ce genre de trucs. C'est difficile à décrire. Bon, enfin, ce grand balèze tend à mon ami un journal, le *Herald* d'hier, ouvert à une page bien précise. Je l'ai vue plus tard. C'était un long article sur un artiste russe dont je n'ai jamais entendu parler, qui vit à Miami et fait...»

:::::: *Igor!* ::::::

Nestor l'interrompit avec une excitation un peu trop marquée. «Comment il s'appelait, cet artiste?

— Je ne sais plus. Igor Machinchose – je ne me rappelle pas son nom de famille – et alors, mon ami est devenu complètement fou, il s'est mis à courir dans tous les sens, à donner des ordres à droite à gauche et à être odieux avec tout le monde. Avec moi aussi. Il me dit de rentrer chez moi. Il ne me le *demande* pas, et il ne m'explique pas *pourquoi*. Tout ce qu'il me dit, c'est, "Un léger contretemps." Pas le moindre indice de ce dont il s'agit. Puis il se rend dans la petite bibliothèque, la pièce d'à côté, il emmène les deux truands avec lui et il se met à les engueuler – enfin, pas vraiment à les engueuler, mais il est visiblement furieux – puis il prend le téléphone et aboie des ordres. Tout ça en russe, mais cette bibliothèque a une double porte qui ne ferme pas complètement, alors je suis arrivée à entendre ce qu'ils disaient, sans en comprendre un mot bien sûr, enfin si, un seul, Hallandale. Et puis il se tire avec un des truands, sans la moindre explication. L'autre truand, celui qui a le crâne rasé – on dirait... un... un... un *robot*. Il me raccompagne chez moi, sans prononcer un seul mot de tout le trajet. J'ai commencé à trouver ça... tu comprends, bizarre et un peu sinistre, la manière dont il leur balance des ordres à tout va et ils ne mouftent pas. Mais... Pourquoi tu me regardes comme ça, Nestor ?

— Je suis un peu étonné, c'est tout. » Il avait conscience de respirer trop vite. « Et comment s'appelle ton ami ?

— Serguéï Koroliov. Tu as peut-être entendu parler de lui ? Il a offert au Musée des beaux-arts de Miami des tableaux de célèbres artistes russes. Il y en a pour près de 100 millions de dollars et ils ont donné son nom au musée. »

Si j'ai entendu parler de Serguéï Koroliov ?!

Alors qu'il était en pleine stupeur, une vague de compulsion d'informations – la compulsion qui vous pousse à impressionner les autres en leur livrant des informations dont on dispose et qu'ils aimeraient beaucoup avoir mais n'ont pas – la meilleure amie de l'enquêteur de police, en fait –, cette vague heurta Nestor de plein fouet.

Si j'ai entendu parler de Serguéï Koroliov !

:::::: Tu vas être *sur le cul* quand tu sauras ce que j'ai à te raconter :::::: mais au dernier moment, une autre compulsion – la prudence qui pousse un flic à ne rien livrer de ses informations – le repoussa loin de l'abîme.

« Comment tu as rencontré ce mec, ce Koroliov ?

— À une exposition. Et puis il m'a invitée à dîner.

— Où ça ?

— Un restau de Hallandale.

— C'était comment ?

— Très bien. Mais quand j'étais là-bas avec Serguéï... » Elle hésita puis ajouta, « Koroliov..., j'ai éprouvé une drôle d'impression. » Nestor se demanda si elle avait ajouté ce « Koroliov » pour qu'il ne se doute pas qu'elle était plutôt intime avec ce type. « Dès qu'on est arrivés, les voituriers déjà, et puis tous les autres, traitaient Serguéï » – elle s'interrompit encore, mais décida apparemment qu'il était trop malcommode de continuer à traîner ce « Koroliov » dans la conversation – « traitaient Serguéï comme un roi, ou peut-être que le mot de tsar serait plus juste, même pas seulement comme un tsar... plutôt comme un dictateur... ou un parrain. C'est ce qui a commencé à me tracasser, ce truc de parrain, sans que j'aie pensé "parrain" sur le coup. Partout où on allait dans ce restau, dès qu'il s'approchait, tous les gens s'interrompaient dans ce qu'ils étaient en train de faire – c'est tout juste s'ils ne lui faisaient pas la courbette. Si ce que quelqu'un disait ne plaisait pas à Sergueï, eh bien, ce quelqu'un faisait volte-face et disait le contraire de ce qu'il venait de dire – immédiatement! Je n'ai jamais vu une chose pareille. Il y avait un joueur d'échecs russe qui s'est montré désagréable avec moi – je ne sais toujours pas pourquoi – et alors Sergueï lui a donné l'ordre de se tirer, et crois-moi, il s'est *tiré*! Tout de suite! Puis il a ordonné aux six autres personnes qui étaient à notre table d'aller s'asseoir ailleurs – et elles l'ont fait – tout de suite! C'était plutôt gênant, mais en même temps, je dois avouer que c'était un peu excitant d'être avec quelqu'un d'aussi puissant. Mais ce que j'ai vu à ce moment-là n'était rien par rapport à ce qui s'est passé hier. »

Pouf! l'aura de sa Manena, le charme de sa Manena et le souvenir d'une vie sous la ceinture s'évanouirent – *comme ça!* Tout ce que Nestor avait désormais devant lui était... un *témoin*, une femme qui avait vu Koroliov lire l'article de John Smith sur Igor et se transformer sur-le-champ, sous ses propres yeux, en fou furieux aux pulsions homicides, commencer à donner des ordres à tout va comme si la Troisième Guerre mondiale venait d'éclater, se mettre à crier au téléphone à propos d'Hallandale et se précipiter dehors avec un de ses nervis... Il regarda sa montre : six heures quarante. Fallait-il appeler John Smith ou lui envoyer un texto? Un texto serait mieux, sans doute. Mais l'écriture n'était pas son fort. L'idée de tapoter tout ça du bout des doigts sur la face vitrée d'un iPhone...

« Magdalena » – ce n'était plus Manena – « je reviens tout de suite. » Il se précipita vers les toilettes, qui n'étaient pas plus grandes qu'un placard. À l'intérieur, il poussa le loquet et téléphona.

« Allôôôô...

— John, c'est Nestor. Désolé de vous appeler aussi tôt, mais je viens de croiser une vieille copine – je suis à Hialeah, je prends le petit déj – et elle m'a raconté un truc qu'il faut que vous sachiez avant d'aller à votre réunion au journal. Ils veulent un témoin? Eh bien, j'en ai un.» Il se mit à lui raconter ce que Magdalena avait vu... la panique qui s'était emparée de Koroliov «dès qu'il a lu votre article hier»... et le seul mot qu'elle avait saisi au milieu d'une véritable tornade de russe : *Hallandale.*

«Ça ne veut peut-être rien dire, convint Nestor, mais je vais aller jusqu'à l'appart voir si Igor est OK.

— Nestor, c'est géant! Vraiment géant! Vous savez quoi, Nestor, vous êtes génial! C'est vrai!»... John Smith poursuivit un moment sur ce mode. «Mais je m'inquiète un peu de vous savoir dehors dans un lieu public :::::: *de vous savoir* :::::: en plein jour, pendant vos heures de consigne – de huit à six, c'est bien ça?

— Ouais. Je devrais sans doute faire un peu plus gaffe.

— Qu'est-ce qui se passera si vous vous faites prendre?»

Nestor se tut. Il n'aimait pas penser à cela, et moins encore en parler... «Je suppose qu'on... me virera de la police.

— Dans ce cas, est-ce qu'il est vraiment indispensable d'aller voir Igor *maintenant*?

— Vous avez certainement raison, John... mais il faut que j'y aille, c'est tout.

— Je ne sais pas trop... enfin bon, mais faites attention, pour l'amour du ciel!»

Il y réfléchissait en regagnant sa table... le Honey Pot, la filature d'Igor jusqu'à la résidence pour seniors actifs des Alhambra Lakes?... Il avait fait tout cela tard la nuit, bien après dix-huit heures. Aucun problème... Mais revenir le lendemain en compagnie de John Smith en se faisant passer pour deux inspecteurs de «l'Environnement»? Ça, c'était de la *folie.* C'étaient peut-être le costume et la cravate qui l'avaient sauvé. Si cette tenue lui donnait une allure aussi bizarre qu'il en avait l'impression, il ne courait aucun danger. En tout état de cause, le jeu en avait valu la chandelle. Ils avaient découvert tout un mur de nouvelles contrefaçons d'Igor et avaient pris d'excellentes photos... et voilà qu'il s'apprêtait à regagner la résidence pour seniors actifs sous le soleil aveuglant de Miami. Lil n'était pas un génie, mais elle n'était pas débile non plus. Et si elle avait commencé à se poser des questions?... si elle l'avait vu sur YouTube ou aux infos en ligne...

et s'était demandé pourquoi un flic prétendait être envoyé par l'Environnement?

Quelque chose le poussait à y retourner tout de même.

Il réussit à reprendre son calme avant d'avoir rejoint la table. Le visage du Témoin, en revanche, n'était pas calme du tout. Magdalena n'arrêtait pas de regarder à gauche... à droite... sans cesser de grignoter, lui sembla-t-il, la jointure de son index.

« Magdalena, arrête d'imaginer le pire. Pour le moment, il ne s'est absolument rien passé... mais si tu es vraiment inquiète, pourquoi ne vas-tu pas t'installer chez quelqu'un pendant quelques jours? »

Le regard qu'elle lui jeta lui donna à penser qu'elle s'attendait à ce qu'il propose « Et si tu venais t'installer chez moi? »... Il n'était vraiment pas pressé... Il ne l'imaginait plus baisser sa culotte... Il n'avait pas *besoin* d'un témoin dans son minuscule appartement... Il regarda sa montre... « Sept heures et quart. » Et il dit tout haut. « Il me reste trois quarts d'heure pour rentrer avant d'être consigné chez moi. »

Nestor n'envisageait pas une seconde de rentrer chez lui. Il s'agissait seulement de ne pas affoler un Témoin. En réalité, il fonça vers la I-95, direction Hallandale.

Il freina pour ramener la Camaro de quatre-vingt-quinze kilomètres à l'heure à soixante-dix et pas un kilomètre-heure de plus – maintenant qu'il était huit heures et quelques... et ce n'était vraiment pas le moment de faire une connerie comme de se faire arrêter par un motard pour excès de vitesse et de se retrouver en plus avec une infraction à sa consigne sur le dos. Il était plus près de soixante quand il amorça le dernier grand virage sur Hallandale Beach Boulevard...

... elle était là, la Résidence pour Seniors Actifs des Alhambra Lakes, rôtissant encore un peu plus sous la vaste lampe chauffante de Miami... s'effondrant encore un peu plus... les « terrasses » s'affaissant davantage, un peu plus près encore de renoncer et de s'écraser en tas sur le béton au-dessous. Il y régnait un silence de tombe... Comme plus de quatre-vingt-dix-neuf pour cent des citoyens de Floride du Sud, Nestor n'avait jamais vu de tombe... quant au « silence » – que pouvait-*il* en savoir? À l'intérieur de la Camaro, les vitres remontées et la climatisation faisant de son mieux pour envoyer une bourrasque par les orifices d'aération, Nestor n'entendait aucun bruit extérieur. Ce silence n'était donc qu'une supposition. Pour lui, tous les occupants de la Résidence pour Seniors Actifs des Alhambra Lakes étaient – enfin, pas exactement *morts*, mais pas non plus ce qu'il aurait appelé vivants. Ils étaient au Purgatoire. D'après ce que Nestor avait compris de la description que les religieuses en faisaient, c'était un immense espace... trop vaste pour qu'on le qualifie de pièce... un peu comme ces immenses salles du Palais des Congrès de Miami... et toutes les âmes mortes depuis peu y grouillaient anxieusement, se demandant dans quelle région de la vie après la mort Dieu allait les expédier... pour l'éternité, laquelle ne connaît évidemment pas de fin.

Une fois de plus, il se rangea dans la zone du parking réservée aux visiteurs, la plus proche de la voie rapide et la plus éloignée de l'entrée principale du bâtiment. Il portait déjà ses lunettes de soleil à barre dorée plus noires que noires de chez CVS... au nom de la vanité, pas du subterfuge..., mais il tendit alors le bras sous le siège avant et en sortit son chapeau rond blanc en plastique imitation-paille-tressée à large bord... au nom du déguisement.

Au bout de combien de temps? Cinq secondes peut-être? – après l'arrêt de la climatisation, une chaleur suffocante envahit l'habitacle de la Camaro. Quand il sortit, il n'y avait pas le moindre souffle d'air frais... seulement la chaleur abrutissante de la vaste lampe chauffante. Il avait l'impression que ses vêtements étaient en laine de couverture et en cuir, même sa chemise faux vichy en polyester. Il l'avait mise pour aller voir Magdalena à cause de ses manches longues. Il ne voulait pas exhiber ne fût-ce qu'un centimètre de muscles Camacho. Son chino aurait aussi bien pu être en cuir. Il l'avait fait retoucher pour qu'il lui moule les fesses au point que chaque pas semblait extraire encore un peu plus de sueur de la chair de son entrejambe. Il baissa les yeux deux ou trois fois pour vérifier que ça ne se voyait pas. L'immense parking était un éblouissement de rayons du soleil miroitant sur des garnitures métalliques, réduisant les voitures à de simples formes et ombres – même à travers des lunettes de soleil de flic noires de chez noir. En plissant les yeux, il arriva à distinguer le SUV Vulcan d'Igor. Au moins, il ne s'était pas tiré – il est vrai qu'à en croire la description que donnait John Smith de sa parano, il n'était certainement pas d'humeur à aller faire un tour à la campagne. Ouh-oh, le long du trottoir, près de l'entrée, étaient rangés deux véhicules de patrouille du Bureau du Sheriff de Broward County. Pile-poil ce dont il avait besoin... la présence de flics qui reconnaîtraient sans difficulté, malgré les lunettes de soleil de flic et tout le bataclan, le flic de Miami exclu-de-ses-fonctions-consigné-à-domicile qui n'arrêtait pas de faire parler de lui – en mal, ces derniers temps.

Quand il s'approcha des véhicules de police, il détourna la tête et son chapeau à large bord comme si, pour quelque raison inconcevable, il examinait minutieusement les briques couvertes de peinture bon marché de la façade. Un tel cliquetis de déambulateurs parvenait à ses oreilles qu'il se demanda si les résidents se dirigeaient en foule vers le petit déjeuner... impossible... les seniors actifs se rassemblaient toujours pour les repas avant même l'ouverture de la salle à manger. Ils ne pouvaient pas être aussi nombreux à aller prendre leur petit déjeuner après huit heures du matin. En entrant, il en aperçut un certain nombre debout ou cliquetant dans le hall, discutant avec animation... ou se parlant tout bas le plus près possible de leurs oreilles respectives. ¡Santa Barranza! À cinq mètres à peine, il reconnut Phyllis, la gérante suppléante. Il n'avait aucune envie de s'encombrer d'une femme pareille... pas une once d'humour et dure à cuire de nature... D'autres déambulateurs d'aluminium, cliquetant d'un côté à l'autre, étaient massés dans le passage qui menait à la cour. Mais personne ne semblait vouloir s'y rendre. On aurait pu croire que tous les déambulateurs s'étaient emmêlés et bouchaient la sortie. Un sacré bourdonnement de conversations en plus... une flopée de vieilles qui cliquetaient et bourdonnaient et bourdonnaient et cliquetaient. Inutile d'espérer passer par là. Nestor se réfugia dans l'ascenseur et monta à l'étage d'Igor... au premier... Il émergea sur la coursive... encore des bourdonnements et des cliquètements et des cliquètements et des bourdonnements. Il ne se rappelait pas y avoir vu autant d'animation la première fois qu'il était venu de jour... Il prit la direction de l'appartement d'Igor... lentement, précautionneusement.

« Regarde, Edith – là – un des types de l'Environnement... Tu ne me crois pas ? Et alors, c'est qui, à ton avis ? ! »

Cela venait d'un peu plus loin. Il reconnut immédiatement la voix de la grosse Lil et repéra les deux femmes... Non sans méfiance, il entreprit de s'approcher d'elles... tandis qu'elles s'approchaient de *lui* en cliquetant. Lil semblait aussi exubérante que l'autre jour. Quant à Edith, elle était toujours courbée sur son déambulateur, mais cette fois, elle cliquetait et claquetait à vive allure.

Malgré la distance, Nestor entendit Edith qui disait, «C'est *maintenant* qu'il arrive... *après* la bataille, maintenant que ça n'empeste plus.

— Et où est le grand? demanda Lil. Celui qui a le plus de...» Elle s'interrompit et se tapota le front de l'index.

:::::: Merci :::::: songea Nestor. :::::: «Le plus de» quoi? :::::: Il ne se rappelait pas ce qu'il avait dit lors de leur dernière visite, ni même s'il avait dit quelque chose.

Lil fonça sur lui. Sans un bonjour, elle lança, «Alors c'est *maintenant* qu'ils vous envoient – il faut qu'il y ait mort d'homme pour que vous finissiez par vous pointer.»

Nestor s'arrêta, haussa les épaules et commença à dire, «Ce n'est pas nécessaire» – mais il n'arriva pas au-delà du – «*né...*»

«C'est vraiment incroyable! reprit Lil. Je n'ai jamais entendu une chose pareille de ma vie. Ici, on a des crises cardiaques. Des AVC. Les gens font des chutes. Ils se cassent le col du fémur. Le bras. Mais le cou? Qui a jamais entendu parler d'une chose pareille? Et dégringoler jusqu'en bas comme ça? Mondieu, mondieu, quel drame! Qu'une chose pareille arrive ici! Quel choc! Je ne sais pas quoi vous dire.

— Je ne... qui s'est cassé le cou?» demanda Nestor.

Edith, à hauteur de ceinture de Nestor, éleva la voix, «*Qui?*... J'ai bien entendu? Là-bas, à l'Environnement, ils vous envoient jusqu'ici, mais ils ne prennent même pas la peine de vous dire *pourquoi*?» Elle leva les yeux vers Lil et se tapota le front.

«Mais *qui*?! insista Nestor.

— L'*artiste*, voyons», dit-elle en articulant avec lenteur et emphase comme si elle s'adressait à quelqu'un d'un peu bouché. «Celui de la térébenthine qui ne savait pas dessiner, le pauvre homme.»

L'émotion de Nestor fut telle que ses oreilles furent envahies par un bruit qui ressemblait à un jet de vapeur. Impossible de l'arrêter. Dans son cerveau – un déferlement de sentiment de culpabilité qu'il était trop bouleversé pour analyser. Il regarda Lil. Pourquoi Lil et pas Edith, il n'aurait pas su l'expliquer non plus. Il avait simplement l'*impression* qu'Edith était trop petite et trop contrefaite pour qu'on lui puisse lui faire confiance.

« C'est arrivé quand ? demanda-t-il à Lil. Que s'est-il passé ?

— Dans la nuit, forcément, le pauvre homme. Quand exactement ? Je ne sais pas. Apparemment, personne ne sait. La nuque brisée – il est juste là en bas, sur le béton. Si vous pouviez voir à travers cet étage, il est exactement sous vos pieds, si... »

Nestor la reconnut, cette émotion à laquelle il avait failli céder en parlant avec Magdalena, ce matin même, alors qu'il mourait d'envie de lui raconter tout ce qu'elle ne savait pas sur Koroliov. Compulsion d'informations. Elle s'était emparée de Lil. Quelqu'un avait, semble-t-il, découvert le corps d'Igor au pied de l'escalier juste avant l'aube. Il était tombé la tête la première. Tout le monde pouvait voir qu'il avait la nuque brisée. Le reste de son corps gisait, contorsionné, sur les marches. La rigidité cadavérique avait déjà commencé à s'installer au moment où on l'avait trouvé. Il empestait encore l'alcool. Pas bien sorcier de comprendre ce qui s'était passé, n'est-ce pas ? Quand Lil s'était réveillée, la police était déjà là... et un certain nombre de résidents étaient sortis sur les coursives, à jacasser cliqueter et montrer du doigt... un vrai concerto de percussions pour déambulateurs. D'abord, ils avaient tous cliqueté vers la cour, parce que c'était de là qu'on avait la meilleure vue. Le corps d'Igor – de « Nicolaï », comme disait Lil – se trouvait au pied de l'escalier qui descendait du premier étage. La police avait immédiatement posé une couverture sur lui, mais l'avait laissé tel qu'il était, tout tordu et cassé. Pourquoi n'avaient-ils pas emmené le corps de ce malheureux pour le coucher à l'horizontale et donner un minimum de dignité à ce qui restait de lui ? Il était toujours là, et la police traînait tout autour à ne rien faire, se contentant de tendre le ruban adhésif jaune des scènes de crime qu'on voit au cinéma. Le même. Ils avaient barré l'escalier, si bien que plus personne ne pouvait ni monter ni descendre. Puis ils avaient construit une véritable barrière de ruban jaune dans la cour pour empêcher tous les curieux qui s'y étaient rassemblés de s'approcher du corps. Et ensuite, ils les avaient tous chassés et s'étaient mis à tendre du ruban en travers de tous les accès à la cour.

«Regardez. Vous voyez là-bas? demanda Lil. En haut des marches?... C'est le ruban. Et *là-bas*?»

Elle désignait un point au-delà de l'escalier. Pour la première fois, Nestor aperçut une barrière de ruban jaune autour de l'entrée d'un appartement... celui d'Igor. Des flics se tenaient à proximité, l'air de s'ennuyer copieusement. «Vous devriez aller jeter un coup d'œil! suggéra Lil avec enthousiasme. Un bon coup d'œil. Des trucs comme ça, on n'en voit pas tous les jours par ici. Un gros morceau de ruban adhésif, *large comme ça*» – une quinzaine de centimètres – «ils l'ont collé sur la poignée de la porte et sur le trou de la serrure. Et sur le ruban? D'ici, on ne voit pas ce qui est écrit. C'est un avertissement comme quoi il ne faut pas – toucher à ce ruban. Vous avez déjà vu une chose pareille? Vous devriez aller jeter un bon coup d'œil. Je suis arrivée avant qu'ils mettent ce gros morceau de ruban adhésif et la porte était encore ouverte. Il y avait toute une bande de flics là-dedans. Tout était comme avant, sauf que les peintures avaient disparu du mur.

— *Disparu?!*» s'écria Nestor. Il n'avait pas eu l'intention de révéler l'ampleur de son étonnement. «Vous êtes sûre?

— *Évidemment* que j'en suis sûre. Toute la rangée sur ce grand mur. Je les aurais remarqués *ceux-là*, ils étaient tellement moches. Peut-être que ce pauvre type ne les supportait pas. Peut-être qu'il les a jetés. Des tableaux comme ça, je les aurais sur *mon* mur, je crois bien que je me mettrais à picoler, moi aussi... le pauvre homme», ajouta-t-elle pour ne pas dire de mal d'un mort.

«*Disparu...*», répéta Nestor, autant pour lui que pour elle.

À cet instant, un des flics se retourna et Nestor crut voir son regard se diriger droit sur lui. *¡Mierda!* C'était peut-être parce qu'il était tellement plus jeune que tous les autres occupants de la coursive. Ou alors – le premier avait dû dire quelque chose à l'autre, parce que maintenant, ils regardaient tous les deux dans sa direction. Il avait envie de baisser son chapeau de paille en plastique sur son visage, mais cela n'aurait fait qu'aggraver les choses.

« Je veux aller voir par là », annonça Nestor à Lil en désignant l'autre côté de la passerelle.

« Par *là* ? Mais non, c'est juste *là* qu'il faut aller pour regarder. » Et elle indiqua le ruban jaune qui barrait l'entrée de l'appartement d'Igor.

« Non... d'abord, je vais aller *là-bas*. » Nestor espérait que son affolement ne transparaissait pas trop. Il pivota sur ses talons pour s'éloigner, mais surprit le regard oblique que Lil lança à Edith. Il remarqua les striations de son cou quand elle étira les lèvres d'un côté comme pour dire, « Il lui manque un boulon, à ce gosse. »

Il essaya de marcher nonchalamment, accroupi pour rester hors de vue des badauds en déambulateurs d'aluminium et des autres spectateurs de l'étage. Marcher nonchalamment en restant accroupi – infaisable. Tous les seniors actifs avaient les yeux braqués sur lui. Il devait avoir l'air d'un rôdeur, un truc comme ça. Il se releva donc... à présent, il ne distinguait que trop bien la masse difforme qui gisait en bas, enveloppée dans un linceul... Igor ?... l'être vivant qu'il avait pris en filature jusqu'à son atelier « clandestin » ?... Il se sentait sombrer irrémédiablement – il était *trop tard* pour faire quoi que ce soit ! – dans une fosse de culpabilité pure... Cette « *filature* » avait été le premier pas ! :::::: Je vous en prie, Dios, faites qu'il ait été ivre et soit tombé dans l'escalier tout seul... Ce n'était qu'un faussaire ! Il ne méritait pas la mort ! Et c'est *moi* qui ai mis toute cette affaire en branle, et – attends une minute... qu'est-ce que je raconte ? Ce n'est pas moi qui ai dit à Igor de peindre des faux... Ce n'est pas moi qui lui ai dit d'aider et d'encourager un escroc russe délirant... Ce n'est pas moi qui lui ai dit d'aménager en secret un atelier dans une résidence pour seniors actifs d'Hallandale... Ce n'est pas moi qui lui ai dit de devenir alcoolique et de descendre des vodabrikas à longueur de journée... Ce n'est pas moi qui lui ai dit d'aller au Honey Pot et de se payer des putes. :::::: Peu à peu, en contemplant la forme morte et disloquée d'Igor, Nestor mit les choses au clair dans son esprit... Il n'avait pas créé Igor et ne l'avait pas livré à une bande de truands homicides... Peu à peu, il avait réussi à s'absoudre... sans intervention divine, mais *Dios mío, tous...*

... tous les flics, les quatre qui se trouvaient dans la cour, avaient gardé les yeux levés vers lui pendant que les siens étaient baissés sur les restes d'Igor... une sacré bande d'Anglos, ces flics de Broward County en plus!... Ils seraient trop contents de le choper. ::::: Est-ce que je vire parano?... Mais ils me regardent *vraiment*, tout comme les deux qui gardent la porte d'Igor! Je suis consigné! :::::

Nestor s'accroupit à nouveau, sans feindre la moindre nonchalance, cette fois. Il fila jusqu'à l'ascenseur, descendit au rez-de-chaussée – et n'aurait pas été surpris que les flics de Broward County l'attendent à la porte... Il était *vraiment* sur les nerfs, hein?!... Il s'efforça de ne pas marcher *trop* vite pour rejoindre le parking proche de la voie rapide, où il avait laissé la Camaro... et fit crisser les pneus en sortant. ::::: Je n'y crois pas! Voilà ce qu'on éprouve quand on est un homme traqué! :::::

En prenant vers l'est sur Hallandale Beach Boulevard en direction de Sunny Isles, il commença à se ressaisir. ::::: Rentre chez toi! C'est le plus urgent. Au moins, que tu *sois là* si jamais ils envoient quelqu'un vérifier. ::::: Il fallait tout de même qu'il trouve une cabine téléphonique et passe un coup de fil... immédiatement. S'il se servait de son iPhone, ils mettraient moins d'une demi-seconde à l'identifier et à le repérer... mais aunomde*dios*, où trouver une cabine téléphonique? On aurait dit qu'elles avaient disparu de la surface de la terre... ou d'Hallandale, peu importe... Les kilomètres défilaient... Ses yeux scrutaient la moindre station-service, tous les centres commerciaux, toutes les aires de stationnement de motels, les drive-in, le siège de la compagnie des eaux de Broward County, les endroits les plus invraisemblables... une petite boutique d'un étage avec des statues de jardin à deux balles sur toutes les pelouses, des licornes, des ours – énormes –, des angelots, des elfes, Abraham Lincoln, deux Vierge Marie, un poisson volant en plâtre, un Indien en plâtre avec une coiffe en plâtre...

Finalement, une sorte de boîte de nuit au bord de la route... le Gogol... Le parking était vide, mais dans l'angle le plus proche du club – un téléphone payant. Dieu merci, il avait de la monnaie. Il dut d'abord appeler les Renseignements pour obtenir le numéro du Bureau du Sheriff de Broward County... et, après un certain nombre de pièces, il se retrouva dans le dédale de la messagerie vocale. Une voix féminine enregistrée disait : «Vous êtes en relation avec le Bureau du Sheriff de Broward County. Veuillez écouter attentivement. Pour les urgences, appuyez sur zéro-zéro... pour faire part d'événements dépourvus de tout caractère d'urgence, appuyez sur deux... pour les factures et la comptabilité, appuyez sur trois... pour les ressources humaines, appuyez sur quatre»... jusqu'à ce qu'enfin... une voix humaine. «Service des homicides. Inspecteur Canter.

— Monsieur l'inspecteur, dit Nestor, j'ai des informations intéressantes pour vous. Avez-vous de quoi enregistrer?

— Qui est à l'appareil?

— Je suis navré, monsieur l'inspecteur, tout ce que je peux faire, c'est vous transmettre l'information dont je dispose. Mais c'est une information solide.»

Silence «OK – allez-y.

— Dès que le M.L. sera sur place –» Ouh-oh, «M.L.» faisait beaucoup trop flic. Il reformula, «Le médecin légiste» – ça ne changeait pas grand-chose... encore trop de jargon flic. Maintenant, l'inspecteur avait certainement poussé l'interrupteur à bascule du magnétophone – «Dès que le médecin légiste sera sur place et aura terminé son examen, une ambulance partira avec un corps étiqueté» – il parlait très lentement – «Ni-co-laï Ko-pin-ski... OK? De la Résidence pour Seniors Actifs des Alhambra Lakes. Son vrai nom est I-gor Drou-ko-vitch... OK? C'est un artiste qui figure dans l'annuaire de Miami. Il semblerait qu'il se soit brisé la nuque en tombant dans une cage d'escalier. Mais le M.L... euhh...» – oh et puis merde... il laissa le M.L. – «ferait bien de ne pas se limiter à cette constatation et de se livrer à une autopsie pour déterminer s'il s'agit bien d'un accident... et pas d'autre chose... OK? Les tableaux qu'il faisait... *euhh*... il imitait à la perfection le style d'artistes célèbres... je dis bien *à la perfection*, inspecteur – il en manque douze dans son appartement de la résidence...»

Nestor raccrocha brutalement. Il sauta dans la Camaro et appuya sur le champignon, direction Miami. :::::: Je suis cinglé ou quoi? Je ne peux pas blinder comme ça. *Je suis un homme recherché !* un *homme traqué*, c'est presque sûr. Et si un motard de Broward County m'arrête pour excès de vitesse... *excès de vitesse !* ::::::

Il ralentit pour prendre l'allure de l'homme-recherché juste un poil au-dessous de la limitation de vitesse. Il expira profondément ; son cœur battait trop vite.

Mierda ! L'horloge du tableau de bord... il était largement plus de huit heures ! La consigne – mais John Smith, aussi !... il doit être à sa réunion au *Herald* en ce moment...

Cet appel-là, Nestor pouvait le passer depuis son iPhone tout en conduisant... Il avait le numéro de John Smith dans sa liste de contacts... *¡Dios mió !* Il ne manquerait plus *maintenant* qu'un flic *palurdo americano* de Broward County l'arrête parce qu'il téléphonait au volant sans kit mains libres... Il regarda dans son rétroviseur... puis dans les deux rétroviseurs latéraux... puis inspecta la route devant lui... la route et les bas-côtés... il fallait prendre ce risque. L'homme recherché tapota le numéro sur la face vitrée de l'iPhone...

C'était une figure de rhétorique, bien sûr – « ce coup-ci, j'ai vraiment le couteau sous la gorge » – mais Ed Topping éprouvait pour de bon un douloureux picotement au niveau du cou... Les choses en étaient arrivées à un point où il ne pouvait pas décemment demander à John Smith de discuter de tout ça entre deux portes. Oh, non, cette fois, ils étaient tous les trois – John Smith, Stan Friedman et lui-même – assis à une table ronde, près de son bureau. Il s'y ajoutait un quatrième personnage : l'avocat numéro un du *Herald*, spécialiste des procès en diffamation, Ira Cutler. C'était un homme d'une petite cinquantaine d'années, plus ou moins, un de ces types d'âge plus que mûr qui conservent des bajoues lisses, puissantes, et un ventre lisse qui paraît dilaté non par l'âge mais par la vitalité, l'ambition et les appétits féroces de la jeunesse. Il rappelait à Ed les portraits des grands hommes du XVIIIe siècle réalisés par les frères Peale qui attribuaient toujours à leurs modèles un ventre lisse, robuste en signe de succès et de vigueur. Ventre, bajoues, ongles brillants, chemise blanche repassée et autres, Ira Cutler était un pitbull bien habillé, bien nourri, hypermusclé dès qu'il s'agissait de questions juridiques, et il adorait les litiges, surtout en salle d'audience, quand il pouvait insulter les gens en face, les humilier, les démoraliser, ruiner leur réputation, les faire pleurer, sangloter, chialer, brailler... et que tout cela était approuvé par la loi. Il avait tout ce qu'il fallait pour couper dans son élan un bébé d'un mètre quatre-vingt-huit, autrement dit John Smith. Cutler avait quelque chose de franchement brutal. Edward T. Topping IV n'aurait pas aimé l'inviter à dîner ou ailleurs, de crainte que son côté pitbull-baveux ne rejaillisse défavorablement sur la Maison Topping... mais ses comportements les plus répréhensibles étaient les bienvenus autour de cette table.

« Eh bien messieurs... commençons », dit Ed. Il regarda successivement chacun des trois autres, prétendument pour vérifier s'ils étaient « connectés » comme on dit, mais en réalité pour les obliger à reconnaître son autorité, qui avait tendance à s'effilocher en présence de cette brute. Son regard de T-4 se fixa, autant qu'il pût l'obliger à se fixer, sur John Smith. « Et si vous nous faisiez part de votre toute dernière information. » Au rapport, soldat – voilà l'aura de pouvoir qu'Ed souhaitait projeter.

« Comme je vous l'ai dit, monsieur, je crois que nous disposons à présent du témoin oculaire dont nous manquions. Le policier qui m'a aidé dans cette affaire en dehors de ses heures de service, Nestor Camacho, a rencontré une ancienne amie qui se trouvait par hasard à côté de Sergueï Koroliov au moment où il a lu l'article que nous avons publié hier sur Igor Droukovitch, ce peintre qui serait, selon nous, l'auteur des toiles que Koroliov a données au musée. Elle lui a décrit la réaction de Koroliov... »

Ira Cutler l'interrompit. Il parlait d'une voix curieusement aiguë. « Un instant... Camacho... Ce n'est pas le nom du flic qui s'est fait virer récemment pour propos racistes ?

— Il ne s'est pas fait *virer*, monsieur, il a été "exclu de ses fonctions". Cela veut dire qu'on retire au policier son insigne et son arme de service jusqu'à ce que l'affaire ait été entièrement élucidée.

— Hmmm... je vois...», fit Cutler... du ton qui veut dire, «Je ne vois *pas*, mais continue. Nous pourrons toujours revenir à ce raciste plus tard.»

«Quoi qu'il en soit, reprit John Smith, cette femme, son amie» – et il entreprit de décrire la scène, la panique de Koroliov et tout le reste, tels que Nestor les lui avait dépeints.

Ed se tourna vers Cutler. «Pour commencer, ce n'est pas un témoignage oculaire, remarqua celui-ci. C'est une preuve corroborante, mais un témoin oculaire est un individu qui a réellement vu le délit au moment où il se produisait. Votre information serait utilisable dans une plaidoirie, mais elle ne constitue pas une preuve directe.»

Ed songea :::::: Grâces soient rendues à Dieu de ton existence, Cutler! Pas du genre à laisser passer la balle, mon gars! :::::: Il eut bien du mal à réprimer un sourire. Il redressa le menton et regarda John Smith. Et de quel regard! La phrase sortit avec toute la majesté propre au leader tolérant-jusqu'à-un-certain-point. «Dites à maître Cutler ce que vous avez d'autre.» :::::: Maintenant qu'il a pulvérisé ton argument majeur ::::::

John Smith passa à la confession catégorique d'Igor avouant qu'il avait réalisé des faux. Il parla des photos qu'il avait faites des contrefaçons d'Igor en train d'être réalisées... et des révélations de celui-ci sur toutes les mesures prises par Koroliov pour donner aux toiles une provenance d'une authenticité irrécusable, parmi lesquelles le nom de l'expert allemand et le voyage à Stuttgart pour le payer. Il évoqua la falsification annexe, pour ainsi dire, d'un catalogue vieux d'un siècle, imprimé sur du papier d'époque... le catalogue, dans toute sa duplicité, était une œuvre d'art en soi. John Smith rendit un hommage d'un lyrisme fort peu John Smithien au talent nécessaire pour le fabriquer... trouver du papier d'il y a cent ans, reproduire les particularités de reliure, les procédés de reproduction photographique hors d'âge, et jusqu'aux excentricités rhétoriques de l'époque... En fait, tout était d'un lyrisme si peu John Smithien que le catalogue semblait surgir de son marécage sordide qui vous aspirait par les chevilles pour atteindre à une éminence dionysienne échappant à toutes les graduations du bien et du mal...

Quand John Smith se tut, Ed se tourna vers sa planche de salut, un homme immunisé contre toutes les ambitions et émotions puériles... maître Cutler. Stan Friedman et John Smith avaient, eux aussi, les yeux rivés sur le pitbull diplômé de droit.

L'arbitre irrécusable se pencha en avant, balança les coudes et les avant-bras sur le plateau de la table et regarda l'un après l'autre chacun de ses interlocuteurs avec une expression de dominance canine absolue... canine, dans la mesure où un homme d'âge moyen, avec bajoues, ventre, chemise blanche lavée de frais et impeccablement repassée, sans oublier la cravate de fine soie italienne, pouvait réellement ressembler à un pitbull. Il parla :

« En me fondant sur ce que vous venez de dire..., il est exclu, même sur la foi des aveux du faussaire, que vous preniez le risque de publier un article affirmant que Koroliov a fait ceci ou cela, si ce n'est offrir ces toiles au musée. Votre type, ce Droukovitch, paraît *très* désireux de faire reconnaître son propre talent et son audace. C'est un comportement typique de tous les mystificateurs. J'ajouterais que c'est un ivrogne fini et qu'il est odieusement fier de ce qu'il a fait. »

:::::: Ouais ! Je *savais* que je pouvais compter sur toi ! Tu te conduis en réaliste contrairement à tous ces blancs-becs qui n'ont pour ainsi dire rien à perdre, quoi que nous publiions... alors que moi – moi, j'ai tout à perdre... ma carrière, par exemple, mon gagne-pain... sur accompagnement musical de l'infini mépris de ma femme. Je l'entends déjà, « Tu as toujours eu cette tendance à l'indolence et à la désinvolture – mais bon sang ! faut-il vraiment que tu la portes à ce niveau ? Faut-il vraiment que tu calomnies un citoyen de premier ordre, un mécène d'une telle générosité qu'on rebaptise un musée en son honneur et qu'on grave son nom en lettres grandes *comme ça* et profondes *comme ça* sur la façade ? Faut-il vraiment que je te rappelle que le maire et la moitié de tous les éminents citoyens du Grand Miami – parmi lesquels mon mari indolent, désinvolte, anciennement éminent et autodétruit – toutes ces personnalités éminentes ont assisté à un banquet en son honneur alors que toi, tu cherches maintenant à les présenter comme des dupes, des imbéciles, des gogos, des péquenauds indécrottables, des ploucs – tout cela au nom des idéaux d'une presse libre dotée d'une mission d'information courageuse professés par je ne sais quel post-chiot nouveau-né... avide de surcroît de faire reconnaître son moi éduqué à Yale et son ego autoéduqué – eh bien, j'espère que ton propre ego désinvolte et indolent est satisfait maintenant! Ta *liberté de la presse*, ta *mission* de journaliste oh! toi, sentinelle des citoyens, toi qui montes la garde pendant que tous sommeillent – *yaghhhhhn!* crétin incompétent qui t'apprêtais à faire ton premier grand pas de rédacteur en chef d'un journal de premier plan – ton premier grand pas... ah oui!... dans le pire accident de bagnole imaginable *yaghhhhhhhh!* » Que Dieu te bénisse, Ira Cutler! Tu m'as sauvé de ma pire faiblesse! Sur ce sujet, il n'est pas plus grand pouvoir que... ::::::

La voix d'Ira Cutler intervint. « Vous ne pouvez pas vous permettre d'*accuser* Koroliov de quoi que ce soit... »

:::::: Ouais! Vas-y, frère! Remets-les à leur place! ::::::

« ... parce que vous n'avez pas suffisamment de preuves objectives et que vous ne disposez d'aucun témoin oculaire. Vous ne pouvez même pas laisser entendre que Koroliov a quelque chose à se reprocher dans tout cela... »

:::::: Excellent! Continue, frère! Trace-leur la carte du droit chemin! ::::::

Un poids considérable glissa de ses épaules... Quel soulagement! Enfin, il pouvait souffler! :::::: Il y *a* un Dieu au firmament! Je suis libéré du... ::::::

La voix haut perchée du pitbull résonna à nouveau : « D'un autre côté, vous avez des matériaux solides et vous avez très bien établi les faits dont vous disposez, me semble-t-il. Commentils'appelledéjà – Igor? – affirme avoir réalisé les faux et vous avez enregistré ses déclarations. Il vous l'a dit. Vous avez établi que le même peintre russe se présente sous deux noms, Igor en ville et Nicolaï à la campagne... »

:::::: Mais qu'est-ce qui se passe? Qu'est-ce que c'est que ce « d'un autre côté » tout d'un coup?... et ces « matériaux solides »? Mon pitbull creuse le sol sous mes pieds avec ses pattes de derrière? Tiens bon! Tiens bon, sale cabot! ::::::

« ... et qu'il possède un atelier clandestin dans une résidence pour personnes âgées d'Hallandale, au nord de nulle part, poursuivait Cutler. Il s'agit là d'éléments que vous pouvez exploiter, à condition que (a) ce type ait été informé que vous enregistriez ses propos, et (b) vous ne rédigiez pas votre article d'une manière qui donne à penser que votre unique objectif lorsque vous vous êtes engagé dans cette enquête était de dénoncer Koroliov comme un imposteur.» Il se tourna vers John Smith, «Si j'ai bien compris, John, vous avez essayé de prendre contact avec Koroliov.»

:::::: «John», il l'appelle «John» et je sais que c'est la première fois de sa vie qu'il le rencontre. Mais il a bien compris ce qu'il est – un gosse! Un gosse qui joue avec le feu! Un simple gosse! ::::::

«Oui, maître, confirma John Smith. J'ai laissé...»

Il s'interrompit parce que son portable s'était mis à sonner quelque part dans ses vêtements. Il l'extirpa de la poche intérieure de sa veste et vérifia l'identifiant. Avant de répondre, il bondit sur ses pieds et – se tourna vers le conseiller juridique Cutler, «Excusez-moi... maître... il faut absolument que je prenne cet appel.» Il se dirigea vers un angle du bureau et nicha son visage si près du coin qu'une joue s'écrasait contre le mur intérieur et l'autre contre la baie vitrée extérieure, le BlackBerry coincé entre les deux.

La première chose qu'ils entendirent après «Allô» fut John Smith qui disait «Oh, mon Dieu!» d'un ton voisin du gémissement, un «Oh mon Dieu» très peu John Smithien et un gémissement encore moins John Smithien. Puis il fit «Oooooooh!» comme s'il venait de se prendre un coup de poing dans le ventre. Personne n'aurait pu imaginer de tels bruits jaillissant du corps de John Smith. Il resta dans l'angle pendant ce qui parut durer une éternité, mais était sans doute plus proche de vingt ou trente secondes. Puis d'une voix douce, courtoise, il dit, «Merci, Nestor.»

John Smith avait le teint pâle de nature, mais quand il se retourna, il était blanc comme un linge. Tout le sang avait reflué de son visage. Il resta parfaitement immobile et annonça avec un accablement désespéré, «C'était mon informateur numéro un. Il est à Hallandale. On vient de découvrir Igor Droukovitch mort au pied d'un escalier. La nuque brisée.»

:::::: Et merde ! :::::: pensa Ed. Il savait ce que *ça* voulait dire...
Impossible de ne pas passer l'article à présent... et le nom de Sergueï
Koroliov était gravé dans la pierre à l'entrée du musée... et il avait été
assis à deux places de lui au dîner ! :::::: Maintenant, il n'y a plus
moyen que j'évite de risquer *ma* peau. Ed Topping, le Journaliste
Sans Peur et Sans Reproche... Merde ! et remerde ! ::::::

21

Le Chevalier d'Hialeah

À peine six heures quarante-cinq – et ça déménageait dans le bureau d'Edward T. Topping IV. Trop de monde! Trop de bruit! Il n'avait même pas eu le temps de jeter le plus bref coup d'œil à ce grandiose symbole de son rang, sa vue panoramique sur la baie de Biscayne, Miami Beach, l'océan Atlantique, cent quatre-vingts degrés d'horizon bleu et un milliard de minuscules traits de lumière qui étincelaient sur l'eau tandis qu'au-dessus, la Grande Lampe Chauffante commençait à monter en puissance. Il n'avait même pas pu s'asseoir à son bureau, pas une seule fois, à moins de compter les appuis occasionnels de ses hanches osseuses contre le bord du plateau.

Il avait un récepteur téléphonique à l'oreille et les yeux fixés sur l'écran de son ordinateur Apple ZBe3. Un ouragan d'appels, de textos, de tweets, de twitts, de e-cris impatients, frénétiques et même paniqués de tout le pays... du monde entier en fait... d'un marchand d'art affolé de Vancouver où il était trois heures quarante-cinq du matin, d'un agent artistique d'Art Basel en Suisse, où il était douze heures quarante-cinq, d'une maison de ventes aux enchères de Tokyo, où il était dix-neuf heures quarante-cinq et d'un collection-neur privé angoissé – non, épouvanté-au-point-de-hurler – de Wellington, en Nouvelle-Zélande, où dans quelques minutes, on serait demain, sans oublier toutes les variétés de médias d'informa-tion, parmi lesquels les télévisions britannique, française, allemande, italienne et japonaise, et sans compter toutes les catégories de réseaux traditionnels, câblés et internet d'Amérique. CBS avait une équipe de cameramen qui attendait dans le hall en bas – à sept heures moins le quart du matin.

L'article de John Smith venait de sortir. Le *Herald* l'avait publié en ligne à dix-huit heures, la veille au soir, pour s'assurer la primeur – le scoop, autrement dit. Six heures plus tard, il paraissait dans la première édition du journal sous deux mots en lettres majuscules, de cinq centimètres de haut, aussi grasses et noires que celle d'un tabloïd, s'étirant sur toute la largeur de la une :

COÏNCIDENCE FATALE

Tous les grands manitous du Loop Syndicate de Chicago qui tenaient à être « là où ça se passe » avaient embarqué à bord d'un des trois Falcon du Loop dès que l'article était sorti en ligne et avaient décollé pour Miami. « Là où ça se passe » était le bureau du rédacteur en chef du *Herald*, Edward T. Topping IV. Il contenait à présent huit – ou étaient-ils neuf ? – cadres du Loop, dont le directeur général, Puggy Knobloch, plus Ed lui-même, Ira Cutler et Adlai desPortes, le nouvel éditeur du *Herald*. Sans qu'on sache très bien pourquoi, le responsable des pages locales, Stan Friedman, et John Smith, l'homme du jour, étaient sortis un moment. Des flots de la substance chimique la plus grisante connue de l'humanité – l'adrénaline – traversaient la pièce par vagues vagues vagues vagues, donnant à la petite troupe du Loop l'impression d'occuper les premières loges, à l'intérieur même du ventre, de l'un des plus grands reportages du XXIᵉ siècle : un nouveau musée des beaux-arts à 220 millions de dollars, point d'ancrage d'un immense complexe culturel métropolitain, prend le nom d'un « oligarque » russe à la suite de sa donation extraordinaire de tableaux d'une valeur de « 70 millions de dollars ». Des maîtres tailleurs de pierre ont depuis longtemps déjà gravé son nom dans le marbre au-dessus de l'entrée – MUSÉE KOROLIOV DES BEAUX-ARTS – et maintenant, regardez-nous en ce moment, dans ce bureau. Nous sommes les leaders maximi. Ce sont nos journalistes qui viennent de dénoncer l'imposture de ce grand « donateur ».

Plusieurs décibels au-dessus du tohu-bohu et du bourdonnement propres à tous les endroits où ça se passe, Ed entendait klaxonner le klaxon sonore et égrillard de Puggy Knobloch, « *Haaaghh* – la vieille dame croit que "l'Environnement" est le nom d'une agence gouvernementale!? » *Haaaghh!* riait Puggy. C'était une sorte d'aboiement. Il submergeait tous les autres bruits – l'espace d'une demi-seconde environ – comme pour dire, « Vous trouvez ça drôle? OK, voilà votre récompense : *Haaaghh!* »

Oh, ces flots, ces flots d'adrénaline!

Une autre voix s'éleva au-dessus des grondements et des rugissements. Maître Ira Cutler. On ne pouvait pas la manquer, cette voix. On aurait dit le gémissement d'un tour à métaux. Il brandissait le journal, avec sa COÏNCIDENCE FATALE géante, sous les globes oculaires de Puggy Knobloch.

« Là! Lisez l'amorce! l'exhortait Ira Cutler. Lisez les deux premiers paragraphes. »

Il essayait de tendre le journal à Knobloch, lequel levait ses grosses mains épaisses, paumes en avant, pour le repousser. Il avait l'air vexé. « Vous croyez que je ne l'ai pas lu? » – d'un ton qui signifiait : <<< Alors quoi, mec, tu ne sais *vraiment* pas à qui tu as le culot de parler sur ce ton? >>>

Cela n'arrêta pas Cutler une seconde. Il avait immobilisé le leader maximum avec son regard laser et sa rafale ininterrompue, insistante, rat-tat-tat-tat-tat de mots. Il se replongea dans le journal d'un geste brusque et dit, « Attendez! Je vais vous lire ça.

"Coïncidence mortelle", c'est écrit là, et juste dessous, "À la tombée de la nuit, il affirme que les trésors du musée sont des faux dont il est l'auteur. Au lever du jour – il est mort"... et puis la signature "par John Smith". Et voilà la suite, "Quelques heures seulement après avoir appelé le *Herald* en affirmant que les toiles modernistes russes estimées à 70 millions de dollars exposées au musée Koroliov des beaux-arts – le clou de ses collections – sont des faux dont il est l'auteur, l'artiste de Wynwood, Igor Droukovitch, a été retrouvé mort, ce matin, à l'aube. Il avait la nuque brisée.

Son corps gisait, tête en bas, au pied d'un escalier d'une résidence pour personnes âgées de Hallandale – où il occupait, selon les informations du *Herald*, un atelier clandestin sous le nom de Nicolai Kopinski." »

Le pitbull baisse le journal, rayonnant d'autosatisfaction. «Vous pigez, Puggy? pavoisait-il. Vous voyez le tableau ce coup-ci? Vous suivez la stratégie? Nous n'*accusons* pas Sergueï Koroliov de *quoi que ce soit*. Il se trouve seulement que le musée propriétaire de ces toiles porte son nom, rien d'autre.» Cutler haussa les épaules d'un air moqueur. «On n'y peut rien, que voulez-vous? Vous avez saisi le mot clé : *affirme*? J'ai eu un mal de chien à l'imposer à John Smith. Il voulait employer une formule comme : Droukovitch a *révélé* qu'il en était l'auteur ou a *avoué* ou *a décrit comment* ou une autre locution qui aurait pu donner à penser que nous *supposons* que Droukovitch dit vrai. Non, non, j'ai bien veillé à ce que nous utilisions un terme qui permettrait au contraire de conclure à notre scepticisme : il *affirme* en être l'auteur... voilà ce qu'il *affirme*... Il m'a fallu une bonne heure pour faire entendre raison à ce gamin.»

Oh, Ed ne l'avait pas oublié. ::::: Nous – moi compris – avons infligé à ce malheureux John Smith une vraie séance de nez en compote. ::::: C'était l'expression qu'on utilisait quand on restait penché au-dessus de l'épaule du journaliste pendant qu'il écrivait. Si celui-ci relevait brusquement la tête, on était bon pour un nez en compote.

Ah, mais l'adrénaline coule aussi à flots à flots à flots à flots dans l'attente de l'inconnu – le combat! Comment l'arnaqueur va-t-il réagir? Comment se battra-t-il? Qui attaquera-t-il – et avec quelles armes?

Peu avant huit heures, la griserie d'être *là où ça se passe* avait atteint son niveau maximum quand Stan Friedman réapparut dans la pièce. Il n'était pas électrisé cette fois. Il tenait une enveloppe blanche... et son visage était très sombre. Il tendit ce visage sinistre et l'enveloppe à l'éditeur du *Herald*, Adlai desPortes, qui jusqu'à cet instant avait savouré la plus grande défonce adrénalienne de son existence. Friedman s'éclipsa immédiatement. L'éditeur desPortes lut la lettre, qui n'était manifestement pas longue, et à son tour la tendit très vite, avec son propre visage sinistre à Ed. Ed lut et ::::: Bon sang! Qu'est-ce que *ça* veut dire au juste? ::::: lui aussi tendit la lettre et sa mine sinistre – non, pas sinistre, *pétrifiée* – à Ira Cutler, et un silence soudain se fit dans la pièce. Tout le monde avait compris que la Sinistrose venait d'envahir le bureau, et le silence s'approfondit encore.

Ed s'aperçut qu'il donnait l'image d'un homme faible et troublé. *Owww.* Il était temps de s'affirmer et de manifester son autorité. Il éleva la voix et lança d'un ton qui se voulait dégagé et badin : « Hé, écoutez tous, Ira a une info de dernière minute. » Il attendait une réaction qu'il n'obtint jamais au bon mot dégagé et badin – *de dernière minute* – un résidu du XXe siècle. « Une nouvelle d'un messager de l'au-delà ! » Pas le moindre signe d'esprit dégagé et badin dans la pièce. « Ira, et si vous nous lisiez ça tout haut ? »

Les occupants de la pièce étaient loin de partager la désinvolture qu'Ed prétendait donner à ses propos.

« Oooo kaaay, fit Cutler. Qu'avons-nous là ? » C'était toujours une surprise d'entendre le registre aigu de la voix du pitbull, surtout devant aussi nombreuse assemblée. « Voyons... voyons... voyons... ce que nous avons là est... Il semblerait que ce communiqué ait été envoyé par le... cabinet juridique Solipsky, Gudder, Kramer, Mangelmann et Pizzonia. Il est adressé à Mr Adlai desPortes, éditeur du *Miami Herald*, numéro un Herald Plaza et cætera et cætera... hmmmm... hmm... et ainsi de suite.

« Cher monsieur, Nous représentons Mr Sergueï Koroliov, qui fait l'objet de l'article publié à la une de l'édition de ce jour du *Miami Herald.* Votre portrait calomnieux et parfaitement diffamatoire de Mr Koroliov a déjà été repris dans le monde entier sous forme imprimée et par les médias électroniques. En diffusant des données d'une inexactitude patente et des insinuations inadmissibles, vous avez terni la réputation de l'un des citoyens les plus généreux et les plus respectés du Grand Miami, un homme dont l'esprit civique est sans égal. Vous vous êtes largement inspiré des inventions et, très possiblement, des hallucinations d'un individu notoirement connu pour être atteint d'un éthylisme chronique. Vous avez exploité votre éminente position d'une manière imprudente, malveillante, totalement irresponsable et, en fonction de la validité, si validité il y a, de certaines de vos allégations, criminelle. Si vous publiez immédiatement une rétractation de cet "article" calomnieux assortie de vos excuses, Mr Koroliov acceptera de porter ce geste à votre crédit. Sincèrement vôtre, Julius M. Gudder du cabinet Solipsky, Gudder, Kramer, Mangelmann et Pizzonia. »

Cutler plissa les yeux et parcourut la salle du regard avec un petit sourire venimeux aux lèvres. Il était dans son élément. Descendez tous dans l'arène, vous et lui ! Je vous procurerai toutes les insinuations qu'il vous faut pour enfoncer vos dents dans son cul... Ses yeux s'arrêtèrent sur le destinataire officiel de ce soufflet, l'éditeur Adlai desPortes. L'éditeur desPortes ne semblait pas particulièrement pressé de venger l'honneur du *Miami Herald*. En fait, comme auraient pu le dire ses présumés ancêtres français, il paraissait même franchement *hors de combat**. Il avait l'air interloqué, au sens propre du terme : incapable de parler. Mon Dieu, être l'éditeur du *Miami Herald* n'était pas censé inclure des saloperies comme des accusations d'allégations *criminelles* ! Ce poste était censé inclure des déjeuners de trois heures avec des publicitaires, des hommes politiques, des directeurs généraux, des directeurs financiers, des présidents d'université et de fondations, des mécènes, des célébrités solidement établies ou des stars d'un quart d'heure sorties toutes chaudes des spectacles de danse, des émissions de variétés, des jeux télévisés, des feuilletons de téléréalité, des concours de Mr Muscle de la télévision nationale, ainsi que des lauréats de ces mêmes spectacles de danse, émissions de variétés, jeux télévisés, tous ces gens dont la présence exigeait un hôte mielleux, toujours bronzé, perpétuellement affable, dont jamais les fadaises ne se prenaient les pieds dans les billes jetées sur son chemin et dont le visage même appelait les plus obséquieux bonjours par votre nom et vos fonctions de la part des maîtres d'hôtel et des propriétaires des restaurants les plus chics. Il n'y avait pourtant rien de mielleux en lui pour le moment. Il avait la bouche légèrement ouverte. Ed savait précisément les questions que se posait desPortes... Avons-nous fait une énorme boulette ? Avons-nous pris nos désirs pour la réalité comme ces scientifiques tellement avides d'obtenir un résultat que cela fausse les conclusions de leurs recherches ? Avons-nous cru en la parole d'un homme dont nous savions pertinemment que c'était un lamentable ivrogne ? La disparition d'un plein mur de faux de Droukovitch ne s'expliquait-elle pas par le fait qu'il les avait lui-même rangés ailleurs – en admettant même qu'il se soit véritablement agi de faux ? Avons-nous surinterprété tous les faits et gestes de Koroliov... alors qu'il était innocent de toute intention malhonnête ?

Lui, Ed, ne savait-il pas précisément ce qui occupait l'esprit du majestueusement nommé Adlai desPortes pour la simple raison que c'était exactement ce qui occupait celui d'Edward T. Topping IV ?

Tel un bon pitbull toujours prêt à en découdre, Cutler semblait traverser du regard la peau de tous les Ed et Adlai qu'il avait devant lui et voir leurs colonnes vertébrales mollissantes. C'était donc à lui qu'incombait la tâche de les affermir et de leur redresser l'échine.

« Magnifique ! s'écria-t-il en souriant de toutes ses dents comme si la partie la plus amusante du monde venait de commencer. Vous allez adorer ça ! Avez-vous déjà vu un plus gros ballon d'air chaud de votre vie ?... se faisant passer pour un missile ? Citez-moi un seul fait qu'ils réfutent dans notre article... Vous n'y arriverez pas parce que eux non plus n'y sont pas arrivés ! Ils sont incapables de nier explicitement ce dont nous avons accusé Koroliov – pour la bonne raison que nous ne l'avons accusé de *rien* ! Vous savez certainement qu'à l'instant où ils porteraient plainte pour diffamation, ce serait une invitation à une fouille au corps en bonne et due forme. »

Non content de sourire, Cutler commença à se frotter les mains comme s'il ne pouvait imaginer perspective plus délectable. « Tout ça, c'est du vent. Pourquoi est-ce qu'ils nous envoient ce machin-là – par coursier – d'aussi bonne heure le matin ? » Il scruta à nouveau tous les visages, comme si l'un d'eux avait pu comprendre immédiatement... Silence... de plomb... « Pure opération de RP ! Ils veulent établir solidement que toute cette affaire est pure "diffamation" afin qu'aucun nouvel article ne puisse sortir sans faire état de leurs dénégations menaçantes. Ça ne va pas plus loin. »

Ed ressentait le besoin d'affirmer son autorité par quelque commentaire incisif. Mais il ne trouva strictement rien à dire, incisif ou non. En plus, la lettre était adressée à desPortes, après tout. C'était à lui de réagir, non ? Il se tourna vers desPortes. Celui-ci avait tout du type qui vient de se prendre un coup de merlin sur l'occiput. Un vide, debout sur ses jambes. Ed savait ce que pensait l'éditeur parce que lui, Ed, pensait la même chose. Pourquoi avaient-ils donné le feu vert à ce blanc-bec ambitieux, à ce John Smith ? Ce n'était qu'un *gosse* ! On aurait pu croire qu'il n'avait jamais eu à se servir d'un rasoir de sa vie ! Toute son affaire ne reposait que sur la soudaine éructation de «vérité» d'un ivrogne patenté – désormais défunt. Grâce au scalpel de ce maître Julius Gudder, Koroliov et Compagnie réduiraient la réputation et la véracité d'Igor Droukovitch à une tache sur un tapis de bain.

L'éditeur desPortes reprit vie et ôta en quelque sorte les mots de la bouche d'Ed : «Mais Ira, est-ce que nous ne nous appuyons pas exagérément sur le témoignage d'un homme souffrant de sérieux handicaps ? Primo il est mort, secundo, il était ivre mort quand il était en vie ? »

Cela provoqua quelques rires, Dieu merci ! Quelques signes de vie parmi les morts vivants !

Mais ça n'allait pas se passer comme ça avec le pitbull. Sa voix ne fit qu'atteindre des tonalités plus stridentes, plus cassantes, plus impérieuses quand il s'écria : «Pas du tout ! Pas du tout ! La sobriété du type ou son alcoolisme n'ont rien à voir ! C'est l'histoire d'un homme qui menait une double vie, l'une en plein jour, l'autre secrète, et qu'on découvre mort – assassiné peut-être – dans de mystérieuses circonstances. Tout ce qu'il a pu dire la veille de cette mort étrange acquiert une pertinence extrême, même si les faits jettent une ombre sur autrui. »

Bien dit, maître ! Mais ces paroles étaient peu faites pour ralentir la tachycardie de Topping. À l'instant même, Stan Friedman entra dans la pièce, remorquant un John Smith profondément affligé à la traîne. Ed faillit s'adresser à tout le groupe en ces termes : «Eh bien, salut Stan. Tu es arrivé à faire revenir parmi nous notre petit reporter, notre as de l'enquête ? Et pourquoi ? Il est tellement immature qu'il ne supporte même pas d'*entendre* dans quelle situation il nous a plongés pour les beaux yeux de sa propre ambition puérile. Tu n'as même pas eu le cran de rester là pour apprendre comment les choses ont tourné, pas vrai ? Short Hills, St. Paul's, Yale – *yaaaaaagggh !*... Voilà ce que produit de nos jours la vie au milieu des lambris d'acajou – des chiffes molles qui se figurent tout de même jouir de naissance du droit de faire ce qu'ils veulent, et qu'importe si cela blesse les simples roturiers. Tu peux baisser la tête, va ! Tu peux avoir la trouille de regarder les autres en face ! »

Ce petit salaud, que Stan tenait pour ainsi dire par la main, se dirigeait droit vers Ira Cutler. Toute la pièce était plongée dans le silence.

Tout le monde, chacun de ces corps ébranlés, tenait à savoir de quoi il s'agissait. Ira Cutler lui-même semblait perplexe, ce qu'il évitait d'ordinaire soigneusement. Stan s'éloigna de John, s'approcha du pitbull et lui murmura quelque chose à l'oreille, un assez long discours en fait. Au bout d'un moment, ils se tournèrent tous les deux vers John Smith qui tenait la tête si basse qu'il ne pouvait probablement pas les voir.

« John... », dit Stan.

John Smith les rejoignit, sans se départir de son air de chien battu. Il adressa à Cutler un léger signe de tête et lui dit quelque chose sur un ton qui ne dépassait guère le chuchotement. D'une poche intérieure de sa veste, il sortit plusieurs feuilles de papier qu'il tendit à Cutler. Elles semblaient manuscrites. Cutler les étudia pendant ce qui parut durer dix minutes – puis le gémissement du tour à métaux et Cutler dirent : « Je crois que John veut que je vous demande de bien vouloir l'excuser de vous avoir abandonnés. Il avait mis son téléphone sur vibreur et a dû sortir régulièrement pour répondre aux appels. Gloria, dans le bureau de Stan, avait son numéro pour pouvoir le joindre à tout moment. Jusqu'à présent, il a reçu des questions » – Cutler brandit les feuillets en guise de preuve – « des questions du monde entier littéralement, et tous ses correspondants s'affolent pour la même raison. Au cours du laps de temps relativement bref qui s'est écoulé depuis l'inauguration du musée Koroliov des beaux-arts, ils ont acquis des tableaux pour une valeur – si l'on peut dire – de plusieurs dizaines de *millions* de dollars auprès de marchands qui représentaient Koroliov. Et je ne vous parle que de ceux qui ont appelé le *Herald*. Dieu sait combien ils seront en tout. Je ne savais pas qu'il vendait des tableaux sous le manteau. » Cutler parcourut la salle du regard... Personne d'autre non plus.

Cutler esquissa un grand sourire de pitbull. « Hmmmm... Je me demande s'il bénéficie d'une franchise fiscale de 70 millions de dollars en échange des faux qu'il a refilés au musée pour effacer ce que lui rapportent ceux qu'il vend sous le manteau... John a sur cette liste tous les noms, toutes les coordonnées, et il possède des enregistrements de tous les appels qu'il a passés ou reçus depuis le bureau de Gloria. Il a été contacté par des galeries, des marchands d'art, d'autres musées – enfin, vous imaginez. Mais l'appel qui m'intrigue le plus est celui d'un type qui dirige une petite imprimerie à Stuttgart. Il s'inquiète à l'idée qu'on lui reproche quelque chose qu'il a fait en toute innocence. Il a réalisé pour une société russe un catalogue d'une exposition Malevitch, en français, du début des années 1920. Il affirme que la société lui a fourni du papier datant au moins de ces années-là, d'anciennes polices de caractères, des modèles de mise en page, de maquettes, du fil de reliure, les œuvres. Le type s'est dit qu'on préparait un centenaire Malevitch, un truc comme ça, hé, c'était un boulot sympa en plus ! Très futé, aussi. Et puis il a vu des Malevitch dans les reportages que la télé et internet ont consacrés à l'article de John et à la possibilité d'une arnaque russe, et ça a fait tilt. Messieurs, je pense que nous sommes en présence de ce qui est peut-être la plus grande escroquerie de toute l'histoire de l'art, et qu'elle se déroule sous nos yeux. »

Ed et tous les autres avaient le regard rivé sur John Smith. :::::: Mon Dieu, c'est ce gosse qui a déballé toute l'affaire ! Alors pourquoi est-ce qu'il reste planté là, les yeux baissés, à secouer la tête ? :::::: Il entendit Stan expliquer à Ira Cutler que John était rongé de culpabilité depuis qu'on avait découvert le corps d'Igor Droukovitch, et qu'il ne s'en remettait pas. « Il est persuadé que s'il n'avait pas écrit cet article sur Droukovitch – à l'origine des révélations mêmes de ce matin –, Droukovitch serait encore en vie. Je peux vous dire qu'il est mal barré. »

Ed explosa soudain d'une voix forte, véhémente, dans un bref rugissement dont personne, pas plus lui-même que les autres, ne le savait capable : « SMITH, VIENS ICI ! » Plus effrayé à présent que désespéré, John leva les yeux vers son rédacteur en chef maximum qui s'écria : « SI TU VEUX TE RONGER DE CULPABILITÉ, FAIS-LE SUR TON TEMPS LIBRE ! TU BOSSES POUR MOI MAINTENANT, ET TU AS UN PUTAIN D'ARTICLE À PONDRE POUR DEMAIN ! »

Qui aurait imaginé ça d'Edward T. Topping IV ! L'ensemble du Loop Syndicate et les pontes du *Herald* le virent et l'entendirent ! Ce fut à cet instant, décrétèrent-ils tous, qu'Ed Topping – anciennement « T-4 » – était devenu un homme nouveau, un homme fort, un homme un vrai, et l'honneur de la presse.

Ed fut surpris, lui aussi. En fait – et il le savait –, il avait pris le mors aux dents par peur, la peur que ce blanc-bec de John Smith ne s'effondre sans avoir écrit l'article qui les sortirait, lui, Ed Topping, et un paquet d'autres, d'un foutu pétrin.

Son entretien avec Nestor avait fait baisser le degré de frayeur de Magdalena de terrorisée à morte de peur. Cela *fait* une différence, et elle la sentait ; cette nuit-là, pourtant, elle fut à nouveau incapable de fermer l'œil, ou presque. Il n'y avait pas une position dans son lit où elle ne fût pas désagréablement consciente de ses battements de cœur. Ils n'étaient pas si rapides que ça, mais prêts à repartir au galop à tout moment. Au bout de quelques heures... ou de ce qui lui avait paru durer quelques heures..., elle entendit la poignée de la porte d'entrée tourner et faillit exploser. Son cœur fit un bond comme s'il voulait atteindre des niveaux insensés de fibrillation atriale. Elle pria Dieu que ce soit...

... et ce fut : Amélia qui rentrait, c'est tout. « Merci mon Dieu ! » Elle le dit tout haut, à mi-voix cependant.

Amélia avait passé les deux dernières nuits, celles de lundi et mardi, chez lui, près de l'hôpital, lui étant le neurochirurgien chef de clinique de trente-deux ans qui venait de faire son apparition dans sa vie. Neurochirurgien ! Les chirurgiens occupaient le sommet de la hiérarchie du prestige hospitalier, parce que c'étaient des hommes d'action – les chirurgiens étaient habituellement des hommes – qui tenaient quotidiennement des vies humaines entre leurs mains – lit-téralement, tactilement – et à l'heure actuelle, les neurochirurgiens étaient les plus romantiques de tous. Parmi tous les chirurgiens, c'étaient eux qui affrontaient les plus grands risques. Lorsqu'un patient devait recourir à la chirurgie cérébrale, il était déjà très mal en point et le taux de décès dans cette spécialité était le plus élevé de tous. (Au bas de l'échelle, on trouvait les dermatologues, les anato-mopathologistes, les radiologues et les psychiatres ; pas de situations de crise, pas de coups de fil d'urgence à domicile la nuit ou les jours fériés ni d'alerte de l'hôpital, pas besoin de se traîner, la queue entre les jambes, dans la salle d'attente en tenue de salle d'op, en essayant de trouver la rhétorique appropriée pour annoncer aux épaves en prière que leur très cher venait de rendre l'âme sur la table d'opération et leur expliquer pourquoi.) Magdalena songea que leurs vies amoureuses, à Amélia et elle, s'étaient inversées. Hier encore, lui semblait-il, Amélia se morfondait, plaquée par son Reggie, alors qu'elle-même s'apprêtait à sortir avec un Russe célèbre, riche, jeune, séduisant et fringuant du nom de Sergueï. À présent, il n'y avait plus de Sergueï, espérait-elle sincèrement. Elle se morfondait et, en plus, elle était à moitié morte de trouille, pendant qu'Amélia était fort occupée à s'envoyer en l'air avec un jeune neurochirurgien cubain de la deuxième génération romantique par définition.

Magdalena avait dû finir par s'endormir un peu après 6 heures, parce qu'elle avait regardé les aiguilles lumineuses de son réveil et *blip*, voilà qu'elle s'était réveillée et que les mêmes aiguilles indiquaient 9 h 30. Pas un bruit dans l'appartement ; Amélia dormait sûrement, parce qu'elle était rentrée tard et était en congé aujourd'hui. Magdalena n'aurait demandé qu'à rester couchée, mais tous les détails de ses malheurs et de ses craintes ressurgirent de son brouillard hypnopompique et elle était trop *sur ses gardes* pour supporter la vulnérabilité inhérente au décubitus. Elle s'était donc levée, avait enfilé un peignoir de bain en coton par-dessus le T-shirt qu'elle mettait pour dormir, était passée à la salle de bains et avait plongé son visage dans ses deux mains en coupe pleines d'eau froide, sans se sentir mieux pour autant. Son cœur tambourinait à nouveau un peu trop vite dans sa poitrine, elle avait un vague mal de tête et se sentait plus lasse qu'elle ne l'avait jamais été au lever. Elle s'était rendue à la cuisine et s'était préparé une tasse de café cubain, et il avait intérêt à la tirer de cet état, ce café ou – l'essentiel était d'être *sur ses gardes* et de hurler pour avertir Amélia ou de composer le 911 *à l'instant même* où elle entendrait quelque chose, et *pas* après être allée jusqu'à la porte pour écouter plus attentivement. Elle s'était dirigée vers leur minuscule salon et s'était assise dans le fauteuil, mais le simple fait de tenir sa tasse l'épuisait. Alors elle s'était levée pour la poser sur la petite table basse bricolée et, puisque déjà elle était debout, elle avait allumé la télé, baissant le son au maximum avec la télécommande pour ne pas réveiller Amélia. Elle était réglée sur une chaîne hispanophone qui diffusait un débat télévisé. L'animateur était un comédien qui s'appelait Hernán Loboloco. Il préférait qu'on l'appelle Loboloco, pas Hernán, parce que Loboloco voulait dire Loup Maboul et qu'il était comédien. Sa spécialité consistait à poser à ses invités des questions sérieuses en imitant la voix d'autres personnes, des gens célèbres ; il pouvait ainsi demander à un champion de skate-board ce qu'il pensait des half-pipes en adoptant le ton furieux, impérieux de Cesar Chavez mettant les Américains en garde contre d'éventuelles ingérences dans les affaires de son pays. Il excellait à ce petit jeu – il pouvait aussi produire des bruits d'animaux très rigolos, ce qu'il était susceptible de faire à tout moment – en général, Magdalena aimait bien Loboloco les rares fois où elle regardait la télé. Mais dans son état de dépression et de vigilance, rien n'aurait pu l'amuser et les rires en boîte l'agaçaient considérablement, même à faible volume. Pourquoi un comédien aussi doué que Loboloco estimait-il avoir besoin de rires enregistrés ? Ça ne servait pas son émission, ça lui donnait un côté ringard et...

Son cœur faillit jaillir de sa cage thoracique. Une clé tournait dans la serrure de la porte, qui *s'ouvrit toute grande* ! Magdalena bondit sur ses pieds. Son nouvel iPhone était *resté dans sa chambre – pas le temps !* – pas de 911 ! – pas de Nestor ! Elle pivota sur ses talons – c'était Amélia... avec une grosse gourde Nalgene d'un litre remplie d'eau qu'elle renversait en arrière et à laquelle elle buvait à longs traits. Sa peau était luisante de transpiration. Elle portait un collant en Lycra noir qui s'arrêtait juste au-dessous des genoux et un débardeur noir à dos nageur avec des découpes entrecroisées. Pas de maquillage, les cheveux tirés en queue-de-cheval. En additionnant le tout, on obtenait spinning, la nouvelle marotte. Tous ceux qui assistaient à ces cours – et rare était le membre de la génération X à avoir dépassé trente-cinq ans – étaient à califourchon sur des vélos statiques, des rangées et des rangées, et obéissaient aux ordres d'un professeur, homme ou femme, qui aboyait des directives et des accusations publiques comme un sous-off sadique jusqu'à ce qu'ils pédalent tous comme des malades jusqu'aux limites extrêmes de leur capacité pulmonaire, et de la force et de l'endurance de leurs jambes. Trois sur quatre de ces masochistes volontaires étaient des femmes tellement désireuses – un désir qui frôlait le désespoir – d'*être en*

forme qu'elles étaient prêtes à se soumettre... même à ça. Enfin...
Magdalena se serait soumise, elle aussi, à cette torture, mais les cours
coûtaient 35 dollars la séance, or c'était à peine ce dont elle disposait
pour se nourrir – sans parler d'être en forme – pendant une semaine,
et même à ce rythme, elle ne tiendrait qu'un mois avec le peu d'argent qu'elle avait à la banque... et comment s'en sortirait-elle *alors*?

Entre deux gorgées de la gourde Nalgene – elle n'avait pas dépassé
le seuil de beaucoup –, Amélia aperçut Magdalena dressée devant le
fauteuil, tétanisée, sur la pointe des pieds, genoux fléchis, comme si
elle s'apprêtait à bondir ou à fuir.

Amélia s'interrompit juste le temps de dire, «Magdalena, tu en fais
une tête! Qu'est-ce qui t'arrive?

— C'est que je... *euhh*... j'ai été surprise, c'est tout. Je croyais que
tu dormais encore. Je t'ai entendue rentrer hier soir, j'ai eu l'impression qu'il était plutôt tard.»

Amélia avala encore plusieurs gorgées de sa gourde Nalgene, dont
le volume devait avoir été presque aussi important que celui de sa
tête.

«Depuis quand tu fais du spinning? demanda Magdalena.

— Comment tu sais que je fais du spinning?

— Fastoche... ta tenue, les dimensions de ta gourde, la couleur de
ta figure – pas rouge *malade*, rouge *exercice physique*, et exercice physique *costaud*.

— Pour tout te dire, c'est la première fois que j'y vais.

— Et alors, c'est comment?

— Oh, super... enfin, sûrement... à condition d'y survivre! Je n'ai
jamais bossé volontairement aussi dur de ma vie! Bref, je... suis...
complètement vannée.

— Et si tu t'asseyais?

— Je me sens tellement... il faut que je prenne une douche.

— Allons, assieds-toi une minute.»

Amélia s'affala dans le fauteuil, soupira et laissa sa tête tomber si
loin en arrière qu'elle regardait le plafond.

Magdalena sourit, et il lui vint à l'esprit que, réellement, c'était la
première fois qu'elle souriait depuis plus de quarante-huit heures.

« Cette nouvelle envie de faire de l'exercice, *vraiment* de l'exercice, ça n'aurait rien à voir avec la neurochirurgie, par hasard ? »

Amélia rit tout bas, releva la tête et se redressa. Elle remarqua alors que la télévision était allumée. L'émission de Loboloco passait toujours, avec force étalage de sourires éblouissants et de dents blanches orthodontiquement parfaites, de gestes et de lèvres qui remuaient... cédant à ce qui était indéniablement des convulsions de rire presque silencieuses, puisque Magdalena avait réglé le volume très bas... « C'est quoi ce machin que tu regardes ? demanda Amélia.

— Ohhh... rien.

— Ce n'est pas Loboloco ? »

Immédiatement sur la défensive, Magdalena répondit, « Je ne *regardais* pas vraiment, et j'avais mis le son très très bas, parce que je croyais que tu dormais encore. Je sais bien que c'est con, Loboloco, mais il y a des émissions qui sont *connes* connes et d'autres qui sont *connes* marrantes... comme les *Simpsons* et tous ces trucs avec Will Ferrell et moi, je trouve que Loboloco est plutôt de ce genre-là, con *marrant*, enfin, des fois en tout cas – » :::::: Et si on lâchait un peu Loboloco ! :::::: « Attends, qu'est-ce que tu *disais* ?

— Ce que je *disais* ? Je ne sais plus, répondit Amélia.

— On parlait de spinning, et des raisons pour lesquelles tu avais commencé...

— J'ai oublié *ce que* je disais. Enfin... peu importe... j'ai découvert aujourd'hui qu'il est impossible de se défoncer à mort physiquement et de penser à autre chose que, *ohmondieu est-ce que je vais arriver au bout* ! Tu ne peux tout simplement pas penser à tes problèmes en même temps. Tu devrais essayer, Magdalena. Je te *garantis* que tu ne peux pas pédaler vraiment à fond et penser à... à tout le reste en même temps. Ça te ferait du bien de faire le vide ! Tu ne crois pas ? Mais comment ça *va* aujourd'hui ? Tu as l'air un peu plus en forme.

— Un peu, oui... je t'ai dit que j'ai vu Nestor hier ?

— Quoi ?! Hmm... non ! Tu as dû oublier de m'en parler... Comment ça se fait ?

— Oh, je... je pense que je...

— Tu, quoi ? Allez, accouche ! »

D'un air penaud, Magdalena dit « Je l'ai appelé.

— Tu l'as *appelé* ? Il a dû dire son rosaire, c'est pas possible, *haha-hah* ! Oh putain, plusieurs dizaines d'Ave Maria et hop ! le jackpot !

— Je ne sais pas. Je l'ai appelé parce qu'il est flic. J'ai pensé qu'il pourrait m'aider, tu sais, à propos de ce qui s'est passé avec Serguëï.

— Tu lui as *parlé* de ça ?

— Enfin, je ne lui ai pas raconté que j'étais restée à poil dans le lit de Serguëï. Pas un mot sur le lit de Serguëï, rien du tout sur la manière dont j'ai fait la connaissance de Serguëï. Juste que j'étais allée le voir, moi, et puis d'autres gens – je ne lui ai même pas dit à quel moment de la journée c'était. Tout ce que je lui ai dit, c'est que cette situation m'avait fait flipper, Serguëï qui donnait des ordres à tout le monde comme s'il était de la mafia, le chef de la famille du crime organisé qui réclame le pizzo ou je ne sais quoi et qui me fait raccompagner par cet énorme robot chauve, ce *truand* – et je pensais que Nestor pourrait peut-être me dire quoi faire, à part aller trouver la police, parce que si je faisais ça, ça risquait de s'ébruiter et que ce coup-ci, je me retrouverais avec les tueurs de Serguëï sur le dos pour de bon.

— Mais est-ce qu'il n'a pas eu des problèmes avec la police ? Est-ce qu'il est encore vraiment flic ?

— En fait, je n'en sais rien. Tout ce que je sais, c'est qu'on a parlé de lui dans les journaux et tout ça, et même s'il y a des trucs qui ont l'air de s'être un peu mal passés, j'ai l'impression qu'il est plutôt célèbre, voilà.

— Le mec d'Hialeah dont tu voulais absolument te débarrasser ? »

Amélia s'était mise à sourire. Il était évident qu'elle trouvait la situation plutôt comique, mais Magdalena ne lui en voulait pas. Avoir quelqu'un à qui parler l'aidait à y voir plus clair, et, en quelque sorte, à mieux évaluer la place de Nestor dans le monde.

« Ouais, j'ai été un peu étonnée moi-même, avoua-t-elle. Mais je l'ai trouvé changé – tu sais ? Quand je l'ai vu l'autre jour, il m'a paru plus grand, enfin, je ne sais pas...

— Il a peut-être simplement eu plus de temps pour aller au gym-nase...

— Ce n'est pas *ça*. Non. Il n'avait pas *plus* de muscles, je me demande bien où il les mettrait d'ailleurs. Je ne veux pas dire plus grand physiquement. Je ne savais vraiment pas vers qui d'autre me tourner, et d'abord, quand je l'ai revu, je me suis dit, "Oh, c'est ce bon vieux Nestor, toujours le même", mais quand j'ai commencé à tout lui déballer, il est devenu tellement... il avait l'air si mature, si *préoccupé*, comme s'il m'écoutait vraiment, comme s'il voulait vraiment *savoir*, tu vois?

— Ouais, c'est parce qu'il est encore fou de toi.

— Non, non, ce n'est pas ça. Il avait l'air hyper adulte, prêt à prendre les choses en main. Il n'écoutait pas simplement pour me rassurer; il a commencé à me bombarder de questions, des questions très précises, genre flic, comme s'il savait quelque chose sur cette affaire et savait comment réagir. Il était... je ne sais pas...» Elle rit, pour atténuer la portée du mot qu'elle allait prononcer... «super.

— Oh mon Dieu! Moi qui pensais ne jamais voir le jour où tu dirais que Nestor Camacho est super.

— Je ne veux pas dire super comme putain ce mec est super, ou super à te faire tourner la tête... non, fort, si tu préfères. Tu vois ce que je veux dire? J'en suis venue à me demander si...» Elle s'interrompit.

«Si tu n'aurais pas dû rester avec Nestor? C'est ça?

— Oh, je me dis que je le considérais peut-être simplement comme un élément du décor. Tu sais, personne n'a jamais été aussi présent pour moi. Et quand j'ai un problème, c'est à lui que je pense tout de suite. Ça doit bien vouloir dire quelque chose, non?

— Il faut bien avouer que tu n'as pas fait *beaucoup* de progrès depuis.

— Ouais, c'est sûr, un pervers, puis un criminel. L'ascension n'a pas été fulgurante.

— Ne sois pas trop dure avec toi-même. Tu pourrais trouver pire que Nestor. Il a été vraiment sympa avec toi. Et vous en êtes où, là?

— En fait, je ne saurais même pas te dire. C'est ce qu'il y a de bizarre. Au moment même où je commençais à éprouver de nouveau quelque chose pour lui, il avait déjà littéralement bondi de sa chaise.

— C'est bien les mecs, ça.

— Non, au sens propre. Du genre "il faut que j'appelle mon associé" et il s'est cassé. Il avait une allure tellement – comment dire?

Vaillante? Comme s'il partait au combat – oh, je ne sais pas comment t'expliquer.

— Ton chevalier d'Hialeah!» dit Amélia.

Et soudain, leurs regards se braquèrent sur l'écran de télévision. Le rapport entre ombres et lumière avait changé brutalement. L'émission de Loboloco s'était manifestement déroulée à l'intérieur, en studio, et le contraste entre les zones lumineuses et les zones sombres de l'écran avait été peu marqué. La scène se déroulait à présent à l'extérieur, sous un soleil de midi harassant qui donnait l'impression, par opposition, que les ombres d'un bâtiment étaient dessinées à l'encre de Chine. On voyait la cour d'un bâtiment de deux ou trois étages avec des terrasses en encorbellement – non, c'étaient des coursives – qui surplombaient la cour. Les étages étaient reliés par de grands escaliers extérieurs, et au pied de l'un d'eux, on distinguait ce qui était de toute évidence un corps, étalé sur les dernières marches, la tête vers le bas, sous une sorte de drap blanc, la tête dissimulée elle aussi, ce qui voulait dire qu'il s'agissait d'un cadavre. Trois flics se tenaient à côté et une sorte de barrière de ruban jaune comme on en voit sur les lieux d'un crime retenait une masse de gens, des vieux pour la plupart, dont un certain nombre appuyés sur des déambulateurs.

«Hé, monte le son un moment», dit Amélia.

Magdalena tapota la télécommande pour augmenter le volume tandis qu'apparaissait à l'écran le visage d'une journaliste, une jeune femme blonde. «Tu as déjà remarqué qu'elles sont toujours blondes, même sur les chaînes espagnoles?» demanda Amélia avec un certain agacement. La blonde tenait un micro et disait «... l'un des mystères de cette affaire est que l'artiste était connu dans sa résidence pour personnes âgées d'Hallandale – sans avoir jamais vraiment entretenu de relations avec ses voisins – sous le nom de Nicolaï Kopinski, et que son appartement était apparemment une sorte d'atelier clandestin, où il ne laissait jamais entrer personne.»

«Oh mon Dieu, s'écria Magdalena. Elle a bien dit Hallandale?

— Ouais, Hallandale.

— Oh, mon Dieu-eu-eu-eu-eu-eu, fit Magdalena dans un mélange entre exclamation et gémissement et en se couvrant le visage de ses mains. C'est ce que Sergueï a dit au téléphone. "Hallandale". Tout le reste était en russe. Oh, Dieu-eu-eu-eu du Ciel! Il faut que j'appelle Nestor! Je veux savoir ce qui se passe! Hallandale! Oh, mon Dieu!»

Elle réussit à se ressaisir assez longtemps pour franchir les quelques pas qui la séparaient de sa chambre, attraper son téléphone et revenir au salon où elle ne serait pas seule, faire défiler sa liste de contacts jusqu'à «Nestor». La sonnerie retentit presque tout de suite et presque tout de suite, une voix mécanique répondit «... est indisponible pour le moment. Si vous voulez laisser un...»

Magdalena leva les yeux vers Amélia avec une expression de désespoir sans fond et annonça, d'un ton suggérant l'imminence de la fin du monde, «Il ne répond pas.»

Dès que la porte de l'ascenseur s'ouvrit au premier étage, Cat Posada était là, à l'attendre.

«Agent Camacho? dit-elle comme si elle ne le remettait pas. Suivez-moi. Je vais vous conduire au bureau du Chef.»

Nestor scruta son joli visage pour y déceler... *quelque chose*. Il était à peu près aussi facile à déchiffrer qu'une brique. Comment supporter cela? Cette fille qu'il avait désirée à cet endroit précis... alors qu'il était plongé dans une crise qui l'avait laissé sans voix sur le moment. Était-il possible qu'elle n'en ait gardé *aucun* souvenir? Tout d'un coup, sans l'avoir prémédité, il s'entendit dire : «Et voilà que ça recommence. La longue marche.»

Elle était déjà devant lui et se retourna, «Une longue marche? C'est juste au bout du couloir.»

Du ton qui signifie, «Je ne vois absolument pas de quoi vous parlez et mon temps est trop précieux pour que je m'en préoccupe.» Comme la fois précédente, elle le conduisit jusqu'à la porte du bureau du Chef et s'arrêta. «Je vais l'avertir que vous êtes là.» Et elle disparut à l'intérieur.

En un rien de temps, elle ressortit du bureau. «Vous pouvez y aller.»

Nestor s'efforça une dernière fois de déchiffrer un signe... sur ses lèvres, ses yeux, ses sourcils, une inclinaison de la tête – juste un signe, *n'importe quel* signe, bordel! Son bas-ventre ne faisait même pas partie de son anatomie, en cet instant. Mais il n'obtint rien d'autre que la brique.

Avec un soupir, Nestor entra. Tout d'abord, le Chef ne releva même pas la tête. :::::: Bon Dieu! – *il est énorme.* :::::: Il le savait, mais ce fut comme s'il en prenait véritablement la mesure pour la première fois. Sa chemise bleu marine à manches longues au col constellé d'étoiles elle-même ne pouvait dissimuler la pure puissance physique de cet homme. Il tenait à la main un stylo à bille et semblait plongé dans la lecture de tirages d'imprimante posés sur son bureau. Ses yeux se portèrent enfin sur Nestor. Il ne se leva pas, il ne lui tendit pas la main. Il dit simplement, «Agent Camacho...» Ce n'était pas une salutation. C'était une constatation.

:::::: *Bonjour, Chef?... Ravi de vous voir, Chef?* :::::: Rien de tout cela ne sonnerait juste. Il se décida pour un seul mot, «Chef.» Il entérinait un fait.

«Asseyez-vous, Camacho.» Le Chef désigna une chaise à dossier droit, sans accoudoirs, juste en face de son bureau. C'était un tel remake de leur première entrevue que le cœur de Nestor se serra. Une fois qu'il fut assis en face du Chef, celui-ci lui adressa un long regard d'un calme olympien et commença, «J'ai des choses...»

Il s'interrompit pour se tourner vers la porte ouverte. Cat jetait un coup d'œil furtif par l'embrasure. «Chef?» dit-elle d'une voix hésitante. Elle fit un geste, le Chef se leva et ils restèrent l'un en face de l'autre sur le seuil. Nestor surprit ses premiers mots, «Chef, excusez-moi de vous interrompre, mais il m'a paru préférable de vous en informer tout de suite.»

Puis elle baissa la voix jusqu'à ce qu'il ne distingue plus qu'un bourdonnement ténu. Il crut relever le nom de Koroliov, tout en étant conscient que c'était peut-être pure paranoïa. C'était à cause de Koroliov qu'il avait enfreint sa consigne, ce qui était évidemment la raison de cette convocation. :::::: *Oh, Dios Dios Dios* :::::: mais il était trop découragé pour prier Dieu. D'ailleurs, pourquoi Dieu se pencherait-il vers lui pour lui venir en aide? :::::: «Ô, Seigneur, toi qui as pardonné à Judas lui-même, j'ai commis le péché de tromperie, qui comprend à la fois la tricherie et le mensonge»... Oh, et puis merde.

À quoi bon! Judas au moins avait fait beaucoup pour Jésus avant de pécher contre lui. Et moi? Pourquoi Dieu prendrait-il la peine de me remarquer? Je ne le mérite pas... Je suis vraiment dans la merde. ::::::

Le Chef et Cat continuaient à bourdonner à très faible volume. De temps en temps, le Chef laissait échapper tout haut un juron impie. «Oh, nom de Dieu»... «Putain de Dieu»... et même un «Putain de bordel de merde»... Heureusement, cette fois, il avait terminé par «merde».

Enfin, il mit un terme à sa petite conversation avec Cat et entreprit de regagner son bureau – mais il pivota sur ses talons et dit tout haut, alors qu'elle repartait vers *son* bureau, «Faites-leur bien comprendre qu'ils peuvent dire ce qu'ils veulent, mais que je n'aurais jamais pu faire faire demi-tour à cet avion, même si j'avais été au courant. Ce mec a un passeport russe, il ne fait pas l'objet de poursuites, il ne figure pas sur la liste des personnes suspectes, personne ne l'a même *accusé* directement de quoi que ce soit, pas même ce satané *Herald*. Alors comment on fait faire demi-tour à l'avion? Vous avez une idée, vous? Ces directeurs de journaux n'ont jamais rien foutu de leur vie. Ils se contentent de siéger dans des commissions et d'essayer de trouver des moyens de justifier leur existence.»

Nestor mourait d'envie de savoir de quoi avaient parlé le Chef et Cat. Le nom de *Koroliov* clignotait sur tout leur entretien en lettres capitales. Mais Nestor n'allait certainement pas se risquer à poser une seule question. :::::: «Oh, excusez-moi, Chef, mais est-ce que par hasard, Cat et vous, vous ne parliez pas de...» Pas question d'ouvrir la bouche sur ce sujet – surtout sur ce sujet – ni sur aucun autre tant que le Chef ne me pose pas de question directe. ::::::

Le Chef s'assit à son bureau, et :::::: J'en étais sûr! J'en étais sûr! Il a encore les sourcils froncés de colère à cause de tous ceux qui l'ont emmerdé jusqu'à plus soif... :::::: le Chef baissa les yeux et secoua la tête dans une pantomime qui signifiait «Putain de connards de débiles,» puis il regarda Nestor avec *putain de connards de débiles* encore écrit en grosses lettres sur son visage et demanda : «Bien, où en étions-nous?»

:::::: Merde! Cette grimace! Il me prend pour l'un d'eux, celui qui lui a fait oublier. ::::::

« Ah oui, ça me revient. J'ai des choses à vous ici. »

En prononçant ces mots, il s'inclina si profondément sur le côté de son bureau que sa grande carcasse elle-même faillit disparaître. Nestor l'entendit ouvrir un tiroir du bas. Quand il se redressa, il tenait en main quelque chose d'encombrant... deux coffrets gris pâle, des sortes de boîtes, une petite, l'autre nettement plus grande. Les flics les appelaient des « malcontainers ». On y rangeait les pièces à conviction dans les enquêtes criminelles. Le Chef les posa sur le bureau devant lui. Il ouvrit la plus petite...

... et le premier signe du Firmament que reçut Nestor était un éclair doré au moment où le Chef en sortit un objet. Il put ensuite le voir en entier lorsque le Chef allongea le bras de l'autre côté du bureau et le lui tendit.

« Votre insigne. » Pas un mot de plus.

Nestor le fixait des yeux dans la paume de sa main comme s'il n'avait encore jamais rien vu d'aussi extraordinaire. Pendant ce temps, le Chef avait entrepris d'ouvrir l'autre boîte... et tendait à travers le bureau un gros harnachement disgracieux de cuir et de métal. C'était un Glock 9 dans un holster attaché à un ceinturon.

« Votre arme de service », dit le Chef – d'une voix atone.

Nestor avait à présent l'insigne dans une main et soutenait de l'autre le Glock et son harnachement. Il les regarda fixement... plus longtemps sans doute qu'il ne l'aurait dû... avant de lever les yeux vers le Chef... et de réussir à bredouiller d'une voix tremblante, « Est-ce que ça veut dire...

— Ouais, ça veut dire ça. Vous êtes rétabli dans vos fonctions. Vous reprenez votre service dans l'Unité Anticriminalité demain à seize heures. »

Nestor était tellement saisi par ce miracle qu'il ne savait comment réagir. Alors il essaya, « Merci – *euhhh...* »

Le Chef lui épargna cette épreuve. « Bien. J'ai un dernier conseil à vous donner – non, je reprends ça. C'est un ordre. Ce que je viens de faire va provoquer un peu de ramdam. Mais il n'est pas question que vous parliez à la presse, sous quelque forme ou aspect que ce soit. Vous m'avez bien compris ? »

Nestor fit signe que oui.

« Vous pouvez être certain que votre nom sera mentionné *dans la presse* demain. Vous suivez ? Le procureur est sur le point d'annoncer l'abandon de l'accusation contre le professeur de Lee de Forest – José Estevez – faute de preuves... Votre nom sera prononcé. C'est vous qui avez révélé la véritable nature des "preuves", ce complot d'une bande de gosses terrorisés pour couvrir un voyou qui se prétend chef de gang, ce Dubois. Je *veux* que la presse parle de vous à ce sujet. Mais ce que je vous ai dit tient toujours. Vous ne *parlerez* pas à la presse. Vous ne *confirmerez* pas l'information. Vous ne *répondrez* pas à la presse, sous aucune forme. Et je le répète : C'est... un... *ordre*.

— J'ai compris, Chef. » Curieusement, le ton sur lequel il pro-nonça ces mots – *J'ai compris, Chef* – lui donna le *sentiment* d'avoir repris sa place dans la Police.

Le Chef posa les avant-bras sur son bureau et se pencha vers Nestor aussi loin qu'il le pouvait... et pour la première fois, ses traits exprimèrent une autre émotion que son autorité inflexible à la ne-me-provoquez-pas. Il laissa ses lèvres s'élargir en travers de son visage... ses yeux s'animèrent... la chair au-dessus de ses pommettes se gonfla en deux moelleux coussinets de chaleur... et il dit... « C'est un plaisir de vous retrouver, Camacho. »

Il le dit très doucement... et ce ne fut d'abord qu'un sourire de policier dans le centre-ville décrépi de Miami, Floride,... mais lumière plus radieuse jaillit-elle jamais d'un lieu plus rayonnant du Firma-ment... rendit-elle jamais une âme humaine plus sereine ou plus béate... l'éleva-t-elle jamais plus loin de cette auge d'erreur mortelle dans laquelle nous sommes voués à passer notre existence ?

Dehors, dans la rue, Nestor ne se sentait ni réhabilité, ni rédimé, ni triomphant, ni rien de tel. Il était étourdi, désorienté, comme si un fardeau accablant qu'il avait porté sur le dos pendant très longtemps lui avait été retiré par magie, et la Grande Lampe Chauffante était là-haut, à lui rôtir la noix de coco comme d'habitude, et il ne savait même pas dans quelle direction il marchait. Il n'avait pas la moindre idée de la rue dans laquelle il se trouvait. Il se sentait complètement, totalement largué... mais attends une minute, de toute façon, il fallait qu'il l'appelle.

Il fit dérouler sa liste de contacts jusqu'à ce qu'il ait trouvé son nom et tapota la face vitrée de l'iPhone.

Elle répondit presque immédiatement, « Nestor ! »

« J'ai une bonne nouvelle ! Le Chef m'a rendu mon insigne et mon revolver. Je suis réintégré ; je suis redevenu un vrai policier.

— Oh, mon Dieu, Nestor ! C'est... *tellement... merveilleux !* » dit Ghislaine.

Table

La photocomposition de cet ouvrage
a été réalisée par
GRAPHIC HAINAUT
59163 Condé-sur-l'Escaut

MARQUIS

Québec, Canada

Dépôt légal : mars 2013
N° d'édition : 53064/01
Imprimé au Canada